KB125054

책 속에 길이 있다 書山有路

마오쩌둥의 독서 일기

마오쩌동의
독서 일기

초판 1쇄   인쇄 2018년 5월 14일
초판 1쇄   발행 2018년 5월 16일
지 은 이   진진 (陳晋)
옮 긴 이   김승일·채복숙
발 행 인   김승일
디 자 인   조경미
펴 낸 곳   경지출판사
출판등록   제2015-000026호

판매 및 공급처   도서출판 징검다리
주소 경기도 파주시 산남로 85-8
Tel : 031-957-3890~1 **Fax** : 031-957-3889 **e-mail** : zinggumdari@hanmail.net

ISBN 979-11-88783-43-4 03820

책 속에 길이 있다 書山有路

마오쩌둥의 독서 일기

진진(陈晋) 지음 | 김승일 · 채복숙 옮김

🌳 경지출판사 👁
Korea Wisdom China

CONTENTS

一工农红军的崇

有八宝山，离天三

鞍。"山高聋入

我们英雄的红军战士

"快马加鞭"腾

鞭策马飞奔急驰

佛看到了工农红

旅，奔赴抗日前线

使红军的英雄

"惊回首，离天三

啊！离天只

五一回头！

出立于群峰的高处瞰视身

使人惊诧，也渲染出红军征

万马战犹

服了

天

象酣

1chapter

"책 속에 길이 있다(書山有路)"

界ㅏ
山, 秦
高大的山
然而锋刃却没有
可以靠它支撑着。
大山正是我们伟大领袖毛主席亲手
国共产党与工农红军的高大峪峨形象。红
军跨越千山万水,亩谐彼人的围追堵截,所向披
靡,锐不可挡。 "刺破菁天锷未残", 不正是红军
这种擎天撼地的英雄气慨的写照吗? 正如毛主席
所说的: "这个军队具有一往无前的精神, 它

1. "책 속에 길이 있다(書山有路)"

중국 속담에 "책 속에 길이 있다(書山有路)"는 말이 있다. 마오쩌동의 독서 과정을 보면 남다른 특색이 있다. 그의 독서 역사를 논하는 것은 그가 책을 열심히 읽는 모습을 보려는 것 뿐만이 아니라, 그의 정신과 개성이 어떻게 태동되었는지를 음미하는 과정이기도 하기 때문이다.

이를 위해서는 먼저 마오쩌동의 독서 세계에서 무엇을 볼 수 있을지를 먼저 살펴보고자 한다.

마오쩌동은 어떤 책을 읽기 좋아했는가?

마오쩌동이 일생동안 얼마나 많은 책을 읽었고, 또 어떤 책을 읽었는지에 대한 완전한 통계는 없다. 다만 그의 장서와 평어(評語), 주석, 저술과 담화에서 대략적인 것을 알 수 있을 뿐이다. 마오쩌동이 세상을 떠난 후 중남해(中南海)에 보존된 장서만 해도 1만여 가지에 거의 10만 권이나 되었다. 일부 책에서는 평어와 주석, 그리고 동그라미를 쳐 놓은 것을 볼 수 있다. 그리고 그가 읽었지만 소장하지 않았거나, 혹은 후에 분실한 책은 얼마나 되는지는 더욱 알 수가 없다.

가장 일찍이 마오쩌동의 독서생활을 서술한 것은 1986년 중앙문헌연구실 공육지(龔育之), 방선지(逢先知), 석중천(石仲泉)이 집필한 『마오쩌동의 독서생활』이다. 그 후 나온 책들 중 새로운 자료를 제공하였거나, 독창적인 내용이 있는 저작이 있기는 하지만 많지는 않다. 마오쩌동 일생의 독서 상황을 전면적으로 반영하기 위해, 중앙문헌연구실은 전문가와 학자들로 연구단을 구성해 7년간의 시간을 들여 마오쩌동의 펑어와 주석, 평가, 마오쩌동이 인용하였거나 발전시킨 내용 등 1,000여 가지 자료들을 모아 『마오쩌동 독서 집성』이란 책을 편찬했다. 이 책은 마르크스주의, 철학, 자연과학, 사회 정치, 경제, 군사, 역사, 문학, 서법, 신문·잡지, 총서·참고서 등 총 11편으로 구성되었다. 이는 마오쩌동의 독서생활과 독서방법을 반영한 공개출판물 중 내용이 가장 잘 갖추어지고 종합된 책이다. 이처럼 마오쩌동은 많은 책을 읽었는데, 바로 이 11편에 수록된 그가 본 책을 통해 그의 독서 범위가 얼마나 컸는지를 알 수 있다.

마오쩌동이 많은 책을 읽었다고 하는 것은 책의 권수와 내용의 범위만 말하는 것이 아니다. 그는 특정된 환경에서 많이 전해지지 않은, 혁명가와 정치가로서 관심을 가지지 않아도 될 책들을 읽는 데에도 관심을 기울였다. 그는 각 영역의 일반적인 것들을 넘어 서서, 전문성이 강한 문학과 역사, 자연과학 서적들을 비롯해 고대의 명인들이 기록해 놓은 것이라면 거의 다 읽었다. 그런 의미에서 그의 독서 폭은 범위가 넓었을 뿐만 아니라 깊이가 있었다.

예컨대 장정을 마치고 섬서(陝西)성 북부에 도착했을 때인 1936년 7월, 보안(保安)에서 미국 기자 에드가 스노우를 만나서는 소위 "모스크바가 중국을 통제한다"는 소문을 반박했다. 이때 그는 영국의 과학 판타지 소설가인 웰즈(H. G. Wells)의 작품 속에 묘사되어 있는 내용을 인용하여 말했다. "만약 이게 사실이라면, 화성으로 가는 철도를 부설하고 웰즈 씨에게서 기차표만 사면되겠습니다." 그 시대 웰즈를 알고, 그의 작품을 읽은 사람은 매우 드물었다. 복잡한 정세 속, 전쟁판을 넘나드는 마오쩌둥이 웰즈 작품을 소재로 정치를 말한다는 것은 결코 쉬운 일이 아니었다. 그리고 또 청(淸)나라 가경(嘉庆)제 시절, 『하전(何典)』이라는 귀신이야기책이 있었는데, 이는 1920년대 노신(鲁迅)의 추천으로 겨우 사람들에게 알려지게 되었다. 그런데 마오쩌둥은 아무리 늦어도 1941년에 이미 이 책을 읽었던 것이다. 이 해에 그는 모스크바에 있는 두 아들에게 책을 보내주었는데 바로 그중에 『하전(何典)』이 들어있었다. 만년에 그는 이 책을 큰 글자체로 인쇄하여 고급 간부들이 읽도록 하기도 했다. 중앙회의에서 그는 이 책 속에 나오는 "약은 죽지 않을 병을 치료하지, 죽을병에는 약이 없다"라는 말을 인용하여 고집불통인 사람을 비유했다.

마오쩌둥은 독서의 범위가 넓고 깊이가 있었지만, 그렇다고 목적성이 없거나 중점이 없었던 것은 아니었다. 마오쩌둥의 독서에서 주요 관심사를 차지한 책으로는 마르크스·레닌주의와 철학, 중국 문학과 역사서였다.

마르크스·레닌의 저작에 대하여

마르크스주의 정치가로서 마르크스·레닌주의 저작을 읽는 것을 당연한 일이었다. 마오쩌둥 입장에서 말하면 그 외에도 아주 현실적인 원인이 있었는데, 바로 전 당의 이론 수준이 현실보다 뒤떨어져 중국혁명과 건설의 심오한 뜻을 이해하는데 어울리지 않는다고 생각한 점이었다. 그는 늘 이 때문에 고민했었다. 1940년 그는 연안(延安)의 신(新) 철학 연례회의에서 "중국은 혁명을 한 지 이미 여러 해가 되지만 이론은 여전히 매우 뒤떨어졌습니다. 이는 큰 유감입니다"라고 말했다. 소련 시로코프 등이 쓴

『변증법적 유물론 교과정』을 읽을 때 평어에서 "중국은 투쟁이 위대하고 풍부한데 이론가가 나오지 못했다"고 솔직하게 썼다. 그는 마르크스·레닌주의 저작을 읽고, 마르크스주의에 정통하게 되어, 마르크스주의의 기본 원리와 중국의 실제를 결부시켜, 이론이 있고 실천이 있는 마르크스주의를 창조하고자 했다.

실천이 많아짐에 따라 마오쩌둥의 이러한 기대는 더욱 강렬해졌다. 1938년 그는 당 내에 "체계적이고 실제적으로 마르크스·레닌주의를 공부한 동지가 100~200명은 있어야 한다"고 제기했다. 1949년 그는 마르크스·레닌주의 저작 12권을 추천하여, 당 내에서 "3,000명이 이 열두 권을 통독할 수 있으면 좋겠다"고 했다. 1963년에는 마르크스·레닌주의 저작 30권을 추천, 중급 이상 간부 수만 명이 공부할 것을 요구했으며, "만약 200명의 간부가 진정으로 마르크스·레닌주의를 알 수 있다면 좋겠다"고 말했다. 1970년 그는 또 250여 명의 중앙위원회 후보 위원들이 9권의 마르크스·레닌 저작을 읽어야 한다고 정했으며, 마르크스주의를 공부하는 것은 쉽지 않은 일이고, 실제에 연계시켜 잘 이용하는 것은 더욱 쉽지 않은 일이라고 했다.

마르크스·레닌의 원작 중, 마오쩌둥은 레닌의 책을 더 즐겨 읽었다. 마오쩌둥은 마르크스·엥겔스 저작에서 마르크스주의의 기본 이념과 사상 방법을 흡수하고, 레닌과 스탈린의 저작에서 중국혁명과 건설에서 참고로 할 수 있거나 운용할 수 있는 중요한 전략이나 정책, 책략, 사상을 획득했다. 그 원인은 레닌과 스탈린이 보고 겪은 것이 마르크스나 엥겔스보다 한 층 더 나아갔고, 그 이론도 더욱 확대되고 구체화 되어, 중국의 실제와 연계가 더 긴밀해졌기 때문이다. 1958년의 중국공산당 제8차 전국대표대회 제2차 회의에서 그는 "레닌이 말하고 행동한 것들 중 많은 것들이 마르크스를

15

넘어섰습니다. 일례로 『제국주의론』을 들 수 있습니다. 그리고 마르크스는 10월 혁명을 하지 않았지만, 레닌은 10월 혁명을 했습니다"고 말했다. 연안 시기 그는 심지어 레닌과 스탈린의 저작을 읽으면 "그들이 어떻게 마르크스주의 보편 진리와 소련 혁명의 구체적 실천을 서로 결부시키고, 마르크스주의를 발전시켰는가를 알 수 있으며, 중국에서는 어떻게 해야 하는가를 알 수 있습니다"라고 말했다. 마오쩌둥은 또 레닌 저작의 특징은 "이론은 투철하게 말하고, 마음을 드러내 보였으며, 진실을 말하고 얼버무리지 않았다. 적과의 투쟁에서도 이와 마찬가지였다"고 지적했다.

철학서를 독서해야 하는 것에 관하여

마오쩌둥의 말에 따르면, 그가 철학서를 읽기 좋아한 데에는 네 가지 원인이 있었다. 첫째, 철학은 세계관이고 방법론이며 사람들의 영혼과 사상을 조소하는 근본적인 전제라고 보았다. 둘째, 철학은 마르크스주의의 이론 기초로서, 철학을 모르면 마르크스주의를 알 수 없다고 보았다. 셋째, 철학은 세계를 인식하고 개조하며, 실천 경험을 종합하고 모든 문제를 해결하는 '사상도구'라고 했다. 그는 중국공산당이 여러 번이나 실수한 것은 사상 방법이 잘못됐기 때문이라고 보았으며, 그리하여 "전 당이 모두 변증법을 공부하고, 변증법에 따라 일을 처리할 것"을 제창했다. 넷째, 마오쩌둥은 청년 시절부터 철학서 읽기를 좋아했으며 만사와 만물의 '가장 근본적인 원인'을 찾기 좋아했다. 이것은 그의 개인적 취향일 뿐만 아니라, 이론적 작업을 하는데 필요한 전제이기도 했다. 그는 "마르크스가 『자본론』을 써낼 수 있고, 레닌이 『제국주의론』을 써낼 수 있었던 것은 모두 그들이 철학가이고, 철학가의 머리가 있으며, 변증법이라는 무기가 있었기 때문이다"라고 말했다.

마오쩌동은 마르크스 레닌 고전 중의 철학서를 읽었을 뿐만 아니라, 아이스키(艾思奇), 이달(李达), 플레하노프, 아이젠버그(爱森堡, Айзенбург, Aizenberg), 시로코프(西洛可夫, Спроков, Shirokov), 미딘(米丁, M.B.) 유진(尤金), 가와카미 하지메(河上肇) 등 중외 학자들이 마르크스주의 관점으로 철학 문제를 논술한 책들도 읽었다. 플라톤, 칸트, 헤겔, 듀이, 러셀 등 서방 철학가들의 책을 읽었을 뿐만 아니라, 중국 고대의 노자(老子), 공자(孔子), 묵자(墨子), 장자(庄子), 맹자(孟子), 순자(荀子), 한비자(韩非子), 왕충(王充), 주희(朱熹), 장재(张载), 왕양명(王阳明) 등 제자(诸子)의 철학서 및 중국 근대의 강유위(康有为), 양계초(梁启超), 장사소(章士钊), 호적(胡适), 양창제(杨昌济), 양수명(梁漱溟), 풍우란(冯友兰), 반재년(潘梓年), 주곡성(周谷城), 임계유(任继愈), 양영국(杨荣国) 등이 철학과 논리학을 연구한 저서도 읽었다.

중국 문학과 역사에 관한 독서

마오쩌동은 『이십사사(二十四史)』, 『자치통감(资治通鉴)』 등 유형의 책에도 깊은 관심을 가지고 있었으며 깊이 연구했다. 그는 "왜 역사를 공부해야 하는가?" 하고 스스로 물으면서 "왜냐하면 오늘의 중국은 역사적으로 이어져온 중국이 발전한 것이기 때문이다. 역사를 알지 못하고, 역사를 종합하지 않는다면 오늘의 중국에 대해 진정으로 알 수 없다. 이는 응당 가져야 할 경험과 지혜를 포기하는 것이나 다름없다"고 대답했다. 마오쩌동의 일부 명언들은 그가 역사서를 읽기 매우 좋아한 연유를 직접적으로 알려주고 있다.

마오쩌둥은 "역사서를 읽는 것은 지혜로운 일이다", "역사를 중시해야만 다른 사람을 설득할 수 있다", "역사서를 읽은 사람이라고 해서 보수적인 것은 아니다", "마르크스주의자들은 역사 공부를 잘 한다"고 말한 적이 있다.

역사서를 읽는다는 것은 사실 큰 개념이다. 역사는 인류의 과거 경험을 모은 백과전서로서 정치, 역사, 경제, 철학, 과학기술, 문학, 예술 등 여러 가지 내용을 포함하고 있다. 마오쩌둥은 이러한 것들에 대해 어느 한 가지도 소홀하지 않았으며, 역사서에 기술된 통치 방법, 전쟁 사례, 경제 정책, 난세와 치세의 법칙 등을 매우 중시했다. 그는 또 '5·4운동'이래 학자들이 쓴 중국통사, 사상사, 철학사, 문학사 등도 읽었다. 전통적으로 학문을 닦는 사람들은 문학과 역사를 분리하지 않았다. 마오쩌둥은 고대 문학작품에 대해 특별히 관심을 가졌었는데, 시(诗), 사(词), 곡(曲), 부(赋), 산문(散文), 소설(小说), 소책정론(疏策政论), 필기지이(笔记志异) 등도 모두 적지 않게 정독했다. 그는 조조(曹操), 이백(李白), 이하(李贺), 이상은(李商隐)의 시를 좋아했고, 『초사(楚辞)』를 깊이 연구했으며, 『소명문선(昭明文选)』의 부분적 산문들을 암송했다. 또 『홍루몽(红楼梦)』 등 고전소설들을 반복적으로 읽었다. 이로 인해 그는 보기 드문 고전문학에 대한 소양을 갖출 수가 있었다.

마오쩌둥이 마르크스·레닌주의와 철학·중국문학과 역사서들을 많이 읽었다 하면, 사람들은 대체로 인정을 하는 편이며 그에 대한 이해도 적지 않다. 하지만 서방의 저술에 대해서는 많이 읽지 못했다고 보거나 혹은 이해가 적을 것이라 생각할 수 있다. 확실히 마오쩌둥은 중국 고대문학이나 역사서를 서방의 책보다는 많이 읽었고 관심도 더욱 컸던 것은 사실이다. 하지만 그가 서양학에 대해 모른다거나 혹은 읽으려 하지 않았다고는 말할 수 없다. 그는 서방의 저작들도 적지 않게 읽었기 때문이다.

마오쩌동은 청년시절에 서양학을 접촉했다. 그때에는 서학을 '신학(新学)'이라 불렀는데, 마오쩌동의 사상에 적지 않은 영향을 주었다. 1959년 5월 15일 외국 손님과 만난 자리에서 그는 "나는 애덤 스미스의 경제학, 헉슬리의 진화와 윤리, 다윈의 진화론 즉 자산계급의 철학, 사회학과 경제학을 믿는다"고 말했다. 당시 그는 서방 근대사상가이며 철학가인 톨스토이, 크로포트킨, 베르그송, 듀이, 러셀 등에게 큰 관심을 가지고 있었다. 1920년 장사(长沙)에서 문화서사(书社)를 경영할 때에도 주로 독자들에게 서방의 저작들을 추천하거나 번역, 소개했는데 여기에는 플라톤의 『국가론』, 러셀의 『정치적 이상』, 『사회 개조의 원리』, 듀이의 『미국 민치의 발전(美国之民治的发展)』, 『현대 교육 추세』 등이 있었다.

연안에서부터 마르크스주의 저작을 대량으로 읽은 것은 마오쩌동이 서학을 이해하는 중요한 길이었다. 마르크스주의도 그 본신이 서학의 한 가지로서, 중국공산당의 지도사상이 된 후에야 서학사상에서 독립하여 나왔다. 마르크스·레닌 저작을 읽자면 서방의 철학, 경제, 정치, 문화, 역사를 대량 섭렵하지 않을 수 없다. 이런 영역의 서학의 기본 내용들을 모르고서는 마르크스·레닌주의를 이해하기가 어려우며, 마르크스·레닌주의가 나타나고 발전해 온 맥락을 잘 알 수가 없다. 레닌에게 『헤겔 〈논리학〉 적요』라는 책이 있는데 이는 그가 헤겔의 『논리학』을 읽으면서 필기한 것이다.

마오쩌동은 이 책을 즐겨 읽었으며, 이 책 중의 일부 내용들을 인용하기 좋아했다. 그는 1970년 9월 19일 "지도자는 학습을 강화해야 한다"고 말할 때, 그 일례로 사람들이 마르크스·레닌주의가 어떻게 발전해 왔는가를 알려면 응당 『나폴레옹의 제3 쿠테타』와 『프랑스 내전』을 읽어야 한다고 말했다.

서학 중에서도 마오쩌동이 비교적 많이 읽은 것은 서방 철학, 서방 근대사와 서방 자연과학서였다.

서방철학에 관하여

마오쩌둥이 비교적 많이 알고 있는 것은 고대 그리스철학, 독일 고전철학과 현대 영·미철학이다. 1964년 2월 9일 그는 외국 손님과의 담화에서 고대 그리스철학으로부터 마르크스주의에 이르기까지의 대표적 인물에 대한 인식을 정리하고 나서 헤겔은 "마르크스, 엥겔스의 선생이고, 또한 레닌의 선생이며 우리의 선생이다"라고 평가했다.

서방 근대사에 관하여

마오쩌둥이 자산계급의 혁명사에 대해 비교적 많은 관심을 돌린 것은 서방 근대 자산계급 혁명과 중국 신민주주의 혁명이 일부 내용과 과정이 비슷하였으므로 전자의 경험을 참고로 할 수 있었기 때문이다. 1970년 5월 1일 시하누크 친왕을 회견할 때 "혁명을 하려면 몇몇 나라의 혁명사, 즉 미국, 프랑스, 독일 혁명사에 대해 알아야 합니다"라고 명확히 말했다. 이 여러 나라 혁명사 중에서도 그는 특별히 프랑스 혁명사에 대해 읽고 담론하기를 좋아했다. 이는 중국혁명의 복잡하고 격렬하며, 철저한 정도가 프랑스 혁명과 비슷했기 때문이었다.

서방 자연과학에 관하여

마오쩌동은 이 영역에서 "동방인은 서방을 따라 배워야 한다"고 말했다. 그가 비교적 관심을 가진 것은 천체사, 지구사, 생물사, 인류진화사 등 대표적인 논술이다. 칸트와 라플라스의 성운학설, 다윈의 진화론, 유전학 영역에서의 모건 학파와 미추린 학파의 논쟁, 토양학, 물리학계의 기본 입자 신개념, 양진녕(杨振宁), 이정도(李政道)의 반전성 비보존 이론 등에 대해 마오쩌동은 모두 시간을 들여 읽어보고 이해하고자 노력했다.

마오쩌동은 어떻게 독서하였는가?

사업의 발전은 끝이 없고 학습에도 끝이 없다. 마오쩌동은 1939년 이런 말을 한 적이 있다. "내가 만약 이제 10년 후에 죽게 된다면, 나는 아직도 9년 하고도 359일 동안 공부할 것입니다." 1959년 그는 또 "어떤 때에는 스스로도 자신을 좋아하지 않습니다. 마르크스주의 각 부문의 학문을 잘 공부하지 못했기 때문입니다. 외국어도 제대로 공부하지 못했습니다. 경제에 대해서는 이제 금방 공부하기 시작했습니다. 하지만 나는 죽을 때까지 공부하려고 결심을 내렸습니다." 그가 이런 말을 한 것은 지도 간부들이 새로운 형세에 적응하고 새로운 기량을 배워낼 수 있기를 바라서였으며, 동시에 살아있는 한 탐색을 그치지 않고 독서를 그치지 않겠다는 신념을 보여주기 위한 것이었다.

지식욕과 이론 탐색에 대한 사명감으로 인해 마오쩌동은 단 한시도 독서를 멈출 수 없었다. 1960년대부터 나이가 많아지면서 그는 끊임없이 일부 고전 서적들을 큰 글자체로 인쇄해 읽었다. 1972년 일본 다나카 가쿠에이 일본 총리 회견 시, 마오쩌둥은 서재에 가득 쌓인 책을 가리키며 "나는 읽을 책이 너무 많습니다. 매일 책을 읽지 않으면 살 수 없을 것 같습니다"고 말했다. 1975년 그는 시력이 좋지 않아 전문적으로 대학 교사를 요청해 책을 읽게 했다. 서거 전에는 말은 할 수 없었지만 정신이 맑을 때에는 여전히 독서했다. 우리가 확실히 알고 있는 것으로는 송나라 시기의 『용재수필(容斎随笔)』과 갓 편역된 일본 『미키 다케오 및 그의 정견(三木武夫及其政见)』을 읽었다는 사실이다. 미키 다케오는 그 당시 자민당 총재 경선에 출마했었는데, 마오쩌둥은 아마 임종 전 이 일에 아주 큰 관심을 가지고 있었던 것 같았다. 마오쩌둥은 1976년 9월 9일 0시 10분에 서거했다. 진료 기록에 따르면 9월 8일 그는 온 몸에 튜브를 꼽고 있었는데, 혼미상태에 빠졌다가도 때로는 의식을 회복하곤 했었다고 한다. 그는 의식만 회복되면 책을 읽고, 문건을 보았는데 이렇게 거듭하기를 모두 11번, 총 2시간 50분이나 되었다. 제일 마지막으로 문건을 본 것은 오후 4시 37분이었으며 그로부터 7시간 여 흐른 후 세상을 떠났다. 이런 정경을 보면 나이 들어서도 계속 독서를 했다고 말할 것이 아니라 죽을 때까지 독서를 했다고 말해야 정확할 것이다.

마오쩌둥의 독서는 진심에서 우러나오는 지식과 진리를 추구하려는 갈망에서 이루어졌다. 이러한 갈망이 있었으므로 마오쩌둥은 맛보기가 아니라, 심혈을 기울여 독서하고, 공부하고 사고할 수 있었던 것이다. 그의 말대로 "끝까지 깊이 파고들어갈 수 있었던" 것이다.

독서를 두고 "책을 공략하는 것"이라고 한 것은 옛 사람들의 말이다. 마오쩌둥은 항일군정대학에서 연설할 때 "내가 보건데 이 '공략'이라는 '공(攻)'자는 매우 일리가 있습니다. 책을 적으로 여기고 한 글자, 한 구절씩 깊이 파고들어 가야 합니다"고 말했다. 이 깊이 파고든다는 목표는 지식에 정통하기 위해 끝까지 파고들어 가서 알아내겠다는 의지의 표명이었다. 이에 대해 그는 1939년 5월 20일의 중앙간부교육부에서 개최한 학습운동 동원대회에서 "학습은 반드시 끝까지 해야 합니다. 학습의 가장 큰 적은 끝까지 가지 않는 것이며, 조금 알고서 만족하는 것입니다"고 해석했다. 책을 끝까지 파고드는 방법은 '짜내는 것'과 '뚫고 들어가는 것'이며 한 번 또 한 번 열심히 읽는 것이다. 1945년 5월 31일 그는 중국공산당 제7차 대표대회 최종 연설에서 마르크스·레닌주의 저작 5권을 추천할 때 어떻게 '짜낼 것인가'와 '뚫고 들어갈 것인가'에 대해 생동적으로 해석했다. "이 5권의 책을 건량 주머니에 넣어 가지고 다니면서 전투가 끝나면 한 번 읽거나 혹은 한 두 구절씩 볼 수 있습니다. 재미없으면 그냥 넣어두고, 재미있으면 좀 더 보면 됩니다. 이렇게 일곱 번, 여덟 번 보게 되면 맛을 알 것이 아닙니까? 1년에 다 못 보면 2년에 보면 되지 않습니까? 만약 2년에 한 번 볼 수 있다면 10년이면 다섯 번은 볼 수 있지 않겠습니까? 한 번 다 보고나면 책 뒤에다 날짜를 적어놓읍시다." 이것은 마오쩌동의 경험담에서 우러나온 말이었다. 그가 남긴 일부 서적들에는 이렇게 날짜와 '읽기 시작', '재독'이라는 필적이 있었던 것이다.

마오쩌동의 깊이 파고들기는 구체적으로 다음과 같은 몇 가지로 나타났다.

첫째는 고전과 중요한 책은 반복적으로 읽었다. 마르크스·레닌주의 저작을 읽음에 있어서 마오쩌동은 늘 읽었고, 그럴 때마다 늘 신선한 느낌을 받았다. 연안에 있을 때 그는 중지(曾志)에게 『공산당선언』을 읽은 느낌을 말했다. "문제가 있으면 나는 『공산당선언』을 들춰 봅니다. 경우에 따라 한두 단락 읽기도 하고 전편을 모두 읽기도 합니다. 읽을 때마다 모두 새로운 발견을 할 수 있었습니다." 마오쩌동은 좋아하는 문학·역사 고전도 자주 읽었다. 1950년대 그는 사람들에게 『홍루몽(紅樓夢)』을 다섯 번 읽었다고 말했다. 그 후 그는 또 열다섯 번이나 『홍루몽』을 달라고 요구했었다. 이는 사무 요원들의 기록에 명확히 기재되어 있다. 한 권의 책을 거듭 읽을 때, 배경이 다르고, 임무가 다르며 심경이 다르므로 인해 그 이해와 발견도 다소 다르기 때문이었다.

둘째는, 같은 제재와 내용의 책이라 하더라도 마오쩌동은 서술이 다르고 심지어는 반대되는 것들을 대조하면서 읽었다. 일례로, 그는 미국 역사에 관한 책을 읽게 되면 북경도서관, 북경대학 도서관에 사람을 보내 빌려 오게 했는데, 특별히 쪽지까지 써서 마르크스주의 학자가 쓴 것뿐 아니라 자산계급의 학자가 쓴 책도 빌려오게 했다. 나폴레옹에 관한 책을 읽을 때에는 소련, 프랑스와 영국 학자가 쓴 『나폴레옹 전기』와 관련 저작들을 찾아서 대조하며 읽었다. 1957년 12월에는 한꺼번에 고금의 50여 가지 『초사(楚辭)』에 관한 주석과 연구서적을 요구했다. 1959년 10월 23일 외출 시 휴대한 서적 중에는 『노자』에 관한 책이 10여 종이나 있었다.

이와 관련하여, 마오쩌동은 자신과 관점이 다르거나 심지어 반대되는 책들도 읽어야 한다고 줄곧 강조해 왔다. 1957년 그는 지도자들에게 하는 연설에서 장개석(蔣介石)에 관한 것과 같은 반면적인(反面) 책도 읽어야 한다고 말했다. 그는 일부 공산당 지식인들에게 부족한 것이 있다면 바로 이러한 반면교사해 주는 책에 대한 이해가 너무 적은 것이라고 했다. 마르크스의 책 몇 권을 읽고서는 그대로 따라 하기에, 연설을 하거나 글을 쓸 때 설득력이 부족하다고 말했다. 이에 따라, 그는 『장개석전집』을 편집할 것을 제기했다. 그 외 『손중산전집』, 『강유위전집』을 출판할 것을 제기했으며, 그 자신도 양계초(梁启超)의 『음빙실문집(饮冰室文集)』을 숙독했다. 1965년 중국공산당 중앙위원회 선전부는 마오쩌둥의 의견에 따라 관련 부문에서 『장개석언론집(蔣介石言论集)』 계열서를 편집하도록 했으며 5000권씩 인쇄하도록 했다. 이에 그는 '5000권은 너무 적다, 1만 권씩 인쇄해야 한다'고 지시했다. 1960년대 그는 여러 차례나 유심주의와 형이상학의 책을 읽지 않으면 유물주의와 변증법에 대해 진정으로 알 수 없다고 했으며, "이것은 나의 경험이고 또한 레닌의 경험이며 마르크스의 경험이기도 하다"고 말했다.

셋째는, 독서에서 '손에 닿아야 하는 습관'이 있었으며 토론을 중시했다. 옛 사람들은 독서를 논할 때 '눈길이 닿다', '입에 담다', '손에 닿다', '마음에 와 닿다'를 강조했다. 이중에서 마오쩌둥은 '입에 담는' 습관이 있었다. 자신이 읊었을 뿐만 아니라 일부 석상에서 다른 사람들에게 자신의 체험과 얻은 바를 이야기했다. 그리고 '손에 닿다'란 바로 평어와 주석을 달고 독후감 같은 것을 써놓는 것이다. 『마오쩌둥 문학 · 역사 고서 평어집(毛泽东读文史古籍批语集)』은 그가 읽은 39부의 문학 · 역사 고적과 범중엄(范仲淹)의 사(词) 두 수에 대한 평어를 수록한 것이다. 『마오쩌둥이 평어를 쓰고 방점을 찍은 이십사사(毛泽东评点二十四史)』(평문 완전판)는 모두 다섯 권으로 되었는데, 『이십사사』의 일부 책들에 동그라미를 치고 평어와 주석을 단 것들을 수록한 것이다. 『마오쩌둥 친필 고체시 · 사 선집(毛泽东手书古诗词选)』, 『마오쩌둥 친필 역대 시 · 사 · 곡 · 부 전장(毛泽东手书历代诗词曲赋典藏)』은 그가 고대 문학작품을 읽으면서 판본 · 삽화 · 평론 등을 적어 놓은 것이다. 『건국 이래의 마오쩌둥 원고(建国以来毛泽东文稿)』 13책(册)은 그가 여러 가지 책과 잡지를 읽으면서 쓴 서면 지시, 평어와 주석을 수록한 것인데 그 양이 아주 많았다. 그중에는 스탈린의 『사회주의 경제문제(社会主义经济问题)』에 대한 평어도 포함되어 있다.

마오쩌둥의 독서에는 또 '귀에 닿는 것'이 있다. 즉 독서 소조를 조직해서는 한 사람이 읽게 하고 여러 사람이 들은 후 다시 토론하는 것이다. 예컨대, 그는 청년 시절 독서 소조를 조직한 적 있었다. 연안(延安)시기에는 세 가지 형식의 철학연구 소조를 조직했으며, 심지어 클라우제비츠의 『전논쟁』을 읽기 위한 전문적인 독서 소조를 만들기도 했다. 1959년 말에는 또 독서 소조를 조직해 항주(杭州) 등지에서 소련의 『정치경제학 교과서』를 읽었다. 만년에는 시력이 나빠 다른 사람이 책을 읽게 하고 들으면서 토의했다.

마오쩌둥은 어떻게 책을 실용적으로 읽었는가?

책을 실용적으로 읽을 수 있는가는 독서 목적과 관련이 된다.

독서에 관해서는 여러 가지 설명과 비유들이 있다. 어떤 사람은 독서는 생활태도이고, 일하는 태도이며, 정신적 추구이고, 생활방식이라고 했다. 또 누군가는 독서는 향수이고, 풍격이며 얼마간은 서생 티가 나게 하기 위함이라고 했다. 또 다른 사람은 독서로 정신적 수양을 할 수 있으며, 세계를 대하는 태도를 변화시킬 수 있다고 말했다. 이는 모두 왜 독서하는가에 대해 간접적으로 말한 것이다. 사람들이 책을 읽는 목적은 여러 가지만 종합적으로 말한다면, 신앙을 수립하고, 참된 지식을 추구하며, 실천을 추진하고, 성정을 수양하고, 감정을 표현하기 위한 것이라고 하고 있다. 마오쩌둥은 독서를 매우 좋아하였으니 자연 이러한 추구하는 것들이 포함되었을 것이다. 마오쩌둥은 또 다른 의미심장한 명언을 남겼다. 즉 책 속의 이론에 정통해야 하는 목적은 "전적으로 응용하려는 데 있다"고 했다. 여기서 말하는 '응용'이란 바로 독서를 통해 개인 혹은 사회 실천의 필요를 만족시키는 것이었다.

현실 속 실천에 착안점을 두고, 중점 사업을 둘러싸고 큰 사업과 큰 추구에 배합시키기 위한 것은 마오쩌둥의 독서 필요에서의 주된 목적이었다. 하지만 그의 독서가 모두 실용하기 위한 것이며, 따라서 실용주의적인 것이라고는 말할 수 없다. 그는 '심심풀이 책'도 읽었으며, 정치가가 관심을 두지 않아도 될 '잡서'도 읽었다. 이는 그의 개인적 흥미와 독서의 즐거움을 체현한 것이다. 예컨대, 그는 『동백꽃 아가씨』를 즐겨 읽었으며 심지어 만화책도 보았고 서법에 대해서도 연구했다. 이런 것들은 그의 사업이나 실천과 그 어떤 직접적인 관련이 있는지 엿볼 수가 없다. 그러나 이러한 독서가 완전히 쓸모없는 것은 아니다. 소일거리가 되기도 하고, 정신적 휴식을 취할 수도 있으며, 지식을 누적시키고, 시야를 넓히는 등의 효과도 있기 때문이다. 다만 그 효과가 바로 나타나지 않을 뿐이다.

마오쩌둥이 독서를 즐기는 이유는 이처럼 많았다. 그럼 그가 1930년에 제기한 "교조주의를 반대하자"는 구호는 어떻게 이해해야 할 것인가?

이러한 의문에 대답하기는 그다지 어렵지 않다. 당시 중국혁명은 올바른 길을 탐색하고 있는 중이었으며, 많은 이상한 일들과 어려운 일들에 부딪치고 있었다. 마오쩌둥은 '시골'에 있다 보니 실천을 지도할 수 있고, 본보기가 될 수 있는 마르크스·레닌주의 저작을 많이 읽었지만 어려움이 아주 많았다. 마르크스·레닌주의 저작들을 읽은 교조주의자들이 책 속의 내용들을 그대로 옮김으로 인해 거듭해서 일을 그르쳤던 것이다. 또 일부 사람들은 책은 많이 읽었지만 실천하는데 있어서 잘못 옮겨 왔고, 또 어떤 사람은 실천 속에서 올바른 길을 탐색해 냈지만 이론적인 근거를 찾아내지를 못했다. 이것은 당시 중국공산당 지도부가 직면한 기이한 모순이었다.

그리하여 마오쩌둥은 당시 많은 정력을 들여 다른 한 권의 '글자가 없는 책' 즉 중국 농촌사회를 읽었으며, 대량의 조사 보고를 써 냈던 것이다. 1927년 정강산(井冈山)에 가서부터 중앙소비에트 지역을 떠날 때까지 그는 10여 번이나 농촌사회를 조사했다. 1930년 그가 쓴 『심오조사(寻乌調査)』는 8만자가량 된다. 이 조사 보고서는 아주 자세히 썼는데, 심오 현소재지에는 잡화점이 몇 개나 되고, 어떤 사람이 경영하며, 운영비용은 얼마나 들고, 상품은 어떤 것이 있는지에 대해 모두 상세하게 리스트를 만들었다. 그리고 전 현(县)적으로 혹은 대표적인 가족에서 수재(秀才), 거인(举人), 진사(进士)가 얼마나 나왔는지, 그들이 혁명에 대한 태도에는 어떤 차이점이 있는지 등에 대해서도 모두 써 넣었다. 바로 이 같은 농촌조사를 거쳐 마오쩌둥은 중국혁명의 특수성에 대해 더 실제적인 상황을 알 수가 있었으며, 이로부터 "교조주의를 반대하자"라는 구호를 내걸게 되었던 것이다.

"교조주의를 반대하자"의 실제 의미는, 조사를 하지 않으면 발언권이 없고, 조사연구를 떠나면 실제를 이탈한 유심주의 지도방법이 나타날 것이며, 중국혁명의 승리는 중국의 동지들이 중국의 상황을 이해하는데 의거해야 한다는 것이었다. 이러한 것들은 모두 마오쩌둥이 독서를 통해 분명한 주장을 했음을 보여 준 것이다. 즉 '글자가 있는 책'과 '글자가 없는 책'을 함께 읽자는 것이다. 공부한 것들을 잘 운용하려면 반드시 '서재'에 들어가야 할 뿐만 아니라, '서재'에서 나올 수도 있어야 한다는 것이다. 이것이 바로 그 후 그가 반복적으로 강조한 이론과 실제를 결부시키는 학풍이다.

마오쩌둥이 책을 읽는 것을 반대한 것이 아니라, '오직 책만 정확하다'고 생각하는 학풍을 반대했던 것이다.

마오쩌둥이 책을 실용적으로 읽을 수 있었던 것은 이런 독서 이념에서 연유된 것이다.

책을 실용적으로 읽는다는 것은 책 속의 지식을 인식으로 전환시키고, 그 인식을 지혜로 전환시키며, 그 지혜를 능력으로 전환시키는 것이다, 그 후 다시 그 능력을 실천으로 전환시키며, 더 나아가 실천 속에서 새로운 것을 창조하는 것이었다. 지식을 취득하는 것으로부터 실천 속의 창조에 이르기까지, 주관으로부터 객관으로, 세계에 대한 인식으로부터 세계에 대한 개조를 실현해야 한다는 논리를 체현했던 것이다. 이 사슬을 연결시키지 못하면 교조주의가 될 수 있다고 했다. 책 속의 지식만으로는 실천 중 복잡한 현실에 대한 어려운 선택을 대체할 수 없기 때문이었다. 똑 같은 병서도 마속(马谡)은 그냥 책 속의 내용을 달달 외우는 데에 그쳤고, 제갈량(诸葛亮)은 실제적으로 활용할 수 있었다. 왕명(王明)과 마오쩌둥 두 사람은 모두 마르크스 · 레닌의 저작을 읽었는데, 왕명이 오히려 더 많이 읽었다고 할 수 있을 것이다. 하지만 왕명은 교조주의적으로 책을 읽었고, 마오쩌둥은 그게 아니었다. 이로부터 독서 효과의 키는 독법과 용법에 있으며, 독서와 실천 속을 자유로이 넘나들 수 있는가의 여부에 있음을 알 수 있다.

그럼 어떻게 하는 것이 실제와 결부시켜 실용적으로 독서하는 것인가? 마오쩌둥은 자신의 방법을 두 가지로 개괄했다. 즉 독서할 때, '연락원'이 되고 '평론원'이 되는 것이다. 이러한 말은 그가 1958년 11월 도로가(陶鲁笳) 등과 이야기 할 때 제기했다.

이른바 '연락원'이란 두 가지 의미가 있다. 하나는 책 속에 쓰여 있는 관점이나 주장, 인물이나 사건을 이러한 관점이나 주장, 인물이나 사건과 관련되거나 혹은 대립되는 다른 한 측면과 연계하여 사고하거나 이해하는 것이다. 예컨대, 마오쩌둥은 『사기・고조본기(史记・高祖本纪)』를 읽을 때, 유방(刘邦)에 관한 내용에 관심을 가졌을 뿐만 아니라, 책 속의 유방과 대립면에 있는 항우(项羽)에 대한 묘사와 연계시켜 비교해 봄으로써 '항우는 정치가가 아니지만 유방은 출중한 정치가다'는 결론을 내렸다. 또 다른 일례로, 마오쩌둥은 일본 학자 사카다 쇼이치(坂田昌一)의 기본 입자가 더 분리될 수 있다고 한 『양자역학 이론에 관한 해석』을 읽고 나서 『장자(庄子)』의 '한 자 길이의 회초리를 매일 부러뜨려도 만년이 지나도록 없어지지 않는다(一尺之棰, 日取其半, 万世不竭)'는 관점에 연계시켜 사카다쇼이치(坂田昌一)의 학설이 정확하다고 인정했다.

'연락원'의 다른 한 가지 의미는 바로 현실과 연계시켜 이해하고 발휘케 하는 것이다. 1958년 마오쩌둥은 스탈린의 『소련 사회주의 경제 문제』를 읽고 난 후의 평어에서 "책 속의 '우리나라'(소련을 가리킴)를 '중국'이라고 고쳐 읽으니 아주 흥미롭다"고 했다. 마오쩌둥은 현실 속에 존재하는 분산주의, 본위주의와 관련해, 당내 지도자들이 『사기(史记)』를 읽음에 있어서, 진시황(秦始皇)이 6국을 통일하는 전쟁에서 각국의 역량을 주공격 방향으로 집중시킨 방법에 대해 이해할 것을 요구했다. 소련의 『간추린 철학사전』을 읽을 때에도 그 중 '동일성' 관련 조목에서 모순의 대립만 강조하고 모순의 전화를 부정하는 형이상학적 관점과 스탈린 시기 소련에서 인민 내부 모순을 잘 처리하지 못하고, 모순의 전화를 제대로 하지 못한 것과 연계시켜 이해하였으며, 더 나아가 이 조목이 스탈린이 만년에 정치적으로 과오를 범한 사상방법의 근원이라고 보았다.

이른바 '평론원'이란, 책 속의 내용에 대해 자신만의 관점이 있어야 하고,

평론을 해야 하며, 창조적인 발휘와 운용을 해야지, 맹목적으로 책 속의 내용을 따르지 말아야 한다는 것이다. 마오쩌동의 독서필기와 담화는 항상 정치가의 민감성과 견식을 보여주었다. 일례로 그가 『서하객 유기(徐霞客游记)』와 여도원(郦道元)의 『수경주(水经注)』를 읽음에 있어서 관심을 가진 것은 두 작가가 많은 조사 연구를 거쳐서야 발견할 수 있는 '과학작품'을 써낼 수 있었다는 점이다. 또한 포송령(蒲松龄)의 『요재지의(聊斋志异)』를 읽고 나서도 포송령이 "조사 연구를 중시했다"고 평했다. 조사 연구를 하지 않으면 어떻게 기괴한 이야기를 그렇게 많이 알 수 있느냐 하는 것이었다. 이러한 평론은 책의 주제를 떠나, 책 내용을 빌려서 사실을 논한 것이며, 조사 연구가 있어야만 수준 있는 글을 써낼 수 있다고 강조한 것이다. 또 다른 일례로, 『통감 기사본말·석륵구하삭(通鉴纪事本末·石勒寇河朔)』에는 석륵이 유주(幽州) 공략 여부에 대해 모사 장빈(张宾)에게 묻자, 장빈이 왕준(王浚), 유곤(刘琨)과 오환(乌桓) 등의 상황을 분석하면서, 석륵이 유주를 공략할 결심을 내리도록 도와 준 이야기가 있다. 마오쩌동이 이 이야기에서 읽은 것은 "분석 방법이 아주 중요하다"는 것이었다. 그 외에 그는 『한서·조충국전(汉书·赵充国传)』을 읽고 나서, 조충국이 한선제(汉宣帝)에게 둔전제를 건의한 상주가 분석이 잘 되었으므로 공경들에게 "강한 설득력이 있었다"고 보았다. 『노자(老子)』를 읽음에 있어서는, "화는 복이 기대는 바이고, 복은 화가 숨어 있는 곳이다(祸兮福所倚，福兮祸所伏)"라는 구절은 문제를 분석함에 있어서 긍정적인 것도 보아야 하지만 부정적인 것도 보아야 한다고 했다. 『귀신을 두려워하지 않은 이야기(不怕鬼的故事)』 중의 '송정백이 귀신을 잡다(宋定伯捉鬼)'를 읽고 나서, 이 이야기 중의 "새 귀신은 크고, 낡은 귀신은 작다"라는 묘사에 대해 구체적인 사물에 대해서는 구체적으로 분석해야 한다고 평가했다. 이러한 평론들은 마오쩌동이 독서에서 객관세계를 인식하고 개조하는 방법론을 잘 읽어냈음을 알 수 있다.

'평론원' 식의 독서 방법으로 인해, 마오쩌동은 일반인들이 독서에서 도달하기 어려운 절묘한 경지에 도달할 수 있었으며, 일반인들이 생각할 수 없는 평론을 하곤 했다. 그 일례로, 과거 사람들에게 황음무도하다고 알려진 상나라 주왕(紂王)은 사실 아주 능력 있고, 문무에 뛰어나다고 보았다. 송옥(宋玉)의 '등도자호색부(登徒子好色賦)'에는 변증법이 들어 있으며, 모범스런 남편을 노래한 것이라고 보았다. 매승(枚乘)의 '칠발(七发)'은 보수주의를 비판한 것이고, 가의(贾谊)의 '치안책(治安策)'은 최고의 정론이며, 『수호전(水浒传)』의 '축가장을 세 번 치다(三打祝家庄)'는 통일전선의 중요성을 보여주었다고 했다. 이러한 평론은 전인이나 현대인들이 모두 말한 적 없는 독보적인 것이다.

'연락원'이나 '평론원'이 되는 독서법은 이론과 실제를 연계시키는 학풍을 충분히 보여주었으며, 마오쩌동의 독서가 객관적인 실천과 어떻게 연계되고 있는가를 설명해 준다. 이러한 연관으로 인해 책 속의 내용을 활성화 하였으며, '쓸데없는 책'이 유용한 책으로, '죽은' 책이 '산' 책으로 변화할 수 있었다. 이러한 독서는 또 마오쩌동의 사고를 활성화하여 늘 새로운 사상적 수확이 있게 하였으며, 더 나아가 실천 속에서 운용하고 발휘할 수 있도록 했다. 예를 들면, 소련 윌리엄스의 『토양학(土壤学)』을 읽은 것과 그가 제기한 '농업8자 헌법'(토양, 비료, 물, 종자, 밀식, 식물 보호, 전간 관리, 공구 개혁)이 관련이 없다고 할 수 없는 것과 같다. 1964년 모택은 축가정(竺可桢)의 논문 「우리나라 기후의 몇 가지 특징 및 알곡작물 생산과의 관계」를 읽은 후 또 새로운 생각이 갖게 되었다. 그는 축가정에게 "당신의 문장은 아주 훌륭합니다.

'농업 8자 헌법'은 아직 결함이 있습니다. 햇빛과 기후에 대해 더 넣어야 하겠습니다. '농업 8자 헌법'은 땅에만 관련된 것입니다. 당신의 문장은 하늘에 관련된 것입니다'라고 말했다.

　마오쩌둥이 책을 실용적으로 읽는 능력은 공산당 내 지도층에서 추종을 받았다. 1943년 10월 주덕(朱德)은 중앙정치국 확대회의 발언에서, 마오쩌둥은 책을 많이 읽었고, 또 실용적으로 읽었으며, 이론과 실천의 실제적 합일을 이루었다고 말했다. 1949년 주은래(周恩来)는 「마오쩌둥을 따라 배우자」는 문장에서 "옛날 책을 읽음으로써 그는 더 박식해졌고 위대해졌다"고 했다. 1958년 3월 유소기(刘少奇)는 성도(成都)의 중앙공작회의 발언에서 "주석의 사상, 관점, 방법은 진지하게 따라 배우면 배울 수 있습니다. 하지만 우리가 배워 낼 수 없는 것이 있습니다. 예컨대, 아주 많은 책을 읽은 것, 기억력이 아주 좋은 것, 이론과 경험이 풍부한 것 등입니다. 이러한 것들은 당내 다른 사람들이 도달하기 어려운 것입니다"라고 말했다. 덩샤오핑(邓小平)은 두 번째 『역사 결의(历史决议)』의 초안을 작성하는 과정에서 "우리가 사상 방법, 공작 방법을 제고시키려면 마르크스주의 철학을 공부해야 하며, 또한 역사도 공부해야 한다"고 말했다. 『역사 결의(历史决议)』에서는 마오쩌둥 동지가 마르크스주의 철학에 대한 공헌에 대해 더 많이, 더 충분히 써야 한다고 했으며, '맺는 말'에도 제창하고 따라 배우자는 뜻을 더해 넣어야 한다고 했다. 이렇게 요구한 것은 분명 마오쩌둥의 독서 이념과 방법에서 계발을 받은 것이라 할 수 있다.

마오쩌동의 독서와 리더십 및 영향력

　마오쩌동이 독서 중 보여 준 것은 그의 지혜와 사상문화 개성의 구성 부분이
되었으며, 다른 한 측면으로부터 그의 사상의 형성과 발전 맥락을 보여 주었다.
우리는 마오쩌동의 독서의 과정으로부터 그의 일부 사상 탐색의 불꽃을 발견할
수 있으며, 탁월한 리더십과 영향력의 원천을 알 수가 있다.

1. 마오쩌동의 독서와 사상 지혜

　마오쩌동의 경험, 지혜와 재능은 그가 중국 역사와 현실에 대한 조사
연구에서 온 것이고, 중국혁명과 건설의 풍부한 실천으로부터 온 것이며, 또한
동서고금의 서적에 대한 꾸준한 독서와 발휘, 운용에서 온 것이다. 마오쩌동의
독서 과정을 통해 그가 전인 및 동 시대 사람들의 사상, 지식, 경험에 대해
어떻게 흡수하고 지양하였으며, 발전시켰는가를 알 수 있다. 혁명과 건설
속에서 마오쩌동의 실천과 창조는 그의 독서 과정에서 얼마든지 찾아볼 수
있다. 그는 많은 책을 읽고, 공부했을 뿐만 아니라 또한 깊이 있게 공부하고
자세하게 음미하였다. 독서는 그가 주 · 객관세계를 관찰하고 인식하는 방법을
부여해주었으며, 군대를 통솔하고, 정무를 보고 나라를 다스리는 지혜를
주었으며, 그만의 독특한 매력과 인격적 수양, 리더십을 부여하였다.
　마오쩌동의 가장 핵심적인 리더십과 영향력은 그가 주도하여 창립한
마오쩌동 사상에서 온 것이다. 마오쩌동 사상의 형성은 그의 꾸준한 독서와
밀접한 연관이 있다. 그의 이론과 사상은 항상 그가 무슨 책을 어떻게 읽었으며,
어떤 문제를 사고하고, 어떻게 사고하며, 어떤 일을 어떻게 하였는가 하는

구체적 과정에서 점차 이루어지고 완성되었다.

마오쩌동 사상의 형성과 발전에는 세 개의 원천이 있다. 그중 하나는 마르크스주의의 기본 이론과 원칙 그리고 방법이다. 이것은 한 사람의 입장에서 말하면 영혼과 같은 것이다. 다른 하나는 중국혁명과 건설의 실천이다. 이것은 한 사람의 입장에서 말하면 몸과도 같은 것이다. 또 다른 하나는 중국의 우수한 전통문화이다. 여기에는 '5·4운동'이래의 우수한 사상·문화의 성과 속에 내포된 경험, 지혜, 기풍, 기백이 포함되어 있다. 이것은 우리의 입장에서 말하면 혈맥과 같은 것이다. 과학적인 '영혼'이 없으면 마르크스주의자가 될 수 없다. 튼튼한 '몸'이 없으면 '영혼'이 의탁할 곳이 없게 된다. '혈맥'이 잘 통하지 않으면 자양분을 흡수할 수 없어 허약해진다. 이 3자가 모두가 구비되어야 생기가 넘치는 마오쩌동 사상이 형성될 수 있는 것이다.

2. 마오쩌동의 독서와 그의 리더십 스타일

마오쩌동의 독서 궤적을 살펴보면 우리는 그의 선명한 정치 리더십 스타일을 알아볼 수 있다.

마오쩌동은 지식인 출신으로, 여러 가지 이론 사조에 대한 비교를 통해 미래의 길을 선택했다고 볼 수 있다. 그는 사람들이 접촉하는 지식, 이론, 관점이 객관세계를 개조하는 실천에 매우 큰 영향을 준다는 것을 잘 알고 있었다. 중국의 혁명과 건설은 복잡하고도 여러 곡절 있는 과정을 거쳐 왔다. 매 단계마다 모두 어떻게 경험을 종합하고 새로 나타난 시대적 과제를 해결할 것인가 하는 문제에 직면하곤 했다. 그런데 당원과 간부들의 문화 지식과 이론적 준비는 항상 부족했다. 만약 독서하지 않고, 공부하지 않는다면, 그들이 끊임없이 새로운 지식으로 자신을 충실하게 하지 않는다면, 끊임없이 사상 이론 수준과 업무 능력을 끌어올리지 않는다면, 중국공산당이 그렇게 많은 놀라운 일들을 해낼 수 있다는 것은 상상도 할 수 없는 일이었다. 중국공산당은 바로 연안 정풍학습을 통해서 전면적으로 성숙되었으며, 많은 성숙된 간부들을 양성해 낼 수 있었고, 그 후의 혁명과 건설 중의 어려움을 이겨내고 성과를 취득할 수 있었다.

마오쩌동이 보건대, 독서는 시종 혁명자, 건설자가 반드시 공부해야 하는 필수 과목이었다. 그는 1939년 1월 27일의 어느 한 회의에서 "사람은 지식의 폭이 넓어야 합니다. 학문이 있으면 산 위에 있는 것처럼 더 멀리 볼 수 있고, 더 많이 볼 수 있습니다. 학문이 없으면 암흑 속에서 걸어가는 것처럼 아무 것도 보이지 않습니다. 그것은 사람을 매우 힘들게 합니다"라고 연설했다. 그래서 독서를 창도했을 뿐만 아니라 직접 책을 편찬하고, 추천했다. 또한 책에 대해 이야기하는 것이 그가 습관적으로 운용하는 지도 방법이 되었고 일하는 방법이 되었다.

책을 편찬하고, 추천하고 이야기하는 것의 전제는 책을 읽는 것이다. 뿐만 아니라 정독해야만 편찬하고 추천할 수 있으며 그 책에 대해 이야기할 수 있는 것이다. 마오쩌동은 정치가인 동시에 지식인이었다. 이런 두 가지 신분의 결합은 자연적으로 그가 책을 동원과 선전의 도구로 이용하게 했으며, 이론 창조와 사상 보급의 도구로 이용하게 했다. 그는 "고기를 주는 것보다 고기 잡는 방법을 알려줘야 함"을 누구보다도 잘 알고 있었다. 역사 발전의 중요한 시각이나, 중대한 문제에 직면했을 때, 그는 항상 목적성을 가지고 간부들에게 책을 추천했다. 이는 그들을 사상적으로 납득시키기 위한 것이거나 혹은 현실적으로 존재하는 실제 문제를 해결하기 위한 것이었으며, 또는 곧

닥쳐오게 될 새로운 역사적 시련에 대응하기 위한 것이었다. 그는 심지어 일부 회의에서 자신이 직접 선별 편찬한 책의 장절들을 인쇄 배포하기도 하였으며, 직접 강의를 하기도 하였다. 리더십과 영향력이란 바로 자신의 생각이나 견문으로 다른 사람들의 희망과 꿈을 불러일으키는 것이며, 다 같이 실행할 수 있는 가치나 전략을 제공하는 것이며, 현실적인 문제를 해결할 수 있는 방법이나 책략을 내놓는 것이다. 책을 편집하거나 추천하는 것, 책에 대해 이야기 하는 것은 모두 지도자로서의 리더십을 발휘하는 과정인 것이다.

마오쩌동의 정치적 리더로서의 이러한 풍격과 일하는 방법은 중국공산당 내에서 농후한 독서 분위기를 이루게 했다. 지도층 입장에서 볼 때 유소기(刘少奇)는 이론적 수양이 매우 높았다. 이는 그가 부지런히 독서한 것과 관련된다. 주은래(周恩来)도 일선에서 정무를 처리해야 했기 때문에 매우 바쁘게 보냈지만 독서만은 게을리 하지 않았다. 1973년 3월 26일 그가 마오쩌동에게 올린 보고에서는 "새벽에 『사기·급정열전(史记·汲郑列传)』을 읽고 나서 감회가 깊다. 그에 미치지 못하는 것이 부끄럽다"고 했다. 주덕(朱德)의 명언은 "늙도록 배워도 1/3은 다 못배운다"였다. 동필무(董必武)는 아주 박식하였는데 생일 자축시에 독서에 대한 것이 적지 않았다. 「칠십자수(七十自寿)」에서는 "혁명에서 이론이 중요함을 마르크스·엥겔스가 일찍 지적했다"고 하였으며 「팔십초도(八十初度)」에서는 "책을 읽으면 얻는 것이 있고 생각이 맑아진다(观书有得觉思清)"고 하였으며, 「팔십육초도(八十六初度)」에서는 "마르크스·레닌의 말은 모두 뜻이 심오하여 자세히 생각하고 읽을수록 더 분명해진다"고 하였다. 중국공산당 지도층이 독서와 학습을 역사적 사명과 정치적 책임으로 간주하였음을 알 수 있다.

3. 마오쩌둥의 독서와 그의 문화 영향력

중국과 외국 어디에서고 역사적으로 문화가 없거나 문화 정도가 낮은 정치가, 문화와 독서를 경시하는 정치가가 없었던 것은 아니었다. 그들도 성과를 낼 수 있었으며, 심지어 큰 성과를 낸 사람도 있었다. 하지만 이런 정치가들은 대부분 한때 영웅으로 군림할 수는 있었지만, 대부분 사람이 죽고 나면 그가 추진했던 정치제도는 폐지되곤 했다. 고금에 통달하고 견식이 넓으며 영향력이 원대한 정치가는 대부분 독서를 즐겼고 사고하기를 좋아했으며, 더 나아가 사상 이론적으로 많은 성과를 냈다.

마오쩌둥은 독서를 매우 좋아했고 다방면의 재능을 가지고 있었으며 실천 능력도 뛰어났다. 이로 인해 사람을 복종케 하는 문화적 분위기와 인격적 수양을 갖추었으며, 매우 강한 호소력과 영향력을 가지고 있었다. 마오쩌둥은 여러 가지 유형의 사람들을 상대하면서 모두 매력적인 카리스마를 보여주었다. 그는 티벳 종교 지도자와 불교경전에 대한 자신의 이해를 담론할 수 있었고, 국외 정계 요인들과 세계 역사와 현 상태에 대해 담론할 수 있었다. 또한 기품 있고 고풍스러운 방식으로 청(淸)조의 유신이나 민국 원훈들의 마음속으로 들어갈 수 있었다. 이로 인해 그는 상대방이 특별하게 친근감을 느낄 수 있도록 했다. 심후한 학문과 수양은 또 그가 학계의 대가들과 즐거운 대화를 나눌 수 있게 했으며, 그들에게 영향을 주었을 뿐만 아니라, 더 나아가서는 전 학계의 학풍 및 문학·사학·철학 영역의 일부 학술적 화제에 영향을 주었다. 그 외에도 마오쩌둥은 또 고대의 시(诗)·사(词)·곡(曲)·부(赋)와 서예를 좋아해, 걸출한 시인, 독창적인 서예가가 되었다. 그의 시·사와 서예는 지금도 아주 큰 문화적 영향력을 가지고 있다.

외국인들도 마오쩌동과 접촉하고 나서는 모두 그의 문화적 매력에 탄복했으며, 은연중에 정당과 국가의 이미지를 영도자의 문화적 수양과 개성에 연계시키곤 했다.

캐나다의 기자 마크·게인은 연안에서 마오쩌동과 인터뷰 후「실패하지 않을 마오쩌동」이라는 글을 썼다. "마오쩌동은 중국 역사상의 정치가들과 철학가들을 잘 알고 있었으며, 또한 그들의 성공과 실패에 대해서도 잘 알고 있었다. 그는 적미(赤眉), 황건(黃巾), 의화단(义和团)의 농민봉기가 실패한 원인에 대해 잘 알고 있었다. 마오쩌동은 과거의 사회혁명을 이야기하면서 그 자신이 영도한 혁명은 실패하지 않을 것이라고 자신했다. 왜냐하면 이 혁명은 규율이 있는 당과 영명한 정책이 있기 때문이라는 것이었다.'

미국 기자 에드가 스노우는 "마오쩌동의 역사는 한 세대 사람들의 황단면이다"라는 글을 썼다. 이 글에서 "마오쩌동은 세계 역사에 대해 잘 알고 있었으며, 유럽 사회와 정치 형편에 대해서도 실제적인 이해가 있었다. 그는 영국 노동당에 대해 관심을 가지고 있었으며, 나에게 노동당의 현 정책에 대해 아주 자세히 물었다. 하지만 내가 알고 있는 지식으로는 더 많은 대답을 할 수가 없었다"고 썼다.

일본 교도통신사의 북경 주재 후쿠하라(福原亨一) 기자는 「강렬한 개성의 빛을 발산하는 거대한 붉은 별」이라는 문장에서, 마오쩌동의 문학·역사적 소양은 "그의 이미지가 중국 사람들의 마음속에서 더 위대해지도록 하는데 크게 도움이 되었으며, 민족문화의 발전과 비약을 실현하는 영웅 이미지를 형성하는 데 크게 도움이 되었다"라고 썼다.

1973년 중국을 방문하고 마오쩌동과 한 번 만난 적 있는 에드워드 고프 휘틀럼 오스트레일리아 전임 총리는 "우리의 대화 범위는 역사와 당면 문제,

아시아 지역의 상황, 문학과 당대의 일부 인물들이 포함되었다 … 그의 지혜와 역사지식은 깊이가 있고 명확하였다"고 회억했다.

1974년 중국을 방문하고, 역시 마오쩌동과 단 한 번 만난 적 있는 히스 영국 전임 총리는 "마오쩌동이 국제 사무에 대한 깊은 이해 및 역사 지식은 그가 세계를 전략적 차원에서 사고할 수 있게 했다"고 말했다.

또 중국에서 마오쩌동의 문화적 영향력은 어떠했는가? 그가 서거한 지 30여 년이 지난 2008년, 학자인 강효광(康曉光)은 『지도자』 제2기에 「전통문화 부흥 현상 연구」 라는 문장을 발표했었다. 이 문장에서는 10개의 표본 도시에 대해 통계조사를 하여 1254개의 표본을 얻어냈다. 그중 가장 위대한 사상가가 누구인가 라는 물음에 마오쩌동, 공자, 마르크스가 앞자리 1, 2, 3위를 차지했다. 마오쩌동을 가장 위대한 사상가라고 인정한 통계 표본은 653개나 되어, 전체 피조사자의 52.1%를 차지했다. 피조사자들이 사상가에 대한 정의가 반드시 일치한다고 할 수는 없지만, 그들은 대체로 자신이 받아들인 사상의 영향에 따라 답안을 선택했다.

재미있는 것은 마오쩌동이 청년시절에 동서고금으로 중요한 공헌을 한 인물들을 두 가지 유형으로 나누었다는 점이다. 즉 한 가지 유형은 '일을 한 사람'이고 다른 한 가지 유형은 '일을 하면서 선교까지 겸하여 한 사람'이었다. 그는 후자가 도덕, 학문과 공적을 모두 구비한 이상적인 인격을 가진 본보기라고 보았다. 이러한 이상적 인격을 갖춘 사람을 중시했던 것은 그 후 그의 생각에 영향을 주었다. 한 예로 마오쩌동 사(詞)의 대표작인 '심원춘 · 눈(沁園春 · 雪)'은 진시황(秦始皇)이나 한무제(汉武帝)는 지적인 풍채가 모자랐고, 당태종(唐太宗)과 송태조(宋太祖)는 시인의 기질이 무디었다고 논했다. 또 다른 예로, 1950년대 중후기 마오쩌동은 일선에서 은퇴하고자 생각했는데, 그 이유는 더 많은 시간을 내서 독서하고 글을 쓰며, 이론과 전략적 문제를 사고하기 위함에서였다. 만년에 그는 자신에게 씌워진 "네 개의 위대하다(위대한 영도자, 위대한 조타수, 위대한 최고 사령관, 위대한 선도자)"는 말을 싫어했지만, '선도자'만은 보류할 수 있다고 생각했다. 그 이유는 영어에서 '선도자'라는 의미는 교사와 같은 뜻이었기 때문이라고 했다. 이는 자세히 음미할 가치가 있는 말이다.

마오쩌둥이 독서를 즐기고 또 독서를 제창함으로써 중국공산당의 좋은 전통이 정립되었다. 즉 독서와 학습을 사상이론 건설과 능력을 키우는데 있어서 반드시 필요한 길로 보는 전통이었다. 마오쩌둥은 "전 당을 하나의 큰 학교로 만들어야 한다"고 제기했다. 중국공산당 제18차 전국대표대회에서 제기한 학습형, 서비스형, 혁신형의 마르크스주의 집정당을 건설해야 한다는 이념은 이와 일맥상통하는 것이었다. 바로 이러한 의미에서 2013년 3월 1일 시진핑(習近平)은 중앙당학교에서의 연설에서 "지도자 간부의 학습 여부는 자신만의 일이 아니며, 능력의 크고 작음도 그 자신만의 일이 아닌, 당과 국가의 발전에 관련되는 큰일이다", "중국공산당 당원은 학습에 의해 오늘에까지 왔고, 또 반드시 학습에 의해 미래로 나아갈 것이다"라고 말했다.

학습에 의해 미래로 나아가려면 반드시 과학적인 학습 이념과 방법을 수립해야만 한다. 마오쩌둥이 독서의 길에서 사람들에게 제공한 가이드 팻말은 아주 선명했다. 즉 독서와 학습에서 반드시 세 가지 기둥으로 지탱해야 한다는 것이었다. 하나는 신념, 신앙, 신심이 없으면 안 된다는 것이다. 다른 하나는 배우지 않으면 안 된다, 즉 학문, 인식, 능력이 없으면 어렵다는 것이다. 또 다른 하나는 실제, 실천이 없으면 반드시 실패한다는 것이다.

마르크스주의 학습형 정당을 건설하는 데 있어서 가장 믿음직한 담보는 바로 이 세 가지였다. 즉 독서하고 학습함에 있어서 반드시 신념, 신앙, 신심이 있어야 한다. 그렇지 않으면 정신병 환자와 같다고 했다. 다음으로는 묻고 배우는 것이다. 지식, 학문이 없으면 세계를 개조하는 능력을 제고시킬 수 없다. 세 번째로는 실제적인 것을 추구하는 것이다. 배운 것을 실천에 운용하지 않으면 일을 해내기 어렵다는 것이었다.

2 chapter

학창시절: 독서와 '근원'에 대한 탐색

2. 학창시절: 독서와 '근원'에 대한 탐색

"독서는 천하의 기이함을 알기 위해서이다"

농가 출신의 마오쩌둥이 소산(韶山)에서 글공부를 하게 된 원인은 다른 농가의 아이들과 별로 다르지 않았다. 얼마간의 공부를 하여 생계에 도움을 주기 위해서였다. 당시 그가 공부한 것은 서당에서 일반적으로 가르치는『삼자경(三字经)』,『유학경림(幼学琼林)』등 초급 독본이었고,『논어(论语)』,『맹자(孟子)』,『시경(诗经)』등 고전 전적 및 『좌전(左转)』,『강감역지록(纲鉴易知录)』등 역사전기였다. 소산 기념관에는 그때 마오쩌둥이 읽었던『논어(论语)』,『시경(诗经)』등 책이 진열되어 있는데, 표지에는 그의 친필 서명이 있다. 이는 그가 남겨놓은 가장 일찍 독서한 흔적이다. 그 외에 마오쩌둥도 기타 청소년들과 마찬가지로『수호전(水浒传)』,『정충전(精忠传)』,『서유기(西游记)』등 전기소설을 좋아했다. 이러한 도서는 중국 전통문화가 민간에서 보급되고 연장된 것이라 할 수 있다.

서당에서 공부할 때의 독서 감수에 대해 마오쩌둥은 만년에 여러 번 이야기한 적이 있다. "공자와 오경사서를 6년간 공부했다. 다 암송할 수 있었지만 무슨 뜻인지 몰랐다. 그때는 공자를 매우 믿었다"고 했다.

마오쩌둥의 부친 모순생(毛顺生)은 전형적인 농민이었다. 그는 일심으로 마오쩌둥을 훌륭한 농군으로 키우려고 생각했다. 자신처럼 농사일을 하는 동시에 쌀장사도 하면 좋겠다고 생각했다. 글자를 알면 분쟁이 생겼을 때 이치를 따질 수 있고, 주판을 놓을 줄 알면 장사할 때 손해를 보지 않을 것이라고 생각했다. 이러한 원인으로 인해, 마오쩌둥은 6년쯤 서당공부를 한 후, 학업을 미루고 농사일을 하게 되었다.

그러다가 정관응(郑观应)의 『성세위언(盛世危言)』을 읽고서야 중국이 약한 것은 서양의 철도, 전화, 전보, 기선 같은 것이 부족하기 때문이며, 응당 이러한 것들을 중국에 들여와야 한다고 생각하게 되었다. 이로부터 마오쩌둥의 눈앞에는 새로운 세계가 펼쳐졌다. 멀리에 나가 보지 않고서도 새로운 경험을 할 수 있게 된 것이다. 철도, 전화를 보지도 못한 마오쩌둥에게 새로운 꿈이 있게 되었으며, 공부를 하는 것과 큰 뜻을 세우는 것을 연계하기 시작했다.

1910년 가을 그는 상향현(湘乡县) 동산(东山)고등소학당에 입학했다. 집을 떠나기 전, 그는 일본사람이 쓴 시를 베껴 부친에게 남겼다. "소자는 고향을 떠나려는 뜻을 세웠습니다. 학업으로 출세하지 못하면 돌아오지 않겠습니다. 죽어서 반드시 고향에 묻혀야 한다는 법은 없습니다. 인생에 어디면 다 청산이 아니겠습니까"(孩儿立志出乡关, 学不成名誓不还, 埋骨何须桑梓地, 人生无处不青山.)' 열여섯 살의 마오쩌둥이 뜻을 세운다는 것이 무엇인지 잘 안다고는 할 수 없지만, 공부를 하는 것과 뜻을 세우는 것을 연계시켰으며 큰 포부를 가지고 있음을 아주 분명하게 나타냈다.

1910년 가을 동산고등소학당에 입학하여 1918년 6월 호남제1사범학교를 졸업하기까지 거의 9년 동안, 마오쩌둥은 6개월 간 군 생활, 6개월 간 독학 외에 주로 학교에서 공부했다. 그는 연령이 다수 동급생들보다 많았으며, 사회경험도 풍부했다. 이로 인해 그는 독서에서 나름대로의 소견을 가지고 있었다.

마오쩌둥이 호남제1사범학교에서 공부할 무렵, 그에게는 '모기(毛奇)'라는 별명이 있었다. 이 별명에 대한 설명은 그가 당시 독일 원수 몰트케(몰트케는 중국어로 毛奇이다)를 숭배해서 얻은 것이라 하고, 또 다른 설명은 그가 동급생들과 '큰 뜻을 세울 것'에 대해 담론할 때면 "독서는 천하의 기이함을 알기 위해서이다"고 했기 때문이라고 한다. 즉 "기이한 책을 읽고, 기이한 친구를 사귀며, 기이한 일을 하며, 기남자(奇男子)가 되어야 한다"는 것이다. 두 번째 설명에 따르면 마오쩌둥은 '기이한 책을 읽는 것'을 '기남자'가 되는 중요 조건으로 삼고 있었다.

마오쩌둥이 보건대 마음속에 품고 있는 큰 뜻은 상당한 정도에서 독서를 통해서야만 접근이 가능하고 확신할 수 있었다. 이로부터 "학문에서 옛 사람을 넘어서지 못하면 학문에 힘썼다고 할 수 없다(学不胜古人, 不足以爲學)"고 말한 것이다. 당시 그는 세간의 모든 책을 다 읽으려는 큰 뜻을 품고 있었다. 1915년 22세 되던 해에 마오쩌둥은 자신의 독서 생애에 대해 스스로 설계했다. 그해 6월 그는 친구에게 보내는 편지에서 강유위(康有为)의 독서 경력을 본받겠다고 했다. 즉 "40세 전에 중국의 모든 학문에 대한 공부를 끝내고, 40세 후에 서방 학문의 정화를 흡수하겠다"는 것이었다. 이러한 목표를 세움으로 해서 당시 학교의 교육방식에 만족할 수 없는 그에게는 고민이 많았다. 거듭 비교한 끝에 그는 고대 서원 식의 자주적 학습방식이 더 좋다고 생각했다. 9월 그는 친구에게 보내는 편지에서 호남제1사범학교에서 나와 독학하겠다고 했다. 이른바 독학이란 바로 깊은 산 속의 고요한 곳을 찾아 "고서를 읽어 기초를 다지고, 강유위(康有为), 양임공(梁任公)의 본을 받아, 산에서 내려와 새로운 것들을 섭렵하는 것"이었다. 이러한 고백은 그가 전통 서원의 학문 탐구방식에 대해 동경했음을 보여준다. 후에 친구가 권해서야 그는 퇴학을 단념했다. 마오쩌둥은 그 후에도 줄곧 학교의 주입식 교육에 불만이 있었는데, 여기에서 그 시말을 알 수가 있다.

진정한 독서는 정신적인 소비뿐이 아닌, 일종의 정신적인 생산이라고 할 수 있다. 독서에는 두 가지가 있다. 한 가지는 중고품을 사들이는 소상인처럼 다른 사람의 것을 그대로 가져오는 것이고, 다른 한 가지는 지하 광산에 깊이 내려가 채굴하는 노동자처럼 스스로 풍부한 원료를 발굴하는 것이다. 독학을 숭상한 마오쩌둥은 당연히 이 후자에 속했다.

학문을 탐구하는 것은 뜻을 세우기 위해서이다. 학문을 탐구하는 기간 마오쩌둥이 세우려는 뜻은 또 어떠한 것이었을까?

마오쩌둥이 남긴 원고들에서 가장 일찍 나온 내용은 "공부하는 것은 능력을 키우기 위함"이라고 했다. 즉 앞으로 일을 하기 위해 지식과 재능을 비축하자는 것이었다. 이것은 지금 청년들이 추구하는 것과 다름이 없다. 하지만 얼마 되지 않아 그의 독서 추구는 이 목표를 넘어섰다. 특히 1915년 원세개(袁世凱)가 황제로 되는 난국을 경험한 후, 그는 원세개와 같은 사람은 재능이 없다고 할 수 없다, 오히려 큰 재능이 있지만, "가슴 속에 큰 뜻이 없어 망연하기 만한데, 옛 간웅의 의기만을 헛되이 배워, 잔재주와 총명을 세상을 농락하는 수단으로 하니, 가을비에 고인 물처럼 원류가 없고 부평초처럼 뿌리가 없으니 어찌 오래 갈 수 있겠는가?(其胸中茫然无有, 徒欲学古代奸雄意气之为, 以手腕智计为牢笼一世之具, 此如秋潦无源, 浮萍无根, 如何能久)"고 했다. 잔재주와 총명만으로는 결국 큰일을 해낼 수 없다는 것이었다.

1917년 8월 23일 마오쩌둥은 스승인 여금희(黎錦熙)에게 장문의 편지를 써서, 학문을 닦아 어떠한 '능력'을 비축하고 글을 읽어 어떠한 '뜻'을 세워야 하겠는가에 대해 철저히 반성했다. 그는 "지금 많은 사람들이 공부를 하고 뜻을 세워 앞으로 군사가, 교육가 등이 되겠다고 하는데, 이는 과거 성공한 선배들에 대한 선망이고, 다른 사람을 모방하는 것이므로 진정한 지향이 아니다. 오직

'우주의 진리'에 따라 '우리의 마음을 정하는 것'이야말로 진정한 지향을 하는 것"이라고 했다.

그럼 무엇이 '우주의 진리'인가? 마오쩌둥은 그것이 '대본대원(大本大源)'이라 했다.

"본원(本源)이란 개념은 주희(朱熹)에게서 유래한 것으로, 근대 호남학자들의 추앙을 받았다. 아주 신비로운 것 같지만 사실은 헤겔의 '절대 진리'와 비슷한 것이다. 이 '본원'을 찾는 길은 '학문을 닦을 것을 제창하는 것(倡學)'에 있다고 했다. 즉 독서의 목적은 마음 속의 '본원'을 찾고, 확립한 후 '대본대원으로 호소한다면 천하에 움직이지 못할 마음이 있을까? 천하의 마음이 모두 움직였는데 천하에 해낼 수 없는 일이 있을까?' 하는 것이다.

청년 시절의 마오쩌둥은 증국번(曾国藩)에 대해 매우 탄복했다. 증국번은 본원에 대해 "대본대원을 얻으면 반드시 정해진 방향이 있게 되며 의지가 할 바가 없게 되지는 않는다"고 했다. 청년시절의 마오쩌둥은 본원을 얻지 못한 사람을 두고 "가을비에 고인 물처럼 원류가 없고 부평초처럼 뿌리가 없다"고 비유했는데 이와 일맥상통한 말이다. 마오쩌둥은 심지어 "나는 근대인들 중 증문정(曾文正) 한 사람에만 탄복한다"고 말했다. 많은 사람들이 이에 대해 잘 이해하지 못하거나 혹은 아예 회피해 버리기도 한다. 바로 여금희에게 보내는 이 편지에서 마오쩌둥은 증국번에 대해 탄복하게 된 원인을 밝혔다. "증국번이 일개 서생의 몸으로 태평천국(太平天国)을 평정할 수 있었던 것은 그에게 '본원'이 있었기 때문이며, 또한 이 '본원'을 이용해 상군(湘军, 청대 말엽 호남 지방 군대에 대한 호칭)의 '마음'을 움직일 수 있었고, 천하 사람들의 '마음'을 움직일 수 있었다. 즉 그는 전통적인 큰 이치와 신념으로 상군을 다스리고 천하의 선비들을 감동시킬 수 있었다." 마오쩌둥이 탄복한 것은 바로 이

점이었다.

이 편지에서 마오쩌둥은 또 근대인들 중 강유위(康有为)가 "얼마간의 본원이 있는 듯싶다"고 했는데, 이는 그가 『공자개제고(孔子改制考)』와 『대동서(大同书)』를 저술하고 사회 개량을 목표와 이상을 제기했기 때문이었다. 특히 그의 '대동(大同)' 이상은 '우주의 진리'의 느낌이 얼마간 든다고 했다. 당시 마오쩌둥의 사회 이상은 바로 사람마다 "다 같이 성역에 오르고", "천하의 사람들이 모두 성현이 되고, 범속하고 우매한 인간이 없게 하는 것"으로 강유위와 생각이 비슷했다. 1949년에 쓴 「인민민주주의 독재를 논함」이라는 글에서도 마오쩌둥은 강유위를 "중국공산당이 나타나기 전 서방을 향해 진리를 찾은 대표적 인물"이라고 하였으며, 그가 『대동서』를 썼지만 아직 대동에 이를 수 있는 길을 찾지 못했다고 했다.

"독서는 천하의 기이함을 알기 위해서이다" 여기에서 '기이하다'는 것이 바로 이 '본원'을 말하는 것이었다. 이 목적이 명확해지고 나서 마오쩌둥은 "모든 노력을 다 하여 대본원을 탐구할 것이다. 이것을 탐구해 내면 자연히 모든 것을 해석할 수 있을 것이다"라고 했다.

마오쩌둥은 당시 '본원'의 착안점을 사람의 마음에 두고 탐구했다. 이 때문에 그는 철학과 윤리학 저작들을 읽는데 중점을 두었으며, 이로부터 진리를 찾을 수 있기를 희망했고, "근원으로부터 전국의 사상을 변화시키려"고 했다. 또한 이러한 맥락에서 그는 1918년 4월 신민학회(新民学会)를 조직 설립했으며 "학술을 혁신하고 품행을 연마하며 사람들의 마음과 풍속을 개량하자"는 취지를 제기하여, 학술 진리를 탐구함으로써 천하 사람들의 마음을 움직이려는 목적을 구체화했다.

'본원'에 대한 탐색으로부터 "학술 인심을 개량하는 것"은 마오쩌둥의 조기 독특한 독서에서 추구하는 것이었으며 결코 경시할 수 없는 복선이었다. 마오쩌둥이 후에 객관세계를 개조하는 과정에서 끊임없이 주관세계와 사상의식을 개조해야 한다고 강조한 것은 여기에서 발단한 것일 지도 모른다.

" '선택적인 독서'로 호남(湖南)의 학풍을 이끌다"

어떻게 하면 '본원'을 찾을 수 있을까 하는 문제에서 마오쩌둥은 사고의 맥락이 아주 분명했다. 그는 1917년 8월 23일 '본원'을 담론한 편지에서 "이른바 본원이란, 학문을 닦을 것을 제창하는 것(倡学)이다. 학문을 탐구하는 길은 먼저 많은 것을 공부하고 후에 깊이 있게 공부하는 것이며, 먼저 중국의 것을 공부하고 후에 서방의 것을 공부하는 것이며, 먼저 일반적인 것을 공부하고 다시 전문적인 것을 공부하는 것이다"라고 했다.

'본원'을 구하기 위해, 그가 학창시절에 가장 공을 들여 읽은 책은 우선 경·사·자·집(經史子集)이었다.

청년시절의 마오쩌둥이 중국 전통 문학·역사·철학 전적에 대한 독서 상황은 그가 호남제4사범(그 후 호남제1사범에 편입되었다) 시절의 강의 노트인 '강당록(讲堂录)'에서 대체적인 것을 엿볼 수 있다. 이 '강당록'은 1913년 10월부터 12월 사이에 기록한 것으로 내용은 수신(修身)과 국문에 관한 것이다. 수신과 강의를 한 사람은 양창제(楊昌济)인데, 그는 송·명(宋明) 시기 이학과 칸트의 철학에 대해 깊은 연구를 한 사람이었다. 강의 과정에서 그는 도덕 윤리와 처세 등에 대해 학생들을 교육했다. 마오쩌둥이 기록한 것은 주로 전통 경전에서 나오는 수신(修身)에 관한 내용이었다. 국문과 강의를 한 사람은 원중겸(袁仲谦)이었는데, 그는 당(唐)대 한유(韓愈)의 문장을 특별히 좋아했다. 마오쩌둥이 기록한 것은 주로 한유 문장의 단어와 구절에 대한 해석이었다.

마오쩌동의 편지와 원고들로부터 보면, 그가 좋아했거나 혹은 깊이 읽은 경·사·자·집으로는 『노자(老子)』, 『장자(庄子)』, 『묵자(墨子)』, 『논어(论语)』, 『맹자(孟子)』, 『예기(礼记)』, 『중용(中庸)』, 『대학(大学)』과 『주자어록(朱子语录)』, 『장자어록(张子语录)』등 제자백가의 경전이었으며, 『상서(尚书)』, 『좌전(左传)』, 『한서(汉书)』, 『사기(史记)』, 『소명문선(邵明文选)』, 『창려선생집(昌黎先生集)(한창려전집)』, 『고문사류찬(古文辞类纂)』, 『독사방여기요(读史方舆纪要)』등도 있었다. 이러한 독서는 그가 평생 쓸 수 있는 국학의 기초를 닦아 놓았다.

전통 경전을 읽는 것은 당시 학생들에게 있어서 보편적인 현상이었다. 마오쩌동의 특징이라면 피동적으로 받아들이는 것이 아니라, 연구적 차원에서 읽었다는 것이다. 중앙문헌연구실과 호남성(湖南省) 성위(省委)에서 공동 편집한 『마오쩌동 조기 원고』를 살펴보면, 그가 혁명가가 되지 않고 학자가 되었다면 문학·역사 영역에서 큰 기여를 한 석학이 되었을 것으로 예상된다.

1915년 6월과 1917년 8월 마오쩌동은 동급생에게 보내는 두 통의 편지에서 모두 학문을 닦음에 있어서 "먼저 중국의 것을 공부하고 후에 서방의 것을 공부할 것"을 주장했다. 이러한 사고의 맥락에 따라, 그 후 마오쩌동에게 유학할 수 있는 조건이 주어져 있었는데도 유학의 길을 선택하지 않았는가를 알 수 있다. 1920년 3월 14일 그는 동급생인 주세소(周世钊)에게 보내는 편지에서 국내에서 공부하는 이유를 밝혔다. "나는 먼저 우리나라 고금의 학설과 제도에 대한 대체적인 것을 모두 공부하고 나서 다시 서방에 유학을 가야 비교가 가능하다고 여겨진다"고 했다. 청년시절 중국 전통문화에 대해 깊은 관심을 갖고 많은 것을 수확한 마오쩌동은 그 후 젊은 시절 국외에서 유학하고 돌아온, "말끝마다 그리스를 떠날 수 없는 지식인들이나, 마르크스주의 어구를 그대로 옮겨놓는 교조주의자들"과는 사상적 출발점이 달랐다. 그는 중국적 풍격과 중국적 기품을 중시했으며, 마르크스주의 중국화를 추진하는 문제에 있어서 풍부한 사상적 자원을 갖추고 있었는데, 모두 위에서 서술한 것과 관련이 있었다.

그 후 마오쩌동은 점차 모든 경·사·자·집을 다 읽는다는 것은 불가능하다는 것을 의식하게 되었으며, 이로부터 변칙적인 방법을 취하기 시작했다. 즉 "책을 선택하는 것"이었다. 1915년 22세가 되던 해에 호남제1사범학교 2학년 학생으로서의 마오쩌동은 수많은 국학 전적 중, 77가지의 경·사·자·집을 선정하여 친구 소자승(萧子升)에게 명세서를 보여주었다. 그는 소자승에게 보낸 편지에서 학문을 닦으려면 반드시 이것들을 모두 읽어야 한다고 했다. '책 선택'에 관한 이 편지는 남아 있었으나 아쉽게도 도서 목록은 유실되고 말았다. 그렇지 않으면 우리는 청년시절의 마오쩌동이 도대체 어떠한 전통 경전의 영향을 많이 받았는지 더 확실하게 알 수 있었을 것이다.

다행히 이 편지에서 마오쩌동은 그가 책을 선택할 때의 모델을 실례로 들었는데, 이것이 바로 증국번(曾国藩)이 편집한 『경사백가 잡초(经史百家杂钞)』였다. 이 책은 증국번이 선별 편집한 고문 선집으로, 선택된 문장은 선진(先秦)시기의 『상서(尚书)』로부터 청대(清代) 요내(姚鼐)의 작품에 이르기까지 논저(论著), 사부(辞赋), 서발(序跋), 조령(诏令), 주의(奏议), 서독(书牍), 애제(哀祭), 전지(传志), 서기(叙记), 전지(典志), 잡기(杂记) 등 11가지 유형의 700여 편의 문장이 포함되어 있다. 이는 요내(姚鼐)의 『고문사류찬(古文辞类篡)』후 나타난 또 다른 체계적인 국학 경전 독본이다. 선택 기준은 요내가 강조한 내용과 이치, 문장 기교, 고증 외에도 '나라 다스리기'를 더 해 넣었다. 그 목적은 선택된 문장에 대한 공부를 통해 역대 흥망성쇠에 대해 이해할 수 있도록 하기 위한 것이었다. 『경사백가잡초(经史百家杂钞)』는 "수신제가치국평천하(修身齐家治国平天下)"를 숭상하는 중국번이 후대 교육을 위해 선택·편집한 것으로, 본의는 개인이 사용하려는 것이었는데 후에 간행되어 청(清)대 말기, 민국 초기에 유행되었다.

마오쩌둥은 편지에서 이 책이 4부 정요를 모두 선택해 냈다고 평가했다. 즉 이 책은 내용과 이치, 문장 기교, 고증, 나라 다스리기 등 네 개의 측면으로 경·사·자·집의 핵심을 모두 정선해 냈다는 것이다. 그는 또 국학의 정수는 '문장'과 '도'의 통일과 융합에 있다고 하면서 요내(姚鼐)의 『고문사류찬(古文辞类纂)』이 문장 쪽으로 편중했다면 중국번의 『경사백가잡초(经史百家杂钞)』는 이 두 가지를 모두 갖추었으므로 훌륭하다고 했다.

마오쩌둥의 학풍의 연원은 이로부터 기초를 닦았던 것이다. 당시 그는 왕부지(王夫之), 고염무(顾炎武)를 대표로 하는 명·청(明清)시기 실학과 청대 말기 중국번(曾国潘)을 대표로 하는 호남 학풍의 영향을 많이 받았다. 양창제(杨昌济)는 선산(船山, 왕부지를 가리킴)의 학문을 연구할 것을 제안했으며 마오쩌둥은 왕부지의 학술정신을 전승, 발양하는 선산학사(船山学社)에 자주 강의를 들으러 다녔다. 그 후 마오쩌둥이 창립한 '독학 대학'도 선산학사의 장소와 경비를 빌려 사용했었다. 마오쩌둥은 고염무(顾炎武)의 『일지록(日知录)』도 많이 읽었으며 "나라를 다스리는 문제에 대해 일일이 따지는 학풍과 기풍"을 매우 추앙하였다. 악록서원(岳麓书院)은 호남문화를 전파하는데 공로가 큰 사원이었다. 마오쩌둥은 그 문화적 분위기의 영향을 많이 받았다. 이 서원의 문 위에는 '실사구시(实事求是)'라는 글자가 새겨져 있으며 산문(山门)에는 "초나라에는 인재가 많은데 이곳이 가장 흥성하다(惟楚有才, 于斯为盛)"는 대련이 있다. 증국번(曾国藩)의 『경사백가잡초(经史百家杂钞)』, 『증문정공가서(曾文正公家书)』, 『증문정공일기(曾文正公日记)』, 담사동(谭嗣同)의 『인학(仁学)』 및 양창제(杨昌济)의 『논어유초(论语类钞)』는 그의 조기 사상 학풍에 많이 녹아들어갔다.

청년 시절 모택동이 선택하여 독서한 결과 증국번(曾国藩)을 대표로 하는 호남 학풍을 읽어낸 것은 당연한 일이었다.

마오쩌동이 태어나던 해는 증국번(曾国藩)이 세상을 떠난 지 20년이 되던 해였다. 증국번(曾国藩)은 상향(湘乡) 사람이었으며, 마오쩌동은 외가가 상향에 있었다. 상향은 소산(韶山)과 그다지 멀지 않았다. 모씨 가족 중에는 적지 않은 사람들이 증국번(曾国藩)이 창립한 상군(湘军)에 가입했는데, 그중 공을 세워 제독(提督), 총병(总兵)이 된 사람이 3명이나 되었다. 그가 어릴 때 읽었던 『증문정공가서(曾文正公家书)』는 제5·7·8·10권이 보존되어 있다. 책의 앞표지에는 책 이름, 권수가 쓰여 져있고 오른쪽 아래에는 세로로 '영지(咏芝) 소장'이라는 글자가 쓰여져 있는데 모두 마오쩌동의 친필이다. 마오쩌동이 어려서부터 은연중 영향을 받아온 '향현(乡贤)'에 대한 콤플렉스'가 중요한 것이 아니라, 관건은 증국번(曾国藩)이 '본원(本源)'을 중시하는 학풍으로 큰일을 해냈고, 청대 말기 '중흥의 명신'이 되었다는 점이다.

호남 학풍이 마오쩌동에 대한 구체적인 영향은 주로 수신처세에 있었다. 마오쩌동은 당시 편지와 필기 혹은 글들에서 자주 『증문정공가서(曾文正公家书)』와 『증문정공일기(曾文正公日记)』 중의 일부 수신(修身) 입지(立志)에 관한 말들을 인용해 자신을 독려했다. 일례로, "머리는 쓰면 쓸수록 영활해 지고, 마음을 쓰면 작은 것에서도 큰 이치를 발견할 수 있다", "선비는 사회 풍조를 전환시킬 수 있어야 한다. 두 가지 의를 중시해야 한다. 이 두 가지란 너그러움과 실속을 말한다. 너그러움이란 사람을 시기하지 않는 것이며, 실속이란 허풍을 떨지 않고, 허명을 탐내지 않으며, 허황된 일을 하지 않고 과도한 이치를 따지지 않는 것이다(土要转移世风, 当重两义 : 日厚日实 °厚者勿忌人. 实则不說大話, 不好虛名, 不行架空之事, 不談過高之理.)" 등이다. 인생 격언 비슷한 이러한 내용들을 경시해서는 안 된다. 호남(湖南)에서 근대에 걸출한 인물이 많이 나타난 것은 호남 문화가 학자들 중에서의 보급 및 습합화(習合化)된 것과 관계가 없다고 할 수 없다.

"중국의 낡은 법으로는 확실히 부족하다"

마오쩌동이 신학(新学)과 서학(西学)을 접촉하는 시기는 조금 늦었다.

마오쩌동이 어린 시절 글공부를 시작할 때는 과거제도가 폐지되고 학당이 서고 신학이 크게 제창되던 시기였다. 서학을 소개하는 여러 가지 신문과 서적들이 이미 꽤나 많이 보급되었다. 하지만 호남(湖南) 소산충(韶山冲)이라는 이 폐쇄적인 산간지역에는 신(新) 사조의 충격이 미약했고, 교육 환경도 여전히 구식이었다. 마오쩌동은 16세 때에 사촌에게서 『성세위언(盛世危言)』이라는 신학 서적을 빌려 보고 세계에 대해 눈을 뜨기 시작했다. 신학이 마오쩌동을 새로운 천지로 이끌었다고 할 수 있다.

1910년 하반년 상향(湘乡) 동산(东山)소학당에서 공부하게 된 마오쩌동은 전통 전적을 열심히 읽는 한편, 신학에 관심을 돌리기 시작, 서방의 역사와 문명을 소개하는 적지 않은 서적들을 읽었다. 예를 들면, 그는 학우 소삼(萧三)에게서 『세계영웅호걸전(世界英雄豪杰传)』을 빌려 읽었는데 동그라미를 가장 많이 친 곳이 바로 워싱턴, 링컨, 나폴레옹, 표트르 1세의 전기였다. 책을 돌려줄 때 그는 소삼(蕭三)에게 "중국에도 이런 인물들이 있어야 한다. 우리는 부국강병의 길을 강구해야 안남(베트남), 조선, 인도의 전철을 밟지 않을 수 있다"고 말했다.

소산 마오쩌동 기념관에는 마오쩌동이 당시 읽었던, 양계초(梁启超)가 책임 편집한 〈신민총보(新民丛报)〉 제4호가 소장되어 있다.

마오쩌동은 이 간행물에 나온 양계초(梁启超)의 '신민설·국가 사상을 논함(新民说·论国家思想)'이라는 글에 다음과 같은 평어를 썼다.

> "정식으로 설립된 것은 입헌국가로, 헌법은 인민이 제정하며 군주는 인민의 추대를 받는다. 정식으로 설립되지 않은 것은 전제국가로, 법령은 군주가 제정하며 군주는 인민이 진심으로 따르지 않는다. 전자는 지금의 영국, 일본 등의 나라이며, 후자는 중국에서 수천 년 동안 나라를 훔친 각 왕조이다."

이 구절은 지금까지 발견된 마오쩌동의 독후감 중에서 가장 빠른 독후감이며, 또한 그의 정견을 보여준 가장 빠른 문장이다. 그가 생각한 현실 정치의 출발점은 강유위(康有为)와 양계초(梁启超)가 한 유신에 대한 주장임을 알 수 있다. 1936년 마오쩌동은 보안(保安)에서 에드가 스노우에게 "나는 당시 사촌이 준 두 가지 간행물을 읽었는데, 그것은 강유위(康有为)가 유신운동에 대해 이야기한 것이었다. 그중 한 권은 『신민총보(新民丛报』로 양계초가 책임편집을 담당한 것이었다. 나는 이런 간행물들을 읽고 또 읽어서 암송해 낼 수 있을 정도였다. 그때 나는 강유위(康有为)와 양계초(梁启超)를 숭배했다"고 말했다.

호남 지식인 계층에서 무술변법(戊戌変法) 전후 신학을 전파한 상황에 관해 마오쩌동은 1919년에 쓴 「건학회의 설립 및 진행(健学会之成立及进行)」이라는 글에서 기술한 바가 있다. "20년 전, 담사동(譚嗣同) 등은 호남 창남학회(倡南学会)에서 양계초(梁启超), 맥맹화(麦孟华) 등 명사들을 소집하여 장사(长沙)에서 시무학당(时务学堂)을 설립하고 〈상보(湘报)〉, 〈시무보(时务报)〉를 발간하여 한때 커다란 영향을 주었다"고 했다. 이러한 새로운 기상은 사실 호남학풍을 선양한 것이다. 이러한 새 사조를 접촉한 후 마오쩌동의 느낌은 그 자신이 말한 것처럼 "중국의 낡은 법으로는 확실히 부족하다"는 것이었다.

기실 마오쩌동이 동산소학당에서 유신파의 강유위(康有为)와 양계초(梁启超)의 저술을 읽었을 때에는 그들의 주장이 이미 시대에 뒤떨어져 있던 시기였다. 양계초(梁启超)가 만든 〈신민총보(新民丛报)〉는 1907년에 이미 발행이 중단되었다. 1911년 마오쩌동은 장사(长沙)에 가서야 처음으로 제 때에 신학을 반영한 간행물을 읽을 수 있었고 사상적으로 시대를 따라갈 수 있었다. 당시 지식계와 사상계에서 시대 조류를 인도하는 간행물은 『갑인(甲寅)』, 『민립보(民立报)』 등이었다. 후에 마오쩌동은 『민립보(民立报)』에서 광주(广州) 황화강(黄花岗)봉기에 관한 보도를 보았으며, 〈동맹회(同盟会)의 강령〉을 보았다. 그는 이러한 것들은 "감격적인 자료"라고 했다. 이때부터 그는 강유위(康有为)·양계초(梁启超)의 주장을 멀리하고 손중산(孙中山), 황홍(黄兴) 등 혁명파의 주장으로 전향했다. 신해혁명(辛亥革命) 기간 그는 신군에 입대했고, 혁명을 선전하는 신문인 『상한뉴스(湘汉新闻)』에서 처음으로 '사회주의'라는 단어를 알게 되었으며, 또 강항호(江亢虎)가 발표한 〈중국사회당 장정(中国社会党章程)〉을 읽게 되었다. 특히 강항호(江亢虎)와 송교인(宋教仁)이 신문에서 사회주의에 대해 토론한 문장을 보고는 아주 새롭게 느껴져 사방에 편지를 써 친구들과 토론하였다.

　마오쩌둥이 집중적으로 신학과 서학에 대한 저술을 읽기는 1912년 장사(長沙) 정왕대(定王台) 도서관에서 여섯 달 동안 독학을 할 때였다. 그중 엄복(严复)이 번역한 일련의 명작들은 그에게 깊은 인상을 남겼다. 예를 들면, 애덤·스미스의 『국부론(原富)』, 몽테스크외의 『법의 정신(法意)』, 루소의 『민약론(民约论)』, 요하네스 밀러의 『밀러명학(穆勒名学)』, 헉슬리의 『진화와 윤리(천연론)』, 스펜서의 『사회학 연구(군학이언, 群学肄言)』 및 철학, 정치, 법률, 경제, 사회학에 관련된 것들이었다. 그 외에도 러시아, 미국, 영국, 프랑스 등 나라의 역사와 지리 서적 및 고대 그리스와 로마의 문학작품들을 읽었다. 1936년 그는 스노우에게 이 6개월 동안의 독학에 대해 "아주 가치 있는 6개월이었다"고 말했다. 1959년 그는 외국 손님에게 당시의 느낌에 대해 이야기했다. "나는 워싱턴, 나폴레옹, 가리발디를 숭배하며 그들의 전기를 본 적 있습니다. 나는 애덤·스미스의 정치경제학과 헉슬리의 천연론, 다윈의 진화론 등 자산계급의 철학, 사회학, 경제학을 믿습니다."

　호남제1사범학교에 들어간 후 마오쩌둥이 읽은 신학 저술은 더욱 많아졌다. 호남제1사범학교에는 동·서양의 학문에 통달한 교사들이 적지 않았는데, 늘 학생들에게 서학의 새 저술을 추천하곤 했다. 당시 전국 사상계의 동향을 보면, 신해혁명(辛亥革命) 후 한동안의 우울한 시기를 거쳐 신문화운동이 준비되고 있었다. 마오쩌둥은 재학시절 신문화운동을 준비한 『청년잡지』(1917년에 『신청년』으로 개명)의 애독자였고, 이 잡지의 일부 글들은 외울 수도 있었다.

1917년 그는 이 잡지에 '체육연구'라는 글을 발표하여, "정신은 문명하게, 신체는 강건하게(文明其精神, 野蛮其体魄)"라는 슬로건을 제기했다. 이것은 그가 처음으로 간행물에 발표하여 원고료를 받은 글이었다.

윤리학 교사인 양창제(杨昌济)의 영향, 특히 중국 전통문화 중 심성 수양을 중시하는 영향을 받아, 마오쩌동이 당시 신학인 서학을 공부할 때 비교적 흥취를 느낀 것은 서방의 윤리학과 철학에 관한 것들이었다. 당시 그는 양창제(杨昌济)가 번역한 『서양윤리학사』 총 7권을 손으로 베껴 쓸 정도였다.

학창시절 신학 서학을 독서한 동력과 느낌에 관해 마오쩌동은 30년 후 쓴 「인민민주주의독재를 논함」에서 다음과 같이 요약해 말했다.

"당시 진보를 추구하는 중국 사람들은 서방의 새 도리라고 하면 무슨 책이든 다 봤다 … 나도 청년 시절 이러한 것들을 공부했다. 이러한 것들은 서방 자산계급 민주주의의 문화이다. 즉 이른바 신학으로, 그때의 사회학과 자연과학이었으며 중국 봉건주의의 문화 즉 이른바 구학과 대립되는 것이었다. 이 신학을 공부한 사람들은 꽤 오랫동안 이러한 것들이 중국을 구할 수 있다는 믿음을 가지고 있었다. 구학 학파들을 제외하고 신학 학파들은 자신을 의심해 본 적이 매우 적었다. 나라를 구하려면 오직 유신을 해야 하며, 유신하려면 외국을 따라 배우는 수밖에 없다고 생각했다."

이는 마오쩌동의 젊은 시절의 진실한 생각을 보여준 것이기도 하다. 이는 그의 동급생인 장곤제(张昆弟)가 1917년 9월 23일에 쓴 일기에서도 볼 수 있다. 이날의 일기에는 마오쩌동이 그와 이야기할 때 "현재 국민은 타성에

젖어 있으며 거짓으로 서로를 높이고 있다. 노예근성이 습관화되었고 사상이 편협하다. 그러니 어찌 대 철학 혁명가와 대 윤리 혁명가가 나타나 러시아의 톨스토이처럼 국민의 낡은 사상을 씻어내고 새로운 사상을 계발해 낼 수 있겠는가."고 말했다고 적었다.

'본원'은 마치 신학 속에서 빛을 발산하고 있는 것 같았다. 당시 마오쩌둥이 보건대 근본적으로 천하의 마음을 움직이고 더 나아가 중국의 '본원'을 변화시킬 수 있는 것은 외국에서 들여온 것일 수밖에 없었고, 톨스토이와 같은 사람들이 말하는 것을, 중국 입장에서 말하면 '혁명'적 의의가 있는 새로운 사상에서 찾을 수밖에 없었다. 왜냐하면 중국의 낡은 법으로는 확실히 부족했기 때문이었다. 당시 "외국으로부터 새로운 것을 구하려는"(노신의 말) 청년 학생들이 적지 않았다. 그들은 이미 강유위(康有为)의 '탁고개제(托古改制, 옛것에 의탁해 제도를 고친다)' 사상을 초월하였고, 장지동(张之洞)이 제기한 '중체서용(中体西用, 중국의 전통 사상을 근본으로 삼고 서양의 문물을 수단으로 삼는다)'과도 달랐다.

『윤리학 원리』: 기이한 책을 읽고 이상한 남자(奇男子)가 되다

마오쩌둥은 이상적인 인격을 두고 '기이하다'로 말하기를 좋아했다. 그는 "앞으로의 중국은 과거보다 훨씬 더 어려울 것이므로, 기이한 호걸이 나타나지 않으면 구제 불가능하다"고 말했다. 여기에서 말한 '기이한 호걸'이란 그가 당시 말한 '기남자(奇男子)'와 같은 뜻이다.

'기이한 호걸', '기이한 남자'가 되는 조건 중 하나가 바로 '기이한 책을 읽는 것'이었다. 1917년 하반 년부터 1918년 상반년까지 마오쩌둥은 채원배(蔡元培)가 번역한 독일 철학가 폴슨의 『윤리학원리』를 읽었다.

이 책은 당시 그가 생각하는 '기이한 책'이라고 할 수 있었다. 이 책을 읽는 과정에서 마오쩌둥은 '기론(奇论)'을 적지 않게 제기했다. 이러한 기론으로부터 이 미래 기남자의 인격적 기상을 일부 엿볼 수가 있다.

양창제(杨昌济)는 당시 『윤리학원리』를 교재로 삼아 강의했다. 이 책은 대략 10만 자 쯤 되었는데 마오쩌둥은 그 위에 1만 2천여 자의 평어를 썼다. 그리고 또 『윤리학원리』 중의 일부 관점에 따라 '마음의 힘(心之力)'이라고 하는 글을 썼는데, 양창제(杨昌济)는 그에게 만점을 주었다.

폴슨은 베릴린대학의 교수로 칸트학파의 철학가이며, 그의 철학적 관점은 이원론에 속했다. 윤리사상의 특징은 직감과 경험, 동기와 효과, 의무와 욕망을 적절히 배합한 것이었다. 그의 『윤리학원리』는 서론과 개론 외에 선악정곡론(善惡正鵠論)과 형식론에 대한 견해, 지선쾌락론(至善快樂論)과 세력론(勢力論)에 대한 견해, 염세주의, 해와 악, 의무와 양심, 이기주의와 이타주의, 도덕과 행복, 도덕과 종교의 관계, 의지의 자유 등 모두 9장으로 되어 있다.

마오쩌둥이 『윤리학원리』를 읽고 쓴 평어는 대부분 그의 윤리관, 인생관, 역사관과 우주관 및 원작의 일부 관점에 대한 확대와 분석이었으며 일부는 원작에 대한 찬성과 일부 장절, 단락의 요점이었다. 원작에서 자신과 관점이 일치한 곳에는 필묵을 들여 동그라미를 치거나 점을 찍었으며 책의 위쪽에 '적절한 논리다', '아주 훌륭하다', '이 말은 아주 적절하다', '내 생각과 같다'는 등의 평어를 적어놓았다. 원작에 대해 부정하거나 의심하는 대목도 많았다. 이러한 곳에는 '그렇지 않다', '이건 아니다', '이 부분은 적절하지 못하다', '이 부분은 의심스럽다', '나는 이렇게 주장하지 말아야 한다고 본다', '이런 설명은 원만하지 못하다'고 적었다. 평어에는 또 묵자(墨子), 공자(孔子), 맹자(孟子),

주희(朱熹), 왕양명(王阳明), 왕부지(王夫之), 안습재(颜习斋), 담사동(谭嗣同), 양계초(梁启超) 등의 사상과 결부시키고, 5·4운동 전야의 국사 정치와 문화 사조에 연계시켜 원작의 관점에 대해 더 발전시킨 것도 있었다.

마오쩌둥이 청년 시절에 품은 명확한 주장은, 다재 다난한 나라를 구하려면 반드시 사람의 정신과 신체를 변화시킴으로써 새로운 국민을 만들어야 한다는 것이었다. 통속적으로 말하면 먼저 사람들의 주관세계를 변화시켜야 객관세계를 더 훌륭하게 변화시킬 수 있다는 것이었다. 그가 독서에서 '본원'을 구하려고 한 것도 바로 이러한 뜻이었다. 이러한 인식은 호남 선비들의 기풍과 관련되었다. 증국번(曾国潘), 담사동(谭嗣同), 양창제(杨昌济) 등은 모두 이러한 관점을 가지고 있었다. 19세기 말, 20세기 초, 중국 지식계층의 대부분은 이러한 사상적 경향이 있었다. 양계초(梁启超)는 새로운 민중을 빚어낼 것을 창도했고, 노신(鲁迅)은 국민성을 개조할 것을 제기했는데, 모두 당시의 비교적 보편적인 관점을 대표했다. 마오쩌둥이 폴슨의 『윤리학원리』를 읽고 쓴 평어는 이러한 사조를 보여주었을 뿐만 아니라, 원 저작에 대한 이해와 발양이 뚜렷한 개성을 띠고 있었음을 보여준다.

『윤리학원리』의 다른 한 주제는, 인류는 먼저 생활 목적과 이상이 있고, 후에 생활의 행위와 동작이 있었다는 것이다. 그리고 행위와 동작의 가치를 가늠하는 기준은 그 목적, 이상과 얼마나 부합되는가 하는 것이다. 마오쩌둥의 평어는 이러한 관점을 비교적 많이 보여주었는데, 이는 후에 그가 새로운 윤리학을 구축하는 데 적지 않은 영향을 주었다. 예컨대, 사물의 운동변화를 강조하고, 개성의 해방을 제창하며, 부정적이고 진취적이지 못한 것을 반대했다. 사람의 행위의 정신적 가치를 중시하고 호걸정신과 성현정신을 고양했으며, 제세구인(济世救人)과 숭고한 이상을 위해 헌신하는 것을 추구했다. 이러한 것들은 모두 이상주의 심지어 낭만주의 기질을 다분히 지니고 있었으며 그의 이상적 인격을 은근히 보여주고 있다. 그가 당시 『신청년(新青年)』에 발표한 「체육에 대한 연구」와 후에 '노삼편(老三篇)'으로 불리우는 「인민을 위해 복무하자(为人民服务)」, 「베순을 기념하여(纪念白求恩)」, 「우공이산(愚公移山)」은 모두 이상과 도덕, 의지의 중요성을 강조한 것이었다.

마오쩌동의 평어에서 '정신적인 개인주의'와 '정신적인 이기주의'는 지금에 와서 보면 퍽이나 기이한 설명이다.

일반적으로 사람들이 도덕에 대한 평가는 자체 이익에 대한 감수로부터 온다. 청년시절의 마오쩌동은 이에 근거해 『윤리학원리』에서 나오는 이기주의와 개인주의에 대해 인정했던 것이다. 하지만 그는 또 이것은 인격 도덕의 표면일 뿐이라고 생각했다. 사회는 물론 개인주의를 필요도 하고, 개성을 억압하는 모든 것을 타파하는 것이 필요하지만, 이로부터 해방되고 실현될 수 있는 것은 '정신적인 개인주의'와 '정신적인 이기주의'라는 것이다. 오직 철저하고도 완벽하게 자아의 충동과 의지를 실현해야만 '생활이 뜻대로 된 것'이라 할 수 있으며 최고 경계의 '선(善)'이라 할 수 있다는 것이다. 그러므로 도덕적인 '선(善)'은 정신적 이익과 관련될 뿐 육체적 이익과는 무관하며, '육체에 이익이 없는 것의 가치'라고 했다. 이렇게 되면 이른바 '이기(利己)'란 '고상한 이기(高尚之利己)'이며 본질적으로는 '정신적인 이기(精神之利己)'이다.

청년 시절의 마오쩌동이 말한 이런 '이기주의'는 일반적 의미에서의 '남에게 손해를 끼치고 자기의 이익을 도모한다(损人利己)'는 이기주의와는 비교가 되지 않으며 심지어 일반적인 이타주의보다도 더 고상하다.

정신적인 이기주의는 감정적으로 마치 내가 사랑하는 사람을 잊지 못하고, 그 사람을 구하기 위해서는 내 모든 힘을 다 하며, 더 나아가서는 자신이 죽더라도 그 사람을 구하는 것과 같다. 그렇게 되면 내 마음이 후련해지는 것이다. 고금의 효자, 열녀, 충신, 협우(俠友), 순애자(殉情者), 애국자, 박애자들은 모두 정신적인 이기주의자들이다.

모든 것을 아랑곳하지 않고 숭고한 이상을 추구하며, 정신적으로만 이기주의인 사람의 인격이야말로 숭고한 것이다. 이런 도덕풍모와 헌신정신은 확실히 일반적인 사람이 자각적으로 실천할 수 있는 게 아니다. 심중에 '본원(本源)'이 없으면 불가능한 일이고 이상주의로 버티지 않는다면 시행하기 어렵다. 하지만 청년시절의 마오쩌둥이 보건대 '기남자'라면 이러한 것이 가능했다. 바로 이런 도덕 이상이 매우 '기이했기' 때문에 후세 사람들의 오해, 심지어 곡해를 불러일으키기도 했다.

일례로 몇 해 전 영국 국적의 중국인 여 작가가 쓴 『마오쩌둥의 알려지지 않은 이야기』의 제2장 첫 구절에 이런 부분이 있다. "마오쩌둥이 도덕에 대한 관점에는 이런 중심 사상이 있다. 즉 '자아'이다. 그는 '자아'가 모든 것을 압도한다고 생각했다. 그는 모든 책임과 의무를 회피했다. '나 같은 사람에게는 단 하나의 의무가 있다. 다른 사람에게 나는 아무런 의무도 없다.'" 작가는 주석에서 이 구절은 『마오쩌둥 조기 원고』 제235쪽에서 인용한 것이라고 했다.

『마오쩌둥 조기 원고』를 보면 제235쪽은 『윤리학원리』에 대한 평어이다.

나는 오직 자신에게 의무가 있을 뿐, 다른 사람에게는 의무가 없다. 내 사상이 미치는 모든 것을 실행할 의무가 있고, 내가 아는 모든 것을 실행할 의무가 있다. 이러한 의무는 나의 정신에서 자연 발생한 것으로, 채무를 갚는 것, 약속을 지키는 것, 도둑질하지 않는 것, 속임수를 쓰지 않는 것은 모두 다른 사람과 관계되는 일이나, 또한 모두 내가 그렇게 하려는 것이다. 자신에 대한 의무란 바로 자신의 몸 및 정신적 능력을 충분히 발전시키는데 불과하다. 남의 위급함을 구하거나, 남의 일이 잘 되도록 도와주거나 위험을 겪으면서 다른 사람을 구하는 것 등은 모두 의무에 속하지도 않는다. 이렇게 해야만 안심할 수 있을 것이다.

마오쩌둥이 여기에서 표현하려는 것은 타인에 대한 책임과 의무를 회피하려는 것이 아닐 뿐만 아니라, 더욱 높은 경계에서의 지행합일(知行合一)의 의무를 말한 것이다. 그 핵심은 '채무를 갚는 것, 약속을 지키는 것, 도둑질을 하지 않는 것, 속임수를 쓰지 않는 것', 그리고 위험을 감수하면서도 다른 사람을 구하는 것 등은 자신이 반드시 실현해야 하는 의무로, 이런 일은 하지 않으며 불안하다는 것이다. 그리고 이런 일을 한다고 해도 그것은 다른 사람을 위한 것이 아니며, 더욱이 명예를 위한 것이 아니다. 그것은 자신의 정신적 필요에서 나온 것이며, 자신의 정신적 능력을 발전시키기 위한 것이다. 『마오쩌둥의 알려지지 않은 이야기』의 작자는 마오쩌둥의 의사를 반대로 해석했다. 그는 원문을 보지 못했거나 혹은 원문을 보았다고 해도 선입견 때문에 문장의 앞 두 구절만 취하고 그 뒤의 내용은 모르는 척 했을 수도 있다.

마오쩌둥이 당시 인격에 대한 이 같은 추구는 확실히 놀라운 부분이 있어 일부 사람들이 이해하지 못할 수도 있다. 『윤리학원리』와 같은 책을 읽는 것은 마오쩌둥이 세계를 인식하고 개조하려는 웅심을 불러일으켰을 뿐만 아니라, 그가 '기이한 뜻을 세우고 기이한 일을 하며', '기이한 영웅인물', '기남자'가 되기 위한 인격 심성을 닦아놓았다.

1917년 『윤리학원리』를 읽고, 평어를 쓴 후 그의 조우도 퍽이나 재미있다. 마오쩌둥은 혁명에 투신한 후 장사(長沙)에서 공부하던 시절 읽은 책과 필기책, 일기책을 소산(韶山) 옛집에 보냈다. 토지혁명 시기, 마오쩌둥의 고향사람들은 이 책들이 적의 손에 들어갈까 걱정되어 모조리 소각해 버렸다. 단 이『윤리학원리』만은 다른 사람에게 빌려주었던 연고로 소각되는 재난을 피할 수 있었다. 1950년 호남제1사범학교 시절 마오쩌둥의 학우였던 주세소(周世釗)는 요청을 받고 북경에 국경절 경축의식을 참관하러 가게 되었다. 이때 그의 다른 한 학우 양소화(楊韶華)가 이를 알고 수십 년 전에 빌렸던『윤리학원리』를 마오쩌둥에게 돌려줄 것을 부탁했다. 양소화(楊韶華)는 책의 속표지에 책을 빌리게 된 연유를 적었다. "이 책은 여러 해 전 모 주석 윤지(潤之) 형의 소오문(小吳門) 밖 청수당(淸水塘) 처소에서 빌린 것이다. 그 후 흩어져서 이때까지 만나지 못했다. 지금까지 소장하고 있으면서 잃어버릴까 걱정해왔다! 주돈원 선배가 북상하기에 옛 주인에게 돌려주기를 부탁한다. 당시 사상의 일부를 다시 보는 것도 인생의 재미라 하겠다."

　주세소(周世釗)의 기술에 의하면, 그가 당시 이 책을 돌려 줬을 때 마오쩌둥은 "이 책이 말하는 도리도 그다지 정확한 것은 아니다. 여기의 이론은 순수한 유물론이 아니라, 심물 이원론이다. 다만 당시 우리가 공부한 것이 모두 유심론 학설이었으므로 일단 유물론에 관련된 것을 접촉하면 아주 새롭고 도리가 있다고 생각해 읽을수록 재미있었다. 이 책은 내가 읽었던 책을 비판하고 문제를 분석하는데 계발과 도움을 줬다."고 했다. 이른바 '계발과 도움'이란 사실상 바로 사상 계몽이었다. 그로 하여금 중국 전통 전적으로 이론 문제를 사고하던 데서 벗어나게 했으며, 동서양 문화사상에 대한 비교를 통해 변화를 구하고 새로운 것을 구하게 했던 것이다.

1918년 4월 호남제1사범학교를 바야흐로 졸업하게 된 마오쩌동은 「종우일랑의 동행을 배웅하며(送纵宇一郎东行)」라는 시를 써 일본 유학을 준비하는 나장룡(罗章龙)에게 주었다. 그는 이 시에서 자신감 가득히 "창해가 넘쳐흐른들 걱정할 바가 아니로다, 세상 일 분분해도 자신부터 다스리자. 몸과 마음을 다스리면 세상은 항상 새롭고 아름다울 것이다(沧海横流安足虑, 世事纷纭从君理 °管却自家身与心, 胸中日月常新美.)"라고 썼다. 독서하고 공부하여 본원을 알고, 자신의 심신을 잘 관리한다면 마음 속 세상은 항상 새롭고 아름다우므로 창해가 넘쳐흐르는 인간세상의 일은 처리하기가 그다지 어렵지 않다는 것이다. 이러한 이치는 갓 설립된 신민학회(新民学会)의 '학술과 인심을 개조하자'는 종지에 상응한 것으로, 마오쩌동과 그의 친구들의 학생시절 학문을 탐구함에 있어서의 취지를 보여주는 것이다. 책은 마오쩌동의 발길을 인도했고, 이 발길은 그의 미래 인생여정을 결정했다.

工农红军的崇

有八宝山，离天三

鞍。" 山高耸入

我們英雄的紅軍战

"快馬加鞭" 腾

鞭策馬飞奔急骤

佛看到了工农紅

众，奔赴抗日前线

使紅軍的英雄

"惊回首，离天三

一回头：啊！离天只

出立于群峰的高处鸟瞰身

人惊讶，也渲染出红军征

万马战犹

役酣

3chapter

'5 · 4운동' 전후: 독서와 주의(主義)의 선택

3. '5 · 4운동' 전후: 독서와 주의(主義)의 선택

독서는 '주의(主義)와 결합하기 위한 것'이었다

청년 시절 마오쩌동은 호남제1사범을 졸업한 후 직업에 대해 이상이 두 가지가 있었다. 하나는 교사가 되는 것이고 다른 하나는 기자가 되는 것이었다. 1921년 초 그는 신민학회의 신년회에서 "내가 하고 싶은 일은 하나는 교사이고 다른 하나는 신문 기자이다. 앞으로 이 두 가지 중 어느 하나로 월급을 벌어서 살아야 할 것 같다"고 명확하게 표시했다. 이 해 가을, 중국공산당 제1차 대표대회 이후, 그는 '소년중국학회 회원 평생 지향 조사표'를 쓸 때, '평생 연구하려는 학술'이라는 난에 '교육학'이라고 정중히 써 넣었다. '평생 생활을 유지하는 방법'이라는 난에는 여전히 '교육 관련 일을 해 월급을 벌겠다' 및 '원고료를 받겠다'라고 써 넣었다.

그러나 역사는 마오쩌동이 교사 혹은 기자가 되게 하지 않았다. 그가 호남제1사범학교를 졸업할 때에는 신문화운동이 거의 고조에 도달하던 시기였다. 그 후의 5 · 4운동은 갑자기 그를 여러 가지 사회활동으로 떠밀었다. 마오쩌동은 북경(北京), 상해(上海), 장사(長沙) 등지에서 호남(湖南) 청년들이 프랑스로 고학을 가도록 조직했고, 호남 학생과 교육계의 애국운동을 조직했으며, 호남 군벌 장경요(张敬尧)를 몰아내기 위해 활동했다. 호남 자치를 창도하고 공산당의 건당과 공청단의 건단(建團) 활동에 참가했다. 독학대학을 설립하고 진보적인 청년들을 육성했다. 한때 공개된 정식

직업은 장사(長沙)수업소학교 역사교사와 호남제1사범 부속소학교 업무 주재원이었지만, 사실상 이미 직업 혁명가의 길로 나아가고 있었다.

사회활동으로 분망히 보내고 있었지만 마오쩌동은 여전히 독서를 좋아했다. 오히려 이 시기 사회 실천, 정치 활동과 결부된 독서는 그의 탐색을 더 활발하게 했으며, 서로 다른 '사상의 룸'을 돌아다니게 했다. 그의 인식은 부단히 높아졌고 사상은 비약적으로 발전했다. 3년가량의 시간에 그는 무정부주의자로부터 마르크스주의자로 전환되었다.

1918년 여름, 마오쩌동은 북경에 온 후 얼마 안 되어 신문화운동의 중심이고 책원지인 북경대학에서 도서관리원 보좌 직을 얻게 되었다. 그는 마치 채소밭에 뛰어든 소처럼 신선한 '지식의 야채'를 마음껏 먹을 수 있었다. 여기에서 그는 이대소(李大钊), 진독수(陈独秀), 호적(胡适), 소표평(邵飘萍), 양수명(梁漱溟) 등 문화방면의 명인들을 알게 되었으며, 박시년(傅斯年), 왕광기(王光祁), 진공박(陈公博), 장국도(张国焘), 등중하(邓中夏) 등 진보적 청년들과 교제하였다. 아주 운 좋게 단번에 신사조의 최고점에 도달할 수 있게 되었던 것이다.

1920년 여름, 호남에서 신사조, 신문화를 전파하기 위해 마오쩌동은 장사(长沙)에서 문화서사(文化书社)를 설립했다. 그는 「문화서사 발의문」에서 "가장 빠르고 간편한 방법으로 중외 여러 가지 최신 도서와 신문 잡지를 소개해, 청년 및 모든 호남 사람들이 새로운 것을 연구하는데 필요한 자료를 제공하겠다"고 했으며, 이로부터 "신사상, 신문화가 생산"되기를 희망했다. 마오쩌동은 최선을 다 해 프로답게 이 서사를 경영했다. 그는 특별 교섭원의 신분으로 호적, 진독수 등 명인들이 담보를 서게 하고 각 출판사로부터 도서를 들여왔다. 또한 도서 판매 광고를 쓰기도 하고 독서를 통한 친구 모집, 영업 보고 반포 등의 일을 했다. 이는 지금의 민영서점 혹은 도서 판매업자와 같다고 해야 할 것이다. 이 기간 마오쩌동은 신민학회의 활동을 지도한 외에도 건학회(健學會), 문제연구회, 러시아연구회, 독학대학 등의 설립을 발의했거나 준비했다.

당시 마오쩌동은 머릿속에 있지만 뭐라고 확실하게 말할 수 없었던 '대본대원(大本大源)'이 현실에서 찾고 있던 구국 방안과 각종 '주의(主义)'와 긴밀히 연계되면서 독서 목적의 중대한 비약을 실현했다.

주의(主义)가 왜 중요한 걸까? 마오쩌동은 1920년 11월 25일에 쓴 편지에서 아주 투철하게 말했다. "주의는 깃발과 같다. 깃발을 세우면 사람들이 기대하는 바가 있게 되고 나아갈 방향을 알게 된다." 그러므로 분발 노력하는 사람에게 있어서 가장 긴박한 것이 '주의와 결합'하는 것이다. '주의'는 그가 이전에 추구하던 '본원'이 구체화 된 것이 틀림없다.

'주의'는 5·4시기 사상계와 이론계에서 사용 빈도가 가장 높은 몇몇 외래어 중의 하나였다. 당시의 선진적인 지식 청년에게 있어서 구국의 길을 찾는 것과 주의를 찾는 것은 같은 것이었다. 1921년 원단(元旦) 기간, 신민학회는 장사에서 신년회를 열었다. 이때 마오쩌동은 원래의 "학술과 인심을 개조하자"는 종지를 "중국과 세계를 개조하자"로 고칠 것을 주장했다. 독서의 목적은 "중국과 세계를 개조하기 위한 '주의'"를 찾는 것으로 변화했다.

당시 '주의'는 대부분 신학, 서학에서 찾았다. 마오쩌동은 학문을 탐구하는 도를 논함에 있어서 우선 고서를 읽고 "그런 연후에 하산하여 새로운 것을 섭렵할 것이다"고 한 적이 있다. 주의를 찾기 위해 그는 '하산'하여 새로운 것을 섭렵하기 시작하여 국외로 눈길을 돌리기 시작했다. 1919년 7월 그는 건학회(健学会) 설립을 제안했다. 그 목적은 신학, 특히 신학 중의

'주의'를 연구하기 위한 것이었다. 그는 중국 사상계는 이미 대세가 변했다. 채원배(蔡元培), 강항호(江亢虎), 진독수(陈独秀) 등이 "처음으로 혁신을 제창했는데, 이는 모두 낡은 관념을 변화시키려는 것이다. 심지어 국가와 가정, 혼인이 필요한가, 재산은 사유로 할 것인가 공유로 할 것인가 등이 모두 시급히 연구해야 할 문제가 되었다. 게다가 유럽 대전이 러시아 혁명을 불러 일으켰고, 그 조류는 서에서 동으로 세상을 석권하고 있다"고 말했다.

신사조 중의 여러 가지 주의와 학설을 연구하는 것은 마오쩌동이 1918년 호남제1사범 졸업 후부터 1921년까지 독서와 탐색에서의 목적이었다. 1919년 7월 14일 『상강평론(湘江评论)』 창간 선언에서 그는 서방의 사회변혁은 바로 여러 가지 주의를 창도했기 때문이라고 하면서 "교육에서는 평민 교육주의가 나타났고, 경제에서는 노동 후 획득의 평균주의가 나타났다. 사상적으로는 실험주의가 나타났다." 이렇게 되어 여러 가지 개혁이 성공했거나 곧 성공하게 되었다고 말했다. 7월 21일 그는 『상강평론』에 「건학회 설립 및 진행」이라는 글을 발표하여, 이 학회의 원칙은 "최신 학술을 연구 및 전파하는 것", "연구 범위는 대체로 철학, 교육학, 심리학, 윤리학, 문학, 미학, 사회학, 정치학, 경제학 등 여러 가지이며, 회우들은 각자 한 가지씩 나누어 연구할 것"이라고 했다. 10월 23일 그는 『북경대학일간(北京大学日刊)』에 「문제 연구회 장정」을 발표하면서, 여기서는 "여러 가지 문제를 연구하기 전 반드시 여러 가지 주의를 연구해야 한다. 아래에 열거한 여러 가지 주의는 특별히 주의해서 연구해야 할 것이다"라고 더욱 명확히 말했다. 아래에 열거한 것은 철학, 윤리, 교육, 종교, 문학, 미술, 정치, 경제, 법률, 과학 등 모두 10개 영역의 '주의'였다.

1920년 신민학회의 적지 않은 성원들이 잇따라 프랑스로 유학을 떠났다.

마오쩌동도 일생에서 "한 번 쯤은 해외로 나가 보는 재미가 있어야 한다"고 했다. 이 말은 1920년 3월 14일 학우인 주세소(周世钊)에게 보내는 편지에다 쓴 것이다. 이 편지에서 마오쩌동은 자신이 잠시 국내에 남아 있기는 하지만, 신학과 서학에서 주의를 찾고자 하는 심정이 더 절박해졌다고 말했다. "솔직히 말해서 나는 지금 여러 가지 주의와 학설에 대해 모두 분명한 개념을 찾지 못했다. 번역서와 현재 덕망 높은 사람들이 만든 신문 잡지에서 중외 고금 학설의 정화를 취하여 명확한 개념을 구성하려 한다." 이를 위해 그는 주의와 관련된 학설을 '책 한 권으로 편집'하려고 마음먹었다.

1921년 2월, 신민학회 회원들이 모여 이야기하던 중, 누군가가 신민학회의 종지를 "중국과 세계를 개조하자"로 확정했으므로 주의 문제를 토론하지 않아도 된다고 말했다. 마오쩌동은 그렇지 않다고 여기면서 "아직도 토론할 필요가 있다"고 명확히 표시했다. 그 이유라면, 현재 사회문제 해결에 관해 '두 파벌이 있는데, 한 파벌은 개조를 주장하고, 다른 한 파벌은 개량을 주장한다. 전자는 진독수(陈独秀) 등이고 후자는 양계초(梁启超), 장동손(张东荪) 등이다.' 그러므로 학회의 공동 행동은 그래도 주의를 연구하는 것이다. "이른바 주의를 연구한다는 것은 철학, 문학, 정치, 경제 및 각종 학술의 주의를 연구하는 것이다." 전과 다른 점이라면, 이 시기 그가 연구해야 한다고 강조하는 주의는 이미 정치적 차원에 집중되었다. 그는 회원들이 독서한 기초에서 정기적으로 공산주의, 사회주의, 무정부주의, 실험주의 등 '대여섯 가지 주의'를 정기적으로 연구할 것을 희망했다.

새로운 사조의 추종자

'주의' 문제를 둘러싸고 마오쩌둥은 이 시절 새로운 사조를 선전, 소개하는 세 가지 유형의 간행물을 읽었다.

첫 번째 유형은 5·4시기 새로운 사상, 문화, 사조를 전파하는 간행물이다.

새로운 사상, 문화, 사조를 전파하는 간행물로는 당시 주로 〈신청년 (新青年)〉, 〈신사조(新潮)〉, 〈매주평론(每周评论)〉, 〈개조(改造)〉, 〈소년중 국(少年中国)〉, 〈노동계(劳动界)〉, 〈신생활(新生活)〉, 〈시사신보(时事新报)〉, 〈민탁(民铎)〉 등이 있었다. 5·4시기 홍기한 이런 간행물은 사상 풍조를 이끌었으며 진보적 청년들의 사상을 조소했다. 마오쩌둥은 이런 간행물들의 열성 독자였다. 일례로, 1919년 9월 5일 여금희(黎锦熙) 에게 보낸 편지에서 마오쩌둥은 "〈민탁(民铎)〉 6기에 발표된 대작 '국어학연구'는 나에게 적지 않은 도움이 되었다. 이 잡지의 '러시아 문학 사조에 대한 일별'도 역시 최근 수년간 흔치 않은 좋은 글이었다."고 썼다. 1920년 여름 그가 장사에서 설립한 문화서사도 주로 이런 간행물들을 경영했다. 이런 간행물들은 새로운 사조를 선전할 때 항상 알게 모르게 어느 한 가지 주장에 편향하여 중국을 개조하는 방안으로 삼았다.

그 시기, 마오쩌둥은 여러 가지 주장에 대해 모두 관심을 가지고 있었으며, 진정 새로운 사조의 열성팬이라 할 수 있었다. 1919년 7월 진독수(陈独秀)가 체포되었을 때 그는 글을 써서 "우리는 진군을 사상계의 별이라고 생각한다"고 성원했다. 마오쩌둥은 이대소(李大钊)와도 비교적 가깝게 지냈다. 그는 천안문(天安门)광장에 가 이대소가 「서민의 승리」 라는 연설을 발표하는 것을 듣기도 했다. 그는 북경에 있는 호남 청년들을 조직해 채원배(蔡元培),

호적(胡適)과 좌담회를 열기도 했었다. 그는 또 소표평(邵飄萍)이 조직한 신문연구회에 참가했으며, 양창제(杨昌济), 양수명(梁漱溟), 호적(胡适) 등이 조직한 철학연구회에도 참가했고 왕광기(王光祁) 등이 설립한 소년중국회에도 참가했다. 1920년 5월 미국 철학가 듀이가 상해(上海)에 와 실용주의를 선전할 무렵 마침 마오쩌동도 상해에 있었다. 그는 사람들 속에 끼어 듀이의 상해행을 환영했다. 1945년 마오쩌동은 연안(延安)에서 황염배(黄炎培)에게 "25년 전 선생님을 본적이 있습니다. 그때 듀이 박사를 환영하는 회의를 열었는데 선생님이 사회를 봤습니다. 당시 강당 아래 청중들 속에 바로 마오쩌동이라는 사람이 있었습니다."라고 말했다. 1920년 10월 그는 자원해서 호남교육회에서 개최한 '학술강연회'의 기록을 맡았다. 강연자들로는 채원배(蔡元培), 장태염(章太炎), 오치휘(吴稚晖), 장동손(张东荪) 등 사상문화계 명인들 외에도 서방 철학가 듀이, 러셀 등이 있었다. 그는 기록에 따라 7편의 글을 정리해서 신속히 『대공보(大公报)』에 보내 발표했다.

두 번째 유형은 서방 근대 이론과 사조를 직접 번역, 소개한 출판물이다.

마오쩌동은 장사에서 문화서사를 설립한 후, 1920년 10월부터 1921년 4월까지 6개월 사이에 '중요한 책' 목록을 세 개나 써서 서사의 주주에게 보고하거나 광고로 신문에 발표했다. 중요한 책이라고 열거된 것들은 모두 그가 직접 선택했거나 혹은 읽은 것들이었다. 1920년 11월 그는 또 문화서사를 위해 홍보용 전단지를 써서 사방에 배포했다. 전단지에는 글자를 아는 사람들이 여러 가지 '독서회'를 조직할 것을 요구했다. 그는 사람마다 조금씩 돈을 내서 책을 사오면 여러 사람이 돌아가며 읽고 그런 후에 다 같이 토론할 것을 주장했다. 전단지 홍보 글에서 그는 "당신이 좋다고 여겨지면 '독서회'를 조직해 보는 것은 어떨까요? 새로 출판된 새로운 사상의 도서, 신문, 잡지는 우리 서사에(문화서사)에 얼마든지 있습니다. 당신이 이러한 도서와 신문 잡지를 달라고 하는 것을 환영합니다."라고 했다.

그가 당시 중시하여 대대적으로 추천한 서학 도서를 분류에 따라 보면 대체로 다음과 같은 것들이 있는데, 이로부터 마오쩌둥이 '5·4' 전후 서학에 관하여 독서한 상황을 알 수가 있다.

서방의 사회과학을 번역 소개한 저작으로는 『플라톤의 이상국가』, 『헤겔의 일원론』, 『유럽 정치사상 약사』, 『근세 경제사상 사론』, 『근세 사회학』, 『서양 윤리학사』, 『유럽 문학사』, 『현대교육의 추세』 등이 있다.

서방 근대 정치사조를 번역 소개한 저작으로는 『현대사조 비평』, 『정치 이상』, 『사회개조 원리』, 『듀이 5대 강연』, 『듀이 미국 민치의 발전』, 『크로포트킨의 사상』, 『유럽과 아메리카 각국의 개조 문제』, 『협력주의 정치 경제학』, 『유럽 화의 후의 경제』, 『국제연맹 강평』, 『자유의 길』, 『노조주의』, 『실험주의』 등이다.

서방 자연과학을 번역 소개한 저작으로는 『과학과 인류 진화의 관계』, 『실험논리학』, 『천문학』, 『과학통론』, 『다윈의 종의 기원』, 『창화론』, 『생물세계』 등이다.

세 번째는 마르크스주의와 소련을 연구한 저작이다.

이대소(李大钊), 진독수(陈独秀)와의 접촉을 통해 마오쩌둥은 마르크스주의에 관한 책들에 대해 점점 더 관심을 가지게 되었다. 그는 후에, 마르크스주의를 선택하는 과정에서 세 책의 영향을 많이 받았다고 말했다. 이 세 책으로는 마르크스와 엥겔스의 『공산당선언』, 카를 카우츠키의 『계급투쟁』과 커캅의 『사회주의 역사』가 있다. 이 세 책은 모두 그가 1920년에 읽은 것이다. 이 해 그가 문화서사를 설립하고 경영하던 책들 중 중요하다고 생각되어 추천한 것으로는 『마르크스 〈자본론〉 입문』, 『새 러시아 연구』, 『노농정부와 중국』, 『과학적 사회주의』가 있다. 1920년 9월, 그는 호남 러시아연구회를 조직, '러시아의 모든 것을 연구하는 것을 종지'로 하였다. 그의 추천을 거쳐 호남 『대공보(大公报)』는 상해 월간 『공산당』의 중요한 글들은 전재했다. 예를 들면, 「러시아 공산당의 역사」, 「레닌의 역사」, 「노농제도 연구」 등이 있다.

이러한 문화 사조를 전달한 저작과 간행물들은 만약 '광팬'과도 같이 열정적으로 독서하고 연구하지 않았더라면 청년시절의 마오쩌동의 탐색에 그렇게 격동적이고 다채로운 사상의 물보라가 솟구쳐 오르지는 못했을 것이다. 또한 그가 '주의'에 대한 탐구도 그처럼 깊이 있게 하지 못했을 것이며, 시대를 따라 진보하는 그의 발걸음도 그처럼 빠르지는 못했을 것이다.

'사상의 방문'을 연 후

신학과 서학에 대한 독서는 마오쩌동에게 여러 가지 '사상의 방문'을 열어놓았다. 그렇다면 마오쩌동은 또 어떻게 이러한 '사상의 룸'에 머물고, 선택하고 더 나아가 주의를 찾아 신앙을 수립하고 영양을 흡수했을까?

마오쩌동은 '주의'를 구함에 있어서 서적과 서재, 그리고 머릿속에만 머물러 있었던 것이 아니라, 독서에서 얻은 것들을 끊임없이 사방으로 선전하고 심지어 행동으로 시험해보고 검증하였다. 일례로, 그는 루소의 교육소설 『에밀』을 읽고 나서 1919년에 '민중의 대 연합'이라는 글을 써서, 루소가 소설에서 제기한 '자연으로 돌아가는' '자연교육'을 실행해 사회의 압력에서 이탈할 것을 제기했다. 호적(胡适)이 문제를 많이 연구할 것을 제창하자 마오쩌동은 문제연구회를 설립할 준비를 하였다. 그는 또 문제연구회의 '장정'까지 썼는데 71가지 유형의 문제를 연구할 것을 제기했다. 이 글은 『북경대학일간』에 발표되었다. 주작인(周作人)이 일본 신촌주의를 소개하는 문장을 발표하자 곧 주작인의 집을 방문하여 가르침을 청했다. 호남에 돌아간 후에는 또 신촌건설 계획서를 작성하고 악록산(岳麓山) 일대에서 적합한 곳을 찾아 친구와 함께 '신촌'을 건립하여 실험하려고 했다. 1920년 라틴아메리카에 고학주의라는 것이 있다는 말을 듣고 그는 상해(上海)에서 몇몇 사람을 조직하여 세탁 일을 하여 생계를 유지하면서 공부를 하였다. 이 해 상해에서 진독수(陈独秀)를 만난 마오쩌동은 그의 부탁으로 호남에 돌아가 새로운 사상을 선전하고 사회주의청년단을 건립하였으며 문화서사를 설립했다.

청년시절의 마오쩌동이 보건대, '주의'를 선택하는 것은 대사인 만큼, 반드시 비교연구를 거쳐야 하며 신중하게 고려해야 했다. 당시 그는 끊임없이 선택하고, 끊임없이 포기했다. 마치 여관에 들른 것처럼 룸에 들었다가는 다시 떠나버리곤 했다. 그중 크로포트킨의 무정부주의와 무샤노코지의 신촌주의, 오웬 등의 조합주의, 톨스토이의 범노동주의, 듀이의 실용주의, 니체와 쇼펜하우어의 의지주의, 루소의 사회개량주의 그리고 사회진화론 등은 모두 그가 오랫동안 혹은 잠깐 배회했던 '사상의 룸'이었다.

마오쩌동의 마르크스주의에 대한 신앙은 다른 주의와 모두 길이 통하지 않았다. 더 좋은 방법이 없다고 인정되었을 때에야 점차 확립하기 시작했던 것이다. 그는 1920년 12월 1일 채화삼(蔡和森)에게 보내는 편지에서 "러시아식의 혁명은 다른 모든 길이 다 통하지 않는다. 더 이상 좋은 방법이 없는 경우에 생겨난 임기응변 책이다. 더 좋은 방법이 있는데 선택하지 않은 것이 아니다"라고 했다. 이러한 설명은 그 세대 공산당원들이 진리를 탐구하던 객관적 실제와도 부합된다. 마오쩌둥은 그가 과거 선전했거나 심지어 실험해 본 일부 주장들이 "이론적으로는 아주 좋은데 사실상 실행이 불가능하다"고 말했다.

마르크스주의의 문턱을 넘어서는 그 시각에도 그는 여러 '주의'에 대한 비교를 포기하지 않았다. 아주 조심스러운 태도를 보였던 것이다.

1921년 1월초 신민학회(新民学会)의 신년회에서 마오쩌둥은 '중국과 세계를 개조'할 수 있는 다섯 가지 '주의'를 내놓고 여러 사람들이 토론해 최종 선택하기로 했다. 이 다섯 가지 '주의'는, 사회정책(사회 개량주의), 사회민주주의, 급진적 공산주의(레닌주의), 온화한 공산주의(루소주의), 무정부주의였다.

회의에 참가한 사각재(谢觉哉)는 1월 3일의 일기에서 "연일 신민학회의 회의가 있었다. 회의에서는 주의에 대한 논쟁이 매우 심했다… 하나의 학회는 하나의 주의를 신봉하는 것이 좋을 것 같다"고 했다. 회의 기록으로부터 보면, 마오쩌둥은 회의에서 그가 제기한 이 다섯 가지 '주의'에 대해 하나하나씩 분석했다.

사회정책은 허점을 보완하는 정책으로 방법이 될 수 없다. 사회 민주주의는 의회를 개조 도구로 한다. 하지만 사실상 의회의 입법은 항상 유산계급을 보호한다. 무정부주의는 권력을 부인한다. 이런 주의는 아마 영원히 실현되지 못할 것이다. 온화한 방법의 공산주의, 예를 들면 루소가 주장하는 극단적인 자유는 자본가를 방임하는 것이므로 역시 실현될 수 없다. 극단적인 공산주의, 즉 이른바 노농주의는 계급 독재의 방법을 이용하는데 예상 효과에 도달할 수 있을 것이므로 채용하기에 가장 적합하다.

이러한 비교와 해석이 있었음에도 회의에 참가한 신민학회 회원들은 표결을 했다. 그 결과 마오쩌둥 등 12명이 볼셰비키주의를 주장하고 두 사람이 사회민주주의를 주장하였으며, 한 사람이 온화한 방식의 공산주의를 주장했으며, 세 사람은 기권했다.

마오쩌둥이 5.4시기부터 당 창건 시기까지의 독서 경력을 보면 참으로 감탄스럽다. 당시 새로운 사조를 선전한 풍운아들은 모두 지식인들이었다. 바로 이러한 서생들이 독서와 그에 상응하는 실천을 통해 각자 자신의 인생 이상과 미래에 나아갈 길을 선택하였던 것이다. 그중 적지 않은 사람들이 중국혁명의 중견인이 되었다. 독서와 비교를 통해 최종 신앙을 확립하는 이런 현상은 깊이 생각해볼 가치가 있는 것이다.

그 시기 독서는 확실히 진리를 탐구하는 것과 연관이 있었다. 당시 사람들은 일단 진리를 찾고, 또한 그 진리에 대해 진정으로 이해하였다면 쉽게 마음을 고치지 않았다. 확고히 지켰고 실행하였다. 나폴레옹은 "세상에는 두 가지 힘이 있다. 하나는 검이고, 다른 하나는 사상이다"고 말한 적 있다. 여기에 보충하고 싶은 것은, 항상 사상이 검을 지휘하였다는 점이다. 그러므로 사상의 힘이야말로 근본적인 것이다. 오직 정확한 사상의 지도하에서 실천해야만 과학적이고 효과적으로 세계를 개조할 수 있는 것이다.

물론 독서와 신앙의 관계도 매우 복잡하다. 독서로 모든 문제를 해결할 수는 없다. 혹은 독서는 한 사람의 정신세계의 우열을 가늠하는 유일한 기준이 아니다. 다만 실천과 신념을 연결하는 중간 고리일 뿐이다. 이 중간 고리는 다른 실천과 신념으로 이끌 수 있다.

일례로, 장개석(蔣介石)도 마르크스 · 레닌주의에 관한 저술을 읽은 적이 있다. 1923년 10월 4일의 일기에서 "오전에 『마르크스 학설 개요』를 읽고, 러시아를 공부했다. 오후에 『개요』를 읽었다"고 썼다. 10월 18일 일기에서도

"『마르크스 전기』를 읽었다. 오후에는 『마르크스 학설』을 읽었다. 재미가 있어서 손에서 책을 놓을 수가 없었다."고 했다. 11월 21일 일기에서는 또 "『레닌총서』를 읽었다"고 썼다. 이로부터 보건대, 장개석(蔣介石)도 당시 확실히 열심히 마르크스 · 레닌주의 서적을 읽었으며 국민당 진보진영 중의 인물이라 할 수 있다. 다만 신앙과 실천이 배치되었을 뿐이다.

문화가 있는 정치 인물들은 대부분 독서를 즐긴다. 하지만 어떠한 책을 읽느냐가 그의 신앙을 결정하지는 않으며 실천 속에서 어떻게 하느냐를 결정하지는 않는다. 관건은 어떠한 입장에서 책 속의 내용을 흡수하느냐가 중요하다. 또한 책 속의 이론을 실천할 마음과 용기, 그리고 방법이 있느냐 하는 것도 봐야 하는 것이다.

『천연론(天演論)』과 『종의 기원』: 유물사관의 전주곡

마르크스주의 유물론적 역사관으로 진입하는 과정에서, 엄복(严复)이 번역한 헉슬리의 『진화와 윤리』와 다윈의 『종의 기원』이 마오쩌동에게 아주 큰 영향을 주었다.

다윈의 『종의 기원』 중문 완역본은 마군무(马君武)가 1919년에 번역하여, 상무인서관(商务印书馆)과 중화서국(中华书局)에서 각각 『물종 원시(物种原始)』, 『다윈 물종원시(达尔文物种原始)』라는 서명으로 출판하였다. 1920년 마오쩌동은 장사에서 문화서사를 경영할 때 『다윈물종 원시(达尔文物种原始)』를 두 번이나 중점 신간이라고 추천하였으며, 신문에 책 판매 광고를 냈고, '중요한 책'으로 지정하였다.

다윈이 『종의 기원』에서 제기한 진화론 학설의 기본 관점은, 지구상에 살고 있는 모든 생물은 하나 혹은 소수의 몇 개 원시적 유형에서 진화하여 온 것이며, 생존투쟁에서 유리한 변이를 구비하지 않은 개체는 멸종으로 나아가게 되며 유리한 변이를 구비한 개체는 보존되며 자연조건의 선택과 변이를 누적하면서 새로운 물종을 이루게 되었다는 것이다. 진화론이 갓 창립되었을 때에는 주류 학술계의 의심을 받았으며 심지어 조롱을 받기도 했다. 영국 생물가인 헉슬리가 발표한 『진화와 윤리』는 다윈의 진화론을 위해 변호한 것이고 그 외에 진화론을 다소 발전시킨 것이다. 이 책은 상권에서 다윈의 학설에 따라 자연계 생물의 경쟁과 적자생존의 진화 법칙을 서술하였으며 하권은 진화론과 윤리학의 관계를 설명한 것으로, 인류는 서로 사랑할 수 있는 선천적인 본성이 있으므로 동물보다 우수하고, 진화 법칙이 인류사회의 발전에는 적용되지 않는다고 했다.

헉슬리의 『진화와 윤리』는 엄복(严复)이 『천연론(天演论)』이라는 제목으로 번역하여 1898년에 출판했다. 이 책은 다윈, 헉슬리, 스펜서 등의 이론을 혼합한 것으로, 원작에 대해 취사, 첨삭하고 새로 조합한 것으로 거의 6만 자가 된다. 그중 엄복(严复)이 쓴 '옮긴 이의 말'만 1만7천자 가량 된다. 『천연론(天演论)』은 사실상 엄복이 진화론 학설을 이용하여 중국 근대사회의 실제문제를 해결하기 위한 재창작서이다. 그는 책에서 적자생존은 자연과 인류사회 공통의 법칙이며 "하늘(天)이 변하지 않으면 도(道)도 변하지 않는다(天不变, 道亦不变)"는 전통은 진화법칙에 위배된다고 했다. 또한 우승열패(优胜劣败), 약육강식(弱肉强食)은 진화의 필연적인 결과라고 하면서, 중국이 수천 년 문명 고국임을 자랑하면서 개혁하지 않고, 분발 노력하지 않으면 비극적인 결과를 피하기 어렵다고 했다. 그는 인류와 동물의 구별점은, 인류는 자연을 개조하고 하늘이 부여한 운명을 제어하여 이용할 수 있는 능력의 소유자라는 것이었다.

1912년 가을·겨울 마오쩌동이 호남성 성립(省立) 도서관에서 독학하던 시절 처음으로 『천연론(天演论)』을 읽게 되었다. 그가 다윈의 진화론에 대한 이해는 『천연론(天演论)』에서 시작되었고, 후에 『종의 기원』을 읽은 것이 분명하다. 사실상 『종의 기원』은 기본상 원작 그대로 번역된 생물학 저작으로, 비전문가 독자들 속에서는 그 영향력이 『천연론(天演论)』보다 훨씬 못했다. 1941년 12월 마오쩌동은 자신이 보존해 왔던 일련의 도서들을 중국공산당 중앙서기처 도서실에 기증했는데, 그중에는 엄복(严复)이 번역한 혁슬리의 『천연론(天演论)』도 있었다. 이 책의 표지에는 마오쩌동의 장서 도장이 찍혀 있기도 했다. 이로부터 마오쩌동이 1912년에 읽은 『천연론(天演论)』을 연안시절에도 보존했거나 계속해서 읽었다고 미루어 판단할 수 있다.

20세기 초의 중국 지식인들은 주의(主义)를 찾을 때, 대부분은 진화론을 가장 심각하고 유력한 이론적 버팀목으로 하였다. 마군무(马君武)는 『다윈 물종원시』의 역자의 말에서, 다윈이 자연선택설로 물종 원시를 해석한 것은 "과학계에서의 가치가 코페르니쿠스의 지동설이나 뉴톤의 만유인력과 비슷하다. 그런데 인류사회에 대한 영향은 그보다 훨씬 더 크다"고 했다.

엄복이 『진화와 윤리(천연론)』를 번역한 것은 그 의도가 더욱 명확했다. 진화론을 '적자생존'이라고 개괄한 목적은 중국 사람들이 경쟁 속에서 생존, 자립, 자강, 자주를 구하도록 각성시키기 위한 것이었다. 이 책은 출판된 후 불과 10여 년 동안 30여 가지 서로 다른 판본이 발행되었다. 이는 당시 그 어느 서적도 비교할 바가 안 되는 것이었다. 신문 잡지와 각종 서적들에 속에는 '천연', '생존경쟁', '자연도태', '적자생존' 등 새로운 명사들이 넘쳐났다. 일부

학교는 『진화와 윤리(천연론)』를 교재로 삼기도 했으며 일부 교사들은 '생존경쟁', '자연도태'를 작문 제목으로 내기도 했다. 또 일부 사람들은 심지어 '경존(竞存)', '적지(適之)' 등 단어를 그 자신 혹은 자녀의 이름으로 짓기도 했다. 이 책은 당시 중국 지식계층에 대한 사상계몽과 핵심가치관을 각인시키는데 큰 공을 세웠다고 할 수 있다.

마오쩌둥도 예외는 아니었다. 그는 이 두 책을 모두 좋아했으며 유물역사관을 받아들이는 전주곡으로 삼았다. 진화론 사상은 특히 엄복의 '생존경쟁, 자연도태'에 대한 해석은 역사유물주의 계급투쟁 역사관과 우연하게도 일치하는 점이 있었다. 다윈과 헉슬리는 모두 마르크스와 같은 시대 사람으로, 한 사람은 마르크스보다 9살 이상 많았고, 다른 한 사람은 마르크스보다 7살 어렸다. 마리크스의 부인 예니는 헉슬리의 강연을 듣고 나서 "진정으로 자유사상이 충만 된 용감한 강연"을 들었다고 말했다. 엥겔스는 진화론, 세포학설과 에너지 보존 법칙을 두고 19세기 중엽 자연과학 중 결정적 의의를 지닌 3대 발명이라고 했다. 마르크스는 1861년 1월 16일 페르디난트 라살에게 보내는 편지에서 "다윈의 저작은 아주 의의가 있다. 나는 이 책을 역사상 진행된 계급투쟁의 자연과학적 근거로 삼을 것이다"라고 했다. 엥겔스는 심지어 1888년 영문판 『공산당선언』의 서문에서 『공산당선언』의 기본사상이 "역사학에 대한 역할은 다윈 학설이 생물학에 일으킨 역할과 같다"고 했다. 이러한 것들은 모두 유물론적 역사관과 다윈의 진화론 사이의 잠재적 연관성을 보여준다고 하겠다.

마오쩌둥은 1912년 『천연론』을 읽었고, 1920년 『다윈 물종원시』를 읽었다. 1926년에 발표한 「파리 코뮌을 기념하는 중요한 의의」라는 글에서 마오쩌둥이 계급투쟁 역사관과 진화론 학설을 연계시키는 습관을 어렴풋이나마 느낄 수 있다. 마오쩌둥은 이 글에서 "현재 국내의 적지 않은 사람들이 계급투쟁을 의심하거나 반대하는데, 이는 인류의 진화 역사를 잘 알지 못하기 때문이다. 인류가 원시사회로부터 가장사회, 봉건사회 및 오늘의 국가에 이르기까지 모두 통치계급과 피통치계급 사이의 계급투쟁이 진화 발전하여 온 것이다"라고 했다.

그 외 마오쩌둥이 진화론을 마음에 새기게 된 것은 그의 개성 및 경력과도 관련된다. 투쟁을 두려워하지 않고 모순과 풍파를 두려워하지 않으며 투쟁 속에서 생존과 발전의 길을 찾는 것은 그의 개성과 정치적 이념 때문이다. 마르크스주의자가 된 후, 사회 변화법칙에 대한 그의 인식은 다윈의 진화론 사상을 훨씬 초월하였으며, 정당, 국가, 민족은 반드시 분투해야만 입지가 서게 된다고 평생을 강조해 왔다. 이것이 사람들이 줄곧 지적해 온 사회다윈주의가 아닐까 하고도 생각할 수 있겠지만 아마도 이렇게 말하기는 어려울 것이다. 완전히 생물진화론으로 사회현상을 해석하거나 혹은 인류사회의 추구와 발전목표를 진화론 차원으로만 결정하는 것이야말로 사회다윈주의인 것이다.

사회다윈주의는 물론 과학적이지 못하다. 하지만 생물진화론이 중대한 영향력을 가진 자연과학 성과로서 사람들의 세계관과 역사관에 영향을 주지 않을 수는 없다. 진화론이 20세기 초 중국에서 그렇게 큰 영향력이 있을 수 있었던 것은 사람들이 자연과학 성과를 사회발전 영역에 운용한 것, 심지어 사회과학 성과로 여기는 것은 가능하고도 필연적인 것이기 때문이었다. 그렇지 않으면 생물진화론에 대해 모르는 사람들이 아주 분명하게 다윈학설의 영향을 받았던 것을 해석할 수가 없다.

신중국 건국 후에도 마오쩌둥은 여전히 다윈과 진화론에 대해 잊지를 못했다. 1958년 5월 8일 중국공산당 제8차 전국대표대회 제2차 회의 연설에서 마오쩌동은 동서고금 청년의 발명창조를 열거할 때 다윈을 예로 들었는데, "대 발명가이고, 젊어서부터 종교를 믿었으며 사람들의 경시를 받기도 했다. 그리하여 생물을 연구하기 시작했고 사방으로 다녔다. 남북 아메리카와 아시아를 모두 다녀갔다. 다만 상해에만 오지 않았을 뿐이다. 진화론을 발견할 때에도 젊은 나이였다"고 말했다. 1961년 그는 신변의 사무 요원에게 『사회진화약사』,『종의 기원』을 읽을 것을 요구했다. 그는 『종의 기원』을 당시 중공중앙 판공청(办公厅) 기밀실에서 일하는 젊은 직원에게 주며 "이 책은 가치가 있다. 사회 발전 역사를 이해할 수 있다"고 말했다.

사회 발전역사의 시각에서 진화론을 읽고, 진화론의 시각에서 사회 발전역사를 연구하는 것은 마오쩌동과 『종의 기원』,『천연론』 사이의 논리적 연관을 알아보는 열쇠가 될 수도 있는 것이다.

『공산당선언』: 신앙의 확립 및 그 후

1936년 마오쩌동은 에드가 스노우에게, 1920년 마르크스·엥겔스의 『공산당선언』 등 책을 읽은 후 "이론과 일정한 정도의 행동에서 마르크스주의자가 되었다, 뿐만 아니라, 그때로부터 자신이 마르크스주의자라고 생각했다"고 말했다. 그가 처음으로 읽은 『공산당선언』의 판본에 대해서는 두 가지 설이 있다. 한 가지 설은 1920년 나장룽(罗章龙)등이 번역한 등사본이라고 하고, 다른 한 가지 설은 1920년 여름 진망도(陈望道)가 번역하여 정식 출판한 판본이라고 한다.

처음으로 『공산당선언』을 읽고 나서 반드시 과학적이고도 전면적으로 마르크스주의의 요지를 파악했다고는 할 수 없다. 이 책은 당시 마오쩌동과 기타 선진자들에게 있어서 주로 신앙을 확립했다는 '입문'의 표지였으며, 마르크스주의를 향한 출발점이었다. 마르크스주의에 대해 전면적으로 알고 이해한 것이나, 이를 운용하자면 그 이후의 실천에 의거해야 했다. 이에 대해 마오쩌둥은 1941년 9월 「농촌 조사에 대하여」 라는 문장에서 분명하게 회억했다. "1920년 나는 처음으로 카우츠키의 저작 『계급투쟁』 과 진망도의 『공산당선언』 , 그리고 영국인이 지은 『사회주의 역사』 를 읽고서야 인류는 유사 이래 줄곧 계급투쟁이 있었고, 계급투쟁은 사회 발전의 원동력이라는 것을 알았으며, 초보적으로 문제를 인식하는 방법론을 가지게 되었다. 하지만 이런 책에는 중국 호북, 호남에 관한 것이 없었고, 중국의 장개석과 진독수에 관한 것도 없었다. 나는 다만 이 책들에서 '계급투쟁'이라는 것만을 섭취했으며 착실히 계급투쟁에 대해 연구하기 시작했다."

이 부분의 회억은 아주 진실하면서도 변증법적이다. 『공산당선언』 이 그가 인류사회의 발전법칙을 초보적으로 파악하는데 '도구'로서의 결정적인 역할을 하였음을 표명하면서도 동시에 이 책이 중국의 구체적인 환경에서 어떻게 혁명해야 하는가를 가르치지 않았다는 것을 인정했다. 오직 실천 속에서만 신앙을 다질 수 있고 진정으로 마르크스주의를 알고, 이해하고 운용할 수 있다는 것이었다.

『공산당선언』 은 1848년에 발표되었는데, 중국어로 번역하면 2만 자밖에 안 된다. 하지만 이 소책자는 아주 간결하게 생산력이 생산관계를 결정하고, 경제기초가 상부구조를 결정한다는 점에 대해 논술하였으며, 계급투쟁, 자산계급과 자본주의의 역사적 지위, 무산계급 혁명과 무산계급 독재, 공산주의 새 사회 건설에 대한 마르크스주의 기본 관점을 잘 논술하여 과학적 사회주의의 '출생증명서'라 여겨진다. 이 책은 심오한 것과 통속적인 것, 학자의 머리와 전사의 정신을 유기적으로 결합한 것을 뛰어난 문장력과 넘쳐흐르는 열정으로 체현해 냈다. 이 책은 호소력이 매우 커서 마르크스주의의 '노래 속의 노래'라 불리었다. 사상 계몽도서로서는 아주 좋은 책이었다. 1930년대 『공산당선언』을 번역한 성방오(成仿吾)는 "당시의 번역본은 일부 오역을 피하기 어려웠지만, '무산자', '계급투쟁' 및 '전 세계 무산자는 연합하라'는 어구만으로도 어둠 속에서 광명을 찾는 사람들에게 커다란 힘이 되었다."고 말했다.

중국에서는 마오쩌동 뿐 아니라, 절대 다수의 조기 공산당원들이 모두 『공산당선언』을 읽고 나서 마르크스주의의 대문에 들어섰다.

1919년 이대소(李大钊)가 『신청년』에 발표한 「나의 마르크스주의관」은 『공산당선언』의 일부 구절들을 발췌 번역한 것이다. 이것은 중국인으로서는 처음인 마르크스주의 신앙자 신분으로 『공산당선언』의 내용을 번역한 것이다. 나장룡(罗章龙), 유인정(刘仁静) 등이 북경대학에서 조직한 '항모의재(亢慕义斋)'('공산주의 오두막'이라는 뜻)는 1920년 『공산당선언』을 번역하여 등사해 낸 적 있다.

1920년 진독수는 북경(北京)을 떠나 상해(上海)에 올 때 영문판 『공산당선언』을 가지고 왔다. 1920년 8월 진망도(陈望道)가 『공산당선언』을 번역하여 상해에서 출판했다. 이 책은 중국에서 처음으로 공개 출판된 『공산당선언』의 완벽본이다. 그는 북경에 있는 노신(鲁迅)에게 한 권을 보냈다. 노신(鲁迅)은 책을 받은 그날로 한 번 읽어보고 주작인(周作人)에게 "망도가 항주(杭州)에서 크게 소란을 피우고 나서 열심히 일하더니 끝내는 책을 번역해 냈구나. 이건 중국 입장에서 보면 좋은 일을 한 것이다"라고 했다.

1920년 여름·가을, 유소기(刘少奇), 임필시(任弼时), 나역농(罗亦农), 소경광(萧劲光) 등은 상해외국어학사(上海外国语学社)에서 공부하고 있었는데 모두가 한 권씩 『공산당선언』을 발급받았다. 유소기(刘少奇)는 후에 "당시 나는 아직 공산당에 가입하지 않았었다. 공산당 가입 여부를 두고 고려하던 중이었다. 당시 나는 『공산당선언』을 보고 또 보았다. 몇 번이나 읽었다… 이 책에서 나는 공산당은 무슨 일을 하는, 어떠한 정당인가를 이해하게 되었으며 이 당이 하는 일에 자신을 헌신 할까 말까를 고려했다. 한동안의 심사숙고를 거쳐 나는 공산당에 가입하기로 했고, 당의 사업을 위해 헌신하기로 결정했다. 사람이 목숨마저 내버린다면 두려울 게 없는 법이다"라고 회억했다.

1920년을 전후하여 프랑스에서 고학하고 있던 청년들 속에서 『공산당선언』은 그들이 가장 많이 공부하고 토론한 마르크스주의 저작이었다. 진의(陈毅), 향경여(向警予)는 프랑스어를 공부하는 한편 『공산당선언』을 읽었다. 채화삼(蔡和森)은 가장 일찍 프랑스에 갔는데 『공산당선언』을 읽기 위해 넉 달 동안이나 프랑스어를 배웠고, 5~6개월 시간을 들여 "집중적으로 보는 한편 집중적으로 번역해", 번역고를 등사해 여러 사람들에게 나누어 주었다. 이유한(李维汉)의 회억에 따르면, 그는 채화삼이 번역한 등사판 『공산당선언』을 읽고 나서야 오직 10월 혁명의 길을 걸어야만 중국과 세계를 개조하는 목적에 도달할 수 있다는 것을 알게 되었다. 덩샤오핑(邓小平)은 만년에 남방담화(南方谈话)에서 "나의 입문 교사는 『공산당선언』"이라고 감개해 하면서 말했다.

1922년 주은래(周恩来)가 유럽에서 주덕(朱德)에게 입당을 권유할 때 주덕에게 준 책이 바로 국내에서 해외로 유입된 진망도 (陈望道) 번역의 『공산당선언』이었다. 1949년 주은래는 제1차 중화전국문학예술종사자대표대회에서 특별히 진망도에게 "우리를 당신이 교육해 낸 것입니다"라고 말했다. 1975년 진망도를 만난 주은래는 또 "당신이 번역한 『공산당선언』의 제일 첫 판본을 찾았습니까? 그건 아주 귀중한 것입니다!"고 했다. 주덕은 1976년 5월 성방오(成仿吾)가 보낸 새로 번역한 『공산당선언』을 받아보고 과거의 판본과 대조해 다시 한 번 읽어 보았다. 그 후 주덕은 90세의 고령임에도 중국공산당 중앙당교의 기숙사로 찾아가 성방오를 만나서 새로 번역한 판본을 읽은 느낌을 이야기했다. 주덕은 한 달 후 세상을 떠났다.

마오쩌동에 대한 얘기로 다시 돌아오자. 『공산당선언』은 그에게 있어서 마르크스주의 계몽 도서였을 뿐만 아니라, 그가 일생동안 읽고, 운용해 온 등대와도 같은 고전이었다.

1945년부터 1970년, 마오쩌동은 수차례 당 내에서 마르크스주의 고전을 읽을 것을 추천했다. 혹은 5권, 혹은 12권, 또 혹은 30권, 9권씩을 추천했는데 매번 『공산당선언』이 들어 있었다. 1954년 가을부터 마오쩌동은 다시 영어를 공부하기 시작했다. 이때 읽은 제일 첫 번째 책이 바로 영문판 『공산당선언』이었다. 제일 첫 쪽부터 마지막 쪽까지 전부 작은 글씨로 아주 정연하고 자세하게 주석을 달았다. 이 『공산당선언』의 속표지에 그는 친필로 'Begin at June 18, 1956'라고 썼으며 제일 마지막 쪽에 'Ended at 1956. 11. 19'라고 썼다. 즉 1956년 6월 18일에 영문판 『공산당선언』을 읽기 시작해서 11월 19일에 끝냈다는 것이다. 마오쩌동은 만년에도 이 영문판 『공산당선언』을 다시 읽었고 그때마다 평어를 보충해 넣었다. 중문판 『공산당선언』을 읽는 것은 마오쩌동에게 있어서 보통의 일이었다. 여러 판본의 『공산당선언』을 장기간 침대머리와 응접실 서가에 놓아두고 수시로 읽곤 했다. 그는 또 서로 다른 판본의 중문판 『공산당선언』을 대조해 읽기도 했다. 그중에는 전쟁 시기 출판한 글자가 작고 종이도 작은 책이 2권 있으며 또 1963년에 인쇄한 큰 글자로 된 판본도 있다. 현재 마오쩌둥이 읽은 적 있는 『공산당선언』은 영문판 외에 중문판만 4개가 보존되어 있다. 1943년 연안해방출판사에서 출판한 박고(博古) 번역본, 1949년 해방출판사에서 소련 모스크바 외국서적출판국의 중국판 복제본에 따라 출판한 판본, 1963년에 인쇄 제작한 큰 글자체 본, 1964년 인민출판사에서 출판한 판본이 있다.

그럼 마오쩌둥이 1920년 『공산당선언』을 읽은 후 자주 인용하고, 풀어서 사용하고, 설명한 내용은 어떤 것들이 있는가?

신민주주의 혁명의 미래에 대해 이야기할 때 그는 여러 번이나 『공산당선언』 중 "공산당원은 자신의 관점과 의도를 숨기는 것을 하찮게 여긴다"는 말을 인용했다. 이 말은 사회주의는 신민주주의 혁명의 발전 방향임을 설명한 것이다. 그는 이것이 "아주 명백하고 아주 확정적이며 조금도 모호하지 않다"고 했다. 또 당 내에서 진실을 이야기할 것을 제창하기 위해, 그는 이 말을 인용해 "당의 고급간부는 정치적으로 수시로 자신의 정치적 견해를 떳떳하게 공개적으로 말해야 하며, 모든 중대한 정치문제에 대해 찬성 혹은 반대의 태도를 표시해야 한다"고 했다.

재산과 자본이 사람들의 개성과 인격을 결정하며 속박한다는 것을 설명하기 위해, 그는 『공산당선언』 중의 "자산계급 사회에서 자본은 독립성과 개성을 지니고 있다. 그런데 살아있는 사람은 독립성과 개성이 없다"는 말을 인용하기 좋아했다. 또 한 걸음 더 나아가 "중국 봉건제도 하에서 인민들은 독립성과 개성이 없었다. 왜냐하면 그들은 재산이 없었기 때문이다. 독립성, 개성, 인격은 같은 것은 재산 소유권의 산물이다"라고 했다.

당 내 민주를 제창하고 당성과 개성의 관계를 해명하기 위해 그는 또 『공산당선언』 중의 "매 한 사람의 자유 발전은 모든 사람의 자유 발전의 조건이다"라는 말을 인용하기 좋아했다. 그는 또 더 나아가, "매 한 사람의 발전이 불가능한데 사회가 발전한다는 건 상상할 수도 없다. 이와 마찬가지로 우리 당의 당원들이 당성만 있고 개성이 없는 데도 모두가 당원이라고 한다면, 개성이 없는 나무토막과 같은 당원이 될 터인데, 그러면 120만 명 당원이 120만 명의 나무토막이 된다는 것인데 이것은 상상할 수조차 없는 일이다"라고 말했다.

『공산당선언』에는 아주 이름난 명제가 있다. 즉 자산계급이 "자신의 모습에 따라, 자신을 위해 세계를 창조했다"는 것이다. 마오쩌둥은 자주 이 명제를 이용해 제국주의가 식민지 국가에 영향을 주고 개조하는 방식이 본질적으로는 침략이라는 것을 설명했다. 이에 따라 중국과 같은 나라에서 민족 자산계급과 무산계급이 나타났으며, 농민이 파산됨으로 인해 광범위한 무산계급이 형성되었다는 것이다. 즉 "이러한 것들은 모두 제국주의가 자신의 무덤을 파는 사람들을 만들어 낸 것이며, 혁명은 바로 이러한 사람들 속에서 발생한다"는 것이었다.

1965년 마오쩌둥은 친히 『공산당선언』 중문판을 위해 서문을 쓰고자 했다. 그런데 이 구상이 실현되지를 못했다. 이 구상이 실현되었다면, 그는 아마 일생동안 『공산당선언』을 읽고 운용한 경험과 체득한 것을 모두 종합하였을 것이다.

一工农红軍的崇

有八宝山，离天三

鞍。"山高耸入

我們英雄的紅軍战士

"快馬加鞭"腾

鞭策馬飞奔急驰

佛看到了工农紅

众，奔赴抗日前线

使紅軍的英雄

"惊回首，离天三

啊！离天只

出立于群峰的高处鸟瞰身

让人做诗，也渲染出紅軍征

万马战犹

4 chapter

정세의 급변시기: 독서와 혁명의 실천

4. 정세의 급변시기: 독서와 혁명의 실천

독서와 혁명은 확연히 서로 다른 두 가지 일이다. 독서는 혁명을 대체할 수 없고 혁명도 독서를 대체할 수 없다. 1964년 8월 25일 마오쩌동은 어느 한 외국 청년학생 대표단에 "오직 마르크스주의 책만이 우리에게 혁명을 어떻게 해야 하는가를 가르쳐주었다. 하지만 책을 읽었다고 해서 어떻게 혁명해야 하는가를 바로 알게 되는 것은 아니다. 혁명에 관한 책을 읽은 것과 혁명하는 것은 서로 다른 일이다"고 말했다. 이것은 그의 경험담이다. 마오쩌동은 혁명 과정에서 책속의 이론을 혁명 실천에 운용하는 것이 쉬운 일이 아님을 알게 되었다. 그러나 실천 경험만 있고 이론 지식이 없는 것도 마찬가지이다.

1921년부터 1935년까지의 14년 동안 마오쩌동은 노동자 파업을 주도하였고 국민당 중앙선전부에서 일했으며, 신문을 발행했고, 농민운동에 종사했으며, 홍군을 영도하여 전쟁을 하였고, 혁명근거지를 창건하였으며, 중화 소비에트 중앙 임시정부를 관장하였으며, 장정에 참가하고 영도하였다. 그는 여러 가지 어려움과 위험을 이겨내며 장렬하게 혁명에 투신, 심지어 구사일생의 순간도 있었다. 그는 점차 일개 서생으로부터 성숙된 혁명가, 정치가와 전략가로 성장했다. 이 기간 마오쩌동은 남정북전 하느라 계획적인 서재식 독서는 적어졌다. 하지만 독서의 역할은 더욱 구체화 되고 실제적이 되었다.

책 편집: 선전으로부터 농민운동에 이르기까지

대혁명 시기 마오쩌동의 독서는 그의 혁명활동가, 선전가라는 신분과 큰 관련이 있다. 국민당 중앙선전부 장관 대리 직무를 담임할 때, 그는 선전부 간행물인 『정치주간』의 편집장으로 일하면서 일부 지역과 부문에서 만드는 간행물을 읽고, 그 간행물들의 편집을 지도하였다. 그 후 농민운동에 주력하였는데 이 길의 주요한 길 역시 선전 교육이었으므로 도서 등 간행물과 떨어질 수가 없었다.

이 기간에는 마오쩌동의 독서에 대해 확실하게 기록한 자료가 많지 않다. 하지만 그가 공들여 편찬한 총서 두 세트가 당시 그의 독서와 사고의 중점을 반영하고 있다.

마오쩌동이 1926년 5월 20일 국민당 제2기 중앙집행위원회 제2차 전체회의에서 한 '선전공작보고(宣傳工作報告)'에 따르면, 그는 국민당 중앙선전부에서 일하는 기간, 56권으로 한 세트를 이루는 『국민운동총서』에 대한 편찬 계획을 실시하였다. 이 계획은 아주 상세하게 제정되었는데 구체적인 도서 목록은 마오쩌동이 직접 작성한 것이었다. 주로 국제정치·경제, 세계 혁명운동, 국민당 사상 및 책략, 소련에 대한 연구, 국내 정치·경제 등 다섯 가지 측면에 대한 내용이었다. 이 총서가 확실히 선전 및 보급 역할을 할 수 있도록 하기 위해 그는 매권마다 1만2천자를 초과하지 말 것을 요구했다. 이 규모 내에서 편찬이 불가능한 책, 예를 들면 『중국 근 100년 사략(中国近百年史略)』, 『제국주의의 중국 침략 역사(帝国主义侵略中国史)』 등은 여러 권으로 나누어 출판하도록 했다.

일부 소책자를 어떻게 편찬할까 하는 문제에 대해 마오쩌동은 구체적인 설명까지 했다. 일례로, 『중국 근 100년 사략(中国近百年史略)』에 대해 마오쩌둥은 "이 책은 응당 외교 실패 및 민족사상 발전에 주의를 돌려야 한다. 순수하게 정치만을 기록하여 어느 한 성씨의 가전(家传)으로 되게 하는 것은 적절하지 않다"고 했다. 『원시공산주의사회로부터 봉건사회에 이르기까지』에 대해서는 의거할 수 있는 책이 있다. 소련 사람이 쓴 책인데 순수 유물 역사관에 따라 과거의 역사를 해석했다. 이 책은 원래 세 권의 세계 사략(史略)인데, 지금에 와서 세 책(册)으로 나누어 각자 제목을 달면 분리·합병에 모두 편리할 것이다. 혹은 소제목을 달아 『세계 사략』이라고 할 수 있다. 여기에서 나오는 소련 사람이 쓴 『세계 사략』은 아직도 원작의 이름을 모른다. 하지만 마오쩌둥이 읽은 적이 있다는 점만은 의심할 바 없다. 그리고 『앞으로의 국제 대전(将来之国际大战)』에 대해서는 "이 책은 각 제국주의 국가의 무력과 소련의 무력 비교 및 신식 전비(战备)에 대해 연구한 것으로 러시아 군사위원장 프룬제의 논문이다"라고 주를 달았다. 『중국 국민당 당사 개론(中国国民党概论)』과 『손문주의(孙文主义)』에 관해서는 "중앙위원이 편집을 담당하며 그 이외로는 원고 모집을 하지 말 것"을 제기했다.

이 편찬 계획을 완성하기 위해 마오쩌둥은 당시 상무인서관(商务印书馆)에서 일하는 중국공산당 조기 당원인 심안빙(沈雁冰, 모순)을 상해 주재 편찬 사무 담당자로 초빙했다. 모순(茅盾)은 만년에 회고록에서 이 『국민운동총서』는 "당시의 국민당원과 공산당원들에게 모두 중대한 교육적 의의가 있었다. 이 총서가 모두 얼마나 출판되었는지 지금은 잘 기억하지 못한다"라고 말했다.

1926년 5월 말 마오쩌둥은 국민당 중앙선전부 장관 대리 직무를 사임할 것을 강요당했으며 광주(广州) 농민운동 제6기 강습소 소장으로 전임했다. 이 강습소는 20개 성·구 (省区)에서 온 300명 수강생을 받아들였다. 그는 직접 수강생들에게 중국 농민문제 등에 대해 강의한 외에 주로 조사연구와 책 편집, 독서로 이론 정책을 선전하고 사상교육을 했다. 그는 수강생들을 이끌고 소주(韶州)와 해풍(海丰)의 농촌으로 조사·실습을 나갔으며, 또 수강생들을 성(省)별로 13개 농민문제연구회를 구성해, 조세, 전세, 지주의 내원, 지주와 소작농의 관계, 소작료 인하와 소작료 납부 거부, 농촌조직 상황, 농민 관념, 민가(民歌) 등 36가지 조사 항목을 만들었다. 그는 수강생들에게 고향의 상황에 따라 사실대로 기입할 것을 요구했다. 이로부터 각 성 농촌에 대한 조사 자료가 만들어졌다. 이러한 기초 위에서 마오쩌둥은 당시 수집했던 국내외 농민운동, 농민정책에 관한 문헌과 농민운동 강습소 교직원들의 농민문제에 대한 전문적 연구자료 및 수강생들에 대한 조사자료 등을 모아 『농민문제총간(农民问题丛刊)』을 편찬해 냈다.

이 책의 제1집이 출판될 때 마오쩌둥은 전문적으로 「국민혁명과 농민운동」이라는 제목의 서문을 썼다. 그는 서문의 첫 머리에서 "농민문제는 국민혁명의 중심문제이다. 농민이 국민혁명에 참가하지 않고, 국민혁명을 옹호하지 않으면 국민혁명은 성공할 수 없다. 농민운동을 속히 전개하지 않으면 농민문제가 해결되지 않는다. 농민문제가 지금 진행되고 있는 혁명 중 해결되지 않는다면 농민들은 이 혁명을 옹호하지 않을 것이다. 이러한 이치는 지금까지 혁명당 내에서도 아직도 많은 사람들이 잘 모르고 있다"고 이 책을 편찬하는 현실적 의의에 대해 분명하게 말했다.

이 책은 총 52가지를 출판하려고 했지만 사실상 26가지만 출판됐다. 그중 대표적인 것으로는 『레닌과 농민』, 『러시아 농민과 혁명』, 『중국 농민문제 연구』, 『토지와 농민』, 『사회혁명과 농민운동』, 『일본·독일·이탈리아 3국 농민운동』, 『손중산 선생이 농민에 대한 훈시』, 『중국 국민당의 농민정책』,『혁명정부가 농민운동에 대한 선언」,『광동 농민운동 개술』,『호남 농민운동의 현재 정책』 등이 있다. 이런 소책자들은 대혁명시기 각지에서 농민운동에 종사하는 중견들에게 체계적으로 공부하고 연구할 수 있는 재료를 제공해, 혁명사상을 선전하고 정책적 지도를 하며, 농민운동의 경험을 보급하고 지식과 정보를 전파하는 등 면에서 아주 실용적인 역할을 하였다.

책을 편집하는 방식으로 국민혁명과 농민운동에 대한 선전과 교육을 추진한 것은 마오쩌동의 당시 독서가 주로 하고 있는 일들을 중점으로 해서 전개되었음을 알 수 있다. 이는 마오쩌동의 이론적 사고가 과거보다 훨씬 더 분명하고 구체적으로 되게 했다. 일부 주장들은 당시 국민혁명의 선두에 서 있었다.

마오쩌동이 이 시기 마르크스주의에 대한 독서와 이해는 국민혁명과 농민운동의 실천 필요에 따라 일정하게 확장되었다. 그는 『국민운동총서』에서 『마르크스의 역사방법』,『마르크스가 동방민족의 혁명을 논함』이라는 책을 편집하려고 계획했었다. 『마르크스가 동방민족의 혁명을 논함』이라는 책에 대해 그는 "이 책에는 모두 3편의 논문을 추천한다. 이는 매우 중요하다"고 주석을 달았다. 그리고 또 『여성 해방운동 약사』가 있는데 그는 이 책은 독일 공산당원 베베르의 『여성과 사회주의』를 저본으로 해야 한다고 주석을 달았다. 1926년 3월에 쓴 「파리 코뮌을 기념할 때 주의해야 할 몇 가지」라는 문장에서 소련의 궈판뤈커(郭范仑科)의 『신사회관(新社會觀』중 파리 코뮌에 대한 논술을 소개했다. 광동(广东) 농민강습소에서 수강생들에게 『중국농민문제』를 강의할 때, 그는 당시 갓 출판된 레닌의 『국가와 혁명』 중의 논술을 인용해, 국가의 성질과 제도를 해석했으며, 또 '국가는 혁명 후, 모든 제도를 변경할 것'이라고 했다.

『농민문제총간』에 수록된 「레닌과 농민」은 사문금(謝文錦)이라고 하는 공산당원이 쓴 것으로, 1925년 4월 『신청년』에 발표된 것인데, 이는 당시 레닌이 농민문제에 대한 논술을 체계적으로 소개한 중요한 문헌이다.

두메산골에서의 지식 기근

1927년 여름, 대혁명 실패 후, 중국공산당원들은 토지혁명에 들어갔다. 이로부터 마오쩌동의 독서생활에도 변화가 일어났다.

1927년 추수봉기(秋收起义)를 영도하기 시작해서부터 그는 주로 산간벽지 지역에서 활동하기 시작했다. 환경이 변화하면서 그의 독서조건도 갑자기 변화가 생겨 읽을 책이 없었다. 이는 청년시절 독서와 당 창건시대의 책 판매, 대혁명시기의 책 편집과 아주 대조적이다. 정강산(井冈山)에 있을 때 한번은 지주집에서 『삼국연의』를 얻어 읽으려 했는데 "없어졌습니다"라는 대답밖에 듣지 못했다. 이에 마오쩌동은 매우 실망했다. 마오쩌동은 후에도 여러 번이나 이 일에 대해 이야기했다.

당시 마오쩌동이 가장 읽고 싶어 한 것은 『삼국연의』와 같은 중국 전통 서적인 것이 아니라 마르크스 · 레닌의 저작이었다. 그 원인은 아주 분명했다. 마르크스 · 레닌의 저작은 성분이 복잡한 홍군 장병들을 교육하고 토지혁명 중 나타난 문제를 해석하는데 더욱 직접적인 역할을 할 수 있었기 때문이다. 정강산(井冈山) 시기, 그는 『공산당선언』, 『공산주의 ABC』 등 계몽 도서를 등사해 각 중대에 발급하여 공부하게 했다.

1929년 1월 정강산(井冈山)에서 하산한 후 강서(江西) 남부와 복건(福建) 서부에서 전전하다 보니 독서 조건이 또 더 못해졌다. 읽을 책이 없는 것은 마오쩌동에게 있어서 참을 수 없는 정신적 기갈이었다. '굶주림'을 달래기 위해 그는 복건(福建) 상항(上杭)에 있을 때 심지어 당시 중학생들이 쓰던 『모범 영문 독본(模范英文读本)』 두 권을 얻어다 흥미진진하게 읽었다. 이 해 11월 그는 복건(福建) 장정(长汀)에서 각각 중국공산당 상해중앙국과 중앙사업을 관장하는 이립삼(李立三)에게 편지를 써서 책과 신문, 잡지를 부쳐달라고 했다. 그는 이립삼(李立三)에게 보내는 편지에서 "나는 지식 기갈이 심합니다. 자주 책이나 신문 잡지를 부쳐 주십시오."라고 했다. 중앙에 보내는 편지에서는 당 내에서 출판한 스탈린의 『레닌주의 개론』(스탈린의 『레닌주의의 기초를 논함』)과 구추백(瞿秋白)의 『러시아혁명운동사』를 부쳐줄 것을 명확히 요구했다. 그리고 "따로 책을 구매해 줄 것(가격은 대략 100원)을 요청합니다. 책 이름은 따로 보냅니다. 돈은 대신 내주십시오.", "우리는 책과 신문 잡지를 얻을 수 있기를 갈망합니다. 작은 일이라 여기고 방치하지 말기 바랍니다."고 했다.

아쉽게도 마오쩌동이 보내달라고 한 책의 명세서가 보존되지 않아 당시 그가 어떠한 책을 읽으려 했는지는 알 수가 없다.

그래도 운이 좋은 때도 있었다. 1932년 4월, 홍군은 복건에서 두 번째로 큰 도시인 장주(漳州)를 공략했다. 마오쩌동은 장주 용계(龙溪)중학교 도서관에서 온 책을 읽었다. 당시 이 일에 참여했던 장주중심현위(县委) 비서장인 증지(曾志)의 회억에 따르면, "나는 그와 함께 용계중학교에 가서 책을 뒤졌다. 그는 도서관에서 책을 뒤지며 이 책도 좋고, 저 책도 좋다고 하면서 많은 책을 찾아냈다. 몇 짐은 된 것 같은데 모두 자동차로 중앙소비에트구역으로 운반해 갔다. 마오쩌동이 골라낸 책들 중에는 아마 『자본론』, 『민주혁명 중 사회민주당의 두 가지 책략』(『두 가지 책략』으로 약칭), 『공산주의 운동

중의 '좌익'소아병』(『좌익' 소아병』으로 약칭), 『반듀링론』 등이 있었을 것이다. 1957년 마오쩌동은 북경에서 중지(曾志)를 만난 자리에서 "1932년 장주 및 기타 지방에서 수집한 서적들 중 마르크스주의 저작들을 찾아내 읽었습니다. 이 책을 다 읽으면 또 저 책을 읽었고 가끔은 책 두 권을 번갈아 가며 읽었습니다. 이렇게 두 해 동안이나 읽었습니다.'라고 말했다.

마오쩌동이 당시 이처럼 절박하게 마르크스주의 이론에 대해 연구한 것은 더 깊은 차원에서의 연유가 있었다.

마오쩌동이 홍군을 영도하여 장기간 낙후된 산간 오지에서 전투를 하는 과정에서 혁명 대오의 구조에 중대한 변화가 생겼던 것이다. 농민 당원의 비중이 절대적 우세를 차지하게 되었던 것이다. 당의 정책과 일하는 방식을 어떻게 이런 현실에 적응시키고, 농촌에 근거지를 세우는 이 새로운 혁명 길에 대한 해석은 모두 이론이 절박하게 요구되었던 것이다.

그 외에 중국혁명의 실제 경험이 부족한 지식인 청년 혁명가들이 소련으로부터 귀국하자 그들이 당 내에서의 위치가 급부상했다. 그들은 마르크스주의 이론과 소련 혁명의 '수호자'로서 행세했다. 중앙 지도층에서 이루어진 이런 분위기는 각 근거지에까지 만연되었다. 그들은 마오쩌동 등이 중국혁명의 실제에서 출발한 혁신을 '이단'이라고 보았다. 마오쩌동 본인도 1931년 가을부터 '좌'적 교조주의자들의 배척과 타격을 받아 중앙홍군과 중앙소비에트구역에서의 실제 지도권을 점차 잃어버렸다. 그가 배척, 타격을 받은 이유는 정책에 대한 관점 불일치 외에도 주로는 '우경(右傾)', '부농 노선', '협애한 경험주의', '산골에는 마르크스주의가 없다'는 등 이유에서였다.

객관적으로 말하면, 마오쩌동은 당시 마르크스주의 고전에 대해 확실히 많이 읽지 못했다. 모스크바에서 온 젊은 혁명가들과는 차이가 뚜렷했다. 변론 중

103

젊은 혁명가들은 이론으로 많은 사람들을 놀라게 했다. 일례로 제5차 반(反) '포위토벌'의 광창(广昌) 전역에서 실패한 후, 장문천(张闻天)과 박고(博古) 사이에 논쟁이 벌어졌다. 이덕(李德, 브라운)의 회억에 따르면, 그들의 논쟁은 대략 다음과 같이 진행되었다.

낙보(장문천)가 지형과 군사력이 불리할 때에는 작전하지 말아야 한다고 말하면, 박고가 낙보는 1905년 모스크바봉기 이후 플레하노프가 레닌에게 대한 태도와 같은 태도였다. 당시 플레하노프는 "사람들은 무기를 들지 말아야 한다"는 아주 멘셰비키적인 명언을 말한 적이 있었다. 완전히 다른 두 가지 일을 한데 버무려 놓은 것이다. 하지만 이는 당시 중앙 지도자층의 주된 유행어였다. 유학을 다녀온 적도 없고, 이러한 것들에 익숙하지 않은 사람들은 자연히 이러한 분위기 밖으로 배제되었다.

그럼 교조주의자들이 보는 마오쩌둥은 어떠했을까?

이덕의 회고록에 의하면 아주 재미있다. 그는 마오쩌둥이 민간의 생동적인 비유나 중국 역사상의 철학가, 군사가와 정치가의 격언을 인용하기 좋아했다고 회억했다. 누군가 그에게 마오쩌둥의 일부 정치적 주장과 책략은 태평천국 봉기의 슬로건에서 흡수해 온 것이라고 말하기도 했다. 마오쩌둥이 『손자병법』에 따라 "이길 가능성이 없는 전투는 하지 말아야 한다"는 원칙을 제기하고 나서 또 "사지에 몰아넣어야 살 수 있다"고 했는데 이는 "마오쩌둥의 공리주의와 실용주의 사유방법을 보여 주었다"고 했다.

그럼 마오쩌둥은 마르크스주의 이론을 전혀 모르고, 또 이론을 운용할 줄도 모르는 것이었을까? 이덕은 "마오쩌둥도 그가 잘 알고 있는 마르크스주의 술어를 사용했다. 하지만 그의 마르크스주의 지식은 아주 적었다. 이는 나뿐만 아니라, 박고(博古)도 이렇게 봤다"고 했다. 그는 또 몇 가지 이유를 들어 말했다. "마오쩌둥은 외국에서 생활한 적이 없어서 외국어를 모른다. 중국에는 마르크스주의 저작이 매우 부족하였다. 있는 몇 권도 대부분 간접적인 것으로, 원작은 매우 적었다. 더욱 엉망인 것은 마오쩌둥이 절충주의 방법으로 마르크스주의 개념을 곡해하고, 더구나 거기에 다른 내용을 더해 넣었다. 일례로, 그는 늘 무산계급에 대해 이야기 했는데, 그가 이해하고 있는 무산계급은 산업 노동자뿐만이 아닌, 모든 가난한 계층이 다 포함되어 있었다. 즉 고농(소작농), 반(半)소작농, 수공업자, 소상인, 막노동자 심지어 거지도 포함되어 있었다. 그는 계급 구분을 함에 있어서 '사회 생산의 일정한 역사적 지위' 및 그에 따르는 생산 자료와의 일정한 관계에서 출발한 것이 아니라 수입과 생활수준에서 출발했다. 마르크스주의 계급 개념에 대한 이런 저속한 왜곡은 실천 중 커다란 영향을 끼쳤다."고 했다.

중국은 사실상 산업 노동자가 매우 적었다. 마오쩌둥이 무산계급이라는 개념의 운용 범위를 확대한 것은 중국 실제에 따른 필요한 혁신이었다. 하지만 그들은 이를 두고 "마르크스주의 계급 개념에 대한 저속한 왜곡"이라고 했다. 이러한 환경 하에서 마오쩌둥은 난처하지 않을 수 없었고, 마음속으로 불복하지 않지 않을 수 없었다. 이 때문에 그는 더 절박하게 마르크스·레닌주의 고전 저작에서 이론적 지도를 받으려고 했으며, 농민 당원이 절대다수를 차지하는 대오에서 무산계급이 산업 노동자만을 가리키는가 하는 등 중국혁명의 현실 문제에 대한 해석을 찾으려 했다. 그러니 그가 일단 마르크스·레닌주의 저작을 얻기만 하면 얼마나 열심히 연구하며 읽었겠는가를 알 수 있다.

고전 세 권이 단비(及时雨)가 되다

역경 속에서의 독서는 아주 소중한 기회라고 할 수 있다. 외부 압력 때문에 고민이 많았으므로 이때의 독서는 순조로울 때보다 더 심각하고 구체적인 감수와 계발이 많았을 수 있다.

장주(漳州)에서 얻은 마르크스·레닌주의 저작들은 마오쩌둥에게는 가뭄에 단비처럼 이론적 무기가 되어 줬다. 이 저작들 중 당시 그에게 큰 영향을 준 책들로는 엥겔스의 『반듀링론』, 레닌의 『민주혁명 중 사회민주당의 두 가지 책략』과 『공산주의 운동 중의 '좌익' 소아병』 등 세 권이다.

『반듀링론』의 역자 오량평(吳亮平)의 회억에 따르면, 1932년 11월 그는 중앙소비에트구에서 처음으로 마오쩌둥을 만났다. "마오쩌둥은 나를 만나자마자 '당신이 바로 오량평입니까? 『반듀링론』은 당신이 번역한 거죠?' 하고 물었다. 내가 그렇다고 하자 마오쩌둥은 '이 책을 나는 아주 여러 번 보았습니다. 오늘 당신을 만나니 매우 기쁩니다"고 했다. 그리고 나서 그는 또 『반듀링론』에 대해 말했다." 그 후 마오쩌둥은 여러 번이나 오량평과 『반듀링론』의 이론 문제에 대해 토론했다. 그는 책의 내용을 중시했을 뿐만 아니라, 오 씨의 번역이 "그래도 중국 언어와 가깝다"고 하면서 번역이 잘 된 것에 대해 인정했다. 예를 들면, 이 책의 '철학편' 끝부분에서 오량평은 "술을 지나치게 탐낸다"고 했는데 마오쩌둥은 "이렇게 번역한 것이 좋습니다, 홍미롭습니다"고 했다. 장정을 거쳐 섬서(陝西) 북부에 도착한 후, 그는 또 오량평에게 "이것 보십시오. 내가 이 책(『반듀링론』)을 가지고 왔습니다."고 말했다.

확실히 마르크스·엥겔스의 저작 중, 마오쩌둥이 자주 읽은 두터운 책으로는 엥겔스의 『반듀링론』을 들 수 있다. 전쟁 중에 읽었을 뿐만 아니라, 신중국 건국 후에도 여러 번이나 『반듀링론』을 읽었다. 외지로 시찰을 나갈 때에도 가지고 다녔다. 1964년과 1970년 그는 두 번이나 큰 글자체의 마르크스·레닌주의 고전을 인쇄 발부할 것을 지시하면서 『반듀링론』을 여러 권으로 나눠 인쇄하여 나이 많은 동지들이 읽을 수 있도록 할 것을 거듭 당부했다. 그도 『반듀링론』의 양장본, 보통 장정본, 그리고 큰 글자체본을 모두 읽었다. 얼마나 여러 번 읽었는지는 계산할 수 없을 정도였다.

그렇다면 『반듀링론』이 마오쩌둥에게 중요했던 이유는 무엇이었을까? 이 책은 철학, 정치경제학, 사회주의 세 개 측면에서 체계적으로 마르크스주의의 기본 관점을 논술했다. '철학편'은 처음으로 일관성 있게 변증법의 대립 통일과 질량 상호 전환, 부정의 부정 3대 법칙을 서술했다. '정치경제학편'에서는 생산, 교환과 분배의 상호 관계에 대한 분석을 통해 생산과 분배는 통일된 것이며 분배는 생산에 종속된다고 제기했다. '사회주의편'에서는 과학사회주의의 핵심 내용을 논술하였는데, 모든 사회 변혁과 정치 변혁의 궁극적인 원인은 오직 사회의 경제구조 속에서 찾아야만 하며, 무산계급은 앞으로 국가 정권을 취득할 것이고 동시에 생산 자료를 국가 재산으로 변경할 것이며 전 사회 생산에 대해 계획적인 통제를 할 것이라고 제기했던 것이다.

마오쩌둥이 당시 『반듀링론』을 읽음에 있어서, 가장 중시했던 것은 유물변증법에 대한 논술이었다. 이것이 바로 당시 그에게 있어서 가장 부족해 했던 이론적 도구였다. 그렇지 않았더라면 '실용주의자', '절충주의자'로 폄하되었을 것이다.

처음 『반듀링론』을 읽고 나서 얻은 것은 그가 섬서(陝西) 북부에 도착한 후의 일부 논술들에서 비교적 많이 반영된다. 예를 들면, 마오쩌둥이 1937년 중국인민항일군정대학에서 '변증법 유물주의'를 강의할 때, 그 기본 관념과 관점은 주로 『반듀링론』에 의거한 것이었으며, 또한 이 책에서 논술한 구절들을 대량으로 인용했다. 예컨대, 변증법은 자연, 사회, 인류의 사유운동과 발전의 보편적 법칙이라는 것, 사상 논리와 역사 과정의 일치성, 운동은 물질 존재의 형식, 운동은 절대적이며 정지는 상대적이라는 것 등이다. 그가 쓴 『모순론』에서는 모순의 보편성을 설명하기 위해 『반듀링론』 '철학편' 제12절의 '변증법 · 양과 질' 중의 논술을 한 단락씩 인용했다.

레닌의 『두 가지 책략』과 『'좌익' 소아병』을 읽고 난 후의 상황은 또 달랐다. 이 두 책은 마오쩌둥이 당시 중국혁명 실천 중의 시비들을 인식하는데 직접적이고도 아주 유용해 그가 '갈증을 풀 수 있게' 했다.

1905년 러시아에서 제1차 자산계급 민주혁명이 폭발하자 사회 각 계층은 모두 어떻게 제정 러시아의 전제제도를 전복시킬까를 고려했고, 다른 정당과 파벌들은 모두 자신의 책략을 고려했다. 레닌이 이 해에 쓴 『두 가지 책략』은 자산계급 민주혁명의 특징을 완전하게 설명했고, 자산계급 혁명이 무산계급에게는 아주 유리하다고 보았으며, 무산계급은 자산계급 민주혁명에서 농민과 연맹을 맺고 영도권을 쟁취해야 한다고 했다. 이 책에서는 또 자산계급 민주혁명과 사회주의 혁명의 관계 등 문제에 대해 논술했다.

1919년 국제공산당 설립 초기에 세계혁명이 곧 도래하게 된다고 인정하여, 진공 전략을 실시할 것을 주장했으며, 각국 무산계급 및 그 정당이 무산계급혁명과 무산계급 독재를 실현하기 위해, 소비에트정권을 건립하기 위해 투쟁할 것을 요구했다. 이와 동시에 유럽 · 아메리카 각국 공산당은 러시아 10월 혁명의 경험을 그대로 가져다 배타주의를 실행했다. 즉 자산계급 내부의 모순을 이용해 대다수를 쟁취하지 않았고, 힘들게 군중공작을 하지 않았으며, 그 어떠한 타협도 반대했고, 당의 조직기율을 부정했다. 1920년 레닌은 『좌익' 소아병』을 발표하여 이 '좌적' 사조를 비판했다.

1933년 마오쩌동은 『두 가지 책략』을 팽덕회(彭德怀)에게 보내면서 편지에서 "대 혁명 시기에 이 책을 읽었더라면 착오를 범하지 않았을 것입니다"라고 했다. 마오쩌동은 왜 이렇게 여겼을까? 『두 가지 책략』은 무산계급 정당이 어떻게 자산계급 민주혁명을 인식하고, 그 혁명에 참여할 것인가를 논술한 책이다. 바로 그 이전에 국공합작으로 대혁명을 추진하는 과정에서 중국공산당은 우경 착오를 범하여 대혁명 실패를 초래하였던 것이다.

얼마 후 마오쩌동은 또 『좌익' 소아병』을 팽덕회(彭德怀)에게 보내면서 편지에서 "내가 전번에 보낸 책만 보면 하나만 알고 둘은 모르는 셈이 됩니다. 이번에 보낸 『좌익' 소아병』을 보아야 좌경이 우경과 마찬가지로 위해성이 있다는 것을 알게 될 것입니다"고 했다. 왜 이렇게 말했을까? 『좌익' 소아병』이 반대한 폐쇄주의와 같은 '좌'적 사조는 1933년 중국공산당 지도자층에서 범람하고 있었다. '좌적' 교조주의가 중앙의 통치에서 고조되고 있었다. 레닌의 이 두 책을 읽고 받은 계발이란 마오쩌동이 책을 읽음에 있어서 중국 당시의 혁명에서 실질적으로 그 요지를 파악할 수 있었다는 것을 말한다.

적지 않은 사람들의 회억에 따르면, 마오쩌동은 험난한 장정 도중 이동하면서, 혹은 숙영할 때 엥겔스와 레닌의 이 고전 3권을 읽었다. 그럼에도 불구하고 준의(遵义)회의에서 여전히 일부 사람들은 그의 이론 수준이 그다지 좋지 않다고 여겼다. 중앙정치국 후보위원 개풍(凯丰)은 마오쩌동이 『삼국연의』, 『손자병법』으로 전투를 지휘하므로 "별로 고명하지 못하다"고 했다. 그 뜻인 즉 마오쩌동이 전투 지휘를 잘 하더라도 군사적으로 여전히 마르크스주의적 '맛'이 없으므로 다른 것은 더 말할 필요도 없다는 것이었다. 이러한 평은 마오쩌동에게 적지 않은 자극이 되었으며, 섬서 북부에 도착한 후 학문을 연구하기 위해 노력하게 되는 중요한 동력이 되었다.

5chapter

섬북(陝北)에 도착한 후 독서와 경험에 대한 종합

5. 섬북(陝北)에 도착한 후 독서와 경험에 대한 종합

"사람들은 나를 편협한 경험론자라고 하지 않았는가?"

1936년 9월 홍군의 세 갈래 주력 부대가 섬북에 도착했다. 환경이 조금 좋아지자, 마오쩌동과 주은래, 박고는 전방에 있는 팽덕회 류효(刘晓)와 이부춘(李富春) 등에게 전보를 보내 (1) 이부춘의 방법대로 유동 도서관을 만든다. (2) 내일부터 제1차로 책 10권을 보내 먼저 부춘에게 맡기며 사흘 후 다시 팽덕회와 유소기에 보내 일주일 간 보게 한다. (3) 각자는 모두 제 시간에 책을 보내 산실되지 않도록 해야 한다. (4) 앞으로 한주일 혹은 열흘에 한 번씩 책을 보낸다고 규정했다. 10월 22일 마오쩌동은 또 서안(西安)에서 통일전선 공작을 하는 엽검영(叶劍英)과 유정(刘鼎)에게 "통속적인 사회과학, 자연과학 및 철학 서적, 예를 들면 애사기(艾思奇)의 『대중철학』, 류식(柳湜)의 『거리연설』 등을 사서 학교와 부대 간부들이 정치문화 수준을 높이는데 사용케 한다"고 편지를 보냈다.

막문화(莫文骅)의 회억에 따르면, 1936년 그가 홍군대학에서 공부하는 기간, 하루는 임표(林彪)가 와서 마오쩌동에게 『대중철학』이라는 좋은 책이 있으니 우리 모두가 읽어보는 게 좋겠다고 했다. 막문화는 곧 마오쩌동에게로 가서 『대중철학』을 빌렸다. 책을 펼쳐보니 동그라미가 가득 쳐져 있었다. 마오쩌동은 책을 반드시 조기에 반환해야 한다고 부탁했다.

이에 막문화는 즉시 사람을 찾아 책을 등사했다. 당시 종이가 부족했으므로 폐기된 낡은 문건의 뒷면에 등사해 각 학습소조마다 한 권씩 발급했다.

대략 이 시기에 마오쩌둥은 다른 경로를 통해 두 차례나 책을 얻어냈다. 이는 그야말로 설중송탄(雪中送炭, 눈 속에 있는 사람에게 숯을 보낸다는 뜻으로, 어려움에 처한 사람을 마침맞게 도와줌을 이름) 같은 일이었다. 당시 마오쩌둥이 읽을 책을 얼마나 갈망했는가를 알 수 있는 것이다.

섬서 북부에 막 도착해서 마오쩌둥은 마르크스주의 저작을 읽은 것 외에 중점적으로 철학과 군사에 관한 책들을 읽었다.

1936년 7월 섬서 북부 보안(保安)에 도착한 미국 기자 에드가 스노우는 마오쩌둥에 대한 깊이 있는 인터뷰를 했다. 그의 기술에 따르면, "마오쩌둥은 철학에 대해 열심히 연구하는 사람이다. 한동안 나는 매일 저녁마다 그를 찾아가 공산당의 당사에 대해 취재했다. 어느 한 번은 손님이 철학서 몇 권을 들고 와서 그에게 주는 것이었다. 그리하여 마오쩌둥은 나에게 다음 날 다시 이야기하자고 했다. 그는 3~4일 밤 시간을 들여 그 몇 권의 책을 읽었다. 그 사이에 마오쩌둥은 기타 일에 대해서는 모두 관계치 않는 것 같았다"고 했다.

마오쩌둥은 적어도 1936년 8월 이전에 이달(李达) 등이 번역한 시로코프(西洛可夫)와 아이젠버그(爱森堡)의 『변증법적 유물론 교과 과정』을 읽었다. 이해 8월 그는 역례용(易礼容)에게 보내는 편지에서 "이씨가 번역한 저작을 읽었다, 깊은 동정을 표시한다"고 했으며, 이달과 서신 왕래를 할 수 있기를 바란다고 했다. 1937년 1월 마오쩌둥과 중앙기관이 연안(延安)로 옮겨간 후, 국민당 통치구역에서 온 문화인들이 점차 더 많아졌다. 철학문제에 대해 연구 토론하기 위해 조건만 되면 그는 주도적으로 작자와 독서 체험에 대해 교류했다. 1937년 9월 애사기(艾思奇)가 연안에 온 후, 마오쩌둥은 처음으로 그를 만나는 자리에서 "당신의 『대중철학』을 나는 여러 번 읽었습니다"라고 말했다. 그 후에도 마오쩌동은 애사기에게 편지를 써서 "『철학과 생활』은 당신의 저작 중 가장 깊이가 있는 책입니다. 나에게 큰 도움이 되었습니다. 일부를 베껴 썼는데 틀린 곳이 없나 봐주십시오. 그리고 그중의 일부 문제에 대해 약간의 의문점이 있습니다(기본적인 것이 다르다는 게 아닙니다). 그러니 다시 한 번 고려해 보시고 만나서 얘기해 주십시오. 오늘 언제 시간이 있습니까, 당신을 만나러 가겠습니다."라고 했다. 그리고 편지와 함께 『철학과 생활』의 베껴 쓴 부분을 보냈는데 대략 4500자 가량 되었다.

마오쩌동이 편지에서 말한 '약간의 의문점'이란 『철학과 생활』 중의 이 단락 논술을 가리킨다. "차별되는 것은 모순이 아니다. 예를 들면, 붓, 먹, 의자는 모순이 아니다. 만약 추이와 변화의 원리를 안다면, 차별되는 것들이 일정한 조건 하에서 모순으로 전화됨을 알 수 있다. 만약 두 가지 차별되는 물건이 동시에 같은 곳에 있으면서 상호 배척하는 작용을 할 때 모순이 되는 것이다." 마오쩌동은 이 단락을 베껴 쓴 후, 뒤에다 "근본적인 이치는 맞는 것 같지만, 차별되는 것은 모순이 아니다 라는 말은 틀렸다. 응당 모든 차별되는 것들은 일정한 조건 하에서 모두 모순이 될 수 있다. 사람이 의자에 앉아 붓을 들어 먹을 찍고 글을 쓸 때는 사람과 글을 쓴다는 이 두 '일정한 조건' 하에서 모순이 되는 것들이 잠시적인 통일을 가져온다. 그러니 이 차별이 모순이 아니라고는 할 수 없다. 차별은 세상의 모든 사물이 일정한 조건 하에서 모두 모순이다. 그러므로 차별이 바로 모순이다. 이것이 바로 이른바 구체적인 모순이다. 애사기의 말은 그래서 타당하지 않은 것이다. (마오쩌동의 의견)"

이렇게 자세히 어느 한 철학 개념을 분석한 것을 보면 얼마나 자세히 읽었고 깊이 사고했는가를 알 수 있다. 마오쩌동이 이 시기에 읽은 철학 서적 중 주석이 남은 것으로는 시로코프(西洛可夫)와 아이젠버그(爱森堡)의 『변증법적 유물론 교과 과정』, 미딘(米丁, M.B.)이 주필을 맡은 『변증법적 유물론과 역사적 유물론』(상권), 가와카미 하지메(河上肇)의 『마르크스주의 경제학 기초 이론』 등이다. 평어와 주석으로부터 보면 그는 『변증법적 유물론 교과 과정』과 『변증법적 유물론과 역사적 유물론』에 심혈을 가장 많이 쏟았다. 『변증법적 유물론 교과 과정』에 쓴 평어와 주석은 대략 1만2,000자쯤 되었으며 『변증법적 유물론과 역사적 유물론』의 평어와 주석은 대략 2,600자쯤 되었다. 평어와 주석의 내용은 주로 네 가지 부류가 있다. 원작의 요점, 원작에 대한 평론, 중국의 실제와 결부시킨 의론, 원작의 일부 이론 관점에 대한 승화 등이다.

마오쩌둥은 당시 집중적으로 철학서를 읽었는데, 이는 그가 스스로 마르크스 · 레닌주의 이론에 대해 이해가 부족하며, 알고 있는 것도 철저하지 못하다고 느꼈기 때문이다. 『중국인민항일군사정치대학 역사』의 기록에 의하면, 마오쩌둥은 1937년 5-8월 사이 매주 2차례, 매번 4시간씩 『변증법적 유물론』을 강의했었다. 매번 강의할 때마다 수업 준비에 크게 공을 들였지만, 강의가 잘 되지 않는다고 생각했다. 곽화약(郭化若)의 회억에 따르면 아주 재미있는 일이 있었다. 1937년 8월 당 중앙이 섬서 북부 낙천(洛川)에서 정치국 확대회의를 하기 전 곽화약은 마오쩌둥을 만나러 갔었다. "주석의 사무실 책상 위에는 마르크스 · 레닌주의 저작들이 가득 놓여 있었는데, 그중 『변증법적 유물론 교과과정』을 들고 뒤적거려 보았다. 책의 머리 부분과 여백에는 모 주석이 작은 글자로 방주(旁批)를 가득 써 놓았는데, 그 내용은 대부분 중국혁명의 경험이나 교훈 같은 것들이었다." 이에 곽화약은 마오쩌둥의 '항일군정대학' 철학 강의를 듣지 못한 것이 매우 아쉽다고 했다. 마오쩌둥은 "강의에 대한 얘기는 하지도 마십시오. 최근 섬서 북부 공학에서 한 번 강의를 했는데 본전까지 밑지고 말았습니다.", "꼬박 나흘 밤낮 시간을 들여 강의 제강을 준비해 모순 통일의 법칙을 강의하려 했는데, 반나절에 준비한 내용을 다 말해 버렸으니 본전까지 밑진 게 아닙니까?"고 했다는 것이다.

항일군정대학에서 철학을 강의하고, 더 나아가 『실천론』과 『모순론』을 쓰게 된 일에 대해 마오쩌둥은 후에도 여러 번 이야기했다. 1964년 8월 그는 어느 한 회의에서 "『모순론』을 쓰려고 준비할 때 참으로 어려웠다. 써 낸 내용들을 두 시간 내에 몽땅 강의해 버렸다"고 말했다. 1965년 미국 기자 에드가 스노우를 만났을 때도 마오쩌둥은 "『모순론』은 1937년에 쓴 것이다. 당시 항일군정대학은 나에게 철학을 강의하라고 했다. 그들이 나에게 철학 강의를 하도록 강박했다. 나는 별다른 방도가 없었다. 『모순론』은 그때 쓴 강의록의 일부분이다. 몇 주 동안 자료를 수집하였는데 주로 중국혁명의 경험을 종합한 것이었다. 그리고 매일 밤마다 글을 쓰고 낮에는 잠을 잤다. 그런데 강의는 모두 2시간에 끝나버렸다. 나는 그들에게 책을 보지 못하게 하고, 필기를 하지 못하게 하면서 강의록의 요지를 강의했다."고 말했다.

마오쩌둥이 당시 분발하여 철학을 연구한 다른 한 중요한 원인은 중앙소비에트구역에 있을 때 그를 비판한 교조주의자들을 반격하기 위한 것이었다. 교조주의자들은 그에게 '협애한 경험론자'라는 모자를 씌워준 적 있었다. 심지어 "시골에는 마르크스 · 레닌주의가 나타날 수 없다"고까지 말했다. 그러니 마오쩌둥이 화가 나지 않을 수 없었던 것이다. 오직 열심히 책을 읽어 이론을 장악하고, 철학사상과 방법론의 고지를 탈취해야만 그에 대한 비판을 규명할 수 있으며, 그래야만 정통 마르크스주의자로 자처하는, 사실상의 교조주의자들을 근본적으로 반박할 수 있었던 것이다. 이러한 마음가짐에 대해 마오쩌둥은 종래 숨기지를 않았다. 곽화약의 회억에 따르면,

1937년 8월 마오쩌둥은 그와 독서에 대해 이야기할 때 "독서하지 않으면 안된단 말입니다. 사람들이 나를 협애한 경험론자라고 하지 않았습니까?"고 반문했다고 했다.

"내가 군사(軍事)에 대해 연구하도록 자극했다"

마오쩌둥이 철학서를 읽은 원인이 '협애한 경험론자'의 모자를 벗기 위한 것이었다면, 군사서를 읽은 것도 역시 같은 원인이었다. 마오쩌둥이 당시 군사서를 읽기 위한 절박한 마음은 아래의 전문에서 알 수 있다. 또한 그가 군사를 연구함에 있어서의 중점이 무엇인지도 알 수 있다.

1936년 9월 7일 그는 홍군과 동북군 사이에서 연락을 하는 유정(刘鼎)에게 전보를 보내 "전번 전문에서 군사서를 사달라고 했었는데 이미 샀습니까? 현재 홍군대학에서 군사서가 급히 필요하므로 속히 편지를 써서 남경(南京), 북평(北平)의 군사서를 발행하는 서점에서 도서 목록을 얻어다 중요한 걸로 골라 사 오십시오. 그리고 도서 목록을 보내주십시오." 여기에서 '전번의 전문'이라고 한 것은 유정에게 처음으로 군사서를 사라고 한 것이 아님을 알 수 있다. 또한 급히 필요하므로 속히 편지를 쓰라고 한 것은 그의 급박한 심정을 보여주고 있다.

9월 26일 그는 재차 유정에게 전보를 보내 일반적인 전술 관련 책을 사지 말고 전략에 관한 책과 병단으로 작전하는 전역에 관한 책을 사라고 했으며, 또 중국 고대의 병법서인 『손자(孙子)』 등도 사라고 했다. 만약 장학량(张学良)에게 이런 책이 있다면 빌려도 좋다고 했다.

10월 22일 아마 유정이 보내온 군사서가 자신이 읽고 싶은 책이 아니었던지, 그는 또 엽검영(叶剑英)과 유정(刘鼎)에게 편지를 써서 "사온 책들이 쓸모없습니다. 대부분 전술에 관한 것입니다. 우리가 요구하는 책은 전역 지휘와 전략에 관한 것입니다. 이런 기준에 따라 얼마간 사십시오. 『손자병법』을 사 오십시오."라고 했다.

군사서를 집중적으로 읽던 과거사에 대해 마오쩌둥은 1960년 12월 25일 일부 친척과 신변 일군들과 이야기할 때 이렇게 회억했다. "섬서 북부에 도착한 후 나는 군사서 여덟 권과 『손자병법』을 읽었다." "소련사람이 쓴 전략과 여러 가지 병종의 합동작전 등에 관한 책을 읽었다"고 했다. 당시 그가 읽었던 군사서들은 주로 군사 이론과 군사 전략에 관한 것으로 일반적인 전술 내용이 아니었다. 이는 그가 전략가로서의 뚜렷한 특징이다. 1965년 1월 24일 그는 중앙정치국 상무위원 확대회의에서 "나는 종래 병기, 전술, 성 쌓기, 지형 등 4대 교과과정 같은 것들을 연구하지 않았다. 이런 것들은 그들이 연구하면 된다", "나는 전략, 전역만을 연구했다"고 솔직하게 말했다.

섬서 북부에 갓 도착하여 이처럼 집중적으로 군사서를 읽은 것은 또 다른 명확한 동기가 있었다. 1936년 초 이덕(李德)은 홍군의 당시 전략 방침에 동의하지 않았다. 이에 중앙정치국은 3월에 회의를 열고 결정하기로 했으며, '전략적 결정은 마오쩌둥이 쓰기로' 했다. 이러한 위탁을 받음으로 해서 마오쩌둥은 결심을 내리고 전략문제를 연구하게 되었던 것이다. 그 중요한 성과는 1936년 12월에 쓴 『중국혁명전쟁의 전략문제』 이다.

군사서를 읽고 『중국혁명전쟁의 전략문제』를 쓴 것은 철학서를 읽고 『실천론』, 『모순론』을 쓴 것과 마찬가지로 교조주의자들이 마오쩌둥에 대한 조롱과 관련되며, 토지혁명 전쟁의 경험 교훈을 종합하려는 결심과도 관련된다. 이 두 가지 연유에 대해 마오쩌둥은 후에 분명히 말한 적이 있다.

교조주의자들이 마오쩌둥은 『손자병법』과 『삼국연의』에만 따라 전쟁을 지휘한다고 조롱한 것과 관련해, 1958년 6월 21일 그는 중앙군사위원회 확대회의에서 "『중국혁명전쟁의 전략문제』를 쓴 것으로 중앙소비에트구역의 군사 교조주의자들에게 대답했다"고 말했다. 1959년 4월 5일 그는 중국공산당 제8기 7중전회에서 "교조주의자들이 내가 『손자병법』을 읽은 후 클라우제비츠(克劳塞维茨)를 읽고, 일본의 『전투개요』를 읽게 했으며, 유백승(刘伯承) 동지가 번역한 『연합 병종』을 읽게 했고, '전투 조례'를 읽게 했다. 그 외에도 또 자산계급의 일부 군사서도 보았다. 종합적으로 내가 군사에 대해 연구하도록 자극했다"고 말했다.

경험의 종합과 관련해서는 1960년 12월 25일 마오쩌둥은 일부 친척과 신변의 사무 요원들에게 "그때 이런 것(군사서)을 본 것은 혁명전쟁의 전략문제를 논하기 위해서였으며 혁명전쟁의 경험을 종합하기 위해서였다"고 말했다. 1961년 3월 그는 광주(广州) 중앙공작회의에서 "제5차 반(反) '포위토벌'의 실패를 겪지 않고, 장정을 겪지 않았더라면 『중국혁명전쟁 전략문제』라는 소책자를 써내지 못했을 것이다. 이 책을 쓰기 위해 자산계급의 군사학을 연구했다"고 말했다.

교조주의에 답하는 것과 경험을 종합하는 것 중 하나는 주관적인 동력이 되었고, 다른 하나는 객관적인 동력이 되었다. 이 두 가지 연유는 갈라놓을 수가 없다. 모두 토지혁명 시기의 경험과 교훈을 종합하기 위한 것이었다. 또한 오직 경험과 교훈을 분명하게 종합해야만 진정으로 교조주의에 답하고 교조주의의 영향을 극복할 수 있었던 것이다.

"경험이 적은 것이 아니라, 사고 방법이 틀렸다"

경험을 종합하기 위해 책을 읽는 것과 독서 과정에서 정확하고도 유용한 경험을 종합해내는 것은 별개의 일이다.

마오쩌둥은 독서 과정에서 어떻게 경험과 교훈을 종합해 냈는가? 1936년 11월부터 1937년 4월 사이시로코프(西洛可夫), 아이젠버그(爱森堡)의 『변증법적 유물론 교과과정』을 읽고 쓴 평어 두 단락을 예로 볼 수 있다.

『변증법적 유물론 교과과정』은 러시아공산당의 '소수파'에 대해 말했다. 즉 그들이 "구체적인 현실에서 출발하지 않고 공허한 이론적 명제에서 출발하여", "구체적인 발전을 떠난, 고정된 추상을 대상으로 하여, 임의로 주관적이고 비(非)유물론적으로 사실을 해석하는 지반을 만들어 냈다"는 것에 대해 마오쩌둥은 "이립삼(李立三)주의와 군사 모험주의 및 보수주의에 대해 확실하게 말했다", "구체적인 현실에서 출발하지 않고 공허한 이론 명제에서 출발하는 것은 이립삼주의와 그 후의 군사 모험주의 및 군사 보수주의가 모두 범했던 착오이다. 이는 변증법이 아닐 뿐만 아니라 유물론도 아니다"라는 평어를 달았다.

이 평어는 두 가지에 대해 주목해야 한다. 하나는 직접적으로 이립삼의 이름을 찍은 것이다. 박고(博古)나 이덕(李德)에 대한 비평은 "그 후의 군사 모험주의 및 군사 보수주의"라고 지칭했다. 그 원인은 중앙에서 제3차 '좌'경 교조주의 착오에 대해 당시 아직 명확히 규정하지 않았기 때문이다. 다른 하나는 제3차 '좌'경 노선에 대한 비평이 군사전략 문제에 집중되었기 때문이다. 이는 아마 당시 그가 한창 『중국혁명전쟁의 전략문제』를 집필하고 있었던 것과도 관련이 있을 것이다.

『변증법적 유물론 교과과정』은 자본주의 체계가 소련 사회주의 발전에 대한 영향을 소련 사회주의 내부 모순을 통해 보여주었다. 이 대목에서 마오쩌둥은 중앙소비에트구역 시기 홍군의 제5차 반(反) '포위토벌'의 실패 원인을 생각하면서 "'전투를 잘못 해서가 아니라, 하늘이 나를 멸망시키려 한다'는 말은 잘못된 것이다. 제5차 반(反) '포위토벌'의 실패는 적이 강한 것도 원인이 되겠지만, 전투를 잘못한 것도 원인이 되고, 간부의 정책, 외교적 정책, 군사적 모험이 주요 원인이었다…. 국민당이 소비에트구 홍군과 싸워 이기려면 소비에트구역 홍군에게 극복하기 어려운 약점이 있어야 했다. 만약 이 약점을 극복하고 스스로를 튼튼히 다졌다면 그 누구도 소비에트구 홍군을 이기지 못했을 것이다"라고 평어를 달았다.

이 평어는 준회(遵義)회의 기간에 이덕, 박고 등이 제5차 반(反) '포위토벌' 실패에 대해 변호할 때, 항상 적이 강하다는 객관적 원인을 강조하고 자신의 전략적 착오와 내부 정책에서 원인을 찾지 않는 것을 두고 한 말이었다. 마오쩌둥은 『변증법적 유물론 교과과정』을 읽고 그들을 반박할 철학적 이유, 즉 외적 원인은 내적 원인을 통해 작용을 한다는 점을 찾은 게 분명했다.

『변증법적 유물론 교과과정』과 『변증법적 유물론과 역사적 유물론』을 정독한 것은 마오쩌둥이 1937년 7~8월 『실천론』과 『모순론』을 쓰기 위한 직접적인 준비가 되었다. 평어에서 쓴 내용 중 일부는 직접 이 두 책에 들어갔다. 이에 대해서는 각각 예를 들 수 있다.

『변증법적 유물론 교과과정』을 읽고 마오쩌둥은 "다른 성질의 모순을 해결하려면 다른 방법을 이용해야 한다"고 평어를 썼다. 『모순론』에서 마오쩌둥은 한 걸음 더 나아가 "다른 성질의 모순은 다른 방법으로만 해결할 수 있다. 일례로, 무산계급과 자산계급의 모순은 사회주의 혁명의 방법으로 해결할 수 있고, 인민대중과 봉건제도의 모순은 민주혁명의 방법으로 해결할 수 있으며, 식민지와 제국주의의 모순은 민족 혁명전쟁의 방법으로 해결할 수 있다." 교조주의는 "혁명 상황의 구별에 대해 모르므로, 다른 방법으로 다른 모순을 해결해야 함을 모르고, 천편일률적으로 불변의 공식을 적용하려 한다. 그러니 혁명이 좌절할 수밖에 없거나 혹은 잘 할 수 있는 일도 망치고 만다"라고 평어를 썼다.

『변증법적 유물론과 역사적 유물론』을 읽고 나서 마오쩌둥은 이런 평어를 썼다. "실천은 진리의 기준이다." 『실천론』에서 마오쩌둥은 한 걸음 더 나아가 "오직 사회적 실천만이 사람들이 외부에 대한 인식의 진리성적인 기준이 된다. 인식 혹은 이론이 진리이냐의 여부는 주관적인 느낌이 아니라 객관적으로 사회적 실천 결과가 어떠한가를 봐야 한다. 진리의 기준은 사회적 실천일 수밖에 없다"라고 썼던 것이다.

독서를 통해 얻은 이러한 이론적 인식은 오늘날 보면 상식에 불과하지만, 당시에는 세상을 각성시키는 말이었다. 만약 토지혁명의 경력과 연계시켜 이해한다면 더 묵직한 역사적 무게를 느낄 수 있을 것이다. 신중국 건국 이후 마오쩌둥은 『마오쩌둥선집』의 편집을 주관하면서 『실천론』과 『모순론』의 제목을 설명하는 가운데, 이 두 철학 소책자를 쓴 것은 교조주의를 반박하기 위한 것이라고 했다. "『실천론』은 마르크스주의 인식론의 관점에서 당 내 교조주의와 경험주의, 특히 교조주의의 주관적 착오를 폭로하기 위해 쓴 것이다'고 했다. 『모순론』은 "동일한 목적, 즉 중국공산당 내부의 심각한 교조주의 사상을 극복하기 위해 쓴 것이다"고 했다.

토지혁명의 경험과 교훈을 종합하는 과정에서 마오쩌둥은 분석 도구의 중요성을 깊이 느꼈다. 교조주의자들은 이론에 익숙하지만, 중국의 실제에 결부시켜 이용할 줄을 몰랐다. 이는 진정으로 이론을 안다고 할 수 없는 것이었다. 토지혁명 시기 여러 번이나 '좌'경 착오를 범한 것은 철학적으로 보면, 유물론과 변증법을 철저히 알지 못했기 때문에 주관주의와 형이상학을 야기시켜, 정확한 방법으로 중국혁명의 복잡성과 특수성에 대해 분석하지 못하고, 자각적으로 실천을 사람들의 인식이 객관법칙을 반영했느냐를 증명하는 기준으로 삼지 못했기 때문이다. 섬서(陝西) 북부에 도착한 후, 실천 속에서 이러한 오류를 시정하였지만, 대다수 간부들은 여전히 교조주의자들이 마르크스 · 레닌주의 어구를 기계적으로 적용하여 중국혁명에 심각한 우여곡절이 생긴 역사적 교훈에 대해 인식이 결핍했던 것이다.

이러한 배경이 있었으므로, 마오쩌동은 당시 토지혁명에 대한 경험과 교훈을 종합함에 있어서 사상적 측면에 착안점을 두었다. 1937년 11월 소련에서 신강(新疆)을 거쳐 연안에 돌아온 진운(陳云)은 마오쩌동에게 교조주의가 통치하던 시절 자신이 착오를 범한 것은 경험이 결핍했기 때문이라고 말했다. 이에 마오쩌동은 "경험이 부족해서가 아니라 사상 방법이 틀렸기 때문입니다. 사상 방법이 문제입니다"고 말했으며 진운에게 철학서를 많이 읽기를 건의했다.

속어에 소를 끌려면 코뚜레를 꿰어 끌라는 말이 있다. 토지혁명의 경험과 교훈을 종합하려면 핵심을 잡을 수 있어야 한다. "사상 방법이 틀렸다"는 것이 바로 마오쩌동이 잡아낸 '코뚜레'였던 것이다.

그 후 박고가 번역한 스탈린의 『변증법적 유물론과 역사적 유물론』을 읽고 나서 마오쩌동은 평어에서 "모든 큰 정치적 오류는 변증법적 유물론을 떠나지 않은 것이 없다"고 개괄했다.

工农紅軍的崇

有八宝山，离天三

鞍。"山高聳入

我們英雄的紅軍战

"快馬加鞭"騰

鞭策馬飞奔急馳

佛看到了工农紅

灸，奔赴抗日前

，使紅軍的英雄

"惊回首，离天三

一回头，啊！离天只

出立于群峰的高处瞭视

使人嫦诉，也渲染出紅軍征

服了

万马战犹

酣

6chapter

항일전쟁 전기: 독서와 이론의 혁신

6. 항일전쟁 전기: 독서와 이론의 혁신

'본질에 대한 공황'을 해결하다

마오쩌동은 청년 시대에 일기를 쓴 적 있던 것 외에는 일기를 쓰는 습관이 없었다. 유독 1938년 봄에만 가로줄 책에 7쪽의 '독서일기'를 썼다. 일기의 첫머리에 "20년 동안 일기를 쓰지 않았다. 오늘 다시 시작한 것은 학문을 연구하도록 자신을 독촉하기 위한 것이다"고 했다.

이 '독서일기'로부터 알 수 있는 것은, 마오쩌동이 1938년 2월 1일부터 3월 16일 사이에 이달(李达)의 850여 쪽에 달하는 『사회학대강』을 재차 읽었으며 18일부터는 클라우제비츠(克劳塞维茨)의 『전논쟁』을 읽기 시작했고, 3월 25일에는 또 "반재년(潘梓年)이 자신이 쓴 책 『논리와 논리학』을 보내왔는데 오늘 93쪽까지 읽었다. 내용이 퍽이나 신선하다"고 썼다.

전면적인 항일전쟁 초기, 형세가 급박함에도 마오쩌동은 왜 마음을 가라앉히고 '학문을 연구' 하려 했을까? 1937년 8월 마오쩌동은 곽화약(郭化若)에게 "항일전쟁은 많은 새로운 상황, 새로운 문제를 연구해야 하는데 이론적 무기가 없으면 안 된다"고 아주 분명하게 이야기했다.

전 당적으로 보아도 역시 그러했다. 전면적인 항일전쟁이 시작된 새로운 형세 하에서 간부들은 보편적으로 지식의 부족함을 느꼈다. 1939년 5월 마오쩌동은 연안 재직 간부 교육 동원대회에서 "우리의 일부 정치 교사들은 손에 『정치상식』 한 권밖에 없습니다. 그것도 중앙소비에트구역에 있을 때 출판한 것입니다. 이 책으로 70~80번은 가르쳤을 것입니다. 그 외의 것은 다 모릅니다. 그야말로 이 책 외에는 아무 것도 보지 않고 '정치상식만 연구'합니다"라고 했다. 마오쩌둥은 이를 '본질에 대한 공황(本領恐慌)'이라고 했다.

> "우리 대오에는 한 가지 공황이 있다. 경제 공황이 아니고, 정치 공황도 아닌, 본질에 대한 공황이다. 과거 배워 둔 것은 조금밖에 안 되는데 오늘도 조금 써버리고 내일도 조금 써버리게 될 것이니 점차 바닥나기 마련이다. 마치 가게에 원래 물건이 많지 않은데, 다 팔고 나니 텅 비게 된 것과 같다. 그러니 재 개업하려면 물건을 들여와야 한다."

여기서 '물건을 들여오다'가 바로 공부를 하는 것이다. 이 연설에서 마오쩌둥은 후에 아주 유명해진 슬로건을 제기했다. 즉 "전 당을 대학으로 변화시켜야 한다!"는 것이 그것이다.

당시 중국공산당은 국공합작과 전 민족 공동 항일의 민족통일전선을 구성할 것을 추진하고 있었다. 항일전쟁에서의 중국공산당의 지위와 역할, 중국공산당의 항일전쟁 방침, 항일민족통일전선 정책을 어떻게 인식하고 실시할 것인가, 중국 근대 이래의 사회 성질과 현재 중국혁명의 성질·임무에 대해 어떻게 이해할 것인가 등은 새로운 역사시기가 도래함과 동시에 그 답안이 더욱 절실해졌다.

마오쩌둥은 이 필요에 적응하려면, 철학적으로 이미 『모순론』 과

『실천론』을 써냈음에도 여전히 분석 '도구'가 부족하다고 생각했다. 1938년 1월 애사기에게 보내는 편지에서 마오쩌둥은 자신의 연구계획은 "군사문제를 연구하기 시작했지만 글을 쓰는 것은 잠시 불가능합니다. 철학서는 좀 더 연구하고 쓰는 게 좋을 것 같습니다. 지금 며칠을 두고 너무 조급해야 할 필요가 없는 것 같습니다"라고 했다. 1939년 1월 그는 하간지(何干之)에게 보내는 편지에서 여전히 "나는 도구가 부족합니다. 올해는 그냥 도구에 대한 연구만 해야겠습니다. 즉 철학, 경제학, 레닌주의를 연구해야겠습니다. 그중 철학이 위주입니다"라고 했다.

마오쩌둥이 항일전쟁 전기의 독서 중점은 여전히 전략서와 철학서였다. 섬서 북부에 갓 도착했을 때와 다른 점이라면, 이 기간 철학을 연구함에 있어서 주로는 그전의 기초에서 한 걸음 더 나아가, 새로운 형세를 분석하는 이론 사유의 '도구'를 완벽화 하는 것이었다. 군사를 연구함에 있어서는 항일전쟁의 전략문제를 중점으로 했다.

사실상 전면적인 항일전쟁이 도래한 역사적 전환점에서 그는 『변증법적 유물론 교과과정』을 읽고 나서 의식적으로 철학이라는 도구를 이용해 항일전쟁의 일부 새로운 문제들을 분석할 수 있게 됐다. 예를 들면 『변증법적 유물론 교과과정』에서 기회주의를 비판했는데, "그들이 현재의 투쟁과정을 기술 설명하기에 노력했지만, 이 투쟁의 정확한 슬로건을 내걸지는 못했다." 여기까지 읽고 나서 마오쩌둥은 "현재 투쟁의 정확한 슬로건은 항일민족통일전선이다. 그리고 우선적인 문제는 국내 평화, 즉 국공합작이다"라고 평어를 썼다. 『변증법 유물론 교과과정』에서 "자본주의사회는 현실적으로 존재하고 있으며 과거의 사회 형태와 구별되는 많은 특수성을 가지고 있다"고 했다. 마오쩌둥은 '많은 특수성'에 석 줄이나 긋고 거기에 또 곡선을 더 긋고 나서 "전쟁은 우선 특징을 분석해야 한다. 통일전선도 우선 특징 즉 중일 모순과 국내 모순을 분석해야 한다"고 평어를 달았다.

인식 도구를 완벽화 하기 위해, 마오쩌둥은 연안에서 움직일 수 있는 모든 자원을 다 이용했다. 많은 지식인들이 국민당 통치구역으로부터 연안에 들어오면서, 그는 1938년과 1939년 세 가지 형식의 철학 토론소조를 조직했었는데, 각각 신(新)철학회, 철학연구회, 철학소조라고 불렀다. 대체로 한 주에 한 번씩 토론했다.

1938년 2, 3월 사이에 쓴 '독서일기'에서는 이달(李达)의 『사회학 대강』에 대해 언급했다. 이 책은 이달이 1930년 북평대학(北平大学) 상학원(商学院)에서 사회학(사실상 변증법적 유물주의와 역사적 유물주의이다)을 강의할 때의 강의록으로 40여 만 자가 된다. 1937년 5월 출판 후, 이달은 마오쩌둥에게 한 권을 보냈다. 곽화약의 회억에 따르면, 어느 한 소형 좌담회에서 마오쩌둥은 사람들에게 "이달이 『사회학 대강』을 보내왔는데 내가 이미 10번이나 보았습니다. 이미 그에게 편지를 써서 10권을 더 보내라고 했습니다. 당신들도 보게 말입니다. 이달은 또 『경제학 대강』을 보내왔는데 지금까지 이미 세 번하고도 절반을 더 보았습니다. 이것도 10번 읽을 생각입니다"고 말했다. 그가 『사회학 대강』을 읽고 나서 남긴 3,400여 자의 평어를 보면, 그중 '유물변증법' 등의 장절은 적어도 두 번은 읽었음을 알 수 있다. 자신이 이처럼 정독을 하는 것 외에도, 이 책을 항일군정대학의 교재로 추천했으며, 1938년 10월 중국공산당 제6기 6중전회에서는 당의 고급 간부들이 모두 이 책을 읽을 것을 호소했다.

마오쩌동은 왜『사회학 대강』을 중시했나?

이달과 마오쩌동은 모두 호남(湖南) 사람이며, 또 모두 중국공산당 제1차 전국대표대회의 대표이다. 이달은 중국공산당 제1차 전국대표대회에서 중앙국 선전 주임으로 당선되기도 했다. 즉 중국공산당의 첫 선전부 부장이다. 후에 진독수와 의견 차이가 생겨 탈당했으나 여전히 마르크스주의 이론 연구와 선전에 종사했다. 마오쩌동은 그의 이론 용기에 대해 매우 탄복했으며, 연안의 '항일군정대학'과 연안철학연구회에『사회학 대강』을 추천했다. 이유라면 10년 내전 시기, 국민당 통치구역에서 마르크스주의 철학을 강의하고, 이런 책을 출판할 수 있다는 것은 매우 드문 일이기 때문이었다. 마오쩌동이 이 책을 중시한 것은 또 이 책이 중국 사람이 쓴 제일 첫 마르크스주의 철학 교과서이기 때문이었다. 그전에 읽은『변증법적 유물론 교과과정』과『변증법적 유물론과 역사적 유물론』은 주로 소련공산당 역사에 관련된 것이고,『사회학 대강』은 격식이 위의 두 권과 비슷하지만 중국 철학적 시각이 조금은 들어있었기 때문이었다. 특히 이 책의 제1절 '유물변증법의 전사(前史)'는 마르크스주의가 나타나기 전의 철학사상에 대해 비교적 집중적으로 소개했다. 이는 마오쩌동 입장에서 말하면 새로운 내용이었다. 그래서 이 책에서 나오는 철학의 기원과 고대 그리스 철학사에 대한 평어도 가장 많이 써놓았던 것이다. 신중국 건국 이후, 마오쩌동은 1961년 여름 이달과 여산(廬山)에서 만나 "당신의 『사회학 대강』은 중국 사람이 쓴 첫 마르크스주의 철학교과서로서 큰 역할을 하였습니다. 나는 10번이나 읽었고 필기까지 했습니다."고 말했다.

1939년 5월 연안해방사(延安解放社)는 애사기(艾思奇)가 편집한 약 37만 여 자에 달하는 『철학선집(哲学选辑)』을 출판했는데, 이는 당시 연안에서 볼 수 있는 모든 중외 철학 저작들의 정화를 한데 모은 것이었다. 마오쩌둥은 이 책을 매우 중시해, 세 번이나 읽었으며 각각 검은 연필과 붓, 그리고 붉은색과 남색 연필로 주석을 쓰고 동그라미를 쳤으며 3,200여 자에 달하는 평어를 썼다. 여기서 특별히 언급해야 할 것은 마오쩌둥이 최초로 시로코프(西洛可夫)와 아이젠버그(爱森堡) 등의 『변증법적 유물론 교과과정』을 읽은 것은 이달(李达)과 뇌중견(雷仲坚)이 1935년 6월 번역 출판한 세 번째 판본이었는데, 그 후 이 두 역자는 또 네 번째 판본을 출판, 1940년대 초 이 새 판본을 얻은 마오쩌둥은 또 다시 정독하고 새로 적지 않은 평어를 달았다.

이로부터 마오쩌둥이 철학서를 읽은 것은 임시 써먹기 위해서가 아니며, 눈앞의 성공과 이익에만 급급한 것은 더욱 아님을 알 수 있다. 그는 '본질에 대한 공황'을 해결하기 위해, 철학서를 읽는 것을 장기간 견지했던 것이었다.

『전논쟁』: "반드시 군사 이론 문제의 실마리를 풀어야 한다"

항일전쟁 초기 적지 않은 사람들은 군사 전략에 있어서 유격전쟁을 경시하고 진지전을 중시했다. 그들은 희망을 정규전과 정면 전장에 두었다. 이에 마오쩌둥은 나서경(罗瑞卿), 소경광(萧劲光), 유아루(刘亚楼), 곽화약(郭化若) 등을 요청해 좌담회를 열고 전문적으로 항일 유격전쟁의 전략문제를 연구했다.

1937년 12월 28일 마오쩌둥은 곽화약에게 편지를 써 자세하게 배치했다.

당신이 전략에 대해 쓰려면 참고서를 찾아봐야 할 것 같습니다. 예를 들면, 황포(黃埔)의 전략 강의, 일본사람이 쓴 내외선 작전(막 주임에게 있었음), 독일 클라우제비츠(克劳塞维茨)의 『전논쟁』, 루덴도르프의 『전체성 전논쟁』, 장백리(蒋百里)의 『국방론』, 소련의 야전수칙 등과 기타 찾을 수 있는 전략서,

신문에 발표된 항일전쟁 이래의 전쟁을 논한 문장, 통신도 수집해 연구해 보십시오. 먼저 연안에 있는 것들을 수집해 보십시오…… 군사 이론 문제의 실마리를 풀어야 합니다.

이 시기 마오쩌둥이 접촉하고 읽을 수 있는 군사 전략 서적들은 섬서 북부에 막 도착했을 때보다는 많아졌지만 여전히 부족하다고 느꼈다. 1938년 1월 그는 곽화약에게 그의 명의로 임백거(林伯渠)와 엽검영(叶劍英)에게 편지를 써 부족한 군사서적들을 대신 사 줄 것을 부탁하도록 했다.

당시 전국 항일전쟁의 전반적인 정세와 발전 추세에 따라 전략문제를 분석하는 것은 마오쩌둥이 고려하는 가장 중요한 대사였다. 1938년 3월 30일 그는 항일군정대학에서 강연할 때 "항일군정대학은 전략학과를 설치해야 합니다. 전반적인 정세와 대(大)병단의 전략에 대해 강의해야 합니다"라고 말했다.

군사 이론과 전략문제의 실마리를 풀기 위해 마오쩌둥이 당시 가장 자세히 읽은 책으로는 클라우제비츠(克劳塞维茨)의 『전논쟁』이다.

『전논쟁』은 서방 근대 군사 이론의 고전적인 저작이었다. 이 책의 작자 클라우제비츠(克劳塞维茨)는 프러시아 고급 장교로서 유럽 반(反)프랑스 연맹과 나폴레옹의 전쟁에 참가한 적이 있었다. 그는 1566년부터 1815년 사이에 발생한 130여 개의 전쟁 실례를 연구하고, 자신이 겪은 수차례의 전쟁 경험을 종합한 기초 위에서 3권으로 된 『전논쟁』을 써냈던 것이다. 이 책은 전략 전술의 일부 기본 원칙을 논술한 것 외에도, 전쟁은 정치의 연속이며, 전쟁의 목표는 적을 궤멸시키는 것이라고 했으며, 전략에는 정신, 물질, 수학, 지리, 통계 등 5대 요소가 포함되어 있다고 했다. 또한 진공과 방어는 상호 연계되고 전환되는 것이라는 등 중요한 관점을 제기했다. 엥겔스와 레닌은 모두 이 책을 정독하고 아주 높은 평가를 내렸다. 레닌은 이 책에서 "전쟁은 정치가 다른 한 수단을 통한 연속"이라는 명제를 아주 훌륭하다고 생각했다. 그는 이 명제를 한층 더 발전시켜 "전쟁은 이 계급 혹은 저 계급의 정치의 연속이다"고 했다.

마오쩌둥은 1938년 3월 『전논쟁』을 읽었고, 1938년 5월 군사 이론과 전략의 '실마리를 푼' 「지구전을 논함」이라는 글을 써냈다. 이 글은 『전논쟁』 중의 일부 관점을 흡수 및 발전시킨 것이다. 예를 들면, 『전논쟁』에서 "전쟁은 정치의 연속"이라고 했는데 이것을 "전쟁은 유혈(流血) 정치이다"고 개조했다. 동시에 레닌의 설명을 더욱 발전시켜 전쟁의 정치성은 계급혁명과 민족해방의 특징을 가지고 있다고 보았다. 그 외에 『전논쟁』은 적의 군대를 궤멸시키는 것을 전쟁의 최고 목적으로 하였지만, 자신을 보존하는 것은 전쟁의 목표로 하지 않았다. 마오쩌둥은 전쟁의 목적을 '자신을 보존'하고 '적을 궤멸'시키는 두 가지로 규정하였으며, 더 나아가 자신을 보존하고 적을 궤멸시키는 것의 변증법적 관계를 연구하였다. 이러한 개조는 중국혁명의 전쟁에서 온 것이 분명하다. 왜냐하면 아군은 시종 약세에 속했기 때문이다.

「지구전을 논함」을 쓰고 나서도 마오쩌둥은 또 계속해서 『전논쟁』을 읽었다. 1938년 9월, 그는 10여 명을 요청해 자신의 동굴집에서 철학 좌담회를 열었다. 매주 한 번씩 좌담회를 소집했는데 허광달(许光达), 진백균(陈伯钧), 막문화(莫文骅), 곽화약(郭化若), 소경광(萧劲光), 소극(萧克) 등 고급 장교들이 있었고, 문화인으로는 하사경(何思敬), 애사기(艾思奇), 임백거(任白戈), 서무용(徐懋庸) 등이 있었다. 막문화(莫文骅)가 1993년에 쓴 『영원히 지워지지 않는 추억(永不磨灭的怀念)』에서는 다음과 같이 썼다.

매주 한 번씩 토론했는데 저녁 7~8시부터 밤 11~12시까지 지속되었다. 『전논쟁』을 공부하고 토론함에 있어서는 책을 읽으며 토론하는 방식을 취했다. 당시 책은 한 권밖에 없었다. 그것은 국민당 육군대학출판사의 문언문 번역본이었다. 번역이 아주 졸렬했으므로 이해하기가 매우 어려웠다. 후에는 아예 하사경 동지가 독일문 원본을 가져다 번역하였는데 한 개 장절을 번역하면 그 한 개 장절을 연구하고, 거기에 강의록을 만들어 놓곤 했다. 당시 토론이 가장 열렬했던 것은 병력을 집중시키는 문제였다. 마오쩌둥 동지는 "클라우제비츠(克劳塞维茨)는 작전 지휘하는 일이 그다지 많지 않았습니다. 하지만 병력을 집중하는 문제에 관해서는 아주 잘 말했습니다. 나폴레옹의 군사 지휘에서도 가장 중요한 것이 병력을 집중시키는 문제였습니다. 우리가 적은 숫자로 많은 적과 싸워 이길 수 있는 것도 역시 적의 5~10배에 달하는 병력을 집중시켰기 때문입니다. 물론 여기에는 정치 문제도 있습니다. 우리는 정의의 전쟁이었기에 인민의 옹호와 지원을 받을 수 있었기 때문이었습니다. 비(非)정의적인 전쟁은 병력을 나누어 요소를 지키지 않을 수 없습니다"라고 말했다. 그는 또 진시황이 이신(李信)과 왕전(王翦)을 장수로 파견해 초나라를 멸망시킨 이야기를 하면서 그들의 일패일승으로 이 문제를 설명했다.

이 회억에서 보면, 마오쩌둥이 『전논쟁』에 관한 독서회를 조직함에 있어서 중국 고대 역사와 중국 전쟁에서의 구체적인 실례를 들기 좋아했음을 알 수 있다.

마오쩌둥이 『전논쟁』 연구에 열중함으로 인해 일부 고급 장교들도 이 책을 공부하게 되었다. 신4군 제4사단 사단장 팽설풍(彭雪枫)이 바로 그 례이다. 1941년 진의(陈毅)가 그에게 클라우제비츠(克劳塞维茨)의 『전논쟁』을 주었는데, 그는 책에 붉은색, 남색, 검은색 연필로 각양각색의 표기를 한 것이 17가지나 되었다. 그는 또 129개의 평어를 썼는데, 총 3,000자에 달했다.
1942년 7월 8일, 팽설풍은 『손자병법』과 『전논쟁』을 읽은 소감으로 「『전논쟁』과 『손자병법』의 종합 연구」라는 글을 썼는데, 이 글에서 그는 전쟁의 실제에 따라 영민하게 전략 전술을 운용할 것을 주장했다. 1943년 여름 그는 『전논쟁』과 『사상방법론』을 제9여단 정위(政委) 위국청(韦国清)에게 보내면서 편지에서 "이 두 책을 나는 이미 두 번 읽었습니다. 현재 당신에게 보내니 역시 두 번 읽으십시오"라고 했다. 1944년 8월 회북군구(淮北军区) 제3분구(分区) 사령관 조회천(赵汇川)이 명령을 받고 회남(淮南) 화중국(华中局) 당학교에 공부하러 가게 되었을 때에도 팽설풍은 그에게 『전논쟁』을 주었다. 조회천(赵汇川)은 줄곧 이 책을 소중하게 간직했다가 1986년 전군(全军) 당사자료 징집위원회에 주어 수장하도록 했다.

신중국 건국 후에도 마오쩌둥은 기회만 되면 이 책에 대해 말하곤 했다. 1960년 영국 몽고메리 원수를 만났을 때, 1975년 독일연방공화국(서독) 슈미트 총리를 만났을 때에도 모두 클라우제비츠(克劳塞维茨)의 『전논쟁』에 대해 이야기했으며, 클라우제비츠(克劳塞维茨)의 "말이 아주 일리가 있다"고 했다.

마오쩌둥의 군사사상은 주로 중국혁명 실천과 중국 역사상의 전쟁 경험을 종합하여 얻어낸 것이다. 사상 자원으로부터 보면 중국 고대의 『손자병법』과 서방 근대 『전논쟁』에서 많은 도움을 받은 것이 분명하다. 그는 많은 경우에 이 두 책을 같이 이야기했다. 이로부터 일부 국외 학자들은 마오쩌둥을 "클라우제비츠(克劳塞维茨)와 그의 군사철학의 애호가라고 하며 '클라우제비츠(克劳塞维茨)의 전논쟁'을 계승하고 발전시켰다"고 한다.

과거 호적(胡适)은 아주 재미있는 관점을 내놓았다. 1951년 5월 31일

그는 장개석(蔣介石)에게 보내는 편지에서 "이 1년 간 근대 역사적
사실(史实)을 연구했는데, 스탈린이 확실히 대 전략가라는 생각이
들었습니다. 그리고 마오쩌둥은 스탈린의 훌륭한 학생입니다. 그들은 모두
클라우제비츠(克劳塞维茨)의 전략에 힘입은 셈입니다. 그러니 공께서도
클라우제비츠(克劳塞维茨)와 레닌, 스탈린의 관계를 대략 알아야 한다고
생각합니다"라고 했다.

독서 후 '옛 중국'을 담론하다

전면적인 항일전쟁 발발 후, 중국 사상문화계에는 중국 역사문화를 연구하고,
선전하며, 이용하여 대중의 민족 자신감과 자호감을 불러일으키고, 항일전쟁을
위해 정신적 역량을 제공하려는 열풍이 일어났다. 그러려면 적당한 범위나
한도를 파악할 수가 있어야 했다. 이는 마오쩌둥이 말한 것처럼 '옛것을 다시
찾으려는 결심'도 있어야 하지만 또 5·4이래 신문화 건설의 성과를 부정하는
복고주의에 빠지지도 말아야 했다. 그러므로 어떠한 안광으로 '옛 중국'을
인식하느냐가 마오쩌둥이 항일전쟁 전기 독서의 중점이 되었다.

1938년 1월 마오쩌둥이 『농촌 건설 이론』을 읽고 나서 그 작자인 양수명
(梁漱溟)과 주최한 학술 토론이 이에 관한 독서와 사고의 서막을 열어놓았다.

당시 연안을 방문한 양수명은 자신의 새 저작인 『농촌 건설 이론』을
마오쩌둥에게 증송했다. 2권으로 된 아주 두꺼운 책이었다. 이 책은 주로
중국사회의 전통구조를 분석하고, 근대 이래 중국과 서방문화의 관계를 논술한
것이었다. 마오쩌둥은 이 책에 1,500자 가량 되는 평어를 달았으며, 또 일부
내용을 발췌해 내기도 했다. 마오쩌둥은 이 책을 두고 저자 양수명과 꼬박

하룻밤을 토론했다. 1월 12일 그는 애사기에게 보내는 편지에서 "양수명이 이곳에 왔습니다. 그의 『농촌 건설 이론』에는 이상한 의론이 많습니다. 그와 이야기해 봐야겠습니다"고 했다.

양수명은 새 것과 낡은 것을 혼합한 '중국문화 지상론자'였다. 그는 장기간 학문과 정치 사이를 배회했다. 그의 "옛 중국을 인식하고 신중국을 건설하자"는 주장에는 농후한 중국문화 콤플렉스가 있었다. 이로 인해 그와 마오쩌동은 공동언어가 있게 되었다. 하지만 양수명은 중국공산당이 계급투쟁 방법으로 중국을 개조하는 것에 대해 찬성하지 않았다. 그는 농촌을 건설하는 개량의 길을 걸어야 한다고 생각하고 있었다. 더 나아가 그는 마오쩌동에게 중국공산당의 혁명은 외래 사상이 유발한 것이므로 중국 사회문화 전통에 부합되지 않는다고 했다. 그는 중국을 개조하는 길은 혁명이 아니라 개량이며, 근본은 중국사회의 문화전통을 어떻게 인식하느냐에 있다고 했다. '옛 중국'에 대한 문제에서 마오쩌동과 양수명은 견해 차이가 심했다.

마오쩌동이 『농촌 건설 이론』을 읽고 쓴 평어를 보면, 견해 차이는 주로 다음의 세 개 측면에서 나타났다. 첫째, 중국과 서방문화 차이가 나타난 근본적인 기초가 생활방식 때문인가? 아니면 경제관계 때문인가? 둘째, '옛 중국'의 '윤리관계'를 어떻게 인식할 것인가? 중국 전통사회에 '계급관계'가 존재했는가, 아닌가? 셋째, 근대 이래 중국과 서방의 사회문화 충돌을 어떻게 볼 것인가? 중국이 위기에서 벗어나는 길은 무엇인가?

양수명과 밤을 새워 논쟁한 날, 마오쩌동은 양수명이 옛 중국을 연구함에 있어서 사상방법에 문제가 있다고 생각하고 그와 헤어질 때 "엥겔스에게 『반 듀링론』이라는 책이 있습니다. 이 책을 읽어보십시오"라고 권고했다. 마오쩌동은 역사 유물주의 방법으로 『농촌 건설 이론』을 평가하였기 때문에 상기의 세 가지 문제에서 양수명과 다른 관점을 도출해 내게 되었던 것이다.

정치 영도자로서의 마오쩌둥이 왜 학자와 논쟁하였을까? 물론 마오쩌둥이 고금을 통달하는 학습을 했다고 말할 수 있다. 하지만 이것으로 이 논쟁의 의의를 설명하기에는 뭔가 부족하다. 이 논쟁의 의의는 오늘의 중국을 알고 항일전쟁과 민족해방운동을 정확하게 지도하기 위해서는 현실을 연구해야 할 뿐만 아니라, 과거의 중국에 대해서도 알아야 한다는 것을 말해준다. 왜냐하면 오늘의 중국은 과거의 중국이 발전해 온 것이기 때문이다. 하지만 과거의 중국에 대해 알려면 반드시 정확한 관점과 방법이 있어야 한다.

이러한 인식에 기초하여, 1938년 10월 마오쩌둥은 중국공산당 제6기 6중전회에서 한 「새로운 단계를 논함」이라는 보고에서 세 가지 중요한 주장을 제기했다. 첫째, 마르크스·레닌주의를 어구로만 공부하지 말고, 혁명의 과학으로 공부해야 한다. 마르크스·레닌주의가 이미 도출한 일반적인 법칙의 결론만 알 것이 아니라, 문제를 관찰하고 해결하는 입장과 방법을 공부해야 한다. 둘째, 중국 역사를 공부해야 한다. 공자로부터 손중산에 이르기까지 모두 종합해야 하며 이 소중한 유산을 상속해야 한다. 셋째, 공부하는 목적은 '마르크스주의를 중국에서 구체화'하기 위한 것이며, 마르크스주의가 '중국적 풍격과 중국적 기풍'이 있게 하기 위해서이다.

뒤의 두 가지 주장에 관한 마오쩌둥의 기본적인 관점은, 중국의 역사문화로 마르크스주의를 풍부히 하고, 충실히 발전시켜야 하며, 또한 마르크스주의 입장·관점·방법으로 중국의 역사문화를 논술하고 계승하고 발전시켜야 한다. 이렇게 해야만 중국공산당의 이론이 실천 속에서 정확하고도 실제적인 지도 역할을 할 수 있다는 것이다.

중국공산당 제6기 6중전회 이후, 그는 연안 학술계의 역사문화 연구에 대한 지도에 착수했다. 1939년 1월 17일, 그는 섬서 북부 공학(陝北公学)의 하간지(何干之) 교수에게 보내는 편지에서 "우리 동지들 중에는 중국역사를 연구할 흥미 및 결심이 있는 사람이 많지 않습니다", "당신이 민족사를 연구하겠다는 것은 아주 좋은 일입니다"라고 했다. 뒤이어 마오쩌동은 민족사를 연구함에 있어서의 요구를 제기했다. "만약 당신의 책에서 민족 저항과 민족 투항 두 가지 노선 중 옳고 그름을 증명한다고 하면, 남북조, 남송, 명대 말기, 청대 말기의 투항주의자에 대해서는 질책하고 민족 저항주의자에 대서는 찬양해야만 현재의 항일전쟁에 도움이 됩니다. 다만 '겸약공매(兼弱攻昧)'와 '호대희공(好大喜功)'의 침략정책(중국 역사에서 있었음)에 대해서는 반대하는 태도를 취해 적극적인 저항주의와 혼동하지 말아야 합니다. 저항하기 위한 진공은 침략의 범위에 들어가지 않습니다. 예를 들면, 동한 시기 반초(班超)의 일 등이 그렇습니다." 이는 역사를 연구함에 있어서 항일전쟁이라는 이 전반적인 정세에 착안해야 한다고 분명히 요구했던 것이다.

1939년 초 마오쩌동은 또 중국 고대철학연구회를 조직해, 고대철학에 대해 한동안 열심히 연구했다.

1939년 2월 그는 진백달(陈伯达)이 쓴 「묵자 철학사상」, 「공자의 철학사상」, 「노자의 철학사상」 등 세 편의 장편 논문을 읽고 수차례나 진백달과 장문천(张闻天)에게 편지를 써서 토론하였다. 편지에서 그는 『묵자 철학사상』에 비교적 구체적인 수정 의견 6조를, 『공자의 철학사상』에 대해 7개 측면의 구체적인 건의를 제기했다. 두 번째 원고에는 또 의견 3개 조항을 제기했다. 이 의견들을 마오쩌동은 모두 논술적으로 전개했으며, 이로써 자신이 중국 고대 철학사상에 대한 관점을 보여주었다.

2월 20일 장문천에게 보내는 편지에서 마오쩌동은 진백달의 『공자의 철학사상』에서 "가정에서 아버지와 아들의 관계는 사회에서 군주와 신하의 관계를 반영한 것이다"라는 관점에 대해 응당 거꾸로 "사회에서(국가라고 하는 것이 비교적 타당할 것 같음) 군주와 신하의 관계는 가정에서 아버지와 아들의 관계를 반영하였다"고 해야 한다고 썼다. 그 원은 첫째, 가정이 먼저 나타났기 때문이다. 원시 공산사회 말기 씨족사회 가장제는 나중에 국가가 형성되는 개척자와 같다. 그러므로 '부모에게 효도하듯 충성하는 것'이지 '충성하듯이 효도하는 것'이 아니다. 둘째, 모든 국가(정치)는 경제가 집중된 표현이다. 그러나 봉건국가에서 가정은 소생산경제의 기본 단위이다. 이러한 평론에서 마오쩌동이 어떻게 의식적으로 역사 유물주의 관점으로 중국 고대철학을 분석했는가를 알 수 있다.

2월 22일 장문천에게 보내는 편지에서 마오쩌동은 또 "중국 근대 이래 역사 문화를 연구한 영향력 있는 학술 사상에 대해서도 분석해야지 그대로 흡수해 들여서는 안 된다"고 했다.

백달은 이 글 중 노자와 묵자의 사상에 대한 대목에서 장태염, 양계초, 호적, 풍우란 등 많은 사람들의 말을 인용했습니다. 나는 그들의 말을 인용하는 것을 반대하지 않습니다. 하지만 일부는 비판적으로 밝혀야 합니다. 그들이 중국에서 학술적으로 공적이 있기는 하지만 그들의 사상은 우리의 사상과 근본적인 구별이 있습니다. 양계초는 기본상 관념론과 형이상학적이고, 호적은 통속적인 유물론과 상대주의로, 역시 형이상학적입니다. 장태염과 풍우란은…(이 두 사람에 대해서는 연구가 없습니다) 등입니다.

근대 학술사상에 대한 분석과 비판을 중시한 것은 마오쩌둥이 '옛 중국'에 대한 독서와 연구에서 항일전쟁시기 전 사상계의 실제와 결부시키는 것을 아주 중시했음을 알 수 있다. 1940년 9월 5일 그는 범문란(范文澜)의 「중국경제사의 변천(中国经济史演变)」 강연 요지를 읽은 후 "마르크스주의로 경제학에 대해 청산하기는 처음이다"라고 했다. 그 후 그는 범문란에게 편지를 써 "현재 대지주 자산계급의 복고 반동이 매우 창궐합니다. 현재 사상투쟁의 제1 임무는 이런 반동을 반대하는 것입니다. 당신의 역사학에 대한 작업을 계속해 나가는 것은 이 투쟁에 반드시 커다란 영향을 줄 것입니다. 세 번째 강연은 병 때문에 듣지 못했습니다. 강유위, 양계초, 장태염, 호적의 과오에 대해서는 비판했는지 모르겠네요. 요평(廖平), 오우(吳虞), 엽덕휘(叶德辉)에 대해서는 언급했는지요? 근대인에 대해 비판할수록 학술계에 영향을 줄 수 있습니다"라고 했다.

근대 이래, '옛 중국'에 대한 학술사상 연구는 강유위, 양계초, 엽덕휘, 장태염, 호적, 요평, 오우, 풍우란 등을 언급하지 않을 수 없다. 이런 사람들의 관점에 대해 마오쩌둥은 일부는 비교적 잘 알고, 일부는 그냥 알고 있는 정도였으나 종합적으로 그들의 학술사상에 결함이 있다고 인정하고 있었다. 그는 또 일부 사람들의 학술 사상이 항일전쟁 기간 국민당 통치구역에 나타난 복고주의 사조와 관련되며 "현재 대지주, 자산계급의 복고 반동"에 속한다고 예리하게 의식하고 있었다. 예컨대, 엽덕휘는 강유위의 "옛것에 의탁하여 제도를 개혁하자(托古改制)"는 주장마저 받아들일 수 없다고 하면서 전문적으로 『익교총편(翼教丛编)』이라는 책을 편집하여 강유위를 비판했다. 그의 복고사상은 과학 민주사상의 전파에 불리했으며, 항일전쟁 중 확실히 역류에 속했다. 그러므로 마르크스주의를 이용해 '청산'하는 것은 학술에만 관련되는 것이 아니라 '현재의 사상투쟁'에 속하는 것이었다.

1939년 11월 초 주양(周扬)은 자신이 쓴 「낡은 형식을 문학에 이용함에 대한 견해」라는 글을 마오쩌동에게 보였다. 원고는 촘촘하게 11쪽이나 쓴 등사본이었다. 마오쩌동은 이 원고의 수십 곳을 고치고 평어를 달았다. 단 한 쪽만 고친 것이 없을 뿐이었다. 후에 이 글은 연안에서 출판하는 『정치주간』 창간호에 발표되었는데, 마오쩌동이 수정한 원고로 조판하여 인쇄했다.

마오쩌동은 이 글을 읽으며 '옛 중국'을 어떻게 인식할 것인가를 고민했다. '옛 중국'이라는 말은 5·4시기에 나타났다. 사람들은 노신(鲁迅)이 묘사한 것이 모두 "옛 중국 남녀"의 사상과 생활이라고 말한다. 주양은 이 글에서 '옛 중국'은 '5·4'시기의 설명에 따른 것이고, 전통 중국 특히 농촌사회의 어두운 면과 봉건주의에 대한 비판이 담겨져 있다고 여러 번이나 말했다. 그는 또 '옛 중국' 남녀를 "지금도 여전히 도처에서 볼 수 있다"고 했다.

마오쩌동은 '옛 중국'을 이렇게 해석하는데 대해 불만이 있는 듯싶었다. 그는 원고 중의 '옛 중국'이라는 말을 여러 곳이나 지워버리고 '자신의 중국', '자기 민족 자기 나라'라고 고쳤다. 원고 중 "옛 인민과 그들의 옛 생활, 옛 상호 관계, 옛 관념과 견해, 풍습, 언어, 취미, 신앙……"이라는 부분에 대해 마오쩌동은 "'옛'이라는 글자로 모든 걸 나타내려는 것은 적절하지 못합니다. 당신이 위에서 말한 중국 기존의 새로운 사회 요소와 일치하지 못합니다. 항일전쟁이라는 이 사건은 완전히 새로운 것입니다"라고 평어를 달았다.

그 여운이 남았는지, 이 원고를 보고나서 마오쩌동은 11월 7일 주양에게 편지를 써서 "'옛 중국'에 관해, 고대중국과 현대중국을 혼동하고, 현대중국의 옛 요소와 새 요소를 혼동하는 것 같은데, 다시 한 번 고려해 볼 필요가 있다고 생각합니다. 지금 일반적으로 도시는 새로운 것이고 농촌은 낡은 것이라고 하는 것은 적절하지 못합니다. 마찬가지로 농민에 대해서도 어느 한 측면만 말하는 것이 적절하지 못합니다. 경제적인 측면에서 말하면, 농촌은 도시에 비해 낡았다고 할 수 있습니다. 하지만 정치적 입장에서 말하면 그와 반대됩니다. 문화를 놓고 말해도 마찬가지입니다", "현재의 반일투쟁은 사실상 농민투쟁입니다. 농민은 기본적으로 민주적입니다. 즉 혁명적입니다. 그들의 경제형식, 생활형식, 일부 관념형태, 풍습에 농후한 봉건적 잔여가 있지만 그것은 농민의 한 측면일 뿐입니다. 그러므로 농촌사회는 모두 '옛 중국'이라고 말할 필요가 없는 것입니다"라고 했다.

마오쩌둥은 분명 항일전쟁 이래 농촌사회의 새로운 변화에 근거해, 농촌을 일률적으로 '옛 중국'이라고 부르는 것에 동의할 수 없었던 것이다. 그 외에도 그는 또 '옛 중국'을 지나치게 비판함으로써 은연중 자신을 '유럽화 파'에 포함시킴으로써 당시의 봉건 완고파에게 중국공산당원은 전통을 존중하지 않는다는 인상을 남기지 말아야 한다고 생각했기 때문이다. 이 때문에 그는 주양의 원고에서 신문화운동 이래의 '유럽화 파'와 '국수파(国粹派)'를 '신파'와 '구파'로 고치고, 그 옆에 "'유럽화 파'라고 부르는 것은 적절하지 못함, 완고파에게 나라를 사랑하지 않는다고 욕먹는 것은 피해야 함. 사실상 중국 민주파와 중국 봉건의 투쟁은 신구 양 파 사이의 투쟁임", "스스로 유럽화 파라고 하지 말아야 함"이라고 평어를 달았다. 원고 중 근대중국의 새로운 민주주의 의식형태를 "서양의 문화사상을 수용한 것"이라는 부분에 대해 마오쩌둥은 "새로운 의식형태가 이루어지는 과정에서 서양 문화사상의 자극과 도움을 많이 받았으나, 중국 민중의 요구에 부합되는 것들을 받아들였다"고 고쳤다. 또한 옆에 "서양의 것을 완전히 수용한 것이 아니라, 그 '영향'을 받은 것이다"라고 평어를 달았다.

이렇게 고친 것은 5·4이래 훙기한 '새로운 의식 형태'를 '유럽화 파'가 아닌 '신파'라고 부르면 된다는 뜻이 들어있었다. 뿐만 아니라, 이 '새로운 의식 형태'의 형성은 단순히 서방문화를 수용한 것이 아니라, 중국의 실제에서의 필요와 전통 중의 좋은 것들이 결부된 결과라는 것이다. 이러한 해석은 아주 분별 있는 것이었다.

그럼 중국의 역사 전통은 도대체 어떻게 논술해야 할 것인가? 1939년 말에 마오쩌동은 몇몇 역사학자들과 협력하여 중국역사를 연구하기 시작했다. 연안의 간부들에게 기초적인 독본을 제공하기 위해 그는 일부 학자들을 조직해 『중국혁명과 중국공산당』이라는 책을 썼다. 이 책의 제1장 '중국사회'는 그가 수정하여 탈고했으며, 제2장 '중국혁명'은 그가 직접 썼으며 후에 『마오쩌동선집』에 수록되었다. 이 두 장의 내용은 중국 원시사회로부터 시작하여 중국 봉건사회와 중국 식민지 반(半)식민지 사회의 역사적 특징에 대해 이야기한 것인데, 특히 중국 근대혁명의 특징에 대해 요점을 간명하게 제시했다.

연안 간부들이 중국역사에 대한 이해를 촉진시키기 위해, 마오쩌동은 또 '간부들의 역사 공부를 위한 독본'을 쓸 것을 제기했으며 이 임무를 범문란에게 맡겼다. 범문란의 『중국통사 간편(中國通史簡編)』이 1942년 출판될 때, 마오쩌동은 그에게 "우리 당이 연안에서 또 한 가지 큰일을 해냈습니다. 우리 공산당은 조국의 수천 년 역사에 대해 우리만의 관점이 있게 되었을 뿐만 아니라, 체계적이고 완전한 중국통사를 써냈습니다. 이는 우리 중국공산당이 조국의 수천 년 역사에 대해 발언권이 있다는 것을 보여 준 것이며, 또한 과학적인 저작도 써낸 것입니다"라고 말했다.

'옛 중국'에 대해 독서하고 연구하는 것은 또 다른 차원의 의의가 있었다. 즉 중국 전통 역사문화에 대한 발언권을 취득했다는 것이다. 1938년부터 연안은 점차 일련의 마르크스주의 사학가들을 모으기 시작했다. 그중에는 여진우(吕振羽)의 『중국정치사상사』는 사회 경제형태와 계급구조와 결부하여 중국정치사상의 발전 변화를 분석했다. 여진우의 『간명중국통사(简明中国通史)』, 범문란의 『중국통사 간편(中国通史简编)』, 등초민(邓初民)의 『중국사회사 교과과정(中国社会史教程)』 등은 마르크스주의 지도하에서 중국통사의 연구체계를 구성하였던 것이다. 고대 철학에 관하여서는 진백달(陈伯达)이 노자, 공자, 묵자, 양자(杨子) 등 고대 철학가의 사상에 대한 정리와 연구, 범문란의 『중국 경학역사의 변천(中国经学史的演变)』, 윤달(尹达)의 『중화민족 및 그 문화의 근원(中华民族及其文化之源)』은 모두 역사문화 전통에서 항일전쟁에 도움이 되는 사상 무기를 계승하는 것이라고 주장했다. 사학가들은 또 민족적 형식과 통속적인 언어 등 일반인들이 좋아하는 형식으로 사학의 현실적 기능을 발휘하여 수십 권의 역사 교과서 및 대중화 독본을 편집해 냈다. 이러한 성과들은 대체적으로 당시의 조건 하에서 중국공산이 중국 역사문화에 대한 '발언권'을 체현해 냈던 것이다.

마오쩌동이 '옛 중국'의 역사문화에 대한 숙지 정도는 공산당 내 지도층에서 초월할 사람이 없었다. 그는 역사 인물과 사건을 이용해 이치를 설명하는 것을 중시했다. 또한 마르크스주의의 일부 기본 관점을 이해하고 발전시킴에 있어서 선명한 중국적 풍격과 기백이 있게 했다. 이러한 특징은 당시 연안에서 취재한 적이 있는 외국 기자들도 느낄 수 있었다. 미국 기자 스메들리(史沫特莱)는 "마오쩌동은 이론가로 이름이 나있는데 그의 사상 이론은 중국 역사와 군사 경험에 뿌리를 내린 것이다"라고 썼다.

『수호전(水滸传)』: 옛것을 현실에 적용시킨 참고서

스메들리(史沫特莱)의 글에는 이런 내용이 있다. '그(마오쩌둥)는 항일군정대학과 섭북공학(陕北公学)에서 강의를 하거나, 대회에서 보고를 할 때, 모두 중국사회의 일상생활과 풍부한 역사자료를 근거로 하였다. 연안으로 몰려든 지식청년들은 소련의 소수 작가들의 작품에서 정신적 자양분을 섭취하였는데, 마오쩌둥은 오히려 학생들에게 조국과 인민, 민족의 역사와 대중 문예에 대해 이야기하였다.

확실히 그러했다. 마오쩌둥은 항일전쟁 전기에 자주 연안의 항일군정대학이나 섭북공학, 연안 노신예술대학에서 강의를 하거나 보고를 하였다. 지금까지 보존된 보고 기록에 따르면, 특히 1938년에 강의를 많이 하였는데 30번이나 되었다. 당시 마오쩌둥의 활동에 대해 일지를 기록하지 않았으므로 실제 강의 횟수는 이보다 더 많을 것으로 추정된다.

간부들의 문화수준이 보편적으로 낮았으므로 그는 자신의 독서에 대한 장점을 발휘하여 민간에서 모두 알고 있는 이야기, 특히 널리 유전된 중국 고전소설을 빌려 당의 정책을 선전하고 중국혁명에 대한 인식을 담론하였다. 예컨대, 『삼국연의(三国演义)』에는 "채양을 참하여 형제간의 의심을 풀고, 고성에서 주인과 신하는 다시 의로써 모이다(斩蔡阳兄弟释疑, 会古城主臣聚义)"라는 이야기가 있는데, 속칭 '고성회(古城会)'라고 한다. 마오쩌둥은 이 이야기를 빌어 혁명대오의 엄숙성과 원칙성을 이야기할 때 가끔 오해가 생기는 것은 불가피함을 설명했다. 또한 『홍루몽』 중 가보옥(贾宝玉)과 임대옥(林黛玉)이 생활하는 '대관원(大观园)'을 인생무대로 비유하면서, 간부들이 일과 생활의 좁은 범위에 만족하지 말고 항일근거지의 '대관원(大观园)' 속에서 자신을 단련하고 승격시킬 것을 요구했다. 『서유기(西游记)』의 당승(唐僧), 손오공(孙悟空), 저팔계(猪八戒), 사승(沙僧)의 다른 성격을 빌어, 당 간부들이 신념을 굳히고 융통성 있고 착실하고 주동적으로 일해야 한다고 설명했다. 『봉신연의(封神演义)』에서 강자아(姜子牙)가 곤륜산(昆仑山)에 올라 원시천존을 알현했을 때, 천존이 주왕(纣王)을 토벌하고 주(周)나라를 흥기시키기 위해 그에게 행황기(杏黄旗), 사불상(四不像), 타신편(打神鞭) 세 가지 법보를 준 것을 중국공산당의 통일전선, 무장투쟁과 당 건설 3대 법보에 비유하였다.

마오쩌동이 가장 많이 이야기한 것은 『수호전(水浒传)』이었다.

그가 『수호전(水浒传)』을 읽고, 『수호전(水浒传)』을 중시한 것은 다음의 세 가지 일에서 대략 알 수 있다. 장정(长征) 도중 적이 어느 한 현의 소재지를 공략하자 마오쩌동은 급히 『수호(水浒)』를 찾으라고 했다. 그 결과 어린 전사가 그에게 주전자를 얻어다 주었다(중국어로 『수호(水浒)』는 '주전자'와 발음이 같음). 1938년 10월 제6기 6중전회 확대회의 기간, 마오쩌동은 하룡(贺龙), 서해동(徐海东) 등과 한담하던 중 농담으로 『삼국연의(三国演义)』,『수호전(水浒传)』,『홍루몽』 등 세 소설을 다 보지 못했으면 중국 사람이라고 할 수 없다고 말했다. 1970년대에 들어서는 12가지 판본의 『수호전(水浒传)』을 얻어다 읽었다.

마오쩌동은 왜 『수호전(水浒传)』을 이토록 좋아했을까? 『수호전 (水浒传)』에서 각양각색의 호걸들이 양산으로 도망쳐 와 반란을 일으키게 된 원인, 과정, 경로, 양산 영웅들의 정신, 품격과 능력, 양산 간부그룹의 조직, 책략과 방법이 중국공산당이 영도하는 중국혁명 과정과 유사한 부분이 있거나 혹은 직접적으로 계발이 되거나, 또는 좋은 귀감이 되었기 때문이었다.

『수호전(水滸传)』이 마오쩌둥의 독서 과정에서 일으킨 공감은 문학 감상의 범위를 훨씬 초월하였다. 그는 원작 내용의 정수를 시대 변혁에 융합시켰으며 이로써 고대 농민봉기를 묘사한 이 작품이 현대의 혁명에서 보기 드문 '옛것을 현실에 적용'하는 역할을 발휘하도록 했다.

혁명의 비바람 속에서 마오쩌둥이 『수호전(水滸传)』과 함께 걸어온 길은 상당히 멋지다고 할 수 있다. 시간 순서에 따라 그가 일생 동안 이에 대해 논술한 것 중 중요한 것만을 골라서 소개하고자 한다.

소년시절 그는 이 책을 '반란에 대한 이야기'로만 생각했다. 이 책은 그에게 양산 영웅호걸들에 대한 동경심을 불러일으켰다.

1926년 광동농민강습소에서 농민운동 골간들에게 강의할 때, 그는 양산박의 송강 등이 용감하고 능력이 있었음에도 천하를 얻지 못한 것은 그들이 대표한 무산계급의 이익이 당시 사회에 용납되지 못했기 때문이라고 했다. 그러나 중국의 봉건조정이 무너진 것은 농민이 일어났고 영도자가 반란을 조직했기 때문이라고 했다.

1927년 국공합작(국민당과 공산당의 합작)의 대혁명이 실패한 후, 구추백(瞿秋白)이 마오쩌둥에게 상해에 가 일할 것을 요구했다. 하지만 마오쩌둥은 "녹림 호한들과 친구로 사귀어야 겠다"고 말했다. 그가 영도한 추수봉기가 실패한 후, 부대가 산에 오르도록 설득하기 위해 그는 역사상 관군이 토비를 다 소멸할 수 없었다는 이유를 들었다. 정강산(井冈山)에서 그는 또 농민자위군(农民自卫军) 수령인 원문재(袁文才)와 왕좌(王佐)의 친구가 되었고 그들을 자신의 대오에 융합시켰으며, 이로써 부대의 입지를 다질 수 있었다. 하지만 상해에 있는 중앙 책임자들은 이런 전통적인 반란 방식에 대해 마오쩌둥처럼 그렇게 관심을 가지지 않았다. 그리하여 1927년

12월 21일 주덕에게 보내는 편지에서 마오쩌동 등의 '양산박 영웅 식의 행위'에 대해 비평하였다. 하지만 마오쩌동은 이 비평을 아랑곳하지 않았다. 성공적인 실천은 그로 하여금 여전히 그 길로 나가게 했다. 1936년 홍군이 섬서 북부에 도착한 후 그는 가로회(哥老会, 청 건륭 연간에 만들어진 비밀 결사)에 "당신들이 부자를 공격하여 빈민을 구제하는 것을 주장한다면, 우리는 토호를 공격해서 밭을 나눌 것을 주장한다." 그러므로 양측은 의기를 합쳐 함께 분투할 수 있다는 글을 써 보내기도 했다.

1936년 『중국혁명전쟁의 전략 문제』에서 '전략적 퇴각'의 이유에 대해 말할 때 그는 "두 권법가가 대결할 때 총명한 권법가는 보통 뒤로 한 발 물러서지만 어리석은 권법가는 기고만장해 한다. 『수호전』에서 홍 교관이 시진(柴进)의 집에서 임충(林冲)과 무예를 비교할 때 연속해서 '오너라'라고 외쳤는데, 결과는 뒤로 물러서던 임충이 홍 교관의 허점을 발견하여 한 번에 걷어차 넘어뜨렸다"고 했다.

1937년 그는 『모순론』에서 『수호전』 중 축가장을 세 번 치다(三打祝家庄)라는 이야기를 하면서 "『수호전』에는 유물변증법적인 사례가 매우 많다. '축가장을 세 번 치다'는 그중 가장 좋은 사례이다"라고 했다. 이러한 예를 든 것은 문제를 분석함에 있어서 반드시 모순의 특수성으로부터 착수해야 한다고 제창하기 위한 것이었다.

1937년과 1938년 항일군정대학에서 강의할 때, 토지혁명시기 중국공산당이 홍군을 영도하여 '산에 올라가' 근거지를 건립한 이유를 설명할 때, 그가 가장 즐겨 말한 것은 『수호전』에서 양산의 호한들이 모두 '핍박에 못이겨 양산에 오른' 이야기였다. "그들이 양산에 오르게 된 것은 관가에서 백성이 반란을 하도록 핍박했기 때문이며, 현재 우리도 핍박에 못 이겨 산에 올라와 유격전을 벌이게 되었다, 정강산(井冈山), 호북(湖北)·하남(河南)·안휘(安徽)의 산과 섬서(陝西) 북부의 산, 사천(四川) 통강(通江), 남강(南江), 파중(巴中)의 산에도 모두 유격대가 왔다"고 말했다. 신중국 건립 후에도 늘 "핍박에 못 이겨 양산에 오르다"로 "농촌으로 도시를 포위(农村包围城市)"하는 혁명의 길이 형성된 원인을 설명했다.

1938년 연안의 일부 동지들이 전선에 나가기만 원하고 후방에서 일하는 것을 싫어하는 상황에 비추어 그는 " 『수호전』 에 나오는 양산 정권에도 군대가 있고, 정부가 있으며 보위, 정찰을 하는 사람이 있었습니다. 108명의 고급 장교들 중에는 전문적으로 특무(스파이) 일을 하는 사람이 있었지요. 양산의 맞은편에는 주귀(朱贵)가 경영하는 술집이 있었는데, 전문적으로 소식을 염탐하는 일을 했습니다. 그리하여 만약 대 토호가 지나간다면 이규(李逵)를 파견했습니다"라고 이야기했다.

1942년 합법적인 투쟁과 비밀투쟁을 결합한 책략을 강조하기 위해, 그는 산서(陝西), 감숙(甘肃), 녕하(宁夏) 변계지역 고급간부 회의에서 재차 "축가장을 세 번 치다"라는 이야기를 하면서, 그중 세 번째로 축가장을 쳐서 성공할 수 있었던 것은 "일부 사람들이 송강을 치는 척 해서 축가장의 환영을 받고, 신임을 얻었습니다. 이것은 합법적인 것입니다. 이 사람들이 또 비밀리에 불법적인 투쟁을 하였기에 송강이 쳐들어오게 되자 내부에서 폭동이 일어날 수 있었던 것입니다. 지금 우리가 이렇게 적을 대하고, 적들도 우리를 이렇게 대하고 있습니다"라고 말했다.

1944년 그는 경극(京剧) "핍박에 못이겨 양산에 오르다"를 보고 나서 "역사적인 모습을 회복했다"며 극력 추천하였다. 그 목적은 당원 간부들 속에서 인민대중이 역사를 창조하고, 압박은 반항을 불러일으킨다는 이 역사유물주의 관점을 보급하기 위한 것이었다. 그는 또 "핍박에 못이겨 양산에 오르다"에서 계발을 받고 "축가장을 세 번 치다"도 각본을 써서 연출할 것을 제기했으며, 출연진에게 "양산의 주력군, 양산의 비밀군, 축가장 군중의 역량 이 세 가지 측면에 대해 잘 써야 한다"고 말했다. 이는 당시 적후(敵后) 항일전쟁이라는 배경과 관련이 있었던 것이다.

1945년 중국공산당 제7차 전국대표대회 기간 중, 당의 일부 정책과 사상을 논술하기 위해, 마오쩌동은 『수호전』에서 받은 계발을 반복적으로 이야기했다. 공산당의 통일전선 정책과 연안 정풍운동의 중요성을 설명하기 위해 그는 "양산박에서 이 정책을 실시해, 내부 정치가 상당히 잘 되었다. 물론 단점이 없는 것도 아니다. 그들 중에도 대 지주, 대 토호가 있었는데, 정풍을 하지 않았다. 노준의(卢俊义)도 핍박에 못 이겨 양산에 올랐다. 명령주의로 그가 양산에 오르도록 강박한 것이며 스스로 원해서가 아니었다"고 말했다. 연안 정풍운동에서 지식인 간부들의 압박을 해소하기 위해 그는 『수호전』의 오용(吴用)과 소양(萧让) 등 '수재'들의 이야기를 빌어 혁명 대오에도 지식인이 없어서는 안 되며, 그들의 역할을 발휘시켜야 함을 강조했다. 항일전쟁 승리 후에는 도시에 많은 역량을 이전해 사업을 전개해야 함을 설명하기 위해 그는 "도시에서 비밀공작을 하려면 『수호전』의 호한들처럼 '어떤 경우를 막론하고 이름과 성을 고치지 않는 것'은 통하지 않는다. 양산박에서도 도시공작을 했다. 신행태보(神行太保) 대종(戴宗)이 바로 도시공작을 한 사람이다. 축가장도 비밀공작을 하지 않았더라면 공략하지 못했을 것이다"라고 말했다. 중국공산당이 발전하는 과정에서 자연적으로 형성된 '파벌' 문제에 대해, 간부들이 변증법적으로 볼 수 있도록 하기 위해 마오쩌동은 여러 번이나 『수호전』을 정치서로 보아야 한다고 말했다. "당시 농민봉기로 군웅이 할거하여 청풍산, 도화산, 이룡산 등 산채가 많았는데 나중에 모두 양산에 모여 무장조직을 건립해 관군에 저항하였다. 이 조직은 여러 산채가 모여 이루어진 것이지만 통솔이 잘 되었다." 수호전의 여러 산채에 대해 이야기한 것은 중국공산당 제7차 전국대표대회에서 전국 각지에서 온 중앙위원들을 선거한 것과 직접적인 연관이 있었다.

1949년 신중국 건립 전야에 『인민민주독재를 논함』 이라는 글에서 신중국 건국 이후, 인민민주독재를 실시해야 하는 필연성을 설명하기 위해 그는 "우리는 경양강(景阳冈)에서의 무송(武松)을 따라 배워야 한다. 무송이 보건대, 경양강의 호랑이는 자극을 주나 안주나 마찬가지로 모두 사람을 잡아먹으려 한다. 그러니 호랑이를 죽이든, 아니면 호랑이에게 먹히던 양자 중 하나이다"라고 했다.

1955년 과오를 범한 사람에 대해 말할 때, 그는 "그들이 계속 혁명할 수 있도록 해야 한다. 옹졸한 마음으로 그들을 고립시키지 말아야 한다"고 말했다. 또 "『수호전』 속의 백의 수사 왕륜(王伦)처럼 되지 말아야 한다, 그는 다른 사람이 혁명하지 못하도록 막았다, 다른 사람이 혁명하지 못하도록 금지하는 것은 매우 위험하다, 백의 수사 왕륜은 다른 사람이 혁명하지 못하도록 하더니 결국은 자신이 혁명을 당했다"고 말했다.

1957년 지도자들이 전쟁 연대의 혁명적 열정과 혁명적 정신을 계속 발양하도록 제창하기 위해 그는 "무엇을 두고 필사적이라 하는가? 『수호전』 에 그런 인물이 있다, 바로 병명삼랑 석수(拼命三郎石秀)이다"라고 말했다.

1959년 2월 '대약진(大跃进)' 기간에서 나타난 주관주의 과오를 극복하기 위해, 그는 성·시·자치구 당위원회 제1서기 회의에서 재차 축가장을 세 번 친 이야기를 했다. 처음으로 축가장을 칠 때에는 석수가 축가장 내부를 염탐하여 길을 알았고, 두 번째로 축가장을 칠 때에는 세 장원 간의 연맹을 해체시킴으로써 그들의 통일전선문제를 해결하였다. 세 번째로 축가장을 칠 때에는 손립(孙立)의 가짜 투항으로 축가장 내부투쟁을 야기 시켰다. 이로부터 파생된 현실에 대한 요구는, '대약진'의 공작 방법에서의 실수를 바로잡고, 조사연구로부터 착수하여 모순을 해결하며, 주관과 객관 인식이 객관적 실제에 부합되도록 하자는 것이었다.

1959년 7월 여산(庐山)회의에서 인민공사화 운동에서 나타난 '공산풍' 경향에 대해 비판할 때, 그는 양산 영웅들이 부자의 재물을 빼앗아 가난한 사람을 구제한 이야기를 생각했다. "송강(松江)이 충의당(忠义堂)을 세우고 부자의 재물을 빼앗아 가난한 사람을 구제할 때에는 아주 당당하게 취하고는 바로 갈수 있었다. 조개(晁盖)가 탈취한 '생신강(生辰纲)'은 불의의 재물이었으므로 탈취해도 무방하다. 농민들에게게서 왔으므로 농민들에게 돌려주는 것이다. 지금 '공산풍'이 불어 생산대대, 소대의 재물을 돼지나, 배추 같은 것을 마음대로 가져가는 것은 잘못된 것이다"라고 했다.

1964년 날로 격화되는 중소(中苏) 논전 분위기를 설명하기 위해, 마오쩌동은 중앙정치국 상무위원 회의에서 "『수호전』 제1회는 '장천사는 온역신을 쫓고, 홍태위는 잘못하여 요괴를 놓아주다(张天师祈禳瘟疫，洪太尉误走妖魔)'이다. 지금 후루시초프(赫鲁晓夫)가 바로 홍태위인 셈이다. 그가 공개 논전을 벌린 것은 석판을 열어 놓은 것과 같다. 그 밑에 있는 108명의 요괴를 놓아 주어 천하가 혼란해졌다. 108명은 양산 호한이고, 우리는 후루시초프(赫鲁晓夫)가 놓아 준 요괴이다"라고 말했다.

1965년 삼선건설(三线建设, 1964년부터 시작하여 중국 중서부 13개

성·자치구에서 진행된 대규모 국방, 과학기술, 공업과 교통 인프라 건설)의
필요성에 대해 말할 때 그는 "만약 후루시초프(赫鲁晓夫)가 나타날 때 우리가
소삼선(小三线)을 건설한다면 반란을 일으키기가 좋을 것이다. 우리는 반란을
좋아하는 것이 아니다, 송강과 비슷하다."고 말했다.

위에서 나열한 사실들에서 우리는 마오쩌둥이 일생동안 『수호전』과
매우 긴밀한 연계가 있음을 알 수 있다. 그가 『수호전』에서 발굴·중시한
관점이라면, 첫째, 중국공산당이 영도한 혁명은 양산 영웅들과 마찬가지로
'핍박에 못 이겨 양산에 오른 것'이고, 둘째는 혁명의 길은 우선 각자 '산채'인
근거지를 만들고, 다음에 작은 불꽃들이 모여 초원을 태우는 세를 이룬다는
것이며, 셋째 각 '산채'의 혁명 역량이 모이면 동심협력하고 파벌주의를 극복해
통일적인 역량을 이루어야 한다는 것이고, 넷째 양산 봉기군이 강대해지는
과정에는 거울로 삼을 수 있는 책략과 방법들이 많다는 것이며, 다섯째
중국공산당이 영도한 혁명대오도 양산의 영웅호걸들과 마찬가지로 여러
가지 특징이 있는 인재가 필요하다는 것이고, 일곱째 양산 영웅들이 과감히
투쟁하고 또 투쟁을 잘한 것은 따라 배울 필요가 있다는 것 등이다.

『수호전』은 마오쩌둥이 서로 다른 시기에 수시로 들여다 볼 수 있는
'공구서'와도 같았던 책이었다.

'새로운 것'을 연구하여 사상적 영도자가 되다

항일전쟁 기간에 마오쩌둥은 독서와 연구에서 일괄적으로 마르크
스·레닌주의 저작에 대해 많은 정력을 쏟아 부었다. 예컨대, 그는
증지(曾志)에게 "문제가 생기면 마르크스의 『공산당선언』을 뒤져본다.

『신민주주의론』을 쓸 때에는 『공산당선언』을 얼마나 뒤졌는지 모른다"고 말했다. 이는 그의 이론 관련 독서가 현실에 대한 연구 및 더 나아가 이론 혁신과 연계되어 있음을 알 수 있다.

1938년 10월 중국공산당 제6기 6중 전회 확대회의에서 마오쩌동은 "운동은 발전과정에서 또 새로운 것이 나타난다. 새로운 것들은 끝없이 나타난다. 이 운동을 전면적으로 연구하고 또 그 발전과정을 연구하는 것은 우리들이 항상 주의해야 할 큰 과제이다. 이러한 것들에 대한 진지하고 세심한 연구를 거부한다면 마르크스주의자가 아니다." 즉 진정한 마르크스주의자라면 그의 연구 안목은 현실 운동 중의 '새로운 것'들을 떠날 수 없다는 것이었다.

홍군의 장정은 중국혁명이 창조한 '새로운 것'임에 틀림이 없다. 섬서 북부에 도착한 후, 마오쩌동은 장정에 참가한 장병들이 "각자 자신이 겪은 전투, 행군 및 부대 공작에서 훌륭하고 재미있는 부분을 골라 쓰라"고 하면서 원고를 모집했다. 그 목적은 『장정기(长征记)』를 편집, 출판함으로써 홍군의 분투 역정을 선전하고 당의 영향력을 확대하려는 것이었다. 후에 형세의 변화로 인해 출판이 지연되다가 1942년 11월에야 인쇄할 수 있었는데, 책의 이름을 『홍군장정기(红军长征记)』라 붙였다. 사각재(谢觉哉)는 1945년 11월 2일의 일기에서 그 세부 사실에 대해 이렇게 썼다. "『홍군장정기(红军长征记)』를 다 읽고 나니 기억나는 게 많아졌다. 하지만 이 책에는 장정에 대한 종합적인 기술이 없었다. 종합적인 기술은 당연히 어렵다. 모 주석은 '좋게는 내가 집필해야 한다!'고 했다. 그런데 모 주석은 시간이 없었다. 10년이 지났으니 이젠 다 기억해 낼 수 없을 지도 모른다. 그러니 결국은 결문이 될 수도 있다."

수많은 일들이 지나가고 환경도 많이 변화하여 마오쩌동은 결국 『홍군장정기(红军长征记)』의 총서(总序)를 쓰지 못했다. 하지만 항일전쟁

이래 섬서(陝西), 감숙(甘肅), 녕하(宁夏) 변계지역의 건설경험을 종합하고 선전하기 위해 그는 신변에서 일하는 이류여(李六如), 화배원(和培元)에게 『섬감녕 변계 실록(陝甘宁边区实录)』을 쓰라고 지시했다. 초고를 읽은 후, 마오쩌둥은 사람을 청해 수정해야 한다고 생각해, 주양(周扬)에게 편지를 써 이 책은 "변계지역에 대한 대외 선전과 관련되므로 경솔하게 출판하지 말아야 합니다. 내용과 형식이 모두 타당하게 된 후에 출판할 수 있습니다. 그러니 당신이 전담하여 이 책을 수정하십시오. 만약 전반적으로 고쳐야 한다고 생각되면 전반적으로 고치십시오. 아주 수고스러운 일이지만 의의가 큰 책입니다"라고 했다. 『섬감녕 변계 실록(陝甘宁边区实录)』은 1939년 12월에 출판되었는데, 섬감녕 변계가 어떤 지역이고, 변계지역의 정치제도와 조직은 어떠하며, 변계정부는 어떤 일을 하였으며, 변계의 통일전선, 항일전쟁 동원, 대중 조직 등 '새로운 것들'에 대해 생동감 있게 소개하였다. 마오쩌둥은 책 제목을 썼을 뿐만 아니라, 이 책의 주제에 대해 "변계는 민주적인 항일 근거지이며 삼민주의를 가장 철저히 시행한 곳"이라고 제사를 썼다.

'새로운 것'을 연구하기 위해, 마오쩌둥은 또 시사문제연구회를 설립할 것을 제의했으며, 『시사문제 총서(时事问题丛刊)』를 편집해 냈다. 1939년 10월 총서 제2집인 『중국 피점령구에서의 일본제국주의』를 출판할 때, 마오쩌둥은 이 책을 위해 서문을 썼다. 서문에서 그는 "이렇게 체계적으로 시사문제를 연구하고, 또 항일전쟁 중의 모든 간부들을 위해 자료를 제공하는 것은 참으로 필요하고도 중요한 일이다. '장님이 물고기를 더듬어 잡듯 맹목적으로 일하는 것', 눈을 감고 허튼소리를 치는 기풍은 버려야 할 때가 되었다"고 했다. 이는 당시 당내에서 조사 연구를 중시하지 않는 학풍에 초점을 맞추어 말한 것이다.

이론을 공부하는 것은 과학적인 이론을 장악하여 현실 속의 운동을 설명하기 위한 것인 동시에 또 이론을 혁신하여 현실 속의 운동을 이끌기 위한 것이기도 하다. 마오쩌둥이 당시 가장 많이 연구한 '새로운 것'은 중국혁명 운동의 여러 가지 발전 법칙이었다. 현실 속 운동과 결부시킨 깊이 있는 독서를 하였기에 그는 이론적 사유와 이론 창조가 매우 활발하였던 것이다. 1938년 5월 그가 쓴 『항일 유격전쟁의 전략 문제(抗日游击战争的战略问题)』와 『지구전을 논함(论持久战)』은 항일전쟁 중 견지해야 할 일부 기본원칙과 방침에 대해 논술한 것인데, 글에는 뛰어난 군사 변증법이 일관되어 있었다. 이 책은 적후 근거지와 전국 항일전쟁에 커다란 전략적 지도 역할을 하였다. 1939년 10월 그가 쓴 「공산당원」 발간사는 항일전쟁의 새로운 형세 하에서 어떻게 "전국적 범위에서 광범위한 대중성이 있으며, 사상과 조직적으로 탄탄한 중국공산당을 건설할 것인가?" 하는 역사적 과제에 대해 대답한 것이며, 창조적으로 혁명 승리를 취득하는 '3대 법보'에 대해 제기한 것이다. 즉 통일전선, 무장투쟁, 당의 건설 등 세 가지였다. 1939년 12월과 1940년 1월에 그가 쓴 『중국혁명과 중국공산당』, 『신민주의론』은 신민주주의 이론에 대해 체계적으로 서술한 것이다. 특히 정치, 경제, 문화적으로 신민주주의 혁명의 특징을 구체적으로 논술했다. 이러한 논저들과 전면적인 항일전쟁 발발 당시 쓴 『중국혁명전쟁의 전략문제』, 『실천론』, 『모순론』 등은 모두 중국화 된 마르크스주의의 대표적인 논저들이다.

이 시기의 이론 창조에 대해, 마오쩌둥은 1962년 7,000명 대회에서 항일전쟁 전야와 항일전쟁시기 일부 이론 문장을 쓰고, 중앙의 정책·책략에 관한 문건의 초안을 작성했는데, 이러한 것들은 모두 혁명의 경험을 종합한 것이라고 말했다. 그는 "그러한 논문과 문건은 오직 그 시기에만 나타날 수 있는 것이다. 그 전에는 불가능했다. 왜냐하면 큰 풍랑을 겪지 못했기 때문이다.

두 번의 승리와 두 번의 실패를 비교하지 못했고, 충분한 경험이 없었으며 중국혁명의 법칙을 충분히 인식하지 못했기 때문이다"라고 말했다.

승리와 실패 두 측면의 실천 경험이 없다면 중국혁명운동의 법칙을 파악하는 것은 거의 불가능한 일이다. 이를 탐색하는 과정에서 전 당이 모두 인식상의 국한성이 있었는데 그것은 어느 몇 사람의 문제가 아니다. 이는 혹 이론 혁신의 법칙일 수도 있다. 그 다음의 문제는 왜 마오쩌동 한 사람만 그 시대에 이와 같은 이론적 혁신이 가능했던 것일까? 이는 마오쩌동의 독서와 그가 이용한 '사상 도구'와 떼놓을 수 없는 것이다.

마오쩌동의 이 기간의 독서와 연구를 더욱 큰 시야에서 본다면, 가장 큰 수확은 그가 실천과 문제를 분석하는 두 개의 가장 기본적인 '사상 도구'를 확립했다는 것이다. 즉 '실사구시(实事求是)'와 '대립통일(对立统一)'이 그것이었다. 1941년 마오쩌동은 "우리의 학습을 개조하자"라는 글에서 실사구시라는 이 전통 개념에 대해 개조했다. 『한서 · 하간헌왕 유덕전 (汉书 · 河间献王刘德传)』에서 말한 '실사구시'는 주로 책을 읽고 학문을 연구하는 태도를 가리키는 것이었다. 이를 마오쩌동은 새롭게 해석했는데, 즉 '실사(实事)'란 객관적으로 존재하는 모든 사물을 가리키며, '시(是)'란 객관사물의 내부 연계 즉 법칙성을 가리킨다. '구(求)'란 연구하는 것을 말한다. '실사구시'는 이로부터 사상 방법의 최고 차원으로 들어갔으며, 마오쩌동 사상의 살아있는 영혼, 중국공산당의 사상 노선으로 되었다. 마오쩌동은 그 본인이 실사구시의 모범이었다. 1987년 진운(陈云)은 「중임을 맡는 것과 철학을 공부하는 것(身负重任和学习哲学)」라는 글에서 "연안에서 마오쩌동이 작성한 문건, 전보를 모두 보았다. 그리고 나서 얻은 결론이 바로 실사구시했다는 점이다."

마오쩌동이 철학 서적을 읽음에 있어서 가장 관심을 가진 것은 변증법의 3대 법칙이었다. 그는 3대 법칙이란 사실 하나의 큰 법칙 즉 대립통일의 법칙이라고 보았다. 연안 시절 쓴 『실천론』은 주관과 객관, 인식과 실천의 관계를 논한 것이고, 『모순론』은 모순되는 사물의 동일성 및 그 전화와 모순되는 사물의 보편성과 특수성에 대해 논한 것이다. 『지구전을 논함』은 중국과 일본의 힘의 강약 전화를 논하고 항일전쟁 중의 여러 단계에 대해 논한 것이다. 『신민주주의론』은 구민주주의혁명과 신민주주의혁명의 관계, 민주혁명 중의 여러 단계의 관계에 대해 논한 것이다. 이러한 저술은 선명하고도 일관적으로 '대립통일'이라는 이 분석 '도구'를 사용하였다.

섬서 북부에 온 후 독서와 연구를 통해 마오쩌동은 점차 역사유물주의와 변증유물주의를 운용하여 문제를 분석하는 대가가 되었으며, 더 나아가 중국혁명의 영도자가 되는 과정에서의 제일 마지막 노정을 걷게 되었다. 여기서 말하는 '영도자'의 개념은 정치와 군사적으로만 말하는 것이 아니라, 사상과 이론적으로도 말하는 것이다.

섬서 북부에 갓 도착했을 때, 마오쩌동은 중국공산당 내에서 이론이 특출한 영도자적 인물은 아니었다. 홍4 방면군과 홍1 방면군의 고급 장교들은 장국도(张国焘)와 마오쩌동 중 도대체 누가 더 학문이 있느냐를 두고 논쟁까지 했었다. 왕명(王明)이 모스크바로부터 연안에 돌아온 후 적지 않은 사람들은 그를 중국공산당의 제일가는 이론가라고 보았다. "왕명의 이론, 박고의 구변, 주은래의 매너, 마오쩌동의 실제"라는 말까지 있었다. 당시 중국공산당 지도자들 중 마오쩌동은 비교적 실무적인 인재에 속했다. 중국공산당은 마르크스주의 이론으로 무장한 정당으로서 영도자의 이론 수준은 매우 중요한데, 이것은 전통이나 다름없는 것이다.

1940년대 초, 마오쩌둥은 일련의 이론적 창조를 하였다. 그 이론은 마르크스주의에 근거를 두었을 뿐만 아니라 또 중국혁명의 실제를 설명할 수 있어, 전당적으로 모두 탄복해 하였다. 이로 인해 그는 1935년 10월 장정을 거쳐 섬북에 도착했을 때 군사적 영도자로부터 1938년 10월 제6기 6중전회에서 정치적 영도자로 부상했으며, 1941년 9월 연안에서 고급 간부 정풍이 시작된 후에는 사상 상의 영도자가 되었다.

마오쩌둥이 이렇게 어려운 신분적 도약을 할 수 있는 것에 대해 중국공산당 내부의 기타 지도자들도 직접적인 감수와 공정한 평가가 있었다. 1941년 10월 8일 진운(陳云)은 중국공산당 서기처 공작회의에서 "과거 나는 마오쩌둥이 군사적으로 재능이 있다고 보았다. 왜냐하면 준의(遵义)회의 후의 행동방침은 그가 내놓은 것이기 때문이다. 마오쩌둥이 『지구전을 논함』을 써낸 후 나는 그가 정치적으로 아주 훌륭하다는 걸 알게 되었다"고 말했다. 1943년 11월 하순 임필시(任弼时)는 중앙 고급학습소조회의에서 "1931년 중앙소비에트구역에 간 후 마오쩌둥은 '독특한 견해와 재간이 있으나', '사상적으로 협애한 경험론이 존재하며 마르크스주의 이론이 없다'고 보았다", "1938년 모스크바에 갔다가 귀국한 후 마오쩌둥의 『지구전을 논함』, 『신민주주의론』, 『중국혁명전쟁의 전략문제』 등을 읽고 나서 그가 일관적으로 정확한 것은 확고한 입장과 정확한 사상방법이 있었기 때문이라는 것을 알았다"고 말했다.

마오쩌둥이 전당의 영도자로 선택될 수 있었던 것은 그의 독서와 이론적 혁신이 가장 중요한 이유였다고 할 수 있다.

7chapter

정풍의 진전, 독서와 당풍의 변화

7. 정풍의 진전, 독서와 당풍의 변화

독서와 연안의 정풍운동

사상적 영도자가 된 마오쩌동은 중국공산당 간부들의 학습 기풍과 사상 상태가 적잖이 우려되었다.

당시 중국공산당 간부는 주로 세 가지 부류의 사람들로 구성되었다. 일부는 젊었을 때 소련에 유학을 갔다 온 혁명가로 마르크스주의 저작을 많이 읽었고, 소련혁명의 역사적 경험에 비교적 익숙했지만 교조주의를 범하기 쉬운 사람들이었다. 다른 일부분은 국민당 통치구역에서 연안에 간 지식인들로, 5 · 4시기에 전파된 서방문화에 큰 관심을 가지고 있었으며 역시 교조주의를 범하기 쉬운 사람들이었다. 또 다른 간부들은 토지혁명 과정에서 성장해 온 사람들로, 문화수준이 보편적으로 낮았으며 경험주의를 범하기 쉬웠다. 이는 모두 중국공산당 내에서 '주관주의, 종파주의와 당내 교조주의'의 온상이 되기 쉬웠다.

1941년부터 시작된 연안 정풍은 바로 중국공산당 내의 이러한 불량 기풍을 극복하기 위한 것이었다. 내용적으로 보면 주관주의를 반대함으로써 학풍(學風)을 바로잡고, 종파주의를 반대함으로써 당풍(黨風)을 바로잡고, 교조주의를 반대함으로써 문풍(文風)을 바로잡는 것이었다. 학풍, 문풍은 사실상 모두 당풍에 속하는 것이었다. 목적 면에서 말하자면 '좌'익 교조주의의 영향을 숙청함으로써 전 당의 사상을 통일하기 위한 것이었다. 본질적으로 말하면, 이는 마르크스주의 교육운동이었고, 실천적인 면에서 말하면 이는 사실상 독창적인 독서학습운동이었다.

1941년 5월 19일 마오쩌둥은 연안 고급간부회의에서 한 "우리의 학습을 개조하자"라는 보고에서 전당이 학습 방법과 학습 제도를 개조하는 것에 대한 임무를 제기했다. 9월 26일 중앙서기처회의는 중앙학습소조(중앙연구소조라고도 함)를 설립할 것을 결정했으며, 범위는 중앙위원들로 하며, 마오쩌둥이 조장 직을 맡고 왕가상(王稼祥)이 부조장 직을 맡기로 했다. 연안 및 각 지방에서 모두 고급 학습소조를 건립하고 이러한 학습소조는 중앙학습소조의 지도를 받기로 했다. 고급 영도간부들의 학습은 연안 정풍학습의 중점이었다.

각 학습소조를 위해 마오쩌둥은 세 개 편명의 학습자료를 작성했다.

첫 편명의 학습자료는 1941년 9월에 제기한 '중앙연구소조 및 고급연구소조의 연구 방침과 독서 자료'였다. 연구 방침에 관해 마오쩌둥은 "이론과 실제를 결부시키는 것을 목적으로 해야 한다. 실제에 관해서는 중국공산당 제6차 전국대표대회 이래의 문건을 보아야 한다.

이론에 관해서는 잠시 사상방법 연구를 주로 한다"고 했다. 그가 작성한 도서 목록으로는 모두 네 가지가 있었다. 즉 레닌의 『'좌익' 소아병』, 애사기가 편역한 『신철학대강(新哲学大纲)』의 제8장 '인식 과정', 소련의 시로코프(西洛可夫)와 아이젠버그(爱森堡)의 『변증법적 유물론 교과과정』 제6장 '유물변증법과 형식론 이학(唯物辩证法与形式论理学)', 가와카미 하지메(河上肇)의 『경제학대강』이었다.

두 번째 편명의 자료는 1941년 11월에 제기한 것으로, '이론 연구를 위한 독서 자료 목록 (理論研究閱读材料目录)'인데 모두 10가지였다. 9월에 이미 제기한 것을 제외하면 주로 국제공산주의운동 역사에 관한 내용들이 증가되었다. 그중에는 디미트로프(季米特洛夫)가 국제공산당 제7차 대표대회에서 한 보고, 결론과 폐막사, 스탈린이 심사 결정한 『소련공산당 당사 간명 교과 과정』, 프랑스, 영국, 미국, 독일, 이탈리아 5개국 공산당사 전파와 연구 및 마르크스주의 선전에 대한 결의, 그리고 『스탈린과 '소련공산당 당사'』 등이 있다. 일부 편명에 대해 마오쩌동은 각자 1~2번 정독한 다음 각 학습소조 조장, 부조장이 학습자료의 요점을 제기하고 토론할 것을 요구했다.

세 번째 편명의 자료는 1942년 4월에 제기한 것으로, 보통 '정풍 학습의 22개 문건'이라 부른다. 그중에는 마오쩌동의 '우리의 학습을 개조하자', '당의 작풍을 정돈하자', '당내 교조주의를 반대하자', 유소기의 '공산당원의 수양을 논함', 진운의 '어떻게 공산당원 노릇을 할 것인가', 스탈린의 '당의 볼셰비키화를 논함', 중국공산당 중앙이 당성 강화에 대한 결정, 조사연구에 관한 결정, 재직 간부 교육에 관한 결정, 그리고 레닌·스탈린의 저작에서 발췌 편집한 '당의 기율과 당의 민주', 스탈린의 '영도와 검사를 논함'과 '평균주의를 논함' 등이 포함되어 있다. 마오쩌동은 "이 22개의 문건은 어떠한 것인가" 세계 혁명 100여 년 동안의 경험을 종합한 것이며, 중국공산당 탄생 이래의 중국혁명 20여 년의 경험을 종합한 것이다", 그 누구든 "모두 이 22개의 문건을 숙독하고 숙지해야 한다"고 말했다.

위 세 개 편명의 자료는 모두 학풍, 문풍과 당풍을 정돈하는 것과 관련한 필수 학습 내용으로, 당풍을 전변시키는데 있어서 직접적인 역할을 하였다.

사실상 정풍을 전후로 하여 중국공산당 내 지도간부들의 독서 범위는 이러한 내용을 훨씬 초월하였다. 마오쩌동이 '우리의 학습을 개조하자'에서 제기한 요구에 따르면, 당시 독서 범위는 대체로 세 가지가 있었다. 첫째는, 객관 실제상황을 연구하고, 주위 환경을 조사 연구하는 것이었다. 이는 주로 주관주의와 관련하여 제기한 것이었다. 둘째는, 중국 역사를 연구하는 것이다. 특히 중국 근 100년의 역사를 연구하는 것인데, 이는 주로 말만 하면 그리스를 논하는 교조주의에 대응하기 위한 것이었다. 셋째는, 목적성 있게 마르크스·레닌 이론과 국제혁명의 경험을 연구하기 위한 것이다. 이는 모든 간부들을 대상으로 하였다.

간부들의 독서를 추진하기 위해, 1941년 12월 마오쩌동은 중앙서기처 도서실을 설립할 것을 제기했다. 도서실의 임무는 "시사 자료를 수집해 정치국 위원들이 정치문제를 토론하는데 참고할 수 있도록 하기 위한 것"이었다. 도서실 설립 초기, 그는 적지 않은 책을 기부했다. 이 책들은 지금 중앙선전부 도서관에 보존되어 있다. 그중에는 헉슬리의 『진화와 윤리(천연론)』, 듀이의 『철학의 개조』, 곽말약의 『중국고대사회연구』, 여진우의 『선사시대 중국 사회』, 주생평(朱生萍)의 『현대중국 정치사상사』, 진계부(陈启夫)의 『중국 법가 개론(中国法家概论)』, 양창제(杨昌济)가 번역한 『서양윤리학사(西洋伦理学史)』 등이 있다. 이 책들의 앞표지 혹은 속표지에는 모두 파란색 행서체의 '마오쩌동' 도장 혹은 장방형으로 된 '모씨 장서', 혹은 정방형의 붉은색 해서체 '마오쩌동 인'이 찍혀 있다.

독서 열기는 연안에 국한되지 않았다. 항일근거지와 전선의 부대에서 독서와 학습은 정풍운동을 실현하는 길일뿐만 아니라, 당원 간부들이 문화지식을 공부하고 이론 소양을 제고하는 시대적 풍기가 이루어지게 하였다.

신4군(新四军)의 고급 장교인 팽설풍(彭雪枫)이 바로 그 전형이라 할 수 있다. 마오쩌동은 그에게 "시간이 나면 책과 신문을 읽고 공부에 힘쓰라"고 편지를 써서 당부한 적 있다. 팽설풍도 사람을 청해 장서 도장을 새겼는데 그중 한 매는 "내가 못 읽은 책이 있다"는 명문이 새겨져 있고 다른 한 매는 "책이 있으면 다 같이 보자"는 명문이 새겨져 있다. 팽설풍의 서신과 일기에서 알 수 있듯이, 그는 아내 임영(林穎)에게 『삼국연의』를 읽게 했으며 "이 책은 반드시 읽어야 할 책이다", "이 책에는 전술이 있고, 책략이 있으며, 통일전선이 있고, 처세술이 있다"고 말했다. 그는 또 『스탈린전』을 '색다른 선물'로 임영에게 선물로 주기도 했다. 팽설풍은 또 1943년 3월 10일부터 마르크스의 『자본론』을 공부하기 시작해 6월 21일까지 한 벌을 다 읽었다. 그는 또 레닌의 『국가와 혁명』, 『역사적 유물주의론과 경험비판론』, 『'좌익' 소아병』 및 『스탈린 연설집』, 『소련공산당 당사 간명 교과 과정』, 『디미트로프 보고』, 『레닌주의 문제』, 『무엇이 레닌주의인가』, 『과학적 사회주의 기초 교과 과정』, 『사회학 대강』 등의 저작들을 읽었다. 팽설풍은 늘 "군사가 혹은 정치가라면 어느 한 가지 지식만 있어서 되는 게 아니다. 반드시 상응하는 각 분야의 지식이 있어야 한다"고 말했다. 팽설풍은 또 임영에게 보내는 편지에서 "나는 1932년 전의 노신의 문장과 소설을 거의 다 보았다"고 했다.

"일시 사상방법론 연구를 위주로 하다"

1940년 마오쩌동은 연안 신철학 연례회의에서 "중국은 혁명한 지 여러 해가 되지만, 이론적으로는 여전히 매우 낙후합니다, 이는 큰 유감이 아닐 수 없습니다"라고 했다. 1941년 유소기는 손야방(孫冶方)에게 보내는 편지에서 "중국의 당은 아주 큰 약점이 있습니다. 즉 사상 상의 준비와 이론상의 수양이 부족하기 때문입니다. 다시 말해서 비교적 미숙하다고 할 수 있습니다.

과거 중국의 당이 누차 실패한 것은 모두 지도상에서의 실패로 인한 것입니다. 지도상의 미숙과 과오가 전당 혹은 당 내 중요한 부분의 실패를 초래했습니다"라고 했다.

지도층의 이 같은 우려는 정풍 학습에서 반영되었다. 즉 중점적으로 마르크스 · 레닌의 저작을 읽을 것을 강조했다는 점이다. 오직 이렇게 해야만 사상건설을 이끌어 갈 수 있었으며 당원 간부들이 사상적으로 낡은 것을 버리고 새 것을 추구하며, 마르크스주의 이론 수준이 비약을 가져오게 할 수 있었던 것이다. 1941년 9월 29일 마오쩌둥은 「중앙연구소조 및 고급연구소조 연구 방침과 독서재료」 라는 글에서 고급 간부들이 '일시 사상방법론 연구를 위주로 할 것'을 제기한 것도 바로 이러한 맥락에서였다. 1942년 9월 15일 그는 선전을 책임진 하개풍(何凱丰)에게 보내는 편지에서 "중앙에 반드시 큰 편역부를 설립하고, 군사위원회의 편역국을 편입시켜야 합니다. 20~30명이 일하면 마르크스, 엥겔스, 레닌, 스탈린 및 소련의 서적을 대량 번역할 수 있을 겁니다. 거기에서 더 여력이 있으면 영국, 프랑스, 독일의 고전 서적을 번역하면 좋겠습니다. 내가 보건대 번역 쪽에는 량평(亮平)이 공로가 있으니 그가 편역부를 책임지는 게 좋겠습니다. 당신의 생각은 어떻습니까?"고 했다. 이 편지에 나오는 량평(亮平)이란 바로 『반듀링론』 을 번역한 오량평(吳亮平)을 말한다. 이 편지를 보면, 마오쩌둥이 당시 중국공산당 지도층에서 마르크스 · 레닌의 저작을 읽을 것이 매우 필요하다고 생각했음을 알 수 있다.

이 기간에 마오쩌둥은 철학 서적을 읽음에 있어서 많게는 중국혁명의 실제와 당의 현실적인 정책을 연계시켜 원작을 이해하도록 했다. 일례로 박고(博古)가 번역한 스탈린의 『변증법적 유물론과 역사적 유물론』 을 읽을 때, 원문에서는 "무산계급이 한 계급으로서 한창 발전하고 있기에, 마르크스주의자는 무산계급에 의거하고 있다"고 했는데 이에 대해 마오쩌둥은 "중국에서 자산계급은 아직도 한동안은 전도가 있다. 하지만 기본적으로는 무산계급에 의거해야 한다"라고 평어를 달았다. 원문에서 무산계급 정당의 실제 행동에 대해 논할 때 "사회발전의 법칙에 따라야 하며, 이런 법칙에 대한 연구에 따라야 한다"고 했는데 그는 "항일전쟁은 항일전쟁의 법칙성에 대한 연구에 따라야 한다"고 평어를 달았다.

당시 고급 간부들은 철학서를 읽는 것에 보편적으로 관심이 있었다. 진운(陳云)이 중앙조직부 내에서 지도간부 학습소조를 조직한 적이 있는데 중점은 철학을 공부하는 것이었다. 사람마다 원작을 읽고 매주 한 번씩 토론했으며, 또 이론을 아는 사람을 청해 강의를 시켰다. 진운(陳云)의 필기로부터 보면 그는 한동안 매 주마다 모두 강의를 듣곤 했다. 강의 내용은 마오쩌둥의 비서와 배원(培元)이 독일의 고전철학, 변증법, 인식론과 논리학사를 강의하고, 애사기가 포이어바흐의 유물론과 마르크스주의 철학의 형성 그리고 문화의 기원, 사회 심리, 사회의식 및 종교, 생산력과 생산관계, 손중산의 철학사상을 강의했다. 왕학문(王学文)이 상품생산, 추상 노동과 구체 노동, 가치와 사용가치, 가치법칙과 잉여가치 법칙에 대해 강의했다. 1987년 진운은 「중임을 맡은 것과 철학을 공부한 것(身负重任和学习哲学)」이라는 글에서 "연안에서 중앙조직부 부장 직을 담임하고 있을 때, 모 주석은 세 번이나 나와 철학을 공부해야 한다고 말했으며, 교사를 보내 우리가 공부하는 것을 도왔다. 우리는 1938년부터 시작하여 5년 동안 철학 공부를 견지했다. 먼저 철학을 공부하고 다음에 다시 『공산당선언』을 공부했다. 그 다음 다시 철학과 정치경제학 등을 공부했다", "나의 개인적인 체득이라면 철학을 공부하면 머리가 트인다, 철학 공부를 잘 해 두면 평생 도움이 된다"고 회억했다.

고급 지도 간부들이 마르크스·레닌의 원작을 읽도록 하기 위해, 연안해방출판사는 1938년부터 1942년까지 주로 마르크스·레닌학원 편역부에서 편역한 『마르크스·엥겔스총서』를 출판했다. 이 총서에는 『공산당선언』,『고타강령비판(哥达纲领批判)』,『사회주의가 공상으로부터 과학으로의 발전』,『나폴레옹 제3 정변기』,『독일의 혁명과 반혁명』,『프랑스 내전』,『정치경제학 논총』,『마르크스와 엥겔스의 통신선집』,『'자본론'제요』,『사상방법론』 등이 포함되어 있다. 그리고 레닌, 스탈린의 일련의 저작들도 편집·출판했다.

당시 연안의 마르크스·레닌학원 편역부에서 일한 동지의 회억에 따르면, 위의 번역 원고들은 출판사에 보내기 전에 모두 마오쩌둥이 먼저 가져다 읽었으며, 진운(陈云), 이부춘(李富春) 등 지도자들도 자주 사전에 빌려보았다. 당시에는 마르크스·엥겔스 저작이 비교적 적었으므로 여러 사람들이 돌려가며 보았다. 지금 보존되어 있는 당시 출판된 마르크스·엥겔스 저작의 속표지에는 "모모 동지가 모모 동지에게 보낸다"는 글이 씌어져 있기도 했다.

마오쩌둥이 당시 가장 중시한 것은 스탈린의 「볼셰비키화 12조를 논함」(원제목은 「독일공산당의 전도와 볼셰비키화」)이었는데, 이 책을 당성·당풍 교재로 삼았다. 이 글에서는 당이 볼셰비키화를 실현하려면 반드시 12가지 기본조건을 구비해야 한다고 제기했다. 1942년 4월 20일 마오쩌둥은 중앙학습소조회의에서 "스탈린의 12조는 필기를 하지 않고서는 제대로 연구해 낼 수 없다"고 했다. 이 해 12월 서북국(西北局) 고급간부회의에서 그는 또 이 12조에 대해 조목조목 해석했다. 그는 특히 혁명정당을 영도하려면, 당의 영도자라면 실제를 이탈하지 말아야 하며, 실제와 연계시킬 수 있는 마르크스주의에 정통해야 한다고 말했다. 또한 당의 대오는 새로운 혁명적 기풍이 있어야 하며, 대중 공작을 함에 있어서는 폐쇄주의와 추종주의를 반대해야 하며, 통일전선에서는 모험주의와 타협주의를 반대해야 한다고 지적했다. 그의 발언이 기록된 원고는 대략 1만여 자쯤 된다.

주덕은 당시 마르크스·레닌주의 저작을 읽은 모범이었다. 1940년 태항산(太行山)에서 대일본 작전을 지휘하던 그는 정치부의 동지가 연안으로부터 새로 번역한 엥겔스의 『반뒤링론』을 가져왔다는 말을 듣고는 급히 빌려다 읽었다. 책을 빌려준 동지가 돌려 온 책을 보니 어느 줄에나 다 밑줄이 그어져 있었다. 이상하게 여긴 그는 "다른 사람은 중요한 구절에 밑줄을 긋는데 총사령은 왜 어느 줄에나 다 밑줄을 그었는가?" 하고 물었다. 이에 주덕은 눈이 좋지 않은데다 글자까지 작아 밤에 등잔불 밑에서 책을 보려면 글줄이 헛갈리므로 잣대를 놓고 줄을 그으며 본다고 했다. 이 해 6월 중앙선전교육부에서 간부 학습 열성자를 표창할 때 주덕이 '모범'으로 선정되었다.

1944년 초 마오쩌둥은 마르크스·레닌의 경전 저작 다섯 권을 집중적으로 읽을 것을 제기했다. 이 다섯 경전으로는, 마르크스, 엥겔스의 『공산당선언』, 엥겔스의 『사회주의가 공상으로부터 과학으로의 발전』, 레닌의 『두 가지 책략』과 『'좌익' 소아병』, 스탈린의 주최 하에 편집된 『소련공산당 당사 간명 교과과정』 등이다. 3월 5일의 정치국회의에서 그는 "이 다섯 권의 이론서를 지정한 것은 세계 혁명경험을 학습하기 위한 것이다. 과거에는 이론과 역사에 대한 진지한 연구를 하지 못했다"고 말했다.

1945년 4월 24일 중국공산당 제7차 전국대표대회에서 마오쩌둥은 레닌의 "혁명 이론이 없으면 혁명운동이 없다"는 명언을 이용하여 "과거 내가 6중전회에서 말했듯이 우리 당의 이론 수준은 매우 낮다. 지금은 과거보다 조금은 높아졌지만 여전히 부족하다. 현재 우리 당이 얼마간 진보했지만 중국혁명의 필요성에서 보면 아직도 부족하다"고 재차 강조했다. 이런 까닭에 마오쩌둥은 또 앞에서 추천한 마르크스 · 레닌 저작 다섯 권에 대해 또다시 이야기했다. 그는 이 다섯 권에는 마르크스, 엥겔스, 레닌, 스탈린의 책이 모두 포함되어 있으며 또한 모두 "아주 잘 쓴 것", "이론적인 것이면서도 역사적인 것"이라고 말했다. 당시 이 다섯 권을 추천한 것은 항일전쟁 승리 후의 새로운 형세에 적응하기 위한 것이었다.

『두 가지 책략』과 『'좌익' 소아병』에서 정책을 취하다

연안 시기, 마오쩌둥이 가장 깊이 있게 읽고, 가장 많이 인용한 저작은 그가 중앙소비에트구역에 있을 때 읽은 『두 가지 책략』과 『'좌익' 소아병』이다. 이 두 책은 그가 '좌적' 오류를 비판하고 정책, 책략을 제정함에 있어서의 '이론 창고'라 해야 할 것이다.

당시 마오쩌둥을 위해 책을 관리했던 사경당(史敬棠)의 회억에 따르면, 마오쩌둥은 당시 자주 이 두 책을 읽었을 뿐만 아니라, 모년 모월 '처음으로 읽다', '재차 읽다', '세 번째로 읽다'는 문구를 써넣기도 했다. 아쉽게도 그가 이 두 책을 읽고 쓴 평어는 보존되지 못했다. 마오쩌둥은 이 두 책을 간부 정풍 학습의 필독서로 정했으며, 1945년 중국공산당 제7차 대표대회에서도 재차 "레닌의 이 두 책은 아주 잘 썼다"고 추천했다.

레닌의 이 두 책은 어떻게 좋은가?

마오쩌둥은 자신이 먼저 레닌의 책을 공부한 후 다시 마르크스 · 엥겔스의 책을 읽었다고 말한 적 있다. 이는 중국과 러시아가 진리를 찾고 혁명을 하는 과정에서 부딪친 문제들이 같거나 비슷한 점이 아주 많았기 때문이다. 『좌익' 소아병』은 러시아가 1903년부터 1917년 10월 혁명 기간, 혁명 이론을 탐구, 실천한 역사를 이야기한 것으로, 마오쩌동은 레닌이 개괄한 러시아공산당 역사에 대해 동감을 가졌다. 그는 중국과 러시아가 "혁명의 진리를 찾은 것은 같다"고 말했다. 구체적으로 말하면, 중국과 러시아에서 혁명이 발생한 배경은 모두 봉건적 압박에서 비롯된 것이며, 중국과 러시아가 혁명할 때 모두 경제적으로 낙후하였는데 중국은 러시아보다도 더 낙후하였다. 그리고 혁명이 시작된 후에는 모두 자산계급 성질의 민주혁명 시기를 거쳐 왔으며 무산계급 정당이 민주혁명 중의 지위와 역할을 어떻게 볼 것인가, 농민과 민족자산계급 등 동맹군과의 관계를 어떻게 처리할 것인가 하는 문제에 직면하게 되었다. 또한 모두 민주혁명으로부터 사회주의혁명으로 전환하는 과정이 있었다(중국은 구민주주의혁명과 신민주주의혁명을 거쳐 왔다). 그리고 모두 '좌경' 혹은 '우경'의 방해를 받았다. 이런 비슷한 상황으로 인해 레닌의 저작 중 적지 않은 논술들이 중국혁명의 실제 필요성에 비교적 적합하였다.

연안시기 마오쩌동이 『두 가지 책략』과 『좌익' 소아병』을 추천한 중요한 이유는 "세계 혁명의 경험을 공부하고", "국외의 당과 국제공산당의 경험을 모두 받아들이기 위한 것"이라고 말했다. 1963년 8월 외국 손님을 회견할 때에도 그는 "우리는 사회주의 길을 간다. 이 길을 가려면 레닌주의를 연구해야 한다"고 말했다.

구체적으로 말하면, 마오쩌동은 『두 가지 책략』과 『좌익' 소아병』의 세 가지 관점을 자주 인용하거나 발전시켰다.

그중 하나는 통일전선을 제창하고 배타주의를 반대한 것이다.

『좌익' 소아병』은 책략을 제정함에 있어서 혁명적 정서에만 의거해서는 안 되며, 또한 한 집단이나 정당의 바람이나 결심에만 의거해서도 안 된다. 반드시 각 계급의 역량 및 상호 관계에 대해 엄격하게 객관적인 예측을 해야 한다. 혁명 정당은 반드시 원칙에 대한 확고함과 책략에 대한 유연성을 결부시켜야 하며, 적들 사이의 모든 모순을 이용하여, 원칙을 지키는 전제 하에서 적절한 타협 형식을 취해 많은 동맹자를 쟁취할 수 있어야 한다.

이 사상은 직접 마오쩌둥이 중국공산당 내에 종종 나타나는 '좌'경 오류를 반대하는 이론적 무기로 되었다. '좌'경 배타주의는 토지혁명시기 혁명에 심각한 해를 끼쳤다. 1935년 그는 「일본제국주의를 반대하는 책략을 논함」이라는 글에서 레닌의 이 사상에 따라, "통일전선을 찬성하고 배타주의를 반대한다 …… 마르크스 · 레닌주의는 혁명대오 중의 소아병을 반대한다. 배타주의 책략을 견지하는 사람들의 주장이 바로 소아병이다"라고 명확히 제기했다. 신중국 건국 후인 1965년 6월 25일 하북성(河北省) 성위원회 지도자인 임철(林铁)의 공작 보고를 청취할 때에도 그는 여전히 레닌의 이 사상을 당의 기본 책략과 연결시켰다. "다수의 사람들을 쟁취하는 것은 레닌의 사상이다. 후에 우리는 레닌의 이 사상을 다음의 몇 마디로 개괄하였다. 즉 모순을 이용하여 다수를 쟁취하고 소수를 반대하며, 각자 따로따로 격파한다." 1966년 4월 21일 그는 항주(杭州)에서 중국공산당 중앙 중남국(中南局) 위원들을 소집하여 담화할 때에도 "다수를 쟁취하고 소수를 고립시켜야 한다. 그렇지 않으면 실패한다. '모순을 이용하여 다수를 쟁취하고 소수를 고립시키며 각자 따로따로 격파한다'는 것은 레닌의 뜻인데 내가 개괄한 것이다"라고 말했다.

다른 하나는 중국공산당 내 기율을 강화하기 위한 것이다.

『좌익' 소아병』 제2장에서는 무산계급이 혁명과정에서 반드시 집중제와 엄격한 기율을 실시해야 한다는 데에 역점을 두었다. 마오쩌둥은 이 사상을 매우 중시했다. 1942년 4월 마오쩌둥은 「세 가지 기풍을 정돈하는 것에 관하여」라는 문장에서 "레닌은 공산당의 기율은 철 같은 기율이어서 손행자(孫行者, 손오공)의 금테보다도 더 무섭고, 더 단단하다고 말했다. 이 내용은 레닌의 책인 『공산주의 운동 중의 '좌익' 소아병』에 나와 있다"고 말했다. 1948년 해방전쟁이 비교적 순조롭게 진행되자 중국공산당 내에는 무기율, 무정부주의 경향이 머리를 쳐들기 시작했다. 4월 21일 그는 『'좌익' 소아병』의 제2장을 재차 읽고, 이 책의 속표지에 "동지들이 이 책의 제2장을 읽고 현재 우리의 공작에서 나타난 일부 심각한 무기율 상태, 혹은 무정부주의 상태를 제거할 것을 권고한다"고 썼다. 그 후 중국공산당 중앙 선전부는 마오쩌둥의 이 지시에 따라 전 당적으로 『'좌익' 소아병』제2장을 학습할 것을 요구했다.

셋째는 자본주의의 발전을 어떻게 볼 것인가이다.

레닌의 이 두 책은 마오쩌둥이 신민주주의 이론에 대해 사고하고 논술하는데 직접적인 영향을 주었다. 자본주의의 발전에 대해 중국공산당 내에서는 상당히 오랫동안 인식이 모호했다. 일부 사람들은 자본주의를 두려워했으며 자본주의를 넘어서 직접 사회주의에 진입하자고 주장했다. 이런 주장은 항일전쟁 승리 전야에 더욱 뚜렷이 나타났다. 이러한 상황에 대비해, 1945년 중국공산당 제7차 전국대표대회에서 발표한 「연합정부를 논함」이라는 글에서 마오쩌둥은 "일부 사람들은 공산당이 왜 자본주의를 두려워하지 않을 뿐만 아니라, 오히려 특정 조건 하에서는 자본주의의 발전을 제창하는지 이해할 수 없다고 한다. 우리의 대답은 아주 간단하다. 자본주의의 발전으로 국외 제국주의와 본국 봉건주의의 억압을 대체하는 것은 진보일 뿐만 아니라 피할 수 없는 과정이기 때문이다. 자본주의 발전은 자산계급에게 유리할 뿐만 아니라 무산계급에게도 유리하다. 혹은 무산계급에게 더 유리하다고 말할 수 있다"고 했다. 뒤에 나온 이 말은 레닌의 『두 가지 책략』에서 나오는 것이다. 중국공산당 제7차 전국대표대회의 정치보고 구술에서는 「연합정부를 논함」 중의 이 단락에 대해 더욱 확실하게 말했다. 마오쩌둥은 직접 사회주의에 진입해야 한다는 주장을 '나로드니키(民粹派) 사상'이라고 개괄했으며, "러시아의 나로드니키가 바로 이러했다. 당시, 레닌 스탈린의 당은 그들을 비판했다", "레닌은 『두 가지 책략』에서 '자산계급의 민주혁명은 자산계급에게 유리하다 하기보다는 오히려 무산계급에게 더 유리하다'고 말했다. 우리는 자본주의를 발전시키는 걸 두려워하지 말아야 한다", "우리가 광범위하게 자본주의를 발전시키는 것은 좋은 점만 있고 나쁜 점이 없다"고 했다.

『레닌주의 기초를 논함』과 『소련공산당 당사』에서 경험을 배우다

마오쩌둥은 스탈린의 저작을 "보기 좋아하지 않는다"고 공개적으로 말한 적이 있다. 왜냐하면 그는 항상 "다른 사람의 머리 위에 올라서서 호령하기 때문이다. 그의 저작에는 모두 이러한 분위기가 흐른다"고 했다. 하지만 세 권만은 예외이다. 즉 『레닌주의 기초를 논함』, 『소련공산당 당사 간명 교과과정』 (이하 『소련공산당 당사』로 약칭)과 『소련 사회주의 경제문제』이다. 스탈린은 중국혁명과 확실히 긴밀히 관련되어 있으며, 은혜와 원한이 복잡하다. 사실상 마오쩌둥은 스탈린의 저작들을 많이 읽었다. 하지만 진정으로 공력을 들인 것은 확실히 이 세 권이다.

『레닌주의 기초를 논함』은 스탈린이 1924년 레닌주의의 기본 문제를 체계적으로 논술한 저작이다. 1925년 중국공산당 중앙기관의 간행물인 『신청년』은 『레닌주의 개론』이라는 제목으로 이 책의 전문을 번역해 발표했다. 이 책은 이론방법, 전략과 책략, 일하는 태도 등 9개 부분으로 레닌주의의 주요 내용을 논술했으며 아주 권위적인 정의를 내렸다. 즉 "레닌주의는 제국주의와 무산계급 혁명 시대의 마르크스주의이다. 더 정확히 말하면, 레닌주의는 무산계급 혁명의 이론과 책략이다. 특히 무산계급 독재의 이론과 책략이다"라는 것이다. 『레닌주의 기초를 논함』은 레닌이 작고한 후 얼마 지나지 않아 쓴 책으로, 스탈린의 지위와 권위는 그 후처럼 신격화되지 않았으며 논술도 비교적 실제적이었다.

『소련공산당 당사』는 소련공산당 중앙에 특별 설치한 위원회에서 집필한 것으로, 스탈린이 이 책을 위해 '변증유물주의와 역사유물주의' 부분을 집필했으며, 책 전체를 교열했다. 이 책은 1938년 출판된 후 각국 공산당원들 중 광범위하게 유전되었다. 그중 중문판은 1939년 박고(博古)가 교열하여 출판한 것이다. 이 책은 모두 12개 장으로 나뉘는데, 레닌과 스탈린의 활동을 주 내용으로 하여, 1883년부터 1937년 사이의 소련공산당 역사를 서술했다. 이 책은 레닌과 스탈린의 이론 및 소련공산당의 전략과 책략을 서술하는데 중시를 기울였다.

레닌주의와 소련공산당의 역사를 학습하고 이해하는 것은 중국공산당이 혁명시기 사상 이론 건설을 추진하는 중요한 길이었다. 『레닌주의 기초를 논함』과 『소련공산당 당사』는 역사에 대한 논술도 있고 이론에 대한 논술도 있으며 역사와 이론에 대한 논술을 결부시켰기에 중국공산당의 실제적 필요를 잘 만족시킬 수 있었다. 연안 정풍 기간, 마오쩌둥은 『레닌주의 기초를 논함』과 『소련공산당 당사』를 간부들의 교과서로 정했다. 1941년 그는 "우리의 학습을 개조하자"에서 마르크스·레닌주의를 연구하려면 반드시 『소련공산당 당사』를 '핵심 자료'로 해야 한다고 제기했다. 왜냐하면 이 책은 "100년 이래 전 세계 공산주의운동에 대한 최고의 종합이고 종합이며 이론과 실제를 결부시킨 전형이기 때문이다. 전 세계적으로 오직 이 하나의 완전한 전형만이 존재하기 때문이다. 레닌, 스탈린이 어떻게 마르크스주의의 보편 진리와 소련혁명의 구체적인 실천을 상호 결부시키고, 따라서 어떻게 마르크스주의를 발전시켰는가를 알게 되면, 우리가 중국에서 어떻게 혁명해야 하는가도 알게 된다"고 했다. 그 후 '주관주의와 종파주의를 반대하자'는 글에서 또 '마르크스, 엥겔스, 레닌, 스탈린의 사상 방법론을 연구하려면 『소련공산당 당사』를 학습의 중심으로 해야 한다'고 했다. 1945년 4월 중국공산당 제7차 전국대표대회에서 마오쩌둥은 정치보고 구술에서 또 "『소련공산당 당사』는 역사에 대한 논술도 있고 이론에 대한 논술도 있다. 이것은 승리한 사회주의 국가의 역사이며, 마르크스주의가 러시아에서 성공한 역사이다."라고 했다.

연안시기 마오쩌둥은 저술과 담화에서 자주 이 두 책의 일부 논술을 인용, 차용하거나 발전시켰다. 그 중점은 다음과 같은 세 가지가 있다.

첫째, 제국주의 시대의 기본 모순을 인식하고 이용하는 것이다.

1937년 마오쩌둥은 『모순론』을 쓸 때, 『레닌주의 기초를 논함』에 근거하여 제국주의 시대의 기본 모순에 대해 분석하고 판단했으며 이로써 모순의 특수성과 보편성의 관계를 설명했다. 그는 『레닌주의 기초를 논함』은 "제국주의 모순의 보편성을 분석함으로써 레닌주의가 제국주의와 무산계급혁명 시대의 마르크스주의라는 것을 설명했다. 또한 제정 러시아

제국주의가 이 일반적 모순에서 가지고 있는 특수성을 분석함으로써 러시아가 무산계급혁명의 이론과 책략의 고향임을 설명했다. 바로 이러한 특수성에 모순의 보편성이 포함되어 있다. 스탈린의 이런 분석은 우리에게 모순의 특수성과 보편성 및 상호 연결을 인식할 수 있는 모범을 제공했다"고 했다.

1945년 항일전쟁 승리 전야에 일제를 물리친 후의 세계와 중국의 형세를 어떻게 볼 것인가 하는 문제가 공산당의 과제가 되었다. 마오쩌동이 중국공산당 제7차 전국대표대회에서 한 '우공이 산을 옮기다(愚公移山)'라는 유명한 연설도 『레닌주의 기초를 논함』 중의 논술을 의거로 했다. 그는 연설에서 "스탈린이 아주 일찍 말한 것처럼, 지금 낡은 세계에는 여전히 3대 모순이 존재한다. 첫째는 제국주의 국가에서 무산계급과 자산계급의 모순이다. 둘째는 제국주의 국가 간의 모순이다. 셋째는 식민지와 반식민지 국가와 제국주의 종주국 간의 모순이다. 이 세 가지 모순은 여전히 존재하고 있으며, 더 첨예해지고 확대되고 있다. 이런 모순이 존재하고 발전하고 있기 때문에 소련을 반대하고, 공산당을 반대하며 민주를 반대하는 역류가 존재하기는 하지만, 이런 반동 역류가 어느 날엔가는 극복될 것이다"라고 했다.

둘째, 모든 계급 역량을 연합하여 제국주의를 반대하는 것이다.

『레닌주의 기초를 논함』의 제3 부분에서는 트로츠키의 '끊임없는 혁명'론을 비판했다. "레닌은 무산계급에게 정권이 귀속되는 것으로 혁명을 완성해야 한다고 주장했는데 '끊임없는 혁명론 자'들은 직접 무산계급 정권을 건립하는 것으로부터 시작하려 한다"고 제기했다. '귀속론 자'들이 사회주의 혁명은 반드시 민주혁명의 단계를 거쳐야 한다고 요구한다면, '끊임없는 혁명론 자'들은 한꺼번에 모든 문제를 다 해결하려고 하는 것이다. 전면적인 항일전쟁 발발 전야, 중국공산당 내의 폐쇄주의, 모험주의와 급성병 등 '좌'적 사상을 극복하기 위해, 마오쩌동은 「많은 대중이 항일 민족 통일전선에 진입하도록 쟁취하기 위해 투쟁하자」는 글에서 『레닌주의 기초를 논함』에 근거하여 "우리는 혁명의 귀속론자이지 트로츠키의 '끊임없는 혁명론자'가 아니다. 우리는 민주공화국의 모든 필요한 단계를 거쳐 사회주의에 도달할 것을 주장한다", "현재 자산계급 항일파와 연합하는 것은 사회주의로 나아감에 있어서 반드시 거쳐야 할 과정이다"라고 했다.

항일전쟁 승리 전야, 중국공산당은 또 기타 계급 역량과 계속 연합하거나 혹은 기타 계급 역량을 계속 영도해야 하는가 하는 문제에 직면했다. 중국공산당 제7차 전국대표대회의 결론 보고에서 마오쩌동은 전 당에 "스탈린은 『레닌주의 기초를 논함』에서, 아프가니스탄 국왕은 봉건제도를 수호하지만, 그가 아프가니스탄의 독립을 위해 진행한 반제국주의 투쟁은 객관적으로 볼 때 혁명적이다. 이집트의 상인과 자산계급 지식인들이 이집트의 독립을 위해 진행한 투쟁도 역시 객관적으로는 혁명투쟁이다. 제국주의를 반대하는 시대에 있어서, 대자산계급과 대지주계급도 무산계급의 동맹군이 될 수 있다고 했다. 일본제국주의를 반대하는 투쟁에서 대자산계급과 대지주계급도 우리의 동맹군이 되었다. 때로는 우리의 영도를 받기도 했다"고 주의를 환기시켰다.

셋째, 이론과 실천, 혁명적 담략과 실사구시 정신을 상호 결합하는 것이다.

『레닌주의 기초를 논함』에는 다음과 같은 명언이 있다. "혁명 실천을 떠난 이론은 공허한 이론이고, 혁명 이론을 지침으로 하지 않는 실천은 맹목적인 실천이다." 마오쩌동은 『실천론』에서 이 명언을 아주 "잘 말했다"고 찬양했다. 연안 정풍 시기, 마오쩌둥은 '당의 기풍을 정돈하자', '주관주의와 종파주의를 반대하자'와 "'농촌조사'의 서언과 후기" 등 연설과 문장에서 항상 이 두 마디를 인용해 진정한 이론이란 세상에 한 가지 뿐이라는 것, 즉 객관 실제에서 도출해 내고, 또한 객관 실제에서 증명 받는 것, 오직 마르크스주의 관점으로 실제문제를 연구하고, 실제문제를 해결할 수 있어야만 실제적인 이론가라고 할 수 있다는 것, 이론이 실제를 이탈한 사람이라면 그의 '이론가' 자격을 취소해야 한다는 것, 과거 "조사를 하지 않으면 발언권이 없다"고 한 것이 '협애한 경험론'으로 조롱을 받았지만 "나는 지금도 후회하지 않는다. 후회하지 않을 뿐만 아니라, 여전히 견지한다." 왜냐하면 "스탈린의 말이 옳기 때문이다." 이론을 혁명 실천과 연계시키지 않으면 상대가 없는 이론이 되기 때문이다"라고 설명했다.

마오쩌둥은 『레닌주의 기초를 논함』과 『소련공산당 당사』를 읽음에 있어서 책 속의 관점과 어구를 활용하는 데에만 착안점을 둔 것이 아니라, 중국공산당이 소련공산당처럼 본국의 실제에 결부시켜 과감히 마르크스주의를 발전시킬 수 있기를 바랐던 것이다. 1942년 마오쩌둥은 '어떻게 중국공산당 당사를 연구할 것인가'는 연설에서 "우리는 『소련공산당 당사 간명 교과과정』을 읽은 적이 있다. 이 책에서는 레닌은 마르크스주의의 입장과 방법을 러시아 혁명의 구체적 실천과 결부시켜 볼셰비키주의를 창조했으며, 이 이론과 책략으로 '2월 혁명', '10월 혁명'을 했으며, 스탈린은 또 세 개의 5개년 계획을 실시해, 사회주의 소련을 창조했다. 우리도 이와 같은 정신으로 혁명해야 한다. 우리도 마르크스, 엥겔스, 레닌, 스탈린의 방법을 운용하여 중국에서 새로운 것을 창조해 내야 한다."고 했다.

1942년 마오쩌둥은 '새로운 것을 창조해 내자'고 제기했는데, 이는 1938년에 말한 '마르크스주의를 중국에서 구체화해야 한다'는 것보다 더 진보한 것이다. 마르크스주의를 이해하고, 운용하며 발전시키는 이 문제에서 그는 과거보다 더 자신감이 생겼던 것이다.

난제를 해결하기 위해 경제 · 문화를 연구하다

정풍학습은 이론과 실제를 결부시킬 것을 강조했으며, 학습을 통해 얻은 것이 현실에서 구체화될 것을 요구했다. 그전 연안 간부 교육에서 존재한 문제에 대해 마오쩌둥은 「우리의 학습을 개조하자」라는 글에서 이렇게 기술했다. "철학을 가르치는 사람이 학생들이 혁명의 논리를 연구하도록 인도하지 않고, 경제학을 가르치는 사람이 변폐(边币, 항일전쟁 시기, 섬서, 감숙, 녕하 변계지역 정부 은행에서 발행한 지폐)와 법폐(法幣, 중화민국시기 국민정부에서 발행한 화폐)에 대해 해석할 수 없으며, 정치학을 가르치는 사람이 학생들이 중국혁명의 책략을 연구하도록 인도하지 않으며, 군사학을 가르치는 사람이 중국에 알맞은 전략과 전술을 연구하지 않아 '이론과 실제가 분리되고', '새로운 사물을 인식하고 창조해야 할 책임을 잊었다.' 이런 학풍을 개변하기 위해, 그는 조사와 현실 경험 종합을 강조했으며, 독서와 시사 재료 연구에 주의를 돌릴 것"을 강조했다.

1941년 8월 마오쩌둥이 고극림(高克林)의 조사보고서 「노충재의 장정기(鲁忠才长征记)」를 추천한 것이 그 일례가 된다. 이 조사 보고서는 부현(富县) 성관구(城关区) 조직에서 처음으로 소금을 운반한 과정을 구체적으로 서술한 것이다. 이 원고를 읽은 마오쩌둥은 아주 격동되어 즉시 『해방일보』에 발표하도록 추천했다. 그리고 "지금 반드시 '붓을 들어 줄줄 많은 글을 썼지만, 주제로부터 많이 벗어나는' 풍기와 터무니없이 과장하는 풍기, '주관주의, 형식주의' 풍기를 일소해야 한다. 고극림 동지의 이 조사 보고서는 하루 저녁에 세 사람에 대한 조사회의를 한 후 써낸 것이다. 그의 조사회의는 잘 한 것이고, 보고서도 잘 쓴 것이다. 우리는 이런 유형의 글들이 필요하지 천편일률적인 허풍이나 교조주의가 필요하지 않다"고 평어를 썼다. 마오쩌동은 조사 보고서 한 편을 읽고 추천함으로써 이론이 실제를 이탈하는 것을 반대하고 당 기풍의 전환을 추진했으며, 신문화를 제창하고 교조주의를 비판했다.

변계지역에서 현실에 나타나는 난제들을 해결하기 위해, 마오쩌동은 현실 재료를 읽고, 연구했으며, 시사를 정확히 파악하고 인도했는데, 이는 주로 경제와 문화 두 영역에서 뚜렷이 체현되었다.

먼저 당시 현실 중의 경제 자료들을 읽어보도록 하자.

1940년 10월 국민당은 팔로군(八路军)의 보급을 중단했을 뿐만 아니라, 항일근거지에 대해 경제 봉쇄를 했다. 섬서, 감숙, 녕하 변계지역 재정은 극도로 어려워졌다. 마오쩌동의 말을 빈다면 당시 "입을 옷이 없고, 먹을 기름이 없으며, 종이가 없고, 채소가 없었다. 전사들은 신과 양말이 없었고 일군들은 겨울에도 이불이 없었다." 이런 난관을 어떻게 극복할 것인가는 당시 변계지역의 가장 큰 현실적인 문제가 되었다. 하지만 어떻게 재정 경제 수입을 늘일 것인가에 대해 당 내에서는 이견이 있었다. 어려움을 해결할 수 있는 확실한 방법을 찾기 위해, 마오쩌동은 두 가지 측면에서 착수하여 경제문제에 대해 체계적으로 조사연구하기 시작했다.

첫째, 경제이론을 깊이 연구하였으며 여러 가지 경제서적과 시사경제 류 신문, 잡지들을 읽었다. 1941년 3월부터 1942년 1월까지 그는 7차 중경(重庆)에 있는 주은래(周恩来), 동필무(董必武)에게 편지를 써 『중화민국 통계제요』, 『실용 민국 연감』, 『중국 공업자본 문제』, 『중앙은행 월보』, 『은행통보』, 『금융주간』, 『사천 경제 참고자료』, 『서남 실업 통신』 및 『일본의 대 지나 경제공작』, 『중외 경제 연보』, 『중외 경제 발췌』 등을 포함한 여러 가지 경제 잡지, 서적 및 통계 자료를 대신 구입해 줄 것을 요구했다.

둘째, 변계지역의 재정경제 상황에 대해 깊이 있는 조사연구를 하고 전문가에게 가르침을 청했다. 마오쩌동은 여러 번이나 섬서, 감숙, 녕하 변계지역 정부, 중국공산당 중앙 서북국, 팔로군 병참부 지도자 및 임백거(林伯渠), 사각재(谢觉哉), 이부춘(李富春), 진정인(陈正人), 엽계장(叶季壮), 주리치(朱理治), 남한신(南汉宸) 등을 포함한 경제부문 책임자들과 서신을 통하거나 이야기하는 형식으로 경제문제에 대해 토론함으로서 변계지역 경제에 대한 기초자료를 파악했다. 일례로 1941년 8월 5일부터 22일까지 20일도 안 되는 사이에 그는 다섯 번이나 사각재에게 편지를 보냈는데, 6월 5일의 편지에서 마오쩌동은 "최근 나는 변계지역 재정경제 문제를 연구하는데 퍽이나 관심을 가지고 있습니다. 아직 깊이 있게 연구하지는 못했지만, 그 법칙성 혹은 결정점은 간단히 두 가지인 것 같습니다. 즉 하나는 경제를 발전시키는 것이고, 다른 하나는 수출과 수입을 평형화시키는 것입니다." 1941년 7월과 8월 사이 사각재가 경제·문제와 관련하여 마오쩌동에게 보낸 편지는 글자 수가 수만 자에 달했다.

위에서 말한 두 가지 측면에 대한 독서와 연구를 통해, 마오쩌동은 1942년 12월 섬서, 감숙, 녕하 변계지역 고급 간부회의에 장편 보고서인 「경제문제와 재정문제」를 써냈다. 이 보고서에서는 변계지역 경제건설의 기본방침을 제기한 비교적 체계적인 재정경제 사상이 들어 있었고, 중국공산당 내에서 경제정책을 통일할 수 있었다. 이를 두고 하룡(贺龙)은 "살아있는 마르크스주의 경제학"이라고 했다. 이 보고서에서 제출한 일부 관점들, 예를 들면 "경제적으로 무능하면 멸망할 수도 있다", "인민들에게 보이는 물질적 복지를 주어야 한다", "경제를 발전시키고, 공급을 담보하는 것은 재정경제 사업의 총체적인 방침이다", "농·공·상의 순서로 경제 건설을 배치한다", "경제 채산제를 실시한다" 등의 내용은 변계지역 경제건설과 발전법칙을 잘 보여주고 있다.

마오쩌둥이 당시 변계지역 문화상황에 대한 조사연구는 문단의 미담으로 전해지고 있다.

정풍 초기, 연안 문예계의 상황을 두고 마오쩌둥은 매우 걱정스러워했다. 그는 소삼(萧三)에게 "구추백(瞿秋白)이 살아서 연안의 문예운동을 영도할 수 있다면 얼마나 좋겠는가!"라고 말한 적이 있다. 구추백은 당의 주요 지도자 직무를 담임한 적이 있을 뿐만 아니라, 문예법칙에 대해서도 잘 알고 있었기 때문이다. 마오쩌둥은 구추백의 번역문집인 『해상술림(海上述林)』에 대한 인상이 아주 좋았다. 1942년 7월 25일 마오쩌둥은 중앙정치국회의에서 출판에 대해 이야기할 때, 원고가 부족한 상황에 대비해, "『노신전집(鲁迅全集)』과 『해상술림(海上述林)』을 출판할 수 있다"고 제기했다.

당시 마오쩌둥은 연안 문예계 내부의 여러 가지 논란에 대해 관심이 많았다. 그가 문예가들에게 쓴 편지도 수십 통이나 된다. 내용은 일자리 배치, 모순 중재, 어려움 해결, 견해 교류 등이 있다. 그 외에도 마오쩌둥은 또 여러 가지 문예활동에 제사를 써 주었으며 문예가들의 공연을 구경하거나 그림 전시회에 참가하기도 했다. 그리고 모르는 것이 있으면 가르침을 청하고, 다른 의견이 있으면 사람을 자기 동굴집으로 요청해 토론하기도 했다. 마오쩌둥은 또 『해방일보』 문예면에 원고모집 방안을 작성해 주기도 했다. 그는 "4면에 대한 채울 원고가 부족합니다. 문예에만 편중하는 것입니다.", "다음의 동지들이 원고 모집을 책임지십시오"라고 하면서 직접 진황매(陈荒煤), 장경(张庚), 가중평(柯仲平), 주양(周扬), 여기(吕骥) 등 사람들에게 원고 모집 임무를 분배했다. 마오쩌동은 그들에게 '모집한 원고를 선택, 수정해 사상적으로 흠이 없고, 문장이 매끄러우며, 알기 쉽게 해야 합니다'라고 요구했다. 이 일을 구체화하기 위해, 그는 문예가들을 자신의 거처에 청해 식사하면서 원고모집 방법을 말하기도 했다.

마오쩌동은 주로 문예가들의 작품을 읽는 것으로 문예현상을 연구하고 문예계의 정풍을 인도했다. 예를 들면, 서무용(徐懋庸)의 「민간예술 형식의 응용」을 읽고 나서 작가에게 이런 좋은 문장을 많이 쓰기를 바란다고 말했다. 또 유설위(刘雪苇)의 「중국 신문학사 강의 요점(中国新文学史讲授提纲)」을 읽고 나서 작가에게 편지를 보내어 "당신이 이 책을 쓴 것을 찬성합니다"라고 했다. 소삼(萧三)의 시 원고인 「첫 걸음」을 읽고 나서 작가에게 "전투적인 감각이 있습니다. 현재 전투적인 작품이 필요합니다. 지금은 생활까지 모두 전투입니다. 당신이 더 이런 작품을 더 많이 내놓을 것을 기대합니다"고 격려했다. 왕실미(王实味)의 「개나리꽃」과 정령(丁玲)의 「3·8 국제 여성의 날 느낌」을 읽고 나서는 아주 솔직하게 연안의 현실에 대한 지적은 응당 공명정대하고, 예리해야 하며 또 진실하고 허심탄회해야지, 냉소적이거나 뒤에서 욕하지 말아야 한다고 했다. 애청(艾青)의 「앙가극의 형식(秧歌剧的形式)」을 읽고 나서는 "이 글은 아주 실제적이고 생동적이다. 앙가극의 최근 상황과 문제를 반영했으며 구체적인 해결방법을 제시했다. 신문에 발표한 것 외에 소책자로 인쇄할 수도 있으며 교본으로 사용할 수도 있다"고 했다. 나봉(罗烽)의 「고리키가 예술과 사상을 논하다」를 읽고 나서 작가에게 "고리키에 관한 그 한 편은 좋습니다. 하지만 기타 문장은 이 문장과 관점이 아주 조화롭지 못하고, 가시화되지 못했습니다. 그리고 일부는 논점에 문제가 있는 듯합니다. 마르크스주의 관점에서 검토해 보기 바랍니다. 이는 당신의 발전에 유익할 것입니다"라고 말했다. 정령(丁玲)의 「전보림(田保霖)」과 구양산(欧阳山)의 「신사회에서 살다」라는 두 편의 실화를 읽고 나서는 즉각 편지를 써서 "이제 곧 날이 밝습니다. 당신들의 문장은 씻고 자기 전에 단숨에 읽었습니다. 그리고 중국인민을 대신해 경축했습니다. 당신들 두 사람의 새로운 창작 풍격을 위해 경축했습니다!"라고 했다. 마오쩌동은 편지에서 또 "나는 더 많은 것을 알고 싶습니다. 만약 가능하다면 오늘 오후나 혹은 저녁 무렵에 두 분을 나의 거처로 초청해 이야기를 나누고 싶습니다"라고 했다.

문예계에 대해 이처럼 세밀하고도 깊은 연구가 있었으므로 마오쩌동은 1942년 5월 '연안문예좌담회에서의 연설'을 발표할 수 있었으며, 또한 이로부터 중국 신문예운동은 확실하고도 전형적인 지도 문헌이 있게 되었다.

근대 중국에 대해 확실히 알다

1941년 마오쩌동은 「우리의 학습을 개조하자」에서 중국공산당 내에는 "특히 중국공산당의 역사와 아편전쟁 이래의 중국 근대 100년 역사에 대해 진정으로 잘 알고 있는 사람이 매우 적다. 근 100년의 경제 역사, 정치 역사, 군사, 역사, 문화 역사에 대해서는 참담게 연구한 사람이 없었다. 많은 당원들이 이에 대해 전혀 알지 못했다"고 말했으며, "이 때문에 유학하고 돌아온 사람들이 국외의 것을 기계적으로 모방하는 '축음기의 역할'을 하였다. 이른바 '축음기'가 바로 중국 근대 이래의 국정을 이탈하고 외국의 경험을 맹목적으로 따르려는 사람들이다"라고 했다.

이러한 풍기를 변화시키기 위해, 마오쩌둥은 "인재를 모아 분업 협력하고 무조직 상태를 극복하면서 근 100년 중국 역사에 대해 연구해야 한다"고 요구했다. 이런 요구를 제기한 것은 적지 않은 간부들을 각성시켰다. 당시 중앙 통일전선부 비서장 직을 담당하고 있던 한광(韓光)의 회억에 따르면, "그(마오쩌둥)는 인재를 모으고 분공 협력하여 중국의 경제 역사, 정치 역사, 군사 역사를 연구할 것을 호소했다. 나는 모스크바에 있을 때 『소련공산당 당사 간명 교과과정』과 사회발전사 등을 배운 적 있다. 당시 교원은 조목조목 무미건조하게 강의를 했는데 그 내용은 모두 외국의 혁명 역사였다. 중국 근대, 현대의 혁명 역사 과정에는 많은 내용이 들어 있지만 별로 확실하게 이야기하는 게 없었다. 자신의 역사를 모르고, 자신의 역사를 중시하는 않는 잘못된 경향에 대해 모 주석이 지적한데 대해 나는 진심으로 탄복한다"고 했다.

한광이 말한 이런 상황이 바로 마오쩌둥이 「교조주의를 반대하자」는 글에서 지적한 "외국의 방법을 한사코 고집하는 것"이고 "서양물이 든 틀에 박힌 문장"이었던 것이다. 그가 보건대, "외국의 방법을 한사코 고집하는 것"과 "서양물이 든 틀에 박힌 문장"은 '5·4' 신문화운동 중 일부 극단적인 정서의 연장인 것이다. 즉 좋은 것이라 하면 무조건 다 좋다 하고, 나쁜 것이라 하면 무조건 다 나쁘다고 하는 형식주의가 바로 "소극적 요소의 승계이고, 연장이며 발전인 것이다." 이런 경향이 중국공산당 내에서의 반영은 마르크스와 레닌의 어구 및 외국의 경험을 맹목적으로 옮겨 적용하려는 것이고, 중국공산당 외에서의 반영은 전반적인 서구화를 추진하려는 것이다. 이들의 공통점은 자신의 역사를 모른다는 점이다. 특히 근대 이래 중국의 사회 성질과 역사

운동에 대해 아는 것이 매우 적으며 맹목적으로 외국의 것을 중국에 옮겨 오려는 것이었다.

1931년 1월 하간지(何干之)에게 보내는 편지에서 마오쩌둥은 "앞으로 근대사를 연구하고자 한다"라고 했다. 당시 그는 확실히 중국근대사 연구에 공을 들였다. 근대중국을 알려면 당시 중국의 가장 큰 국정을 확실하게 인식하고, 당시 중국의 사회 성질을 명확히 해야 한다고 생각했던 것이다. 마오쩌둥은 1930년대 중국 사상문화와 경제학계에서 중국사회의 성질에 대한 토론에 대해 비교적 잘 알고 있었다. 1938년 3월 20일, 그는 항일군정대학을 졸업하는 학생들에게 "중국사회의 성질에 대한 것을 이해하는 것은 가장 본질적인 일이다. 현재 많은 신문 잡지에서 이 문제를 토론하고 있는데 각양각색의 의견이 있다. 우리는 중국은 반봉건 성격의 사회라고 인식하고 있다. 혁명의 임무는 봉건을 반대하는 것이며, 민주로 봉건에 대항하는 것이다. 또한 중국사회는 반식민지 성질을 지니고 있기도 하다. 그러므로 제국주의를 반대해야 하는 것이다"라고 했다. 1년 후 그는 『중국혁명과 중국공산당』, 『신민주주의론』에서 중국의 100년간의 변화 발전에서 체현된 사회 성질, 각 역사 단계의 진행과정 및 정치경제와 문화 여러 면의 특징에 대해서 고도로 요약했다. 그 후 또 '인민민주독재를 논함'에서 100년래 중국 사람들이 구국의 길을 찾던 과정에 대해서도 생동적으로 기술했다.

"100년간의 중국사회의 성격에 대해 아는 것만으로는 부족하다. 더 구체적으로 각 영역에서의 구현을 알아야 한다"고 생각한 마오쩌둥은, 그러나 역사학자처럼 중국 근대사를 쓰는 것은 어디까지나 현실적이 되지 못한다고 생각했다. 그리하여 1943년 3월의 중앙정치국회의에서 그는 일부 사람들을 지정해 중국 근대의 여러 특정 테마의 역사를 쓸 것을 요구했다. 구체적인 분공은, 범문란(范文瀾)이 중국근대 정치를 책임지고, 중앙군사위원회 총참모부와 총정치부에서 중국근대 군사를 책임지게 했으며, 진백달(陈伯达)이 중국근대 경제를, 애사기(艾思奇)가 중국근대 철학을, 주양(周扬)이 중국근대 문학을 책임지도록 했다.

이는 연안 지식 계층에서 중국근대 정치, 경제, 철학, 문학 등 각 영역에 대한 체계적인 연구를 추진토록 했으며, 근대중국의 발전법칙과 특징을 연구하고 역사 경험을 종합하는 것을 중시한 가운데 당시 항일전쟁을 위해 본보기로 삼을 수 있는 저작들을 써 냈던 것이다. 일례로, 애사기(艾思奇), 엽확생(叶蠖生) 등은 근대철학의 발전 역사에 대해 체계적인 연구를 하였으며, 하간지(何干之)의 『중국 사회경제 구조』는 근대중국의 사회경제 역사를 연구하는 중요한 발단이 되었으며, 범문란(范文瀾)의 『중국 근대사』는 한동안 중국근대 역사를 논술하는 기본 골조가 되었다.

여기서 또 언급해야 할 것은 팔로군(八路军) 총사령인 주덕(朱德)이 중앙군위 고급 참모실을 조직해 『중국 군벌전쟁사』를 집필한 것이다. 이와 동시에 또 운남 군벌전쟁사, 섬서 군벌전쟁사, 산서 군벌전쟁사와 광서 군벌전쟁사 등을 집필했다. 왜 이런 책을 집필하고, 또 왜 이런 책을 읽어야 하는가에 대한 주덕의 해석은 아주 적절했다. "신해혁명 이래, 군벌 혼전으로 전쟁이 끊긴 적이 없다. 이는 우리가 직접 겪어온 것이다. 오직 종합을 잘 해야만 중국 구(旧)군벌의 탄생, 발전과 쇠망에 대해 인식할 수 있으며, 그래야만 신(新)군벌의 본질과 말로에 대해 충분히 인식할 수 있는 것이다."

노년에 이르러서도 마오쩌둥은 여전히 중국근대 역사연구에 대해 잊지 않고 있었다. 1964년 6월 24일 외국손님을 만나는 자리에서 상대편이 회고록을 쓰지 않느냐고 묻자, 그는 "중국 사람들은 회고록을 쓰는 습관이 없습니다. 단

역사를 쓰는 걸 좋아할 뿐입니다. 우리는 중국 근 100년 역사, 근 100년 통사 즉 종합성 역사에 대한 집필을 조직하고 있는 중입니다. 우리는 또 근 100년 군사 역사, 정치 역사, 경제 역사, 철학 역사와 예술 역사도 집필하고 있습니다. 일부 사람들은 당의 역사에 대해 집필할 것도 제기했습니다. 하지만 당사 집필에 관해서는 아직 계획된 바가 없다"고 했다. 1967년 2월 조카 모원신(毛远新)과 학교 교육에 대해 이야기할 때에도 재차 "강의는 발전 순서에 따라 해서는 안 된다. 역사를 공부할 때에는 주로 근대사를 공부해야 한다"고 말했다.

그가 이처럼 중국근대사를 중시한 것은 중국혁명이 근대 이래의 특수한 역사배경에서 배태하고 발전해 왔기 때문이다. 중국근대 이래의 사회변혁의 논리를 명확히 알게 되면 신민주주의 혁명의 배경, 성질, 대상, 동력과 임무 등에 대해 더 깊이 있고 확실하게 알 수 있게 되며, 중국공산당이 중국혁명의 길을 탐색하게 된 독특한 역사와 구체적인 분투 경험, 그리고 외국의 경험을 그대로 옮겨놓지 않게 된 원인에 대해 더 분명하게 이해할 수 있게 되기 때문이다. 1942년 3월 마오쩌둥은 「중국공산당 당사를 어떻게 연구할 것인가」 하는 글에서 이 이치에 대해 명확히 이야기했다. 그는 "우리는 근대사의 일부 중요한 정치 문서에 대해 연구해야 한다. 지금의 적지 않은 것들이 그때와 직접적으로 연계되고 있기 때문이다. 우리가 만약 당이 설립되기 전의 역사에 대해 설명하지 않는다면, 공산당의 설립과 설립 이후의 역사에 대해서도 제대로 설명할 수 없다"고 했다.

'당서'를 편집하여 사람들이 깨닫게 하다

1941년 9월부터 10월 사이에 중국공산당 중앙은 여러 번이나 정치국 확대회의를 소집하여 전문적으로 당의 역사를 연구했는데, 그 목적은 노선 시비를 분명히 하기 위한 것이었다. 회의에서는 토지혁명 후기 중앙 지도층에서 '좌'적 과오를 범했다고 보는 데에 의견 일치를 보았다. 장문천(張聞天), 박고(博古), 왕가상(王稼祥) 등이 회의에서 자기비판을 하면서 '좌'적 교조주의 과오를 범했다고 인정했다. 이 같은 공감대를 형성할 수 있었던 것은 여러 가지 원인이 있었는데, 그중 하나가 바로 마오쩌둥이 회의 전 『6차 대표대회 이래』라는 문헌집을 편집·인쇄했기 때문이다.

1940년 하반년부터 중국공산당 당사 중 일부 중대한 문제의 결책 과정을 철저히 밝혀내기 위해 마오쩌둥은 중국공산당의 역사 문헌을 읽고, 연구하는 데에 공을 들였으며, 『6차 대표대회 이래』의 편집을 주재했다. 이 책은 상하권으로 나뉘었는데, 1928년 6월 중국공산당 제6차 전국대표대회 이래의 역사 문헌 519편을 모은 것이다. 글자 수는 약 280만 자가 된다. 이처럼 책의 편폭이 컸으므로 마오쩌둥은 그중 대표성적인 문헌 86편을 발췌하여 낱장 형식으로 인쇄해 연안의 고급 간부들에게 발급해 연구하도록 했다.

당서 『6차 대표대회 이래』의 역할에 대해, 마오쩌둥은 1943년 10월 중앙정치국회의에서 이런 평가를 한 적이 있다. "1941년 5월 나는 '우리의 학습을 개조하자'는 보고를 하였는데 아무런 반향도 일으키지 못했다. 6월 후 당서(즉 『6차 대표대회 이래』)를 편집하였는데, 이 책이 나오자 많은 동지들이 무장을 해제하였다. 그리하여 1941년 9월 회의를 할 수 있었으며 그때에야 여러 사람들은 10년 내전 후기 중앙 지도자들이 범한 과오는 노선적 과오라는 것을 인정하게 되었다. 1941년 9월 회의는 아주 관건적인 것이었다. 그렇지 않으면 나는 감히 당 학교에 가서 정풍보고를 할 수 없었을 것이다. 나의 『농촌 조사』 등 책도 출판할 수 없었을 것이며 정풍도 하지 못했을 것이다."

『6차 대표대회 이래』가 편집 출판되지 못했다면 "정풍도 못했을 것"이라고 하는 것은 극단적인 말이지만 그 역할이 얼마나 컸는가를 알 수 있다. 이 책을 '당서'라고 호칭하는 것에서도 당의 역사 문헌에 대해 얼마나 관심을 두었는가를 알 수 있다.

1941년 9월 정치국회의 이후, 마오쩌동은 11월 4일 각지의 고급 학습소조에 전보를 보내 "중앙학습소조 및 각지의 고급 연구소조에서 제6차 대표대회 이래의 정치적 실천을 학습하고 제6차 대표대회 이래의 86개 문건을 '통독'해야 한다. '그 목적은 초보적인 개념을 획득하여 내년 봄 더 깊이 있는 연구에 들어가기 위한 것이다'"라고 요구했다.

1942년 3월 마오쩌동은 중앙 고급학습소조 회의에서 '어떻게 중국공산당 당사를 연구할 것인가?'하는 제목의 보고를 했다. 이 보고에서 마오쩌동은 "당의 노선 정책의 역사 발전을 명확히 알아야 한다. 이는 지금의 노선 정책을 연구하고, 중국공산당 내 교육을 강화하며, 여러 가지 일을 추진하기 위해서는 모두 필요한 것이다", "『6차 대표대회 이래』가 출판되어서부터 지금까지 고급간부 학습소조, 중앙당학교에서 이미 6개월 동안 공부했다. 다른 곳에서도 이미 읽기 시작했다. 이는 좋은 일이다. 이미 좋은 결과를 보이기 시작했다"고 했다.

이 '좋은 결과'의 고무를 받고, 고급 간부들이 더 깊이 있고 전면적으로 당의 역사를 연구하도록 촉구하기 위해 마오쩌동은 1942년 10월과 1943년 10월 또 『6차 대표대회 이전』과 『두 가지 노선』 두 '당서'의 편집 출판을 주재했다. 이 두 책은 모두 고급 간부 정풍 학습에서의 기본 독본이 되었다.

'당서'를 읽고, 당의 역사를 연구하는 것을 고급 간부 정풍학습의 중요한 내용으로 삼는 것은 무엇 때문이었을까?

이는 왕명(王明)의 행위로부터 이야기해야 할 것이다.

1940년 3월 왕명은 중앙의 동의를 거치지 않고 1932년에 출판된 '좌'적 교조주의 지도 원칙의 소책자인 『중국공산당을 더욱 볼셰비키화하기 위해 투쟁하자』를 연안에서 복제 출판했다. 그리고 또 이 책의 새로 쓴 서문에서 "이 책에 기재한 사실은 중국공산당 발전 역사에서 아주 중요한 단계의 것이다", "많은 사람들이 이 역사적 사실을 이해하려고 한다. 특히 연안의 각 학교에서 당의 건설과 중국공산당의 역사에 대해 공부할 때 이런 자료의 도움이 필요하다"고 했다. 왕명은 이 과거의 소책자에 대해 아주 신심이 있는 듯싶었다. 그는 토지혁명 후기의 실천에 의해 과오라는 것이 이미 증명된 것들을 여전히 견지하고 있는 듯했다.

문제는 왕명의 이런 생각이 고립적이 아니라는 점이었다. 그 후 또 다른 사건이 일어났다. 1940년 12월 마오쩌둥은 중앙정치국회의에서 토지혁명 후기의 정책적 과오에 대해 제기했다. 그는 준의(遵义)회의에서 군사적 과오를 범했다고만 하고 노선적 과오에 대해서 말하지 않은 것은 사실상 노선상의 과오라고 했다. 이에 적지 않은 회의 참가자들은 토지혁명 후기에 노선상 과오를 범했다는 점에 동의하지 않았다. 마오쩌둥은 회의 후 작성한 『정책을 논함』에서 타협할 수밖에 없었다.

1941년 중앙정치국 회의에서 이 문제에 대해 기본적으로 공감대를 이루기는 했지만, 적지 않은 발언자들은 여전히 왕명(王明), 박고(博古)가 정권을 잡도록 한 6기4중전회에 대해 완전히 부정하지 않았다. 왕명은 두 번의 발언에서 6기4중전회의 노선은 정확하다고 강조했다. 그 후의 '좌'적 과오에 대해서도 주요 책임은 박고에게 있으며 자신과는 관계가 없다고 했다. 왕명은 근 20명 고급 간부의 이러저러한 '과오'에 대해 일일이 이름을 짚어가며 비판하면서 유독 자신의 과오에 대해서만은 이야기하지 않았다. 회의 후 마오쩌동이 그를 찾아가 담화를 나눌 때에도 여전히 과오를 인정하지 않았으며, 오히려 마오쩌동의 『신민주주의론』이 지나치게 좌적이라고 하면서, 중앙에서 신민주주의를 실행하지 말고 국민당만 '추종'하면 된다고 성명을 발표할 것을 건의했다.

이로부터 보건대, 역사 문제와 노선 문제에 대해 진정으로 해결하지 못했을 뿐만 아니라 현실의 정책에 대해서도 이견이 존재했음을 알 수 있다. 이는 마오쩌동의 경각성과 더 깊이 있는 사고를 불러 일으켰다. 이로부터 마오쩌동은 당의 역사 문헌에 대해 읽고, 연구하기 시작했던 것이다. 1941년 상반년, 『6차 대표대회 이래』를 편집하는 과정에서 그는 5만여 자에 달하는 글을 썼다. 후에 이 글의 제목을 『제3차 '좌'적 노선을 반박하다』로 달았다. 이 글에서 마오쩌동은 1931년 6기 4중전회 후 중앙에서 발표한 9개 문건을 일일이 반박했으며 이름을 짚어가며 왕명 사상의 과오를 비판했다. 이 글에서 마오쩌동은 크게 화를 냈다. 이 글은 당시 유소기(刘少奇)와 임필시(任弼时)에게만 보였고 공개하지 않았다. 후에 마오쩌동은 이 글을 공개하지 않은 원인에 대해 "지나치게 날카롭게 썼다. 이는 과오를 범한 동지들을 단결시키는 데 불리하다"고 말했다.

당의 역사에 대한 이러한 이견은 사실상 마르크스주의 지도사상을 어떻게 중국혁명에 운용하는가 하는 큰 문제에서 나타난다. 바로 이 문제를 명확히 하지 못했기 때문에 대혁명 후기와 항일전쟁 초기 두 번의 우경 과오가 나타났고 토지혁명 시기 세 번 '좌'적 과오를 범하게 되었던 것이다. 게다가 항일전쟁 이래 입당한 신입 당원들은 당의 역사와 노선에 대한 이견, 현실에서 마르크스주의를 운용한 서로 반대되는 두 가지 경험에 대해 잘 알지 못했다. 당시 이러한 상황을 변화시킬 것이 절실히 필요하게 되었다. 1943년 마오쩌둥은 "사상적 병이 가장 완고한 사람들의 사상을 바로잡아 주어야 한다"고 했다.

"사상을 바로잡아 주는 길"이 바로 '당서'를 읽게 하는 것이라 했다. 왜냐하면 당의 역사, 경험과 이론을 반영한 문헌은 마르크스주의가 중국혁명의 실제와 어떻게 결합되었는가? 어떠한 결합이 좋은 것이고, 어떠한 결합이 나쁜 것이며, 심지어 잘못된 것인가를 잘 설명할 수 있기 때문이었다. 『6차 대표대회 이래』와 같은 '당서'는 사람들을 설득, 교육할 수 있는 역사 교재와 유력한 독본으로 되기에 손색이 없었다.

'당서'를 읽는 것은 확실히 고급 간부들의 시야를 넓혀 줄 수 있었다. 『6차 대표대회 이래』를 출판하기 전 당의 지도층에서는 6기 4중전회 후 중앙에 '좌'적 노선이 존재한다고 제기한 적이 없었다. 이 책을 읽고 나서야 당시 중앙의 일부 지도자들에게 주관주의 교조주의의 '좌'적 과오가 존재한다고 말하는 것에 확실한 근거가 있게 되었다. 『6차 대표대회 이래』를 읽고서야 사람들은 당 창건부터 대혁명 실패까지의 중국공산당의 역사에 대해 더욱 잘 알게 되었으며 대혁명 후기의 우경 과오를 볼 수 있게 되었다. 이는 사람들이 그때의 우경 과오와 왕명이 항일전쟁 초기의 우경 과오를 비교하는 데 도움이 되었다. 『두 가지 노선』을 읽고 나서는 토지혁명 시기의 두 가지 반대되는 역사 경험에 대해 구체적인 감수와 인식이 있게 되었다. 마오쩌둥은 "중국공산당 당사를 어떻게 연구할 것인가?" 하는 보고에서 '당서'가 출판되어 "동지들이 읽고 나서 크게 깨닫게 되었으며, 사상 계발의 역할을 하였다"고 했다.

1943년 10월부터 당의 고급간부 정풍은 당의 역사적 경험을 종합하는 단계에 들어섰다. 1944년 봄 마오쩌둥은 연안 고급간부와 중앙당학교에서

'학습과 시국'이라는 연설을 할 때, 고급 간부들이 중국공산당 당사를 학습하는 과정에서 제기한 일부 문제에 비추어 중앙정치국을 대표해 5가지 기본 결론을 내렸다. 이 중요한 결론들은 중국공산당 제일 첫 역사 결의인 "약간의 역사문제에 관한 결의"에 비교적 정확히 체현되었다. 마오쩌둥은 이 결의를 7번이나 수정해서야 최종적으로 탈고할 수 있었다. 『마오쩌둥선집』은 이를 부록에 수록했다. 이는 이 결의가 사실상 마오쩌둥과 당의 지도층에서 당시 당의 역사를 연구하고 경험 교훈을 종합하여 얻어낸 최고 수준의 인식이라는 것을 설명해 준다.

『갑신(甲申)』과 『전선(前线)』은 "모두 교만을 반대하는 것이다"

마오쩌둥은 1944년 봄에 한 '학습과 시국'이라는 연설에서 "부담을 버리자(放下包袱)"라는 중요한 개념을 제기했다. 그 뜻은 정풍을 통해, 고급 간부들의 정치 수준이 크게 제고되고 학풍과 문풍이 변화되었지만, 여전히 다른 한 가지 '불량 기풍' 혹은 정신적 부담에 경각성을 높여야 한다는 것이었다. 이것이 바로 "이로부터 교만해 지는 것이다"라는 것이었다. 그는 연설에서 "우리 당의 역사에서 수차례나 크게 교만한 적이 있었는데 그럴 때마다 모두 손해를 보았다. 전 당의 동지들이 모두 이 몇 차례의 교만과 과오를 거울로 삼아야 한다. 최근 우리는 곽말약(郭沫若)이 이자성(李自成)을 논한 글을 인쇄했는데 이는 동지들이 경각성을 높이고 승리 후 자만하는 과오를 범하지 말기를 바라기 때문이다"라고 했다.

여기에서 말한 「곽말약이 이자성을 논한 글」이란 곽말약이 이자성 봉기 300년을 기념하여 쓴 장편 역사 논문인 『갑신삼백년제(甲申三百年祭)』(이하

『갑신』으로 약칭함)를 가리킨다. 지도자들이 교만이라는 이 '정신적 부담'을 내려놓을 수 있도록 계발하기 위해 마오쩌둥은 또 소련 극작가 코르네이추크의 연극 대본 『전선』을 대대적으로 추천했다. 이 두 작품은 고급 간부들이 정풍학습 후기의 독서물이 되었다.

『갑신』은 1944년 3월 중경(重庆) 『신화일보(新华日报)』에 발표되었다. 곽말약은 글에서 이자성 농민봉기군의 몇 차례 기복에 대해 분석했다. 북경에 쳐들어가 명나라 왕조를 뒤엎었으나 48일 만에 북경에서 물러나온 과정과 원인에 대해 분석했다. 특히 북경을 공략한 후 봉기군의 일부 지도자들이 타락하고 내부 파벌투쟁이 일어난 상황에 대해 중점적으로 서술하고 성공 직전에 실패한 교훈을 종합하여 아주 중요한 역사 경험을 도출해 냈다. 즉 혁명을 종지로 한 계급 혹은 사회집단이 승리한 상황에서의 교만을 방지해야 한다는 것이었다.

『갑신』을 읽고 나서 마오쩌둥은 이 글이 역사적 전환점에 있는 중국공산당을 각성시키는 역할을 할 수 있다는 것을 보았다. 그리하여 『해방일보』에 전문을 전재할 것을 지시했다. 1944년 5월 연안 신화서점은 또 단행본으로 출판했다. 이 해 11월 21일 마오쩌둥은 곽말약에게 보내는 편지에서 "당신의 『갑신삼백년제(甲申三百年祭)』를 우리는 정풍 문건으로 다루고 있습니다. 작은 승리에 교만하면 큰 승리에는 더 크게 교만해 할 것입니다. 우리는 여러 번 피해를 입은 적이 있습니다. 그러니 어떻게 이러한 결함을 피할 것인가는 참으로 주의할 가치가 있습니다"라고 했다.

『갑신』을 높이 평가한 것은 현실에 기초하여 고려한 것이다. 항일 전쟁이 곧 승리를 취하게 되는 시점에서 명석한 사유를 할 수 있느냐 없느냐의 여부는 중국공산당이 직면한 새로운 시련이었다. 7년간의 항일전쟁을 거쳐 당시 하루 빨리 승리하여 한시름 놓으려고 생각하는 경향이 존재했다. 일부 사람들에게는 또 전쟁을 싫어하는 사상이 생기기도 했다. 『갑신』에서 서술한, 이자성 봉기군이 북경 진입 후 일부 지도자들이 교만 방종하고, 대중을 이탈하고, 생활이 부패 타락하고, 정책과 책략에 주의를 돌리지 않은 것 등은 당시 공산당 지도자들에게 경종이 되었다. 마오쩌둥은 곽말약에게 보내는 편지에서 "나는 사고가 날까봐 조심하고 있지만 사고라는 게 어디에서 생길 지 알 수가 없습니다"고 솔직하게 우려하는 바를 이야기했다. 이자성을 탄식하고 『갑신』을 추천한 것은 사고를 미리 방지하기 위한 것이었다.

　『갑신』을 대대적으로 추천한 동시에 마오쩌둥은 또 시인 소삼(蕭三)이 보내온 『전선』이라는 연극 대본의 번역본을 보게 되었다. 이 대본을 읽고 나서 마오쩌둥은 또 즉시 『해방일보』에 연재할 것을 추천했다. 시간은 1944년 5월 19일부터 26일까지인데, 이는 『해방일보』에서 『갑신』을 전재한 후 바로 한 달 후이다.

　『전선』에서 가장 인상 깊은 것은 두 인물이다. 한 사람은 전선 총지휘자인 고참 볼쉐비키 고르노프 장군이다. 그는 공로가 있고 당에 충성하며 용감하지만 진보를 바라지 않는 오만한 인물이다. 젊은 군장 어거어프가 "오늘은 진정으로 무선통신 연락이 되지 못했습니다. 그러니 작전을 지휘할 수 없습니다. 이는 내전이 아닙니다"고 말하자 고르노프가 "말도 안 되는 소리, 뭐가 국내전쟁인지 알기나 하나? 우리가 14개 나라와 싸워 이길 때 그는 책상 밑에서 기어 다녔겠지, 승전은 무선통신 연락에 의거하는 게 아니고 용감과 과감에 의거하는 거야. '작전을 지휘할 수 없다?' 그러면 우리가 본때를 보여 줘야겠어"라고 했다. 대본의 결말에서 이 총지휘자는 반 파시스전쟁의 시련을 이겨 내지 못해 직책에서 쫓겨났다.

『전선』의 다른 한 전형적 인물은 실제를 이탈하고, 근거 없는 소문을 내거나 심지어 사실을 날조하여 기사를 쓰는 기자 크리쿤이다. 그는 고르노프의 아들이 전선에서 희생되었다는 말을 듣고 취재도 하지 않고 기사를 쓴다. 기사에서 그는 "노 장군은 사랑하는 아들이 전사했다는 소식을 듣고 머리를 숙인 채 오랫동안 꼼짝하지 않고 앉아 있었다. 그가 머리를 들었을 때, 그의 눈에는 눈물이 없었다. 나는 그의 눈물을 볼 수 없었다!"라고 썼다. 사람들이 그의 이런 허구적인 글쓰기에 의문을 제기하자 크리쿤은 "내가 만약 본 것만 쓴다면 날마다 글을 쓸 수가 없습니다. 그러면 평생 유명해 지리라고는 꿈도 꾸지 말아야죠"라고 한다.

『전선』의 대본이 발표된 후 마오쩌동은 "우리는 코르네츄크의 『전선』에서 무엇을 배웠는가"라는 논평을 쓰도록 했다. 6월 1일 『해방일보』에 발표된 논평의 초고는 누가 썼는지 잘 알 수 없지만, 마오쩌동이 아주 자세히 수정했다. 보존된 수정고로부터 보면 이 초고는 아주 촘촘하게 고쳐 놓아, 사실상 마오쩌동의 독서 평론이라 해야 할 것이다.

이 논평은 『전선』을 발표한 목적은 크고 작은 고르노프들을 교육하여 '시대와 함께 갈 수 있도록 하기 위한 것'이라고 했다. 중국공산당은 "장기간 농촌에서 유격전쟁을 해 왔으며, 이런 객관 환경 속에서 고르노프와 같은 인물이 나타나기란 쉽다"고 했다. 고르노프를 거울로 삼아 이제 곧 도래하게 될 새로운 상황에서 "유쾌하게 새로운 조건을 운용하여 일할 수 있는 능력"을 제고하기 위한 것이라고 했다. 논평은 또 "가치가 있는 비평을 하는 것, 즉 『전선』과 같은 비평을 하는 것은 모든 혁명가들이 져야 할 당연한 책임이다. 좋은 것을 찬양하는 것이 중요하지만 비평할 줄 아는 것도 마찬가지로 중요하다. 『전선』 중의 크리쿤과 같은 기자는 나쁘다"라고 했다.

1944년 6월 마오쩌둥은 『갑신』과 『전선』을 정풍 문건이라고 명확히 지적했다. 6월 7일 중앙선전부와 중앙군사위원회 총정치부는 연합으로 통지를 발부하여 『갑신』과 『전선』은 "모두 교만을 반대하는 것이다"라고 했다. 이자성 농민 봉기군의 실패는 북경에 진입한 후 대중을 이탈한 것과 관련된다. 고르노프는 "일을 거칠게 하고 아첨을 좋아하며 비평을 싫어한다. 그리고 허심하게 새로운 것을 공부하지 않는다." 그러므로 "이 두 작품은 우리에게 중대한 의의가 있다. 우리 전 당은 우선 고급 지도자들부터 유리한 형세와 실제적인 승리에 직면해, 공로가 얼마나 많고, 덕망이 얼마나 높든 간 이자성과 고르노프의 전철을 밟아서는 안 된다"고 했다.

이 통지는 또 각지에서 이 두 책자를 복제 출판해 간부들에게 배포하고 평론할 것을 요구했다. 또한 조건이 되는 근거지에서는 『전선』을 무대에 올릴 것을 요구했다. 1944년 7월 28일, 마오쩌둥은 중국공산당 중앙 선전부를 대신해 작성한 각급 당위원회에 보내는 전보에서 『해방일보』에 발표한 한 문장과 "『전선』의 대본을 각지 당학교, 군사학교, 훈련반, 정풍반 및 보통 중학교 이상 학교의 교재로 삼을 것"을 요구했다.

마오쩌둥과 『갑신』, 『전선』의 이야기는 이로써 끝난 것이 아니었다.

1949년 봄 전국적으로 승리를 얻고 신중국 건국이 이미 확정적이 된 시점에서 마오쩌둥이 가장 우려한 것은 여전히 중국공산당 내에 나타난 교만 정서와 혁명이 이제는 끝났다는 생각이었다. 중국공산당 7기 2중전회에서 마오쩌둥은 아주 투철하게 말했다. "승리하였기 때문에 당 내에는 교만정서, 공신으로 자처하는 정서, 진보하려고 하지 않는 정서, 향락을 누리고 어려운 생활을 하지 않으려는 정서가 생길 수 있다.", "우리는 반드시 이런 상황을 예방해야 한다"고 했다. 이때 마오쩌둥이 거울로 삼은 것은 여전히 고르노프와 이자성이었다.

『양상곤일기(杨尚昆日记)』에 기재된 바에 의하면, 1949년 3월 5일 마오쩌둥은 중국공산당 7기2중전회의 연설에서 "새로운 임무를 제기함으로써 전 당 동지들이 교만할 사이가 없게 해야 한다. 고르노프가 나타나지 못하게 해야 한다"고 했다. 3월 23일 서백파(西柏坡)를 떠나 북평(北平)으로 갈 때 마오쩌둥은 "오늘은 '과거 보러' 상경한다. 만약 되돌아온다면 실패한 것이다. 우리는 절대 이자성이 되지 않을 것이다"라는 말을 한 적이 있다.

항일전쟁 승리 전야와 신중국 건국 전야의 이 두 역사적 전환점에서 마오쩌둥은 『갑신』과 『전선』으로 당원들이 교만해지는 것을 경계하였다. 이 두 문장은 기타 선전 문장이 대체할 수 없는 역할을 하였다. 이처럼 중국 역사 평론 『갑신』과 연극 대본 『전선』은 잘 어울리면서 사람들에게 선명하고 생동감 있는 인상을 주었을 뿐만 아니라 보급하기도 쉬웠다. "절대 이자성이 되지 않을 것이다"와 "고르노프와 같은 사람이 나타나지 말아야 한다"는 것은 신중국 건국 전후의 시대정신 '주제'였다.

一工农红军的崇

有八宝山，离天三

鞍。”山高耸入

我们英雄的红军战士

“快马加鞭”腾

鞭策马飞奔急驰

佛看到了工农红军

，奔赴抗日前线

，使红军的英雄

“惊回首，离天三

啊！离天只

立于群峰的高处鸟视身

人嗽诮，也渲染出红军征

服了

万马战犹

8 chapter

신중국에서 '정신적 지도' 한 장

8. 신중국에서 '정신적 지도' 한 장

신중국 건국 후, 군무로 분망하던 생활이 끝나자 마오쩌둥의 독서 범위는 더욱 넓어졌고 독서를 하는 심리도 더 여유로워졌으며 독서의 목적도 더욱 다양해졌다. 독서는 그에게 있어서 중요한 사업 내용이었고 영도 방식이었으며, 중대한 실천과 이론 문제를 사고하고 탐색하는 길이었다. 또한 그가 인적 교류를 더 긴밀히 하고, 문화적 소양을 보여주고 심경을 토로하는 중요한 경로이기도 했다.

중남해의 국향서옥(菊香书屋)은 명실상부한 서재였다. 마오쩌둥은 외출하여 시찰할 때에도 항상 읽고 싶은 책, 혹은 늘 읽는 책들을 가지고 다녔다. 1959년 10월 23일 외출 전에도 그는 가지고 갈 책들을 지정했다. 당시 마오쩌둥의 도서 관리원 방선지(逄先知)가 도서 목록을 기록해 두었다. 이 도서 목록은 공육지(龔育之), 방선지(逄先知), 석중천(石仲泉)이 쓴 『마오쩌둥의 독서생활』에 공개되었는데 두 쪽 반이나 된다.

이 도서 목록은 마치 '정신적 지도'처럼 마오쩌둥이 탐색하려는 곳들이 가득 적혀 있었다. 신중국 건국 이후 마오쩌둥이 얼마나 많은 책을 읽었는가와 그 독서 범위를 이로부터 대략 알 수가 있다.

이 도서 목록에는 마르크스 · 레닌주의 저작만 19가지가 있다. 그 중에는 『자본론』, 『고타 강령 비판』, 『정치경제학 비판』, 『반뒤링론』, 『자연변증법』, 『국가와 혁명』, 『'좌익' 소아병』, 『제국주의는 자본주의의 최고 단계이다』와 『러시아 자본주의의 발전』 등이 있다.

이 고전 저작들은 마오쩌동이 신중국 건국 전후에 자주 읽은 것들이었다. 여기에서는 『자본론』과 『국가와 혁명』에 대해서만 이야기하고자 한다.

마오쩌동이 가장 일찍 『자본론』을 접촉한 것은 1920년 장사(长沙) 문화서사를 경영할 때였을 것이다. 당시 그는 여러 번이나 독자들에게 이한준(李汉俊)이 번역한 『마르크스 자본론 입문』을 추천한 적이 있었다. 1932년 홍군이 장주(漳州)를 공략한 후 얻은 마르크스·레닌주의 서적들 중에 『자본론』이 있었는지는 확실히 알 수가 없다. 연안에 간 후인 1937년 그는 항일군정대학에서 『변증유물론』을 강의할 때, 1941년 「우리의 학습을 개조하자」, 「농촌 조사에 관하여」, 「제3차 '좌'적 노선을 반박하며」 등의 글을 쓸 때 『자본론』의 명제들을 적지 않게 인용했었다. 예컨대 "관념적인 것은 사람의 머릿속에 이입시키고 동시에 머릿속에서 개조한 물질적인 것에 불과하다", "꿀벌이 벌집을 만드는 재능은 인간세상의 많은 건축사들을 부끄럽게 한다" 등이 그것이었다. 마오쩌동은 당시 또 자본주의 이론과 역사의 일치는 "『자본론』에서 모범적으로 나타난다. 우리는 이로부터 변증법 논리학과 인식론 일치의 비결을 얻을 수 있다"고 했다.

신중국 건국 후, 마오쩌동은 여러 번 『자본론』을 읽었다. 물론 통독했다고 할 수는 없다. 1958년 3월 성도(成都) 중앙공작회의 기간에도 그는 『자본론』 제3권 중 상품교환에 관한 논술을 인쇄 발행할 것을 지시했다. 그리고 "생산에서 출발할 것인가, 아니면 교환과 분배에서 출발할 것인가"라는 제목을 달기도 했다. 마오쩌동의 장서 중 세 가지 『자본론』에 그가 동그라미를 친 흔적이 남아 있다. 그중 한 가지는 1938년 독서생활출판사에서 출판한 『자본론』인데, 그 속표지에 '1867'(『자본론』 제1권의 출판 시간)과

'1938'이라고 쓰여져 있었으며, 연필로 "71년 후에야 중국에서 출판됨"이라고 표시했다. 다른 한 가지는 1939년 연안해방출판사에서 출판한 『자본론 제요』이다. 또 다른 한 가지는 인민출판사에서 1968년에 출판한 큰 글자체의 『자본론』으로, 모두 29책(册)이다.

『국가와 혁명』에 관하여, 현재 보존된 마오쩌동이 읽은 적 있는 『국가와 혁명』에는 "1946년 4월 22일 연안에서 읽기 시작함", "내전 전야"라고 쓰여 있었다. 이 책에는 많은 동그라미가 그려져 있었다. '계급사회와 국가'라는 장에는 거의 모든 구절마다 줄이 그어져 있었다. 폭력 혁명은 '마르크스 · 엥겔스의 모든 학설의 기초'라는 단락에 그은 줄이 가장 굵으며 동그라미도 가장 많았다. 당시 국민당과 공산당 사이의 전쟁은 이미 불가피하게 됐었다. 혁명적 폭력으로 낡은 국가 기계를 전복시키는 것은 중국의 전도와 운명에 관련된 가장 큰 대사였다. 이는 당시 그가 이 책을 읽게 된 현실적인 생각이었을 것이다.

1958년 신판 『국가와 혁명』이 출판된 후 마오쩌동은 또 아주 진지하게 읽었다. 이 책에서 국가의 쇠퇴, 사회주의와 공산주의의 차이 등을 논술한 곳에는 여러 가지 부호가 빼곡하게 그려져 있다. 직선이 있는가 하면 곡선도 있고 큰 동그라미 안에 작은 동그라미를 그려 아주 중요함을 나타내기도 했다.

국가와 민주, 평등한 관계 등을 논술한 곳에 동그라미가 가장 많이 그려져 있었다. 1960년 9월 25일 오스트리아 공산당 지도자를 회견하는 자리에서 그는 "레닌의 『국가와 혁명』은 아주 훌륭한 책입니다. 지금 많은 국가의 정당에서는 이 책을 읽지 않는 것 같습니다. 자본주의 국가, 특히 제국주의 국가에서 전 세계적으로 끊임없이 무기를 발전시키고 국가 기계를 강화하고 있을 때, 그들은 무기가 없고 전쟁이 없는 세계에 대한 환상을 퍼뜨리고 있다"고 말했다. 이는 마오쩌둥이 신중국 건국 후 계속하여 『국가와 혁명』을 읽게 된 착안점이라고 해야 할 것이다.

1964년 큰 글자체의 『국가와 혁명』이 출판된 후, 마오쩌둥은 또 이 책을 읽기 시작했다. '자본주의로부터 공산주의로의 과도', '공산주의사회의 제1 단계', '공산주의사회의 고급 단계' 등 장절에는 직선, 곡선, 동그라미와 이중 동그라미 등 부호들이 가득 그려져 있었다. 이는 당시 그가 책 속의 사회주의에 관한 논술에 관심을 가졌다는 것을 말해준다. 이 큰 글자체의 『국가와 혁명』을 마오쩌둥은 1970년대에 여러 번 더 읽었다.

이 도서 목록에는 또 가와카미 하지메(河上肇)의 『정치경제학 대강』, 플레하노프의 『역사적 1원론』과 『예술론』, 미딘의 『변증법적 유물론과 역사적 유물론』, 애사기(艾思奇)의 『대중철학』 등 중외 마르크스주의 학자들과 이론가들의 책이 있다.

가와카미 하지메는 일본의 저명한 마르크스주의 경제학가이다. 저작으로는 『마르크스주의 경제학 기초 이론』과 『경제학 대강』이 있다. 이 두 책은 마오쩌둥이 연안시기에 이미 숙독한 것으로, 『마르크스주의 경제학 기초 이론』에는 적지 않은 평어를 달았고 『경제학 대강』은 중앙연구소조의 학습서로 지정했다. 1959년의 이 도서 목록에 있는 가와카미 하지메의 『정치경제학 대강』은 아마도 이 두 책 중의 한 권이거나 혹은 그중 한 권의 개정판일 수 있다. 마오쩌둥은 가와카미 하지메가 자주 저작을 수정하는 것을 알고 있었다. 1960년 6월 21일 일본 문학대표단을 회견할 때 그는, "당신들 일본에는 가와카미 하지메라고 하는 교수가 있습니다. 그의 정치경제학은 지금도 우리의 참고서 중 하나입니다. 가와카미는 자신의 마르크스주의 정치경제학을 해마다 수정한다고 합니다. 이미 몇 번이나 수정했는지 모릅니다"라고 말했다.

신중국 건국 후, 대학에서 마르크스주의 철학 강의는 주로 소련의 교재에 의거했다. 뿐만 아니라 소련 전문가를 청해 강의를 했다. '소련 전문가에게서 배운다'는 슬로건을 내걸었던 것이다. 이런 상황은 1959년까지 지속됐으며 그 후 중국에 파견된 소련 철학 전문가들이 철수, 귀국해서야 변화되었다. 마오쩌동은 중국인이 쓴 마르크스주의 철학 교재가 없는 것이 늘 마음에 걸렸었다. 그리하여 호승(胡绳), 애사기(艾思奇) 등이 『변증법적 유물주의와 역사적 유물주의』를 집필할하도록 촉구했다.

1961년 여름 『변증법적 유물주의와 역사적 유물주의』가 탈고될 무렵, 무슨 원인인지 잘 알 수는 없지만 마오쩌동은 이달(李达)을 여산(庐山)에 불러 담화하면서 그에게 다른 한 마르크스주의 철학 교과서를 집필할 것을 부탁했다. 마오쩌동은 또 "당신의 『사회학 대강』이 바로 중국인이 쓴 제일 첫 번째 마르크스주의 철학 교과서입니다"고 말했다. 이달(李达)은 마오쩌동의 건의를 받아들이고 『사회학 대강』이라는 제목을 『마르크스주의 철학 대강』이라 고치고 1965년에 상권을 출판하여 내부 토론용으로 했다. 마오쩌동은 책의 원고를 받자, 한동안 읽고 나서야 평어를 달았다.

이 도서 목록에서 서방 인문사회과학에 관한 저술로는 『서방 명작 제요(철학사화과학 부분)』가 한 권 들어간 것 외에 학과만 열거하고 작자와 도서명을 명기하지 않은 것으로는 '고전 경제학자와 속류 경제학자의 주요한 저작'이 있다. 그리고 작자 이름만 있고 도서명이 명기되지 않은 것으로는 '헤겔, 포이어바흐, 오언, 푸리에, 생시몽'이 있다.

서방 인문사회과학 저작 중 마오쩌동이 비교적 잘 알고 있는 것은 고대 그리스 철학과 독일 고전철학, 그리고 현대의 미국, 영국 철학이었다. 1964년 외국손님과 담화할 때 그는 서방철학사에서의 일부 대표성적 인물에 대해 전체적인 평론을 한 적이 있다. 마오쩌동은 "소크라테스는 윤리학을 중시했고 윤리학과 헌법의 연구를 중시했으며, 플라톤은 철저한 유심주의자이며, 아리스토텔레스는 대 학자로서 앞의 두 사람보다 수준이 높으며 형식 논리학을 창립했다. 칸트는 천문학 중의 성운학을 창립했으며 대립통일의 12개 범주를 연구한 불가지론자이다. 헤겔은 유심주의자이며 유심주의적 변증법을 발전시켰다"고 했다. 1969년 1월 9일 에드가 스노우가 마오쩌동과의 담화에서 "주석께서도 헤겔의 문장을 읽었습니까?"라고 묻자 마오쩌동은 "일부만 읽었습니다. 그리고 포이어바흐도 읽었습니다."고 명확히 대답했다. 1965년 8월 5일 외국손님과 이야기할 때 마오쩌동은 "포이어바흐는 신이란 사람의 사상의식을 반영한 것임을 간파한 제일 첫 사람입니다, 그의 책은 반드시 읽어야 합니다. 물론 헤겔의 책도 반드시 읽어야 합니다. 나는 칸트를 믿은 적이 있습니다. 나는 그리스의 아리스토텔레스의 책과 플라톤, 소크라테스의 책을 읽은 적 있습니다. 유심주의와 형이상학의 책을 읽지 않으면 유물주의와 변증법에 대해 알 수가 없습니다"고 말한 적이 있다.

　서방 철학서를 읽으며 마오쩌동이 깊이 느낀 점이라면, 철학이란 사람들의 인식 도구와 이론 무기로서, 항상 각국의 현실에 대한 필요성을 반영하고 지지한다는 점이다. 이러한 감수에 대해 마오쩌동은 1959년 말과 1960년 초 소련의 『정치경제학 교과서』를 읽고 나서 "자산계급 철학가들은 모두 그들의 당면한 정치를 위해 복무했다. 국가마다 그때그때 새로운 이론가와 새로운 이론이 있었다. 영국에는 과거 베이컨과 홉스와 같은 자산계급 유물론자들이 나타난 적이 있다. 프랑스에는 백과전서파라고 하는 유물론자들이 나타난 적이 있다. 독일과 러시아의 자산계급도 유물론자들이 있었다"고 설명했다. 모두 유물론이기는 하지만 각자 현실 정치를 위한 것이므로 반드시 '각자의 특징'이 있어야 했다. 서방 근대 각국 철학에 대한 이해가 없었다면 이러한 구체적인 인식은 있을 수가 없다.

이 도서 목록에는 또 범문란(范文澜)의 『중국통사 간편(中国通史简编)』, 여진우(吕振羽)의 『중국정치사상사(中国政治思想史)』, 곽말약(郭沫若)의 『십비판서(十批判书)』, 『청동 시대(青铜时代)』, 『금문총고(金文丛考)』, 풍우란(冯友兰)의 『중국철학사(中国哲学史)』, 조기빈(赵纪彬)의 『공자가 소정묘를 죽인 문제에 관하여(关于孔子杀少正卯问题)』 및 『노자』에 관한 책 10여 가지(关于老子的书十几种)가 있다.

중국 당대의 학술 권위자의 역사, 철학과 사상사 저작을 읽는 것은 마오쩌둥의 일관된 취미였다. 대표적이고 영향력 있는 전문 저작들을 그는 대부분 읽었으며, 또 자기만의 관점을 갖고 평했다. 그의 말을 인용하여 그가 이러한 학자와 전문 저작들을 어떻게 평가했는가를 알아보자.

이 말은 그가 1968년 10월 31일 중국공산당의 제8기12중전회의 확대회의 폐막식에서 한 것이다.

광동의 양영국(杨荣国)을 만난 적은 없지만, 그의 책은 읽은 적이 있습니다. 그리고 당간부학교의 교사로 있는 조기빈(赵纪彬)까지 이 두 사람은 모두 공자를 반대합니다. 나는 이들 두 사람의 책을 아주 주의하여 읽었습니다. 그 외에 북경대학 교수로 임계유(任继愈)라고 있는데, 그도 공자를 반대하는 사람입니다. 공자를 옹호하는 사람으로는, 여기 곽 선생님이 있습니다. 그리고 범 선생님도 기본상 공자를 숭상합니다. 임계유(任继愈)는 노자가 유물론자라고 했는데 나는 이에 대해 그다지 찬동하지 않습니다. 천진에

양류교(杨柳桥)라는 교수가 『노자역화(老子译话)』라는 책에서 노자는 유심주의자인데, 객관 유심론자라고 했습니다. 나는 이 사람에 대해 관심을 가지기 시작했습니다. 당신들 중 같은 고향 사람이 둘 있는데 한 사람은 주곡성(周谷城)이라 부르고 다른 한 사람은 유대걸(刘大杰)이라 부릅니다. 유대걸(刘大杰)은 문학사를 썼고 주곡성(周谷城)은 세계통사를 썼습니다.

다음의 내용은1972년 12월 27일의 어느 한 담화에서 한 말이다.

역사에 대해 시기를 나눔에 있어서 유악(刘鹗), 나진옥(罗振玉), 왕국유(王国维), 곽말약(郭沫若)이 있습니다. 왕국유와 나진옥의 책은 읽을 만합니다. 귀갑(龟壳), 은허(殷墟)의 발견은 세계를 놀라게 했습니다. 국왕이 죽으면 수천 명이 순장을 했습니다. 곽말약의 『노예제시대(奴隶制时代)』, 『청동시대(青铜时代)』도 읽을 만합니다. 『십비판서(十批判书)』도 여러 번 보았습니다. 결론은 유가를 존경하고 법가를 반대하는 인본주의입니다. 역사에는 철학사가 있는데 여러 파로 나뉩니다. 곽말약(郭沫若), 풍우란(冯友兰)은 공자를 혁명당으로 봉했습니다. 유가와 법가는 모두 착취 본위주의입니다. 법가의 착취는 한 걸음 더 나아간 것입니다. 양영국(杨荣国)은 새로운 세력의 흥기이냐 아니면 착취이냐를 명백히 밝히지 못했습니다. 진백달(陈伯达), 임계유(任继愈)는 노자 일파를 유물주의라 했는데 내가 보기에는 객관적 유심주의입니다.

이 두 단락의 말은 즉흥적인 것이지만, 마오쩌둥이 중국 고대의 문학, 역사, 철학에 관한 연구서를 읽었음을 보여 준다. 1959년의 이 도서 목록에는 여진우(呂振羽)의 『중국정치사상사(中国政治思想史)』, 풍우란(冯友兰)의『중국철학사(中国哲学史)』,범문란(范文澜)의『중국통사 간편(中国通史简编)』이 있는 것 외에 또 양영국 (杨荣国)의『중국고대사상사(中国古代思想史)』와『간명중국사상사(简明中国思想史)』,조기빈(赵纪彬)의『논어 새 탐구(论语新探)』와『공자가 소정묘를 죽인 문제에 관하여(关于孔子杀少正卯问题)』,임계유(任继愈)의『중국철학사 (中国哲学史) 』,유대걸(刘大杰)의『중국문학발전 사(中国文学发展史)』등이 있다. 마오쩌동은 이러한 유형의 책을 읽으면서 유가와 법가의 사상에 대한 분석과 평가를 매우 중시했다. 곽말약(郭沫若)의 『십비판서(十批判书)』와 풍우란(冯友兰)의 『중국철학사(中国哲学史)』는 유가를 찬양했으며 심지어 "공자를 혁명당으로 봉했다." 마오쩌동은 줄곧 이런 관점에 동의하지 않았다. 이와 동시에 법가를 찬양하는 양국영(杨国荣)에 대해서도 법가의 본질에 대해 "제대로 밝히지 못했다"고 보았다.

마오쩌동의 이 도서 목록에는 '『노자』에 관한 책 10여 가지'가 있는데 구체적으로 어느 책들인지 지명되지는 않고 있다. 위의 두 단락의 말에서 제기하고 있듯이 임계유는 노자를 '유물론자'라고 했고, 양류교는 노자를 '객관적 유심론자'라고 했으며, 진백달은 노자를 유물주의라고 했다. 이러한 관점은 각기 『노자금역(老子今译)』,『노자역화(老子译话)』,『노자의 철학사상(老子哲学思想)』에서도 나온다. 마오쩌동은 이 책들을 모두 읽었다. 그 외에 마오쩌동이 만년에 큰 글자체로 인쇄하여 읽은 것으로는 또 마서륜(马叙伦)의 『노자교고(老子校诂)』, 고형(高亨)의 『노자간주(老子简注)』가 있다. 1974년 그는 장사(长沙) 마왕퇴(马王堆)에서 백서로 된『노자』 갑·을 본이 출토되었다는 말을 듣고 또 큰 글자로 인쇄하여 읽었다. 노자의 철학사상에 대해 마오쩌동은 특별히 관심을 갖고 열심히 연구한 것으로 보인다.

　20세기 초, 은허(殷墟)에서 갑골이 발견되면서, 수집, 보존, 고증·해석은 현대 고고학과 역사학의 새로운 장을 열었다고 할 수 있다. 곽말약(郭沫若)은 이를 두고 "중국 근 300년 이래 문화역사에서 대서특필해야 할 큰 사업이다"고 했다. 여기에서 유악(刘鹗), 나진옥(罗振玉), 왕국유(王国维), 곽말약(郭沫若)의 공헌이 특별히 컸다. 마오쩌둥은 이들의 학술 성과를 중시했는데 특히 곽말약(郭沫若)의 『금문종고(金文丛考)』, 『청동시대(青铜时代)』, 『노예제시대(奴隶制时代)』를 읽기 좋아했다. 1974년 4월 4일의 중앙정치국회의에서 고서를 교감하고 구두점을 찍는 일의 어려움에 대해 이야기할 때 "곽말약은 일본에서 갑골문 연구를 할 때 굴원은 강직되어 『이소(离骚)』를 썼고 한비자는 진나라에 구금되어 『설난(说难)』, 『고분(孤愤)』을 썼다. 나는 재난을 당했지만, 그 글에 부끄럽지 않다. 지조를 굳건히 하도록 스스로 독려하였다"고 썼다고 말했다. 대혁명 실패 후, 곽말약(郭沫若)은 장개석(蒋介石)의 지명 수배를 피하기 위해 일본으로 망명하여 갑골문과 청동기, 금문을 연구하여 커다란 성과를 거두었다. 하지만 귀국할 수 없었으므로 심경이 좋지 않았다. 그리하여 『금문종고(金文丛考)』의 속표지에 위에서 마오쩌둥이 말한 어구를 써넣게 된 것이다. 앞의 두 구절은 굴원이 역경 속에서 『이소』를 쓴 것을 가리키고 중간의 두 구절은 한비가 진나라에 억류되어 역경 속에서 후세에 이름을 날린 명작 두 편을 써낸 것을 말한다. 뒤의 네 구절은 곽말약의 자술로, 자신이 금문을 연구하게 된 것은 "지조를 굳건히 하기 위한 것"이라는 애국의 뜻을 표현한 것이다. 마오쩌둥은 곽말약(郭沫若)의 『금문종고(金文丛考)』 등 고고학과 역사에 대한 연구서를 읽으면서 이 몇 마디에 깊은 인상을 가지게 되었던 것이다.

풍우란(冯友兰)의 『중국철학사(中国哲学史)』를 읽을 때에도 마오쩌둥은 "인물을 평가하려면 그 시대적 배경을 연구해야 함"을 중시했다. 풍우란은 1959년 사상 자서전인 『40년의 회고(四十年的回顾)』를 출판할 때 『중국철학사』를 집필할 당시의 사상적 상황에 대해 상세히 서술했다. 마오쩌둥은 이 책을 읽고 나서, 풍우란의 『40년의 회고(四十年的回顾)』는 그가 처음에 베르그송을 믿던 데로부터 그 이후 실용주의를, 그리고 다시 신 실재론자로 돌아서기까지를 말했으며, 『중국철학사』는 "당시 유심주의 역사관을 응원하기 위한 것"이라고 스스로 말했다. 풍우란 자신의 사실로 이른바 철학은 정치를 위하지 않는다는 설명을 반박했다고 감상을 발표했다.

이 도서 목록에는 또 "자연과학 기본 지식에 관한 서적, 과학기술 기본 지식에 관한 서적(터빈, 보일러 등에 대해 설명한 것)"이라고 모호하게 밝힌 것이 있었다.

기술적인 것으로 '터빈, 보일러에 등에 대해 설명한 것'이란 구체적으로 어느 책을 가리키는지 알 수 없지만, 마오쩌둥은 『무선 전신국은 어떻게 작동하는가(无线电台是怎样工作的)』, 『소련 1616형 고속 일반 선반(苏联1616型高速普通车床)』 등 과학보급물을 읽은 적이 있었다. 그 외에 1958년 가을, 장치중(张治中)은 마오쩌둥을 배동하여 남방을 시찰할 때 그가 『야금학(冶金学)』이라는 책을 읽는 것을 보고 이상하게 여겨, 왜 이런 책을 읽는가 하고 물은 적이 있다. 이에 마오쩌둥은 많은 지식을 두루 섭렵하기 위해서라고 대답했다. 1959년 1월 2일, 소련에서 우주 로켓을 발사하자 6일 마오쩌둥은 로켓과 인공위성, 우주 비행에 관한 대중 도서를 요구해 읽었다.

이 도서 목록을 기록한 방선지(逄先知)의 회억에 따르면, 1951년 마오쩌둥은 주세소(周世□) 등에게 "나는 자연과학을 공부하고 싶습니다. 2~3년의 시간을

들여 전문적으로 이런 유형의 책을 읽고 싶습니다. 하지만 아쉽게도 현실적이
되지 못합니다"고 말한 적 있다. 전문적으로 자연과학에 대해 공부할 수는
없었지만, 그러한 생각이 없어진 것은 아니었다. 1958년 그가 쓴 「공작방법
60조(초안)」에는 전문적으로 "기술혁명에 대해 제기하는 것은 많은 사람들이
기술을 배우고 과학을 배우도록 하기 위한 것이다", "진정으로 업무에 대해
알려면 과학과 기술을 알아야 한다. 그렇지 않으면 잘 영도할 수 없다"고 했다.

중국 과학가의 저작 중 마오쩌동은 이사광(李四光)의 『지질 역학
개론(地质力学概论)』, 축가정(쓰可桢)의 『역사 시기 기후의
파동(历史时期气候的波动)』, 『물후학(物候学)』, 석택종(席泽宗)의 『우주론의
현황(宇宙论的现状)』 등을 읽었다. 고대 의학 저작으로는 장중경(张仲景)의
『상한론(伤寒论)』, 이시진(李时珍)의 『본초강목(本草纲目)』을 읽었으며
일부 평론을 발표한 적이 있다. 그 외에 마오쩌동은 또 외국의 일부 자연과학
기술 서적을 읽은 적이 있다. 일례로, 코페르니쿠스의 『천체 운행론』, 프랑스
라플라스의 『우주체계론』, 소련 윌리엄스의 『토양학』 등이 있다. 1958년
성도(成都) 중앙공작회의에서 그는 지도자들이 『토양학』을 읽을 것을
요구했다. 그는 "거기서 작물이 왜 성장하는가를 알 수 있다"고 말했다. 그는
또 "『토양학』은 농업, 임업, 목축업의 발전을 결부시킬 것을 제기했는데 나는
이를 찬성한다"고 말했다.

이 도서 목록에는 또 『육조단경(六祖坛经)』, 『반야바라밀다심경(般若波罗
蜜多心经)』, 『법화경(法华经)』, 『대열반경(大涅槃经)』 등이 있었다.

이 도서 목록을 작성하기 열흘 전, 마오쩌동은 북경대학 철학학부의
임계유(任继愈) 교수와 약담(约谈)한 적 있다. 마오쩌동은 임계유(任继愈)에게
"당신이 쓴 불교사 연구에 관한 저작을 모두 읽었습니다. 과거 우리는

무신론으로 혁명을 하다 보니 이 문제에 대해 고려할 수 없었습니다.

　종교문제는 아주 중요하므로 연구를 전개해야 합니다. 북경대학 철학학부에는 전문적으로 도교, 기독교를 연구하는 사람이 없다고 들었습니다"고 했다. 마오쩌둥은 "이는 좋지 않습니다. 수백 명이나 있는 철학학부에 종교를 연구하는 사람이 없다니요? 이는 경시할 수 없는 문제입니다. 기독교, 불교, 도교를 모두 포함해서 말입니다"라고 제기했다. 그는 또 "양계초(梁启超)가 쓴 불교에 관한 연구서들을 읽었는데, 일부 문제들에 대해 명백히 밝히지 못했다고 생각합니다. 종교에 관한 연구는 비종교인이 해야 한다고 생각합니다. 종교인은 미신할 수 있기 때문에 안 됩니다.

　종교를 연구하려면 미신해서는 안 됩니다."고 말했다. 1964년 인민출판사는 임계유(任继愈)가 편집을 주관한 『중국철학사(中国哲学史)』를 출판했다. 마오쩌둥은 이 책 중 불교 화엄종(华严宗)에 대해 논술한 부분에 많은 분량의 평어를 썼다.

　확실하게 알 수 있는 것은 마오쩌둥이 『금강경(金刚经)』과 『육조단경(六祖坛经)』 이 두 불교 경전에 대해 많이 읽었다는 점이다. 1958년 6월 30일 캄보디아 불교대표단을 회견할 때, 마오쩌둥은 배동한 조박초(赵朴初)와 『금강경(金刚经)』에 대해 토론했다. 그는 설서(说书)에서 "부처가 말한 제1바라밀은 제1파라밀이 아니다. 편리를 위해서 제1파라밀이라 했다"는 말은 "이상한 언어이다"라고 했다. 1959년 10월 22일 판첸 라마 10세와 담화할 때 그는 구마라집이 『금강경(金刚经)』을 번역한 것은 대승불교 전파에 "공로가 있다"고 했으며, 더 나아가 "불경에도 구별이 있습니다. 상류층의 불경과 노동인민의 불경이 따로 있습니다", "『육조단경(六祖坛经)』은 노동인민의 것입니다"고 말했다. 1961년 1월 재차 판첸 라마에게

"『금강경(金刚经)』은 읽을 만합니다"라고 말했다. 1972년 일본 다나카 가쿠에이(田中角荣) 총리를 만나는 자리에서 그는 "나는 선종에 관한 책을 읽었는데『육조단경(六祖坛经)』이라 합니다. 선종의 육조는 혜능이라고 하는 하북(河北) 사람입니다. 그의 부친이 하북에서 죄를 지어 광동(广东)에 유배를 가게 되었습니다. 그는 선종을 발전시켰습니다. 조동종(曹洞宗)이란, 하나는 조계(曹溪), 다른 하나는 동산(洞山)인데 절대적 유심론입니다"고 말했다. 마오쩌동의 신변 사무 요원인 임극(林克)의 회억에 따르면, "모 주석은 선종의 육조 혜능을 매우 좋아했습니다. 『육조단경(六祖坛经)』은 항상 지니고 다녔습니다. 그는 저에게 여러 번이나 육조 혜능의 경력과 학설에 대해 이야기한 적이 있습니다. 특히 그의 불교 개혁과 혁신 정신을 칭찬했습니다"라고 했다.

이 도서 목록에는 또 『논리학 논문 선집』(과학원 편집), 제번스와 밀러의 명학(엄복 번역총서본)이 있다.

여기에서 '제번스와 밀러의 명학(엄복 번역총서본)'이란 엄복(严复)이 번역한, 제번스의 『알기 쉽게 풀어쓴 명학』과 밀러의 『밀러 명학』을 가리킨다. 이는 마오쩌동이 1912년 장사(长沙) 정왕대(定王台)도서관에서 독학할 때 읽은 것이다. 1959년 마오쩌동은 중국 근년래 논리학에 대한 문장과 근 수십 년 이래 논리학에 관한 저작들은 그 내용 여하를 불문하고 모두 집대성해 책으로 만들 것을 제기했다. 중앙편역국 강춘방(姜椿芳) 등이 『논리학 논문 선집』의 편집을 책임졌고, 중앙정치연구실에서 논리학 저작을 선택, 편집하는 것을 책임졌다. 1959년 7월 마오쩌동은 강춘방(姜椿芳) 등이 편집한 『논리학 논문집』의 논문 편명을 교열하고 나서, 7월 28일 강생(康生)에게 보내는 편지에서 "공을 들인 것이 보입니다"라고 하면서 "하루 빨리 편집 출판되기를 희망합니다"라고 했다. 이 논문집은 1953년 이래 발표된 모든 논리학 논문 156편을 수록하여 모두 6집으로 되어 있다. 중앙정치연구실은 신중국 건국 전 출판된 논리학 저작 중 11권을 선택하여 '논리학 총간' 세트를 출간했다. 그중에는 제번스의 『알기 쉽게 풀어 쓴 명학』과 밀러의『밀러 명학』이 있다. 그외 반재년(潘梓年)의 『논리와 논리학』, 김악림(金岳霖)의 『논리』, 장사소(章士釗)의 『논리 요지』 등이 있다.

장사소의 『논리 요지』가 '논리학 총간'에 입선된 것은 마오쩌둥의 추천과 관련이 있다. 신중국 건국 초기의 어느 한 담화에서 마오쩌둥은 장사소에게 "당신이 논리학에 관한 저작을 출판한 적이 있다고 들었습니다. 보여줄 수 있습니까?"하고 물었다. 장사소(章士釗)는 "그건 중경 시기에 쓴 책입니다. 입장에 문제가 있습니다. 당신에게 보이는 것이 모욕으로 되지 않을까요?"고 대답했다. 이에 마오쩌둥은 "그건 학문적인 일입니다"고 대답했다. 그리하여 장사소는 『논리 요지』를 마오쩌둥에게 보내 주었다. 석 달 후 마오쩌둥은 장사소와의 약담(約談)에서 "당신의 책을 통독했습니다. 이 여러 해 동안 나는 이런 유형의 저술을 아주 많이 읽었습니다. 그중 많은 것들이 서양의 것을 번역한 것입니다. 당신의 책은 중국 고대의 문화역사 전적에서 소재를 가져왔습니다. 이는 이런 유형의 책들 중 아주 드문 것입니다. 그러니 이런 책은 출판하여 오늘에 와서 참고할 수 있도록 해야 합니다."고 말했다. 그 후 장사소는 이 책의 재판 문어문 서언 원고에서 마오쩌둥이 이 책에 관심을 가지고 교열한 과정을 기술했다.

이야기는 여기서 끝난 것이 아니다. 장사소는 『논리요지』에 대해 적지 않은 수정과 보충·삭제를 해서 마오쩌둥에게 보냈었다. 1959년 6월 7일 마오쩌둥은 그에게 편지를 써서 "실사구시하고 부지런히 노력했습니다", "노년에 이 같은 마음가짐이 있다는 것은 존경스럽고, 또한 축하할 만한 일입니다"라고 했다. 장사소가 서언에서 여러 번이나 '모공(毛公)의 관심을 언급한 것이 적절하지 못하다 느꼈는지, 마오쩌둥은 장사소를 대신해 '설명'을 썼다. 이 설명에서 마오쩌둥은, 근년 이래 논리학의 범위 및 유물변증법과의 관계에 대해 논쟁이 많은데, "나는 논쟁에 참가하지는 못했지만, 흥미가 없는 것은 아니다. 구작을 재판하는 것이 현재의 논쟁에 반드시 도움이 된다고는 할 수 없지만 참고로 할 수는 있다. 혹은 독자들이 졸저에 대한 비평을 이끌어 내 정확한 논점을 지키고 잘못된 것을 지적해 진리가 날로 명백해진다면, 이는 향기로운 일이며 그렇게 되기를 기원해 마지않는다!'고 했다. 애정을 기탁한 이 대리 서문에서 마오쩌둥이 논리학 연구에 얼마나 깊은 관심을 가졌었는가를 알 수 있으며, 장사소와 같은 문사들을 얼마나 아꼈는가 하는 것을 알 수 있다. 장사소가 후에 정식으로 쓴 '재판 설명'은 기본적으로 마오쩌둥이 대리 작성한 원고의 내용을 받아들인 것이다.

마오쩌둥은 만년에도 여전히 논리학 연구에 관심을 가졌다. 1965년 2월 13일 그는 소련의 포포바가 쓴 『근대 논리사』의 앞표지에 "전가영(田家英) 동지, 이 책을 큰 글자체로 1만 권 인쇄하십시오. 이 책처럼 글자가 작은 것은 노 동지들이 읽기에 적합하지 않습니다"라고 썼다. 그 후에도 마오쩌둥은 끊임없이 해당 부서에서 논리학에 관한 저작들을 수집해 큰 글자체로 인쇄해 줄 것을 요구했다. 마오쩌둥의 만년 도서관리원인 서중원(徐中远)이 마오쩌둥이 읽었거나 소장한 중외 논리학 관련 저작의 목록을 정리했는데 모두 80여 가지나 된다.

이 도서 목록에는 또 '필기소설(송대 이래의 주요 저작들 예를 들면 『용재수필(容斋随笔)』, 『몽계필담(梦溪笔谈)』 등)'이 있다.

마오쩌둥은 옛 사람이 쓴 수필과 소설을 읽기 좋아했다. 사각재 (谢觉哉)가 1944년 7월 1일에 쓴 일기에는 "일전 모 주석에게로 갔는데, 그의 호주머니에 선장서가 있는 것을 보았다. 무엇인가고 물으니 '『열미초당필기(阅微草堂笔 记)』인데 문자가 음미할 만하다'고 했다"고 썼다. 이 해 7월 28일 마오쩌둥은 사각재에게 "『명계남북략(明季南北略)』 및 기타 명대 잡사(杂史)가 나에게는 모두 없습니다. 범문란(范文澜) 동지에게 있을 수도 있으니 당신이 가서 물어봐 주십시오. 『용재수필』은 다른 함(函)을 보내 주십시오. 기타 필기소설은 나에게도 있습니다. 만약 필요하다면 보낼 수 있습니다"라고 편지를 썼다. 이 편지에서 말한 『용재수필』은 송대 홍매(洪迈)가 쓴 경·사·백가, 문학예술, 송대 장고(掌故), 인물 일화에 관한 수필이다. 신중국 건국 후, 마오쩌둥은 이 책을 여러 번 읽었다. 1959년의 이 도서 목록에 들어 있는가 하면, 1960년대에도 두 번이나 이 책을 요구했다. 1970년대에도 또 수차례 읽었다. 1976년 8월 26일 마오쩌둥은 병세가 위독했지만 여전히 『용재수필』을 달라고 했다. 서거 며칠 전에도 이 책을 읽었다.

불완전한 통계에 따르면, 마오쩌둥이 읽은 고대 수필은 60가지 쯤 된다. 대표적인 것으로는 동진 갈홍(葛洪)의 『서량잡기(西凉杂记)』, 간보(干宝)의 『수신기(搜神记)』, 남조 송대 유의경(刘义庆)의 『세설신어(世说新语)』, 송대 리방(李昉)의 『태평광기(太平广记)』, 장사정(张师正)의 『괄이지(括异志)』, 명대 풍몽룡(冯梦龙)의 『지낭(智囊)』, 청대 기효람(纪晓岚)의 『열미초당필기(阅微草堂笔记)』, 양진죽(梁晋竹)의 『양반추우암수필(两般秋雨盫随笔)』 등이 있다. 비교해 보면, 홍매(洪迈)의 『용재수필』과 풍몽룡(冯梦龙)의 『지낭』 두 책에 동그라미와 평어가 가장 많다. 『지낭』의 20여 개 이야기에는 모두 평어를 달았다.

이 도서 목록에 중국 고대 문화·역사 전적으로는 『순자(荀子)』, 『한비자(韓非子)』, 『논형(论衡)』, 『소명문선(昭明文选)』, 『장씨전서(张氏全书)』(장재), 『이십사사』, 『자치통감(资治通鉴)』, 조익(赵翼) 『이십이사찰기(二十二史札记)』 등 20여 가지가 있다.

신중국 건국 이후 마오쩌동은 이런 유형의 책을 읽는 것이 일상적이었다. 여기에서는 마오쩌동이 『순자·천론(荀子·天论)』을 읽을 때의 상황에 대해 이야기하고자 한다.

마오쩌동은 『순자』를 읽을 때 전인들이 순자의 관점에 대해 해석한 주소(注疏)를 읽는 것을 아주 중시했다. 그는 틀렸다고 생각되는 부분이 있으면 모두 반박했다. 『순자·천론』에서 "하늘은 다투는 직분을 주지 않는다(不与天争职)"에 대해 논할 때 주소를 쓴 사람은 장자(庄子)의 말을 인용해 "천지 사방 밖의 일에 대해 성인은 살피기만 하고 논하지 않는다(六合之外, 圣人存而不论)"고 한 것에 대해 "틀렸다. 천지 사방 내외에 대해 성인은 모두 논해야 한다. 그러므로 천문·지질학을 연구해야 하는 것이다"라고 평어를 달았다.

『순자·천론(荀子·天论)』에서는 "만물은 각자 그 조화를 얻어 생장하고 각자 영양을 받아 이루어진다. 생명이 이루어진 과정은 알 수 없으나 그것이 이루는 결과는 알 수 있으니 이를 일러 신비하다고 하며, 사람들은 모두 이러한 이루어진 바를 알지만 그 형체 없는 작용을 알지를 못한다. 이것을 일러 하늘이라고 한다(万物各得其和以生, 各得其养以成, 不见其事而见其功, 夫是之谓神。皆知其所以成, 莫知其无形, 夫是之谓天.)" 여기까지 읽고 나서 마오쩌동은 "이것을 일러 하늘이라고 한다"의 뒤에 '공(功)'자를 보충해 놓았다. 그는 이 글자가 원문의 결자(缺字)라고 보았다. 이 단락에 대한 주소(注疏)의 해석은 "하늘의 뜻의 어려움을 말한 것"이라고 했다. 마오쩌동은 이 말의 모든 글자 옆에 붉은 연필로 'X'를 쓰고 "하늘의 뜻은 알기 어렵지 않다. 지금은 2000년 전 순자가 이 책을 쓸 때보다 아는 것이 많아졌다. 앞으로 백년, 천년마다 또 그전보다 아는 것이 많아질 것이다. 천지와 사방의 내외, 큰 것과 작은 것, 정밀함과 거침, 유한과 무한한 모든 것에 대해 앞으로 과거보다 더 많이 알게 될 것이다. 이른바 어렵다는 건, 무한한 시공간이다. 우주는 그 발전이 무한하며 과학의 발전 역시 무한하다. 변증법과 반대되는 유한론 즉 형이상학은 우주에 존재할 수 없다. 어렵지 않지만, 어려운 것이야말로 전반적인 것이다"라고 써놓았다.

『순자·천론』에서는 "큰 기교는 꾸미지 않음에 있고 큰 지혜는 염려하지 않음에 있다.(大巧在所不为, 大智在所不虑)"고 했다. 주소(注疏)를 쓴 사람의 해석은 "성인은 자연에 순응하여 아무 것도 하지 않고 천하를 다스린다"고 했다. 이에 마오쩌둥은 "천지, 사방 내외는 모두 인위적으로 다스려지는 것이다. 이른바 아무 것도 하지 않는다는 것은 도가의 설법으로, 태반은 속임수이다"라고 평어를 달았다.

마오쩌둥은 순자의 두 가지 사상을 아주 마음에 들어 했다. 그중 하나는 "하늘이 부여한 운명을 제어하여 그것을 사용할 수 있다(制天命而用之)"는 철학 관점이다. 마오쩌둥은 이것을 "사람은 반드시 하늘을 이길 수 있다(人定胜天)"로 개괄했다. 1965년 6월 13일 마오쩌둥은 호지명(호치민)과의 담화에서 또 "순자는 유물주의자입니다. 유가의 좌파입니다"고 말했다. 또 다른 하나는, "후의 왕을 본받다(法后王)"는 역사관이다. 1964년 8월 30일의 어느 한 담화에서 마오쩌둥은 진시황(秦始皇)을 옹호한 이사(李斯)는 "사상적으로 순자와 같은 파이다. 모두 '후의 왕을 본받다(法后王)'는 관점을 주장했다. 여기서 후의 왕이란 제환공(齐桓公), 진문공(晋文公)이며 진시황도 포함시킬 수 있다"고 말했다.

　1958년에 쓴 『공작방법 60조(초안)』에서 마오쩌둥은 지도자들이 마르크스·레닌주의 이론 외에도 "자연과학과 기술과학을 공부해야 한다", "철학과 정치경제학을 공부해야 한다", "역사와 법학을 공부해야 한다", "문학을 공부해야 한다", "문법과 논리를 공부해야 한다"는 등의 의견을 제기했다. 1959년 이 도서목록을 가지고 순시를 한 걸 보면 그는 다른 사람에게 제기한 이러한 요구들을 솔선해서 실천한 것임을 알 수 있다.

　사람들은 독서를 두고 정신의 '유랑'이라고 한다. 마오쩌둥이 이처럼 많은 책을 읽은 것을 두고 지식 세계의 각 구석구석을 모두 다녀 보려는 '여행자'와 같다고 해야 할 것이다.

　하지만 여행자들마다 마음속에는 '고향'이 있다. '고향'은 출발점인 동시에 또한 여정의 귀결점이기도 하다. 마오쩌둥이 신중국 건국 이후 세계의 '고향'을 읽은 것은 그 개인의 정신적 추구이기도 하지만 특히 그에게는 신중국을 건설하려는 지도자의 사명과 목표가 있었기 때문이며, 또한 그 과정에서 부딪친 이러 저러한 문제와 난제를 해결하기 위한 것이었다. 이제 뒤에서 말하려 하는 것이 바로 이러한 일들이다.

一工农红军的崇

八宝山，离天三

鞍。" 山高耸入

我们英雄的红军战士

"快马加鞭" 磅

鞭策马飞奔急驰

佛看到了工农红

奔赴抗日前线

"惊回首，离天三

一回头；啊！离天只

屹立于群峰的高处瞰视身

人惊诧，也渲染出红军征

万马战犹

徐酣

9chapter

건설의 시대에서 독서가 감당해 낸 것들

9. 건설의 시대에서 독서가 감당해 낸 것들

신중국 건국 후, 지도자들의 경제 건설 능력을 제고하고, 새로운 '능력 공황'을 해결하는 것은 마오쩌둥이 아주 중시한 과제였다. 그가 1958년에 쓴 '공작방법 60조(초안)'에서는 10개 이상 조항이 학습에 대해 이야기한 것이었다. 이 조항의 내용들은 모르면서 아는 척 하는 것, 업무 능력이 형편없는 '허울만 좋은 정치가'를 반대하는 것이었다. 그는 "과거 우리의 능력은 전투를 하고 토지개혁을 하는 것이었다. 그런데 지금은 이런 능력만으로는 부족하다. 그러니 새로운 능력을 익혀야 하고, 진정으로 업무에 대해 알아야 한다."고 말했다.

1950년대부터 1960년대 초까지 마오쩌둥이 생각한 중대한 '업무'는 경제건설이었다. 이 기간, 마오쩌둥은 독서를 통해 업무를 숙달하고 새로운 능력을 습득했다. 그 중요한 목표는 중국 사회주의 경제건설의 길을 탐색하는 것이었다. 이것은 완전히 새로운 역사 과제인 만큼 독서와 이론에 대한 사색의 중요성을 알 수 있다.

'새로운 세계를 잘 건설하기' 위하여

1948년 9월 국공 양당이 결전을 시작할 무렵, 마오쩌둥은 서백파(西柏坡)에서 열린 중앙정치국회의에서 미래의 새로운 형세를 맞이하기 위해 독서가 필요하다고 했다. 그는 "7차 대표대회에서 다섯 권을 읽을 것을 제기했는데, 만약 이 다섯 권으로 부족하다면 10권을 선택해 읽을 수 있다, 하지만 너무 많이는 필요 없다"고 말했다.

승리를 눈앞에 두고 마르크스·레닌의 저작을 읽을 것을 강조한 것은 이유가 있다. 당시 일부 간부들은 "이전에 이런 책을 읽지 않았어도 현위원회 서기, 지방위원회 서기 직을 담당할 수 있었다. 그러니 현재 이런 책을 읽지 않아도 여전히 현위원회 서기, 지방위원회 서기 직을 담당할 수 있다"고 생각했다. 이 말이 유소기(刘少奇)에게로 들어가게 되었다. 1948년 12월 유소기(刘少奇)는 마르크스·레닌학원에서 한 연설에서 "현재, 중국혁명은 승리했습니다. 그러니 독서하지 않으면 안 됩니다. 과거에는 산 속에 있었으므로 일이 간단했지만, 앞으로 도시에 들어가면 문제가 복잡해 질 것입니다. 우리는 전 중국을 관리해야 합니다. 그러니 일이 더 어려워질 것입니다. 승리했으니 마르크스의 책을 읽을 필요가 없는 것이 아니라 오히려 이론서를 더 많이 읽어 이론에 익숙해야 합니다. 그렇지 않으면 환경이 복잡해지는 만큼 위험이 더 클 것입니다"고 했다. 이때 마르크스·레닌의 저작을 읽을 것을 강조한 것은 '전 중국을 관리'하는 이 더 '어려운' 새로운 형세에 적응하기 위한 것이었다.

1949년 3월 서백파에서 열린 중국공산당 7기2중전회에서는 건국 방향을 기획했으며 독서 문제를 일정에 올려놓았다. 당시 중앙 마르크스·레닌 저작 편역국 부국장 직을 담임하고 있던 장중실(张仲实)의 회억에 따르면, 회의 개최 전야에 "중앙에서 나에게 이론 학습 계획을 제출하라고 했다. 이에 나는 호교목(胡乔木) 동지와 토론한 후 도서 목록을 작성, 중앙의 비준을 받았다. 이것이 바로 '간부 필독' 12가지 도서이다." 현존 보관서류에는 호교목(胡乔木)이 당시 쓴 이 12권의 도서 목록이 있다. 마오쩌둥은 당시 이 목록 앞에 '간부 필독'이라는 네 글자를 보충해 넣었으며 주은래(周恩来)에게 즉시 인쇄하여 7기2중전회에서 배포하라고 했다. 3월 13일 그는 전회를 총결하는 연설에서 "과거 우리는 독서를 함에 있어서 일정한 범위가 없었고 많은 책을 번역하였으며 모두 배포하였습니다. 지금 과거 20년의 누적을 거쳐 이 12권의 책을 읽어야 함을 깊이 깨달았습니다. 3년 내에 한 번 혹은 두 번 읽을 것을 규정합니다. 만약 앞으로 3년 내에 3만 명이 이 12권을 다 읽고, 3000명이 이 12권을 읽고 다 이해하게 된다면 아주 훌륭한 일입니다"라고 했다.

이 12권의 '간부 필독'은 아무렇게나 선택한 것이 아니다. 만약 마르크스 · 레닌의 경전저작 중 과학사회주의 내용을 혁명과 건설 두 부분으로 나눈다면, 7차 대표대회에서 추천한 5권은 주로 어떻게 혁명할 것인가 하는 문제를 서술한 것이다. 이때 추천한 12권은 7차 대표대회 때 추천한 『소련공산당 간명 교과 과정』 등 5권을 제외하면 증가된 부분은 『레닌주의 기초를 논함』, 『사회발전사』, 『정치경제학』, 『국가와 혁명』, 『레닌 스탈린이 사회주의 건설을 논함』, 『마르크스 엥겔스 레닌 스탈린의 방법론』 등이다. 새로 증가된 도서 목록을 보면 레닌이 마르크스주의를 발전시킨 것, 사상방법, 국가학설, 정치경제학, 사회주의 건설 등이 있다. 이러한 내용을 학습할 것을 강조한 것은 마오쩌둥이 7기2중전회에서 "우리는 새로운 세계를 잘 건설할 수 있을 것이다"라고 한 것을 위한 준비라 할 수 있다. 그는 1949년 7월 1일에 발표한 「인민민주주의 독재를 논함」이라는 글에서 "우리가 익숙히 알고 있는 것들이 이제 곧 쓸모가 없게 된다. 우리는 반드시 모르고 있는 것들을 배워내야 한다. 뿐만 아니라 공손하게 학습해야 하며, 성실하게 학습해야 한다"고 했다. 신중국 건국 이후 꽤 오랫동안 이 12권의 간부 필독은 줄곧 당원 간부들이 마르크스 · 레닌주의를 학습함에 있어서의 기본도서가 되었다.

신중국 건국 초기, 소련의 집정과 건설 경험은 중앙 지도자층에서 학습할 수 있는 가장 좋은 경험임에 의심할 바가 없었다. 1949년 10월 5일, 유소기(刘少奇)는 중소우호협회 총회의 설립대회에서 바로 이 같은 심정을 보여주었다. "소련 인민들이 걸어 온 길이 바로 우리 중국 인민이 이제 곧 걷게 될 길입니다. 소련 인민의 건국 경험은 우리 중국 인민이 잘 따라 배워야 할 것입니다." 『레닌주의 기초를 논함』에서는 레닌주의의 실질이 "러시아 사람들의 혁명적 담략과 미국 사람들의 실사구시의 정신을 결합한 것이다"라고 했다. 마오쩌둥은 1950년 2월 소련을 방문하고 귀국할 때 발표한 작별 연설에서 자신은 소련 인민의 "혁명정신과 실제적인 것을 추구하는 정신이 상호 결합된 기풍을 보았다"고 했으며, "이는 신중국 건설의 본보기가 될 것"이라고 했다. 1953년 2월 그는 전국정치협상회 제1기4차회의 폐막회의에서 역대로 중국 사람들이 외국을 따라 배운 과정을 열거하면서, 고대와 근대에 두 번 외국을 따라 배운 것이 소련을 따라 배우는 것과 비기면 규모와 효과적으로 차이가 아주 크다는 결론을 내렸으며 전국적으로 소련을 따라 배우는 열기를 불러일으켜야 한다고 했다.

소련의 경험을 학습함에 있어서 아주 중요한 책이 바로 『소련공산당 당사 간명 교과 과정』였다. 1942년 마오쩌둥은 이미 이 책에서 레닌 이후로 스탈린이 3개의 5개년 기획을 실시해 사회주의 소련을 창조했다고 하면서 "우리도 그와 같은 정신으로 해야 한다"고 말했다. 1953년 10월 마오쩌둥은 중앙판공청 주임인 양상곤(杨尚昆)에게 편지를 써서 12권의 '간부 필독' 중 『소련공산당 당사』의 맺는 말 6조를 인쇄하여 중앙 관련 지도자와 북경에서 전국조직회의에 참가한 대표들에게 발부할 것을 부탁했다. "그들이 정회 2~3일 기간 동안 읽고 연구하며, 가능하다면 토론까지 하십시오"라고 했다. 마오쩌둥은 또 중고급 간부들이 보편적으로 『소련공산당 당사 간명 교과 과정』의 제9장부터 12장까지 학습할 것을 규정했다. 이때의 신중국은 대규모의 경제건설 고조를 맞이했으며 사회주의 과도시기가 시작되었던 것이다. 이 몇몇 장(章)에서 논술한 것이 바로 '국민경제 회복도 과도하는 평화적인 공작', '농업 집체화', 어떻게 사회주의 사회를 건설하고 새로운 헌법을 실행할 것인가 등을 포함한 소련의 건설시기의 경험이었던 것이다. 이러한 것들은 당시 중국이 직면한 중대한 실천 과제였다.

과도시기와 소련의 경제서 두 권

1952년 후 소련의 정치경제학 저작 두 권이 마오쩌둥의 독서 시야에 들어와 특별한 중시를 받았다. 그중 한 권은 스탈린의 『소련 사회주의 경제 문제』이고 다른 한 권은 소련 과학원에서 집필을 조직한 『정치경제학 교과서』이다.

1951년 11월, 소련공산당 중앙은 『정치경제학 교과서』를 평가하기 위해 경제문제 토론회를 개최했다. 스탈린은 이 회의에서 제출된 일부 문제와 관련하여 1952년 "1951년 11월 토론회와 관련된 경제 문제에 대한 의견"과 관련된 편지 세 통을 썼다. 이것을 모아 『소련 사회주의 경제 문제』라는 책을 만들어 출판했다. 이 책은 비교적 체계적으로 사회주의 경제공작에서의 일부 법칙에 대해 논술했는데, 상품 생산과 가치 법칙, 국민경제의 계획적인 발전, 생산관계는 반드시 생산력의 성질에 부합되어야 한다는 점, 3대 차별과 공산주의로의 과도 등 문제들이 포함되어 있었다. 『정치경제학 교과서』는 1954년에 정식 출판되었으며, 후에 수정을 거쳐 1958년에 제3판이 출판되었다.

제3판의 머리말에서는 "더욱 상세하게 2대 세계 체계인 사회주의와 자본주의 발전의 현대 과정 및 그 법칙성에 대해 설명했다", "일부 실제적인 자료들을 보충하거나 바꿨으며 많은 원리에 대해 국부적으로 발전시켰다"고 했다.

『소련 사회주의 경제 문제』와 『정치경제학 교과서』는 상호 보충되는 책으로, 비교적 완전하게 소련 사회주의 경제건설의 실천과 이론을 반영했다. 이는 당시의 중국에 있어서 얻기 쉽지 않은 참고 도서이었으며 또한 아주 적시에 맞는 책이라 할 수 있었다.

적시적이라고 한 것은 스탈린이 소련 사회주의 경제 문제를 연구할 때 마오쩌동도 1952년 9월 24일 중앙서기처 회의에서 처음으로 사회주의로의 과도에 관한 문제를 제출했기 때문이다. 그는 "10년 내지 15년에 사회주의를 기본적으로 완성합니다. 10년 후에야 사회주의로 과도하는 것이 아닙니다"라고 했다. 왜냐하면 자본주의가 당시의 중국에서 "성질이 변화하여 신식 자본주의로 되었기 때문입니다"라고 했다.

중국이 사회주의로의 과도를 선포하는 것은 대사였으므로 마오쩌동은 아주 신중했다. 이 해 10월 그는 중국공산당 대표단을 이끌고 소련공산당 제19차 대표대회에 참가하는 유소기(刘少奇)에게 이 문제에 관해 스탈린의 의견을 구할 것을 부탁했다. 유소기는 스탈린에게 편지를 써서 중국 당시의 자본주의 공상업과 농업, 수공업의 현상태를 소개하고 국영경제와 사영경제 비중의 변화를 설명했으며, 중국공산당 내부의 '일부 동지'들이 평화적 방식으로 사회주의로 과도할 수 있도록 하는 것에 관한 구상을 보고했다. 스탈린은 편지를 본 후, 10월 24일 중국공산당 대표단을 만나는 자리에서, "나는 당신들의 생각이 맞다고 생각합니다. 우리가 정권을 장악한 후, 사회주의로의 과도는 점진적인 방법을 취해야 합니다. 당신들이 중국 자산계급에 대한 태도는 정확한 것입니다"라고 말했다.

이러한 태도를 표시한 것은 이론적으로 지지한 것이나 다름없다. 마침 1952년 11월 스탈린의 『소련 사회주의 경제문제』의 중국어 판본이 발표되었다. 마오쩌둥은 즉시 이 책을 얻어다 읽었으며 앞표지에 연필로 커다란 동그라미를 그려 이미 한 번 읽었음을 표시했다. 그 후 마오쩌둥은 이 책을 북경에 있는 고급 간부들의 학습 자료로 할 것을 제기했다. 12월 10일 그는 또 중국공산당 중앙 선전부의 재 북경 고급 간부가 『소련 사회주의 경제문제』를 학습하는 것에 관한 보고에서 '신문에 학습에 대한 종합적인 보도를 내십시오'라고 지시했다.

1953년 대규모 경제건설과 사회주의로의 과도가 정식으로 시작되었다. 이 목표를 향해 전진하는 과정, 참고할 수 있는 것은 소련의 실천과 이론밖에 없었다. 이 해 3월 마오쩌둥은 스탈린을 애도하기 위해 쓴 「가장 위대한 우의」라는 글에서 바로 이러한 시각에서 『소련 사회주의 경제문제』의 중요성에 대해 논했다. 그는 이 책은 "자본주의와 사회주의의 기본 경제법칙에 대한 이론에 공헌했다"고 했다. 이 책의 '기본 경제법칙 이론'에 대한 공헌을 강조한 것은 마오쩌둥이 당시 사회주의 과도시기의 경제 성질과 이때에 운용해야 할 경제법칙에 대해 연구하고 있었기 때문이다.

1953년 6월 중앙정치국은 정식으로 과도시기의 총 노선을 통과시켰다. 과도시기의 경제 성질에 대해서는 이 해 7월 마오쩌둥이 어느 한 자료에 지시한 것처럼 '신식의 국가 자본주의 경제'라고 했다. 그럼 '신식의 국자 자본주의 경제'를 실행함에 있어서는 어떠한 경제법칙을 채용해야 할까? 7월 29일의 중앙정치국 확대회의에서 그는 "사회주의 경제법칙의 지배하에 적당하게 자본주의 경제법칙을 이용한다"는 의견을 제출했다. 왜냐하면 "자본주의 경제법칙은 객관적으로 존재하기 때문이다. 사물이 존재하면 그 법칙도 당연히 존재하기 마련이므로 소멸될 수 없다. 노동자와 자본가가 모두 이익을 얻을 수 있는 법칙을 집행하지 않고 한쪽만 이익을 얻을 수 있는 법칙으로 변화시키려 하는 것은 이 법칙에 대해 잘 알지 못하는 것이다"라고 했다.

이때 마오쩌동이 역점을 둔 것은 즉시 '자본주의 경제법칙을 소멸'시키려는 '좌적' 경향이었다. 이를 위해 마오쩌동은 이번 회의에서, 중앙정치국에서 가치문제에 대한 토론을 준비하며, 진백달(陈伯达)이 마르크스, 엥겔스, 레닌, 스탈린의 '가치문제를 논함'에 관한 약간의 문헌을 수집해 소책자로 인쇄하여 중앙의 동지들이 읽도록 하라고 말했다.

1954년 말 사회주의와 자본주의 두 가지 경제법칙의 관계 처리에 있어서 마오쩌동의 생각에 미묘한 변화가 일어났다. 이 변화는 그가 금방 번역된 소련의 『정치경제학 교과서』를 읽은 후에 나타났다.

『인민일보』는 1954년 11월 13일과 14일 소련의 『정치경제학 교과서』의 제22장인 '자본주의 사회로부터 사회주의 사회로의 과도시기의 기본 특징'을 연재했다. 이 글에서는 "사회주의 요소의 형성과 발전이 새로운 생산 목적인 사회주의 기본 경제법칙이 산생 및 점차 그 역할을 발휘하도록 결정했다", "소련에서 과도시기가 시작될 무렵, 자본주의 경제 형식 및 그 발전 법칙은 국민경제에서의 통치적 지위를 상실했다"고 했다. 이러한 논술은 마오쩌동으로 하여금 과도시기의 중국에서 응당 사회주의 경제법칙의 지배적인 역할을 강조해야 한다고 생각하게 만들었다. 그리하여 11월 18일 유소기(刘少奇), 주은래(周恩来) 등에게 편지를 보내 『소련 정치경제학 교과서』의 이 장(章)의 번역문을 추천했다. 그는 편지에서 "당신들도 한 번 보십시오. '사회주의가 전부 혹은 대부분 건설되기 이전에는 사회주의 경제법칙이 존재할 수 없다'는 말은 잘못된 것입니다"라고 했다. 편지에서는 또 "백달(伯达)이 『신건설(新建設』
및 『학습』에서 토론한 과도시기 경제법칙에 관한 글을 보도록 하십시오,
잘못된 것이 없나 보도록 하십시오"라고 했다. 이때 그가 관심을 가졌던 것은
어떻게 하루 빨리 사회주의 경제법칙의 지배적 역할과 운용범위를 넓히겠는가
하는 것임을 알 수 있다.

　이론 인식이 실천에 대한 영향은 이처럼 미묘한 것이다. 마오쩌둥은
당시 『소련 사회주의 경제문제』와 『정치경제학 교과서』를 읽음으로서,
총체적으로 과도시기 '신식의 국가 자본주의'를 실시하는 데에 관한 논술을
견지하고, 창조성적으로 사회주의의 평화적 개조의 길을 찾아, 민족자본가에게
유상 몰수정책을 실행하게 된 것이다. 구체적으로 말하면, 그가 '자본주의
경제법칙'을 반드시 인정하고 운용해야 함을 강조할 때에는 사회주의 과도 기의
길고 짧음에 대해 신중한 태도를 취했으며, 대략 3개의 5개년 기획 기간 즉 15년
정도의 시간이 걸릴 것이라고 했다. 하지만 그가 '사회주의 경제법칙의 지배적
역할'을 강조할 때에는 농업, 수공업과 자본주의 공상업의 '3대 개조'가 갑자기
속도를 내게 되었다.

농업 협동화운동의 '백과전서'

　'3대 개조'의 과도시기인 1955년 봄에 중앙 지도자층은 농업 협동화운동의
속도와 규모에 대해 일부 다른 의견이 있었으며 심지어 논쟁이 나타나기도
했다. 기층 농촌에서는 도대체 어떻게 협동화를 하는지, 협동화 과정에서 어떤
문제가 생기는지, 협동화를 한 후 어떤 좋은 점이 있는지, 좋은 농업사, 중등
농업사와 차이가 나는 농업사에 각자 어떤 특징이 있는지에 대해 마오쩌둥은

대량의 보고서와 통신을 읽었고, 『중국 농촌의 사회주의 고조』라는 책의 편집을 주관했으며 이 책을 위해 서언 두 편을 썼다. 이 책은 총 760편의 원고를 수록, 90여 만 자에 달해 당시 '농업 협동화의 백과전서'라 불렸다.

이 책의 제일 첫 원고는 『농업 생산 합작사를 어떻게 세울 것인가』로서, 1955년 9월 중하순에 편집한 것이다. 10월 11일 마오쩌둥은 중국공산당 7기6중전회에서 "나는 열하루 동안의 시간을 들여 120여 편의 보고서를 보았습니다. 여기에는 물론 수정과 편자의 말을 쓰는 것까지 포함되어 있습니다. 나는 열강국들을 돌아다닌 셈입니다. 공자보다도 더 멀리 나갔습니다. 운남(云南), 신강(新疆)에도 가보았습니다. 당신들도 성(省)마다, 자치구(自治区)마다 1년 혹은 6개월에 책 한 권씩 편집해 낼 수 있지 않습니까? 혹은 현(县)마다 원고 한 편씩 쓰게 하여 경험을 교류할 수 있지 않습니까? 이는 협동화운동을 신속히 보급하는데 좋은 점이 있습니다"라고 했다.

'농업 생산 합작사를 어떻게 세울 것인가?'가 중앙전회의 재료로 인쇄 발부된 후 일부 성위(省委) 서기(书记)는 이 책의 자료가 이미 시대에 뒤떨어졌다고 했다. 마오쩌둥은 이 의견을 받아들였다. 그는 회의를 동합하면서 "'농업 생산 합작사를 어떻게 세울 것인가?'를 당신들이 가지고 가서 한 번 보십시오. 그리고 더 넣으려고 생각하는 자료를 보내오십시오. 그리고 어느 것은 빼 버려야 할 것인지도 말하십시오. 수정해야 할 부분은 수정하고, 편자의 말이 잘못된 것에 대해서도 수정 의견을 제기하십시오"라고 말했다. 각지에서 보내온 자료에 따라 마오쩌둥은 1955년 12월 이 책을 다시 편집했다. 원래의 원고 91편을 보류하고 새로 선택된 85편을 더 해 넣었다. 일부 장(章)은 텍스트의 수준이 너무 낮아 교사가 학생 작문을 수정하는 것처럼 빼곡히 고쳐 놓았으며 대부분 자료는 제목을 다시 달았다. 그리고 일부 길고 간결하지 못하며, 볼수록 머리가 아픈 제목을 명확하고, 생동적이며 유력하게 고쳐 놓았다. 그는 또 그중의 104편의 자료에 편자의 말을 달았다. 최후로 이 책은 『중국 농촌의 사회주의 고조』라고 제목을 정하고 1956년 1월에 공개적으로 출판했다.

마오쩌동은 흥분 상태에서 이 자료들을 읽고 편집하여 책을 만들어 냈던 것이다. 그는 심지어 1949년 전 중국이 해방되었을 때에도 이처럼 기쁘지 않았다고 말했다. 그는 원래 수억 명의 개체 경영을 하는 농민을 개조하고, 농업생산 자료의 개인 소유제를 집체 소유제로 변경시키는 것은 매우 긴 시간이 걸릴 것이라 생각했었다. 그런데 생각 밖으로 1년여의 시간에 이렇게 어려운 일을 해냈던 것이다. 오늘 우리는 마오쩌동이 『중국 농촌의 사회주의 고조』를 편집한 것을 두 가지 시각으로 볼 수 있다. 그중 하나는 중국 농촌의 낙후한 면모를 하루 빨리 변화시키려는 그의 급박한 염원을 엿볼 수 있으며, 대 정치가가 운동을 영도하는 기백과 풍격을 엿볼 수 있다. 그가 정성을 들여 쓴 적지 않은 편자의 말은 농촌건설에 긍정적인 지도적 역할이 있었으며 또한 장기적으로 효과적인 것이었다. 다른 한 측면으로, 이 책을 편집한 것은 확실히 인위적으로 협동화운동의 발전과정을 앞당겼던 것이다.

마오쩌동은 『중국 농촌의 사회주의 고조』의 자료 선택과 편집에 대해 줄곧 아주 중시하여 왔다. 그는 이것이 아주 성공적인 조사연구라고 인정했다. 1961년 3월의 광주(广州) 중앙공작회의에서 그는 "건국 후 이 11년 동안 나는 두 번의 조사를 하였다. 그중 한 번은 협동화 문제에 관한 것으로, 백 수십 편의 자료를 보았다. 각 성마다 모두 수편의 원고가 있었다. 이것을 책으로 편집하였는데 『중국 농촌의 사회주의 고조』라고 한다. 이 책의 일부 자료를 나는 몇 번씩 보면서 그들이 왜 잘 할 수 있었느냐를 연구했다. 협동화 문제에 대한 나의 조사연구는 바로 이런 자료들에 의존했다. 다른 한 번은 10대 관계에

대한 문제인데, 한 달 반의 시간을 들여 34개 부문의 책임자들과 토론했다"고
말했다.

양호한 시작으로부터 험난한 독서로

건설을 어떻게 하느냐에 대해 중국은 경험이 없었다. 처음에는 부득불
소련의 경험을 그대로 베껴왔다. 이 같은 '베끼기'에 대해 마오쩌둥은 후에
소련의 『정치경제학 교과서』를 읽고 나서의 담화에서 '필요한 것이나', '항상
만족스럽지 못하고 마음이 후련하지 못했다'고 솔직하게 말했다.

이러한 심정으로 인해 1950년대 중기 마오쩌둥은 레닌·스탈린의 저작을
읽을 때 관심을 가지는 중점에 변화가 발생하기 시작했다. 그가 특히 중시한 것,
혹은 더 많은 계발을 받은 것은 레닌이 어떻게 마르크스주의를 발전시켰는가에
대한 논술이었다. 1954년 9월 그는 「신해혁명에 대한 평가」라는 글에서
"나는 과거 『소련공산당 당사』의 맺음말 제2조의 마르크스·엥겔스에 대한
비평에서 언급한 적이 있다. 엥겔스의 일부 원리는 잘못된 것으로 응당 버려야
하며, 새로운 원리로 대체되어야 한다. 예를 들면 엥겔스는 무산계급 혁명이
승리한 후 의회제 공화국의 형식을 실시해야 한다고 주장했다. 하지만 레닌은
러시아 10월 혁명의 경험에 따라, 소비에트공화국의 형식이 비교적 좋다고
보았다"고 했다. 1956년의 중국공산당 8기2중전회에서 마오쩌둥은 스탈린의
『레닌주의 기초를 논함』에 근거하여 레닌주의에 대한 정의를 내렸으며,
"레닌주의가 어느 측면에서 마르크스주의를 발전시켰는가?" 하는 문제를
제기했다. 결론은 "첫째는 세계관에 관해서, 유물론과 변증법을 발전시켰다.
둘째는 혁명의 이론, 혁명의 책략에서, 특히 계급투쟁, 무산계급 독재와

무산계급 정당 등 문제에 관해서 이론을 발전시켰다. 레닌은 또 사회주의 건설에 관한 학설이 있다. 1917년의 10월 혁명부터 시작하여 혁명과정에 이미 건설이 있었다. 그는 이미 7년간의 실천이 있었다. 이것은 마르크스주의에 없는 내용이다"라고 했다.

레닌이 마르크스주의를 발전시킨 것을 강조한 의도는 추측하기 어렵지 않다. 이때는 신중국도 이미 7년간의 건설 실천이 있었으며, 확실히 자신만의 건설의 길을 탐색할 시기가 되었던 것이다.

1956년 중국은 사회주의 개조가 기본적으로 완성되었다. 소련 사회주의 건설 유형과 중국에서 소련의 경험을 그대로 베껴온 후의 폐단도 잇따라 드러나기 시작했다. 중국의 국정에 부합되는 사회주의 건설의 길을 찾는 것이 긴박한 역사적 과제로 되었다. 하지만 중국은 자체의 완전한 경험과 이론체계가 없을 뿐만 아니라, 심지어 이 문제에 대해 체계적이고 깊이 있는 연구를 전개한 적도 없었다. 마오쩌동이 1958년 11월 21일 무한(武汉) 중앙공작회의에서 말한 것처럼 "나를 포함한 우리 모두가 사회주의 경제법칙이 무엇인지 과거 누구도 관계치 않았다."

마오쩌동은 이에 결심을 내리고 사회주의 경제법칙에 대해 연구하기로 했다. 이 연구는 1956년부터 시작됐다. 하지만 이론 참고 기점은 여전히 소련의 정치경제학이었다.

여기에 한 가지 일은 우연이 아니다. 1956년 2월 중순부터 4월 하순까지 마오쩌동은 34개 부문의 공작 회보를 들었다. 경제 건설에서 법칙성 문제에 대해 전면적으로 알아보기 위한 것이었다. 4월 4일, 각 부문의 공작 회보를 듣는 기간, 그는 중앙서기처 회의에서 "스탈린의 『소련 사회주의 경제 문제』는 제일 처음으로 사회주의 경제 건설의 경험을 종합한 책이므로 역시 읽어봐야 한다."고 말했다. 그는 또 책을 읽을 때 "머리를 써서 사회주의 건설 실천 중의 문제를 많이 생각하고 실제 상황에 따라 일하며 소련 경험의 속박을 받지 말자"고 했으며 마르크스주의와 중국혁명의 실제를 '제2차로 결부시켜 중국에서 사회주의혁명과 건설의 정확한 길을 찾아내야 한다'고 했다. 마오쩌둥이 당시 소련의 경험에 관한 책을 읽고 교훈을 섭취하여 '머리를 써서' 중국 사회주의 건설에 대해 생각한 결과 이루어진 이론적 성과가 바로 이름난 『10가지 큰 관계를 논함』이다.

1956년 『10가지 큰 관계를 논함』은 중국공산당 제8차 전국대표대회의 표지가 되었다. 중국에서는 사회주의 건설의 길을 탐색함에 있어서 양호한 발단이 나타났으며 경제적 측면에서 발전이 특별히 순조로웠다. 제1차 5개년 기획이 앞당겨 완성되고, 소련 경제 유형을 뛰어넘을 수 있다는 믿음이 생기면서, 미국·영국을 따라잡자는 발전전략이 제출됨에 따라 중국은 자신만의 사회주의 건설의 길을 탐색하는 과정, 즉 1958년에 의외로 '대약진(大跃进)'과 '인민공사화 운동'의 곡절적인 시기에 들어섰다. 마오쩌둥이 그 전의 1956년 3월 24일 중앙정치국 확대회의에서 "소련이 처음으로 사회주의를 건설하는 만큼 실수는 피할 수 없습니다. 중국도 사회주의를 건설함에 있어서 실수를 할 수 있습니다. 심지어 아주 큰 실수를 할 수 있습니다. 왜냐하면 사회주의 건설의 법칙을 알아내는 것은 쉽지 않기 때문입니다. 어떻게 할 것인가는 쉽지 않습니다"라고 예언한 것과 같은 맥락이다.

이와 같은 곡절은 마오쩌둥의 당시의 독서에서도 단서를 찾을 수 있다.

마오쩌둥이 '대약진'과 '인민공사화 운동'을 일으킨 기본적 사고의 맥락은 생산관계를 변화시킴으로써 생산력의 쾌속 발전을 이끌어 내려는 것이었다.

그는 사회주의 개조를 실현하고 생산자료 소유제의 공유화를 실현하는 것으로는 사회주의 생산관계 체계가 이미 완전히 건립되었다고 할 수 없다고 보았다. 생산관계 중의 '노동 상호 관계'와 '분배 형식'에 아직도 차별과 불평등이 존재하기 때문이라고 생각했다. 1958년 8월의 북대하(北戴河) 중앙회의 기간, 마오쩌동은 여러 번이나 마르크스의 『고타 강령 비판(哥达纲领批判)』에서 논술한 '자산계급 법권'(지금은 '자산계급 권리'라고 번역함)이라는 개념에 대해 말했다. 그는 현행의 월급 형식으로 이루어지는 분배제도가 '자산계급 법권'에 속한다고 보았다. 8월 19일의 회의에서 그는 자산계급의 법권을 타파해야 한다고 말했다. 예컨대, 지위를 다투고 직급을 다투는 것, 초과 근무 수당을 요구하는 것, 정신노동자의 월급이 높고 육체 노동자의 월급이 낮은 것 등이다. 8월 24일의 회의에서 그는 등급제도, 월급 제도를 실시하는 것은 중국 자산계급 사상을 보여주는 것이며 또한 소련의 것을 그대로 베끼는 것이며 우리가 자산계급 법권에 대한 관점이 자각적이 되지 못하다는 것이었다.

상해(上海)의 장춘교(张春桥)가 마오쩌동은 이 같은 생각에 따라 「자산계급 법권 사상을 타파하자」 라는 글을 써서 1958년 9월 상해 『해방』 잡지에 발표했다. 마오쩌동은 이 글을 읽은 후 『인민일보』에서 전재하도록 했다. 마오쩌동은 대리 작성한 편자의 말에서 "이 문제는 토론이 필요하다. 왜냐하면 이는 현재의 중요한 문제이기 때문이다. 우리는 장씨의 글이 기본상 정확하다고 본다. 하지만 약간의 편향성도 있다"고 했다. 『인민일보』에서 10월 13일 장춘교의 글을 전재한 후, 14일 마오쩌동은 천진(天津)에서 또 자산계급 법권에 관한 이론 좌담회를 개최했다.

그 후 『인민일보』는 10월 17일부터 특별란을 설치하여 20여 기에 걸쳐 자산계급 법권 타파 및 월급제도, 공급제도를 어떻게 볼 것인가 하는 문제에 관해 토론했다. 마오쩌동은 이 토론을 아주 중시했으며 그중의 일부 글들을 읽었고, 또 일부 글에는 동그라미를 치거나 혹은 평어를 달기도 했다. 일례로 『인민일보』 10월 18일에 발표한 정계교(鄭季翹)의 글 「자산계급 법권 제거에 대한 담론」을 마오쩌동은 아주 꼼꼼히 읽었으며, 4~5개의 평어를 달았다. 정계교의 주요 관점은 자본주의 사회에서 '자산계급의 법권' 핵심은 등급제도가 아니라, 이른바 '자유무역'과 '등가교환'이며 '일을 얼마 하면 돈을 얼마 주는' 것으로 나타난다고 했다. 이에 대해 마오쩌동은 동의하지 않았다. 그는 평어에서 "이건 등가교환인가? 그럼 잉여가치는 어디로 갔는가? 이건 노동자를 기편하는 등가형식에 불과하다"고 했다.

인민공사의 일부 방법이 자산계급 법권을 타파하는 것이라는 걸 설명하기 위해, 마오쩌동은 한층 더 나아가 독서 범위를 중국 고대역사로 확대했다. 1958년 12월 그는 무한(武汉) 중앙공작회의 기간, 『삼국지·위서·장로전(三国志·魏书·张鲁传)』을 인쇄 발부할 것을 지시했으며 단편 평어를 달아 장로가 한 일들 중 인민공사와 비슷한 것들을 소개했다. 예컨대, 장로 정권은 "상급 관직을 설치하지 않고 제주로만 다스렸다.(不置长吏, 皆以祭酒为治)", 이것은 "정부와 합작사의 합일, 노동과 군사훈련의 결부와 거의 비슷하다. 하지만 소농경제를 기초로 했다", "여기서 말한 대중성 의료운동은 우리 인민공사의 무료 의료와 비슷하다. 하지만 그때의 것은 신도(神道)이다", "길가에 있는 식당에서 밥을 먹고 돈을 내지 않는 것도 재미있는 것이다. 이건 우리 인민공사 식당의 효시이다." 종합적으로 장로의 이 같은 방법은 "현재 인민공사 운동이 역사적 유래가 있음을 알 수 있다"고 했다.

마오쩌동이 이러한 독서과정에서 획득한 사상 자원은 사회주의 경제법칙에

대한 일부 오해를 체현하였으며, 당시의 인민공사화 운동에 소극적인 영향을
미쳤다.

소련의 경제서 두 권으로 '공산풍'을 막다

사실상 인민공사화 운동이 보편적으로 일어난 후, 마오쩌둥도 일부는
계속하는 게 불가능하다는 걸 느꼈다. 1958년 10월 하북(河北), 하남(河南) 등
지방의 농촌으로 시찰을 나간 마오쩌둥은 많은 곳에서 '공산풍'과 '인민공사의
규모가 크고 공유화 정도가 높은' 평균주의 및 농민의 재물을 무상으로 떼 내어
배치하는 현상, 집체소유제로부터 전민소유제로 과도하기에 급급한 현상이
나타났음을 발견했다. 이론계에도 생품생산, 가치법칙과 노동에 따른 분배를
부정하는 경향이 나타났다. 문제의 심각성을 인식한 마오쩌둥은 지나친 편향과
좌적인 경향을 바로잡기에 나섰다. 이때에도 여전히 독서에서 힘을 빌렸다.

그럼 무엇을 읽었는가? 1958년 11월 상순, 마오쩌둥은 정주(郑州)
중앙공작회의에서 "사회주의 정치경제학을 논할라 치면 스탈린의 『소련
사회주의 경제문제』와 『정치경제학 교과서』 외 체계적인 것이 아직 없다"고
했다. 1959년 말부터 1960년 초, 그는 『정치경제학 교과서』를 읽는 과정에서
"사회주의 정치경제학서를 내놓은 것은 내용적으로 얼마나 많은 문제점이
있든 간에 총체적으로 볼 때 큰 공로이다."고 말했다. 이는 확실히 부득이한
선택이었다. 당시의 조건에서는 중국의 실제와 결부시켜 소련이 사회주의
경제를 건설한 경험과 이론을 연구할 수밖에 없기 때문이었다.

마오쩌둥은 그전에 이미 읽은 적이 있고 추천한 적이 있는 이 두 책을
다시 읽기 시작했다. 1958년 11월부터 1961년 사이에 마오쩌둥은 회의가

있기만 하면 지도자들이 이 두 책을 읽어야 한다고 말했다. 그 목적은 "두뇌가 명석함으로써 우리의 위대한 경제공작을 지도하는데 이롭게 하기 위한 것"이었다.

1958년 11월 4일 정주(鄭州) 중앙공작회의는 거두절미하고 바로 본론으로 들어갔다.

> 우리가 공사의 성질, 교환, 사회주의가 공산주의로의 과도, 집체소유제가 전민소유제로의 과도 등 문제를 연구함에 있어서 참고할 수 있는 자료는 그래도 스탈린의 『소련 사회주의 경제 문제』입니다. 내가 대체적으로 보았는데 대략 수십 권을 찾아 여기에서 나누어 줄 수 있습니다. 이 책은 지금 보는 것이 과거 발표 당시 보는 것보다 느낌이 다를 것입니다. 당시 우리는 누구도 이런 문제를 생각해 본 적이 없었기 때문입니다.

11월 9일 그는 전 당의 현위원회 이상의 지도자들에게 보내는 편지에서, 스탈린의 『소련 사회주의 경제 문제』와 소련 『정치경학 교과서』를 읽을 것을 요구했다. 그는 "열심히 세 번 읽어야 하며, 읽는 과정에서 생각하고 분석해 보기 바란다", "중국 사회주의 경제 혁명과 건설을 생각하며 읽어라"라고 했다. 11월 9일과 10일 그는 정주(鄭州)회의 참가자들에게 자신이 『소련 사회주의 경제문제』를 읽은 후의 체득에 대해 말했다. "제2장, 3장은 상품과 가치법칙에 대해 논한 것입니다. 당신들은 어떻게 봅니까? 나는 그중의 많은 관점에 대해 상당히 찬성합니다. 이러한 문제들을 명확히 하는 것은 아주 필요합니다", "지금은 상품 생산, 상품 교환과 가치법칙을 아주 유용한 도구로 사회주의를 위해 복무하게 해야 합니다. 이에 관해서는 스탈린이 많은 이유를 들었습니다." 이처럼 마오쩌둥은 "스탈린을 들고 나와 계속 일부 동지들을 설득했다." 즉 인민공사화를 실시함에 있어서 상품경제를 폐지할 수 없고, '공산풍'이 불어서는 안 되며, 반드시 가치법칙을 이용해 경제 정산을 해야 한다는 것이다. 정주(郑州)회의의 두 문건인 '사회주의 건설 15년 개요 40조(1958년부터 1972년까지)'와 '정주회의의 인민공사 문제에 관한 약간한 결의(초안)'는 모두 마오쩌둥의 당시 이러한 사고 맥락을 보여주고 있다.

11월 하순 무한(武汉)에서 개최된 중앙공작회의 기간, 그는 중국과학원 경제연구소에서 정리한 소련의 「『정치경제학 교과서』 제3판에 대한 중요한 개정과 보충」을 읽고 나서 즉시 회의 참가자들에게 인쇄 배포할 것을 요구했다. 11월 21일, 그는 또 회의에서 "소련 『정치경제학 교과서』 제3판의 요점을 보십시오. 현재 전국적으로 의론이 분분합니다. 스탈린의 책(『소련 사회주의 경제 문제』와 『정치경제학 교과서』를 가리킴)을 사람마다 한 권씩 발급하겠으니 사회주의 부분에 대해 보십시오"라고 했다.

1958년 12월에 열린 중국공산당 8기6중전회에서 마오쩌둥은 또 "정주회의에서 스탈린의 『소련 사회주의 경제 문제』와 소련 『정치경제학 교과서』를 읽을 것을 제의했는데, 많은 사람들이 읽지 않았습니다. 각 성에서는 시간을 내어 우리의 사업과 현재의 공작을 두고 정치경제학을 연구하도록 조직하십시오"라고 말했다.

1959년 7월에 열린 여산(庐山) 중앙공작회의는 전기에 여전히 편면적인 것과 '좌적'인 것을 바로잡는 것으로 진행됐다. 마오쩌둥은 회의 개막 연설에서 소련의 『정치경제학 교과서』를 읽는 것을 여산회의에서 토론할 18개 문제 중 제일 첫 문제로 삼았다. 그는 "많은 동지들, 현과 사(社)의 간부들이 사회주의 경제문제에 대해 잘 알지 못하고 경제발전의 법칙을 모르는데 비추어, 지금의 공작에서 사무주의가 나타나는데 비추어, 열심히 독서해야 한다고 생각합니다", "중앙, 성, 시, 지방위원회 1급 위원, 현위원회 서기를 포함하여 모두 소련의 『정치경제학 교과서』(제3판)을 읽어야 합니다", "지난해 1년 동안의 실천이 있는 만큼 다시 읽으면 더 좋은 효과가 있으리라 생각합니다"라고 했다. 여산(庐山)회의 후기 마오쩌동은 팽덕회(彭德怀) 등에 대한 잘못된 비판을 개시함으로써 회의 방향이 크게 변화되었다. 이것은 사실상 지도자들이 『정치경제학 교과서』를 읽는 데에 영향을 미쳤다.

1960년 1월에 열린 상해(上海) 중앙공작회의의 주요 의제는 국민경제 기획을 토론하는 것이었다. 마오쩌동은 회의에서 재차 "나는 중앙 각 부문의 당조직, 각 성, 시, 자치구 당위에서 『정치경제학 교과서』에 대한 독서를 조직할 것을 건의합니다. 먼저 뒷부분(사회주의 부분)부터 읽어야 합니다. 제1 서기가 책임지고 각 독서소조를 조직하여 한 번 읽어야 합니다. 그리고 앞부분(자본주의 부분)도 기한을 정하고 읽어야 합니다. 올해의 주요 정력은 경제학을 읽는데 두어야 합니다. 국경절 전으로 『정치경제학 교과서』를 다 읽어야 합니다. 비판적 방법으로 읽어야지 교조주의 방법으로 읽어서는 안 됩니다"라고 했다.

1961년 6월 8일 중앙정치국 확대회의에서 사회주의 건설에서 조급해 하면 안 되고, 사회주의에 대한 인식은 장기적인 과정이라는 점을 이야기할 때 마오쩌동은 여전히 아주 진지한 태도로 "나는 이것을 이미 수년 간 이야기했습니다. 당신들도 사상적 준비를 잘 해야겠습니다. 듣는 게 싫증날 수도 있으므로 더 말하지 않겠습니다. 스탈린의 『소련 사회주의 경제문제』는 비교적 잘 쓴 그입니다. 소련 사회주의 건설 35년의 경험을 종합한 것입니다.

우리는 이제 시작한 지 11년 째이므로 정치경제학을 써낼 수 없습니다. 이 책에서 스탈린은 두 가지 법칙에 대해 말했습니다. 그중 하나는, 생산관계가 반드시 생산력 성질에 맞아야 한다는 것, 다른 하나는 국민경제가 계획적으로 비율에 따라 발전해야 하는 필요성을 논한 것입니다"라고 했다.

1961년 6월 12일 북경(北京)에서 열린 중앙공작회의에서 마오쩌동은 또 『소련 사회주의 경제문제』에 대해 이야기했다. "이 책은 소수의 개별적인 것에만 문제가 있습니다. 나는 최근에 세 번 읽었습니다. 객관 법칙에 대해 이야기했는데, 사회과학의 객관 진리를 자연과학의 객관 진리와 동일하게 논했습니다. 이 진리를 위반하면 반드시 징벌을 받게 됩니다. 우리가 바로 징벌을 받은 것입니다. 최근 3년 큰 징벌을 받았습니다"라고 했다.

2년 6개월 사이의 시간에 이처럼 집약적으로 두 책을 읽고, 추천한 것은 마오쩌동의 독서 역사에 있어서 있은 적이 없던 일이다. 그의 창도에 따라, 유소기(刘少奇), 주은래(周恩来) 등 중앙 지도자들은 모두 독서소조를 조직해 『정치경제학 교과서』를 연구했다. 유소기가 조직한 독서소조에는 광동(广东) 성위 제1서기인 도주(陶铸), 서기 이명(李明) 및 왕학문(王学文), 설모교(薛暮桥) 등 경제학자들이 있었다. 시간은 1959년 11월이고 지점은 해남도(海南岛)이다. 주은래(周恩来)가 조직한 독서소조에는 이부춘(李富春), 도주(陶铸), 송임궁(宋任穷), 오지포(吴芝圃) 등 중앙과 성부급 지도자들이 있었으며, 또 허조신(许涤新), 호승(胡绳), 설모교(薛暮桥) 등 경제학자와 이론가들이 있었다. 시간은 1960년 2월이고 지점은 광동(广东) 종화(从化)이다. 독서 토론에서의 유소기(刘少奇), 주은래(周恩来)의 담화 혹은 필기는 모두 보존되어 있다.

성부급 지도자들이 시간을 내여 소련 『정치경제학 교과서』를 읽도록 하기 위해, 중국공산당 중앙은 1960년 초에 또 독학과 강의를 결부시킨 전문적인 학습반을 조직했다. 당시 호북(湖北) 성위 제1 서기 직을 맡은 왕임중(王任重)은 일기에 학습반 참가 전후의 활동과 자신의 이론적 사고에 대해 기재했다. 마오쩌동과 고급 간부들이 상호 학습하는 분위기를 체득하기 위해 여기에서 일기 내용을 인용한다.

1월 4일, 오늘 한 동지가 모주석의 사회주의 정치경제학에 관한 의견을 이야기하는 것을 들었다. 분석이 아주 깊이가 있었으며, 확실히 높은 수준의 이론적 요약이었다.
1월 7일, 이 며칠 간 날마다 반나절씩 정치경제학에 관한 독서를 했는데 수확이 많다. 주석님과 소기 동지의 많은 관점이 일치했다. 공부가 되었다.

2월 9일, 오후에 비행기를 타고 한구(汉口) 공항에서 광주(广州)로 왔다. 내일부터 정식으로 정치경제학 공부를 시작한다. 매일 적어도 한 장씩 읽어야 하니 딴눈 팔지 말고 열심히 읽어야 한다.
2월 20일, 15일 설모교(薛暮桥) 동지가 정치경제학 중의 약간의 문제에 대해 강의했다. 강의를 아주 잘했고 이론이 실제와 결부되었다. 16일, 설모교(薛暮桥) 동지가 계속하여 제1 단원을 소개하고, 호승(胡绳) 동지가 주석님의 의견(독서에 관한 의견)을 전달했다. 18일 오후에는 허조신(许涤新), 오지포(吳芝圃), 송임궁(宋任穷), 도주(陶铸) 등 동지들이 발언했다. 내가 제일 마지막으로 발언했다. 여섯 가지에 대해 30분 동안 말했다. 발언 내용은 깊이가 없었다. 하지만 시간도 부족했다.

2월 25일, 10일부터 어제까지 정치경제학의 머리말과 사회주의 개조 부분에 대해 읽었고 또 참고서를 몇 권 읽었다. 내일부터는 필기할 예정이다.

3월 13일, 보름 동안의 필기를 보충했다. 3월 2일 학습반을 마치게 된다. 문건은 다 읽었고 강의도 아주 많이 들었다. 공부한 내용들을 충분히 소화하지 못했다. 3일 오후 7시 30분, 주석님께서 우리와 담화했다—실천으로부터 인식으로, 다시 실천으로 이렇게 끝없이 반복적으로 문제를 인식하는 데에 조금도 멈춤이 없었다.

"무엇을 두고 사회주의가 건설되었다고 하는가?"

마오쩌둥이 『소련 사회주의 경제 문제』와 『정치경제학 교과서』를 가져다 '일부 동지들을 설득한' 전제는 그 자신이 깊이 있는 연구를 하였기 때문이다. 그는 이 두 책을 1950년대부터 1960년대 초까지 모두 몇 번 읽었는지 확증하기 어렵다. 하지만 확실한 것은 『소련 사회주의 경제 문제』는 1952년 중국어 번역본이 갓 출판되었을 때 한 번 읽은 것 외에 1958년에만 세 번 읽었다. 그가 평어를 쓰고 동그라미를 친 책만 해도 네 가지나 된다. 이에 관련된 평어와 담화는 이미 『건국 이래의 마오쩌둥 원고(建国以来毛泽东文稿)』와 『마오쩌둥 문집(毛泽东文集)』에 각기 수록되었다.

『정치경제학 교과서』는 마오쩌둥이 1958년 이전에 이미 읽은 적이 있다. 1958년에 제3판이 나온 후 또 읽었다. 1959년 12월 10일부터 1960년 2월 9일까지 그는 또 전문적인 독서소조를 조직해, 항주(杭州), 상해(上海)와 광주(广州)에서 이 책을 읽으며 연구했다. 이 독서소조에 참가한 사람들로는 진백달(陈伯达), 호승(胡绳), 등력군(邓力群), 전가영(田家英) 등 중국공산당

내의 '수재'들이었다. 그들을 책을 읽으면서 토론을 했는데, 단락마다 일일이 토론했다. 이때 마오쩌둥은 많은 담화를 발표했다. 그 담화 기록이 보존된 것이 노트 두 개이다. 그중 하나는 '마오쩌둥이 『정치경제학 교과서』 하권을 읽은 필기'인데, 문제에 따라 귀납하고 소제목을 달았다. 다른 하나는 '마오쩌둥이 소련 『정치경제학 교과서』 사회주의 부분을 읽고 난 후의 담화 기록'인데 소련 『정치경제학 교과서』의 원문 순서에 따라, 원문 단락과 담화 내용을 동시에 기록한 것이다. 『마오쩌둥 문집』 제8권은 4개 부분으로 부분적 담화 초록을 수록했다. 이 4개 부분으로는 '세계관과 방법론', '민주혁명과 사회주의혁명에 관하여', '사회주의 건설에 관하여', '정치경제학의 일부 문제에 관하여'이다.

마오쩌둥은 시종 분석하는 태도로 이 두 책을 읽었다. 평론에서는 책의 어느 부분은 정확하므로 주목할 만한 가치가 있다, 어느 내용은 정확하지 못하거나 혹은 그다지 정확하지 못하므로 어떻게 이해해야 한다, 어느 내용은 모호하게 말했는데, 작자 자신도 잘 모르고 있는 것 같다고 했다.

마오쩌둥은 『소련 사회주의 경제 문제』에는 다음과 같은 부족점이 있다고 보았다. 제1장에서 법칙을 파악해야 한다고 했는데, 구체적으로 어떻게 파악해야 하는가에 대해서는 말하지 않았다. 스탈린은 생산자료는 상품이 아니라고 했는데, 이는 다시 연구해 볼 가치가 있다. 이 책에서는 처음부터 마지막까지 상부구조에 대해 말하지 않았고 사람을 고려하지 않았다. 기본적인 잘못은 농민을 믿지 않은 것이다. 계획경제에 대해서는 다 말하지 않았다. 공업과 농업의 관계, 경공업과 중공업의 관계에 대해 명확히 설명하지 않았다. 경공업, 농업에 대한 중시가 부족한 것 등이 있다.

『정치경제학 교과서』의 부족한 점에 대해 마오쩌둥은 다음과 같이 보았다. 이 책은 글 쓰는 방법이 나쁘다. 항상 개념에서 시작하여 먼저 정의를 내리고 이치를 따지지 않는다. 물질적 전제만 이야기하고 상부구조에 대해 매우 적게 언급했다. 생산관계의 문제는 설명하기 쉽지 않다. 자본주의 소유제가 전민 소유제로의 전변에 대한 서술은 틀렸다. 이 책에서는 또 경제적 역량으로 다른 나라를 통제하려고 하는데 이는 그들 자신에게조차 반드시 유리하다고 할 수 없다.

마오쩌둥은 이 두 책을 읽고 평론함에 있어서 처음부터 마지막까지 모두 중국 사회주의 건설의 실제와 결부시켜, 중국의 건설에서 어느 것은 잘 된 것이고 어느 것은 잘못 된 것이며 그 원인은 무엇이고 앞으로는 어떻게 해야 하는가에 대해 분석했다. 예컨대, 『소련 사회주의 경제 문제』에 대해 그는 "스탈린은 소련에서 생산자료는 상품이 아니라고 보았다. 하지만 우리나라에서는 이와 다르다. 생산자료는 상품이 아니면서도 상품이다. 일부분 생산자료는 상품이다. 우리는 농업기계를 합작사에 판다'고 했다. 그는 평어에서 심지어 책 중의 "'우리나라'(소련을 가리킴)를 '중국'이라고 고쳐서 읽으면 아주 재미있다"고 했다. 실제와 결부시켜 책을 읽는 독서 이념이 여기에서 다시 한 번 아주 생동적으로 체현되었다.

1950년대 말과 1960년대 초는 중국 사회주의 건설의 길을 탐색하는 관건적인 시기였다. 관건적 시기라고 하는 것은 이 시기가 건설이 순조롭던 데로부터 우여곡절이 있는 데로 진입하는 전환점이고 정확하거나 기본적으로 정확한 사고 맥락과 잘못된 사고 맥락이 뒤엉킨 시점이었음을 말한다. 마오쩌둥과 중앙 지도부는 확실히 이론 사고의 곤경에 직면했다. 하지만 어려울수록 마오쩌둥은 더 끈질기게 탐색하고 사고했다. 『소련 사회주의 경제 문제』와 『정치경제학 교과서』는 그의 사상 공간을 열어 놓았고 인식적으로 적지 않게 발전을 가져왔다. 그의 독서 착안점은 사실상 더는 '대약진'과 '인민공사화

운동'의 '좌'경 과오를 바로잡는데 국한되지 않았다. 그는 "어떻게 사회주의를 건설할 것인가?"하는 이 중대한 역사적 과제에 대해 사고하고 탐색했다. 그중에는 마르크스주의 경제이론에 대한 창조적 발전이 있는가 하면, 중국 사회주의 경제건설 경험에 대한 반성과 종합이 있었으며, 또 미래 경제건설에 대한 구상도 있었다.

큰 사고 맥락에서 보면 그의 독서는 다음과 같은 수확이 있었다. 즉 마르크스주의 책은 반드시 읽어야 하지만, 마르크스주의에 의해서만은 부족하다는 것, 어느 나라 공산당이든 모두 현실에 부합되는 새 이론을 창조해야 한다는 것, 정치경제학은 생산력과 접촉하지 않을 수 없다는 것, 혁명을 하는 것은 생산력 발전을 위해 장애를 제거하는 것, 중국 사회주의 개조가 많은 새 경험을 창조했다는 것, 사회주의는 두 단계로 나뉘는데, 첫 단계는 발전하지 못한 사회주의이고, 두 번째 단계는 비교적 발전한 사회주의이다. 두 번째 단계는 첫 단계보다 더 긴 시간이 소요될 것이다. 소유제 문제가 기본적으로 해결된 후 가장 중요한 문제는 관리이다. 즉 사람과 사람 사이의 관계이다. 여기에는 노동 과정에서의 사람과 사람 사이의 관계도 포함된다. 무엇을 두고 사회주의가 건설되었다고 하는가, 이 문제는 여러 가지로 생각할 수 있다. 사회주의가 건설되었다고 너무 일찍 말하지 않는 게 좋다. 건설을 함에 있어서 참을성이 있어야 한다. 너무 일찍 승리하기를 바라지 말아야 한다. 우리는 아직 경제 운행의 객관 법칙을 파악하지 못했다. 필연 왕국으로부터 자연 왕국으로 가는 것은 긴 과정이 필요하다는 것 등의 내용이 있다. 구체적인 정책 차원에서 보면, 그의 독서는 다음과 같은 수확이 있었다. 계획경제를 진행함에 있어서 우리는 아직 충분히 연구하지 못했으므로 경제의 객관법칙을 반영하지 못했을 수 있다는 것, 사회주의는 여전히 상품생산을 발전시키고 가치법칙을 존중해야 한다는 것, 상품생산 법칙을 알아내지 못하면 농민을 적에게로 보내 버리게 된다는 것, 상품 생산은 자본주의 것일 수도 있지만 사회주의 것일 수도 있다는 것, 상품생산은 개인 소비품에만 국한될 것이 아니라 생산 자료도 포함시켜야 한다는 것, 중국은 반드시 자신만의 경제체계가 있어야 한다는 것, 앞으로 도시는 지나치게 크게 건설하지 말고, 소도시를 많이 건설해야 한다는 것, 기업의 적극성을 발휘하는데 주의를 돌려야 한다는 것, 토지는 가장 기본적인 생산 자료이므로 경제학자들이 토지의 가치를 잘 계산해야 한다는 것, 우리는 줄곧 공유경제와 사유경제를 고루 돌볼 것을 요구했는데, 공유경제만 발전시키고 사유경제가 없어서는 안 되지만 사유경제만 있고 공유경제가 없어서도 안 된다는 것, 기술이 발전하면 노동조직과 노동력 분배도 따라서 변화를 가져와야 한다는 것 등이다.

이러한 것들은 오늘에 와 보아도 아주 쉽지 않은 것이다. 마오쩌동의 당시 인식은 안정되지 못하고 완벽하지 못했으며 그 사상 발전에도 여러 가지 가능성이 있었지만, 그가 중국 사회주의 건설의 실제와 결부시켜 이론을 탐색한 정신만은 탄복하지 않을 수 없다.

'필연 왕국'으로부터 '자유 왕국'으로의 감회

『소련 사회주의 경제문제』를 읽는 과정에서, 마오쩌동은 "중국 자본주의 발전 역사에 대해 써야 할 필요성이 있다"고 건의했다. 이 건의에 따라 주은래(周恩来)는 얼마 후 광동(广东) 종화(从化)에서 조직한 독서소조 회의에서 경제학자인 허조신(许涤新)이 책임지고 『중국자본주의발전사』를 집필할 것을 지시했다. 하지만 이 책은 '문화대혁명'의 영향을 받아 한참이 지난 후에야 출판되었는데, 총 3권으로 220만자에 달했다.

당시 마오쩌둥이 중국 자본주의 발전 역사에 대한 책을 쓸 것을 건의한 것은, 근대 이래 중국 경제발전의 여정과 법칙을 이해하고, 더 나아가 중국 사회주의 경제법칙에 역사적 인식의 기초를 제공하려는 것이었다.

사실상 마오쩌둥은 줄곧 새로운 형세에 알 맞는 이론 서작을 쓰려고 생각했다. 하지만 새 저작을 써내고 새로운 이론을 만들어내는 것은 그렇게 쉬운 일이 아니었다. 그 어려움에 대해서는 소련의 『정치경제학 교과서』를 읽고 나서의 담화에서 분명하게 나타난다.

영국처럼 자본주의 발전이 성숙된 전형이 있었기에 마르크스는 『자본론』을 써낼 수 있었다. 사회주의 사회의 역사는 지금까지 40여 년밖에 되지 않으며, 사회주의는 발전이 성숙되지 못했고, 공산주의의 고급단계까지는 아직도 멀었다. 그러므로 지금 사회주의와 공산주의 정치경제학의 성숙된 교과서를 써낸다는 것은 사회 실천의 제약을 받는다.

즉 실천이 충분하지 못하고 경험이 부족하여, 사회주의 건설의 법칙을 파악하고 인식과 실천의 필연왕국으로부터 자유왕국으로의 비약을 실현하는 것이 현실적이지 못하다는 것이었다.

자유와 필연은 엥겔스가 『반듀링론』에서 논술한 중요한 철학 명제이다. 이 책에서는 두 측면으로부터 양자의 관계에 대해 논술했다. 하나는 인식의 측면에서 자유란 특정된 역사 조건에서 필연성 인식의 기초위에 건립된 것이라고 했다. 다른 하나는 유물사관적 측면에서, 사회주의에 진입한 후

자본의 속박에서 벗어났으므로 생산력이 끊임없이 발전하고, 사람들은 자연법칙을 통제하는 과정에서 자각적으로 자신의 역사를 창조할 수 있다는 것이다. 이것이 인류가 필연왕국으로부터 자유왕국으로 진입하는 비약이다.

마오쩌둥은 『반듀링론』의 이 명제에 대해 특별한 관심을 가졌다. 그는 항상 자유와 필연의 차원에서 인식에 대해 강조하고 중국혁명과 건설의 법칙을 파악하려고 했다. 일례로 1941년 그는 「제3차 '좌'경 노선을 반박함」이라는 장문의 글에서, 주관주의와 교조주의가 중국혁명의 객관적 법칙에 대해 진지하게 이해하지 않는 데 대해 비판할 때 『반듀링론』의 자유와 필연의 논술을 인용해, 자유란 자연법칙에서 벗어나 독립적으로 존재하는 것이 아니라, 이러한 법칙을 인식하고 더 나아가 이러한 법칙에 따라 세계를 개조하는 것이라고 하면서, "중국의 마르크스주의자가 만약 중국을 개조하는 과정에서 중국을 인식할 줄 모르고 중국에 대한 인식으로만 중국을 개조하려 한다면 훌륭한 중국 마르크스주의자가 아니다"라는 결론을 내렸다.

1950년대 말에서 1960년대 초에 마오쩌둥은 재차 같은 난제에 부딪쳤다. '대약진' 운동의 경험 교훈을 종합하고 반성할 때, 『반듀링론』의 이 명제는 재차 그가 현실 문제를 인식하고 이해하는 사상적 도구가 되었다. 소련 『정치경제학 교과서』를 읽은 후의 담화에서 그는 엥겔스의 말을 인용해, 사회주의제도 하에서 "예정된 계획에 따라 사회생산을 하는 것은 가능하게 됐다"고 했다. 그리고는 "이는 맞다. 자본주의 사회에서 국민경제의 평형은 위기를 통해 이루어진다. 사회주의 사회에서는 계획을 통해 평형을 이룰 수 있는 가능성이 있다. 하지만 이로 인해 우리가 필요한 비례에 대한 인식과정이 있어야 함을 부인할 수 없다'고 평가했다. 즉 계획을 통해 경제발전의 평형을 실현할 수 있기는 하지만, 반드시 인식과정이 필요하다는 것이다. 여기에서의 이른바 인식과정이란 바로 '필연'으로부터 점차 '자유'에 이르는 과정이다.

1959년의 '당내 통신', 1960년의 '주동권은 실사구시에서 온다', 1962년의 '중앙공작확대회의에서의 연설'에서 마오쩌둥은 모두 『반듀링론』의 '자유와 필연'에 관한 논술을 반복적으로 인용해 법칙을 파악하는 어려움에 대해 다음과 같이 말했다.

중국공산당이 여러 곡절을 겪고 과오를 범한 것은 주로 자유와 필연의 변증법적 법칙을 파악하지 못했기 때문이다. 오직 필연을 인식한 기초에서만 사람들은 자유로 활동할 수 있다. 여기에서 이른바 필연이란, 객관적으로 존재하는 법칙성이다. 법칙을 인식하기 전에 우리의 행동은 자각적이 되지 못했고 맹목성을 띠고 있었다. 이때의 우리는 바보들이었다. 최근 수년 간 우리는 미련한 짓을 적지 않게 하지 않았는가? 농업과 공업을 발전시킴에 있어서 경험이 아주 부족했다. 우리는 사회주의 시기의 혁명과 건설에 아주 큰 맹목적성을 가지고 있었으며 아직도 매우 큰 필연의 왕국을 알지 못하고 있다. 우리는 건국 후의 두 번째 10년이라는 시간을 이용해 그 필연성에 대해 조사하고 연구하며 법칙을 찾아낼 것이며 이러한 법칙이 사회주의 혁명과 건설을 위해 복무하도록 할 것이다. 그때에 가면 우리는 점차 객관적 필연성을 인식하게 될 것이다. 그러면 우리는 어느 정도 자유로워 질 것이다. 하지만 필연 왕국으로부터 자유 왕국으로의 비약은 오랜 기간의 인식 과정에서 점차 완성되는 것이다.

자신이 경제법칙에 대한 인식이 부족한 것을 두고, 마오쩌둥은 1962년 1월 30일 7,000명의 대회 연설에서 아주 솔직하게 분석했다.

사회주의경제는 우리에게 있어서 아직도 알지 못하는 것이 아주 많습니다. 이는 어쩔 수 없는 상황으로 내 입장에서 말하더라도 경제건설 면에서의 많은 문제에 대해 잘 알지 못하고 있습니다. 나는 공업과 상업에 대해 잘 모릅니다. 농업에 대해서는 조금 알고 있습니다. 하지만 그것도 얼마간 알고 있는 것이지 아는 것이 많지 못합니다. 농업에 대해 비교적 많이 안다고 하면 토양학, 식물학, 작물 재배학, 농업 화학, 농업 기계 등에 대해 알아야 합니다. 그리고 또 농업 내부의 각 분업에 대해서도 알아야 합니다…… 나도 더 연구하려고 생각합니다. 하지만 지금까지 이러한 것들에 대해 아는 것이 아주 적습니다. 내가 비교적 주의한 것은 제도적 측면의 문제, 생산관계 문제입니다. 생산력에 관해서는 아는 게 적습니다.

확실히 대약진과 인민공사화 운동의 실책은 주로 생산관계에서 너무 성급하게 성공하기를 바랐기 때문이며, 생산력 발전을 추진하는 방법이 과학적이 되지 못했기 때문이었다. 이러한 것들은 모두 경제법칙에 대한 인식 부족에서 나타났다. 결국은 '필연 왕국'으로부터 '자유 왕국'으로의 발전 조건을 경시하였기 때문이었다.

1960년대, 마오쩌둥은 또 철학적으로 『반뒤링론』의 '자유와 필연' 명제에 대해 자신만의 이해와 발휘를 하였다. 1964년 8월 철학문제에 관한 담화에서 마오쩌둥은, "필연 왕국으로부터 자유 왕국으로 가려면 필연에 대한 인식이 있어야 할 뿐만 아니라, 필연에 대해 개조할 수 있어야 한다"고 말했다. 그러면서 "엥겔스는 필연 왕국으로부터 자유 왕국에 대해 절반밖에 말하지 못했다. 이해만 하면 자유로워지는가? 자유란 필연에 대한 이해와 필연에 대한 개조이다. 즉 일을 해야 하는 것이다. 이해만 하면 되는가? 법칙을 찾았으면 이용할 줄 알아야 한다. 천지를 개벽하고, 집을 짓고, 광산을 개발하고 공업을 발전시켜야 한다"고 했다.

1964년 12월, '정부업무보고 원고에 대한 평어와 수정'에서 마오쩌둥은, 필연 왕국으로부터 자유 왕국으로의 비약을 영원히 종결되지 않는 과정이라고 보았다. 즉 "인류의 역사는 바로 끊임없이 필연 왕국으로부터 자유 왕국으로 발전하는 역사이다. 이 역사는 영원히 종결되지 않는다. 새로운 것과 낡은 것, 정확한 것과 틀린 것 사이의 투쟁은 영원히 종결되지 않는다"고 했던 것이다.

마오쩌둥은 자유와 필연이라는 이 명제를 발전시킴에 있어서, 그 중점을 모두 인류가 세계를 인식하고 개조하는 과정에서 영원히 끊임없이 경험을 종합해야 하며, 발견·발명해야 하며, 창조하고 전진해야 한다는 점에 중점을 두었다.

一工农红军的崇

有八宝山，离天三

下鞍。"山高耸入

我們英雄的紅軍战士

"快馬加鞭"騰

軍鞭策馬飞奔急驰

佛看到了工农紅

你，奔赴抗日前線

了，使紅軍的英雄

"惊回首，离天三

一回头：啊！离天只

挺立于群峰的高处瞰视

使人惊讶，也渲染出紅軍征服

服了

万马战犹

众醉

10chapter

정치의 길에서: 독서 · 책 에 대한 추천 · 편집

10. 정치의 길에서: 독서 · 책 에 대한 추천 · 편집

마오쩌동이 경제건설 길에서의 이 같은 독서와 사고는 그가 중요한 시기와 중대한 문제에 있어서는 독서와 책 추천, 책 편집을 통해 사고 맥락을 정리하고 기풍을 바르게 하며 정확한 방향을 창도하는 것이 일관적인 지도방법이고 공작방법인 동시에 역시 결책방법이기도 하다는 것을 알 수 있다. 많은 정치문제에 대한 사고와 결책 및 그 결책의 실시 과정은 더욱 그러했다. 이러한 시각에서 볼 때, 신중국 건국 후의 정치 진화는 그의 독서 사고의 변화에서 일부 단서를 찾을 수 있다.

중외 헌법 판본을 비교하며 '5 · 4헌법'을 제정하다

1954년 제1차 전국인민대표대회는 신중국 건국 후의 제일 첫 헌법을 통과시켰다. 역사적으로 이 헌법을 '5 · 4헌법'이라고 부른다. 이 헌법의 초고는 마오쩌동이 이 해 봄 항주(杭州)에서 작성한 것이다.

1954년 1월 15일 마오쩌동은 항주(杭州)에서 유소기(刘少奇) 등 중앙 지도자들에게 전보를 보내 헌법 소조의 초안 작성이 이미 시작되었다고 알렸다. 이는 중앙정치국이 2월에 헌법 초안에 대한 토론에 편리함을 주기 위한 것이었다. 그는 직접 중외 헌법 문헌 리스트를 작성하여 보냈으며, "정치국 위원 및 북경에 있는 각 중앙위원들이 지금부터 시간을 내서 읽기 바란다"고 했다.

이 전보로 보낸 헌법 문헌 리스트에는 다음과 같은 것들이 있다.

1. 1936년의 소련 헌법 및 스탈린의 보고. (단행본 있음)
2. 1918년 소비에트 러시아 헌법. (정부 판공청의 헌법 편집 및 선거법 자료 집성 1)
3. 루마니아, 폴란드, 독일, 체스코 등 나라 헌법. (인민출판사에서 출판한 『인민민주국가 헌법 집성』을 볼 수 있다. 이 책에서 집성한 각 나라 헌법은 대동소이하다. 루마니아와 폴란드는 새로 나온 것이고, 독일이나 체스코는 비교적 상세하고 각자 특이한 점이 있다. 기타 나라의 것은 시간이 있으면 많이 볼 수 있다.)
4. 1913년의 천단(天坛)헌법 초안, 1923년의 조곤(曹锟) 헌법, 1946년의 장개석(蒋介石) 헌법. (『헌법 선거법 자료 집성』 3, 내각제, 성 연합 자치제, 대통령 독재제 세 가지 유형을 대표할 수 있다.)
5. 프랑스 1946년 헌법. (『헌법 선거법 자료 집성』 4, 비교적 진보적이고 완전한 자산계급 내각제 헌법을 대표할 수 있다)

이러한 문헌들은 마오쩌동이 정무원 판공청에서 편집한 『헌법 선거법 자료집성』과 인민출판사의 『인민민주국가 헌법집성』에서 선택한 것이다. 마오쩌동은 사전에 연구를 하고 나서 추천한 것임에 틀림없다. 추천한 헌법 문헌마다 추천 이유를 든 것을 보면 알 수 있다.

유소기(刘少奇)는 마오쩌동에게 보내는 답전에서는 "이곳의 동지들은 주석이 정한 헌법 초안 작성 및 토론 계획을 동의합니다. 이제 곧 북경에 있는 각 중앙위원 및 후보위원들에게 주석의 전보를 인쇄하여 발급할 것이며, 그들이 이 리스트에 있는 참고문헌을 읽도록 하겠습니다"라고 했다.

마오쩌둥이 지정한 이 헌법 문헌은 세 가지 종류로 나뉜다. 즉 사회주의 국가의 헌법, 서방 자본주의국가의 헌법, 신중국 건국 전의 헌법이다. 이것은 중앙 지도자들이 처음으로 대규모로 각국의 헌법 문헌을 읽으며 연구한 것으로, 신중국 법제건설에 대해 그 의의가 컸다.

'5·4헌법'의 초안을 작성하고 토론하는 과정에서 마오쩌둥이 참고로 읽은 헌법 문헌은 위에서 추천한 것만이 아니라, 상술한 세 가지 유형의 헌법에 대한 평론도 다른 사람들보다 훨씬 더 깊이가 있었다.

서방 자본주의 국가의 헌법에 대하여. 당시 헌법 초안 작성 소조에서 자료를 책임진 사경당(史敬棠)은 "참고로 한 자본주의 헌법에는 영국, 프랑스, 미국 그리고 기타 나라의 것이 있었다. 마오쩌둥은 이런 나라들도 처음에는 모두 자산계급 혁명을 했으므로 그 헌법도 진보성을 띠고 있으며, 그 민주주의에 대해 완전히 말살할 수 없다고 했다. 이에 대해 그는 프랑스의 헌법을 예로 들었다"고 회억했다. 마오쩌둥은 1946년의 『프랑스공화국 헌법』을 아주 중시했는데, 아마도 이 헌법이 비교적 진보적이고 완전한 자산계급 내각제 헌법의 대표성을 띠고 있다고 생각해서였을 것이다. 이 해 6월 14일 '5·4년 헌법' 초안을 토론하는 회의에서 그는 "헌법에 대해 말한다면 자산계급이 선행했다", "우리는 자산계급 민주주의에 대해 일률적으로 말살해서는 안 되며, 그들의 헌법이 역사적으로 위치가 없다고 해서는 안 된다."고 말했다.

청대 말기 이래의 중국헌법에 대하여, 이 해 6월 14일 헌법 초안 토론회의에서 마오쩌둥은 청대 말기로부터 민국에서 제정한 여러 가지 헌법에 대해 다음과 같이 평론했다. "청대 말기의 '십구신조(十九信條)'로부터 민국 원년의 『중화민국 임시 약법』, 북양군벌정부의 몇몇 헌법과 헌법 초안,

장개석(蔣介石) 정부의 『중화민국 임시약법』은 긍정적인 것도 있고 부정적인 것도 있다. 예컨대, 민국 원년의 『중화민국 임시약법』은 그 시기를 보면 좋은 것이었다. 물론 완전한 것은 아니고, 결점도 있으며 자산계급적이기도 하지만, 혁명성과 민주성을 띠고 있다. 이 약법은 아주 간단하다. 초안을 작성할 때에도 아주 창졸했다고 한다. 초안 작성으로부터 통과되기까지 한 달 밖에 걸리지 않았다고 한다."

사회주의국가의 헌법에 대하여. '5·4년 헌법'의 초안 작성과 토론 과정에서 마오쩌동은 이 헌법은 두 가지 원칙이 있다고 말했다. 그중 하나는 민주 원칙이고 다른 하나는 사회주의 원칙이다. 근본적으로 말하면, 사회주의 성질의 헌법인 것이다. 그러므로 마오쩌동이 당시 비교적 많이 참고로 한 것은 소련과 동유럽 사회주의 국가의 헌법 문헌이었다. 일부는 그 헌법의 '새로운 점'을, 또 일부는 그 헌법의 '상세한 점'을 참고로 삼았다. 1918년의 소비에트 러시아 헌법은 레닌이 쓴 「착취당하는 노동인민의 권리 선언」을 앞에 놓았다. 마오쩌동은 여기에서 계발을 받고 '5·4년 헌법'을 위해 머리말을 썼다. 이것이 신중국 헌법의 중요한 특징이다. 현재 우리가 실행하는 '82년 헌법'은 여러 번 개정한 것이지만 여전히 이 머리말을 남겨 두고 있다.

'5·4년 헌법'과 상술한 세 가지 유형의 헌법의 관계에 대해 마오쩌동도 설명한 적이 있다. 그는 6월 14일의 헌법 초안 토론회의에서 "이 헌법 초안은 역사 경험을 종합한 것이다. 특히 근 5년간의 혁명과 건설의 경험을 종합한 것이다", "또한 청대 말기 이래 헌법 문제에서의 경험을 종합하였다", "동시에 우리나라의 경험과 국제 경험을 결부시킨 것이다. 우리의 헌법은 사회주의 유형에 속한다. 우리의 경험을 주로 하였으며 소련과 각 인민민주주의 국가의 헌법 중 좋은 것들을 참고로 하였다"고 말했다. 토론에서 누군가 '5·4년 헌법'은 '중국의 제일 첫 헌법'이라고 말했을 때 마오쩌둥은 이러한 관점이 부적절하다고 했으며, 청대 말기 이래 반포한 헌법 여덟 부를 열거하면서 '5·4년 헌법'은 중화인민공화국의 제일 첫 헌법이라 하는 것이 명실상부하다고 말했다.

'홍루몽 연구'를 담론하여 사상문화계의 유심론(唯心論)을 반대하다

1954년 사상문화계에는 유평백(俞平伯)의 「홍루몽 연구」 관점을 비판하는 관점이 나타났으며, 더 나아가 호적(胡适)의 유심론 관점을 비판하는 운동이 일어났다. 이 운동의 발발은 마오쩌둥이 이희범(李希凡)과 남령(蓝翎)의 「'홍루몽 약론' 및 기타에 대하여」 와 「홍루몽 연구'에 대한 평가」 두 논문을 읽고, 추천한 것과 관련이 있다.

이희범(李希凡)과 남령(蓝翎)은 역사적 유물주의 관점으로 『홍루몽』을 분석하고, 유평백(俞平伯)의 '홍루몽 연구' 관점을 비판했다. 마오쩌둥은 이들 논문을 읽고 난 후인 1954년 10월 16일 '『홍루몽』 연구문제에 관한 편지'라는 저명한 편지를 썼다. 이 편지에서 그는 "이는 30여 년 이래, 이른바 『홍루몽』 연구에서 권위적 작가의 잘못된 관점에 대한 첫 반격이다", "고전문학 영역에서 30여 년 간 청년들에게 해독을 끼친 호적 자산계급 유심주의를 반대하는 투쟁이 이로부터 전개될 수 있을 것 같다"고 했다.

신중국 건국 이후, 어떻게 사상문화 영역에서 마르크스주의의 지도적 위치를 수립할 것인가? 어떻게 역사적 유물주의와 유물변증법을 운용해 인문 사회과학 연구를 하여 문화적 차원의 개조를 할 것인가? 하는 문제는 마오쩌둥이 줄곧 관심을 가진 문제였고, 또한 많이 고민한 문제였다.

1951년에 방영된 영화 '무훈전(武训传)'의 주제가에서는 "위대하도다, 무훈, 그는 용감하고 인자하네", "동냥하여 학교를 세웠으니 천고에 그 한 사람 뿐이네"하고 찬미했다. 영화에서는 무훈(武训)을 두고 노동인민이 "문화적 번신을 한 전형적인 인물"이라고 했다. 이는 마오쩌동의 경각성을 불러일으켰다. 그가 보건대 동냥을 하여 학교를 세운 "개량주의를 이처럼 높이 받들어 모시는 것은 역사 유물주의 관점을 위배한 것이다. 이에 그는 영화 '무훈전(武训传)'의 출현, 특히 무훈에 대한 칭송이 이처럼 많은 것은 우리나라 문화계의 사상 혼란이 어느 정도인지를 알 수 있는 장면이다!"라고 했다. 그러다가1954년에 이 두 '무명 인물'이 '홍루몽 연구' 영역의 유명인을 비판하다 '저지'를 받는 일이 발생한 것이다. 그러니 마오쩌동이 이를 빌어 의견을 발표하는 것은 당연한 일이었다.

마오쩌동이 이를 빌어 의견을 발표한 것은 그가 『홍루몽』에 관해서도 문외한이 아니기 때문이었다. 그는 『홍루몽』을 숙독했을 뿐만 아니라, 그에 대한 자신만의 관점이 있었다. 1954년 3월 유평백(俞平伯)이 『신건설』에 '홍루몽 간론'을 발표하여 이희범(李希凡), 남령(蓝翎)의 비판을 받고 있을 때, 마침 마오쩌동도 항주(杭州)에서 수행인원들에게 『홍루몽』에 대해 이야기하고 있었다. 그는 이 소설도 "계급투쟁을 논한 것이며", "많은 사람들이 연구했지만, 진정으로 이 점에 대해 보아내지 못했다"고 인정했다.

마오쩌동은 유평백(俞平伯)의 '홍루몽 연구' 관점에 대해 확실히 생소하지 않았다. 그러니 이희범(李希凡)과 남령(蓝翎)의 비판 문장을 보고서야 이해하기 시작한 것이라 말할 수는 없다. 마오쩌동은 상해 아동(亚东)도서관에서 1923년에 출판한 유평백(俞平伯)의 『홍루몽변증(红楼梦辨證)』을 아주 자세히 읽은 적이 있는데, 처음부터 마지막까지 거의 모두 평어를 달고 동그라미를 그렸다. 또한 이 책의 50여 곳에 물음표를 달았다. 이 책은 원래 보통 장정본이어서 읽기가 불편했다. 이에 마오쩌동 신변 일꾼이 그의 요구에 따라 네 개의 작은 책으로 만들고 크라프트지로 겉표지를 포장했다. 마오쩌동은 이 책의 개정본 제2권의 앞표지에 "잘못된 사상은 이 책의 제6, 7절에 집중되었다"고 썼다. 제6절의 "작자의 저자세"에서 "『홍루몽』은 자신의 신세를 한탄한 작품이다"라는 구절 옆에 굵직한 세로줄을 그었고, 그 옆에 커다란 물음표를 쳐놓았다. 또한 『홍루몽』은 "애정세계에서의 속죄를 위해 쓴 것이다"라는 구절 옆에 연필로 세로줄을 그었으며 물음표를 쳐놓았다. 제7절의 '『홍루몽』의 기본 풍격' 서두에서 유평백(俞平伯)은 "솔직히 말해, 『홍루몽』은 세계문학에서의 위치가 아주 높은 건 아니다"라고 썼다. "위치가 아주 높은 건 아니다"라는 글자 옆에 마오쩌동은 굵직한 세로줄을 두 줄이나 그었고 커다란 물음표를 쳤다. 이 책의 부록에는 이런 구절이 있다. "『홍루몽』이 세상에 널리 전해진 후 멋대로 해석한 것이 가득 나타났다. 저속한 사람들의 마음속에는 '오묘함을 찾고', '진실을 해석'하려는 마음이 없다." 이 구절에 마오쩌동은 가로줄을 긋고 그 위에 커다란 물음표를 쳐놓았다.

마오쩌동은 유평백(俞平伯)의 '홍루몽 연구' 관점을 익숙히 알고 있었을 뿐만 아니라, 주여창(周汝昌)이 1953년 당체(棠棣)출판사에서 출판한 『홍루몽신증(紅樓梦新证)』에 평어와 주석을 달기도 했다. 예컨대, 책 속에는 '연지미(胭脂米)'('붉은 쌀'이라고도 함)의 산지, 색깔과 모양을 고증한 단락이 있는데, 6호 송체로 조판하여 글자가 아주 작았지만, 모두 동그라미를 그리고 여러 가지 부호를 써놓았다.

그러므로 유평백(俞平伯)을 비판하기 전이나 후이거나를 막론하고 마오쩌동은 모두 '홍루몽 연구'에 관한 저작들을 읽었고, 관심을 가지고 있었음을 분명히 알 수 있다. 마찬가지로 그는 『홍루몽』도 사회 역사적으로 읽는 경향이 있었다. 이는 그의 분명하고도 일관된 독서 풍격이었다. 호적(胡适)이나 유평백(俞平伯)을 대표로 하는 '신 홍루몽 연구'자들과 같은 부류가 아니고, 채원배(蔡元培)를 대표로 하는 '구 홍루몽 연구'자들과는 더 달랐다. '신 홍루몽 연구' 및 유평백(俞平伯)의 관점에 대해 잘 알고 있었을 뿐만 아니라, 그들의 관점에 대해 찬성하지 않았기 때문에 자연히 이희범(李希凡)과 남령(蓝翎)이 역사유물주의 차원에서 유평백(俞平伯)의 '홍루몽 연구'를 비판한 관점을 지지하게 되었던 것이다. 이는 우연이기도 하지만 필연이기도 했다.

'『홍루몽』 연구 문제에 관한 편지'는 사실상 마오쩌동이 쓴 공개 편지이다. 이 편지의 봉투에는 28명의 이름이 적혀 있는데, 그들에게 이 편지를 읽도록 요구했던 것이다. 이 28명 중에는 유소기(刘少奇), 주은래(周恩来), 진운(陈云), 주덕(朱德), 덩샤오핑(邓小平), 팽진(彭真) 등 중앙 최고위급이 있었는가 하면, 육정일(陆定一), 습중훈(习仲勋), 호교목(胡乔木), 개풍(凯丰), 장계춘(张际春) 등 문화 이데올로기 분야의 중요한 지도자들도 있었다. 그 외에도 곽말약(郭沫若), 심연빙(沈雁冰), 주양(周扬), 정령(丁玲), 풍설봉(冯雪峰), 하기방(何其芳), 임묵함(林默涵) 등 문예계의 유력자들도 있었다. 편지를 읽도록 한 사람의 범위가 이처럼 넓은 것을 보면 '홍루몽 연구'와 관련된 문제를 아주 중요하게 여김을 알 수 있고, 또한 이 문제를 해결할 결심이 아주 크다는 것을 알 수 있다.

이번 비판운동의 내용은 아주 자연적인 확대 논리가 있게 되는데, 즉 유평백(俞平伯) 본인에 대해서는 단결하는 태도를 취하고, 그의 학술상 잘못된 관점을 비판하는 것이었다. 또한 유심론에 대한 비판은 고전문학 범위에만

267

국한될 것이 아니라, 철학, 역사학, 교육학 등 여러 분야가 포함되어야 한다는 것이었다. 유평백(俞平伯)의 '홍루몽 연구' 관점이 '호적파 유심론 사상'을 반영한 것이므로 최종적으로 '호적파 유심론 사상'을 비판하는 것이었다.

왜 이러한 논리가 있게 된 걸까? 마오쩌둥의 수정을 거쳐, 주양(周揚)이 1954년 12월 8일 중국문학예술계연합회 의장단, 중국작가협회 의장단 확대회의에서 한 연설에서, 호적은 "중국 자산계급 사상의 가장 주요하고도 집중적인 대표이다. 그는 문학, 철학, 역사, 언어 등 여러 측면을 섭력하였다", "그가 미국 자산계급에게서 사들인 유심론적 실용주의 철학은 그의 사상적 근원이다", "이런 사상이 인민과 지식인들 중의 머릿속에서 아직도 많은 자리를 차지하고 있다. 마르크스주의로 각 구체적 문제들에 대해 철저히 비판하지 않고도 유심론 사상이 자연적으로 소멸될 수 있을 것이란 것은 상상할 수도 없다"고 아주 분명히 말했다.

이어서 사상문화계의 호적(胡適)사상 비판에 관한 9가지 주제가 작성되었다. 이 9가지로는 호적 철학사상 비판, 호적 정치사상 비판, 호적 역사관점 비판, 호적 『중국철학사』 비판, 호적 문학사상 비판, 호적 『중국문학사』 비판, 고증이 역사와 고전문학 연구에서의 위치와 역할, 『홍루몽』의 인민성과 예술성과 및 작품이 나타나게 된 사회적 배경, 『홍루몽』 연구 저작에 대한 비판(즉 신구 '홍루몽연구' 등에 대한 평가)이다.

호적파 유심론 사상에 대한 비판은 근본적으로는 철학문제였다. 마오쩌둥이 가장 관심을 가진 것은 유심론 철학이 신중국 사상문화 영역에서의 영향력을 극복하는 것이었다. 1954년 12월 철학가 이달(李達)이 자신이 쓴 「호적의 정치사상에 대한 비판」과 「호적사상 비판」 두 편의 글을 마오쩌둥에게 보냈다. 마오쩌둥은 읽고 나서 "아주 훌륭하다. 특히 정치사상에 관한 것이 독자들에게 도움이 더 클 것이다", "철학의 일부 기본 개념에 대해 적당한 자리에서 설명을 더 해 일반 간부들도 보게 했으면 좋겠다. 이 기회를 이용해 철학에 대해 잘 모르는 당 내외 간부들이 마르크스주의 철학에 대해 알게 했으면 좋겠다"고 말했다.

사상문화계의 이 운동은 1955년에 결속되었다. 마오쩌둥은 일부 비판문장들이 호적의 학술적 공적에 대해 완전히 부정하는 것을 찬성하지 않았다. 1957년 마오쩌둥은 "우리가 호적을 비판할 때 처음에는 아주 좋았다. 그런데 후에 편면적이 되었다. 호적에 관한 모든 것을 말살했다. 앞으로 한두 편의 글을 써서 바로잡아야겠다."고 했다.

그 후에도 마오쩌둥은 계속하여 '홍루몽 연구'에 관한 저작들에 대해 관심을 가지고 읽었다. 1964년 8월 그는 북대하(北戴河)에서 철학문제에 관해 말할 때 '홍루몽 연구'의 여러 학파에 대해 전체적인 분석을 하였다. "『홍루몽』이 나온 지 200여 년이 되는데, 아직까지도 명확히 연구하지 못했다. 그러니 얼마나 어려운 문제인가를 알 수 있다. 유평백(俞平伯), 왕곤륜(王昆侖)은 모두 전문가이다. 하기방(何其芳)도 서문을 쓴 적이 있다. 그리고 또 오세창(吳世昌)도 있다. 이들은 모두 신 '홍루몽 연구'자들이다. 구 '홍루몽 연구'자들은 계산에 넣지도 않았다. 채원배(蔡元培)의 『홍루몽』에 대한 관점은 정확하지 못하다. 호적의 관점이 상대적으로 좀 더 정확하다"고 했다. 여기서 그는 중국 근대이래 '홍루몽 연구'의 대표적 인물들을 모두 지명했으며, '구 홍루몽 연구' 학자들과 비교할 때 호적의 '신 홍루몽 연구'가 "상대적으로 좀 더 정확하다"고 보았다. 이는 '신 홍루몽 연구'에 대한 다소 객관적인 평가라고 할 수 있다.

간행물의 논쟁을 부추겨 '백화제방(百花齐放), 백가쟁명(百家争鸣)'
방침을 구체화하다

신문과 잡지는 마오쩌둥이 풍향을 판단하고 시국을 이끄는 중요한
수단이었으며 또한 그가 가장 익숙하게 이용하는 방법이었다.

마오쩌둥은 신문과 잡지를 읽을 때, 학술성 경향의 글을 아주 주의해
보았다. 그러다가 적절한 글을 만나면 추천하기도 하고 심지어 수정하기도
했으며, 기타 신문, 잡지에 전재하도록 지시했으며 편집자의 말을 대신 작성해
사상계와 학술계에서 영향력을 일으켰다. 이러한 유형의 독서는 사실상
이론과 학술의 발전을 지도하고 촉진시키기 위한 것이었으며, 그가 1956년에
과학·문학의 번영을 위해 제기한 '백가제방, 백가쟁명'의 방침을 구체화하기
위한 것이었다.

1956년 2월 주곡성(周谷城)은 『신건설』에 「형식 논리와 변증법」이라는
글을 발표하였는데, 학계의 토론을 불러일으켰다. 당시 대부분 사람들이
주곡성(周谷城)의 관점에 동의하지 않았다. 마오쩌둥은 이 일에 관심을
가지고 관련 문장들을 찾아 읽었다. 그러다가 1957년 초 『교수와 연구』에
발표된 왕방명(王方名)의 세 편의 글이 주곡성(周谷城)의 관점과 비슷한 것을
발견했다. 이에 그는 왕방명의 세 편의 글을 소책자로 출판할 것을 건의했다.
사후 그는 주곡성에게 "당신의 관점은 고립적이 아니다"라고 전했다. 논리학에
관한 이 학술토론을 추진하기 위해, 1957년 봄 마오쩌둥은 여러 번이나 관련
인원들과 좌담회를 가졌다. 제일 첫 좌담회는 3월 15일에 하였는데, 지점은
중남해(中南海) 이년당(颐年堂)이었다. 좌담회 참가자들로는 강생(康生),
육정일(陆定一), 진백달(陈伯达), 호교목(胡乔木) 등 사상 선전 관련 부문의

책임자들이었다. 그가 이 좌담회를 매우 중시하였음을 알 수 있다. 두 번째 좌담회는 4월 10일에 열렸는데, 『인민일보』의 몇몇 책임자, 관련자들과 신문·잡지에 대해 이야기했으며, 논리학 토론에 대해 이야기하기도 했다. 세 번째는 4월 11일이다. 마오쩌둥이 직접 주곡성(周谷城), 왕방명(王方名)을 초청하였고, 그 외에도 김악림(金岳霖), 풍우란(冯友兰), 정흔(郑昕), 하린(贺麟), 비효통(费孝通) 등 철학 명사들을 중남해로 초청해 논리학 문제에 대해 하고 싶은 말을 마음껏 하게 했다. 대국의 영도자로서, 논리학을 화제로 하는 토론을 위해 이처럼 마음을 쓴 사람은 아마 마오쩌둥 한 사람 뿐이었을 것이다. 그가 후에 근 수십 년 동안의 중외 논리학 저작과 근년 래의 논리학 토론 문장들을 집성하여 시리즈로 출판할 것을 제기한 것은 바로 1957년의 이번 토론에서 발단한 것이다.

1957년 초 문예계에서 '백화제방, 백가쟁명'의 방침이 구체화되는 과정에서 마오쩌둥은 여러 잡지에 왕몽(王蒙)의 소설 『조직부에 새로 온 젊은이』와 이희범(李希凡)이 이 소설에 대한 평론 문장을 읽었다. 또한 종점배(钟惦棐)의 「영화의 징과 북소리(电影的锣鼓)」, 진기통(陈其通) 등 4명이 쓴 「우리가 현재 문예 사업에 대한 몇 가지 의견」, 요설은(姚雪垠)의 「혜천에서 차를 마시다(惠泉吃茶记)」 및 월극(越剧) 배우 범서연(范瑞娟)의 생활수필 「나의 남편」을 읽었다. 그는 또 일부 사람들에게 논란이 있는 이런 작품들과 문장을 인쇄해 배포해 읽도록 지시했다. 혹은 회의에서 독후감을 발표했는데, 고무격려를 하는가 하면 건의도 하고, 변호를 하는가 하면 비평도 하는 등 태도가 분명했다. 이는 문화계의 분위기를 활성화시키는데 적지 않은 영향을 주었다.

1957년 봄 마오쩌둥은 『광명일보』에서 이여기(李汝祺)의 「유전학으로부터 백가쟁명을 논하다」는 글을 본 후 즉시 『인민일보』에서 전재하도록 했으며, 제목을 「과학의 발전에서 반드시 지나야 할 길」로 고치고 편집자의 말을 대리 작성해 '이 글에 대해 찬성'함을 표시했다. 이는 과학계에서 '백화쟁명, 백화제방'의 방침을 이행하고, 학술적 모순을 정확히 처리하는데 역할을 발휘했다.

1959년 2월 19일 『광명일보』는 전백찬(翦伯贊)의 「조조에게 명예를 회복해 주어야 한다-'적벽대전'으로부터 조조를 말하다」는 글을 실었다. 마오쩌둥은 이 글을 읽은 후 공감을 표시하면서 여러 번이나 이 문장의 관점을 선전했다. 2월 23일 그는 비서인 임극(林克)과 이야기할 때, 사학계에서 조조를 위해 번안하는 토론이 있다고 하면서, 조조와 진시황을 위해 명예를 회복시켜 주어야 한다고 지적했다. 이 기간 그는 또 옛 동학인 주세소(周世钊)에게도 조조를 위해 번안하는 것은 역사유물주의 관점에 부합된다고 말했다. 하지만 주세소(周世钊)는 조조가 인품이 나쁘므로 번안하지 말아야 한다고 보았다. 5월 10일 그는 또 주세소(周世钊)에게 편지를 보내 "전번에 역사유물주의에 대해 투철하게 이야기하지 못했습니다. 다시 한 번 이야기할까요?"라고 했다. 마오쩌둥의 추진 하에 사학계는 1950년대 말 조조 등 역사인물을 어떻게 평가할 것인가에 대해 깊이 있는 토론을 하였다.

1960년 11월 마오쩌둥은 『광명일보』에 발표된 하어빈공업대학 교사들이 쓴 「설계에서의 '블록식 선반(积木式机床)'으로부터 선반 내부 모순 운동의 법칙을 논하다」를 읽고 『홍기(紅旗)』 잡지에 전재할 것을 제기했다. 동시에 『홍기』 잡지 편집부를 대신해 작자들에게 "우리는 이런 유형의 문장을 좋아합니다. 기계운동의 모순에 대한 논술은 우리의 커다란 흥미를 불러일으켰습니다", "문장이 너무 간략하여 뒤의 몇 가지에 대해 잘 알 수 없습니다. 조금 더 긴 문장을 써서 보낼 수 없겠습니까"라고 편지를 보냈다.
할빈공업대학의 교사들은 마오쩌동의 건의에 따라 「선반 내부의 모순운동
법칙과 선반의 '블록화' 문제를 재차 논하다」라는 글을 써 보내 『홍기』 잡지
1961년 제9·10기 합장본에 발표했다.

1964년 7월 마오쩌동은 요문원(姚文元)이 쓴 「주곡성 선생의 모순관을
평가하다」와 김위민(金为民), 이운초(李云初)가 쓴 「시대정신에 관한 몇
가지 의문-요문원과 의견을 교환하다」 두 쟁명의 문장을 읽고 중국공산당
중앙위원회 선전부에 이 두 편의 글을 하나의 소책자로 인쇄하도록 해, 북경에
와 경극·현대극 합동공연에 참가하는 인원들이 읽도록 했다. 마오쩌동은 또
이 소책자에다 "문예 사업을 하는 사람이라면 문예 이론에 대해 알아야 한다.
그렇지 않으면 방향을 잃을 수도 있다. 이 두 편의 글은 어렵지 않다. 누구의
관점이 비교적 정확한지 독자들이 스스로 생각해 보기 바란다"라는 편집자의
말을 달았다.

1965년 7월 마오쩌동은 남경(南京) 문학·역사연구소 관원 고이적(高二适)이
쓴 「'난정서' 진위 박론(「兰亭序」真伪驳议)」이라는 육필 원고를 읽었다.
곽말약(郭沫若)은 그 전에 발표한 「왕사묘지의 출토로부터 '난정서'의
진위를 논함(由王谢墓志的出土论到〈兰亭序〉的真伪)」에서 세상에 전해진
'난정서(兰亭序)'의 서첩이 왕희지(王羲之)의 진필이 아니라 후세 사람들이
위조한 것이라 했다. 고이적(高二适)은 이 관점에 동의하지 않았으며 후세에
전해진 「난정서(兰亭序)」가 확실히 왕희지(王羲之)의 친필이라고 보았다.
일부 사람들은 곽말약(郭沫若)의 명성을 고려하여 고이적(高二适)의 문장을
발표하지 말 것을 주장했다. 마오쩌동은 이 사실을 알고 즉시 "논쟁이
있어야 한다. 내가 곽선생과 강생, 진백달 등 동지들이 고이적의 문장을

발표하는데 동의하도록 권고할 것이다"고 했다. 동시에 곽말약(郭沫若)에게 편지를 보내 "필전(筆戰)이 있는 것이 없는 것보다 좋다'" 했다. 이 해 7월 23일 고이적(高二适)의 문장이 『광명일보』에 발표되면서 '난정서(兰亭序)' 진위에 대한 학술 대 토론이 벌어졌다. 곽말약(郭沫若)은 「'박론'에 대해 토론하다」 라는 글을 써서 답변하였는데 발표 전 마오쩌동에게 미리 보냈다. 마오쩌동은 교정지에서 정렬 오류를 고쳤고 또 어떤 곳에는 주석과 평어를 달기도 했다. 또한 곽말약(郭沫若)에게 편지를 보내 "첫 쪽 문자에 일부 의견이 있습니다. 이렇게 고칠 수 있겠는지 참작하여 결정하기 바랍니다"라고 했다.

　마오쩌동이 광범위한 독서를 통하여 학술 토론에 관심을 두고 촉구한 일은 그 외에도 적지 않다. 예컨대, 문예 창작에서는 형상적 사유에 관한 문제, 신식 시가(诗歌)의 발전 방향 문제, 회화예술에서의 누드 모델 이용 문제 등, 역사 쪽으로는 중국 고대역사의 시기 분할 문제, 농민전쟁의 역사적 진보의 촉진과 지주계급의 양보정책에 관한 문제, 상(商)나라 주왕(纣王)과 진시황(秦始皇), 이수성(李秀成)에 대한 평가 문제, 철학 쪽으로는 노자의 철학이 주관 유심주의인가 아니면 객관 유심주의인가 하는 문제, 모순의 동일성 및 "대립면의 분열은 불가피하다"와 "두 개의 대립된 사물은 하나로 융합된다"에 관한 문제, 자연과학 쪽으로는 유전학 영역에서는 리센코주의와 모건학파의 논쟁 등은 지면상 모두 상세하게 기술하지 못했다. 다만 위에서 기술한 몇 가지만으로도 마오쩌동이 학술적으로 관심을 가지는 분야가 아주 넓다는 것에 놀라움을 금할 수 없게 된다. 그러니 '백가제방, 백가쟁명' 방침을 실시하는 것은 당연한 것이었다.

소련의 '철학사전'을 평가하는 것으로써 인민의 내부모순에
대해 생각하다

1950년대부터 1960년대 초에 이르기까지 적지 않은 간부와 지식인들은
모두 소련 철학가 유진과 로젠탈이 편집을 주관한 『간명 철학사전』에 대해
잘 알고 있었다. 1939년 이 사전은 "소련공산당 간명 교과과정"의 참고 자료로
출판되었다. 1954년에 와서는 이미 4개 판본이나 변경되었으며 700여 개의
조목이 있었다. 중문 번역본은 67만 자에 달해 사실상 독립적이고 체계적인
철학사전으로 되었다. 『간명 철학사전』은 당시 중국에서 크게 환영받았고,
마르크스주의 철학을 공부함에 있어서 대체할 수 없는 공구서 역할을 했다.

마오쩌둥은 『간명 철학사전』의 주필 중 한 사람인 유진을 잘 알고 있었다.
1950년대 초, 유진은 마오쩌둥의 요청을 받고 중국에 와 『마오쩌둥선집』의
러시아문판 번역고의 교열을 책임지었다. 후에는 또 중국 주재 소련 대사로
있었다. 두 사람은 자주 철학에 대해 토론하곤 했다. 마오쩌둥은 유진에게
『간명 철학사전』 중의 일부 조목, 특히 '동일성' 조목은 '나를 괴롭히기 위한
것'이라고 농담을 하기도 했다.

1957년 1월 27일 북경에서 열린 전국 성·시·자치구 당위원회 서기
회의에서 마오쩌둥은 『간명 철학사전』에 대한 관점을 공개 발표했다. 그는
"스탈린에게는 형이상학이 많으며 또 많은 사람들이 형이상학을 실행하도록
했다 … 소련에서 편집한 『간명 철학사전』 네 번째 판본의 동일성 조목이
바로 스탈린의 관점을 보여준 것이다. 사전에서는 '전쟁과 평화, 자산계급과
무산계급, 생과 사 등 현상은 동일성이 없다고 했다. 왜냐하면 이들은
근본적으로 대립되고 상호 배척하기 때문'이라는 것이다. 이것은 근본적으로

대립되는 현상은 마르크스주의의 동일성이 존재하지 않고 다만 상호 배척하기만 할 뿐이며, 상호 연결되지 못하고 일정한 조건에서 상호 전화될 수 없다는 것이다. 이러한 설법은 근본적으로 잘못된 것이다."

1959년 8월의 8기8중전회의 연설에서 마오쩌둥은 재차 자신의 관점을 표명했다. 『간명 철학사전』은 "동일성을 형이상학의 동일성과 혼동하고 있습니다. 이 동일성은 마르크스주의의 동일성과 완전히 별개의 것입니다. 전쟁과 평화, 무산계급과 자산계급, 생과 사는 모두 동일성이 있으며 전화될 수 있습니다. 나는 유진에게 이것은 '나를 괴롭히기 위한 것'이라고 말한 적이 있습니다. 유진은 대답을 하지 못했습니다. 동일성이 없다면 전쟁이 왜 평화로 전화될 수 있고 평화가 왜 또 전쟁으로 전화될 수 있습니까. 예컨대, 제1차, 2차 세계대전이 바로 평화가 전쟁으로, 전쟁이 평화로 전화된 것입니다. 이것은 형이상학적으로 보면 완전히 단절된 것입니다."

마오쩌둥의 추천으로, 중국 철학계의 신문과 잡지에서는 모순의 동일성과 투쟁성, 사유와 존재가 동일성이 있느냐 없느냐는 여부에 대한 토론을 전개했다. 1960년 11월 12일 마오쩌둥은 이 날의 『인민일보』에 게재된 이 토론에 관한 종합적 소개 글을 보고 즉시 이 글에서 언급한 관점이 서로 다른 문장들을 찾아달라고 했다.

마오쩌둥이 당시 '동일성'이라는 이 철학적 개념을 중시한 것은 『간명 철학사전』의 해석이 확실히 편면성이 있는 것 외에 분명히 다른 원인이 있었다. 이는 적어도 다음과 같은 세 가지 측면에 대한 고려와 관련이 있다.

첫째, 사상방법에서 스탈의 오류와 교훈에 대해 반성하고 종합하기 위한 것이다. 1956년 소련공산당 제20차 대표대회는 스탈린의 오류를 지적하기 시작했다. 마오쩌둥은 이로부터 스탈린이 만년에 오류를 범한 원인을 찾기 시작했다. 1956년 제8차 대표대회 기간, 그는 유고슬라비아 당 대표단과 담화할 때, "스탈린은 변증유물주의를 제창했습니다. 하지만 가끔은 유물주의가 부족했습니다. 조금은 형이상학적이지요. 역사적 유물주의라고 썼지만 행동에 옮길 때에는 자주 역사적 유심주의가 되곤 했습니다. 그의 일부 일처리 방법은 극단적입니다. 개인을 신격화한 점, 사람을 난처하게 하는 것 등은 모두 유물주의가 아닙니다"라고 했다. 1957년 1월 27일 전국 성·시·자치구 당위원회 서기 대회에서 그는 또 "대립면의 투쟁과 통일에 대해 스탈린은 연계시키지 않았습니다. 소련사람의 일부 사상은 형이상학적입니다. 아주 경직되었습니다. 대립 통일을 인정하지 않았습니다. 그러므로 정치적으로 오류를 범한 것입니다.", "스탈린 시기, 반혁명에게 대해서는 죽이는 방법 한 가지 뿐이었습니다. 오류를 범해도 죽였습니다. 가끔 의견이 다른 사람이 있으면 제거하지 않으면 붙잡아서 투쟁했습니다. '소련을 반대한다'고 했지요. 대립면은 통일될 수 없고, 전화될 수 없었지요"라고 했다. 이러한 분석은 스탈린이 오류를 범한 사상적 원인을 지적한 것이고, 또한 『간명 철학사전』 중 '동일성' 조목의 편파성 및 그 현실적 위해에 대해 해독한 것이다.

둘째, 중국공산당 내 지도자들이 한층 더 '백화제방, 백가쟁명'의 방침을 이해하고 공감을 가지도록 하기 위한 것이었다. 스탈린의 형이상학적 오류를 어떻게 피할 것인가? 방법은 정확한 것과 잘못된 것을 비교하고 투쟁하는 과정에서 발전하는 것이다. 이는 마오쩌둥이 '백화제방, 백가쟁명'의 방침을 제기한 초심이다. 하지만 이 방침을 제기한 후 소련과 동유럽의 일부 국가들은 다른 의견을 가지고 있었다. 그들은 중국이 과학문화 영역에서 마르크스주의의 지도적 지위를 포기한 것이라고 보았으며, 마르크스주의를 반대하는 사조가 일어날 것이라고 여겼다. '백화제방, 백가쟁명'의 방침을 실행함에 있어서,

국내에도 저항이 있었다. 마오쩌동은 심지어 전국적으로 청 급 이상 간부들 중 진정으로 '백화제방, 백가쟁명'의 방침을 이해하고 찬성하는 사람이 1/10밖에 되지 않을 것이라고 어림잡았다. 1957년 1월 27일에 열린 성·시·자치구 당위원회 서기 회의에서 그가 『간명 철학사전』 중의 동일성에 대한 잘못된 해석을 비판한 것은 '백화제방, 백가쟁명'을 실행할 필요성을 설명하기 위한 것이었다. 그는, 우리는 변증법의 대립 통일설을 해석하고 발전시켜야 한다고 말했으며 "이 관점에서 출발해 백화제방, 백가쟁명의 방침을 제기했다"고 했다. '백화제방, 백가쟁명'의 방침은 비교와 투쟁 속에서 정확한 것을 발전시키며 대립면의 동일성과 전화를 실현하려는 것이었다.

셋째, 마오쩌동은 당시 인민 내부 모순을 어떻게 처리할 것인가는 하는 문제에 대해 준비하고 있었으므로 대립면의 동일성과 전화를 강조한 것은 그가 이 문제를 사고하는 철학적 도구로 삼았음을 말해준다. 1957년 1월 27일 성·시·자치구 당위원회 서기 회의에서 그는 "전문적으로 소수 사람들이 소동을 일으키는 문제를 어떻게 볼 것인가?"에 대해 이야기하면서, 이 새로운 문제를 연구함에 있어서 사상적으로 반드시 모순의 대립과 전화를 인정해야 한다고 했다. 그는 "소동을 일으키는 것을 두려워하면서도 간단히 처리하는 근본 원인은 사상적으로 사회주의사회의 대립통일을 인정하지 않기 때문이며, 모순이 존재하는 것을 인정하지 않았기 때문이다", "일부분은 적아 모순이지만 많은 것은 인민 내부의 모순이다"라고 했다. 인민 내부의 모순을 정확히 처리하려면 반드시 모순의 동일성 전화의 사상 방법을 수립하고 견지해야 한다고 했다. 한 달 후 발표한 '인민 내부의 모순을 정확히 처리하는 데에 관한 문제'라는 제목의 연설은 이번 연설의 많은 내용을 받아들였다.

『간명 철학사전』이 중국 당대 정치와의 관련은 이로써 끝난 것이 아니었다.

1959년 8월 여산(庐山)회의 기간에 마오쩌동은 『간명 철학사전』에서 일부 항목의 내용을 선택해 "경험주의냐? 아니면 마르크스 · 레닌주의냐?"하는 제목의 자료를 편집해 회의 참가자들에게 발급했다. 그는 또 회의 참가자들에게 편지를 써 『간명 철학사전』을 읽을 것을 건의했다. 그는 건의에서 6개월 사이에 이 책을 다 읽을 것을 요구했으며 이 책은 "기본적으로는 좋은 책이다. 이론적으로 경험주의를 비판하기 위해, 우리는 반드시 철학에 대해 공부해야 한다", "『철학 소사전』의 일부 내용을 인쇄했는데 제목을 '경험주의냐, 아니면 마르크스 · 레닌주의냐'로 달아 여러 사람들이 철학서를 읽는 흥미를 불러일으키려 했다"라고 썼다.

1959년에 『간명 철학사전』을 읽은 배경은 1957년과는 분명히 달랐다. 그 중점이 이 책의 경험주의 비판에 관한 것으로 바뀌었다. 이것은 주로 팽덕회(彭德怀) 등을 겨냥한 것이었다. 마오쩌동은 그들의 사상방법이 '경험주의'에 속한다고 보았다. 추상적으로 볼 때, 『간명 철학사전』의 일부 항목의 관점을 이용해 경험주의를 반대한 것은 타당성이 있는 듯 했다. 하지만 팽덕회(彭德怀) 등에게 이런 딱지를 붙이는 것은 오판이고 잘못됐음이 분명했다. 독서와 실제의 이탈, 책 속의 지식을 운용함에 있어서의 복잡성은 이를 하나의 예로 들 수 있다.

인물의 역사전기를 빌어 '대약진(大跃进)'의 지도방식을 바로잡다

1958년 '대약진(大跃进)' 운동의 실수는 주로 경제발전의 객관적 법칙을 위배하고, 군중 운동의 방식으로 경제를 건설한데 있었다. 지도방식과 일하는 방법에 대해 말하면, 당시 중국공산당 내 간부들의 불량 풍조를 반영하는 것이었다. 예컨대, 일할 때 상의하지 않는 것, 생산 지표에 있어서 하급에게 매우 큰 압력을 주는 것, 다른 의견을 난폭하게 억압하는 것, '풍향'만 보고 결책하는 것, 상급에 진실을 말하지 못하는 것, 무작정 과장하는 것 등이다. 이러한 것은 관료주의, 주관주의, 명령주의에 속했다. 마오쩌둥은 '대약진'의 오류를 발견한 후 지도방식과 일하는 방법을 시정하려고 결심했다. 그리하여 역사 인물전기를 읽도록 추천하게 되었던 것이다.

첫째, 『명사・해서전(明史・海瑞传)』을 추천하면서 '해서정신 (海瑞精神)'을 제창했다.

1959년 마오쩌둥은 중앙의 회의에서 여러 번이나 '해서정신'을 선전했다. 즉 진실을 말하고 실정을 말하는 정신을 가리킨다. 그리고 또 『명사・해서전』을 주은래와 팽덕회 등에게 추천했다. 4월 5일 그는 상해(上海)에서 열린 중국공산당 8기7중전회에서, "우리 공산당 고급 간부들은 용감하지 못하고, 예리하지 못하다. 보복을 두려워하고, 직무를 잃을까 두려워하고, 선거에서 표를 잃을까 두려워한다. 이런 사람들의 심리를 분명하게 말한다면, 봉건시대의 인물보다도 못하다"고 했다. 이어서 그는 해서를 예로 들면서 『명사・해서전』에서 기술한 해서가 옥살이와 죽음을 두려워하지 않고 상서를 올리면서 시대의 병폐를 직언한 이야기를 하였다. 그리고 나서 "해서는 황제에게 보내는 편지에서 조금도 체면을 봐주지 않았는데, 우리의 동지들은 해서와 같은 용기가 있는가?" 하고 물었다.

마오쩌둥이 해서정신을 이야기한 것은 일반적인 창도가 아니었다. 그는 이렇게 하여 자신이 일으킨 '대약진' 과정에서 진실을 말하는 것을 거의 듣지 못한 데에 대해 반성했던 것이다. 1959년 4월 5일의 회의에서 그는 "지금의 형세를 보면, 나의 결점을 말해주는 사람이 많지 않습니다. 에둘러서라도 말할 수 있지 않습니까", "유소기 등 내 신변의 오랜 전우도 감히 진실을 말하지 못하고 있습니다"라고 했다.

둘째, 『삼국지·위서·곽가전(三国志·魏书·郭嘉传)』을 추천하고, "지략이 뛰어나고 판단이 정확함"을 흠모했다. 마오쩌둥이 이 기간 가장 많이 읽고 추천한 책은 『삼국지·위서·곽가전』이었다. 이 책을 추천한 목적은 지도자들이 계획적으로 다른 의견을 잘 청취하고 수용하여 제때에 정확한 결책을 내리게 하기 위함이었다. 즉 조조(曹操)와 곽가(郭嘉)처럼 "지략이 뛰어나고 판단이 정확"했으면 하는 기대에서였다.

1959년 3월 2일 정주(郑州) 회의에서 그는 곽가전의 내용을 처음부터 끝까지 거의 다 이야기했다. 그리고 나서 "이 이야기를 빌어, 인민공사 당위원회 서기 및 현 당위원위 서기, 지역 당위원회 서기들에게 방안은 많지만 결단성이 없는 사람, 우유부단한 사람이 되어서는 안 됩니다. 많은 방안 중 요점을 잡을 수 있어야 합니다. 이것은 방법의 문제입니다"라고 말했다. 이런 말을 한 것은 지도자들이 '고생스러운 관료주의'에 빠지는 것을 막기 위한 것이었으며, 결책을 함에 있어서 많이 토론하고, 문제를 발견하면 제때에 시정할 수 있도록 하기 위한 것이었다.

한 달 후, 마오쩌둥은 상해(上海)에서 또 곽가전에 대해 이야기했다. 그리고 나서 "곽가는 지략이 뛰어난 사람으로, 조조를 도와 남전북정하는 중 후방에서 전략을 짰는데 많은 좋은 계략을 내놓았습니다. 우리가 따라 배워야 할 것입니다"라고 했다. 마오쩌둥은 이로부터 '대약진' 운동에서 일부 지도자들이 방안은 많으나 결단을 내리지 못한 점, 혹은 방안이 없이 독단적으로 일을 한 것에 대해 연상했다. 그리고 더 나아가서, "계략이 많다는 것은 여러 측면의 사람들과 토론하고, 서로 다른 의견을 청취하는 것입니다. 계략이 없으면 좋은 결책이 나올 수 없습니다. 사람들의 판단에는 세 가지가 있습니다. 즉 정확한 판단, 독단, 그리고 제때에 판단하지 못하는 것입니다. 시기를 놓치지 말고 제때에 결단을 내려야 합니다."라고 말했다. 마오쩌둥은 1959년의 여산(廬山)회의 기간에도 곽가의 사적에 대해 이야기했다. 그는 "1958년의 경제계획은 잘못되었습니다. 곽가처럼 지략이 뛰어나고 판단이 정확해야 하며 여지를 남길 줄도 알아야 합니다"라고 말했다. 심지어 "국난에 훌륭한 장수가 그립다"고 탄식하기까지 했다.

셋째, 『사기 · 역생육가열전(史记 · 郦生陆贾列传)』을 추천하면서 '민주적으로 간언을 받아들일 것'을 호소했다. 사실상 곽가와 조조의 의기투합은 모략과 결단의 결합이라 할 수 있다. 이는 곽가뿐만 아니라, 조조가 성취를 이루 수 있도록 했다. 하지만 역사적으로 볼 때, 지도부 성원들 중 결책자와 기획자가 모두 조조와 곽가처럼 의기투합한 것은 아니다. 가장 전형적인 비극은 항우(项羽)와 범증(范增)이라 해야 할 것이다. 1962년 1월에 개최된 7,000명 대회는 '대약진'의 경험, 교훈을 종합하였다. 마오쩌둥은 1월 30일의 대회에서 『사기』에 기술된 유방(刘邦)이 간언을 잘 받아들여 승리하고, 항우(项羽)가 의견을 듣지 않아 실패한 이야기를 하였다. 그는 "과거 항우라고 있었는데 서 초패왕이라고 불렸습니다. 그는 다른 사람들의 의견을 잘 듣지 않았습니다. 그에게는 범증이라는 모사가 있었는데 늘 계략을 내놓곤 했습니다. 하지만 항우는 범증의 말을 듣지 않았습니다. 그 외에 유방이라고 있었는데 그는 한고조입니다. 그는 다른 사람들의 여러 가지 다른 의견을 잘 받아 들였습니다."라고 말하고 나서 『사기·역생육가열전』에서 역이기(酈食其)가 유방에게 알현하기를 청한 이야기를 상세히 하였다. 마오쩌둥은 "유방은 봉건시대 역사가들에게 '너그럽고 간언을 잘 들어주는 영웅'으로 부각되었습니다. 유방과 항우는 여러 해 동안 전쟁을 하였는데, 결과 유방이 승리하고 항우가 패배하였습니다. 이것은 우연한 일이 아닙니다"라고 종합했다.

유방과 항우의 다른 지도 방식의 성패를 비교한 것은 '대약진' 기간 일부 지도자들이 민주적이 되지 못하고 간언을 받아들이지 않는 기풍에 초점을 맞춘 것이었다. 마오쩌둥은 연설에서 "현재 우리의 일부 제1 서기는 유방보다도 못합니다. 오히려 항우와 비슷합니다. 이런 동지들이 일하는 기풍을 고치지 않는다면 나중에는 붕괴될 수도 있습니다. '패왕별희(霸王別姬)'라는 연극도 있지 않습니까? 이런 동지들이 고치지 않는다면 어느 날엔가는 '별희'가 되겠지요"라고 경고했다.

해서정신은 '대가 바르고 솔직한 것'이고, 곽가의 지략은 '담략과 식견'에 있으며, 유방이 간언을 받아들이는 것은 '도량'에 있다. 이 세 가지가 바로 대약진시기 적지 않은 지도자들에게 부족한 것이었다. 마오쩌둥은 이로써 지도자들의 기풍과 시대의 병폐를 바로잡으려 했다. 이것은 정확히 본 것이고, 적절하게 사용한 것이었다. 더욱 중요한 것은, 역사 속의 인물 전기를 이용해 간부들을 일깨움으로써 긴장감을 주지 않으면서도 사람들을 깊이 깨우칠 수 있게 했던 것이다. 이를 통해서도 마오쩌둥이 책을 이용하고 추천함에 있어서의 노련함을 엿볼 수 있는 것이다.

『귀신을 두려워하지 않는 이야기』를 선택 · 편집하여 혼란한
정국에 대처하다

1950년대 말부터 1960년대 초까지, 중국은 정국이 혼란스러웠다. 중국은
여러 가지 압력과 어려움에 시달렸다. 1959년 3월 서장(西藏)에서 무장반란이
일어났다. 반란을 평정하는 것은 국내 사무에 속하지만, 국제적으로 중국을
반대하는 붐이 일었다. 이 영향을 받아 원래 화목하던 중국-인도관계가
불안해지기 시작했다. 1959년 6월 소련은 원자탄 연구에 관해 달성한
중소(中苏) 간 협의를 중지시켰다. 9월 소련은 성명을 발표해 중국을 비판하고
인도를 비호했다. 중국과 소련 사이의 이견이 공개화 되었으며, 중소
우호관계가 해체되기 시작했다. 그 후로는 논전상태로 진입해 양국관계가 더욱
악화되었다. 바로 1959년부터 시작된 대약진운동의 오류와 자연재해로 인해
중국은 경제발전과 인민생활이 심각한 어려움에 봉착했다.

어떠한 정신 상태로 이런 도전과 압력에 대처하고, 난관을 이겨나가는가 하는
것은 마오쩌둥이 당시 비교적 많이 고려한 문제였다.

1959년 봄부터 그는 다른 장소에서 고대 필기소설 중의 귀신을 두려워하지
않는 이야기를 많이 했다. 5월 6일 그는 11개 나라의 방문단에 서장(西藏)
분열자들의 무장반란과 중국-인도 관계에 대해 설명하였는데, 화제를 "귀신을
두려워하지 않는 이야기"로 돌리면서 처음으로 『귀신을 두려워하지 않는
이야기』 를 편집하려는 착상을 내놓았다. 그는 "세상에는 귀신을 두려워하는
사람도 있고, 두려워하지 않는 사람도 있습니다. 귀신은 두려워하는 것이
좋을까요, 아니면 두려워하지 않는 것이 좋을까요? 경험이 증명하다 시피
귀신은 두려워하지 않는 것이 좋습니다. 두려워할수록 더 꿍꿍이속이 있는

거지요. 두려워하지 않을수록 꿍꿍이속이 없는 거죠. 중국의 소설에는 귀신을 두려워하지 않은 이야기가 있습니다. 이런 이야기를 소책자로 편집할 생각입니다"라고 했다.

마오쩌둥은 호교목(胡喬木)에게 이 일을 실행하라고 했다. 그리고 중국과학원 문학연구소 소장 하기방(何其芳)에게 임무를 맡겼다. 1959년 여름 『귀신을 두려워하지 않은 이야기』가 기본적으로 편집되었다. 이 책의 원고는 고대 소설에서 사람들이 귀신과 지혜롭게 용기를 겨룬 이야기를 수십 편 선택 편집하였는데, 짧은 것은 수십 자, 긴 것도 천 자 정도밖에 되지 않았다. 마오쩌둥은 이 책의 원고를 읽고 나서 일부 이야기를 선택해 회의에서 인쇄 발급하라고 했다. 그 후 그는 또 하기방(何其芳)에게 이 이야기들을 한층 더 정선하고 알차게 만들라고 했다. 이 책은 70여 편의 이야기를 수록하였는데, 모두 6만여 자가 되었다. 문어체였으므로 문장마다 주석을 달았다. 하기방(何其芳)은 또 머리말을 써서 왜 이런 책을 편집했느냐에 대해 설명했다.

국제정세가 불확실했으므로 책의 출판시기에 대해서는 좀 더 두고 보기로 했다. 그리하여 이 책은 1년여 시간이 지난 후에야 출판되었다. 1960년 12월 1일 81개 공산당과 노동당이 모스크바에서 대표대회를 열었다. 오랜 시간의 논쟁 끝에 끝내 협의를 달성하고 공동 성명서에 서명해, 중소 이견이 더 격화되는 추세가 완화되었으며 국제 사회주의 진영의 단결을 기본적으로 수호할 수 있었다. 1961년에 개최된 중국공산당 8기9중전회는 또 '조정, 보강, 공고화, 제고'라는 방침을 확정해 중국 내 경제적 곤경을 해결하는 데에도 상응하는 방법을 찾게 되었다. 이런 상황에서 마오쩌둥은 『귀신을 두려워하지 않는 이야기』를 내놓을 수 있는 조건이 성숙되었다고 인정했다. 그의 말을 빈다면 이 시기에 이 책을 읽게 하는 것은 "그다지 세상을 놀라게 하는 일은 아니다"라는 것이었다.

1961년 1월 4일 마오쩌둥은 하기방(何其芳)과 머리말의 수정에 대해 이야기하기로 약속했다. 하기방(何其芳)은 마오쩌둥의 의견에 따라 머리말을 수정하여 보냈다. 이 머리말에 마오쩌둥은 또 일부 내용들을 더 해 넣었다. 그중에는 이런 구절이 있다. "우리가 '귀신'을 두려워할수록 '귀신'이 우리를 좋아하는 것인가? 아니면 자비심이 생겨서 우리를 해치지 않는 것인가? 이로부터 우리의 사업이 갑자기 순조로워질까, 햇빛이 따사롭고 꽃이 필 것인가?' 머리말의 말미에 써넣은 이 구절은 마오쩌둥이 『귀신을 두려워하지 않는 이야기』를 출판하게 된 현실적 의의를 직접적으로 드러냈다. "세계에는 아직도 귀신과 요괴가 매우 많다는 것을 독자들은 잘 알고 있을 것이다. 그들을 괴멸시키려면 시간이 걸린다. 국내의 어려움도 아직은 매우 크다. 중국형 마귀의 잔존 세력들도 못된 짓을 하고 있다. 사회주의의 위대한 건설의 길에는 아직도 극복해야 할 장애물이 많다. 그러므로 이 책의 출판이 매우 필요하게 된 것이다.'

『귀신을 두려워하지 않는 이야기』는 1961년 2월 인민문학출판사에서 정식 출판되었다. 인쇄에 넘기기 전, 그는 교정지를 유소기(刘少奇), 주은래(周恩来), 덩샤오핑(邓小平), 주양(周扬), 곽말약(郭沫若) 등에게 보내 의견을 청구하도록 지시했다. 출판될 때에는 또 『홍기』 잡지와 『인민일보』에 머리말을 게재하도록 했다. 이 책은 또 여러 가지 외국어로 번역하도록 지시했다. 책이 출판된 후에는 정풍에 참가한 간부들이 읽도록 추천했다. 이처럼 대대적으로 추천한 것은 『귀신을 두려워하지 않는 이야기』를 현실 정치투쟁과 사상교육의 도구로 삼으려 했던 것이 분명하였다.

마오쩌둥이 당시 말한 '귀신'에는 두 가지 의미가 있었다. 하나는 국제적으로 중국을 반대하는 세력들을 가리키며, 다른 하나는 국내의 어려움과 장애물을 가리켰다. 『귀신을 두려워하지 않는 이야기』를 편집한 초심과 마오쩌둥이 이 기간에 쓴 "복산자·매화를 읊노라(卜算子·咏梅)", "칠률·곽말약 동지에게 답하며(七律·和郭沫若同志)", "칠률·겨울구름(七律·冬云)" 등의 시와 사(詞)들은 증거가 될 수 있다. 이 시사(詩詞)들의 "요괴와 귀신은 필연코 재난을 가져올 것이다(妖为鬼蜮必成灾)", "온갖 꽃이 분분히 지네(万花纷谢一时稀)", "하늘은 높고 찬바람이 거세구나(高天滚滚寒流急)" 등의 시구는 『귀신을 두려워하지 않는 이야기』를 편집할 때의 상황과 같은 것이다. 또한 이런 시사에서 그가 창도한 정신은 『귀신을 두려워하지 않는 이야기』에서 보여주려고 한 것과 똑 같다. 의지가 확고하고, 대담하게 싸우고 승리하자는 것이었다. 귀신을 두려워하지 말아야 할 뿐만 아니라 자발적으로 '귀신'과 싸워야 한다. 예컨대, "금빛 원숭이가 떨치고 나서 천균봉을 휘두르니, 옥우의 먼지가 일소되네(金猴奋起千钧棒, 玉宇澄清万里埃)", "벼랑에 백 장의 얼음이 걸렸는데 여전히 꽃이 피었네(已是悬崖百丈冰, 犹有花枝俏)" 등으로부터 알 수 있다. 곽말약은 당시 '복산자·매화를 읊노라'를 읽고 나서 "우리의 처지는 아주 어렵고 고립된 것 같다. 본질적으로 문제를 보지 않으면 쉽게 동요할 수도 있다. 주석은 이를 통해 여러 사람들을 격려하려는 것이다. 우선 당 내에서 돌려 보도록 한 것은 당원 동지들이 견뎌낼 수 있기를 희망하기 때문이다"라고 평가했다. 『귀신을 두려워하지 않는 이야기』를 편집 출판한 것도 같은 목적이었고, 같은 역할을 기대했던 것이다.

물론, 여러 '귀매'의 압력에 '두려워하지 않는 것'만으로는 효과적이지 못했다. 마오쩌둥의 매번 담화와 『귀신을 두려워하지 않는 이야기』의 머리말을 수정한 상황으로부터 '귀신'을 두려워하지 않는 정신에는 다음과 같은 의미가 있음을 알 수 있다. 즉 '귀신'을 두려워해도 쓸모가 없다. 두려워할수록 귀신은 더 많아진다. 전략적으로 경시하고 전술적으로 중시하면 반드시 여러 가지 '귀신'을 이겨낼 수 있다는 것이었다. 또한 '귀신'을 두려워하지 않을 뿐만 아니라, 더 나아가서는 '귀신'과 싸워야 하는데 이것은 장기적인 과정이라고 하였다. 그리고 '절반은 사람이고 절반은 귀신'인 대상을 우리 편으로 끌어들이고 개조시켜야 한다는 것이었다.

서방 정계 요인들의 저작을 연구하여 국제정세를 파악하다

1950년대 후기부터 마오쩌둥은 여러 장소에서 서방 정계 요인들의 저작에 대해 논하는 일이 많아지기 시작했다. 이는 그가 서방의 냉전 구도에 대해 더 많은 관심을 가지게 되면서 국제전략을 조정하려는 의도와 관련이 있다. 그는 국제 재료와 서방 정계 요인들의 저작을 읽음으로써 국제정세를 제때에 정확하게 파악하려 했다.

1958년 10월 미국 심리학자 해리와 파나로 · 오버스트리트 부부는 『공산주의에 대해 우리는 무엇을 반드시 알아야 하나』를 출판했다. 델레스는 임종 전 이 책을 아이젠하워에게 추천, 사회주의 진영과의 싸움에서 참고서로 할 수 있다고 했다. 중국공산당 대외연락부는 이 책에서 당시 국제정세와 미국의 반 소련, 반 공산당 기본 정책에 관한 내용들을 발췌하여 마오쩌둥에게 보내주었다. 마오쩌둥은 1960년의 1월 이 책을 읽은 후 "여러 동지들이 읽게 한 후 다시 내게 보내주시오"라고 지시했다. 이 발췌록은 네 개 부분으로 나뉘었다. 즉 자본주의는 공산주의와 공존할 수 없다, 후루시초프의 평화 경쟁은 "제국주의 전쟁"이다, "담판은 반드시 실력으로부터 출발해야 한다",

미국공산당은 "법률적으로 허락받은 것이 아니다." 여기의 제3부분에서는 공산당원들과 담판할 때 "회의 테이블을 평화 테이블이라고도 하지만, 사실은 전쟁의 다른 한 장소일 뿐이다"라고 했다. 마오쩌둥은 여기까지 읽고 나서 "맞는 말이다"라고 평어를 달았다. 양대 진영의 냉전은 그야말로 지피지기라고 할 수 있다.

　　마오쩌둥은 드골의 『전쟁 회고록』을 읽고, 그가 영국과 미국에 대한 태도를 알게 되었으며 감히 영국, 미국에 '삐칠 수' 있는 용기를 높게 평가했다. 1957년 드골은 대통령 경선에 참가할 것이라고 발표했다. 1957년 11월 마오쩌둥은 소련 방문 시 후루시초프에게 드골이 정권을 잡을 것이라고 말했다. 당시 후루시초프가 그 말을 믿지 않았을 뿐만 아니라 프랑스공산당도 믿지 않았다. 1958년 6월 마오쩌둥은 또 드골이 "정권을 잡는 것이 좋으냐, 나쁘냐?"하는 문제를 제기해, 중앙 지도자들이 토론하기도 했다. 마오쩌둥은 이 토론에 대해 "이 사람은 영국·미국과 잘 삐친다. 그는 과거 적잖은 고초를 겪었다. 회고록을 쓴 적이 있는데, 영국·미국을 많이 욕하고 소련에 대해서는 좋은 말을 했다. 지금 보기에도 그는 앞으로 영국·미국과 잘 삐칠 것 같다. 프랑스가 영국·미국과 삐치면 좋은 점이 많다"고 결론을 내렸다. 이 판단은 국제·국내적으로 다수의 의견과 같지 않았다. 당시 국제 평론은 드골이 집정하는 것은 파쇼가 집정하는 것과 같다고 보았다. 하지만 마오쩌둥은 드골의 『전쟁 회고록』을 읽고 그가 민족의식이 아주 강하다는 것을 보았으며, 미국의 통제와 간섭에 굴복하지 않을 것을 보았다. 이는 유럽 중립주의의 발전을 추진하는데 이로운 점이 있었다.

　　드골 집정시기의 정책을 보면 마오쩌둥의 판단이 정확했음을 알 수 있다. 1960년 5월 27일 마오쩌둥은 영국의 몽고메리 원수와 담화할 때, "우리는 드골에 대해 두 개 측면으로 생각한다, 첫째, 그는 괜찮은 사람이다. 둘째, 그는 결점이 있다"고 했다. 드골이 괜찮은 사람이라고 한 것은 그가 미국의 지휘를 무조건 따르지 않는다는 것, 미국이 프랑스에 공군기지를 건립하지 못하도록 했다는 것, 육군도 미국이 지휘하도록 한 것이 아니라 그 자신이 지휘했다는 것이다. 프랑스의 지중해함대는 원래 미국에서 지휘했는데 그가 지휘권을 회수했다. 이 몇 가지로 인해 우리가 그를 아주 좋게 보는 것이라고 했다. 그 외에 결점도 매우 많다고 했다. 군대의 절반을 알제리 전쟁에 투입한 것은 그의 손발을 자유롭지 못하게 했다는 것이다. 드골이 세상 떴을 때 중국은 조문을 보냈다. 이에 대한 마오쩌둥의 해석은 "그가 히틀러를 반대하고, 미국을 반대했기 때문이다"였다.

1960년 1월 이든 영국 전임 총리가 회고록을 발표했다. 이때 외지에서 소련 『정치경제학 교과서』를 읽고 있던 마오쩌둥은 즉시 『이든 회고록』 중문판을 얻어다 읽었다. 그리고 나서 독서 소조 성원들에게, "이든이 회고록을 발표했는데, 회고록에서 두러스에게 욕설을 퍼부었다. 그리고 하이젠하워도 나쁜 사람이라고 썼다. 이 회고록에는 우리가 과거 몰랐던 제국주의 내부 모순과 다툼에 대해 적지 않게 썼다. 아주 볼만하다"고 했다. 이 해 5월 영국 몽고메리 원수를 만난 자리에서도 "이든 회고록을 본적이 있다. 회고록에서 그는 미국이 동남아시아조약기구를 구성할 때, 영국은 인도를 참가시킴으로써 미국에 대처하려고 했다. 그러자 미국은 단호히 반대했으며, 만약 인도가 참가한다면 장개석과 일본이 참가해야 한다고 요구했다. 이든은 회고록에서 장개석이 어찌 네루와 비길 수 있느냐고 했다"고 말했다. 마오쩌둥의 이 같은 인용은 그가 독서를 통해 서방 각국의 내부 동향을 민첩하게 포착하고 있었음을 말해준다. 특히 그들 간의 모순과 중국 관련 정책에 대해 민감해

했으며 중국 측이 대응할 때 참고로 했음을 알 수 있다.

몽고메리의 중국 방문은 마오쩌동에게 좋은 인상은 남긴 듯했다. 그 후 마오쩌동은 세계지식출판사에서 갓 출판한 몽고메리의 저서 『명석한 방법-동서방 관계 연구』를 읽었다. 이 책의 주요 논점은 서방이 독일과의 전쟁에서 승리했지만, 정치적으로는 소련에 졌다는 것, 서방이 전후 동방과의 세계적 범위의 투쟁에서 사실상 실패했다는 것, 미래 투쟁은 정치, 경제와 의식형태로 전화될 것이므로 서방은 반드시 책략을 바꾸어 동서방 관계의 일부 '현실적 요소'에 대해 인정해야 한다는 것, '우호적인 중국'을 쟁취하는 것이 서방 정치 목표 중 하나가 되어야 한다는 것이었다. 마오쩌동은 이 같은 중요한 내용에 동그라미를 처서 유소기(刘少奇), 주은래(周恩来), 덩샤오핑(邓小平)에게 보내며 "아주 재미있습니다. 반드시 읽어야 할 책입니다"라고 했다.

몽고메리는 1960년 6월 9일의 어느 한 연회의 연설에서, "중국혁명은 중국에 유익하다. 탐오, 부패, 불량배, 건달과 양코배기들을 모두 내쫓았다. 중국의 영도자는 학문이 있고 지혜롭다. 서방에서 중국 영도자가 세계에 대해 잘 모른다고 하는 것은 정확하지 못하다"고 했다. 몽고메리는 또 소련과 중국을 방문한 후 두 가지 결론을 내렸다고 말했다. 즉 "서방 국가들은 반드시 공산주의와 공존할 방법을 찾아야 하며, 동시에 서방국가들은 모든 방법을 다해 기독교 문명의 기초를 보존해야 한다"고 말했다. 마오쩌동은 이 연설 자료를 읽고 나서 강청(江青)에게 읽도록 했으며 "그가 왜 이런 말을 했는지 연구해야 한다"고 제기했다.

드골, 이든, 몽고메리 등의 저작을 읽고 연구함에 있어서, 마오쩌동은 서방 각국의 내부 모순 및 중국에 대한 서로 다른 관점을 중시했다. 이는 마오쩌동이 그 후 "두 개의 중간 지대"와 "세 개의 세계로 구분' 및 '하나의 선'이라는 국제 전략사상을 내놓는데 아주 큰 영향을 주었다. 그는 소련 『정치경제학 교과서』를 읽고 나서의 담화에서 이든 회고록에 대해 언급한 적이 있는데, "우리나라에도 과거 지주·매판 계급 각 분파 간 모순이 존재했었다. 이 모순은 제국주의 간의 모순을 반영하는 것이기도 하다. 그들 내부에 모순이 존재했으므로 우리는 늘 그런 모순을 이용하곤 했다. 그러므로 어느 한 시기 우리와 직접 싸운 것은 다만 적의 일부분일 뿐 적의 전체가 아니었다. 우리는 이로부터 변통할 여지와 휴식 정비할 시간을 얻을 수 있었다"고 말했다.

마오쩌둥은 또 미국 맥스웰 테일러 장군의 『음조가 분명하지 않은 나팔소리』를 세독한 적이 있으며, 그의 미국 핵전쟁과 재래식 전쟁에 관한 책략에 주의를 돌렸다. 맥스웰 테일러는 하이젠하워 집정 시기 육군 참모장 직을 담임한 적이 있는데 자신의 주장을 실현할 수 없었으므로 사직했었다. 케네디가 대통령이 된 후 그에게 삼군 참모장 연석회의 주석 직을 담임하게 했다. 1963년 7월 쿠바 대표단을 회견할 때 마오쩌둥은, "테일러는 조선에서 우리와 전쟁을 한 적이 있습니다. 그가 쓴 『음조가 분명하지 않은 나팔소리』라는 책을 읽어보는 게 좋습니다. 그는 이 책에서 트루먼과 이이젠하워가 과거 재래식 전쟁 무기를 중시하지 않았다고 비판했습니다. 그는 핵전쟁을 해야 할 뿐만 아니라 재래식 전쟁도 해야 한다. 핵전쟁은 한다고 하면서도 하지 않는다, 이것을 두고 음조가 분명하지 않다고 했습니다"라고 말했다.

1965년 1월 마오쩌둥은 미국 기자 에드가 스노우와의 담화에서 재차 『음조가 분명하지 않은 나팔소리』를 읽은 감상에 대해 이야기했다.

우리도 미국의 군사 저작에 대해 연구합니다. 남베트남 주재

미국 대사이고 참모장 연석회의 전임 주석인 테일러가 『음조가 분명하지 않은 나팔소리』라는 책을 쓴 적이 있습니다. 이 책을 보면 아주 재미있습니다. 그는 핵무기에 대해 그다지 찬성하지 않았습니다. 그는 책에서 조선전쟁에서 핵무기를 쓰지 않았고, 중국 해방전쟁에서도 쓰지 않았으며 이후의 전쟁에서도 쓸 수 있을 지의 여부에 대해 의심을 가지고 있었습니다. 그는 육군의 인수와 비용을 쟁취하려고 하는 동시에 또 핵무기를 만들어야 한다고 말했습니다. 즉 양자를 병행해야 한다고 보았습니다. 그는 육군을 대표하여 육군의 우선권을 쟁취하려고 했습니다. 현재 남베트남에서 실험할 기회를 획득했습니다.

이러한 논평을 보면, 마오쩌둥이 독서를 통한 '지피(상대편을 알다)'의 효용을 알 수 있다. 마오쩌둥은 또 닉슨의 『여섯 번의 위기』에 대해서도 읽은 적이 있다. 1972년 닉슨을 만나는 자리에서 책이 훌륭하다고 칭찬했다. 1976년 9월 초 마오쩌둥은 서거 전 이미 말을 할 수가 없었지만, 여전히 일본 자민당 총재의 경선에 대해 관심을 가지고 있었다. 그는 목제 침대를 세 번 두드리는 것으로 자민당 총재 출마자 중 한 사람인 미키 다케오(三木武夫)의 책을 보겠다고 표시했다. 이에 사무요원들이 상해(上海)에서 갓 출판된 『미키 다케오 및 그의 정견』이라는 책을 찾아다 주었다. 국외 정국에 대한 관심과 관련 사고는 그가 판단과 결책에 대해 표현할 수 없을 때까지 그와 평생을 함께 해왔다고 할 수 있다. 이런 것을 두고 전략가의 본색이라고 할 수 있을 것이다.

마르크스 · 레닌주의 고전 30권을 추천하여 수정주의의 방지와 반대에 착안하다

1963년 중국과 소련 양당 간 어떻게 마르크스주의를 인식하고, 발전시키겠는가에 대한 논전이 고조에 올랐다. 중국 국내에서는 사회주의 교육운동을 시작했다. 이 두 가지 일은 국제, 국내에 관한 것이지만 사실상 상호 관련이 있다. 당시의 설명대로 하면, 수정주의를 방지하고 반대하기 위한 것이다. 정세의 필요에 따라, 마오쩌동은 이 해 고급 간부들이 마르크스 · 레닌주의 원작을 공부할 것을 제기했다.

1963년 5월 마오쩌동은 사회주의 교육운동 지도 문건인 '현재 농촌 공작에서의 약간의 문제에 대한 결정(초안)'('전 10조'라고도 함)을 심열할 때, 추가로 써넣은 부분에서 마르크스 · 레닌의 저작을 읽을 것을 제기했다. "지금 우리 일부 지도자들과 일반 공작을 하는 많은 동지들이 마르크스주의 과학적 혁명 인식론에 대해 모르거나 혹은 잘 모른다. 그들의 세계관과 방법론은 여전히 자산계급적인 것이다. 혹은 자산계급 사상의 잔여가 남아있다고 할 수 있다. 그들은 툭하면 의식적 혹은 무의식적으로 주관주의(유심주의)로 유물주의를 대체하고 형이상학으로 변증법을 대체한다", "공작을 잘하기 위해 각급 당위원회는 마르크스주의 인식론을 공부하도록 대대적으로 제창하여, 이것이 대중화 되도록 해야 하며, 광범위한 간부와 인민대중들이 알게 해야 한다"고 했다. 그 후 중국공산당 중앙 선전부는 마오쩌동의 의견에 따라 "간부들이 선독해야 할 마르크스 · 레닌 · 엥겔스 저작 목록"을 작성했다. 즉 통상적으로 말하는 "30권"이 그것이다. 이것은 마오쩌동에게 보고하여 심사를 받고 결정했다.

이 30권 중에는 마르크스의 저작이 8권, 엥겔스의 저작이 3권, 레닌의 저작이 11권, 스탈린의 저작이 5권이다. 이렇게 대규모로 고전 저작을 읽도록 요구한 것은 진정으로 마르크스주의 기본 원리를 알게 하여 중고급 간부들이 마오쩌둥이 당시 걱정했던 수정주의가 나타나는 것을 식별하고 경계하기 위한 것이었다.

여기서 한 가지 이상한 일은, 30권의 고전 저작 중 플레하노프의 저작이 3권이나 들어 있다는 점이다. 이 3권은 『일원론적 역사관의 발전을 논함』, 『예술을 논함』(『주소가 없는 편지』라고도 번역되었음), 『개인의 역사적 역할 문제를 논함』 등이다. 이것은 마오쩌둥이 추가하도록 제의한 것이다. 마오쩌둥은 플레하노프의 책을 읽기 좋아했다. 그가 읽은 『일원론적 역사관의 발전을 논함』에는 적지 않은 동그라미와 평어가 남겨져 있다. 이 책에는 "환경이 사람을 창조하고, 사람이 환경을 창조한다"는 구절이 있다. 이 단락에 마오쩌둥은 "영웅이 시대를 만들고 시대가 영웅을 만든다"는 평어를 달았다. 마오쩌둥이 추천한 플레하노프의 책들은 각각 철학, 정치와 문화 시각으로 유물사관을 논술한 것이다. 레닌은 플레하노프를 "러시아 마르크스주의의 아버지"라고 한 적이 있고, 마오쩌둥도 플레하노프가 러시아에서 마르크스주의를 전파함에 있어서 공로가 있으며, 중국의 입장에서 말하면 진독수(陈独秀)와 대등하다고 한 적이 있지만, 중국과 소련이 논전을 벌이고, 수정주의를 방지하고 반대한다는 배경 하에서 플레하노프를 마르크스주의 고전 저작 작자의 대열에 넣은 것은 어쩐지 납득이 되지 않는 일이다. 사실상 플레하노프와 레닌은 의견 불일치가 있어 레닌의 비판을 받은 적이 있었다. 당시 중국 이론계는 플레하노프를 수정주의와 기회주의자로 취급했다. 인민출판사에서 1963년에 출판한 내부 비판용 '회피서(灰皮书)'에는 상하권으로 된 『플레하노프 기회주의 문선』이 들어 있다. 이 책의 편역자는 아마 1963년 7월 11일 선전·교육 부문 책임자 회의에서 마르크스·레닌주의 원작 독서 계획에 대해 말할 때 마오쩌둥이 "이 도서 목록에는 플레하노프의 저작이 들어가야 한다"고 말한 적이 있다는 것을 알고 있는지 모르겠다.

이 회의에서 마오쩌둥은 계획적으로 수 년 사이에 이 수십 권의 마르크스·레닌주의 고전 저작을 다 읽도록 해야 한다고 말했다. 또한 큰 글자체 책도 인쇄해야 하며, 번역문은 교정을 해야 한다고 말했다. 그리고 이 마르크스주의 고전저작들을 위해 쓴 서문, 해석, 주석은 글자 수가 본문을 초과해도 괜찮다고 했다. 중고급 간부들이 이런 책을 읽도록 흥미를 불러일으켜야 한다고 말했다. 고전을 읽는데 흥미가 없다면 우선 집중적으로 공부하도록 할 수 있는데, 중급 이상 간부는 수만 명만 공부해도 된다고 말했다. 200명 간부만 진정으로 마르크스·레닌주의를 알아도 괜찮은 것이라고 말했다.

이 계획을 실행하기 위해 마오쩌둥은 아주 세밀하게 배치했다. 1963년 8월 4일 그는 큰 글자체의 마르크스·레닌주의 저작을 인쇄하기 위해 주양(周扬)에게 편지를 보내 "겉표지는 판지를 사용하지 마십시오. 『유물주의와 경험비판주의』, 『반뒤링론』과 같은 두꺼운 책은 4권, 혹은 8권으로 나누어 간부들이 읽기 편리하게 제작하십시오"라고 했다. 1964년 2월 15일 그는 중국공산당 중앙 선전부에서 개최한 고급 간부를 조직하여 마르크스·레닌주의 저작을 읽도록 하는 것에 관한 보고에서 육정일(陆定一)에게 이 30권의 저작을 큰 글자체로, 선장으로, 여러 권으로 나누어 인쇄할 것을 지시했으며 "당신이 독촉하여 빨리 진행하십시오", "책마다 1만 권 혹은 2만 권이나 3만 권씩 인쇄하는 것이 어떻습니까? 나는 하루 빨리 이런 큰 글자체의 책을 보고 싶습니다"라고 말했다.

이번의 마르크스·레닌주의 저작 독서를 제창한 것은 중소 논전 배경이 있는 만큼 양측이 논전에서 어떻게 마르크스주의를 대했는가를 알아보기로 하자.

이번의 논전은 중국 입장에서 말하면, 소련공산당 중앙의 질책과 공격에 답하고 중국이 혁명과 건설과정에서 탐색하여 이루어진 이론과 혁명의 길에 대해 밝히는 동시에 국제 사회주의 진영에 존재하는 '아버지 당', '고양이와 쥐 관계의 당' 등을 반대하기 위한 것이었다. 논전이 격화됨에 따라 양당 관계가 악화되어, 이데올로기적으로 상호 질책했으며 모두 자기가 진정한 마르크스·레닌주의를 견지하고 있다고 인정했다. 이와 같은 이견은 이론적인 인식에만 그친 것이 아니라 국가관계의 긴장까지 초래했다. 소련은 정치, 경제, 심지어 군사적으로 끊임없이 중국에 압력을 가했다. 이로 인해 마오쩌둥은 소련이 마르크스·레닌주의를 위배했다고 생각했으며 자신이 마르크스·레닌주의 저작을 읽었을 뿐만 아니라, 마르크스·레닌주의 저작을 읽을 것을 제창하게 되었던 것이다. 그는 이러한 고전 저작에서 수정주의를 반대할 수 있는 관점과 어구를 찾으려 했다. 결과는 덩샤오핑(邓小平)이 후에 종합한 것처럼, 논전 양측이 모두 "공론만 많이 했다", 그렇다고 이미 세상을 떠난 지 50년, 100년이 거의 되는 마르크스와 레닌에게 "지금 나타난 문제에 대해 기성 답안을 내놓으라고는 할 수 없는 일이다"라고 했다. 덩샤오핑(邓小平)은 또 "우리도 당시 우리가 한 말이 모두 맞다고 생각하지 않는다"고 했다.

오늘에 와서 보면, 당시 중국과 소련 양당이 이데올로기와 관련하여 진행한 이 논전의 핵심 이슈는 변화된 조건 하에서 어떻게 마르크스주의를 인식하고 발전시키는가 하는 것이었다. 당시에는 이 문제를 분명히 하지 못했다.

하지만 이 같은 논전으로 인해 마오쩌둥은 국내에서 수정주의를 방지하고 반대하는 일을 더욱 중시하게 되었으며, 더 나아가 국제투쟁과 중국공산당 내부 및 국내의 모순들을 한데 뒤섞는 바람에 현실 국정을 잘못 판단하는 데에 이르렀다. 공작 상의 일부 의견 차이를 계급투쟁과 수정주의적 표현이라고 보았다. 이러한 판단으로 인해 그는 마르크스·레닌주의 고전 저작에서 의거와 답안을 찾으려 했다. 그 결과 중국 사회주의 건설의 역사적 방향과 위치, 현실 국정에 대해 잘못된 판단을 내리게 되었으며, 현실적 위기가 가까워 온다고 생각하게 되었다. 최종적으로 실천에서 문제가 생기게 되었으며, 더 나아가 이론과 실천이 모두 혼란에 빠지게 되었다.

미처 이루지 못한 꿈: "무엇을 더 써낼 수 있을지 모르겠다"

마르크스·레닌주의 저작 30권에 대한 독서계획 실시 이후, 마오쩌둥은 그전부터 제기했던 마르크스·레닌주의 저작에 "서문을 쓰고 평어를 단다"는 착상을 실시하기 시작했다. 즉 일반적인 독서만으로는 효과를 담보하기 어려웠으므로, 중국혁명과 건설의 실제와 결부시켜 공부할 중점을 제시할 필요가 있었다.

이는 마오쩌둥이 오래전부터 생각해 온 일이었다.

마르크스와 엥겔스는 『공산당선언』에 전후하여 7개의 서문을 썼다. 이러한 서문에서 그들은 항상 『공산당선언』의 기본 사상과 일부 명제들에 대해 논하였으며, 1848년 이후 각국 노동운동의 실제와 연계시켜 『공산당선언』의 기본 원리의 실제 운용은 "그 시기의 역사적 조건에 따라 수시로 변화해야" 함을 반복적으로 설명했다. 마오쩌둥은 이 관점을 아주 중시했으며, 늘 이 구절을 인용해 새로운 시대 조건 하에서 마르크스주의를 발전시켜야 한다고 강조했다.

1958년 1월 4일 항주(杭州) 회의에서는 심지어 "앞으로 번역하는 책은 서문이 없으면 출판하지 말라, 초판에 서문이 있어야 할 뿐만 아니라, 2판 수정 후에도 서문이 있어야 한다. 『공산당선언』에는 서문이 몇 개나 되는가? 17, 18세기의 것들을 지금에 와서 어떻게 봐야 하는가? 이것 또한 이론을 중국의 실제와 결부시키는 것이고, 아주 큰일이다"라고 했다. 다른 시간, 다른 환경에서 동일한 책을 위해 다른 서문을 쓰는 것은 사실상 실천적인 안목, 발전적인 안목으로 고전 저작의 이론 관점을 읽고, 받아들이며 운용하고 발전시키는 것이다. 마오쩌동이 보건대, 이는 이론과 중국의 실제를 어떻게 결부시키고, 어떻게 이론을 혁신하는가 하는 문제이므로 자연히 '매우 큰' 일이었던 것이다.

이러한 부분에 있어서, 마오쩌동은 레닌을 아주 높게 보았다. 그는 레닌이 실천의 필요에 따라 끊임없이 이론을 혁신했다고 보았다. 소련의 『정치경제학 교과서』를 읽고 난 후의 담화에서 마오쩌동은, "옛 사람들에게만 의거해서는 안 된다. 마르크스와 엥겔스만 있고 레닌이 없으면 『두 가지 책략』과 같은 저작들이 있을 수 없으며, 1905년과 그 후에 나타난 새로운 문제들을 해결할 수 없다"고 했다. 1908년의 『유물주의와 경험비판주의』만으로는 10월 혁명 전후로 나타난 새로운 문제들을 대처할 수 없다는 것이었다. 이 시기 혁명의 필요에 적응하기 위해 레닌은 『제국주의론』, 『국가와 혁명』 등 저작을 썼다고 했다.

자신을 돌이켜볼 때, 마오쩌동은 신중국 건국 후로 만족스러운 이론 신작이 없다고 느꼈다. 소련의 『정치경제학 교과서』를 읽고난 후의 담화에서 그는 "제2차 국내전쟁 말기 『실천론』, 『모순론』 등을 쓴 것은 당시의 필요에 의해 쓰지 않으면 안 되었기 때문입니다. 현재 우리는 이미 사회주의 시대에 진입했고, 일련의 새로운 문제들이 나타났습니다. 『실천론』,『모순론』만으로는 새로운 필요에 적응할 수 없습니다. 새 저작을 써내고, 새 이론을 이루지 않으면 안 됩니다"라고 말했다.

1961년 12월 5일 베네수엘라 손님을 회견하는 자리에서도 그는 이 이루지 못한 꿈에 대해 말하며 유감을 표시했다. 그는 "마르크스・레닌의 저작 중에는 많은 책들을 보아야 하지만 그중에서 특별히 자세히 볼 필요가 있는 것이 있습니다. 바로 레닌이 말한 마르크스주의의 가장 기본적인 것들입니다. 마르크스주의의 살아있는 영혼은 구체적인 상황에 대해 구체적으로 분석하는 것입니다. 나는 『자본론』,『반듀링론』과 같은 저작을 써내지 못했습니다. 이론 연구가 매우 뒤집니다. 이젠 늙었고, 뭔가 써낼 수 있겠는 지도 모르겠습니다"라고 했다.

1965년 5월 마오쩌동은 이를 위해 노력해 보기도 했다. 그는 진백달(陈伯达), 호승(胡绳), 전가영(田家英), 애사기(艾思奇), 관봉(关锋) 등 '수재'들을 장사(长沙)에 불러다 놓고 마르크스・레닌의 고전 저작들에 "서문을 쓰고 평어를 다는 일"에 대해 연구했었다. 토론에서 그는 『공산당선언』,『국가와 혁명』등 여섯 책에 서언을 쓰되 한 사람이 한 편씩 쓰기로 건의했다. 마오쩌동은 또 『공산당선언』의 서언을 자신이 직접 쓰겠다고 표했다. 하지만 그 후 정강산(井冈山)에 다시 오르게 되면서 이 일을 잠시 미루게 되었다.

1965년 11월 마오쩌동은 또 이 사람들을 항주(杭州)에 다시 소집해 서언을 쓰는 일을 계속 토론했다. 서언을 쓰기 위해 큰 글자체로 된 마르크스・레닌주의 고전 저작 두 상자를 북경(北京)으로부터 항주(杭州)에 운반해 오기도 했다. 이때 요문원이 「새 역사극 '해서 파관'을 평함」을 발표함으로써 시국이 급변하게 되면서 '문화대혁명'의 서막이 점차 열리게 되었으며 마오쩌동의 주의력이 그쪽으로 옮겨지게 되었다. 그리하여 이 계획은 최종적으로 좌초하게 되었다. 만약 당시 『공산당선언』의 서언을 썼다면, 중국혁명과 건설의 실제 상황과 결부하여 자신이 마르크스주의 이론에 대한 새로운 사고를 비교적 확실하게 표현해 냈었을 것이다.

하지만 마오쩌동이 1965년 이달(李达)의 『마르크스주의 철학대강』을 읽고 나서 쓴 평어에서도 철학적 차원에서의 혁신적 사고를 얼마간은 엿볼 수 있다. 평어에서 그는 마르크스주의 철학 교과서의 대립통일과 질량의 상호 변환, 부정의 부정을 병렬로 변증법의 3대 법칙이라고 인정하는 것을 고쳐야 한다고 제기했다. 이유라면 "변증법의 핵심은 대립통일의 법칙이다. 기타 범주, 예를 들면 질량의 상호 변환이라든가, 부정의 부정, 연계, 발전 등은 모두 핵심 법칙을 통해 설명해야 한다"는 것이었다.

1965년 12월 21일 『공산당선언』 등 고전저작에 서언을 쓰는 일이 실현되지 못한 상황에서, 마오쩌동은 항주(杭州) 담화에서 재차 "변증법에 대해 과거에는 3대 법칙이 있다고 했으며 스탈린은 심지어 4대 법칙이 있다고 했다. 3대 법칙은 지금까지 인정되고 있지만, 나의 의견은 변증법에는 하나의 법칙밖에 없다. 즉 모순의 법칙이다"라고 했다.

1966년 1월 12일 무한(武汉)에서 도주(陶铸), 왕임중(王任重) 등과 이달(李达)의 이 책에 대해 이야기할 때에도 그는 "모순의 대립통일을 변증법의 가장 기본적인 법칙으로 보지 않는다면, 모순의 대립통일을 떠나서 운동이나 발전과의 연계를 논한다면 진정한 유물변증법적 관점이 아니다"라고 했다.

마오쩌동이 달성하지 못한 이 이론 혁신은 아마 철학적인 돌파로부터 시작하려고 생각했었는지도 모른다.

…一工农红军的崇…

…有八宝山，离天三…

…鞍。"山高耸入…

…我們英雄的紅軍战士…

…"快馬加鞭"騰…

…鞭策馬飞奔急馳…

…佛看到了工农紅…

…，奔赴抗日前線…

…，使紅軍的英雄…

…"惊回首，离天三…

…啊！离天只…

…一回头，…

…出立于群峰的高处覽视…

…使逐人惊诧，也渲染出紅軍征…

…万马战犹…

…象酣

…服了…

…艰苦…

11^{chapter}

마음의 교류, 책 향기로 촉촉이 적시다

11. 마음의 교류, 책 향기로 촉촉이 적시다

신중국 건국 이후, 마오쩌둥이 중대한 결책과 중대한 문제에서의 독서와 책 추천, 책 편집은 전 당과 전국의 중대한 실천 활동과 관련되며 그로서의 정치적인 고려가 있었다. 그의 일상적인 독서는 사업의 필요이기도 했지만, 개인적인 흥취도 있었으며, 또한 그가 다른 사람과 사상을 교류하는 중요한 길이기도 했다. 이 세 가지는 상호 융합되어 분리될 수 없었다. 책 향기로 마음을 촉촉이 적셨던 것이다. 즉 마오쩌둥 자신의 마음도 적시고 다른 사람의 마음도 적셨던 것이다.

통일전선 계열의 인사에게 향한 감정 통로

1949년 겨울 마오쩌둥은 장사소(章士钊), 부정일(符定一), 유배(刘裴) 등 민주인사들과 만날 것을 약속했다. 당시 중앙문학 · 역사관 관장 직을 담임하고 있던 부정일(符定一)은 마오쩌둥이 호남 전성(全省)고등중학교에서 공부하던 시절의 교장이었다. 마오쩌둥은 그에게 "당신이 몇 글자나 안다고 그래…"하는 입버릇이 있는 것을 알고 있었다. 당시 그들은 위진남북조(魏晋南北朝) 시기의 문학에 대해 얘기하였는데, 마오쩌둥이 유신(分信)의 "사등왕뢰마계(谢滕王赉马启)"를 외우고 나서 부정일(符定一)에게 농담으로 "이 사람(유신을 가리킴)은 그래도 몇 글자 알지요?"라고 말해서 좌중이 모두 크게 웃었다. 이런 방식으로 노인들과 교류하는 것은 지금 지도자들이 청년들과 대화하려면 인터넷 언어를 얼마간이라도 알아야 하는 것처럼 그 시대에 있어서는 반드시 필요한 것이었다. 마오쩌둥에게는 바로 이와 같은 문학·역사적인 장점이 있었다. 후에 부정일(符定一)은 자신이 쓴 『연면어자전(联绵字典)』을 마오쩌둥에게 보내 재판하는 것에 부처 제사를 써줄 것을 희망했다. 이는 마오쩌둥에게 있어서 난제였다. 문자학에 대해 지식이 부족했을 뿐만 아니라, 국가 영도자로서 학술 저작에 제사를 쓴다는 것도 적절하지 못하다고 생각하여 끝내 응낙하지 않았다.

이러한 상황은 실가닥처럼 길게 이어졌다. 마오쩌둥은 늘 일부 민주인사들과 노 지식인들이 보내온 편지를 받았는데 그중에는 학문에 대한 담론이 적지 않았다. 그리고 또 일부 사람들은 자신의 저술을 보내 마오쩌둥의 평가를 받으려 했다. 일반적으로 마오쩌둥은 그들이 보내온 저술을 읽은 후 회신을 보내곤 했으며 개인적인 관점을 말하곤 했다. 겉보기에는 개인적인 교제 같지만 사실상 독서를 통일전선 대상에 대한 사상공작과 융합시켰던 것이다.

유아자(柳亞子)는 민국시기 시단의 영도자였고 또한 국민당 좌파의 대표 인물이었다. 신중국 건국 전후 마오쩌둥에게 수차례나 시를 써 보낸 적이 있는데, 마오쩌둥도 그에 화답하여 시를 쓴 적이 있었다. 이 시들에는 "불만이 많으면 병들기 쉬우니 풍물을 봄에 있어서 넓은 안목이 필요하다(牢骚太盛防肠断, 风物长宜放眼量)"와 같은 권고성 있는 내용이 있는가 하면 "새벽닭 울며 여명이 밝아오니 만방에 울려 퍼지는 노래 가락에 우전의 백성도 어울렸네(一唱雄鸡天下白, 万方乐奏有于阗)"와 같이 희열을 보여주는 작품도 있었다. 이러한 화답과 교류는 시인의 정취이고 문화적 대화이기도 하지만 정치적 소통에서도 매우 효과적이었다.

국민당 장교였던 진명추(陈铭枢)가 자신이 쓴 『논불법서(论佛法书)』를 보내 와 의견을 물었을 때에도 마오쩌동은 업무가 아주 분망했지만 여전히 "얼마간 읽었습니다". 그리고 "그중 일부 관점은 좀 더 고려해 볼 필요가 있다고 보는데, 편리할 때 선생과 토의하겠습니다"라는 회신을 보냈다.

소수민족 역사에 대해 연구하는 진기생(陈寄生)이 자신의 저작을 보내왔을 때에도 마오쩌동은 "자세히 읽었습니다, 다만 중국 역사학을 마르크스주의 방법으로 연구하지 않으면 정력만 낭비할 뿐 좋은 결과를 얻기 어렵다고 봅니다"라고 회신을 보냈다.

민주인사 엽공작(叶恭绰)은 갑오(청일전쟁) 해전에 참가한 적이 있고, 민국시기에는 해군 총장 직을 담임한 적이 있는 살진빙(萨镇冰)의 시 한 수와 자신의 시 두 수를 보내왔을 때에도 마오쩌동은 "살 선생은 이미 작고했으므로 그의 시는 기념품이 되었습니다. 다시 보내드리니 잘 보존하십시오"라는 회신을 보냈다.

무술변법(戊戌变法)에 참가한 적이 있는 장원제(张元济)도 여러 번이나 마오쩌동에게 편지를 써 보냈다. 그가 자신의 시 '적설서수 (积雪西陲)', '고성시(告成诗)', '서장해방가(西藏解放歌)' 및 저작인 『함분루신여서록(涵芬楼烬余书录)』 등을 보내왔을 때에도 마오쩌동은 일일이 회신을 했는데, "'적설서수(积雪西陲)'라는 시가 아주 좋습니다", "'해방가'는 정서가 열렬하고 격앙되어 있습니다"라고 했다.

문학가 양수달(杨树达)이 편지를 보내 자신이 쓴 『내림경갑문설(耐林廎甲文说) 』의 자서를 봐 달라고 하면서 중국과학원에서 이 책을 심사할 때 관료주의가 있었다고 했을 때에도 마오쩌동은 "좋은 책을 이미 받아 읽었습니다. 서언도 이미 보았습니다. 그리고 귀하의 편지는 이미 과학원에

넘겨 그들이 앞으로 주의하도록 했습니다"라고 회신했다.

호남제1사범학교 시절의 동창인 주세소(周世釗)의 편지를 통해 '모 선생'이 『초사(楚辞)』 연구에 관한 책을 썼는데 새로운 견해들이 많다는 말을 듣고 마오쩌동은 곧바로 "모 선생의 초사에 관한 책을 아주 읽고 싶다"고 회신을 보내기도 했다.

원래 국민당 장교였던 장치중(张治中)의 『60세 종합(六十岁总结)』을 읽고 나서 마오쩌동은 "단숨에 다 읽었습니다, 아주 기쁩니다. 내가 기뻐하는 것은 당신의 세계관을 두고 기뻐하는 것이 아닙니다. 여기에서 우리 사이에는 아직도 거리가 있습니다. 내가 기뻐하는 것은 작품의 분위기에 관한 것이고, 작가의 마음에 관한 것입니다. 당신의 진취적인 생각을 알 수 있어 기쁩니다"라고 즉각 편지를 보내기도 했다.

청나라 및 위(伪)만주국 황제인 부의(溥仪)가 쓴 『나의 전반생 (我的前半生)』이 아직 공개 출판되지 않았을 무렵부터 마오쩌동은 책을 얻어다 읽었다. 그리고 1963년 외국 손님과 이야기할 때 "우리는 그가 이 책을 잘 쓰지 못했다고 생각합니다. 그는 자신을 너무 나쁘게 말했습니다. 마치 모든 책임이 자기 혼자에게만 있는 듯이 말했습니다. 사실상 그것은 그 사회제도 하에서의 당연한 상황이라 해야겠죠. 그러한 낡은 사회제도에서는 그러한 황제가 나타날 수밖에 없는 것입니다. 그것은 정리에 부합되는 일입니다"고 말했다.

산동대학(山东大学) 교수인 고형(高亨)이 보내온 『주역고경금 주(周易古经今注)』,『묵경교전(墨经校诠)』,『노자정고(老子正诂)』 등 연구 저술과 사(词) '수조가두(水调歌头)'를 읽고 나서 마오쩌동은 "고문전책을 나는 아주 좋아합니다"라고 회신했다.

노 지식인들이 보내온 저작들 중 마오쩌동이 가장 자세히 읽은 것은 장사소(章士釗)의 백만 자에 달하는, 당대(唐代) 문학가 유종원(柳宗元)에 대한 연구 저작인 『유문지요(柳文指要)』이다. 그는 이 책의 수정과 출판도 아주 중시했다.

마오쩌둥은 이 책의 원고를 아주 열심히 읽었다. 틀린 글자를 고쳤는가 하면 서언의 인용문이 적절하지 못한 곳을 지적해 내기도 했다. 그러고도 '발(跋)문'에 한 단락 더 써넣었다. "대언 소언은 모두 각자 적합한 영역이 있다. 공업, 농업, 상업, 학문, 군대가 있다. 그중 다수 사람들은 모두 문사에 참여할 수 있다. 경제에 변화가 생기면 경제를 나타내는 정교에도 역시 변화가 생기게 되며, 문사도 역시 변화가 생기게 된다. 고정불변한 일은 있을 수 없다." 한 번 다 읽고 난 후 마오쩌둥은 한 번 더 읽고 싶어져 장사소(章士釗)에게 편지를 써 이미 돌려보낸 상권을 다시 보내줄 것을 요구했다. 그리고 "큰 문제라면 유물사관 문제입니다. 즉 계급투쟁 문제인 것입니다. 하지만 이는 세계관이 이미 고정된 노 지식인들에게 요구할 수 없는 일이기도 합니다. 그러니 고칠 필요는 없습니다. 앞으로 역사 학자들이 이 점에서 당신을 비평할 수도 있습니다. 그러니 정신적 준비가 있어야 하겠습니다. 다른 사람들의 비평을 두려워하지 말아야 합니다"고 말하기도 했다. 마오쩌둥은 자신이 이 책의 원고를 읽었을 뿐만 아니라 또 다른 사람이 읽도록 추천했다. 그는 『유문지요(柳文指要)』를 강생(康生)에게 추천했는데 편지에서 이 원고의 학술상 공헌과 연구 방법상 불충분한 점에 대해 이야기했다. 그는 이 책은 "새로운 것이 꽤나 많습니다. 대체로 유종원을 높이 평가하고 한유를 낮게 평가했으며, 당순종 시기 혁신파들을 위해 번안했는데 이는 좋은 일입니다.

또한 동성파를 반박하고 양호파를 찬양했는데 이것도 배울 점이 있습니다. 다만 작자가 유물사관을 모르므로 문학 · 역사 · 철학 등 분야에서는 여전히 작자의 관점으로 유종원을 해석했을 뿐입니다"라고 했다. 장사소(章士釗)가 마오쩌동에게 『유문지요(柳文指要)』를 보여준 것은 원래 이 책의 출판에 지지를 받으려고 생각했던 것인데, '문화혁명'이 시작되면서 우여곡절을 겪게 되었다. 이에 관한 이야기는 여기에서 더 쓰지 않겠다.

　중국공산당이 발전, 장대해 오는 과정에는 줄곧 통일전선이라는 '법보'가 있었다. 신중국 건국 이후, 마오쩌동은 심후한 문학·역사 소양을 가진 당 외 민주인사, 노 지식인들과 빈번히 교류했었다. 이때 독서를 많이 한 장점은 아주 특별한 통로로 전환되어 그가 통일전선 영역 친구들의 마음 속 세계로 들어갈 수 있게 했다. 즉 독서는 마오쩌동이 그들과의 사상을 교류하고, 감정적으로 친밀해지는 중요한 길이 되었던 것이다.

　풍습과 역사를 조사하는 독특한 경로

　마오쩌동은 생전에 말을 타고 황하, 장강지역을 시찰하려는 염원이 있었다. 그는 이를 두고 "서하객을 따라 배운다"고 했는데 아마 『서하객유기(徐霞客游记)』에서 계시를 받았다고 해야 할 것이다. 1959년 4월 5일의 중국공산당 제8기7중전회의 연설에서 마오쩌동은 처음으로 말을 타고 황하, 장강 지역을 시찰하려는 생각을 명확히 했다. 그의 원래 말은 다음과 같다. "나는 명대의 서하객을 따라 배우고 싶습니다", "황하의 입구에서 강을 따라 거슬러 올라가려 하는데, 지질학자, 생물학자, 문학가들이 같이 가는 것입니다. 말을 타는 것만 허용되고 트럭을 타서는 안 됩니다. 기차는 더구나 안 되고요. 하루에 60리 씩 가는데, 말을 타고 30리, 걸어서 30리 씩 가는 것입니다. 이렇게 말을 타기도 하고 걷기도 하면서 곤륜산까지 가는 것입니다. 그리고 나서 저팔계가 갔던 통천하까지 갑니다. 장강의 상류를 넘어간 후에 다시 강을 따라 내려오는데 금사강의 숭명도까지 오는 것입니다."

'서하객을 따라 배우는' 계획을 실시하기 위해 마오쩌동은 충분한 준비를 하였다. 1964년 여름 북대하(北戴河)에서 출발 날짜를 정하고, 선발대를 파견했다. 하지만 8월 5일 미국이 베트남 북방을 폭격한 '북부만사건'이 일어나 중국이 위협을 받게 되면서 항미원월(抗美援越, 미국에 대항하고 베트남을 지원)이 피할 수 없는 추세가 되었다. 6일 아침 그는 문건에다 "전쟁을 하게 되었으니, 나의 행동(계획)을 다시 고려해야 겠음"이라고 썼다. 여기에서 '나의 행동(계획)'이란 바로 말을 타고 황하, 장강 지역을 시찰하는 일을 가리킨다.

'서하객을 따라 배우는 것'은 황하, 장강 연안의 지리와 풍속, 민정, 역사자료에 대해 현지 조사를 하려는 것이었다. 계획이 실행되지 못했지만, 마오쩌동이 각지의 지방지를 즐겨 읽고, 각지의 민정, 지리와 역사를 조사 연구한 것도 '서하객을 따라 배우는 것'과 유사한 역할을 하였다. 사실상 그가 보건대 독서 본신이 바로 역사와 현 상황에 대한 조사 방식의 한 가지였던 것이다. 1961년 3월 23일 그는 광주(广州)에서 열린 중앙공작회의에서 "마르크스 · 엥겔스의 원리와 원칙들은 조사를 거쳐 도출해 낸 결론입니다.

만약 런던도서관이 없었다면 마르크스는 『자본론』을 써내지 못했을 것입니다. 레닌의 『제국주의론』도 지금 인쇄해 내면 아주 엷은 책에 불과하지만 그가 연구한 원시자료는 이 책보다 몇 배나 더 두터운지 모릅니다. 레닌의 철학 저작인 『유물주의와 경험비판주의』는 그가 수년 간 철학사를 연구해서야 써낸 것입니다"라고 말했다.

마오쩌동은 외지에 시찰을 나갈 때마다 지방지를 읽었다. 신중국 건국 후, 찾아볼 수 있는 자료에 따르면 그가 본 지방지는 30부 쯤 된다.

1952년 10월 30일, 개봉(开封)에 도착한 당일 날 저녁 그는 바로『하남통지(河南通志)』,『변경지(汴京志)』,『용문이십품비 첩(龙门二十品碑帖)』을 얻어다 읽었다.

1958년 3월 4일 오후 성도(成都)에 도착하자 바로『사천성지(四川省志)』,『촉본기(蜀本纪)』,『화양국지(华阳国志)』를 달라고 해서 읽었고, 그 후 며칠은 또『도강언 수리 술요(都江堰水利述要)』,『관현지(灌县志)』 등을 읽었다. 성도에서 중앙공작회의를 하는 기간, 그는 또『도강언 자료(都江堰资料)』,『성도 유래(成都有来)』,『무후사(武侯祠)』,『두보초당 주련집(杜蒲草堂楹联集)』,『사마착이 촉나라 정벌을 논하다(司马错论伐蜀)』 등 책과 글을 인쇄 배포했다.

1959년 6월 30일 여산(庐山)에 도착해서는 아침에 조금 휴식한 후 민국시기 오종자(吴宗慈)의『여산지(庐山志)』를 빌려 읽었고 그 후에는 또 사람을 시켜 오종자(吴宗慈)가 편집한『여산지 속지 원고(庐山志续志稿)』를 가져오게 하여 읽으면서 책 위쪽에 주석을 달았다. 여산회의 기간, 호남(湖南)성 성위 서기인 주소주(周小舟)와『여산지 속지 원고(庐山志续志稿)』에 대해 이야기할 때 그는 "이 책은 아주 잘 썼습니다. 현대 역사를 이해하는데 참고할 가치가 있습니다. 장개석의 여산담화까지 모두 기록했더군요. 당시 양실추(梁实秋)가 의도적으로 지각했었는데, 명단의 제일 마지막에 양실추를 기록했더군요. 양실추는 자산계급의 학자이지만 애국적인 면도 있고 학술적으로 아주 재능이 있습니다"라고 했다. 그 후 마오쩌둥은 또 역사상의 "가마에서 내리자 곧 지지를 달라" 한 전고에 대해 이야기했다. "남송시기 대유학가인 주희가 남강군(지금의 강서 성자현)에 부임되어 갔는데, 현지 관원들이 영접을 나왔습니다. 그런데 주희는 가마에서 내리자마자 첫마디로『남강지(南康志)』를 가져왔나 하고 물었습니다. 이에 사람마다 어리둥절해서 서로 쳐다만 보았습니다." 그가 이 전고에 대해 이야기한 것은 사실상 이로써 자신이 왜 지방지를 읽기 좋아하냐에 대해 해석한 것이고, 이로써 사람들이 지방지를 읽는 흥미를 불러일으키려고 한 것이었다.

1965년 5월 21일 정강산(井冈山)에 다시 오르던 도중 호남(湖南) 다룽(茶陵)을 경과하게 되었는데, 다룽현지를 보겠다고 했다. 당시 다룽(茶陵)현에서는 아직 새 현지를 쓰지 못했으므로 1870년 판본의 『다룽주지(茶陵洲志)』를 가져다 읽을 수밖에 없었다.

마오쩌둥은 외지에 시찰을 나갈 때마다 그 지방의 지방지를 읽기 좋아했을 뿐만 아니라, 옛사람들이 그 지방을 노래한 시가(诗歌) 작품을 얻어다 읽었으며, 심지어 친히 지방 특징을 보여준 작품을 선택, 편집해 작품집을 만들기도 했다. 1958년 3월 성도(成都) 중앙공작회의 기간, 그는 친히 소책자 두 권을 편집했다. 그중 한 권은 『시·사 몇 수(诗词若干首) (당·송대 사람들이 쓴 사천에 관한 시와 사)』이고, 다른 한 권은 『시·사 몇 수(诗词若干首) (명대 사람들이 쓴 사천에 관한 시)』인데, 회의 참가자들에게 인쇄 배포했다. 그중 앞 작품집에는 이백 등 16명 시인의 작품이 70수 가량 수록되었으며 뒤의 작품집에는 양기(杨基) 등 12명 시인의 작품이 20수 가량 수록되었다. 마오쩌둥은 회의에서 또 전문적으로 이 작품집들에 대해 소개하기도 했다. "우리 중앙공작회의가 회의를 시작해서부터 양식 생산량이 얼마라는 등 회보부터 하지 말고 실무적인 것과 비실무적인 것을 결합합시다. 강철과 석탄 문제에 대해서도 해결해야 하지만, 시간을 조금 내어 철학을 논하고 문학을 논하는 것이 왜 안 되겠습니까?"라고 하면서 회의 참가자들이 현지의 역사, 지리와 시가에 관한 저술을 읽도록 했다. 이는 회의 분위기를 활발하게 하고, 사람들의 생각을 넓히기 위한 것이었다. 성도(成都)에서 회의를 하는 기간, 외지 간부들이 사천(四川)의 상황에 대해 좀 더 많이 이해하고, 지식을 넓히는 것도 나쁜 점이 없는 것이다.

1965년 초겨울 항주(杭州)에서 마오쩌둥은 전가영(田家英)에게 옛 사람들이 서호(西湖)를 노래한 시·사를 수록한 책을 빌려오라고 했다. 이에 절강(浙江) 성위원회 정치연구실은 『서호 고시 집수(西湖古诗集粹)』라는 책을 편집했다. 이 책에는 당(唐)대 초기부터 청(清)대 말엽까지 100명 시인의 200여 수 작품을 수록했다. 마오쩌둥은 이 책을 읽고 나서 출판해도 좋을 것 같다고 하며 책의 원고를 성위원회 책임자에게 교부하여 출판사에 넘기도록 했다.

시와 역사, 시와 지리는 마오쩌둥의 독서에서 상호 반응하고 검증하면서 그가 각지의 역사, 지리에 대해 파악하는 중요한 길이 되었다.

1957년 3월 17일 마오쩌둥은 비행기를 타고 서주(徐州)에서 남경(南京)으로 가면서 즉흥적으로 원(元)대 살도라(萨都刺)의 "목란화만·팽성에서 옛일을 회고하다(木兰花慢·彭城怀古)"를 써서 비서인 임극(林克)에게 주었다. 그리고 또 이 사(词)에 나오는 서주 역사 인물과 발생한 일에 대해 해석했다.

이 사(词)의 내용은 다음과 같다.

자고로 서주는 형세가 뛰어나 얼마나 많은 소년 영웅들이 헛되이 사라졌던가. 철갑을 두른 그는 이중 눈동자가 있었고, 오추 한혈보마가 있었는데, 장군 장막은 하늘까지 이어졌지. 사면에서 울리는 초나라 노래 소리에 자제병은 흩어지고, 그 혼백은 꿈에서도 강동에 돌아가지 못했으리. 오직 황하만 띠처럼 흐르는데, 산들은 구불구불 용처럼 구름 속에 뻗었네.(古徐州形胜, 消磨尽·几英雄·想铁甲重瞳, 乌骓汗血, 玉帐连空·楚歌八千兵散, 料梦魂, 应不到江东·空有黄河如带, 乱山回合云龙)

313

한나라의 누각과 능묘는 가을바람 속에 높이 솟았고, 관중에는 벼와 기장이 넘쳐났네. 말 달리던 희마대는 더구나 황폐해지고 눈썹 잘 그리던 사람도 멀어져, 연자루는 빈 누대만 남았구나. 인생 100년이 지나가는 손님 같은지라, 가슴을 열고 한 번에 천 잔을 마시자. 뒤돌아보니 황량한 옛터에 저녁 해가 지는데, 난간에 기대어 멀리 날아가는 기러기를 바래네.(汉家陵阙起秋风, 禾黍满关中。更戏马台荒, 画眉人远, 燕子楼空。人生百年如寄, 且开怀, 一饮尽千锺。回首荒城斜日, 倚栏目送飞鸿。)

마오쩌둥은 임극(林克)에게 이 사에 대해 다음과 같이 해석했다.

이 사의 원 제목은 '팽성에서 옛일을 회고하다'인데, 팽성이란 바로 고대의 서주를 가리킨다. 즉 800세를 살았다고 하는 팽조(彭祖)의 고향인 것이다. '이중 눈동자'가 있는 사람은 항우(项羽)를 가리킨다. 그의 말은 이름이 '오추'이다. 장군 장막이 하늘까지 이어졌다는 것은 항우의 실패를 가리킨다. 또한 '희마대'는 원래 항우가 군사를 조련하던 곳으로, 유유(刘裕)가 북벌할 때 이곳에서 장교들과 손님을 회견했었다. 눈썹을 잘 그리는 사람은 서한 시기의 장창(张敞)을 가리킨다. 이 사람은 간언을 잘했다. '연자루'는 당나라시기 서주 절도사 장음(张愔)이 건설한 것으로, 그는 명기 관반반(关盼盼)을 만나 첩으로 맞아들인다. 장음이 죽은 후 낙양(洛阳)에 장사를 지냈는데, 관반반은 옛정을 기리여 10여 년 동안 홀로 빈 연자루를 지킨다. 연자루는 제비가 많았으므로 연자루라 불리었다.

마오쩌둥이 서주(徐州)의 장고에 대해 얼마나 잘 알고 있는가를 알 수 있다.

3월 20일 비행기를 타고 남경(南京)을 떠날 때, 진강(镇江) 상공을 지나가면서 그는 송(宋)대 왕안석(王安石)의 '계지향·금릉에서 옛일을

회고하다(桂枝香·金陵怀古)'와 신기질(辛弃疾)의 '남향자·경구 북고정에
오른 감회(南乡子·登京口北固亭有怀)'를 써서 임극(林克)에게 주었으며
이 두 사(词)에서 나오는 남경(南京) 역사 인물과 사건에 관해 설명을
했다. 4월 7일에는 비행기를 타고 전당강(钱塘江)의 입해구 일대의 지모를
굽어보며 유영(柳永)의 사(词) '망해조·동남형승(望海潮·东南形胜)'을 써서
임극(林克)에게 주었다.

인간관계에서의 기대감을 전달하려는 깊은 마음

마오쩌동이 사적으로 책을 추천하는 것은 일상적인 일이지만 그 의도는 아주
구체적이기도 했다. 일반적인 상황에서는 상대방이 추천받은 책을 읽는 것을
통해 더 많은 깨달음을 얻거나 본보기로 삼으라는 뜻에서였다.

우선 가족에게 책을 추천한 사례를 보기로 하자. 연안 시기, 마오쩌동은
두 번이나 중국 책을 선택해 소련에 있는 두 아들 모안영(毛岸英)과
모안청(毛岸青)에게 보냈었다. 두 번째로 선택해 보낸 책의 목록을 보면 주로
중국 문학·철학 유형의 책과 『악비전(精忠说岳飞)』과 같은 통속소설인데,
그들이 국외에서 이 같은 책을 읽는 것을 통해 중국 역사와 문화에 대해
이해하기 바란 것이었다. 1954년 여름 마오쩌동은 처음으로 북대하(北戴河)에
갔었는데, 그곳에서 두 딸인 이민(李敏)과 이눌(李讷)에게 편지를 써서
조조(曹操)의 '관창해(观沧海)'를 읽으라고 했다. 이는 아마 자녀들이 이
시를 통해 그와 마찬가지로 북대하(北戴河) 바다의 웅장함을 느꼈으면 하는
마음에서였을 것이다. 1958년 이눌(李讷)이 앓게 되었다. 마오쩌동은 편지를
써서 왕창령(王昌龄)의 '종군행·청해장운암설산(从军行·青海长云暗雪山)'을

읽으라고 했다. "이 시에는 의지가 보인다", "의지로 병을 이겨내라"고 했다. 1960년 12월 그는 또 가족과 신변 인원들을 모두 불러 모아놓고 그들에게 『사기·소진 장의 열전(史记·苏秦张仪列传)』을 추천했다. 그는 또 이 전기의 내용을 처음부터 끝까지 그들에게 설명해 주었으며, "사람은 압력이 없으면 진보하지 못한다"고 결론을 내렸다. 그들이 다른 사람들의 비평을 접수하고 큰 뜻을 세울 수 있기를 바란 것이었다. 1962년 그는 소화(邵华)에게 편지를 써서 한악부(汉乐府) 시 중 '상야(上邪)'편을 많이 읽으라고 했다. "여성스러움보다는 남아 대장부의 기개가 좀 더 있어야 한다"는 것이었다. 1963년 그는 이눌(李讷)에게 편지를 써서 『장자·추수(庄子·秋水)』를 추천했다. 편지에서 그는 이 글을 읽으면 "하백이 되려 하지 않을 것이다"라고 했다. 이눌(李讷)에게 기타 간부 자녀들처럼 "잘난 체하지 말라"는 것이었다. 부모로서 따뜻하게 차근차근 일깨워 주는 모습이다.

마오쩌둥은 신변의 사무 요원들에게는 이론서를 많이 읽도록 고무 격려했다. 1957년 8월 4일 그는 비서 임극(林克)에게 편지를 써 레닌의 『무엇을 할 것인가?(做什么)』와 『4월 대강(四月提纲)』을 찾아달라고 했다. 그는 편지에서 특별히 이론서를 많이 읽어야 하는데, 이론서는 읽기가 쉽지 않으므로 흥미를 키워야 한다고 말했다. 편지에서 그는 "사탕수수를 거꾸로 먹는 것처럼 점차 단맛을 알면 됩니다"라고 했다. 1960년 그는 풍계(冯契)의 『어떻게 세계를 인식할 것인가(怎样认识世界)』를 여러 권 얻어다 신변의 사무 요원들에게 주면서, 유물사관과 변증법에 대해 알아야 한다고 했다. 마오쩌둥은 또 기밀실의 한 청년에게 자신이 읽은 적이 있는 책인 『어떻게 세계를 인식할 것인가(怎样认识世界)』를 주면서, 풍계의 이 책은 "통속적이어서 알기 쉬우므로 청년들이 읽기 적합니다. 일부 틀린 곳이 있기는

하지만 무방합니다'라고 했다. 이 청년이 마오쩌동이 준 책을 가지고 돌아가
보니 그 안에는 수많은 동그라미가 그려져 있었고 평어가 가득 씌어져 있었다.
일례로, '무엇이 혁명의 실천인가?'하는 부분에서, 작자는 자산계급의 모든
행위는 "종래 합리적이지 못했다. 또한 사회 발전의 법칙에 부합되지 않았다.
그러므로 근본적으로 인류의 혁명 실천이 될 수 없었다"고 썼는데, 마오쩌동은
여기에 커다란 물음표를 찍어놓았고 "반 역사적이다"라고 써놓았다. 이 책에는
또 "공자는 노자에 비해 실제적이다"고 썼으며, 중국 철학가들이 "몸소 실천하는
것"과 "지행합일"을 논했는데, 그들의 이른바 실천이란 "다만 도덕 실천일 뿐,
교육을 하고, 정치활동에 참가한 것뿐이다"라고 했다. 마오쩌동은 '도덕 실천',
'교육', '정치활동'이라는 세 개념에 물음표를 치고 '뒤섞었음'이라고 써놓았다.
그리고 또 "공자도 실천을 했는데 왜 자산계급에게 오히려 실천이 없다고
하는가?"라고 써놓았다.

중앙에서 일하는 지식인들에 대해서 마오쩌동은 간단하게 책을 추천하는
것에 그치는 것이 아니라 그들과 상호 학습했다. 즉 요구가 더 높았던
것이다. 1953년 『학습역총(学习译丛)』에 "로젠탈의 '마르크스주의
변증법'을 평함"이라는 문장이 게재되었는데, 이 문장에서는 변증법이 말하는
'대립통일'의 개념은 헤겔 서술방식의 잔여이므로 응당 '대립의 투쟁'이란
개념으로 대체해야 한다고 했다. 호교목(胡乔木)은 이 글을 본 후 마오쩌동에게
추천했다. 마오쩌동은 이 글을 읽은 후 "나는 이런 비평은 잘못된 것이라고
본다"고 회신 공문을 썼다. 그리고는 다시 이 회신 공문을 진백달(陈伯达)에게
보이라고 했다. 1958년 4월 그는 전가영(田家英)에게 반고(班固)의
『한서 · 가의전(汉书 · 贾谊传)』 중의 '치안책(治安策)'을 추천했다. 그는
편지에서 "이것은 서한시기의 가장 훌륭한 정론입니다. 가의가 남방의

임지에서 돌아온 후 이 책을 썼는데 태자에 관한 부분이 고루한 것 외에 전문이 당시의 사리에 부합되고 분위기도 괜찮으니 볼 필요가 있습니다. 백달, 교목도 흥미가 있으면 보게 하십시오"라고 했다. 진백달(陈伯达), 호교목(胡乔木), 전가영(田家英)은 모두 당시 정론을 쓰는 사람들이었으므로 그들에게 "당시의 사리에 부합되는" 고대의 정론을 추천하는 것을 기대한다는 뜻이 자명했다.

신중국 건국 후, 부대의 많은 장령들은 문화 정도가 그다지 높지 못했다. 마오쩌동은 여러 번이나 그들에게 『삼국지·여몽전(三国志·吕蒙传)』을 추천했다. 왜 이 책을 추천하는가에 대해서는 1958년 9월 장치중(张治中)과 말하면서 아주 분명하게 말했다. "여몽은 군 출신인데 문화가 없어서 불편함을 많이 느꼈습니다. 후에 손권이 그에게 공부할 것을 권고했습니다. 여몽은 그 권고를 받아들여 열심히 공부했습니다. 후에 여몽은 동오의 통수가 되었습니다. 현재 우리의 고급 군관들 중 80~90%는 군 출신으로, 혁명에 참가한 후에야 글공부를 하기 시작했습니다. 그러니 응당 '여몽전'을 읽어야지요"라고 했다. 마오쩌동은 또 부대 장령들의 구체적인 상황에 따라 책을 추천하곤 했다. 일례로, 이덕생(李德生)이 북경(北京)군구 사령으로 전임되었을 때, 마오쩌동은 그와의 제일 첫 담화에서 바로 추천 도서 목록을 내놓았는데, 특히 고조우(顾祖禹)의 『독사방여기요(读史方舆纪要)』를 읽을 것을 추천했다. 그는 이 책이 군사 지리 참고서라고 하면서, 먼저 화북(华北)에 관한 부분을 읽을 것을 추천했다. 이것은 이덕생(李德生)이 관할 구역 내의 지리 형태를 잘 알게 하려는 것이었다. 전기적인 색채를 띤 장군 허세우(许世友)에 대해서는 "중후하지만 문화가 적다(厚重少文)"고 하면서 『홍루몽』을 읽음으로써 성정을 연마할 것을 권고했던 것이다.

개성화 된 독서의 인문적 흥취

마오쩌둥의 독서는 적지 않은 상황에서는 개인적인 흥미에서 기인된 것으로, 일과 정치 실천과 반드시 관련이 있는 것은 아니었다. 최소한 독서에서 의도적으로 그 어떠한 연관성 같은 것을 찾으려 한 것은 아니었다. 이는 특별히 여기에서 말해 둘 필요가 있다.

일례로, 1958년 6월 1일 마오쩌둥은 『광명일보(光明日报)』 에서 「문화유산 증간(文化遗产增刊)」 제6집의 목록을 보게 되었다. 목록에는 이백(李白), 왕유(王维) 등 시인과 '비파기(琵琶记)', '한궁추(汉宫秋)' 등 작품에 대한 논문이 있었다. 이에 흥미를 느낀 마오쩌둥은 비서 임극(林克)에게 『문화유산 증간(文化遗产增刊)』 제6집을 사오라고 했다. 또한 1959년 4월 23일에는 『북경석간(北京晚报)』 에 게재된 오조상(吴组缃)의 「『삼국연의』 에 관하여(3)」 를 보고는 임극(林克)에게 '『삼국연의』 에 관하여(1)'과 '『삼국연의』 에 관하여(2)'가 게재된 신문도 찾아달라고 했다. 그 외에도 마오쩌둥은 청(清)대의 납란성덕(纳兰性德)의 시에 평어를 달았고, 손염옹(孙髯翁)이 쓴 곤명(昆明) 대관루(大观楼) 장련(长联)과 완원(阮元)이 이 장련(长联)에 대해 수정한 것에 대해 평어를 달았다. 그리고 주희의 『사서집주(四书集注)』 를 자세히 읽었으며 『소명문선(昭明文选)』 중 일부 좋은 글들을 외우기도 했다. 이는 그의 개인적인 애호와 취미였던 것이다.

개인적인 취미에 따라 독서하는 것은 그냥 심심풀이로 볼 수 있다. 1972년 9월 4일 마오쩌둥은 북경에 거주하고 있는 동창인 주세소(周世钊)에게 청(清)대 양진죽(梁晋竹)의 『양반추우암수필(两般秋雨庵随笔)』 을 보내며 편지에 "밤에 무료할까 걱정되어 이 책을 보내니 심심풀이로 하십시오. 이 책은 잘 쓴

건 아니지만, 읽어보면 재미가 있습니다"고 했다. 물론 이러한 독서는 세간의 풍속에 대해 이해할 수 있을 뿐만 아니라, 정신적으로도 여유롭고 멀리 내다볼 수 있다. 또한 겉보기에는 느긋이 쉬는 것 같지만 사실은 사고력을 키울 수도 있는 책이었다.

이처럼 한가로운 독서와 연구도 때로는 깊은 뜻이 있을 수 있는데, 심정을 토로할 수도 있고 사업과 관련하여 사고할 수도 있다. 여기에 아주 재미있는 이야기가 있다.

1957년 3월 24일 유소기(刘少奇)는 호남(湖南) 성위 간부회의에서 기관과 공장에서 건설한 가족 기숙사가 부족한 상황에 대해 이야기하면서 "가족을 모두 도시에 데려오는 것의 역사는 어떠합니까? 중국에는 1000여 년 전 당(唐)대에 이런 시가 있습니다. '젊어서 집을 떠나 늙어서 돌아오니 고향 사투리 그대로인데 귀밑머리가 셌구나. 아이는 만나도 알지 못하니 어디서 오셨냐고 웃으며 묻네' 내가 보기에는 이 시를 신문에 게재해야 할 것 같습니다. 자고로 이러하지 않았습니까?"고 했다.

하지장(贺知章)의 '회향우서(回乡偶书)'에서 나오는 '아이는 만나도 알지 못한다'는 '아이'는 이웃집의 아이를 말하는지 아니면 하지장의 자손을 가리키는지 주가(注家)들이 이해하는 바가 서로 달랐다. 마오쩌동은 이 시로부터 하지장(贺知章)이 장안에서 벼슬할 때 가족을 데리고 가지 않았다고 하면 증거가 충분하지 못하다고 했다. 그리하여 『당서 · 문원 · 하지장 전(唐书 · 文苑 · 贺知章传)』, 『전당시화(全唐诗话)』와 같은 책들에서 근거를 찾았다. 또한 하지장(贺知章)과 당명황(唐明皇)의 관계가 원활한 점, 하지장(贺知章)의 대범한 성격, 도교를 신봉하는 생활태도로 볼 때, 하지장이 '회향우서(回乡偶书)'를 쓴 것은 86세 쯤 됐을 무렵이라고 보았으며 당(唐)대의 제도 등 여러 측면으로 상세한 고증을 하였다.

1958년 2월 10일 마오쩌둥은 유소기(刘少奇)에게 그다지 짧지 않은 편지를 써서 자신의 고증 과정과 이로부터 도출해 낸 결론에 대해 상세히 설명했다. "근년의 문학선집 주가(注家)들이 '아이'는 하지장의 자녀라고 했는데, 이것은 억측이고, 아무런 근거도 없습니다", "당(唐)대에 관리가 가족을 데리고 벼슬살이 하는 것을 금지했던 것은 역사적으로 어디에서도 찾아볼 수 없습니다. 그러니 '젊어서 집을 떠나'라는 시를 통해 고대에 관리가 가족을 데리고 벼슬살이 하는 것을 금지했다고는 단정할 수 없습니다", "전번에 당신이 이야기하는 것을 듣고 적절하지 못하다고 생각했습니다. 다시 한 번 잘 생각해 보십시오. 물론 당신의 얘기가 맞을 수도 있고 내 생각이 틀릴 수도 있습니다. 잠들지 못하다가 이 일이 생각나서 글을 써 보내니 그냥 참고로만 하십시오."

인용한 시가 적절하냐, 적절하지 못하냐를 두고 '잠들지 못할' 때 힘들여 고증을 하고, 거기에 긴 편지까지 써서 논술하는 것은 확실히 기이한 일이라고 할 수밖에 없다. 마오쩌둥처럼 독서에 특수한 취미가 있는 사람만이 가능한 일이며, 또한 개인적인 취미를 일에 융합시킬 줄 아는 정치가만이 가능한 일이었다.

이외에도 마오쩌둥이 개인적으로 이런 유형의 고증 연구를 한 것은 전적으로 심중의 감회를 나타내기 위한 것이기도 했다. 아마도 1950년대 말 혹은 1960년대 초일 것이다. 마오쩌둥은 청(清)대 항가달(项家达)이 편찬한 『초당4걸집(初唐四杰集)』을 읽다가 일시적인 기분으로 왕발(王勃)의 「추일초주학사호재전최사군서(秋日楚州郝司户宅饯崔使君序)」라는 글 옆에 1000자가량 되는 평어를 달아놓았다. 이 평어는 왕발(王勃)이 '등왕각서(藤王阁序)'를 쓸 때의 연령을 고증한 것이다. 이 평어에서 인용한 서적으로는 『곡례(曲理)』,『

321

구당서』, 『신당서』, 『왕자안집(王子安集)』, 『당척언(唐摭言)』과 『태평광기(太平广记)』 등이다. 그는 이 평어에서 왕발(王勃)이 '등왕각서(藤王阁序)'를 쓸 때 24~26세라는 결론을 내렸다. 이렇게 고증한 후 그는 감개무량하여 "이 사람은 재능이 많고 박식하다. 문장이 명랑하고 유려하여 당시 봉건 성세의 사회적 동태를 잘 보여주었다. 참으로 읽을 만 하다"고 했다. 그리고 나서 역사상 나타났던 가의(贾谊), 왕필(王弼), 이하(李贺), 하완순(夏完淳) 등 청년 준걸들을 떠올리면서 "아쉽게도 너무 일찍 죽었다"고 했다.

그럼 마오쩌둥은 왜 이처럼 길고도 학술화 된 평어를 쓴 것일까? 이에 대해 마오쩌둥은 아주 솔직하게 말했다. "왕발(王勃)이 남창(南昌)에 있을 때의 나이에 대한 논쟁으로부터 많은 것들을 생각하게 되었다. 그 생각들을 나타내고 싶었다"고 했다. 여기서 나타내고자 한 것이 바로 그가 늘 말하는 역사문화관인 것이다. 즉 청년이 노인보다 낫고, 지위가 낮은 사람이 지위가 높은 사람보다 나으며, "대부분의 발명과 창조는 70% 이상이 그들의 것이다." 이러한 감회는 사실상 독서와 연구에서의 그의 개인적 취미와 정치적 콤플렉스가 융합된 것이다.

12 chapter

만년의 세월: 독서를 통한 걱정

12. 만년의 세월: 독서를 통한 걱정

마오쩌둥의 만년이란 주로 '문화대혁명' 기간의 10년을 가리킨다. 이 기간에도 그는 과거처럼 열심히 책을 읽었다. 하지만 이와 동시에 독서에 대해 비난의 말도 많이 했다. 그는 앞장서 마르크스 · 레닌의 저작을 읽었으며, 전 당에 마르크스주의를 통달해야 한다고 호소하면서도 실천 속에서는 잘못된 인식에서 헤어 나오질 못했다. 그는 또 문화대혁명을 통해 전통사상과의 '결렬'해야 한다고 하면서도 그 자신은 꾸준히 중국 고대의 문학, 역사와 철학에 관한 책을 읽었다. 세상을 떠나기 전 몇 년간은 이러한 중국 고전 전적에서 정신적 위로를 찾기도 했다. 그는 당혹스럽고 모순된 심경으로 사고하고 탐색했으며 또 현실에 대해 우려도 표시했다. 마오쩌둥의 이러한 심경에 대해 알아 볼 필요가 있다.

독서와 '문화대혁명'의 모순

마오쩌둥은 만년에 독서문제에서 모순에 빠졌다.

'문화대혁명' 개시 후 마오쩌둥은 공개 행사에서 독서에 대해 의심하는 발언이 많아지기 시작했다. 가장 전형적이고 또 가장 격렬한 언사는 1966년 4월 14일의 어느 한 서면 지시에서 "책은 많이 읽어야 합니다. 하지만 많이 읽으면 사람을 잡을 수도 있습니다", "쓸모없는 책들은 방치해 두면 됩니다.

과거 사서오경과 이십사사, 제자백가와 끝없이 많은 문집과 선집을 읽는 것을 폐하였는데, 혁명이 승리한 것처럼 말입니다"라고 한 것이다. 단순히 문자로만 보면 이 말은 크게 결점이 없는 듯하다. 혁명은 확실히 쓸모없는 책과 대량의 경사자집을 읽고 시작한 것이 아니며, 더우기는 이러한 책을 읽어서 승리를 취득한 것이 아니기 때문이다. 사람들은 보통 쓸모없는 책, 경사자집과 혁명의 승리를 연계시키지 않는다. 하지만 이런 말을 한 것은 그의 독서 취미와 부합되지 않는다. 이는 그가 불만스러운 정서를 전달하려 했던 게 분명하다.

사실상 마오쩌동은 '문화대혁명' 기간 여러 번이나 고급 간부들에게 중국 고대의 문학·역사·철학에 관한 책을 읽을 것을 요구했다. 1972년 12월 27일의 어느 한 담화에서 그는 "역사책을 많이 읽어야 합니다"라고 명확히 말하기도 했다. 또한 마오쩌동 자신도 큰 글자체로 된 고서를 읽는 것이 일상화되어 있었다. 1974년 10월 마오쩌동은 장사(长沙)에서 신변의 사업 인원들로부터 『인민일보(人民日报)』에 발표된 장사 마왕퇴(马王堆)의 한(汉)대 무덤 발굴에 관한 뉴스를 듣게 되었다. 이 뉴스에 따르면, 무덤에서 백서, 서간, 백화 등 진귀한 문물들을 발굴했으며 국가에서 전문 인원을 조직해 정리, 복원, 해석, 연구한다는 것이었다. 마오쩌동은 곧바로 발굴을 책임진 동지와 만나기를 약속했으며, 만나서는 백서가 언제 정리되어 나올 수 있는지, 출판될 수 있는 지에 대해 물었으며, 출판된다면 그 책을 보고 싶다고 말했다. 마오쩌동의 이러한 행동에는 고서 새 자료를 읽고 싶어 하는 급박한 심정이 그대로 보여 지는 대목이다.

마오쩌동이 만년에 독서문제에 대한 모순된 심정은 퍽이나 음미할 가치가 있는데, 이해하기도 그다지 어렵지 않다. 종합해서 말한다면 문화적 이데올로기 영역에서 현 상황에 대한 불만을 보여주었던 것이다. 이른바

'문화대혁명'이란 원래 문화 학술 영역에서의 비판 운동에서 발단한 것이다. 그가 독서에 대해 이 같은 비난의 말을 하는 것은 구체적으로 세 가지 원인이 있었다.

첫째는 당시의 학교 교육 방식에 불만이 있었으며, 더 나아가 교육혁명을 제창했다.

마오쩌둥은 일관적으로 책에서 책으로, 개념에서 개념으로의 기계적인 암송을 반대했으며, '주입식' 교수 방법을 반대했다. 1964년 2월 13일 교육공작좌담회에서 그는 "학교의 교육이 교과목이 너무 많아 '잡다한 철학'이라고 하면서, '잡다한 철학'은 결국은 멸망한다"고 했으며, "마르크스주의의 책은 읽어야 하지만, 읽으면 소화해야 한다. 많이 읽고 소화하지 못하면 오히려 반대로 나아가 공론가가 될 수 있고 교조주의가 될 수 있다"고 했다. 이로부터 규정된 학습 연한을 축소하고 교육혁명을 일으켜 학생들이 공업, 농업, 군사를 공부할 것을 제기했다. 이러한 변화를 추진하기 위해서는 책을 읽는 일에 대해 자연히 비난의 말을 할 수밖에 없었던 것이다.

둘째는 인민 대중이 역사를 창조한다는 관점에 대한 이해가 편파적이었기 때문이다.

구 중국사회의 구조와 중국혁명의 특수성 때문에 지식인들은 오래 세월 노동인민의 범주에 들지 못했으며, 노동자 계급에 속하지 못했다. 이런 상황에서 마오쩌둥은 줄곧 '무산계급의 문화 대군'을 양성 및 건립하려고 생각했었다. 1958년의 '대약진' 운동 때부터 그는 끊임없이 학문이 적은 사람이 학문이 많은 사람보다 낫다, 세계적으로 70%의 발명 창조는 모두 문화가 낮은 사람과 청년이 한 것으로, 책을 적게 읽은 노동 대중이 발명 창조의 주력군이 되기를 기대한다는 발언을 했다. 그의 이러한 염원은 실천과 책의 관계에 대한 생각에서 잘 나타났다. 그는 '잡다한 철학' 식의 독서를 경멸했으며 더 많이는 지식은 사회 실천에서 온다고 선전했으며, 실천 속에서 서책 지식을 운용하는 능력을 중시했다.

이러한 생각이 도리가 없는 것은 아니지만, 이러한 생각과 요구가 강렬해 질수록, 특히 1960년대 중기에 들어서 더욱 단순화 됐으며 심지어 극단적이 되었다. 1964년에만 그는 세 번이나 여러 회의에서 이에 관해 역사서를 읽은 체험을 이야기했다. 1월 7일 그는 "무식한 사람들 중에서 뛰어난 인물이 나온다", "자고로 능력 있는 황제는 대부분 무식한 사람이었다"고 했으며, 3월 27일에는 "무식한 사람을 깔보지 말라, 지식인이 오히려 지식이 없다. 역사적으로 황제가 된 사람들 중 적지 않게는 지식인이었지만 그들은 오히려 큰일을 해 내지 못했다"고 하면서 진후주(陳后主), 이후주(李后主), 송휘종(宋徽宗)의 예를 들었다. 5월 12일에는 또 "『명사』를 읽고 나서 가장 화가 나는 것은 글을 모르는 명태조(明太祖), 명성조(明成祖)가 가장 잘했고, 명무종(明武宗), 명영종(明英宗)이 조금 낫고 기타는 모두 나쁜 일만 많이 했다"고 말했다. 이 기간 그가 또 고리키, 와트 등 대문학가와 대발명가들이 대학을 다니지 못했고, 공자도 독학으로 인재가 되었으며, 『홍루몽』을 쓴 조설근(曹雪芹)도 진사 출신이 아니라고 말한 것도 이러한 뜻에서 기인한 것이다.

셋째는 그가 당시의 교육계와 사상문화계의 문제에 대해 지나치게 심각하게 평가했기 때문이다.

마오쩌동은 지식계, 교육계, 문화계가 '봉건주의 · 자본주의 · 수정주의' 사상의 영향을 매우 깊이 받았다고 보고 있었다. 1966년 12월 21일 그는 외국 손님을 만나는 자리에서 상대방이 중국의 '문화대혁명'의 내용에 대해 묻자 "계급투쟁과 아직 완성되지 못한 반봉건주의 투쟁, 그리고 공자를 반대하는 것을 완성하기 위한 것입니다. 이러한 것들의 영향력은 대학의 문과, 예를 들면 역사, 철학, 문학, 미술, 법률 등의 영역에 존재합니다. 그들은 봉건주의 관점과 자산계급 법권사상을 학생들에게 주입하고 있습니다"라고 했다. 1968년 10월 31일 그는 확대된 제8기 12중전회의 폐막식에서 "대학에서 역사를 공부하고, 경제, 철학, 법률을 공부하면서 4~5년 동안 공부했는데, 무엇이 마르크스주의인지 모르고 무엇이 계급투쟁인지 모릅니다"라고 했다. 그는 당시 주로 학생들이 읽는 책에 대해 의견이 있었던 것이다. 학생들이 '봉건주의 · 자본주의 · 수정주의'의 책을 너무 많이 읽어 사상적으로 좋지 않은 영향을 받았다고 생각했으며, 더 나아가 이러한 상황을 이데올로기 영역의 계급투쟁과 연계시켰던 것이다. 사실상 그가 말하려고 한 것은 전통적인 낡은 사상과의 결렬이었다.

그 외에 고서를 읽는 문제에서 정치가로서의 마오쩌동은 자신의 흥미와 사회적으로 창도하는 것을 구별했다. 그 자신은 고서를 읽기 좋아했지만, 청년들이 경사자집을 많이 읽는 것을 반대했다. 또한 그 자신은 반드시 읽어야 할 필요가 없는 심심풀이 책과 잡서를 읽기 좋아했지만, 학생들이 읽는 것은 찬성하지 않았다. 이로부터 우리는 그 자신이 구체(旧体) 시와 사를 좋아하면서도 "청년들 속에서 제창하기에는 적합하지 않다"고 말한 것을 연상할 수 있다. 이는 또 우리로 하여금 노신(鲁迅)이 많은 정력을 들여 고적을 정리하고 또 『한문학사강(汉文学史纲)』, 『중국소설사략(中国小说史略)』 과 같은 고전 저작들을 써내고서도 청년들에게 고서를 읽지 말라고 권고했던 것을 연상할 수 있다.

이 명백한 모순을 어떻게 이해할 것인가? 청년들은 확실히 망망대해처럼 끝이 없는 경사자집 속에 보편적으로 빠져들어 갈 필요가 없다. 하지만 이러한 것들에 대해 적당하게 이해하지 않을 수도 없다. 이러한 책을 어느 정도만큼 읽을 것인가 하는 것을 파악하기란 어렵다. 마오쩌동은 "고서는 많이 읽어서는 안 되지만, 경사자집은 한 번 쯤 읽는 것이 좋다"고 했다. "'이십사사(二十四史)'를 읽지 않으면 왕후장상의 나쁜 점을 어찌 알겠는가? 왕후장상에 대해 알지 못하면 반대하기도 어렵지 않은가?"라고 반문했던 것이다. 이러한 말은 현실 속 정치에 대해 비교적 많이 고려해서 한 말이었음을 알 수 있다.

"실제와 결부하여 마르크스 · 레닌주의를 이용하기는 어렵다"

'문화대혁명' 기간 마오쩌동은 시종 마르크스 · 레닌 저작 읽기에 몰두했다. 현실에서 난제에 부딪치면 그는 마르크스 · 레닌의 저작을 읽을 것을 강조했다. 그는 여러 번이나 "우리 당은 마르크스 · 레닌의 저작을 읽지 않는 것이 좋지 않다"고 말했다. 가장 전형적인 것으로는 진백달(陈伯达)의 '천재론'을 비판하기 위해 마르크스 · 레닌의 고전 저작 9권을 추천했던 일이다.

1970년 여름 여산(庐山)에서 열린 중국공산당 제9기 2중전회의 회의 의정은 헌법 수정, 국민경제 계획과 전쟁 준비에 관한 것이었다. 개막식에서 임표(林彪)는 1시간 넘게 연설을 했는데, 주요 내용은 헌법 수정과 마오쩌동의 영도 지위에 관한 것이었다. 이 연설에서 그는 "우리는 모 주석을 천재라고 했었는데, 나는 여전히 이 관점을 견지한다"고 말했다. 그날 저녁, 임표(林彪)와 엽군(叶群)의 배치에 따라, 진백달(陈伯达)은 '엥겔스, 레닌, 모주석이 천재라고 말한 어록'과 임표(林彪)의 '천재'에 관해 논술한 어록을 수집, 정리해 냈다. 그 후로 진행된 조별 토론에서 진백달(陈伯达), 오법헌(吳法宪) 등 사람들은 임표(林彪)의 연설을 옹호하고, '천재라고 말한 어록'에 대해 설명하면서, 헌법으로 국가 주석을 명확히 설치하자고 요구했다. 또한 누군가 모 주석을 반대한다고 하면서 그 사람을 잡아내야 한다고 대대적으로 선동했다. 이에 적지 않은 중앙위원들이 그들의 견해에 따른 발언을 했다. 이로 인해 회의 의정이 뒤죽박죽이 되었다.

이런 비정상적인 활동에 대해 마오쩌동은 허용할 수 없었다. 그는 진백달(陈伯达)이 수집 정리한 '엥겔스, 레닌, 모주석이 천재라고 말한 어록'에 대해 "이 자료는 진백달(陈伯达) 동지가 만들어 낸 것입니다. 많은 동지들을 속였습니다. 우선 여기에는 마르크스의 말이 없습니다. 다음으로 엥겔스에 관한 건 한 마디밖에 없습니다. 그리고 『루이 보나파르트 쿠테타』는 마르크스의 주요 저작이 아닙니다. 셋째로, 레닌에 관한 어록을 다섯 가지 찾았는데 그중 다섯 번째에서는, 시련을 거쳐야 하고, 전문적인 훈련과 장기적인 교육을 받아야 할 뿐만 아니라, 상호 잘 협력할 수 있는 영도자여야 한다고 했습니다. 여기에서 네 가지 조건을 열거했는데, 다른 사람은 그만두더라도 우리 중앙위원회의 동지들만 놓고 말해도 이 조건에 부합되는 사람이 아주 많지 않습니다"라고 했다.

마오쩌동은 진백달(陈伯达)이 만들어 낸 이 자료를 돌파구로 삼아 회의를 제멋대로 하는 경향을 시정하고, 간접적으로 일깨워주려고 했다. 동시에 그는 또 진백달(陈伯达)이 마르크스·레닌주의의 경전 작가들의 어록으로부터

'천재'를 논하는 작법이 중앙위원들 중에서 큰 공감대를 형성할 수 있었다는 점은 많은 사람들의 유물사관이 굳건하지 못함을 설명한다고 생각했다. 이에 마오쩌둥은 '엥겔스, 레닌, 모 주석이 천재라고 말한 어록'에 대해 "이것은 역사학가와 철학사학가들이 논쟁을 그치지 않는 문제이다. 즉 일반적으로 말하는 영웅이 역사를 창조했느냐, 아니면 노예가 역사를 창조했느냐 하는 것이며, 사람의 지식(재능도 지식의 범주에 속함)이 선천적인 것인가, 아니면 후천적인 것인가, 유심론적 선험론인가, 아니면 유물론적 반영론인가 하는 것이다. 우리는 마르크스주의의 입장을 견지해야지 진백달의 요언과 궤변에 뒤섞여서는 안 된다"고 답했다. 임표(林彪)의 체면을 고려해, 마오쩌둥은 이 답변은 임표가 합의한 관점이라고 했다.

그리고 나서 마오쩌둥은 고위층 지도간부들은 마르크스 · 레닌의 원작을 읽어야 하며 마르크스주의 역사관에 대해 진정으로 알아야 한다고 했다. 중국공산당 제9기 2중전회 폐막식에서 그는 전적으로 "지금 사람들이 마르크스의 저작을 읽지 않습니다. 그러니 누군가 '제3판본'을 내놓고 허풍을 떠는 것입니다. 그럼 당신은 읽었습니까? 읽지 않았으니 반혁명 지식인에게 속아 넘어가는 것입니다. 그중 일부는 혁명적 지식인이기도 합니다. 나는 동지들이 독서 능력이 있는 사람이라면 10여 권 정도 읽을 것을 권고합니다"고 했다. 회의 후인 9월 16일 마오쩌둥은 왕동홍(汪东兴)과 대화에서 "마르크스 · 레닌의 저작을 읽음에 있어서 핵심이 있어야 한다"고 말했다. 그는 "일부 동지들이 마르크스주의를 모르고, 마르크스주의 책을 읽은 적이 없는데, 발언할 때 인용한다"고 하면서, "250여 명(중앙위원과 중앙 후보위원)들에게 마르크스주의 책을 지정해 읽게 해야 한다, 서른 권은 너무 많고, 서른 권 중에서 일부 장절을 선택해 읽게 해야 한다"고 말했다. 그는 또 "이 일은 총리와 강생이 하도록 하며, 나도 일부 골라줄 수 있다, 마르크스주의 저작을 읽지 않으면 안 된다. 결과는 진백달에게 우롱당하지 않았는가?'라고 했다.

주은래(周恩来) 등은 이 요구에 따라, 1963년에 지정한 마르크스주의 저작 30권의 목록과 마오쩌동의 관련 지시를 찾아내고, 그중에서 9권을 선택해 마오쩌동에게 심사 결정하도록 했다. 주은래(周恩来) 등이 선택한 이 9권의 책은『공산당선언(共产党宣言)』,『고타 강령 비판(哥达纲领批判)』,『반듀링론(反杜林论)』,『포이어바흐와 독일 고전철학의 종결(费尔巴哈与德国古典哲学的终结)』,『제국주의는 자본주의의 최고 단계이다(帝国主义是资本主义的最高阶段)』, 『국가와 혁명(国家与革命)』,『무산계급 혁명과 반역자 카우츠키 (无产阶级革命和叛徒考茨基)』,『공산주의 운동 중의 '좌익' 소아병』 (共产主义运动中的"左派"幼稚病)』과『마르크스, 엥겔스 및 마르크스주의를 논함(论马克思、恩格斯及马克思主义)』이었다. 마오쩌동은 주은래의 보고에 '9권은 조금 많습니다. 처음에는 좀 적게 지정하는 게 좋을 것 같습니다. 큰 책은 발췌하여 읽는 게 좋을 것 같습니다(예를 들면 반듀링론 같은 책)'라고 말했다. 11월 6일 중국공산당 중앙은 고급 간부가 학습하는데 대한 통지를 발부했는데 이 통지는 마오쩌동의 말을 인용했다. "당의 고급 간부는 일이 얼마나 분망하든 간에 모두 시간을 짜내어, 마르크스, 레닌의 책을 읽고 진짜 마르크스주의와 가짜 마르크스주의를 구별할 수 있어야 합니다"라고 했던 것이다.

1년 후인 1971년 8월 29일 남방 시찰 도중 마오쩌동은 재차 왕동흥(汪东兴) 등 사람들과 마르크스주의 저작을 읽는 문제에 대해 이야기했다. 그는 "내가 학습에 대해 자주 이야기합니다. 하지만 많은 사람들이 말로만 동의하고 실제상 관점이 통일되지 못했습니다. 마르크스주의를 잘 공부하려면 쉽지 않습니다. 현실과 관련하여 마르크스주의를 이용하려면 더구나 어렵습니다"라고 했다.

이번에 마르크스주의 고전 저작을 추천하여 해결하려는 사상문제는 인민대중이 역사를 창조한 것인가, 아니면 영웅이 역사를 창조한 것인가 하는 문제였다. 하지만 자세히 음미해 보면 현실 정치투쟁의 필요에서 기인한 것이며, 임표(林彪), 진백달(陳伯达) 등이 국가주석을 설치하려는 정치적 의도를 억제하기 위해 '돌'을 던졌던 것이다.

확실히 마오쩌동이 탄식한 것처럼 "마르크스주의를 잘 공부하려면 쉽지 않고, 현실과 관련하여 마르크스주의를 이용하려면 더구나 어렵다." 그가 '문화대혁명'이라는 모순 속에 빠진 비극도 이 문제를 정확히 해결하는 것이 어렵다는 것을 설명해 준다. 그는 만년에 과오를 범하면서도 여전히 마르크스주의 고전 저작을 읽을 것을 강조했다. 또한 만년에 그렇게 열심히 마르크스주의 고전 저작을 읽었지만 아쉽게도 여전히 과오를 범했다. 이는 마치 '건국 이래 당의 약간의 역사문제에 대한 결의'에서 서술한 것처럼 마오쩌동은 만년에 "중대한 과오를 범하면서도 여러 번이나 전 당에 마르크스·엥겔스·레닌의 저작을 진지하게 읽을 것을 요구했으며, 시종 자신의 이론과 실천은 마르크스주의라고 생각했고, 무산계급 독재를 튼튼히 하기 위해 필수적인 것이라고 생각했다. 이것이 그의 비극이라 해야 할 것이다"라고 했다. 이 말은 마오쩌동이 '문화대혁명' 중의 이론과 실천의 모순을 분석한 것이며, 그가 마르크스·레닌주의 저작을 읽는 것과 실천의 관계에서 곤경에 빠졌음을 보여준 것이기도 하다.

일례로, 마오쩌동은 만년에 레닌의 "소생산은 경상적으로, 매일 매 시각 자연적이고, 대량적으로 자본주의와 자산계급을 만들어 낸다"는 논단을 꽤나 강조했다. 그는 또 "레닌 저작 중 이 문제에 대해 말한 부분들을 찾아내어 큰 글자로 인쇄해 내가 읽게 해주십시오. 여러 분들도 읽고, 글을 써 내십시오"라고 했다. 이는 중국 사회주의가 처한 실제 단계에 대해 잘못된 판단을 내린 것이 분명하다. 즉 "구사회와 별로 큰 차이가 없다"고 본 것이다. 이런 잘못된 판단 때문에 마오쩌동은 매우 불안해했으며, 그 결과는 마르크스 · 레닌의 저작 중 사회주의 고급 단계에 대한 논술을 이용해, 그가 잘못 판단한 현실에 대해 요구하게 되었다. 그리하여 이론과 현실이 맞지 않는 비극이 나타났던 것이다.

"현실과 관련하여 마르크스주의를 이용하려면 더구나 어렵다"고 하는데, 여기서 어려움은 어디에 있는가? 마르크스 · 레닌의 저작을 읽으면 당연히 실제와 결부시켜야 하는데 여기에서 어떤 실제와 결부시켜야 하는가가 아주 관건적이다. 사람들의 머릿속에 있는 '실제'는 모두 주관적 이해의 '여과'를 거친 것이다. 진실한 실제, 객관법칙에 부합되는 실제는 더 많이는 깊이 있는 사회 조사 · 연구를 거쳐야만 정확히 파악할 수 있는 것이지, 서책 지식과 선험적인 인식의 구조에서 얻어지는 것이 아니다. 실제에 대한 인식이 부족하여 잘못된 판단을 내리게 되면 마르크스주의 이론을 운용함에 있어서 반드시 곤경에 빠지게 되는 것이다.

옛 글 세 편을 빌어 마음을 드러내다

마오쩌동은 옛 일을 말하기 좋아했으며 역사를 빌어 현실문제에 대한 관점을 보여 주거나 혹은 명확히 드러내기 어려운 마음을 표현하곤 했다. 일례로, 1966년 1월 12일 무한(武汉)에서 도주(陶铸), 왕임중(王任重) 등과 당시의 정치문제에 대해 이야기할 때, "지난해 10월 내가 북경(北京)에서 말한 적이 있습니다. 만약 북경(北京)에서 수정주의로 나간다면 지방에서는 어찌하겠느냐 하는 것입니다. 채악(蔡锷)을 따라 배워 봉기를 일으키거나 원세개(袁世凯)를 타도하는 것처럼 할 것입니까? 나는 항상 일이 터질 것 같은 느낌이 있습니다. 내가 이 말을 한 후 여기까지 오는 길에서 천진(天津)으로부터 남창(南昌)에 이르기까지 여러 지역을 경유해 왔지만 아무런 반응도 듣지 못했습니다. 원세개(袁世凯)가 황제로 되려 하자 그의 최측근인 단기서(段祺瑞)와 풍국장(冯国璋)마저 반대했습니다. 다만 그와 가장 친한 진이(陈宦)가 극력 등극을 권했을 뿐입니다. 그는 원세개(袁世凯)가 등극에 동의하지 않으면 무릎을 꿇고 일어나지 않겠다고 했습니다. 이에 원세개(袁世凯)는 아주 기뻐하며 그를 사천(四川) 독군(督军)으로 파견했습니다. 그런데 채악(蔡锷)이 봉기를 일으키자 진이(陈宦)가 가장 먼저 호응해 나섰습니다."

당시 도주(陶铸)와 왕임중(王任重)은 이 말을 듣고 마오쩌둥이 중앙에서 나타날 수 있는 수정주의에 대해 우려한다는 것을 어렴풋이나마 느낄 수 있었다. 하지만 그가 말한 원세개(袁世凯)의 등극과 중앙에서 나타날 수 있다는 수정주의 사이에 어떠한 논리적 연계가 있는지에 대해서는 잘 알 수 없었으며, 원세개(袁世凯)의 등극을 찬성 혹은 반대한 북양군벌과 당시의 중앙 지도자들의 현실 상황이 어떤 연관성이 있는지는 더구나 알 수 없었다.

'문화대혁명'이 시작된 후 마오쩌둥이 고대의 역사를 빌어 속마음을 나타내는 수법이 상대적으로 자주 등장했다.

그중에서 그가 이고(李固)의 『유황경서(遗黄琼书)』,『전국책·촉섭이 조태후를 설득하다(战国策·触詟说赵太后)』,『후한서·유분자전(后汉书·刘盆子传)』 등 고문을 빌어 속마음을 밝힌 것은 모두 인사에 관련되는 깊은 뜻이 들어 있었을 뿐만 아니라, 이해하기도 그다지 어렵지 않았다.

이고(李固)의 『유황경서(遺黃琼书)』에 대해 말해보자. 1966년 7월 8일 마오쩌둥이 강청(江青)에게 보낸 그 유명한 편지는 임표(林彪) 사건이 발생한 후 문건으로 발표하였으며 지금은 이미 『건국 이래의 마오쩌둥 원고(建国 以来毛泽东文稿)』 제12권에 전문이 발표되어 있다. 이 편지는 문장이 아름답고 정취가 생동적이며 더구나 자신의 개성을 분석한 것으로 음미할 가치가 있다. 이 편지는 전고를 아주 많이 이용했는데 다음과 같은 몇 구절이 깊은 인상을 준다.

"나는 과거 후한(后汉) 사람인 이고(李固)가 황경(黃琼)에게 쓴 편지의 몇 구절을 인용한 적이 있습니다. '높으면 꺾이기 쉽고, 희면 더러워지기 쉽다. 양춘백설에 화답할 수 있는 자는 대체로 적다. 명성만큼 실덕이 따르기 어렵다.(嶢嶢者易折, 皦皦者易污 °和者盖寡.)' 여기에서 뒤의 두 구절은 나를 가리키는 것입니다. 나는 정치국 상무위원회의에서 이 몇 구절을 읽은 적이 있습니다. 사람은 자신을 아는 명철함이 있어야 합니다. 올해 4월의 항주(杭州)회의에서 나는 벗들의 그런 제기법에 다른 의견을 표시했습니다. 하지만 그게 무슨 효과가 있습니까? 그는 5월의 북경(北京) 회의에서 여전히 같은 말을 했습니다. 신문 · 잡지는 더구나 그런 말을 많이 말했습니다. 불가사의할 정도로 대포를 불었습니다. 그러니 내가 양산(梁山)에 올라갈 수밖에 없게 되었습니다. 내가 보건대 그들의 본의는 귀신을 잡기 위한 것이고, 그 때문에 종규의 힘을 빌리려는 것 같습니다. 그래서 내가 1960년대 공산당의 종규가 된 것입니다."

이 편지에서 마오쩌둥은 자신을 우상화 하는 것에 불안감을 나타냈으며 임표(林彪) 등 벗들이 자신을 치켜세우는데 대한 유감과 부득이하게 받아들여야만 하는 심정을 표현했다. 편지에서 말한 "귀신을 잡기 위한 것이고, 그 때문에 종규의 힘을 빌리려는 것"이란 '문화대혁명' 초기 중대한 정치문제에서 말할 수 없이 복잡한 그의 심정을 잘 보여준다. 특히 이고(李固)의 『유황경서(遺黃琼书)』의 "높으면 꺾이기 쉽고, 희면 더러워지기 쉽다. 양춘백설에 화답할 수 있는 자는 대체로 적다. 명성만큼 실덕이 따르기 어렵다"라는 구절을 인용한 것은 당시 그의 진실한 심정을 비교적 적절하게 보여준 것이다. 이 편지는 또 마오쩌둥이 중앙정치국 상무위원회의에서 이고(李固)의 『유황경서(遺黃琼书)』의 몇 구절을 인용한 것이 "사람은 자기 자신을 아는 명철함이 있어야 한다"는 뜻임을 나타낸 것이었다.

마오쩌둥은 이고(李固)의 『유황경서(遺黃琼书)』를 빌어 자신의 속마음을 내비쳤는가 하면 또 이로써 다른 사람을 충고하기도 했다. 1974년 11월 강청(江青)이 편지에서 자신은 중국공산당 제9차 전국대표대회 이후 기본상 무용지물이 되었다고 하면서 "나에게 아무 일도 분배하지 않았습니다. 지금은 더 합니다"라고 불평을 한데 대해, 마오쩌둥은 "당신의 직무는 바로 국내외 변화에 대해 연구하는 것입니다. 이건 아주 큰 임무입니다"고 답장을 보내 비평했다. 그리고는 강청에게 "이고가 황경에게 쓴 편지를 읽어보는 게 좋겠습니다. 사상문장으로서 아주 훌륭합니다"라고 했다. 마오쩌둥의 뜻은 강청에게 근신하고 "자기 자신을 아는 명철함이 있어야 한다"는 것이었다. 이에 강청(江青)은 하는 수 없이 "자신을 잘 알지 못하고 자아 감상에 빠져 객관 현실을 유물론적으로 보지 못했으며, 자신에 대해 두 측면으로 적절하게 분석하게 못했습니다"라고 편지를 보내 자신의 잘못을 인정했던 것이다.

『전국책 · 촉섭이 조태후를 설득하다(战国策 · 触詟说赵太后)』에 대해서 마오쩌동은 여러 번이나 회의에서 고급 간부들에게 의미심장하게 말했으며 자녀들에게도 이야기해 주었다. 이 문장의 원문 뜻은, 진(秦)나라가 조(赵)나라를 진공하자, 조나라는 제나라에 구원을 요청했다. 제나라는 조태후의 작은 아들인 장안군(长安君)을 인질로 보내면 출병하겠다고 표시했다. 조태후는 장안군을 아주 애지중지했으므로 인질로 보내려 하지 않았다. 이에 대신인 촉섭이 "각 제후국의 자손들이 봉작을 받아서 3세가 지나면 후계가 없어지는 것은 자손들이 '나빠서'가 아니라 세상사를 겪어 보지 못하고 어려서부터 지위가 존귀하지만 공로가 없고, 봉록이 많지만 일을 하지 않았기 때문"이라고 하면서 "지금 장안군이 지위가 높고 비옥한 토지를 소유하고 있는데, 나라를 위해 공을 세우지 않으면 앞으로 태후가 세상을 뜬 후 조나라에서 발붙일 수가 있겠습니까? 장안군을 인질로 보내지 않는 것은 그를 진정으로 아끼는 것이 아닙니다"라고 했다. 조태후는 그의 말에 일리가 있다고 여겨 장안군을 제나라에 인질로 보냈으며, 제나라는 군사를 파견해 조나라를 구원해 주었다.

1967년 4월 '문화대혁명'이 고조되어 가는 중에 마오쩌동은 어느 한 자료에 다음과 같은 글을 썼다.

이 문장(『전국책·촉섭이 조태후를 설득하다』)은 봉건제가 노예제를 대체한 초기, 지주계급 내부의 재산과 권력 재분배에 대해 보여준 것입니다. 이런 재분배는 끊임없이 이어졌습니다. 이른바 '군자의 은택도 5세가 되면 끊어진다(君子之泽, 五世而斩)'가 바로 이 뜻입니다. 우리는 착취계급을 대표하는 것이 아니라, 무산계급과 노동인민을 대표합니다. 하지만 우리가 자녀들에 대해 엄격히 요구하지 않으면 그들도 변질할 수 있고 자본주의를 복벽할 수 있으며, 무산계급의 재산과 권리가 자산계급에게 빼앗길 수도 있습니다.

차세대 교육을 국가의 미래와 연계시키고, 그들이 "지위가 존귀하지만 공로가 없고, 봉록이 많지만 일을 하지 않는 것"을 걱정한 것은 마오쩌둥의 일관된 생각이었으며, 또한 '문화대혁명' 중 청년들이 풍랑을 겪어야 한다고 호소한 초심이기도 했다.

『유분자전(刘盆子传)』에 대하여, 마오쩌둥은 만년에 농민, 전사, 노동자 경력이 있는 젊은 사람을 보고 좋은 재목을 발견했다고 생각했었는데 얼마 지나지 않아 그만 실망하고 말았다. 그가 바로 왕홍문(王洪文)이다. 1973년 왕홍문(王洪文)이 중앙에서 일하게 되었는데 마오쩌둥은 그에 대해 불만스러워 하면서 『후한서』의 『유분자전(刘盆子传)』을 읽으라고 요구했다. 유분자(刘盆子)는 경왕 유장(유방의 손자)의 후손으로 신나라 왕망(新莽) 말년의 적미(赤眉) 농민봉기에 참가했었다. 이 농민봉기군은 천하를 호령하기 위해서는 유 씨 종실 출신을 찾아 황제로 세우려 했다. 이 봉기군 중에는 유방의 후손이 70여 명 있었으므로 제비를 뽑는 방식으로 선발했다. 그 결과 당시 열다섯 살인 목동 유분자(刘盆子)가 뽑혔다. 황제가 된 유분자는 예전과 다름없이 바른 일은 하지 않고 목동들과 장난이나 쳤다. 왕홍문(王洪文)에게 이 전기를 읽으라고 한 것은 경력이나 능력이 부족하니 분수를 알아야 한다고 일깨워 주기 위한 것이었다. 유분자처럼 행동하지 말고 공부를 많이 해서 진보해야 한다는 것이었다. 왕홍문에 대한 걱정이 그 속에 담겨 있었던 것이다.

문학 · 사학 · 철학 연구에서의 유감과 기대

1950년대에서 1960년대에 이르기까지 마오쩌둥은 당대 학자들이 쓴 중국통사, 중국철학사, 중국문학사, 중국사상사 등 일련의 책들을 읽었다. 그중에는 범문란(范文澜)이 수정한 『중국통사간편(中国通史简编)』, 풍우란(冯友兰)의 『중국철학사 (中国哲学史)』, 임계유(任继愈)의 『중국철학사(中国哲学史)』, 양영국(杨荣国)의 『중국고대사상사(中国古代思想史)』, 유대걸(刘大杰)의 『중국문학발전사(中国文学发展史)』, 장사소(章士钊)의 『유문지요(柳文指要)』 등이 있었다. 마오쩌둥은 범문란(范文澜)과 임계유(任继愈)의 책에 평어를 남겼으며 1965년에는 곽말약(郭沫若)에게 양영국(杨荣国)의 사상사를 추천하기도 했으며, 유대걸(刘大杰)과 만나서 문학사에 관한 관점을 교류하기도 했다.

문화대혁명 후기 마오쩌둥은 지도자들에게 중국 고대 문학 · 역사 · 철학 관련 연구 저서들을 읽을 것을 여러 번 요구했다. 1970년 8월 중국공산당 제9기 2중전회 폐막식에서 그는 중앙위원들에게 중국철학사와 유럽철학사를 몇 권 씩 읽으라고 제의했다. 1971년 8월 남방 시찰 도중 왕동흥(汪东兴)에게 "마르크스주의에 관한 책을 읽는 것만으로는 부족합니다. 역사와 경제학, 소설, 철학사도 읽어야 합니다"고 말했다. 1973년 5월 25일 그는 중앙정치국회의에서 정치국 위원들은 역사에 대해 좀 알아야 하는데, 여기에는 물론 중국역사와 세계역사가 포함되며, 또 부문별로 정치사, 경제사, 소설사에 대해서도 얼마간은 알아야 한다고 말했다. 1975년 1월 4일 강청(江青)의 편지에 내린 답장에서 "내가 이미 문학사(유대걸의 『중국문학발전사』 두 권을 가리킴) 2부를 인쇄해 놓았으니 짬이 나면 읽어 보세요"라고 했다. 1975년 연말부터 1976년 초에 있었던 이론문제에 관한 담화에서 그는 또 "나는 1~2년 내에

철학서를 조금 읽고, 노신의 책을 조금 읽을 것을 건의합니다. 철학서로는 양국영의 『중국고대사상사』와 『간명중국철학사』를 읽을 수 있습니다"라고 했다.

마오쩌둥 만년에 서재에는 '문화대혁명' 전 대학교육부에서 주관하여 편집한 『중국문학사』, 유대걸의 『중국문학발전사』, 육간여(陆侃如), 풍원군(冯沅君)이 공동 편집한 『중국문학사간편』, 북경대학 중문학부 55년급 학생들이 단체 편집한 『중국문학간사』, 중국과학원 철학사회과학학부 문학연구소에서 편집한 『중국문학사』가 있었다. 그는 신변 사람들에게 이 책들에 대해 평가한 적이 있는데, 그중에는 긍정적으로 보는 것도 있었고, 책 속의 관점에 동의하지 않은 것도 있었다. 사람들이 마오쩌둥의 의견을 작자에게 전하지 않겠는가 하는 물음에 그는 "그럴 필요 없습니다. 학술적인 문제는 백가쟁명이 필요합니다. 내가 말한 것이라고 하면 좋지 않습니다. 고치라고 하면 아마 필자가 동의하지 않을 것입니다. 그러니 필자에게 말하지 않는 것이 좋습니다"라고 했다.

중국의 문학·역사·철학에 대한 저작을 읽고 추천하는데 이같이 열중한 것은 '문화대혁명'의 분위기와는 아주 어울리지 않았다. 그가 이처럼 중국 문학·역사·철학에 대해 열중한 데에는 대체로 두 가지 원인이 있었다. 하나는 중국 고대의 문학·역사·철학은 본래부터 그가 흥미를 가지는 영역이었고, 다른 하나는 '봉건주의·자본주의·수정주의'를 타파하고 새로운 사상문화를 창조함에 있어서 중국 전통문화의 존재를 무시할 것이 아니라, 응당 이해하고 연구해야 한다고 보았던 것이다. 특히 마르크스주의 입장, 관점과 방법으로 과학적인 결론을 내려야 한다고 보았던 것이다.

1968년 10월 31일 확대된 제8기 12중전회의 폐막식 연설에서 마오쩌둥은 이러한 생각을 드러내 보였다. 곽말약(郭沫若), 범문란(范文瀾), 오함(吳晗), 전백찬(翦伯贊), 풍우란(冯友兰), 양영국(杨荣国), 임계유(任继愈), 조기빈(赵纪彬), 양류교(杨柳桥), 주곡성(周谷城), 유대걸(刘大杰) 등 학술 권위자를 어떻게 대할 것인가에 대해 논할 때, 그는 "왕후장상 등 유형에 사람들에 대해 우리는 잘 모릅니다. 특히 청년들이 잘 모릅니다. 그러니 왕후장상에 대해 알려면 그들에게 가르침을 청할 수밖에 없습니다. 소수 사람들이 연구하는 것이 앞으로 왕후장상이 나타나도록 하기 위해서가 아니라, 이 역사에 대해 사람들이 주의를 기울이게 하기 위한 것입니다"라고 했다. 1973년 5월 25일 중앙정치국회의에서 그는 더 직접적으로 말했다. "공자로부터 손중산에 이르기까지 종합해야 하고, 갑골문으로부터 공산당에 이르기까지의 역사에 대해서도 종합해야 합니다." 이런 면에서의 종합과 연구가 그다지 잘 되어 있지는 않지만, 그래도 학술 권위자들이 연구해야 한다는 것은 달리 방법이 없는 한 어절 수 없는 일이며 또한 반드시 필요한 것이라고 했다.

마오쩌동이 비교적 숙독한 중국 문학 · 역사 · 철학 관련 연구 저서로는 바로 이 학술 권위자들이 '문화대혁명' 전, 심지어 신중국 건국 전에 쓴 구작들이다. 마오쩌동은 이러한 구작에서 일부 학술문제에 대한 논술을 그다지 만족스럽게 생각하지 않았던 것이다. 1972년 12월 27일의 어느 한 담화에서 그는 "나는 많은 사람들의 저서를 보았는데 볼수록 머리가 어지럽습니다"고 했다. 그는 각 학파들이 시대 발전의 필요에 따라 새로운 방법으로 중국 고대 문학 · 역사 · 철학을 연구하여 새로운 돌파와 진전이 있기를 기대했다. 1968년 7월 20일 '문화대혁명'이 고조에 올랐을 무렵, 그는 딸 이눌(李讷)에게 다음과 같은 말을 범문란(范文瀾)에게 전해줄 것을 부탁했다. 즉 "중국은 통사가 필요합니다. 고대의 통사 뿐 아니라, 근대까지 포함된 통사가 필요합니다.

당신이 새로운 관점으로 중국통사를 다시 쓸 것을 희망합니다." 이에 범문란(范文瀾)은 "나의 관점은 이미 너무 낡았습니다"고 대답했다. 이눌은 "아버지는 통사를 쓰는 것이 어려우면, 새로운 방법을 찾아내기 전까지는 과거의 방법으로 쓸 수 있다고도 했습니다"고 말했다. 마오쩌동의 부득의함과 기대의 감정이 더 말하지 않아도 그대로 느껴지는 장면이다. 그 후에 열린 확대된 제8기 12중전회의 폐막식에서도 마오쩌동은 학술 권위자들에 대해 "그들에게 과거의 관점을 버리라고 하는 것은 아주 어려운 일입니다. 고치면 좋지만, 고치지 못해도 괜찮습니다"고 말했다.

마오쩌동이 당시 "고치지 않아도 된다"고 해서 출판한 구작의 특례가 바로 장사소의 『유문지요(柳文指要)』이다.

1965년 여름 마오쩌동은 이 책을 읽고 나서 "큰 문제는 유물사관"이다. 즉 "작자가 유물사관에 대한 모르므로 문학·역사·철학 등 여러 면에서 작자의 관점으로 유종원을 해석하는데 그쳤으나 유종원 작품의 역사적 진보성은 확대했다"고 말했다. 하지만 그는 또 장사소와 같은 노학자들이 단번에 연구방법을 고칠 수 있으리라고 기대하지 않았다. 『유문지요(柳文指要)』가 중화서국에 보내져 출판을 준비하고 있을 무렵 '문화대혁명'이 시작되었다. 장사소는 자신의 저서가 당시의 분위기와 어울리지 않음을 느끼고 1966년 5월 10일 마오쩌동에게 편지를 써서 "천하의 집필자는 억지로 자신을 위안해서는 안 됩니다. '반드시 자신의 저서에 대해 한 글자, 한 구절씩 엄격히 음미하여 잡귀신들의 행렬에 끼이지 않았나를 알아봐야 합니다'라고 했다. 장사소(章士釗)는 또 자신의 『유문지요(柳文指要)』는 "순수히 유자후(柳子厚)의 관점을 그대로 옮긴 것으로, 봉건사회의 문예 좀비를 분식한 것입니다. 이런 유형의 저서는 지금의 번영 창성하는 사회에서 필연적으로 분발 노력하는 노동자 · 농민계급의 신 작자들에게서 엄한 비판을 받을 것입니다"라고 했다. 이러한 반성은 당시의 비판 분위기에 따라 이 책의 결점을 강조했던 것이다. 이렇게 강조한 것은 반드시 그의 본의라고는 할 수 없을 것이다.

마오쩌동이 『유문지요(柳文指要)』에 대한 태도는 '문화대혁명'이 시작된 것으로 인해 변화하지 않았다. 그는 장사소의 반성 편지 옆에 "이렇게 말하는 것은 지나치다", "비판해야 할 것은 속과 겉이 다른 나쁜 사람이지, 공산당을 반대하는 작자는 아니다. 비판은 할 수도 있다. 하지만 비판이 중점은 아니며, 더구나 '엄한' 비판도 아니다"라고 평어를 달았다. 이는 그가 당시 당 외 민주인사들의 학술적 저서에 대해 객관적이고 냉정한 태도를 취했음을 측면으로 알 수 있다. 장사소(章士钊)는 이 편지의 말미에 그에게 3년의 시간을 줘서 반드시 읽어야 할 마르크스 · 레닌주의 저작을 복습하게 한다면 『유문지요(柳文指要)』를 다시 수정해서 출판하겠다고 했다. 이에 대해 마오쩌동은 "이 편지를 유소기, 주은래, 강생이 보게 한 후 다시 장사소 선생과 토론하십시오"라고 답했다. 그리고는 또 『유문지요(柳文指要)』에 대해, 하나는 원래 계획에 따라 출판하고, 다른 하나는 장 선생의 뜻에 따라, 1, 2, 3년 시간을 들여 수정한 후 다시 출판하라고 했다. 마오쩌동이 이 서면 지시를 쓴 시간은 1966년 5월 17일로 '5.16' 통지를 내린 날 즉 '문화대혁명'이 정식 개시된 이튿날이었다.

당시 형세의 급속한 발전과 변화로 인해 『유문지요(柳文指要)』의 출판 여부는 일정에 오르지 못하고 보류되었다. 대략 1970년 장사소는 『유문지요(柳文指要)』의 출판에 대해 재차 제기했다. 마오쩌동도 출판에 동의했고, 중화서국에서도 조판을 마쳤지만, 강생(康生)이 갑자기 작자가 관점을 변화시켜 책 전체를 수정할 것을 제기했다. 장사소는 강생의 의견에 대해 알게 된 후 과격한 언사의 긴 편지를 마오쩌둥과 강생에게 동시에 보내, 강생의 의견대로 책 전체를 수정하는 것을 단호히 거절했다. 아쉽게도 현재 이 편지는 찾아볼 수 없게 되었다. 다만 장사소의 딸 장함지(章含之)에게 반 토막 난 초고가 있는데, 이 초고에서 당시 그의 격동된 심정을 읽어볼 수 있다. 편지에서 장사소는 "강생의 의견에 따라 본다면 원작은 고치지 않으면 절대 안 될 것입니다. 즉 사회적으로 반드시 제거해야 할 더러운 것이 될 것이니 어찌 출판을 논하겠습니까?"라고 했다. 장사소는 또 "유물주의란 다른 게 아닙니다. 구하면 얻을 수 있고 구하지 않으면 얻을 수 없는 고귀한 책입니다"라고 했다. 이 편지로 인해 『유문지요(柳文指要)』는 1971년 9월 중화서국에서 총 14권으로 정식 출판될 수 있었다. 이는 당연히 마오쩌둥이 성사시킨 것이다. 그가 강생 등에게 연구하여 처리하라고 한 만큼, 강생 등은 이러지도 저러지도 못하다가 선심을 써서 출판하게 했던 것이다.

자발적으로 구작을 수정하려는 학술 권위자에 대해 마오쩌둥은 항상 열정적으로 지지했다. 양영국(杨荣国)은 1962년에 출판 한 『간명중국사상사(简明中国思想史)』를 『간명중국철 학사(简明中国 哲学史)』로 이름을 고쳐 1973년 인민출판사에서 출판했다. 이 책은 당시 영향력이 매우 컸는데 모태동이 그의 관점을 동의하고, 더 나아가 책을 추천한 것과 관련이 있었다.

마오쩌둥은 만년에 '철학을 읽을 것'에 대해 특별히 강조했는데 그중의 일례가 바로 "양영국의 『중국고대사상사(中国古代思想史)』와 『간명중국철학사(简明中国哲学史)』를 읽을 수 있다"고 말한 것이다. 마오쩌둥은 또 유대걸(刘大杰)의 구작인 『중국문학발전사

(中国文学发展史)』의 수정에 대해 아주 중시했다. 그는 최종 마무리가 되지 않은 수정고를 큰 글자체로 인쇄해 읽었으며 많은 평어를 달았다. 이에 고무를 된 유대걸은 마오쩌둥에게 편지를 써 문학사의 몇몇 문제에 대해 가르침을 청했다. 당시 마오쩌둥은 이미 글을 쓰기 어려웠지만 1976년 2월 친필 답장을 보냈다. "나는 당신이 한유에 대한 관점을 동의합니다. 두 가지 측면에서 관찰하고 생각하는 것이 좋습니다. 이의산(李义山)의 무제시(无题诗)에 대해서는 지금 결론을 내리기 어려우므로 잠시 미해결로 보류해 두는 것도 괜찮습니다." 편지에는 학술을 존중하고, 새로운 저작이 나오기를 기대하는 감정이 생생하게 나타났던 것이다.

'서학(西學)' 영역에 대한 질문

마오쩌둥은 만년에 서방 철학과 자연과학에 대한 책을 적지 않게 읽었다. 그는 일부 출판기구에 서학 저서들을 큰 글자체로 인쇄해 달라고 해서 읽었는데, 그중에는 다윈의 『종의 기원(物种起源)』, 헉슬리의 『인류가 자연계에서의 위치(人类在自然界的位置)』, 모건의 『고대사회(古代社会)』, 하이스, 문, 웰랜의 공동 저서 『세계통사(世界通史)』, 프랑스 포르의 『나폴레옹론』, 소련 타일러의 『나폴레옹전기』, 양진녕(杨振宁)의 『기본입자 발견 간사(基本粒子发现简史)』가 있었으며 이정도(李政道)의 아직 발표하지 않은 논문 『평범하지 않은 핵(不平常的核态)』을 읽었다. 그 외에도 『자연변증법』, 『동물학잡지』, 『화석』 등 잡지를 읽었다.

마오쩌둥은 목적 없이 이런 서방의 저서들을 읽은 것은 아니었다. 아래의 몇 가지 자료로부터 그가 만년에 서방에 대해 관심을 갖게 된 중점은 무엇이었는지를 알 수가 있다.

왕임중(王任重)의 1966년 2월 3일의 일기에 따르면, 마오쩌둥은 당시 무한(武汉)에 있으면서 엥겔스의 『가정, 사유제와 국가의 기원』, 모건의 『고대사회(古代社会)』를 읽었다. 마오쩌둥은 또 왕임중(王任重)에게 무한에 있으면서 고전 저작을 몇 권 읽을 것이라고 말했다. 1970년 12월 18일 에드가 스노우를 만나는 자리에서 마오쩌둥은 "과학 발명에 대해 나도 찬성합니다. 예를 들면, 다윈, 칸트, 심지어 당신들 미국의 과학가들, 원시사회를 연구하는 모건도 포함해서 말입니다. 그의 저서는 마르크스, 엥겔스도 매우 환영했습니다. 이로부터 원시사회에 대해 알게 되었습니다"라고 말했다.

독일의 생물학자이고 철학가인 에른스트 · 헤켈은 자연과역 영역에서 유물주의 대표이고 무신론자였으며, 다윈 학설을 발전시킨 사람이다. 1920년 마오쩌둥은 장사(长沙)에서 문화서사를 경영할 때 『헤켈의 일원 철학』을 읽은 적이 있었다. 또 신중국 건국 이후 출판한 헤켈의 대표작인 『우주의 수수께끼-일원론 철학의 통속 도서』도 읽었으며 깊은 인상을 남겼다. 1965년 1월 9일 에드가 스노우와 담화할 때 그는 "헤켈이 쓴 책에는 아주 풍부한 자료가 있습니다. 그는 자신이 유물주의자임을 승인하지 않지만, 사실상 유물주의자입니다"라고 말했다. 1967년 1월 13일 저녁 마오쩌둥은 유소기(刘少奇)와 인민대회당에서 두 사람 사이의 마지막 담화를 했다.

담화에서 마오쩌둥은 유소기에게 헤켈의 이 책을 추천했다. 그 외에도 또 프랑스 계몽사상가인 디드로의 『기계인』을 추천했다. 1975년 10월 30일 독일연방공화국 슈미트 총리를 회견할 때, 마오쩌둥은 "나는 헤켈, 포이어바흐, 칸트, 그리고 헤켈의 책에 흥미를 느낍니다"라고 말했다. 그리고 또 그 자리에 있는 외빈들에게 헤켈의 저서를 읽었느냐고 묻기도 했다. 슈미트 총리와 그의 고문인 클라우스 메이트가 읽었다고 말했고, 기타 외빈들은 모두 읽은 적이 없다고 했다. 심지어 일부 사람들은 헤켈에 대해 몰랐고, 젊은 번역가는 헤켈을 헤겔로 번역하기도 했다. 이에 마오쩌동은 "에른스트·헤켈입니다"고 시정하기도 했다. 슈미트 총리의 회고록 『위인과 대국』에 따르면, 당시 마오쩌동은 그와 10분 동안 '헤켈의 조잡한 유물주의 저작 『우주의 수수께끼』'에 대해 토론했다고 썼다.

프랑스의 라플라스는 1796년에 발표한 『우주체계론』에서 태양계의 기원과 성운 가설을 제기했는데 칸트의 학설과 기본 논점이 일치했으므로 후세 사람들에게는 '칸트-라플라스 학설'로 불리 운다. 소련 수학자이고 천문학자이며 지구물리학자인 Smit OU(施密特)는 1940년대에 태양계 기원에 관한 '운석설'('포획설'이라고도 불림)을 제기했다. 마오쩌동은 이 두 가지 학설에 매우 큰 관심을 가졌다. 1969년 5월 19일 이사광(李四光)과 담화할 때 "나는 Smit OU의 학설에 대해 그다지 믿지 않습니다. 내가 보기엔 그래도 '칸트-라플라스 학설'이 일리가 있습니다"라고 했다. 무슨 원인에서인지는 알 수 없지만 마오쩌동은 늘 라플라스의 공헌에 대해 이야기했다. 일례로, 1970년 7월 13일 그는 프랑스 정부 대표단을 회견할 때 "라플라스가 나폴레옹에게 글을 가르쳤다고 들었습니다. 그는 천체의 역사는 발전하는 것이며, 고정불변한 것이 아니라고 했습니다. 하느님이 창조한 것도 아니고, 원래부터 이러한 것도 아닌 성운학설이라고 했습니다. 라플라스의 이 학설에 대해 엥겔스도 찬성했습니다. 현재 소련의 일부 천문학자들이 이 학설을 부정하고 있습니다. 당신들은 아마 하느님이 세계를 창조했다고 주장하겠지요. 어느 한 프랑스 작가는 지구가 훼멸될 것이라고 했습니다. 즉 세계 종말이라는 것이 있다고 했습니다. 나도 세계가 훼멸될 것이라 믿습니다. 그리고 다시 세계를 창조할 것입니다. 나는 미신을 타파해야 한다고 생각합니다"라고 했다. 1973년 6월 22일 말리 국가 원수인 무사·트라오레를 만나는 자리에서 마오쩌둥은 그가 프랑스어를 사용하는 나라인 말리에서 왔다고 생각해서인지 "라플라스, 파리대학의 수학가이고 천문학자인 그는 칸트 학설을 크게 발전시켰으며 성운학설을 세웠습니다. 즉 전 우주가 처음에는 운무 상태인데 후에 점차 응결되어 불덩어리를 이루고 지금의 태양계로 되었다는 것입니다"라고 말했다.

1974년 미국적 중국인 물리학자인 이정도(李政道)를 회견할 때에도 그는 "영국의 베이컨은 종교를 믿습니다. 지금 그의 우주역학이 비판을 받는 것은, 그가 외적인 추동력, 즉 제일 처음에는 외적인 추동력이 있었으며 그 후에 스스로 움직이었다고 했기 때문입니다. 영국의 다윈, 라이엘, 베이컨은 모두 대단한 과학자입니다. 영국의 톰슨이 편집 저술한 『과학대강』을 중국에서 많은 사람들이 번역했는데, 그 책을 읽은 적이 있습니다. 그 책에서 일부분은 신학에 대해 이야기한 것입니다. 당신들은 아마 그 부분을 읽지 않았겠죠?"라고 말했다.

만년에 와서 마오쩌둥은 젊었을 때부터 익숙히 알고 있는 다윈의 진화론에 대해 다시 읽으려는 열정이 생겼다. 그는 다윈의 『종의 기원(物種起源)』을 일곱 권의 큰 글자체 선장본으로 인쇄해 읽었다. 1969년 8월 초 막 북경에 온 이덕생(李德生)에게 책을 추천할 때에도 『종의 기원(物種起源)』이 들어 있었다. 1970년 12월 29일 그는 요문원(姚文元)이 헉슬리의 『인류가 자연계에서의 위치(人类在自然界的位置)』를 읽고 나서 받은 느낌을 쓴 편지를 보고 나서 요문원에게 그 책을 달라고 했다. 헉슬리는 이 책에서 진화론의 관점으로 인류와 유인원 사이의 혈연관계를 논술했으며 "인류와 유인원은 공동의 조상을 갖고 있다"고 명확하게 제기했다. 마오쩌둥은

『인류가 자연계에서의 위치(人类在自然界的位置)』에서부터 『종의 기원(物种起源)』을 생각했고, 요문원에게 보는 편지에서 『종의 기원(物种起源)』은 "전반부는 유물론적이고 후반후는 유심론적입니다"라고 했다.

1974년 5월 25일 마오쩌둥은 히스 전 영국 총리를 회견하는 자리에서, 히스에게서 다윈의 사인이 있는 사진과 다윈의 『인간의 유래와 성선택(人类原始及类择)』 제1판본을 선물 받았다. 마오쩌둥은 다윈의 저작을 읽었을 뿐만 아니라, 헉슬리에 대해서도 잘 알고 있다고 말했다. 1975년 6월 21일 캄보디아 손님을 회견하는 자리에서, 상대방이 중국의 경험을 연구하고 따라 배우겠다고 하자 마오쩌둥은 "중국의 것을 맹목적으로 따르지 마십시오. 엄복(严复)은 『천연론(天演论)』에서 구마리집 법사의 '규칙에 얽매이면 건전하게 발전할 수 없다(学我者病)'라는 말을 인용한 적이 있습니다. 그러니 스스로 생각해야 합니다"라고 말했다. 그리고 나서 그는 또 흥미진진하게 『천연론(天演论)』에 대해 이야기했고 헉슬리와 다윈에 대해 이야기했다. 그는 "헉슬리는 칸트가 불가지론자로서, 외재적인 것만 알고 본질은 모른다고 했습니다. 헉슬리는 자연과학에서는 유물주의이지만 사회과학에서는 유심주의입니다. 그래서 마르크스가 헉슬리는 부끄럼을 타는 유물주의라고 한 것입니다."고 말했다.

이로부터 마오쩌둥이 만년에 서방 철학과 자연과학 저서를 읽고 담론한 것은, 물질의 구성과 운동, 우주의 기원, 인류의 기원, 고대 사회의 기원에 농후한 흥취가 있었으며, 근본적으로 '나는 누구인가?', '나는 어디에서 왔는가?', '나는 어디로 가는가? 등 철학과 자연과학의 궁극적 화제에 대해 사고했음을 알 수 있다.

마오쩌둥이 만년에 왜 이러한 화제를 좋아했는가는 생각해 볼만하다.

1975년 10월 30일 마오쩌동이 슈미트 총리를 회견할 당시 함께 헤켈의 『우주의 수수께끼』에 대해 담론한 적이 있는 클라우스 메이트는 이에 대해 담론한 적이 있다. 1975년 11월 30일 그는 독일 『세계보』에 슈미트 총리가 중국을 방문한 상황을 소개하는 문장을 발표했는데, 이 글에서 "헤켈이 자금성에서 사는 위대한 노인에게 어찌하여 그렇게 깊은 인상을 남길 수 있었을까?"라고 했다. 클라우스 메이트의 분석에 따르면, 헤켈은 1원론 철학을 견지했고 마르크스주의도 일원론 철학을 견지해 왔다. 하지만 자연과학가로서의 헤켈이 더 멀리 갔다고 할 수 있다. 헤켈은 모든 것은 흘러가고, 모든 것은 변하며, 세상 만물은 궁극적인 목표가 없으며 다만 상태가 있을 뿐이라고 보았다. 혹은 "나이가 많아짐에 따라 마오쩌동은 점점 더 철학가가 되고 있었으며, 점점 더 목표를 상태라고 부르게 되었다." 인류의 발전은 어느 한 단계에 머무르지 않는데, "구체적으로 혁명에 있어서는 계속 혁명하고 끊임없이 혁명하는 것이다"라는 것이었다.

"프랑스 대혁명 역사에 관해 관심이 많아 보이다"

서방 역사 중 마오쩌동이 가장 잘 아는 것은 프랑스 근대사였다. 또한 프랑스 근대사에서 마오쩌동이 가장 흥미를 느끼는 것은 프랑스 대혁명과 파리 코뮌이었다. 마오쩌동은 만년에 집중적으로 프랑스 대혁명과 나폴레옹의 생애에 관한 책들을 읽었다.

그때 마오쩌동은 여러 판본의 『나폴레옹전기』를 읽었다. 그의 신변 사람들의 회억에 따르면, 어느 한번은 그가 『나폴레옹전기』를 읽겠다고 하여 여러 가지 번역본을 가져왔다. "그와 같이 읽기 시작한 동지가 아직 한 권도

다 읽지 못했는데 그는 세 권이나 읽었습니다"고 말했다.

1968년 6월 21일 그는 내방한 니렐 탄자니아 대통령에게 "내가 프랑스 대혁명 역사에 대해 연구했습니다. 러시아 사람이 쓴 『나폴레옹전기』를 읽었습니다. 이 책은 사실상 쿠트조프를 치켜세운 것입니다"라고 했다. 여기에서 가리킨 『나폴레옹전기』는 소련 역사학자 타일러가 쓴 것이다. 1970년 5월 1일 마오쩌둥은 시아누크 캄보디아 친왕과 나폴레옹에 대해 토론할 때 "나는 프랑스 사회주의자 마티에가 쓴 『프랑스혁명사』를 읽은 적이 있습니다. 프랑스혁명사에 대해 쓴 사람은 아주 많습니다. 소련사람이 쓴 걸 본 적이 있는데 지나치게 간단합니다. 그리고 또 영국 사람이 쓴 것도 봤습니다. 영국 사람들은 프랑스의 일에 대해 쓸 때 항상 욕하기를 좋아하지요. 하지만 이 영국 작가가 쓴 책은 그래도 비교적 실사구시 하였습니다." 마오쩌둥이 평가한 이 몇 권은 타일러의 『나폴레옹전기』 외에도 프랑스 역사학자인 마티에의 『프랑스혁명사』, 영국의 John Holland Rose의 『나폴레옹1세 전기』는 모두 프랑스대혁명과 나폴레옹에 관한 권위 있는 책이었다.

마오쩌둥이 프랑스대혁명과 나폴레옹에 대해 익숙한 정도는 프랑스 사람들도 놀라워했다. 중국 주재 프랑스 대사를 담임한 적이 있는 마낙은 "마오쩌둥은 18세기 이래 프랑스의 역사, 프랑스대혁명, 그리고 19세기에 잇따라 있었던 혁명, 파리 콤뮌에 대해 아주 깊은 이해가 있었습니다. 그는 프랑스혁명은 아주 중요한 역사적인 운동의 기점이라고 보고 있었습니다. 그 외에 그는 보나파르트에 대해서 특별히 이해가 많았는데 심지어 아주 세부적인 것도 알고 있었습니다"라고 회억했다.

마낙이 말한 것은 그가 직접 겪은 일이기도 했고, 또한 그와 마오쩌둥이 직접 논쟁한 일이기도 했다. 1970년 10월 14일 마낙은 프랑스 전임 총리 드 뮈르빌르와 함께 마오쩌둥과 만나게 되었다. 이때 마오쩌둥이 갑자기 "나폴레옹이 도대체 무슨 병으로 죽었는지 후에 분명히 밝히지 못했습니다. 위궤양일 수 있고 또 위암일 수도 있습니다"라고 말했다. 드 뮈르빌르는 "아마 위암일 것입니다"라고 말했다. 그러자 마오쩌둥은 "그가 유언장에서 해부하라고 했습니다. 당시 의사들도 무슨 병인지 분명히 알지 못했습니다"라고 했다. 그 후 마오쩌둥은 마낙과 프랑스대혁명에 대해 토론했다. 마오쩌둥은 영국 사람들이 프랑스의 툴롱항을 점령한 적이 있다고 했으며, 마낙은 영국과 스페인 군대가 툴롱항을 점령한 적이 없다고 했다. 이에 마오쩌둥은 "나는 나폴레옹 전기를 본 적이 있는데 툴롱항은 나폴레옹이 공략했다고 했습니다. 당시는 영국이 툴롱항을 점령하고 있었다고 했습니다"고 했다. 이에 마낙도 "내 기억에는 영국이 해상으로 툴롱항을 공격해 포위했지만 점령하지는 못했습니다. 이건 다시 확인해 봐야겠습니다"라고 했다. 나중에 드 뮈르빌르가 "앞으로 우리 대사가 이 문제에 관해 비망록을 써서 중국정부에 넘기도록 하겠습니다"고 사태를 수습했다.

사실은 마오쩌둥의 기억하고 있는 것이 맞았다. 1793년 6월 프랑스 왕당파는 툴롱요새와 프랑스 지중해 함대를 영국, 스페인 연군에 순순히 넘겨주었다. 이 해 12월 프랑스 혁명 진영의 포병 중령인 나폴레옹은 영국과 스페인 연군으로부터 툴롱항을 빼앗아 이름을 떨쳤으며 이로부터 프랑스 대혁명의 정치무대에 등장했던 것이다.

마오쩌둥은 1964년 1월 30일 프랑스 의원 대표단을 회견하는 자리에서, "프랑스에서는 일련의 유물론자들이 나타났습니다. 『사회계약론』의 저자인 루소와 볼테르 외에도 또 산악파가 있었습니다. 나폴레옹은 우리에게 아주 큰 영향을 주었습니다. 그의 저작들을 본 적이 있습니다. 프랑스 문화는 중국에

준 영향력이 큽니다. 그리고 파리 콤뮌이나 '인터내셔널'도 당신들 나라에서 나온 것입니다"라고 말했다. 마오쩌동은 중국과 프랑스의 관계가 기타 서방 국가들과 비교해 볼 때 특별한 점이 있다고 생각했던 것이다.

마오쩌동이 만년에 프랑스 대혁명 역사에 대한 관심은 대체로 세 가지 차원에서였다.

첫째, 그는 프랑스 대혁명 중 실시한 토지정책에 대해 매우 중시했고 높이 평가했다. 봉건 토지소유지를 폐지하는 것은 민주혁명의 가장 기본적인 임무이며, 프랑스 대혁명의 방법이기도 했다. 이는 중국의 신민주주의혁명과 비슷한 점이 있었다. 마오쩌동은 여러 번이나 자본주의 국가들 중 오직 프랑스만이 대혁명 중 나폴레옹 시대에 비교적 철저히 토지를 분배했다고 말했었다.

1966년 11월 8일 그는 베트남노동당 중앙 대표단과 베트남 북방의 토지개혁에 대해 이야기할 때 "당신들이 200헥타르에 달하는 토지를 국민들에게 나누어 준 것은 대사입니다. 지주의 토지를 농민들에게 나눠 주는 것은 당연히 민주혁명의 성질에 속합니다. 과거 프랑스의 나폴레옹 정부도 이렇게 한 적이 있습니다. 나폴레옹의 군대가 전 유럽을 휩쓸 수 있었던 것은 농민들의 지지가 있었기 때문입니다"라고 말했다. 1970년 5월 1일 그는 시하누크에게 "프랑스 대혁명 시기 왕당파들은 농민을 해방하려 하지 않았습니다. 지롱드당도 소작료와 이자를 인하하려 하지 않았으며 토지를 분배하려 하지 않았습니다. 후에 프랑스 농민들의 요구를 철저히 해결한 것은 산악파이고 로베스피에르입니다. 내가 프랑스 역사에 대해 말하는 것은 농민들의 지지를 받아야 함을 설명하기 위해서입니다"라고 했다.

둘째, 마오쩌동이 보건대, 서방 자산계급 혁명사에서 프랑스 대혁명처럼 복잡하고 격렬하며, 철저하고 영향력이 광범위한 것은 더 이상 없었기 때문이었다. 바로 이 때문에 프랑스 대혁명으로부터 더 많은 사회 변혁의 법칙과 특징을 볼 수 있었던 것이다.

연안시기 국민당 연안 주재원 서복관(徐复观)이 마오쩌둥에게 "역사서는 어떻게 읽어야 합니까?"하고 물었을 때, "흥망 변혁시기의 역사에 대해 특별히 중시해서 읽어야 합니다. 이러한 시기에 문제를 해결하는 열쇠를 볼 수가 있습니다. 태평시대에는 오히려 보기가 어렵습니다. 서방의 역사는 프랑스 대혁명에 특별히 유의해야 합니다"라고 말했다. 1970년 5월 1일 그는 또 시하누크에게 "혁명하려면 프랑스혁명과 미국혁명에 대해 연구해야 합니다. 미국인들은 미국혁명이 먼저이고, 그 다음이 프랑스혁명이고, 세 번째가 러시아 혁명이라고 큰 소리 칩니다. 우리 동방은 더 뒤떨어졌구요. 역사적 순서에 따르면 확실히 그러합니다"고 말했다. 1970년 10월 14일 그는 프랑스 전임 총리 드 뮈르빌르에게 "나는 프랑스 대혁명 역사에 대해 많은 관심을 가지고 있습니다"라고 말했다. 1972년 7월 10일 그는 프랑스 외교부장 슈만에게 "서방의 역사 중 나는 당신들 프랑스 역사에 대해 비교적 잘 알고 있습니다. 18세기 말 프랑스 대혁명에서는 루이 16세를 단두대에 올렸지요. 전 유럽연맹이 모두 당신들 나라를 공격했습니다. 당신들이 국왕을 죽인 것은 큰 죄라고 했지요. 유럽의 국왕들이 일제히 당신들을 반대했습니다. 이때 영웅적인 산악파의 영도자 로베스피에르가 나타났습니다. 이 사람은 시골 변호사였는데 파리에 왔을 때 파리 말도 제대로 하지 못했습니다. 그는 상퀼로트에 의거해 싸워 물리칠 수 있는 모든 적들을 물리쳤습니다. 그 후에는 나폴레옹이 거의 유럽 전체를 점령했지요. 이 사람은 후에 과오를 범했습니다. 정책도 잘못됐지요"라고 했다. 1973년 9월 12일 그는 프랑스 대통령 퐁피두를 만날 때에는 "프랑스 사람들의 역사에 대해 우리는 매우 관심을 가지고 있습니다. 특히 프랑스 대혁명에 대해 관심을 가지고 있습니다"라고 말했다.

셋째, 마오쩌동이 당시 프랑스 대혁명 역사에 대해 책을 읽은 것은 1968년 프랑스에서 '5월 혁명'이 일어난 것과 관련이 있을 수 있다.

현재의 자료에서 보면, 마오쩌동이 만년에 프랑스 대혁명 역사에 대해 자주 말한 것은 1968년 5월부터이다. 처음에는 5월 20일 저녁 중앙 '문화대혁명' 면담회 성원들과 일부 노동자들과 국제형세에 대해 이야기하면서 주로 프랑스에서 일어난 파업으로 철도 교통이 마비된 것에 대해 말했다. "제2차 세계대전 후 노동자들의 파업은 이처럼 규모가 큰 것이 매우 적었습니다. 유럽의 노동자계급은 혁명 전통이 있습니다. 이 혁명 전통은 크게 우회해서 지금 프랑스로 돌아가야 할 것 같습니다"고 한 것이다. 5월 24일 그는 기니·말리 연합 우호 중국방문단을 회견할 때에도 "프랑스의 지금 형세는 우리와 조금 비슷합니다. 운동은 학교로부터 공장으로 발전하고 있으며 심지어 기관으로 확대되고 있습니다. 학생들도 벽보를 쓰고 있습니다. 이 혁명은 프랑스로부터 시작된 것입니다. 1789년 프랑스 자산계급은 대혁명을 시작했습니다. 후에 나폴레옹이 집권했습니다. 그 후로 여러 번 곡절이 있었는데 때로는 공화제, 때로는 군주제를 실시했고, 혁명을 하기도 했고, 복벽을 하기도 했습니다. 그러다가 19세기 후반에 가서야 제2공화국이 건립됐습니다"라고 말했다. 6월 3일 중앙의 '문화대혁명' 면담회 성원 및 일부 군대 지도자들과 담화할 때에도 "우리는 선전할 때 주의해야 합니다. 프랑스에서 소란이 일어난 것을 중국의 영향을 받았다고 하지 마십시오. 어느 곳에서 소란이 일어났다고 해서 그것이 바로 중국의 영향을 받은 것이라 하지 마십시오. 프랑스에서는 대혁명 후 민주화를 실시했습니다. 1791년에 가서는 황제도 계속 유지하기가 어려워 동부로 도망가 왕당파를 찾으려 했는데, 중도에서 붙잡혔습니다. 1793년에 황제를 죽였습니다. 이로 인해 전 유럽을 건드리는 격이 되었습니다. 왜냐하면 유럽 국가들은 대부분 군주제도를 실시하였기 때문입니다. 이는 국제적인 간섭을 불러일으켰고, 영국과 러시아가 다섯 번이나 반(反)프랑스 동맹군을 조직해, 툴룽을 점령하기도 했습니다"라고 말했다.

'문화대혁명'의 이론적 지도사상은 "무산계급 독재 하에서 계속 혁명하는 것"이었다. 이런 배경에서 프랑스 '5월 혁명'으로부터 프랑스 대혁명의 역사를 연상하는 것도 자연스러운 일이었다.

나폴레옹의 전략적 실수의 배후에 대해 읽고 논하다

소건(蕭乾)의 부인 문결약(文洁若)은 『나와 소건(我与蕭乾)』, 『일생의 인연(一生的情缘)』 이 두 책에서 모두 '문화대혁명' 중 마오쩌둥이 프랑스 작가 엘리·포르가 쓴 『나폴레옹론』을 읽고 싶었지만 중문 번역판이 없어 사람을 찾아 영문판을 번역한 일에 대해 썼다. 당시 관련 부문은 책 번역을 위해 소건을 '5·7간부학교'로부터 북경으로 소환했다. 그들 몇은 밤낮으로 일해, 대략 일주일 동안에 이 책을 번역해 내, 큰 글자체 판본을 만들어 마오쩌둥이 읽을 수 있도록 했다. 그 외에 당시 마오쩌둥은 17책으로 된 큰 글자체의 『나폴레옹전기』를 인쇄해 지도자들이 읽게 했다.

대략적인 통계에 따르면, 1910년부터 1973년 사이 마오쩌둥이 나폴레옹에 관한 책을 읽거나 나폴레옹에 대해 말한 것이 마흔 번이나 된다. 시기별로 나폴레옹에 대한 평가도 그 중점이 얼마간은 달랐다.

처음에 그는 나폴레옹은 '큰 공로를 세운' '호걸'이기는 하나, '덕업을 다 갖춘' '성현'과는 아직 거리가 있다고 보았다. 1919년 그는 여러 번이나 글에서 나폴레옹이 독일을 침략하고, 후에 독일이 파리에 쳐들어 간 역사를 논하면서 두 나라가 역사적으로 서로 보복을 했다고 썼다. 이로써 제1차 세계대전에서 전승국인 프랑스가 전패국인 독일을 지나치게 핍박하지 말 것을 경고했다.

연안시기 마오쩌둥은 나폴레옹의 군사적 성공과 실패를 매우 중시했다. 그는 나폴레옹이 지휘한 많은 전역은 적은 병력으로 많은 병력을 격파하고, 작은 힘으로 강한 것을 물리쳤는데, 이는 전략 전술의 운용이 적절했기 때문이라고 보았다. 또한 이와 함께 나폴레옹이 최후로 실패한 데는 스페인과 러시아 유격대의 역할이 컸다고 사람들에게 말했다. 이러한 인식은 중국혁명전쟁의 실제 경험과 항일전쟁의 전략적 필요에 입각한 것임이 틀림없다.

마오쩌둥이 만년에 나폴레옹에 대한 관심의 초점은 프랑스 대혁명 시기 유럽 각국의 간섭과 포위에 있었다. 특히 나폴레옹이 포위를 돌파한 후 역으로 유럽을 제패하고 다른 나라를 침략한 전략적 실수에 관심을 돌렸다.

유럽 여러 나라들이 프랑스를 포위한 점으로부터 중국이 1960년대와 1970년대 초에 처한 국제환경을 연상할 수 있다. 남쪽에서 중국은 베트남을 원조하여 미국과 싸웠고, 서쪽에서는 중국과 인도 변경에서 자위반격전(自卫反击战)이 있은 후 인도와의 관계가 매우 긴장되게 되었다.

북쪽으로는 중국과 소련이 관계가 좋지 않아 진보도(珍宝岛) 전투가 폭발했으며, 소련은 중국 북부 변경과 가까운 지역에 백만 군대를 집결시켜 놓고 있었다. 동쪽에서는 또 대만 당국이 '대륙 반격'을 하려고 했으므로 역시 시국이 긴장되었다. 그러므로 마오쩌둥은 1960년대 말부터 1970년대 초까지 위협을 느꼈던 것이다.

외국인이라 해도 당시 중국의 주변 환경이 매우 불리함을 알 수 있었고 의식적이건 무의식적이건 모두 중국이 처한 환경과 프랑스 대혁명 시기의 상황을 연계시켜 보았다. 1970년 10월 14일 마오쩌동은 프랑스 전임 총리 드 뮈르빌르를 회견할 당시, 프랑스 대혁명에 대해 말하면서 "전 유럽이 모두 당신들을 반대해 파리 부근에까지 쳐들어갔습니다."라고 말했다. 이에 중국 주재 프랑스 대사인 마낙은 "당시 우리가 포위된 형세는 지금의 중국보다 더 심각했습니다. 모든 국경지대에 다 무장 군대가 있었습니다"고 직접적으로 비유해 말했다.

마오쩌동은 프랑스 대혁명을 긍정적으로 보았으며 나폴레옹이 다섯 번이나 유럽의 반프랑스연맹 군대를 격파한 것을 정당하다고 보았다. 하지만 후에 나폴레옹이 혁명의 성과를 지킨다는 범위를 벗어나 다른 나라의 영토를 침범하였으므로 그 전쟁의 성격에 변화가 나타났다. 대다수 전역의 승리가 프랑스의 지위를 높이기는 하였으나 시종 유럽을 독차지하려는 목적을 달성할 수 없었다.

1973년 9월 12일 마오쩌동은 프랑스 대통령 퐁피두를 회견하는 자리에서 "나는 서방 각국에서 소련을 중국으로 떼미는 조류가 있다고 느껴집니다. 소련은 야심이 큽니다. 전 유럽, 아시아와 아프리카를 모두 손 안에 넣으려고 생각하고 있습니다"고 말했다. 그리고 나서 퐁피두에게 나폴레옹이 유럽을 제패하려다가 실패한 구체적 상황에 대해 이야기했다. 이는 사실상 나폴레옹의 국제 전략과 소련의 당시의 국제 전략을 직접적으로 연계시킨 것이었다.

1968년부터 1973년까지 마오쩌동은 10여 번이나 외국 손님들에게 나폴레옹의 국제 전략 실패의 교훈에 대해 이야기했다. 그 핵심적 관점으로는 아래와 같은 대화 속에서 엿볼 수 있다.

그(나폴레옹)는 한사코 다른 나라들을 침략하려고 들었습니다. 그가 손해를 보게 된 것은 침략한 지방이 너무 커서 적이 많아졌기 때문입니다. 거의 모든 유럽 국가들과 싸웠습니다. 프랑스는 당시 인구가 2,800만이었습니다. 이는 프랑스 본토를 가리키는 것입니다. 당시 독일, 네델란드, 벨기에, 룩셈부르크, 이탈리아가 모두 프랑스에 점령되었습니다. 후에는 또 스페인과 포르투갈을 점령했습니다. 그 전에 또 이집트와 시리아를 점령한 적이 있습니다. 너무 많이 점령하다 보니 적이 지나치게 많아졌습니다. (1968년 6월 21일 니렐 탄자니아 대통령과의 담화 기록)

후에 나폴레옹은 유럽 전체를 거의 다 점령하였습니다. 이 사람은 후에 과오를 범했습니다. 정책도 잘못되었습니다. 첫째는 스페인을 점령하지 말았어야 했습니다. 둘째는 러시아와 싸우지 말았어야 했습니다. 나폴레옹의 다른 한 가지 잘못은 그의 해군이 영국보다 약한데도 영국과 싸우다가 궤멸되었다는 점입니다. (1972년 7월 10일 슈만 프랑스 외교부장과의 담화 기록)

이것은 역사에 대한 종합이고 영웅에 대한 애석한 마음이며, 특히 국제관계에 대한 고려이기도 했다. 이는 그가 중국이 당시 패권 국가의 위협을 받고 있는 상황에서의 특수한 심경을 보여주기도 한다. 어떠한 심경이었을까? 1972년 7월 10일 슈만 프랑스 외교부장과 나폴레옹의 실패에 대해 이야기할 때의 내용에서 알 수 있다.

다른 나라가 침략해 온다면 그건 싸우기 쉽습니다. 하지만 다른 나라에 침략하러 간다면 그건 싸우기가 쉽지 않습니다. 내가 이렇게 말하는 건 뒷북을 치는 셈이지요. 내가 그때 당시 태어나지 못했고, 또 그(나폴레옹)의 참모장이 되지 못했으니깐요. 나도 전쟁을 치러 봤습니다. 나는 문인이 아니라 무인입니다. 20여 년 동안 전쟁을 해 왔습니다. 그러니 누군가 싸우겠다고 하면 그더러 생각해 보라고 하죠.

마오쩌둥이 만년에 나폴레옹이 '도처에 적을 만드는' 침략 정책에 관한 책을 읽은 것은 1969년 중소 진보도(珍宝岛) 충돌 후의 전쟁 위협과 관련이 있으며, 또한 그가 이에 상응하는 국제 전략을 고려한 것과도 관련이 된다. "누군가 싸우겠다고 하면 그에게 생각해 보라고 하죠." 이 말이 가리키는 것은 아주 명확하다. 1970년대 초는 바로 중국에서 "동굴을 깊이 파고, 양식을 많이 비축하며, 패권을 차지하지 않는다"는 대응 조치를 제기하고 방공호를 대거 건설하던 시기였다. 또한 중미관계 개선에 착수해 미국과 연합해 소련에 대응한다는 중대한 전력적인 전환을 가져 올 때였으며, 일련의 서방 국가들과 외교관계를 건립하던 관건적인 시기였다. 나폴레옹의 강대한 군대가 최종 실패한 것으로부터 마오쩌둥은 도의에 어긋나면 도와주는 사람이 적다는 역사적 법칙을 보았고, 패권 국가의 침략 위협이 두렵지 않다는 믿음을 보여준 것이었다.

'법가를 논하고 유가를 비판한(评法批儒)' 것은 무엇 때문인가?

'문화대혁명' 후기, 마오쩌둥은 복잡한 정치 현실에 비추어 역사·문화

쪽으로 책을 많이 읽게 되었으며, 이로부터 역사와 현실의 연관에 대해 생각하게 되었다.

'9·13'사건(임표사건) 발생 후, 당시의 분위기에 따르면 임표의 '문화대혁명' 중의 행위가 극 '좌'인지 아니면 '우'인지에 대한 답을 주어야 했다. 만약 극 '좌'라고 하면 '문화대혁명'을 부정하는 것이 되고, 만약 '우'라고 하면 일리가 없어 말이 통하지 않았다. 이로부터 새로운 개념을 내세웠는데 바로 "형식은 좌적이지만 실제는 우적"이라는 것이었다. 이러한 '우'는 일반적인 '우'가 아니라 '극우'이다. 이렇게 말하는 것은 당시의 정치 사유 습관에도 매우 잘 부합되었다.

마침 임표(林彪)의 거처에서 그가 "사리사욕에 대한 욕심을 버리고 공공의 이익을 위한 사회적 질서인 예를 회복시키는 것(克己复礼)"과 같은 공자 어록을 필사한 것이 발견되었다. 임립과(林立果)가 만든 '571공정기요(五七一工程纪要)'도 마오쩌둥을 '당대 중국의 진시황'이라고 했다. 이는 임표가 '형식은 좌적이지만 실제는 우적'이라는 관점에 의거를 제공한 셈이 되었다. 더 나아가 마오쩌둥이 현실 문제와 역사·문화 문제를 연계시켜 사고하게 만들었으며, 유가와 법가에 대한 평가를 토론의 초점에 올려놓게 하였다. "극기복례"를 주장한 공자는 이론적으로 유가의 대표 인물이며, 진시황은 실천상 법가의 대표 인물이었다. 그들은 역사 발전관이 서로 다르다. 하나는 '뒤'로, 다른 하나는 '앞'으로 이다. 오늘의 말대로 한다면 '우'와 '좌'가 되는 것이다.

사실상 1950년대 후기부터 마오쩌둥은 중국사상사를 읽으면서 "법가를 선양하고 유가를 억제해야 한다"는 관점을 나타냈다. '문화대혁명' 중 이 관점은 점점 더 명확해졌다. 확대된 8기 12중전회 폐막회의에서 그는 "나는 조금 편파적입니다. 공자를 덜 좋아합니다. 공자가 고대의 노예주이고 '옛 귀족'이라는 설의 책을 본 적이 있습니다. 나는 이러한 설을 찬성하는 편이고, 공자가 그 시기의 신흥 지주계급이라는 설에는 찬성하지 않습니다"라고 했다. 그는 또 그 자리에 있는 곽말약(郭沫若)에게 "당신의 『십비판서(十批判书)』는 유가를 중시하고 법가를 반대하였는데, 나는 이 점을 그다지 찬성하지 않습니다. 하지만 범(范文澜) 선생이 쓴 책(『중국통사간편』)에서는 법가를 중시했습니다. 즉 신불해(申不害), 한비(韩非) 일파를 말입니다. 그리고 또 상앙(商鞅), 이사(李斯), 순경(荀卿)이 이들을 계승해 전해 내려 왔습니다"라고 말했다.

"법가를 평가하고 유가를 비판하는 것(评法批儒)"과 "'임표'를 비판하고 작풍을 정돈하는 것(批林整风)"을 연계시킨 것은 1973년에 지정한 주제였다. 이 해 8월 5일 마오쩌둥은 강청(江青)에게 "역대 성과가 있는 정치가는 모두 법가였습니다. 그들은 모두 법치를 주장했고 현재의 것을 중시하고 옛것을 경시했습니다. 그런데 유가는 인의도덕을 부르짖고 옛것을 중시하고 현재의 것을 경시했습니다. 역사의 흐름에 역행하는 것이었습니다"라고 했다. 이 기간에 그는 또 "칠률·봉건론'을 읽고 곽 선생님에게 드림"이라는 시를 썼다. 이 시에서 그는 "진시황을 적게 욕하시기를 권고하고, 분서갱유도 토론해 볼 필요가 있다네. 시황제는 죽었지만 진은 그대로 있고, 공자의 유가는 명성은 높지만 사실은 겨와 기울에 불과하네. 백 대가 지나도 진의 법을 그대로 시행하니, 『십비판서』는 좋은 문장이 아니라네. 당나라 사람의 '봉건론'을 숙독하고 자후(유종원)로부터 문왕 시대로 역행하지 마시기를"하고 썼다. 당(唐)대 유종원(柳宗元)의 사론 '봉건론'은 군현을 설치하고 분봉을 폐지하며 중앙집권을 강화하고 번진의 할거를 반대하는 주장을 펼친 것으로 진시황의 법가에 편향되었다. 마오쩌둥은 이 글을 읽고 나서 곽말약(郭沫若)의 『십비판서』 중의 "유가를 선양하고 법가를 억제해야 한다"는 관점이 연상되어, 시를 써서 '곽 선생님에게 드린다'고 한 것은 자연스러운 일이었다. 그러나 이는 현실에서 곽말약의 정치적 경향에 대해 분명히 하는 것과는 관련되지 않는 듯했다.

"칠률·'봉건론'을 읽고 곽선생님에게 드림"은 마오쩌둥의 일생에서 가장 마지막으로 쓴 시였다. "법가를 선양하고 유가를 억제해야 한다"는 주제로 마지막 시를 쓴 것도 사람들로 하여금 생각하게 만든다. 마오쩌둥이 보건대 당시 중국의 발전은 비슷한 선택에 직면한 것 같았다. 즉 법가처럼 현재의 것을 중시하고 옛것을 경시하여 '후세의 왕을 본받아(法后王)' 앞을 내다보아야 하는지, 아니면 유가처럼 옛것을 중시하고 현재의 것을 경시하여 '선왕을 본받아(法先王)' 뒤를 돌아보아야 하는가 하는 것이었다. 임표가 '극기복례(克己复礼)'해야 한다고 한 것은 공자의 전철을 밟아 복벽하고 역행하려는 것이었다. 이는 '문화대혁명'을 어떻게 평가하느냐 하는 문제에 관련되는 것이었다. '문화대혁명' 후기 "임표를 비판하고 공자를 비판(批林批孔)하는 것"으로부터 "법가를 평가하고 유가를 비판하는 것(评法批儒)"으로 발전한 기본적인 논리는 대체적으로 이러했다.

"법가를 평가하고 유가를 비판하는 (评法批儒)운동"은 강청(江青), 장춘교(张春桥), 요문원(姚文元) 등이 붙는 불에 기름을 붓는 역할을 하였다. 1974년 6월 중순 강청(江青)은 중앙판공청에서 "법가를 평가하고 유가를 비판하는(评法批儒)" 글 여러 편을 큰 글자체로 인쇄해 마오쩌둥에게 보내도록 했다. 그중에는 양효(梁效)의 「상앙을 논함(论商鞅)」, 연풍(燕枫)의 「공구의 인의도덕과 임표의 수정주의 노선(孔丘的仁义道德与林彪的修正主义路线)」,

요중문(廖钟闻)의 「유가를 선양하고 법가를 반대한 '변간론'(尊儒反法的'辨奸论')」, 정교문(郑教文)의 「유가의 인-음험하고 악독한 살인술(儒家的仁-阴险狠毒的杀人术)」, 경사(庆思)의 「법가를 선양하고 유가를 반대한 진보적 사상가 이지(尊法反儒的进步思想家李贽)」 등이 있었다.

마오쩌동은 1975년 10월부터 1976년 1월 사이에 몇 번의 담화를 발표하여 "공자를 비판하려는데 일부 사람들은 공자에 대해 잘 모르고 있습니다. 풍우란(冯友兰)의 『공구를 논함(论孔丘)』이나 풍천유(冯天瑜)의 『공구교육사상비판(孔丘教育思想批判)』을 읽을 수 있습니다.

풍천유(冯天瑜)의 글이 풍우란(冯友兰)의 글보다 더 좋습니다. 그 외에도 곽선생(곽말약)의 『십비판서(十批判书)』 중의 유가를 선양하고 법가를 반대한 부분을 볼 수 있습니다"라고 말했다. 이러한 요구는 중국공산당 중앙에서 1976년 3월 3일에 발표한 『마오쩌동의 중요 지시』, 『건국 이래의 마오쩌동 문고』 제13책에 들어가 있다.

이와 동시에 마오쩌동이 『수호전(水浒传)』을 읽고 발표한 담화도 당시 중대한 영향력이 있었다. 1975년 8월 13일 저녁 그는 독서를 위해 청해 온 노획(芦荻)과 "『수호전(水浒传)』의 좋은 부분은 투항이라는 데 있습니다. 반면교사로 사용하여 사람들이 투항파에 대해 알게 할 수 있습니다.", "『수호전(水浒传)』은 탐관만 반대하고 황제를 반대하지 않았습니다. 조개는 108명 밖으로 제외되었습니다. 송강은 투항과 수정주의 길을 걸었으며, 조개의 집의청을 충의당으로 고쳤고, 조정의 초무를 받았습니다. 송강과 고구의 투쟁은 지주계급 내부의 투쟁이었습니다. 송강은 투항한 후 방랍을 치러 갔습니다"라고 말했다.

이는 주로 마오쩌동이 『수호전(水浒传)』을 읽고 난 후의 일부 체득한 바를 나타낸 것이며, 그가 만년에 이 책을 읽음에 있어서 양산 봉기군이 조개를 허수아비로 만들고, 송강의 영도 하에 결국 조정에 투항하는 비극에 특별한 중시를 돌렸음을 보여 준다. 그는 '문화대혁명' 전에 이 책을 읽을 때에는 이러한 차원에서 논의한 적이 없었다. 이 변화는 '문화대혁명' 후기부터 시작된 것이었다. 그는 1973년 12월의 어느 한 담화에서 제일 처음으로 "『수호전』은 황제에 대한 반대가 아니라 탐관오리에 대해서만 반대한 것이며, 후에는 조정의 초청을 받아 업무를 맡았습니다"라고 했다. 1974년에는 또 "송강은 투항파이고 수정주의 길을 갔습니다"라고 말했으며, 1975년 『수호전』을 집중적으로 평가할 때에는 이 소설을 "반면교사로 삼아 인민들이 모두 투항파에 대해 알도록 하라"고 요구했다.

　『수호전』의 투항 비극에 관심을 가지게 된 것은 마오쩌둥이 만년에 현실에 대한 우려와 관련이 없다고 할 수는 없다. 하지만 전국적으로 '『수호전』 평가운동'이 필요했지만, 필요성 여부를 따진다면 반드시 필요한 것이라고는 할 수 없었다. 다만 요문원(姚文元) 등이 이 기회를 빌어 비판의 예봉을 중국공산당 내부 고위층의 이른바 '주자파(走资派, 자본주의 노선을 걷는 실권파)'에게로 돌리려는 것이었고, 마오쩌둥이 『수호전』을 읽고 나서 한 약간의 현실적 우려가 담긴 평론을 극단적으로 정치 현실에 끌어들인데 문제가 있었다. 특히 강청(江青)은 무단적으로 『수호전』을 평가하는 현실 정치적 의의를 대대적으로 논하면서 심지어 송강이 조개를 허수아비를 만든 것처럼, 중국공산당 내에서는 누군가 마오쩌둥을 허수아비로 만들고 있다고 했다.

　『수호전』을 평가하는 것은 예상치 못하게 중앙 지도자들의 정치적 견해 차이와 연계되었다. 그 상세한 상황은 당사자인 덩샤오핑(邓小平)이 1977년 9월 29일 영국 국적의 중국인 작가 한소음(韩素音)과 이야기한 적이 있다.

"그는 당시 시력이 나빠 다른 사람이 책을 읽어 줘야 했습니다. 한 번은 다른 사람이 『수호전』을 읽어 줬는데, 그 과정에서 마오쩌동이 일부 평론을 하였습니다… 이 평론은 어느 한 사람에 대한 것이 아닙니다. 그런데 후에 '사인방(四人幇)'이 모주석이 『수호전』을 평론한 뜻을 왜곡하였습니다. 1975년 농업 대채(大寨)회의 기간에 강청은 『수호전』을 비판한다는 명의로 사실상 '민주파', '주자파'와 '투항파'를 비판하였습니다. 그는 이 명의를 빌어 회의 방향을 바꾸려 했습니다. 나는 이 일에 대해 모 주석에게 보고했습니다. 모 주석은 나의 보고를 듣고 나서 '말도 안 되는 소리입니다. 회의 의제에 맞지 않으니 그의 말을 듣지 마십시오. 내가 곧 전화를 해서 제지시키겠습니다'라고 했습니다. '사인방'은 이러한 일만 합니다. 그들은 송강이 권력을 빼앗기 위해 조개를 허수아비로 만들었다고 했는데, 실질적으로 우선 주 총리가 모 주석을 허수아비로 만들었다고 한 것입니다. 후에는 또 내가 모 주석을 허수아비로 만들었다고 했습니다. 이는 완전히 '사인방'이 만들어 낸 말입니다."

강청의 이 같은 행위는 마오쩌동이 『수호전』을 평론한 초심을 벗어난 것이 분명하며, 마오쩌동의 반감을 불러 일으켰다. 그 후 『수호전』을 평론하는 열기도 자연히 사그라졌다.

우스운 이야기와 서첩(書帖)은 소일거리인가 아니면 시름을 덜기 위해서인가?

마오쩌둥은 만년에 우려가 많았고 마음이 무거웠으며 즐거울 때가 적었다. 심정을 달래기 위해, 혹은 고독감을 해소하기 위해 그는 여러 번이나 집중적으로 여러 가지 유형의 우스운 이야기책을 읽었고 서첩의 묵적을 보았다.

마오쩌둥 만년의 도서관리원 서중원(徐中远)의 기록에 따르면, 마오쩌둥은 세 번 비교적 집중적으로 우스운 이야기책을 달라고 해서 읽었다.

처음은 1966년 1월이었다. 그는 당시 무한(武汉)에 있었는데 자신의 장서 중 북송시기 이방(李昉)이 편집한 『소림광기(笑林广记)』, 주작인(周作人)이 편집한 『고차암소화선(苦茶庵笑话选)』, 목야(牧野)가 편집한 『역대소화선(历代笑话选)』 등 일곱 가지 우스운 이야기책을 가져다 달라고 했다.

다음은 1970년 8월이었다. 그는 당시 강서(江西) 여산(庐山)에 있다가 후에 무한(武汉)으로 갔었다. 이때 그는 북경도서관 등과 일부 개인에게서 20여 가지의 우스운 이야기책을 골라 보내 달라고 했다.

그 다음은 1974년 1월부터 시작되었다. 당시 마오쩌둥은 북경(北京)에 있었다. 이번의 독서는 깊이가 있었고 지속된 시간도 오래였으며 책을 얻는 데에도 퍽이나 우여곡절이 많았다.

도서 관리원 서중원(徐中远)의 기록에 의하면, 1월 1일 마오쩌둥은 큰 글자체로 된 우스운 이야기책을 얼마간 달라고 했다. 이날 사무 요원은 『소림광기(笑林广记)』, 『소부(笑府)』, 『소전(笑典)』 등을 보냈다. 마오쩌둥은 쭉 훑어보고 나서 이튿날 "이상적이 되지 못하니, 더 찾아 봐 주십시오"라고 했다. 1월 2일 사무 요원들이 또 14가지 우스운 이야기책 21권을 보내었는데, 마오쩌동은 그중 『신소림일천종(新笑林一千种)』, 『역대소화선(历代笑话选)』 두 가지를 선택해 큰 글자체로 재조판, 인쇄해 자세히 읽겠다고 했다. 1월 10일에는 또 『익살시문집(滑稽诗文集)』을 인쇄해 달라고 하면서 "빨리 찍어 주십시오. 한 권을 찍는 대로 먼저 보내 주십시오"라고 했다. 아주 절실해 보였다. 이 책들을 다 읽고 나서 2월 23일에는 또 사무 요원들에게 "계속 우스운 이야기책을 찾아 달라"고 부탁했다. 4월 17일에 이르기까지 사무 요원들은 마오쩌동에게 25가지 우스운 이야기책 49권을 찾아 보냈다. 마오쩌동은 그중에서 『시대 우스운 이야기 500수(时代笑话五百首)』, 『우스운 이야기 3000편(笑话三千篇)』, 『하하 웃다(哈哈笑)』 세 가지를 큰 글자체로 재 인쇄해 자세히 읽었다. 6월 4일에는 새로 인쇄한 『우스운 이야기 3000편(笑话三千篇)』을 읽고 나서 "역시 이상적이 되지 못합니다. 다시 우스운 이야기책을 찾아 주십시오"라고 했다. 사방에서 찾은 결과, 6월 14일 사무 요원들이 20가지 우스운 이야기책 55권을 보냈다. 6월 21일 마오쩌동은 이 책들을 쭉 훑어보고 나서 "최근에 빌린 우스운 이야기책들은 별로 신선한 게 없으니 재인쇄할 필요가 없습니다"라고 했다.

사무 요원들은 방법이 없이 마오쩌동이 가리켜 준 대로 북경(北京)의 관련 부문에서 찾는 것 외에 상해(上海)에서도 찾아보았다. 이번에는 북경(北京)에서 60여 가지 우스운 이야기책을 찾아내 '우스운 이야기책 목록'을 만들어 마오쩌동에게 보냈다. 마오쩌동은 그중에서 10가지 우스운 이야기책을 선택해 재 조판해 인쇄했다. 상해(上海)에서도 활판인쇄한 '역대 우스운 이야기집 도서 목록(历代笑话集书目)'을 보내왔는데 그중에는 고대의 선장서가 있는가 하면, 신중국 건국 전 상해(上海) 등지에서 출판한 우스운 이야기집과 신중국 건국 이후 각지에서 출판한 우스운 이야기집 87가지가 들어 있었다. 마오쩌둥은 그중에서 16가지를 선택했고, 그 후 상해(上海) 관련 부문에서 계속해서 보내왔다.

1974년 상반년 마오쩌둥이 우스운 이야기책을 읽은 이유는 잘 알 수가 없다. 다만 1974년 6월 중순부터 건강 상태가 좋지 않자 중국공산당 중앙은 마오쩌둥을 위해 의료소조를 설립할 것을 결정했다. 의료소조 성원에는 심혈관내과, 신경내과, 마취과, 이비후과, 호흡과, 외과, 중증 간호 등 여러 면의 전문가들이 포함되어 있었다. 이 의료소조는 마오쩌둥이 세상을 뜰 때까지 2년여 동안 존재했다. 즉 그가 우스운 이야기를 읽겠다고 할 때가 바로 건강 이상 신호가 있을 무렵이었다.

1974년 7월 17일 마오쩌둥은 전용 열차를 타고 북경(北京)을 떠나 남방에 가 휴양했는데, 무한(武汉), 장사(长沙)와 항주(杭州)에 거주하다가 1975년 4월 상순에야 북경(北京)으로 돌아왔다.

북경(北京)에 있는 기간에 그는 계속 우스운 이야기책을 달라고 했다. 일례로 1974년 9월 그는 당시 무한(武汉)에 있었는데 두 번이나 북경(北京)에 있는 도서관리원 서중원(徐中远)에게 상해(上海)에서 보내 온 『소화신담(笑话新谈)』을 큰 글자체로 인쇄해 보내 줄 것을 요구했다. "인쇄되면 수시로 보내 주십시오", "기다리겠습니다"라고 했다. 이 책은 이절재(李节斋)라는 사람이 편집한 것으로, 상해문익서국(上海文益书局)에서 출판한 것이었다. 마오쩌둥 신변 인원의 회억에 따르면 그는 이 책의 '아내를 두려워하다'라는 이야기를 읽을 때, 처음에는 미소를 짓다가 나중에는 큰소리로 웃기까지 했다는 것이다. "이번에 외출한 이래 주석님께서 이처럼 기뻐하시는 걸 처음으로 봤습니다"라고 했다. 마오쩌둥이 제일 마지막으로 우스운 이야기책을 달라고 해서 읽은 것은 1975년 2월 3일이었다. 당시 마오쩌동은 항주(杭州)에 있었다.

우스운 이야기책을 읽는 동시에 마오쩌동은 또 고금 명인들의 서첩 묵적과 친필 서신을 달라고 해서 보았다.

마오쩌동은 서법가로서 서첩 묵적을 보는 것은 본래부터 '필수과목'이라 할 수 있었다. 1950년대로부터 1960년대 초까지 마오쩌동 신변 사무 요원들은 그를 위해 600여 가지 서첩을 사들였다. 1970년대에 그는 또 각 유형의 서첩 묵적을 달라고 해서 보았다. 1974년 하반 년에만 해도 사무 요원들은 그의 요구에 따라 근 20여 번에 거쳐 165가지의 서첩 342권을 찾아서 보여 주었다. 1975년 1월 초 사무 요원들은 또 상해(上海)와 남경(南京)에서 수십 가지 서첩을 얻어다 주었다. 이 서첩들을 보고난 후 마오쩌동은 1월 12일 "상해, 남경에서 얻어온 서첩, 묵적이 모두 매우 좋습니다", "좋아합니다"라고 회답했다.

개괄적으로 말하면, 마오쩌동이 만년에 보기 좋아한 서첩 묵적과 명인의 친필 서신은 인쇄·제작 차원에서 보면 주로 작은 크기의 책으로 글자체가 크고 묵적이 선명하며 그다지 두텁지 않아 손에 들기 편리한 서첩 작품이었다. 이는 주로 시력이 좋지 않고 보기 편리하다는 등의 원인으로부터 고려된 것이었다. 서체로 말하면 그가 비교적 좋아하는 풍격으로는 초서, 행서였는데, 예를 들면 당(唐)대 회소(怀素), 장욱(张旭), 송(宋)대의 미불(米芾), 황정견(黄庭堅), 조맹견(赵孟堅), 원(元)대의 조맹부(赵孟頫), 선우추(鲜于枢) 등의 작품을 좋아했다. 근대 사람으로는 강유위(康有为), 양계초(梁启超), 손중산(孙中山)의 묵적을 좋아했다. 내용적으로 보면 그는 글씨만 본 것이 아니라 내용도 보았다. 특히 시·사·문·부를 보기 좋아했다. 마오쩌동은 만년에 서첩을 봄에 있어서 중점이 이미 서법 예술을 연구하는 데 있지 않는 것 같다. 사실상 당시 그는 연필로 글을 써도 이미 손을 떨기 시작했다. 이는 그가 당시 우스운 이야기책을 읽거나 그림책을 보기 좋아한 것, 후보림(侯宝林)의 재담을 듣기 좋아한 것과 같은 맥락으로, 주로 휴식하고 소일하기 위한 것이었다.

하지만 마오쩌동은 만년에 근심이 가득해 느긋한 심정을 가질 수가 없었다. 우스운 이야기나 서첩을 보는 것을 그의 독서 스타일로 보기는 어렵다. 다만 시름을 덜기 위한 것이었을 뿐이라고 생각된다.

'누가 생각이나 했으랴, 내가 가을날 등불
아래에서『태사공서(太史公書)』를 읽고 있을 줄을'

1972년 10월부터 1975년 6월까지 마오쩌동은 86편의 고대 문학·역사 문헌에 구두점을 찍고 주석을 달아 큰 글자체로 인쇄할 것을 요구했다. 또한 적지 않은 편목의 글에는 서두에 제요를 달 것을 요구했다. 구두점을 찍고 주석을 다는 일과 제요를 쓰는 일은 복단대학 역사학부와 중문학부의 전문가들이 담당했다. 인쇄는 많게는 20여 부, 적게는 몇 부만 찍어 마오쩌동과 중앙의 소수 지도자들만 읽게 했다. 이 86편의 큰 글자체 문헌은 1993년 『마오쩌동이 만년에 본 시와 글』이라는 서명으로 화산(花山)문예출판사에서 출판했다. 이 책의 내용에는 역사 전기, 정론, 사부(辞赋), 시사(诗词), 산곡(散曲) 등의 장르가 있다.

여기에 참여한 유수명(刘修明)은 이 책의 서언에서 마오쩌동이 구두점을 찍고 주석을 다는 일을 부탁한 것에 대해 서술했고, 마오쩌동은 이 문학·역사 고서를 역사 전기, 법가의 논저, 시·사·곡·부 세 단계로 나누어 읽었을 수 있다고 했다.

마오쩌둥이 요구한 고전 문헌은 그 단계마다 모두 그가 당시 직면했던 국내형세와 관련되며, 그가 중시하고 고려하는 문제와 관련이 있었으며, 그가 이러한 문제를 고려할 때의 특수한 심경과 관련되었다.

제1단계는 1972년 10월부터 1973년 7월까지로, 주로 역사전기를 읽었다. 그의 요구에 따라 『진서(晋书)』, 『구당서』, 『삼국지』, 『사기(史记)』, 『구오대사(旧五代史)』 등 역사서 중의 23편의 인물전기에 주석을 달았다.

임표사건 후 중앙 지도자층은 작지 않은 규모의 재편성을 했는데, '문화대혁명' 초기 타도되었거나 혹은 근신하고 있던 오랜 동지들이 잇따라 되돌아왔으며, '문화대혁명'으로 일어선 '사인방'도 점점 더 단결하였다. 양측의 사상 분열이 더욱 뚜렷해졌으며 정치 판도가 불안정해졌다. 게다가 당시 중국과 소련의 관계도 날로 악화되어 외래 압력도 매우 컸다. 이에 마오쩌둥은 중국공산당 내 단결을 매우 걱정했다. 그가 『진서(晋书)』에서 선택해 인쇄한 '사안전(谢安传)', '사현전(谢玄传)', '환이전(桓伊传)', '유뢰지전(刘牢之传)'은 주제가 비슷했다. 이 네 사람은 모두 서기 383년 동진(东晋)과 전진(前秦)의 비수전투(淝水之战)와 관련이 있다. 비수전투(淝水之战)는 적은 병력으로 많은 병력을 이긴 아주 저명한 전역이다. 이 전역에서 동진(东晋)의 승리는 조신들이 '화목'하고 '한마음'으로 단결한 것과 관련된다. 위의 4명은 무인과 문인이 융합되어 군사적으로 열세에 처한 상황에서 남침한 포견(苻坚)의 대군과 싸워서 이겼다. 이때 마오쩌둥은 자신이 이러한 역사전기를 읽었을 뿐만 아니라 기타 지도자들도 읽게 했는데, 여기서 그의 우려와 기대의 마음을 이해하기 어렵지 않다. 여기에서 설명하고 싶은 것은, 마오쩌둥이 1972년에만 이러한 유형의 역사전기를 읽은 것이 아니라는 점이다. 8권으로 된 『진서(晋书)』의 앞표지에는 그가 떨리는 손으로 쓴 필적이 있는데 각기 '1975.

8', '1975. 8 재차 읽음', '1975, 9 재차 읽음' 등의 글자가 있다.

두 번째 단계는 1973년 8월부터 1974년 7월까지인데, 주로 역사상의 법가 논저를 읽었다. 그의 요구에 따라 『상군서 (商君书)』, 『한비자(韩非子)』, 『순자(荀子)』 등 책과 조착(晁错), 유종원(柳宗元), 유우석(刘禹锡), 왕안석(王安石), 이지(李贽), 왕부지(王夫之), 장병린 (章炳麟) 등의 총 26편 문헌에 주석을 달았다.

법가의 논저를 읽은 것이 마오쩌둥이 '임표사건' 이후 당시 중국의 정치사상 및 체제에 대한 생각과도 관련된다. 그는 법가사상을 빌어 혁신과 법치, 중앙의 집권 통일을 제창하려고 했다. 이러한 유형의 고서를 읽을 때가 마침 임표를 비판하고, 공자를 비판하며, 법가를 논하고 유가를 비판하는 배경이었다. 여기서 언급할 가치가 있는 것은 마오쩌둥이 1973년 8월에 쓴 "칠률 · '봉건론'을 읽고 곽 선생님에게 드림"이라는 시가 마침 유종원의 '봉건론(封建论)'에 대해 구두점을 찍고 주석 달기를 한 후라는 점이다. 당시 법가를 논하고 유가를 비판하는 글쓰기에 참여한 북경대학 주일량(周一良) 교수의 회고록 『필경은 서생이다(毕竟是书生)』 에서는 "임표를 비판하고 공자를 비판하기 전, 『북경일보』 는 나에게 유종원의 '봉건론(封建论)'에 관해 원고를 써줄 것을 청탁했다. 모 주석이 '봉건론(封建论)'을 좋아하여 이 문장의 뜻을 선양하고, 또한 이로써 대군구(大军区)에 할거 국면이 나타나는 것을 방지하려고 한다고 들었다"고 썼다. 이 구절은 확증이 없지만 마오쩌둥이 1973년 12월 8대 군구의 주요 책임자들을 교체한 것은 사실이다. 이러한 것은 그가 법가의 논저를 읽게 된 현실적 고려를 보여준다.

마오쩌둥이 정성들여 법가의 논저를 읽고, 구두점을 찍었던 일과 주석을 다는 일을 했던 것이 정식으로 기록된 것은 1974년 4월 4일 그가 중앙정치국회의에서 한 말이다. 그는 회의에서 법가의 저작에 구두점을 찍고 주석을 다는 일에 대해 이야기했다.

> 왕충의 『논형(论衡)』에서 '문공(问孔)'편에 대한 상해(上海)의
> 주석이 좋습니다. '자맹(刺孟)'편은 주석을 답니까? 그러나
> '자맹(刺孟)'편에서 그(왕충)는 노선에 대해 말하지 않고 형식
> 논리와 전후 모순에만 대해 말했습니다. 법가의 다른 책도
> 내가 보기에는 주석을 다는 것이 좋겠습니다. 예를 들면,
> 『순자(荀子)』나 환관(桓宽)의 『염철론(盐铁论)』같은 책
> 말입니다. 『순자(荀子)』와 『한비자(韩非子)』는 주석을 잘 달
> 필요가 있습니다. 『한비자(韩非子)』는 당조(唐朝) 시기의 사람인
> 양근(杨勤)이 주석을 단 것밖에 없습니다. 좋기는 하지만 지나치게
> 간단합니다. 한비(韩非)의 책은 읽기가 매우 어렵습니다. 일례로,
> 『설난(说难)』은 앞부분은 알기 매우 어려우나 뒷부분은 쉽습니다.

세 번째 단계는 1974년 5월부터 1975년 6월까지이다. 이 기간에는 주로
시·사·곡·부를 읽었다. 마오쩌동의 요구에 따라 유신(分信), 사장(谢庄),
사혜련(谢惠连), 강엄(江淹), 백거이(白居易), 왕안석(王安石), 육유(陆游),
장효상(张孝祥), 신기질(辛弃疾), 장원간(张元幹), 장첩(蒋捷), 싸두라(萨都剌),
홍호(洪皓), 탕현조(汤显祖) 등의 사부, 시사, 산곡 총 35편에 주석을 달았다.
이 기간 마오쩌동은 또 문화부에서 고시사(古诗词) 노래 테이프를
제작하도록 지시했는데 그중에는 채문희(蔡文姬)의 '호가십팔박(胡笳十八拍)',
백거이(白居易)의 '비파행(琵琶行)', 왕안석(王安石)의
'계지향·금릉회고(금릉에서 옛일을 회상하며)(桂枝香·金陵怀古)',

진관(秦观)의 '작교선(鹊桥仙)', 신기질(辛弃疾)의 '남향자 · 경고구의 북고정에 오르니 느낌이 있다(南乡子 · 登京口北固亭有怀)', 육유의(陆游) '어가오(渔家傲)', 악비(岳飞)의 '만강홍 · 감회를 적다(满江红 · 写怀)', 진량(陈亮)의 '념노교 · 다경루에 올라(念奴娇 · 登多景楼)', 장원간(张元幹)의 '하신랑 · 호방형이 신주로 조서를 기다리러 가는 걸 보내면서(贺新郎 · 送胡邦衡待制赴新州)', 홍호(洪皓)의 '강매인 · 강남의 매화를 회억하여(江梅引 · 忆江梅)', 싸두라(萨都剌)의 '만강홍 · 금릉에서 옛일을 회억하여(满江红 · 金陵怀古)' 등이 있다. 이 세트에는 모두 59개의 테이프가 있었는데, 당시의 이름난 가수와 연주가들을 요청해 노래 부르고 악기를 연주하게 했다. 이 작품들은 위에서 말한 구두점을 찍고 주석을 단 큰 글자체의 사부(辞赋), 시사(诗词), 산곡(散曲)과 편명, 주제가 대체로 비슷하다. 이로부터 마오쩌동은 이러한 유형의 작품을 읽기만 한 것이 아니라 듣기도 했음을 알 수 있다.

이런 유형의 작품을 들은 것은 당시 그의 복잡한 심정과 관련이 있다. 이 시사와 곡부의 주제와 정서는 대부분 비장하고 강개하며 웅장하다. 또한 주제가 대부분 개인의 운명과 애국정신이 융합되어 있어, 마오쩌동이 사회 정치와 개인의 운명, 이상과 현실, 큰 뜻과 노년에 대해 생각하도록 했으며, 그의 감정 세계에서 커다란 파문을 일으킬 수 있었다. 또한 이로부터 고무격려를 받을 수 있었으며 위안을 받을 수 있었다.

일례로, 1975년 4월 2일 중국공산당 창시자의 한 사람인 동필무(董必武)가 세상을 떠났을 때 당시 항주(杭州)에 있던 마오쩌동은 이 소식을 듣고 아무 말도 하지 않고 장원간(张元幹)의 '하신랑 · 호방형이 신주로 조서를 기다리러 가는 걸 보내면서(贺新郎 · 送胡邦衡待制赴新州)'를 반복적으로 들었다. 이

사(词)의 첫 단락 마지막 네 구절은 "하늘은 높아 그 뜻을 묻기 어렵고, 사람은 늙으면 비감해지기 쉬운데, 그대가 남포로 간다고 하니 보낼 뿐이네" 인데 마오쩌동은 "지나치게 비감하다" 하며 마지막 구절을 "그대는 일단 가시게, 뒤돌아보지 말고"로 고칠 것을 제기했다. 여기에서 그의 복잡한 심경이 잘 나타나 있음을 알 수 있다.

1975년 7월 마오쩌동은 악비(岳飞)의 '만강홍(满江红)'을 들으며 백내장 수술을 받았다. 수술 후 붕대를 푼 날 저녁 마오쩌동은 큰 글자체로 된 '염노교 · 다경루에 올라(念奴娇 · 登多景楼)'를 읽었다. 읽고 나서는 엉엉 소리 내어 울어 바깥방에서 당직을 서던 의사가 어리둥절해 하기도 했다. 남송(南宋) 시기의 애국적 사(词) 작가 진량(陈亮)은 이 사에서 이른바 천연적인 계선론과 남북 분가의 황당무계한 논리를 반박했다. 그는 강남의 형세가 중원을 쟁취하기에 유리하다고 보았으며, 역사적으로 육조 통치자들이 장강을 경계로 한 것은 이기적이라고 보았다. 그는 이를 통해 남송 통치자들의 투항주의를 비판했다. 이 사의 아래 단락에서는 남송 집권자들이 조적(祖逖)이 북벌한 것처럼 격류 속에서 맹세하고, 사안(谢安)이 비수(淝水)에서의 전투를 지휘한 것처럼 강한 적을 두려워하지 않고 "일단 유리한 형세가 이루어지면 거침없이 쳐들어가 격류 속의 맹세를 찾아야 하리. 어린 아이가 적을 무찌르듯 적의 강대함을 두려워할 필요가 있으랴!(正好长驱, 不须反顾, 寻取中流誓 °小儿 破贼, 势成宁问强对!)"라고 했다. 진량(陈亮)은 이 사에서 육조의 이야기를 빌어 남송의 현실을 말했던 것이다. 마오쩌동은 이 사를 읽고 나서 옛 사람들의 애국적 감정으로 가슴 속에 쌓인 '응어리'를 풀었던 것이다.

마오쩌동이 주석을 달도록 요구한 기타 시사곡부(诗词曲赋), 예를 들면 신기질(辛弃疾)의 '수룡음(水龙吟)' 중 "흐르는 세월을 슬퍼하고 비바람(나라의 형세)을 근심하면서도, 나무는 여전히 이와 같구나! 누구에게 부탁하여 붉은 수건과 푸른 소매(다정한 가녀)를 불러오랴, 그로 하여금 영웅의 눈물을 닦게 하고 싶구나.(可惜流年，忧愁风雨，树犹如此！倩何人唤取，红巾翠袖，揾英雄泪。)"라던가, 신기질(辛弃疾)의 '영우락(永遇乐)' 중 "누구에게 물어 보리오? 염파가 늙어도 식량은 여전했는지.(凭谁问，廉颇老矣，尚能饭否), 장원간(张元干)의 '석주만(石州慢)' 중 '아득히 먼 곳에서 홀로 원망하노니, 슬픔으로 넋이라도 잃은 듯, 장정문 밖 산이 첩첩하구나.(天涯旧恨，试看几许销魂？长亭门外山重叠)", 홍호(洪皓)의 '강매인(江梅引)' 중 "웃으며 꽃술을 뜯는 듯한 허황한 생각에 애가 끓네, 고향이 그리워라.(空恁遐想笑摘蕊，断回肠，思故里)" 등은 모두 이루지 못한 큰 뜻이나 만년의 슬픔을 보여준 것이며, 위풍을 되찾으려 하거나 고향을 그리는 심정을 그린 것이었다. 이런 복잡한 심정이 한꺼번에 위대한 인물의 내심세계에 나타나는 것이 이상하게 느껴질 수도 있지만 이는 사실이었던 것이다.

이로부터 남개(南开)대학 고전문화연구소 엽가영(叶嘉莹) 소장의 명언을 상기하게 된다. 그는 "많은 사람들이 나에게 고전 시와 사를 읽으면 무슨 좋은 점이 있는가 하고 물어왔다. 여러분에게 고전 시와 사를 공부하면 마음이 죽지 않는 좋은 점이 있다고 말씀드리고 싶다"고 했다.

마오쩌동이 주석을 달도록 요구한 시와 사 중에는 남송시기의 애국적 사(词) 작가의 작품이 많다. 그중에는 신기질(辛弃疾)의 '한궁춘·회계 추풍정에서 비를 보다1(汉宫春·会稽秋风亭观雨一)'가 있다. 상해 측에서 구두점을 찍고 주석을 단 사람이 쓴 내용 제요에는 "풍경을 쓰면서 심정을 토로한 작품이다. 이 사에서는 전고를 이용하여 가을 정경을 묘사하였으며, 북방을 그리워하는 애국사상과 정치적으로 타격 받은 처량한 심정을 보여주었다. 문장의 끝부분에서는 친구에게 대답하는 형식으로 장기간 은퇴하는 것을 원하지 않는 심정을 보여 주었으며, 정치를 관심하고 뭔가를 하려고 준비를 하고 있는 모습을 보여 주었다"라고 되어 있다.

이 사의 아래 단락의 뜻은 대략 이러하다.

> 한무제의 '추풍사'는 천고에 전해지는데, 그의 문장은 풍류스럽기가 사마상여의 작품과 비길만 하다. 나뭇잎이 떨어지고 강물이 차가운 가을 정경을 보니 굴원처럼 우울한 생각이 든다. 오랜 친구에게서 편지가 왔는데, 나에게 은퇴했음을 잊지 말라고 한다. 하지만 누가 생각이나 하랴, 내가 가을날 등불 아래에서 『사기』를 읽고 있음을.
>
> 시세 변화와 정치의 흥망성쇠, 역사의 변천에 대해 쓴 『사기』를 읽는 것은 심심풀이가 아니라, 현실사회의 발전방향에 대해 주목하고 있으며, 우려 속에서도 계속 뭔가를 하려는 기대감, 시국을 이끌어 가려는 심정을 보여주는 것이었다.

"하지만 누가 생각이나 하랴, 내가 가을날 등불 아래에서 『사기』를 읽고 있음을." 이는 마오쩌동이 세 번째 단계에 시와 사, 곡, 부를 읽음에 있어서, 시세에 대해 생각하고 나라를 근심하는 심정을 보여 주는 것이다. 혹은 그가 만년에 86편의 고대 문학 · 역사 고서를 선독한 전체적인 감회를 보여 주는 것이라고도 할 수 있다.

一工农红军的崇

服了

有八宝山，离天三

鞍。" 山高耸入

我们英雄的红军战士

"快马加鞭" 腾

鞭策马飞奔急驰

佛看到了工农红

奔赴抗日前线

使红军的英雄

"惊回首，离天三

啊！离天只

立于群峰的高处鸟瞰

令人惊诧，也渲染出红军征服

万马战犹

象酣

13^{chapter}

글을 읽고 역사를 연구하는 심경

13. 글을 읽고 역사를 연구하는 심경

마오쩌동은 독서를 함에 있어서 상세히 읽은 것이 있는가 하면 대략적으로 읽은 것도 있었으며, 규칙적으로 읽은 것이 있는가 하면 변통하여 읽은 것도 있었다. 그는 독서 과정에서 일부 책은 대량의 평어를 달았고 다른 사람에게 추천하기도 했다. 또 일부는 그의 저서와 담화에서 인용하거나 더 나아가 그 내용을 더 발전시키기도 했다. 그는 또 어떤 책은 어느 한 특정 시기에만 집중적으로 읽었으며, 또 어떤 책은 청년시절부터 노년에 이르기까지 여러 번 읽었다. 그 외 일부 책은 그가 현실 문제를 사고하고 해결하는데 뚜렷한 영향을 주었으며, 또 일부 책은 그의 일생의 경력으로부터 따지고 봐야 잠재된 연원이나 관련을 엿볼 수가 있다. 총체적으로 이러한 것들은 대체로 그가 좋아하는 책들이었다.

마오쩌동이 좋아한 책들에 관해서는 앞에서 시대배경과 결부시켜 적지 않게 서술했다. 그 외에도 일부 중국 문학 · 역사 고전 저작은 그가 평생 동안 좋아하여 여러 시기에 걸쳐 모두 읽고 논평하였으며 또 인용하거나 그 사상을 발전시키기도 했다.

다음으로는 구체적으로 마오쩌동이 어떻게 이러한 책을 읽고 운용하였는지를 살펴보자.

『초사(楚辞)』와 『소명문선(昭明文选)』: '좋은 글은 읽어야 한다'

『초사(楚辞)』와 『소명문선(昭明文选)』은 마오쩌둥이 자신의 정신과 감정에 대해 문학화 된 표현을 하는 '소재'였다.

서한(西汉)시기 유향(刘向)이 편집한 『초사(楚辞)』는 굴원(屈原)의 '이소(离骚)', '천문(天问)', '구가(九哥)' '구장(九章)' 등의 작품이 주로 수록됐으며, 송옥(宋玉) 등의 작품도 수록했는데, 모두 굴원(屈原)의 사부(辞赋) 형식을 이용한 것이므로 후세에서 이런 문체를 '초사체(楚辞体)' 혹은 '소체(骚体)'라고 한다.

남북조(南北朝)시기 양(梁)대 소명태자(昭明太子) 소통(萧统)이 편집한 『소명문선(昭明文选)』은 선진(先秦)으로부터 남조(南朝) 양대(梁)에 이르기까지의 작품(『초사(楚辞)』 중의 작품도 포함), 시가와 각종 문체의 문장 752편(수) 골라서 수록하였다. 시가를 그만두고라도 이 책은 선진으로부터 양대에 이르기까지의 우수한 사부와 문학성이 높은 문장들을 기본적으로 모두 수록하였다. 후세 사람들이 전대의 문장을 공부함에 있어서 기본적으로 모두 『소명문선(昭明文选)』을 읽는 단계가 있었다. 송(宋)대 이후에는 심지어 '소명문선을 잘 읽으면 절반은 수재가 된 거나 다름없다'는 설까지 있었다. 소통은 이 책의 서언에서 그가 문장을 선택한 기준은 "내용적으로 심사숙고했고 형식적으로는 문장이 유창하고 아름다운 것"이라고 했다. 1957년 3월 8일 마오쩌둥은 문예계 인사들과의 담화에서 "앞의 구절은 사상성에 대해 말한 것이고, 뒤의 구절은 예술성에 대해 말한 것입니다. 이론만 있어서 되는 것이 아니라, 사상성이 있어야 하며 또한 예술성도 있어야 한다는 것입니다"라고 자신이 이해하고 있는 바를 해석했다. 이러한 해석은 그가

『소명문선(昭明文选)』에 수록된 글들에 대한 관점을 보여 주는 것이라 할 수 있다.

마오쩌동은 청년시절부터 『초사(楚辞)』와 『소명문선(昭明文选)』을 정독했다. 그가 1913년 호남제4사범학교 시절의 필기인 '강당록(讲堂录)'은 모두 47장의 종이로 되었는데, 그중 앞 11장에는 굴원의 '이소'와 '구가'를 베낀 것이며, '이소'의 본문에는 각 절에 모두 요점을 적었다. 후에 그는 또 『소명문선(昭明文选)』은 호남제1사범학교 시절에 공부한 것이라고 회고했다. 당시 이 책은 국문 교사가 지정한 필독서였다. 마오쩌동은 이 책의 많은 장절을 외울 수 있었다.

신중국 건국 이후, 마오쩌동이 이 두 책에 대해 논한 기록은 너무나 많다. 일례로, 1975년 12월 그의 신변에서 일하는 몇몇 사무 요원들은 고금을 통해 가치가 있다고 여겨지는 『초사(楚辞)』와 굴원의 기타 작품들에 대한 주석 50여 가지를 수집했다. 이 시기 마오쩌동은 비교적 집중적으로 이 유형의 책들을 읽었다. 1959년 여산(庐山)회의 기간, 마오쩌동은 비서 임극(林克)에게 『초사(楚辞)』에 대해 연구하고 평가한 책 목록을 만들라고 했다. 이 목록은 마오쩌동의 심의를 거쳐 회의 참석자들에게 인쇄해 배포했다. 이와 동시에 마오쩌동은 또 『소명문선(昭明文选)』 중 매승(枚乘)의 '칠발(七发)'을 선택해 회의 참석자들에게 인쇄 배포했으며 전적으로 「매승(枚乘)의 '칠발(七发)'에 관하여」란 문장을 써서 여산(庐山)회의에서 강연했다. 1959년 10월 하순 외출 전 그가 가지고 가겠다고 지정한 책들 중에는 『소명문선(昭明文选)』과 주희(朱熹)의 『초사집주(楚辞集注)』가 있었다. 1961년 6월 16일 그는 인민문학출판사의 영인본 송(宋)대 판본의 『초사집주(楚辞集注)』를 달라고 했다.

마오쩌둥이 생전이 평어를 단 『소명문선(昭明文选)』 판본으로 지금까지 보존된 것은 세 가지가 있다. 그중 한 가지는 앞표지에 "좋은 글은 읽어야 한다"고 큰 글자로 써놓았으며 문장 안에는 동그라미를 적지 않게 쳐놓았다. 그는 만년에도 『소명문선(昭明文选)』에서 일부 작품들을 선택해 큰 글자체로 인쇄해 읽었으며 매 편마다 평론을 발표했다.

마오쩌둥이 『초사(楚辞)』를 즐겨 읽은 것은 그가 굴원(屈原)을 좋아했던 것과 갈라놓을 수 없다.

1959년 8월 마오쩌둥은 「매승(枚乘)의 '칠발(七发)에 관하여」라는 글에서 『초사(楚辞)』에 수록된 글들에 대해 총체적인 평가를 했다. 즉 "소체(骚体)는 민주적인 색채가 있으며 낭만주의 유파에 속한다. 부패한 통치자들에게 비판의 비수를 던진 것이다. 굴원(屈原)이 맨 앞에 있고, 송옥(宋玉), 경차(景差), 가의(贾谊), 매승(枚乘)은 그보다 조금 뒤떨어진다. 하지만 그래도 여전히 괜찮은 작품이 적지 않다"고 했다. 초소(楚骚) 작품의 '민주성'은 개성에 대한 선양과 현실에 대한 풍류에서 나타난다. 초소 작품의 '낭만성'은 과장된 문풍과 이상에 대한 추구에서 나타난다. 이 두 가지는 굴원의 작품에서 특별히 두드러지며 그중에서도 또 '이소(离骚)'에서 가장 두드러지게 나타난다. 1958년 1월 마오쩌둥은 남녕(南宁)에서 열린 중앙공작회의에서 "『초사(楚辞)』에 대해 공부하려면 먼저 '이소(离骚)'에 대해 공부해야 한다"고 말했다. 그는 또 "굴원이 그때 초소를 쓴 것은 손에 칼을 쥔 거나 다름없었다네, 쑥만 무성하고 산초와 난초는 적어, 일약 만리 파도 속에 뛰어들었네.(屈子当年赋楚骚, 手中握有杀人刀。艾萧太盛椒兰少, 一跃向万里涛。)"라는 시를 썼다. 마오쩌둥이 『초사(楚辞)』를 좋아한 근본적인 원인은 굴원을 좋아했던 데에 있음을 알 수 있으며, 또한 굴원을 좋아한 입각점은

'이소(离骚)'에 있음을 알 수 있다.

'이소(离骚)'의 전반부는 과거에 대한 회고로, 자신의 혈통, 품성, 수양, 포부 및 초나라 왕을 보좌하여 정치개혁을 하다가 비방 당한 조우에 대해 쓴 것으로, 간신들과 결탁하지 않으려는 정치 태도와 "아홉 번 죽어도 후회하지 않을 것"이라는 확고한 신념을 보여준 것이다. 후반부는 미래에 대한 구상과 탐색으로, 역사의 흥망성쇠에 대한 경험 교훈으로부터 자신의 정치적 주장을 긍정했으며, 더 나아가 천지간을 노닐면서 탐색한 결과 천제를 만나려 했지만 만나지 못하고, 미인을 만나려 했지만 만나지 못해 영분(灵氛, 고대 점을 잘 치는 사람)의 권고대로 나라를 떠나 멀리 가려고 했지만, 용을 타고 서쪽으로 가려고 하던 찰나, 초나라 고향을 돌아보고 나니 떠날 수가 없어서 순국을 결심하게 된다. 즉 죽음으로써 지조를 알리고 죽음으로써 이상을 지킨다는 것이다.

마오쩌동이 초사를 좋아하고 굴원의 작품을 높이 본 원인은 이해하기 어렵지 않다. 사실상 굴원의 애국정신, 고결한 지향과 좋은 정치에 대한 추구는 2000여 년 이래 중화민족이 보편적으로 인정하는 인격과 도덕적 이상으로 되어 왔다. 사대부들과 일반 민중 모두가 굴원을 동정하고 우러러보았다. 마오쩌동은 이에 대해서도 항상 흥미진진하게 이야기하곤 했다. 1950년대에 그는 소련의 페더린(费德林), 인도의 네루에게 각각 용선(龍船) 경기와 단오절의 역사에 대해 이야기한 적이 있다. 그는 "그(굴원)를 우러러 모시게 된 건 일반 민중들 중에서 자발적으로 일어난 일입니다"고 했는데 굴원에 대한 '그리움'과 '동정'을 체현한 말이었다. 마오쩌동은 또 고향 호남(湖南)을 굴원정신과 초사문화의 고향으로 보았으며, 자신을 굴원의 정신적 후예라고 보았다. 1918년 그는 나장룡(罗章龙)에게 쓴 시에서 "젊어서는 굴원 가의와 같은 재능으로 두각을 나타냈고, 산천의 기이한 기운이 이곳에 모였지(年少崢嶸屈賈才, 山川奇气曾钟此)"하고 자랑스러워했다. 1949년 12월 소련 방문 도중, 그는 수행한 소련 통역원 페더린(费德林)에게 더 구체적으로 설명했다. 즉 "굴원이 살았던 곳에 대해 나는 아주 잘 알고 있습니다. 나의 고향이기도 하니까요! 나는 굴원의 운명과 비극에 대해 특별히 감회가 깊습니다. 그가 유배되었던 땅에서 살았으니까요. 우리는 이 천재적 시인의 후예입니다. 우리는 그에게 특별히 깊은 감정이 있습니다. 우리는 그가 영원히 살아있다는 것을 증명하는 증인입니다'라고 했다.

낭만주의 시인으로서의 마오쩌둥은 굴원 및 『초사(楚辞)』 중의 기이한 상상으로부터 적지 않은 감정적 공감을 가졌다. 1958년 1월 12일 저녁 그는 남녕(南宁)에서 강청(江青)에게 보내는 편지에서 "나는 오늘 저녁 '이소'를 읽고 깨달음을 가지게 되어 기쁩니다'라고 했다. 여기에서 깨달음이 무엇인지 우리가 알 수는 없지만 자세히 음미할 가치가 있다. 적어도 그의 개인적 감상 취미와 관련이 있음을 알 수 있다.

마오쩌둥은 초소(楚骚)의 사부(辞赋)에서 심각한 이치를 발견하기도 했다. 일례로 그는 굴원의 '천문(天问)'에서 제기한 자연, 우주, 역사에 대한 여러 가지 의문은 매우 '대단한 것'이라고 보았으며, 현대인들도 반드시 안다고 말하기 어렵다고 했다. 그는 또 송옥(宋玉)의 '풍부(风赋)'에서 계급투쟁의 의미를 보았으며, 송옥의 '등도자 호색부(登徒子好色赋)'에서 문제를 봄에 있어서 "사람이나 사실에 대해 전면적으로 보지 않고 그중 어느 한 가지만 틀어쥐고 공격해서는 안 된다는 것"을 이끌어 냈으며, 매승(枚乘)의 '칠발(七发)'에서는 점진적인 사상공작 방법을 체득해 냈다.

그 외 에마오쩌둥이 『소명문선(昭明文选)』을 좋아한 것은 구체적으로 분석하면 네 가지 원인이 있을 수 있다.

첫째, 『소명문선(昭明文选)』에 수록된 사부는 매우 높은 문학적 성취를 거두었으며 그 정신적 품격이 『초사(楚辞)』와 일맥상통하다는 점이다.

마오쩌둥은 매승의 '칠발'은 "소체 유파를 계승하기도 했지만, 또 창의적이기도 하다"고 했으며, 굴원 후의 기타 소체 작품들도 "매우 만족스러운 점이 있다"고 했다. 이는 정신적 품격을 두고 말하는 것이다. 『소명문선(昭明文选)』은 확실히 사회 동란으로 인한 이별, 풍기의 쇠퇴로 인한 원한 등에 관한 내용들을 수록했는데, 글의 취지가 심후하고 기세가 격앙되었다. 이런 유형의 작품들은 굴원의 '이소'를 전승한 것이라 할 수 있다.

왕찬(王粲)의 '등루부(登楼赋)'가 그중 한 예라고 할 수 있다. 이 작품은 고향을 그린 것이지만 무병신음이 아니라 긍정적이고 진취적인 것이다. 작가는 난세를 만나 충성을 다 할 수 없게 된 답답한 심정을 고향에 대한 그리움에 담아 아픈 마음과 번민을 토로하였다. 마오쩌둥은 이 작품에 대해 감회가 깊었다. 1975년 7월 14일 저녁 그는 노획(芦荻)에게 연속 두 번이나 '등루부(登楼赋)'를 읽어줄 것을 부탁했다. 그리고 나서 다음과 같이 평가했다.

왕찬은 부패한 귀족(유표)을 붙들고 앉아 아무 일도 하지 않고 세월만 헛되이 흘러 보냈습니다. 천하가 태평해지기를 기다렸지만 끝내 아무런 희망도 없게 되었지요. 이에 그는 자연히 고통스러워진 것입니다. 작자의 최고 이상은 현명한 군주가 나타나 천하를 통일하고 시국을 안정시키면 그때에 가서 나라와 백성에게 유익한 큰일을 하는 것이었습니다. "호리병박이 헛되이 걸려만 있어 우물의 물을 마실 수 없게 될까 두렵다.(惧匏瓜之徒悬兮, 畏井渫之莫食)"는 구절은 전고를 이용해 작자의 심사를 나타낸 것입니다. 즉 자신이 쓸모없는 사람이 될까 두렵다는 말입니다. 유가는 "현달하면 천하를 구제하고 궁하면 자신만을 올바르게 한다(达则兼济天下 穷则 独善其身)"고 했습니다. 왕찬은 이 신조를 믿지 않았습니다. 세상이 어지러운데 그 자신 또한 '궁한' 처지에 놓여 있었습니다. 그럼에도 나와서 세상을 구제하겠다고 했습니다. 이는 엄청나 고명한 것이라 해야 하지 않을까요?

이러한 품격은 초사 소체를 이어받은 것이 분명하다. 마오쩌둥은 노획 (芦获)에게 "'등루부(登楼赋)'와 같은 소부(小赋)는 대부(大赋)에서 발전해 왔다고 하는데 아예 직접 초소를 승계해 왔다고 하는 것이 나을 것 같습니다. 서정성이 짙고 감정이 진지하며 언어가 간결하지만 내용이 넓고 사상에 깊이가 있습니다"라고 했다. 마오쩌둥의 이러한 평가는 상당히 식견이 있다고 할 수 있다. 유협(刘勰)은 건안(建安) 시문을 평가할 때 "취지가 심후하고 기세가 격앙되었다"고 했다. 이른바 "취지가 심후하다"는 것은 원대한 포부를 가리키며 "기세가 격앙되었다"는 것은 현실을 깊이 있게 보여준 것임을 가리킨다. 왕찬의 이 부와 『소명문선(昭明文选)』 중의 적지 않은 작품들은 모두 이와 같은 특색이 있다. 그러므로 마오쩌둥이 극찬한 것은 자연스러운 일이다.

둘째, 위진남북조(魏晋南北朝)가 중화민족의 문화발전 역사에서의 특수한 지위를 중시한 것과도 관련이 있다.

위진남북조(魏晋南北朝)는 시종 대 동란과 대 분열 상태에 처해 있었으므로 중당(中唐) 이후, 사대부들은 이 시기의 역사에 대한 평가가 그다지 높지 않았다. 소식(苏轼)은 「조주한문공묘비(潮州韩文公庙碑)」라는 글에서

당(唐)대 한유(韓愈)와 유종원(柳宗元)의 고문운동을 추앙하였으며, 심지어 "팔대(한유 이전의 수조로부터 동한까지) 이후로 쇠락한 문장을 끌어올리고, 도덕적 문장으로 몰락한 세상을 구했다(文起八代之衰, 道済天下之溺)"고 했다. 이렇게 말하는 것은 양한(两汉) 위진남북조의 산문에 대해서는 아주 불경스러운 것이었다. 마오쩌둥은 이러한 관점에 대해 상당히 못마땅하게 여겼다. 그가 보건대 위진남북조 시기에 전란이 빈번한 것이 좋은 일은 아니었지만, 이 기간에 민족의 대융합을 촉진시켰으며 사상 문화적으로도 한(汉)대의 경직된 경학에서 해탈되어 나올 수 있었다고 보았다. 『소명문선(昭明文选)』에 비교적 많이 수록된 것도 바로 위진남북조 시기의 글이다. 마오쩌둥은 『소명문선(昭明文选)』을 읽고 나서 자신의 생각이 정확함을 실증할 수 있었다.

1975년 6월 18일 그는 노획(芦荻)에게 소식(苏轼)의 '조주한문공묘비(潮州韩文公庙碑)'를 읽어달라고 부탁했으며, 이 글에 나오는 '쇠락한 문장'과 '몰락한 세상'이라는 논법을 다음과 같이 반박했다.

위진남북조 시기는 사상 해방의 시대입니다. 도가, 불교 등 여러 유파의 사상들이 모두 발전했습니다. 혜강(嵇康)의 '여산거원절교서(与山巨源绝交书)', 완적(阮籍)의 '대인선생전(大人先生传)'은 아주 이름났습니다. 현학의 주류는 전보적인 것이며, 위진(魏晋) 사상 해방의 주요한 표지입니다. 사상을 해방하였으므로 그렇게 많은 뛰어난 사상가, 작가가 나타난 것입니다. 세상이 몰락하다니요! 나는 그 시기를 두고 세상이 흥성했다고 말하고 싶습니다. 소식이 그 시기는

문장이 쇠락했다고 했는데 이는 사실에 부합되지 않습니다. 그
시기의 작품을 보면 알 수 있습니다. 『소명문선(昭明文选)』과
『전상고삼대진한삼국육조문(全上古三代秦汉三国刘朝文)』을 보면
문장이 쇠락했는지 아니면 창성했는지를 알 수 있습니다. 나는 그
시기를 두고 "문장이 창성했다"고 하고 싶습니다.

이 평론은 『소명문선(昭明文选)』에 수록된 글들이 마오쩌둥이
위진남북조의 역사에 대한 관점과 일치함을 설명하며, 또 다른 측면에서 그가
이 문선을 좋아한 원인을 설명해 준다.

셋째, 『소명문선(昭明文选)』에 수록된 작품들은 서술이 과장되고 화려한
사부(辞赋)가 있는가 하면, 구상이 정련하고 언어가 간결한 단문(短文)도 있다.
이는 문장 고수인 마오쩌둥에게 매우 큰 흡인력이 되었던 것이다.

『소명문선(昭明文选)』을 숙독함으로써 마오쩌둥은 글쓰기에서 기세
를 조성하고 문장을 구사하며, 전고를 사용함에 있어서 적지 않은 것을
배우게 했다. 『소명문선(昭明文选)』 중 적지 않은 작품 속 문구들은
그가 사상을 나타내는 소재로 되었으며, 글을 쓰거나 말할 때, 평론할
때 인용되었다. 예를 들면, 사마천의 '보임안서(报任安书)'의 "사람은
누구나 한 번 죽는데, 그 죽음에는 태산보다 무거운 것도 있고, 기러기
털보다 가벼운 것도 있다.(人固有一死，或重于泰山，或轻于鸿毛)",
이밀(李密)의 '진정표(陈情表)' 중 "기댈 곳이 없어 외로워서 따라다니는
건 그림자밖에 없네(茕茕孑立，形影相吊)", 이강(李康)의 '운명론(运命论)'
중 "숲보다 큰 나무는 바람이 쓰러뜨리며, 해안보다 높은 흙더미는 파도가
쓸어가며, 능력이 뛰어난 사람은 대중이 비방한다(木秀于林，风必摧之。

堆出于岸, 流必湍之, 行高于人, 众必非之)", 사장(谢庄)의 '월부(月赋)'의 "푸른
이끼는 누각에 돋고 향기로운 먼지는 정자에 엉겨 있네. 조용히 근심하니, 깊은
밤에마저 즐겁지 아니하네. (绿苔生阁, 芳尘凝榭。悄焉疚怀, 不怡中夜。)"
구지(丘迟)의 '여진백지서(于陈伯之书)' 중의 "길을 잃으면 뒤를 돌아볼 줄 아는 것은
옛 성현들의 생각이었고, 길을 잘못 들어도 멀리 가기 전에 다시 돌아올 줄 아는
것은 옛 경전에서 높이 여기는 점이다.(迷途知返, 往哲是与, 不远而复, 先典攸高)",
"늦은 봄 3월, 강남에는 초목이 자라고 꽃들이 피어나는데, 꾀꼬리들이 무리지어
날아다니네.(暮春三月, 江南草长, 杂花生树, 群莺乱飞。)", 강엄(江淹)의 '별부(別赋)'
중의 "봄풀은 푸른 빛, 봄물은 초록 물살, 남포에서 님 보내니, 마음 아프나 어찌할
거나.(春草碧色, 春水绿波, 送君南浦, 伤如之何)" 등이다. 마오쩌동의 적지 않은
정론들이 화려하고 기세가 높은 것은 『소명문선(昭明文选)』의 영향과 무관치 않다.

넷째, 『소명문선(昭明文选)』의 좋은 글들은 마오쩌동이 만년에 감정을 토로하고
마음을 보여주는 중요한 길이었다.

1974년 5월부터 1975년 9월 사이에 마오쩌동은 눈병 때문에 적지
않은 고대 문학·역사 작품들을 큰 글자체로 인쇄해 읽었다. 그중
『소명문선(昭明文选)』 중에서 왕찬(王粲)의 '등루부(登楼赋)', 사장(谢庄)의
'월부(月赋)', 사혜련(谢惠连)의 '설부(雪赋)', 강엄(江淹)의 '한부(恨赋)',
'별부(別赋)' 및 유신(分信)의 '고수부(枯树赋)' 등을 선택했다. 이러한 작품은
"이 세상에 슬픈 옛일이 얼마나 있으랴(人事几回伤往事)"는 심경을 문학화하여
기탁하였거나 해석 전달한 것이었다.

일례로, 마오쩌동은 왕찬(王粲)의 '등루부(登楼赋)'를 읽고 나서 "이 부에는
고향에 대한 그리움을 담았습니다. 사람은 동년과 고향, 옛 친구에 대해서는
항상 깊은 감정을 가지고 잊지 못해 하지요. 노년에 와서는 더구나 옛 일과 옛

사람을 회억하고 그리워합니다"라고 했다. 또 '월부(月賦)' 중 "조용히 근심하니, 깊은 밤에마저 즐겁지 아니하네. (悄焉疚怀， 不怡中夜 。)", '설부(雪賦)' 중 "한 해도 다 지나가는 시절, 황혼이 깃들었는데, 찬바람이 모이고, 근심이 가득하네.(岁将暮， 时既昏， 寒风积， 愁云繁)", '별부(別賦)' 중 "너무나 슬퍼 넋이 빠짐은 오로지 이별 때문이로구나.(黯然销魂者， 唯別而已矣)", '한부(恨賦)' 중 "예로부터 모든 이들이 죽으니, 한을 품고 곡소리 삼키지 않은 이 없었네(自古皆有死， 莫不饮恨而吞声)" 등의 시구들이 보여주는 정경은, 마오쩌둥의 만년 심정과 비교적 잘 어울렸으므로 자연히 "말하려고 해도 말할 수 없는(欲说还休)" 감정적 공감을 불러일으킬 수 있었던 것이다.

특히 유신(分信)의 '고수부(枯树賦)'(이 글은 『소명문선(昭明文选)』에 수록되지 않았다. 하지만 유신이 젊었을 때 소통의 시독(侍读)으로 있었으므로 이 책의 선택 편집에 참여했을 수 있다)를 읽을 때 "과거 버드나무를 심어 한남에 수양버들이 흐느적거렸는데, 지금은 나뭇잎이 다 떨어지고 처연하게 강변에 서있네, 나무가 이러하니, 사람이야 어찌 더 견뎌낼 수 있으랴(昔年种柳， 依依汉南；今看摇落， 凄怆江潭。树犹如此， 人何以堪)"하는 구절에 와서는 아무 말도 없이 눈물을 흘렸다. 그 심정을 알 수 있는 대목이다. 마오쩌둥이 좋아하는 청나라 사람의 시구를 빌어 표현한다면 그야말로 "풍운아의 천막에는 뛰어난 아들이 있고, 고각 등잔 아래에는 눈물도 많구나.(风云帐下奇儿在, 鼓角灯前老泪多。)"였던 것이다.

소설 『홍루몽』이 어찌하여 역사가 되었는가?

『홍루몽』이 중국 문화 역사에서의 위치는 마오쩌둥이 1956년 「10대

관계를 논함」에서 중국과 외국의 차이점에 대해 말할 때 무심코 한 말이 있다. "중국은 땅이 넓고 물산이 풍부하며 인구가 많고 역사가 유구합니다. 그리고 문학적으로 『홍루몽』 등이 있다는 것 외에는 많은 면에서 다른 나라보다 못합니다. 그러니 교만할 수가 없습니다." 이로부터 『홍루몽』에 대한 평가가 더없이 높다는 것을 알 수 있다.

마오쩌동이 언제부터 『홍루몽』을 읽었는지는 확실하게 알 수 없다. 하지만 1964년 9월 7일 호남성(湖南省) 성위의 책임자와 "『자치통감』, 『소명문선』, 『홍루몽』은 제1사범 시절에 배운 것입니다"고 말한 적이 있다. 여기에서 말한 '배운 것'이란 일반적인 독서를 가리키는지, 아니면 연구를 한 것인지는 알 수가 없다. 지금의 재료로부터 보면, 1913년 가을에 쓴 '강당록(讲堂录)' 필기에는 『홍루몽』 연구에서의 '의음(意淫)'설 및 『홍루몽』 제5회의 "세상사에 통달함은 모두 학문이다"는 구절이 있다.

혁명에 참가한 후 혼란한 정세 하에서도 툭하면 『홍루몽』을 담론하곤 했다. 1928년 정강산(井冈山)에서 가장 어려웠던 세월에도 마오쩌동은 하자진(贺子珍, 두 번째 부인)과 『홍루몽』 중의 인물에 대해 논하곤 했으며, 『홍루몽』은 보기 드물게 좋은 책이라고 했으며, 가모, 왕희봉, 가정과 가보옥, 임대옥, 시녀 '두 파벌의 투쟁'을 쓴 것이라고 했다. 1935년 구사일생의 장정 도중에서도 그는 유영(刘英)과 『홍루몽』에 대해 담론하면서 가보옥은 "벼슬에 올라 나랏일을 하는 것을 멸시하고 낡은 것들에 반항하는 반역정신을 가지고 있는 혁명자"라고 했다. 연안(延安)시기에도 문화인들과 이야기할 때, 툭하면 『홍루몽』에 대한 관점을 발표하곤 했다. 모순(茅盾)의 『연안행(延安行)』 회고록에서도 1940년 6월 마오쩌동이 그와 중국 고전문학에 대해 말할 때 "『홍루몽』에 대해 많은 투철한 견해를 발표했다"고 썼다. 1954년까지 마오쩌동은 최소한 『홍루몽』을 다섯 번은 읽었다. 이는 당시 그가 항주(杭州)에 있을 때 신변의 사무 요원들과 한담을 하면서 말한 것이다. 바로 이 해 그는 북경대학 도서관에 선본으로 된 『홍루몽』이 한 권 있다는 이야기를 들었다. 이것은 호적이 미처 가지고 가지 못한 장서라고 했다. 마오쩌동은 비서인 전가영(田家英)에게 소개신을 가지고 가서 빌려오라고 했다. 하지만 도서관 관장이 빌려주려 하지 않았다. 이유라면 선본은 베낄 수는 있으나 밖으로 빌려 가지고 나가지 못한다는 규정이 있다는 것이다. 나중에 북경대학 부교장인 탕용동(汤用彤)이 여러 번 교섭해서야 겨우 통례를 깨고 빌려주는데 동의했다. 하지만 1개월 사이에 반드시 돌려주어야 한다고 요구했다. 마오쩌동도 신용을 지켜 28일 만에 책을 돌려주었다. 마오쩌동 신변 사무 요원들의 회억에 따르면, 마오쩌동은 선본 『홍루몽』을 베끼라고 요구한 적이 있었는데, 바로 이 책일 가능성이 많다.

마오쩌동의 도서 관리원 서중원(徐中远)이 통계한 적이 있는데, 1958년 7월 1일부터 1973년 5월 26일까지 15년 사이에 마오쩌동은 모두 15번 『홍루몽』을 달라고 했다. 심지어 한꺼번에 여러 가지 판본을 달라고 한 적도 있었다. 그가 세상을 떠날 때 중남해(中南海) 풍택원(丰泽园)과 수영장에 놓아둔 도서 중에는 선장 목각본, 석각본, 영인본 및 여러 가지 보통 장정본 『홍루몽』이 20여 가지나 되었다. 수영장과 침실, 객실에 놓여 있는 영인본 『지연재중평석두기(脂砚斋重评石头记)』, 목각본 『증평보도석두기(增评补图石头记)』 등에는 모두 연필로 동그라미를 그려 놓았으며, 또 어떤 책은 펼쳐 놓은 채로였다. 그리고 모서리를 접어놓은 것이 있는가 하면, 메모지를 끼워 넣은 것도 있었다. 마오쩌동이 만년에 『홍루몽』을 여러 번 읽었을 뿐만 아니라 여러 가지 판본을 대비해 읽었음을 알 수 있다.

마오쩌둥이 『홍루몽』을 읽으면서 그냥 베껴 쓴 사와 곡 중 지금까지 보존된 것도 10여 수나 있다. 수년 전 마오쩌둥이 적지 않은 평어를 단, 1954년 인민문학출판사 판본의 『홍루몽』이 개인의 손에 들어갔다는 소문이 돌았는데, 지금까지 원본을 본 적이 없으므로 진가를 판단하기 어렵다.

『홍루몽』은 주로 가정 이야기와 청년들의 사랑 이야기를 쓴 것으로, 인물 관계가 세밀하고 생동적이어서 세상에 나오자 곧바로 기서로 불리었다. 청년시절부터 "나는 강해객이 되려 한다(我自欲为江海客)"고 했던 마오쩌둥이 일생동안 위풍당당했지만 이처럼 『홍루몽』을 좋아하고 만년에마저 반복적으로 자세히 읽은 것은 기이한 일로 이해하기 어렵다.

하지만 자세히 생각해 보면, 이는 주로 마오쩌둥의 감상 취지 및 『홍루몽』의 문학 성과에 대한 평가와 관련되며, 특히 그의 독서 방법과 관련 있다.

『홍루몽』의 예술 풍격은 완약파에 속한다. 감상 취지로 놓고 보면 마오쩌둥은 호방하고 낭만적인 작품을 좋아했다. 하지만 그의 감정세계는 필경 풍부하고도 세심하며 환경과 심정, 연령의 변화에 따라 변화하는 만큼 상반된 풍격의 작품에도 관심을 가질 수 있다. 그는 과거 『홍루몽』을 읽을 때 "처음에는 이야기책 삼아 읽었다"고 했는데 이는 일반 학생들과 별 다름이 없었다. 하지만 자세히 읽는 과정에서, 혹은 여러 번 읽는 과정에서 가정의 사소한 일 뒤에 있는 이야기의 장력에 매료되었을 수도 있다. 마오쩌둥은 이 각도에서 시사 감상에 대해 이야기한 적이 있다. 1957년 8월 1일 그는 범중엄(范仲淹)의 완약 풍격의 사 2수를 읽고 나서 강청(江青), 이눌(李讷)에게 보내는 편지에서 "나는 호방파를 좋아하지만 완약파도 읽습니다", "완약파는 사랑에 관한 것이고 호방파는 호방하기만 하여 한 가지만 오래 읽으면 싫증납니다. 사람의 마음은 복잡합니다. 어느 한 가지를 좋아하면서도 복잡합니다. 이른바 복잡하다는 것은 대립통일입니다. 사람의 마음에는 항상 대립되는 부분이 있습니다. 단순한 것이 아니고 분석할 수 있는 것이 아니지요. 완약파와 호방파의 사에 대해서는 가끔은 전자를 좋아하게 되고 가끔은 후자를 좋아하게 되는 게 그 일례라 할 수 있습니다." 사를 감상할 때 이러했다면 『홍루몽』을 읽을 때도 대체로 이러했을 것이다.

문학적 성과라는 입장에서 말할 때, 1973년 5월 25일 마오쩌동은 중앙정치국회의에서 "중국 소설 중 예술성과 사상성이 가장 높은 것은 그래도 『홍루몽』입니다"라고 평가했다. 사람들은 보통 "문장에는 제일이라는 것이 없다. 무예에도 제일이라는 것이 없다"고 한다. 그런데 마오쩌동이 '가장'이라는 단어로 『홍루몽』을 평가한 것을 보면 그 문학적 성과에 대해 얼마나 높게 보았는가를 알 수 있다.

구체적으로 마오쩌동은 『홍루몽』의 언어에 대해 특별히 높이 평가했다. 1964년 왕해용(王海容)과 이야기할 때 "『홍루몽』의 언어를 배울 수 있습니다. 이 소설의 언어는 모든 고전소설 중 가장 좋습니다. 조설근은 봉저에 대해 아주 생동적으로 썼습니다"라고 했다. 마오쩌동은 저작과의 담화에서 『홍루몽』 속의 언어를 자주 인용하곤 했다. 1938년 4월 '노신예술대학'에서 한 연설에서 "『홍루몽』에서 유상련이 설반을 호되게 두들겨 팬 후 '말을 끌고 와 등자를 딛고 올라 타 가버렸다'고 했는데 여기에서 실제 경험이 없으면 '등자를 딛고 올라타다'라고 쓸 수 없습니다"라고 말했다. 1957년 그가 모스크바에서 한 명언인 "동풍이 서풍을 압도하지 않으면, 서풍이 동풍을 압도한다"도 바로 『홍루몽』에서 나오는 말이었다. 1963년 9월 28일 중앙공작회의에서 국제 정세에 대해 말할 때에도 "『홍루몽』에서 '대갓집은 대갓집으로서의 어려움이 있다'고 했는데 그 말을 믿습니다. 지금 미국과 소련 두 나라가 매우 어려울 것입니다'라고 했다.

1973년 11월 17일 마오쩌둥은 주은래(周恩来), 교관화(乔冠华), 왕해용(王海容), 장함지(章含之), 심약운(沈若芸), 당문생(唐闻生) 등을 불러다 놓고 국제 정세를 논할 때 『홍루몽』 속의 일부 생동적인 언어들을 집중적으로 인용했다.

봉저의 말을 잊지 마십시오. 대갓집은 대갓집으로서의 어려움이 있습니다. 유노파가 돈을 달라고 하자 봉저는 망설였습니다. 그러나 말머리를 돌려 임금에게도 가난뱅이 친척이 세 집은 있으니 빈손으로 돌아가게 할 수는 없다고 하면서 은자 스무 냥을 주었습니다. 유노파는 그 말에 온 몸이 후끈 달아올라 '당신들 솜털 한 대가 우리네 허리보다 더 실합니다!'라고 했습니다. '산에 앉아 범이 싸우는 것을 구경하다'는 말도 봉저가 한 말입니다. '대갓집은 대갓집으로서의 어려움이 있다'는 말은 우리에게 매우 쓸모 있습니다. 그리고 '천릿길에 펼친 천막'이라든가 '끝나지 않는 잔치는 없는 법'이란 말도 있습니다. 미국과 소련이 바로 '천릿길에 펼친 천막'인 셈입니다. '동풍이 서풍을 압도하지 않으면 서풍이 동풍을 압도한다'는 말도 임대옥이 한 것입니다. 타협의 여지가 없지요. 이것도 노선 투쟁입니다!

마오쩌둥이 『홍루몽』을 좋아한 것은 그의 특수한 독서법에서 기인되었던 것이다.

마오쩌동은 공개적인 장소에서 『홍루몽』에 대한 자신의 독특한 독서법에 대해 말하는 것을 꺼리지 않았다. 1938년 4월 노신예술대학에서의 연설에서 그는 처음으로 『홍루몽』에는 "아주 풍부한 사회적 사료 가치가 있다"고 명확하게 말했다. 1961년 12월 20일 중앙정치국 상무위원과 각 대 구역 제1서기 회의에서 한층 더 나아가 "『홍루몽』은 소설로 보아야 할 뿐만 아니라, 특히 역사로 보아야 합니다. 아주 세밀하고 정교롭게 쓴 사회 역사입니다"라고 했다. 1964년 8월 18일 그는 철학 연구자들과의 담화에서 재차 "나는 『홍루몽』을 역사서로써 읽습니다"라고 했다.

그럼 『홍루몽』을 역사서로 읽을 수 있는 것일까? 독서란 본래 재창조이다. 즉 원작에 자신의 입장과 관점, 사상, 경험 및 현실 필요를 혼합한 것이다. 출발점이 다름으로 인해 그 독서법과 얻는 바가 자연히 다르게 된다. 노신은 『홍루몽』은 "경학가들이 보면 '역경'이고 도학가들이 보면 음란한 것이고, 재가가 보면 애절한 이야기이고, 혁명가가 보면 청나라의 통치를 반대하는 것이며, 유언비어를 퍼뜨리기 좋아하는 사람이 보면 궁중비사이다"라고 말한 적이 있다. 낡은 세계를 개조하는 혁명가와 역사에 대해 심각한 인식이 있는 사상가로서의 마오쩌동이 『홍루몽』을 역사서로, 심지어 정치소설로 혹은 계급투쟁 작품으로 읽는 것도 놀라울 것이 없다. 『홍루몽』은 가 씨 가문의 영국부(宁国府)와 영국부(荣国府)의 성쇠 과정을 통해 가보옥, 임대옥을 대표로 하는 반역정신이 있는 청년들이 사회적으로 이해받지 못하고, 전통에 저촉되어 일어난 비극을 묘사한 것이며, "조금 재주가 있고 얼마간 선량한 마음이 있는 젊은 여성"이 학대받고, 왜곡되고 훼멸되는 운명을 그린 것으로 비교적 생동적으로 그 시대의 사회관계를 보여주었기에, 확실히 마오쩌동의 독서법에 하나의 근거를 제공했다고 할 수 있다. 그리하여 이 소설은 그가 읽으면 애절하고 섬세하며 농염한 이야기가 아니라 무거운 이야기가 되었던 것이다.

그럼 마오쩌동은 어떻게 『홍루몽』을 역사서로 읽었을까?

마오쩌동이 『홍루몽』에 대한 평가는 적지 않다. 중앙문헌연구실이 2002년에 편집 출판한 『마오쩌동문예논집(毛澤东文艺论集)』에는 그가 1959년부터 1973년까지 『홍루몽』에 대해 담론한 여덟 단락의 문자가 수록되어 있다. 그 외에도 수록되지 못한 것이 아주 많다. 그의 이런 평론들을 정리해 보면 그가 『홍루몽』을 역사서로 읽은 데에는 다음과 같은 몇 가지 뜻이 들어 있음을 알 수 있다.

첫째, 작자 조설근(曹雪芹)이 생활한 시대배경과 연결시켜 읽었다.

조설근(曹雪芹)은 18세기 상반기의 사람이다. 마오쩌동은 그때의 중국은 "이미 자본주의 생산관계의 맹아가 있었으나 여전히 봉건사회였다. 이것이 바로 소설에서 대관원 내의 인물들이 나타난 사회 배경이다." "즉 가보옥과 같은 봉건제도에 불만을 품은 인물들이 산 시대이다"라고 했으며, 『홍루몽』 중의 인물들을 이와 같은 시대 배경 속에서 분석해, 임대옥, 가보옥, 청문은 좌파이고, 봉건주의의 반역자이며, 가정, 왕부인, 왕희봉은 우파이고 봉건주의의 수호자라고 했다. 더 나아가서는 또 시대 배경이 조설근(曹雪芹)의 창작 경향을 결정했다고 제기했다. "그럼에도 조설근은 『홍루몽』에서 하늘을 기울이게 하려고 생각했다. 봉건제도의 하늘을 기울게 했던 것이다. 하지만 『홍루몽』은 결국 봉건가족의 몰락에 대해 쓴 것이다. 조설근의 세계관과 그의 창작에 모순이 발생한 것이다. 조설근의 집은 옹정의 손에서 몰락한 것이다"라고 했다.

둘째, 봉건사회의 종법관계와 연계시켜 읽었다.

가장제를 핵심으로 하는 종법관계는 봉건사회를 유지하는 기초이다. 봉건사회가 몰락하게 되면 종법관계가 자연히 느슨해지게 된다. 『홍루몽』을 역사서로 읽음으로써 마오쩌동은 그중에서 "가장제도가 끊임없이 분열되는 추세"를 읽어낼 수 있었다. 그는 "가련은 가사의 아들인데 가사의 말을 듣지 않았다. 왕부인도 봉저를 회유하려 했지만 봉저는 온갖 방법을 다 해 사전을 챙기려 했다. 영국부의 최고 가장은 가모이다. 하지만 가사, 가정 등은 모두 각자의 계획이 있었다"라고 했으며, 또 "가모가 죽자 모두 같이 울었지만 사실은 각자 다른 생각, 다른 목적이 있었다"라고 했다.

셋째, 봉건사회의 경제관계와 연계해 읽었다.

마오쩌동이 보건대 봉건사회의 몰락은 경제관계의 변화에 최종적으로 반영된다. 경제이익의 분화와 조정은 봉건사회의 여러 가지 관계에 변화가 나타나게 되는 근본적인 원인이다. 이러한 시각으로 『홍루몽』을 읽게 되면 또 다른 발견이 있게 된다. 예컨대, 마오쩌동은 "제2회에서 냉자흥이 가부에 대해 말하면서 "부귀영화를 누리려는 사람은 많지만 모략을 내놓을 수 있는 사람은 하나도 없다"고 했는데 이는 지나친 말이다. 탐춘도 살림을 맡은 적이 있다. 물론 그는 대리로 살림을 맡았을 뿐이다. 총체적으로 가 씨네 가문은 그렇게 무너지기 시작했다"고 했는데, 여기서 말하려는 것은 가족 내부의 경영 실패를 가리킨것이다. 시야를 좀 더 넓혀서 마오쩌동은 『홍루몽』에서 나타난 '토지 매매'에서도 봉건사회의 관계 변화를 볼 수 있었다. 그 실례 중 하나가 바로 소설에서 쓴 "누추한 집이지만 화려했던 때가 있었고, 황량한 폐허도 전에는 가무장이었다네. 화려했던 대들보엔 거미줄이 가득하고, 창문에는 오늘도 푸른

천을 발랐구나.(陋室空堂,当年笏满床 。衰草枯杨, 曾为歌舞场 。蛛丝儿结满雕
梁, 绿纱今又糊在蓬窗上 。)"라는 부분이다. 마오쩌동은 "이 단락은 봉건사회
사회관계의 흥망성쇠와 가족의 붕괴를 설명한 것이다. 이러한 변화는 토지
소유권의 끊임없는 전이를 조성했으며, 또한 농민들이 토지에 대해 연연해하는
심리를 키워줬다"고 했다. 즉 봉건 통치계급의 부패와 무능을 보여줌과 동시에
봉건제도를 동요시킨 것임을 지적했던 것이다.

넷째, 봉건사회의 정치관계와 연계시켜 읽었다.

마오쩌동은 『홍루몽』을 읽음에 있어서 제4회를 특히 중시했으며, 여러
번이나 제4회는 이 소설을 이해하는 '대강'이라고 했다. 원인은 제4회에서
"호로승이 호로사건을 얼렁뚱땅 판결(葫芦僧乱判葫芦案)하는 것"을 통해
봉건사회의 '호관부(护官符)'에 대해 이야기함으로써 소설 속 가(贾), 사(史),
왕(王), 설(薛) 4대 가족의 정치 관계를 보여주었기 때문이다. 그는 또
"강희황제로부터 건륭황제 시기에 이르기까지 양대 파벌이 있었는데, 그중 이긴
파벌, 즉 옹정황제가 실패한 다른 한 파벌의 가문의 가산을 몰수했다. 조설근은
강희, 옹정황제 시기 태어났으며, '가산을 몰수당했던 것'이다. 이로부터
조설근은 4대 가족의 흥망성쇠에 대해 쓸 때 정치적인 고려를 하지 않을 수
없었다. 그리하여 '진짜 사실은 은폐하고 가짜 이야기를 써낼 수밖에 없었다.
그러므로 한 사람은 진사은(甄士隐), 다른 한 사람은 가우촌(贾雨村)이라고
이름 지었던 것이다. 말할 수 없었던 진짜란 정치투쟁이기 때문이다. 즉
시시덕거리는 이야기로 진정한 사실을 은폐했다"고 말했다.

다섯째, 봉건사회의 계급투쟁과 연계시켜 읽었다.

마오쩌둥은 항상 계급투쟁의 차원에서 인류 역사를 이해할 것을 주장해 왔다. 그런 만큼 『홍루몽』을 역사서로 읽으면 자연히 이 소설을 계급 및 계급투쟁을 보여준 작품으로 읽게 되는 것이다. 1950년대 절강(浙江)에서 담계룡(譚啓龍)과 이야기할 때 그는 아예 이 책을 "아주 생동적인 계급투쟁의 역사"라고 보기도 했다. 1961년과 1964년에는 또 "이 책에서는 모두 수백 명에 대해 썼습니다. 모두 300~400명인데 그중 33명은 통치계급으로 약 1/10을 차지합니다. 기타 사람들은 모두 피압박 계급입니다. 희생된 사람, 죽은 사람도 매우 많습니다. 예를 들면, 원앙, 우이저, 우삼저, 사기, 금천, 청문, 진가경과 그의 시녀를 들 수 있습니다.", "『홍루몽』은 4대 가족에 대해 썼는데 책 속의 이야기를 보면 계급투쟁이 아주 격렬했습니다. 수십 명의 인명에 관계되는 것입니다. 통치자는 20여 명입니다.(누군가 헤아려 봤는데 모두 33명이라고 하더군요) 그 외의 사람들은 모두 노예입니다. 300여 명이나 됩니다. 원앙, 사기, 우이저, 우삼저 등이 그들입니다. 역사를 논함에 있어서 계급투쟁적 관점을 말하지 않으면 이야기가 되지 않습니다"라고 말했다.

마오쩌둥은 늘 『홍루몽』은 다섯 번을 읽지 않으면 근본적인 발언권이 없다고 했다. 많은 사람들은 왜 그렇게 여러 번 읽어야 『홍루몽』을 알아볼 수 있다고 하는지 이해하지 못했다. 1973년 5월 25일 중앙정치국회의에서 마오쩌둥은 이에 대해 해석한 적이 있다. "『홍루몽』은 다섯 번 읽지 않으면 근본적으로 발언권이 없습니다. 왜냐하면 이렇게 여러 번 읽지 않으면 그 계급관계를 분명히 알 수 없기 때문입니다."

『홍루몽』을 역사서로 읽었으므로 마오쩌둥은 생각하는 것도 확실히 독특했다. 그는 심지어 이 소설을 봉건사회를 해석하는 백과전서로 보기도 했다. 그는 여러 번이나 청년들에게 "『홍루몽』을 읽지 않으면 어찌 봉건사회에 대해 알겠습니까?'라고 했다.

『노신전집(魯迅全集)』: 어찌하여 노신과 마음이 통할까?

성인으로 평가

노신은 마오쩌동이 가장 흠모한 중국 문학가이고 사상가로서 드물게도 그를 '현대 중국'의 '성인'이라고 불렀다.

1936년 10월 노신이 세상을 떠났을 때 중국공산당이 그에 대한 평가도 아주 높았다. 중국공산당 중앙과 중화소비에트인민공화국 중앙정부는 공동 서명으로 「노신 선생을 추모하기 위해 전국 동포와 전 세계 인사들에게 고하는 서」를 발표해, 노신 선생의 일생동안의 영광스러운 전투 사업은 중화민족의 모든 충실한 아들딸의 모범이며, 민족 해방, 사회 해방과 세계 평화를 위해 분투하는 문인들의 모범이라고 했다. 또한 노신 선생을 영원히 기념하기 위해, 소비에트 중앙도서관을 노신도서관으로 개칭하며, 노신 선생의 유작을 수집하고, 노신 저작을 복제하여 『노신전집(魯迅全集)』을 출판한다고 했다. 마오쩌동이 노신에 대한 이해와 추앙은 중국공산당과 노신의 특수한 관계와 관련된다. 장문천(張聞天), 진운(陳云), 구추백(瞿秋白) 등 중국공산당의 지도자들은 모두 노신과 교분이 있었다. 곽말약(郭沫若), 모순(茅盾), 주양(周扬), 풍설봉(冯雪峰) 등 당내 이름난 문화인들은 더구나 노신과 깊은 연관이 있었다. 1937년 이후 많은 문화인들이 국민당 통치구역으로부터 연안에 옴에 따라, 마오쩌동은 그들과의 접촉 과정에서 노신의 사상, 성격과 국민당 통치구역 문화계에서의 특수한 지위에 대해 점점 더 많이 알게 되었으며, 중국공산당이 중국혁명 문화의 기치를 높이 드는데 있어서 노신이 대체할 수 없는 역할을 할 수 있다는 점에 대해 잘 알게 되었다.

마오쩌동은 가장 처음 노신을 평가할 때 아주 특수한 개념, 즉 성인이라는 단어를 사용했다. 1937년 10월 19일 연안섬북공학(延安陕北公学)에서 노신 서거 1주년 기념대회 연설을 할 때 "내가 보건대, 중국에서 노신은 일등급 성인이라 해야 할 것 같습니다. 공자는 봉건사회의 성인이고 노신은 현대 중국의 성인입니다"라고 했다.

이러한 평가는 마오쩌동의 만년까지 줄곧 변하지 않았다. 변하지 않았을 뿐만 아니라 오히려 격상되었다. 1971년 11월 20일 무한(武汉)군구와 호북(湖北)성 당정 책임자와 이야기할 때 "노신은 중국의 제일의 성인입니다. 중국의 제일의 성인은 공자가 아니고, 저도 아닙니다. 나는 현인(贤人)이라 할 수 있습니다. 성인의 학생인 거죠"라고 했다. 여기에서 성인으로서의 노신은 일등급 성인으로부터 제일의 성인으로, '현대 중국'의 성인으로부터 '중국의' 성인으로 격상했다. 마오쩌동은 자칭 현인이라 했으며 '성인의 학생'이라고 했다. 노신에 대한 평가가 고금의 문화인 중에서 제일이라는 것이었다.

마오쩌동이 노신을 성인이라고 한 것은 두 사람이 마음이 통했기 때문이었다.

마오쩌동과 노신은 만난 적이 없지만 두 사람은 모두 매우 분명하게 상대방에 대한 호감을 나타냈다. 노신은 생전의 글에서 '마오쩌동 선생'과 같은 편이라고 공개적으로 표했으며, 자신이 '아무리 능력이 없어도' '마오쩌동 등'과 "동지가 된다는 것은 아주 영광스러운 일이라 생각한다"고 했다. 홍군이 섬북에 도착한 후, 노신은 마오쩌동에게 전보를 보냈으며 곁들여 소시지도 보냈다. 이러한 것들은 마오쩌동을 깊이 감동시켰다. 그러므로 노신 서거 1주년에 그가 왜 노신을 성인이라고 했는지 이해할 수 있다. 그는 또 노신을 "민족 해방의 최고 선봉이며 혁명에 매우 큰 도움을 주었다. 그는 공산당 조직 중 일원이 아니지만 그의 사상과 행동, 저작은 모두 마르크스주의적이다"라고 했다.

노신이 말한 "사람들이 검은 얼굴로 쑥덤불에 묻혀 사니, 어찌 감히 슬픈 노래로 대지를 흔들 수 있겠나(万家墨面没蒿莱, 敢有歌吟动地哀)"고 한 그 시대에 마오쩌동과 노신은 모두 전사임에 틀림없다. 한 사람은 무기로 비판하는 데에 치중했고, 다른 한 사람은 비판하는 무기에 치중해 왔지만, 전투 정신과 이상, 목표는 비슷한 점이 많았다. 둘은 모두 "소리 없는 곳에서 우레 소리를 듣는 기이한 효과"를 거두었고 상호 영적 감응을 가지고 있었으며 동지로 보았다.

중국공산당 지도자들 중에서 마오쩌동과 노신이 사상적으로 마음이 통하는 것을 가장 먼저 본 사람은 주은래(周恩来)였다. 그는 1954년에 "노신은 사상적으로 많은 점에서 마오쩌동과 일치한다"고 했다. 마오쩌동은 더구나 감성적으로 말했다. 1949년 소련을 방문하던 시기 그는 사무 요원에게 "나는 노신의 책을 읽기 좋아합니다. 노신은 우리와 마음이 통합니다"라고 했다. 여기서는 노신과 '우리'라고 했다. 1966년 7월 강청(江青)에게 보내는 편지에서는 노신과 '나'로 바뀌었다. 그는 "나와 노신은 서로 마음이 통합니다'라고 했다.

노신을 읽다

마오쩌동이 노신 작품을 읽기 시작한 것은 '5.4'신문화운동 시기부터이다. 당시 그는 『신청년』 잡지의 열성적인 독자였다. 노신의 최초 백화소설과 일부 잡문은 『신청년』에 발표되었다. 1918년 8월부터 1919년 3월 사이에 처음으로 북경(北京)에 왔던 마오쩌동은 주작인(周作人)이 쓴 일본 '신촌운동'에 관한 글에 큰 관심을 가졌으며, 노신과 주작인(周作人)이 거처하는 팔도만(八道湾) 저택에 찾아가기도 했다. 하지만 그날은 노신이 집에 없었던 연고로 주작인(周作人)만 만났다. 만년에 이 일에 대해 말할 때 마오쩌둥은 "5.4운동 시기 북경에서 신문화운동을 하고 있던 이대소(李大钊), 진독수(陈独秀), 호적(胡适), 주작인(周作人)은 만나 보았지만 유독 노신은 만나지 못했습니다"라고 하면서 매우 유감스러워 했다.

1920년대 초부터 마오쩌둥은 노신의 작품에 대한 인상이 깊었다. 1932년 말 풍설봉(冯雪峰)이 상해(上海)로부터 서금(瑞金)에 왔을 당시, 노신은 그들이 이야기한 중요한 화제였다. 1936년 10월 노신은 세상 뜨기 전, 풍설봉(冯雪峰)에게 부탁해, 자신이 편집, 교열한 구추백 문학 번역문집인 『해상술림(海上述林)』 상권을 섬서 북부에 있는 마오쩌둥과 주은래(周恩来)에게 보냈다. 마오쩌둥은 이 책과 함께 또 노신이 도서 목록을 작성하여 구매한 일련의 책들을 받았다. 그중에는 『납함(呐喊)』, 『방황(彷徨)』 등 작품도 포함되어 있었다. 연안에 갓 도착했을 무렵, 마오쩌둥은 어느 한 중학교 도서관에서 노신의 책을 적지 않게 발견하고는 끊임없이 사람을 보내 빌려 보았다.

1937년 10월에 '노신을 논함'이라는 연설로부터 시작해, 마오쩌둥은 자신의 저술에서 노신 작품을 자주 인용했다. '노신을 논함'에서는 노신의 문장 세 편을 인용했다. 그중 「페어플레이는 잠시 늦춰야」를 논함」은 초기의 작품이다. 「트로츠키파에 대답하는 편지」는 1936년 7월에야 발표한 것이다. 그리고 노신이 1934년 11월 17일 소군(萧军)에 보낸 '변절자를 통책하다(痛斥变节者)'는 편지는 1936년 11월 15일 상해에서 출판하는 월간 잡지 『작가』에 발표한 것이다. 이 글은 당시 아직 노신문집에 수록되지 않았다. 1938년 1월 12일 그는 애사기(艾思奇)에게 보내는 편지에서 "나에게는 『노신전집(魯迅全集)』이 없고 소소한 것이 몇 권 있을 뿐입니다. 『조화석습(朝花夕拾)』을 포함해서 아무리 찾아도 찾을 수가 없습니다"라고 했다. 당시는 『노신전집 (魯迅全集)』이 아직 출판되지 않았는데, 마오쩌동이 이를 모르고 있었던 것이다. 하지만 노신 작품을 읽으려는 그의 절박한 마음만은 진실했다.

『노신전집(魯迅全集)』은 1938년 8월 노신선생기념위원회가 편집하여 노신전집출판사의 명의로 상해에서 출판한 것인데, 총 20권(卷)이다. 출판사는 특별히 번호를 매겨 200세트 인쇄 발행했는데, 비매품이라고 명기했다. 이중 두 세트는 연안에 증여했는데, 마오쩌동이 그중의 58호를 가졌다. 『노신전집(魯迅全集)』을 얻은 후 마오쩌동이 노신 저작을 읽는 것은 일상화되었다. 신화사(新华社)는 마오쩌동이 연안 조원(枣园) 동굴집에서 사무를 보는 사진을 발표한 적이 있는데, 사진 속의 사무용 책상 위에는 『노신전집(魯迅全集)』이 세 권(卷) 놓여 있었다. 1942년 7월 25일 마오쩌동은 중앙정치국회의에서 "최근의 경험으로, 적으면서도 실속 있는 것은 볼 수 있을 뿐만 아니라 유익합니다. 많으면 볼 수 없습니다. 조판 시간이 넉넉하면 『노신전집(魯迅全集)』, 『해상술림(海上述林)』을 인쇄할 수 있을 겁니다"라고 말했다.

이 『노신전집(魯迅全集)』은 완전무결하게 연안으로부터 황하(黃河)로, 다시 서백파(西柏坡)로, 향산(香山)으로, 중남해(中南海)로 들어갔다. 1949년 말 소련을 방문할 때 마오쩌동은 노신의 작품을 적지 않게 가지고 갔는데, 책을 보느라 식사마저 뒷전으로 하여 사무 요원이 여러 번이나 식사를 하라고 재촉해야 했다. 이때 마오쩌동은 "연안에 있을 때 밤에 노신의 책을 읽노라면 잠자는 것도 까맣게 잊기가 일쑤입니다"라고 대답했다. 만년에 이르기까지 마오쩌동은 줄곧 노신 작품을 읽는 것을 잊지 않았다. 1971년 11월 20일 그는 무한군구(武汉军区)와 호북성(湖北省) 당정(党政) 책임자들과 담화할 때 "노신의 책은 알아보기 힘듭니다. 너댓 번씩은 읽어야 합니다. 올해 한 번 읽었다면 내년에 또 한 번 읽고 하면서, 여러 해 동안 읽어야 알 수 있습니다. 우리 당 내에서 노신의 책을 읽을 것을 창도하지 않는 것은 좋지 않습니다"라고 했다. 1975년에는 또 "나는 1, 2년 사이에 철학서를 좀 읽고 노신을 읽을 것을 건의합니다"고 했다.

'노신을 읽자'는 마오쩌동이 만년에 사람 이름으로 저작을 대체한 것으로, 책을 읽을 것을 제창한 유일한 중국 사람이며, 그가 말한 구절로부터 의도에 이르기까지 "마르크스주의를 읽어야 한다"는 말과 거의 비슷했다.

마오쩌동이 읽고, 보존한 『노신전집(鲁迅全集)』은 세 가지 판본이 있었다. 첫 번째는 앞에서 말한 1938년 8월에 출판한 20권(卷)으로 된 『노신전집(鲁迅全集)』으로, 노신의 저작, 번역작품과 기타 그가 정리한 일부분 고서들이 포함되어 있다. 그는 이 책에 적지 않은 동그라미를 그리고 주석을 달았다. 또한 책에서 문자 조판이 잘못 되었거나 틀린 글자, 빠진 글자가 있는 부분을 모두 교정했다. 두 번째는 1956년부터 1958년 사이에 인민문학출판사에서 잇따라 출판한, 주석이 있는 10권(卷) 짜리 『노신전집(鲁迅全集)』이다. 이 책은 노신의 저작만 수록했고, 기타 번역 작품과 정리한 고서는 수록하지 않았다. 세 번째는 관련 부문에서 이 10권(卷) 판본의 『노신전집(鲁迅全集)』에 따라 조판하여 인쇄한 큰 글자체 선장본이다. 이 책에 마오쩌동은 적지 않은 붉은 선을 그었으며, 많은 책(册)의 책뚜껑에는 붉은 동그라미를 그려놓았다. 그리고 그중 어느 한 책에는 '1975. 8에 재차 읽음'이라고 써놓았다.

마오쩌동이 서거할 때에도 침대머리 책상 위에는 『노신전집(魯迅全集)』이 놓여 있었다. 이 책 속에는 봉투에 넣지 않은 편지 한 통이 있었다. 이 편지는 마오쩌동의 딸 이민(李敏)이 1975년 4월 15일에 쓴 것으로, "아버지, 안녕하십니까, 최근에 건강은 어떠하십니까? 이 딸은 아버지가 매우 그립습니다. 저에게 읽으라고 한 『노신전집(魯迅全集)』은 이미 다 읽었습니다. 기회가 되면 아버지와 이 잡문에 대한 저의 관점을 이야기해 보고 싶습니다. 이 책에 아버지가 적지 않은 부호를 그리고 평어를 달았는데, 모두 자세히 보았습니다. 하지만 일부는 여전히 무슨 뜻인지 모르겠습니다. 시간 나면 여쭤보고 싶습니다"라고 쓰여 있었다. 마오쩌동의 장서에는 또 1972년 9월 북경 노신박물관에서 편집하고, 문물출판사에서 출판한 선장본 『노신 친필원고 선집 3편(魯迅手稿選集三編)』이 들어 있다. 이 책은 모두 29편의 노신 친필원고를 수록했는데, 그중 일부는 글자가 너무 작아 확대경을 들고 보았으며 역시 적지 않은 동그라미를 그려놓았다.

마오쩌동과 노신은 어찌하여 '서로 마음이 통할 수 있었을까?'

마오쩌동은 노신의 책을 읽음에 있어서 사상과 감정적으로 호흡이 통했다. 도대체 어떻게 통한 것인가는 아래의 몇 가지 측면으로부터 알아볼 수 있다.

첫째, 문화혁명에 대해 공감했다.

여기에서 말하는 문화혁명은 1960년대의 운동으로서 '문화혁명'과는 다른 것이다. 5.4 신문화운동은 민주와 과학이라는 기치를 높이 추켜들고 전통적 구문화에 대해 비판했으며, 이로부터 현대중국의 문화혁명과 신문화 창조의 과정이 열렸던 것이다. 5.4신문화운동의 '신생 세대'로서의 마오쩌동은 신민주주의혁명에 대해 생각할 때 항상 문화혁명을 중시했다. 『신민주주의론(新民主主义论)』은 체계적인 이론 성과인데, 원래 제목은 『신민주주의의 정치와 신민주주의의 문화(新民主主义的政治与新民主主义的文化)』이다. 이 저작에서 마오쩌동은 "노신은 '5.4'이래 문화 영역의 새로운 역량 중 가장 위대하고, 가장 용감한 기수이다. 노신은 중국 문화혁명의 주장이다. 그는 위대한 문학가일 뿐만 아니라, 또한 위대한 사상가이고 혁명가이다", "노신은 문화전선에서 전 민족의 대다수를 대표한다", "노신의 방향은 중화민족 신문화의 방향이다"라고 했다. '기수', '주장', '대표', '방향' 이러한 단어들을 사용함으로써 노신이 문화혁명 영역에서의 지위와 가치는 다른 그 누구도 비길 수 없음을 보여주었다.

5.4신문화운동에서 중요한 역할을 한 몇몇 대표자들 중, 진독수(陈独秀)는 중국공산당의 창건에 참여했으나 후에 점차 문화혁명 영역에서 떠나버렸다. 호적(胡适)도 문화 영역에서 작지 않은 역할을 발휘했으나 사상 궤적이 중국공산당과는 완전히 달랐다. 오직 노신만이 문화 영역에서 끊임없이 싸워 왔고 끊임없이 발전해 왔다. 뿐만 아니라 사상 궤적이 마오쩌동의 주장과 매우 비슷했다. 즉 문화혁명으로 문화의 전향을 추진하여 전 민족의 신문화를 건립할 것을 창도해 왔다. 그런 만큼 마오쩌동이 노신의 저작을 읽으면 공감을 가지게 되는 건 당연한 일이었다.

둘째, 중국의 국정을 확실하게 분석함에 있어서 공감했다.

노신과 마오쩌동은 5.4신문화운동 시기 한 사람은 '주장'이고 한 사람은 '최고 선봉'인데, 두 사람 다 시와 서 공부를 많이 했고, 역사와 문화에 깊은 연구를 해 왔으므로 구(旧)중국 사회에 대해 깊이 이해할 수 있었으며, 낡은 사상과 도덕에 대해 분석, 비판을 할 수 있었다. 수천 년 간의 봉건적 억압에 대해 노신은 "사람을 잡아먹는다"고 개괄했으며, 마오쩌동은 정권(政权), 신권(神权), 가장권(族权), 부권(夫权)이라는 4대 밧줄에 얽매였다고 개괄했다. 그들은 모두 중국사회에 대한 사상계몽을 중시했다. 노신은 '정신세계의 전사' 신분으로 '국민성을 개조'하기 위해 노력했으며, 마오쩌동은 초기에 신민학회(新民学会)를 조직해 '학술과 인심을 개조'하려고 했다. 마오쩌동은 「노신을 논함」 이라는 글에서, 노신은 무너져 가는 봉건사회에서 뛰쳐나온 사람으로, 자신이 겪어 온 부패한 사회를 향해 진공했다, "암흑세력의 진면모를 그려냈다", "그야말로 고급 화가라 할 수 있다"고 했다. 마오쩌동은 노신이 중국 사회문제를 비판함에 있어서의 변증법적인 방법론을 마음에 들어 했는데, 이 또한 그와 노신의 공통적 특징이었다.

확실히 구(旧)중국을 비판하는 것과 새로운 문화를 건설하는 것은 모두가 매우 힘들고도 복잡한 일이었다. 이는 실제를 이탈하여 단순히 구호를 외치는 것으로 실현할 수 있는 일이 아니며, 급진적일수록 더 좋은 것도 아니었다. 마오쩌동은 중앙소비에트정권 시기, 중국의 국정에 대해 대량의 깊이 있는 농촌 조사를 한 기초 위에서 중국혁명의 새로운 길을 탐색했었다. 하지만 이것이 중국공산당 내 교조주의자들로부터 '우경', '보수적', '협애한 경험론'이라는 비판을 받았다. 이러한 조우는 같은 시기 노신과 매우 비슷했다. 대혁명 실패 후, 좌익 문화계는 '혁명문학'에 관하여 끊임없이 논쟁했는데, 급진적인 창조사, 태양사의 노신에 대한 비판과 공격도 매우 치열했다. 그들은 노신을 '봉건사회의 잔여 세력', '이중적인 반혁명자', '소흥의 막료(绍兴师爷)', '타락한 문인'이라고 했다.

노신의 주장이 겉보기에는 급진적이 아닌 것 같지만, 이 점이 바로 그가 중국사회의 문화에 대한 인식이 심각하고 변증법적임을 말해 준다. 그가 창조사와 태양사에 대한 비판은 매우 적절했다. 일례로 「상해 문예에 대한 일별(上海文艺之一瞥)」이라는 글에서 노신은 다음과 같이 혁명문학운동의 잘못을 설명했다. "첫째, 그들은 중국사회에 대해 세밀한 분석을 하지 않고 소비에트 정권 하에서만 가능한 방법을 기계적으로 운용했다. 그리고 그들, 특히 성방오(成仿吾) 선생은 일반인들이 혁명을 매우 무서운 일로 착각하도록 극좌적인 모습을 하고 있다. 마치 혁명이 도래하기만 하면 모든 비 혁명자들이 다 죽어야 하는 것처럼 혁명에 공포심을 가지게 했다. 혁명은 사람을 죽이려고 하는 것이 아니라 살리려고 하는 것이다."

마오쩌둥은 이러한 비판을 매우 마음에 들어 했다. 1972년 11월 그는 무한군구(武汉军区)와 호북성(湖北省) 당정 책임자들과의 담화에서 노신과 창조사의 논전에 대해 평가했다. "창조사는 고명하지 못합니다. 노신이 쓴 「상해 문단에 대한 일별(上海文坛之一瞥)」이 바로 창조사를 욕한 것입니다. 후에 곽말약(郭沫若)이 「창조 10년」을 써서 노신을 반박했는데, 그 반박이 시시합니다"라고 평가했다. 마오쩌둥은 좌익 문예계의 이 사건에 대해 평가할 때, 자신이 중앙소비에트구역에 있을 때의 조우를 생각했는지도 모른다. 사실상 노신이 「상해 문단에 대한 일별(上海文坛之一瞥)」을 쓰기 1년 전 마오쩌둥은 '좌'경 교조주의를 반박하기 위해 「조사공작」이라는 글을 썼는데, 후에 「교조주의를 반대한다」로 제목을 고쳤다. 이 글에서 마오쩌둥은 "중국혁명 투쟁은 중국의 동지들이 중국의 상황에 대한 이해에 근거해 승리해야 한다"고 썼다. 이는 노신의 반박과 사실상 같은 맥락이었다.

마오쩌둥과 노신이 중국의 국정에 대해 깊이 있게 알아야 한다고 공감한데 대해 문화계에서는 2명의 관점이 아주 적절했다.

그중 한 사람은 소군(萧军)이었다. 그는 1944년 3월 22일의 일기에서

"노신이 중국 국민성에 대한 심각한 인식과 근성, 전투정신, 엄숙성, 신중성은 마오쩌둥이 중국의 사회, 역사, 정치에 대한 인식의 전면성과 정치 학설, 책략 운용에서의 영활성, 참을성과 대응된다"고 썼다.

　다른 한 사람은 노신을 비평한 적이 있는 주양(周揚)이었다. 그는 1977년 4월에 발표한 취재 글에서 노신과 마오쩌둥을 함께 다음과 같이 평가한 적이 있다.

　　　"우리가 노신의 공로를 논함에 있어서, 하나는 사회에 대한 심각한 인식이고, 다른 하나는 풍부한 역사 지식이다. 이 두 가지는 모두 매우 대단한 것이다. 마오쩌둥의 위대함도 이 두 가지가 포함되어 있다. 많은 혁명가들이 이 면에서 그보다 못하다. 마오쩌둥과 노신이 사회와 역사에 대한 이해는 매우 투철하다. 이러한 이해가 있었기 때문에 마르크스주의 이론을 이용할 수 있는 것이다. 교조주의자들, 우리와 같은 사람들과 젊은이들은 마르크스주의의 책을 많이 읽었지만, 예를 들면 '창조사' 후기의 사람들이 모두 일본에서 많은 책을 읽었고, 왕명(王明)과 같은 사람들도 책을 읽었지만, 모두 마르크스주의를 제대로 이용할 수 없었는데, 관건은 바로 여기에 있는 것이다. 마오쩌둥과 노신은 사회에 대해 아주 풍부한 이해가 있었고, 많은 역사 지식을 알고 있었으므로 마르크스주의를 이용해 문제를 연구할 수 있었다. 풍부한 사회 역사 지식이 없다면 마르크스주의를 교조적으로 이용할 수밖에 없었다."

셋째, 농민문제에서 공감했다.

마오쩌둥과 노신은 모두 농민문제를 매우 중시했으며, 농민문제를 분석하는 고수였다. 중국사회를 이해하고, 중국사회의 개조와 진보를 추진하려면 농촌과 농민문제에 대한 연구를 빼놓을 수 없으며, 농민에 대한 공작을 전개하는 것을 빼놓을 수 없다. 노신이 농민에 대한 해부, 특히 농민의 소극적인 일면에 대한 해부는 매우 깊이가 있다. 그는 중국 신(新)문학 역사에서 처음으로 일반 농민을 주인공으로 삼은 작가이다. 그는 농촌 소재 소설에서 아Q(啊Q), 윤토(闰土), 칠근(七斤)이와 같은 전형적인 농민 이미지를 부각했으며 근대중국의 폐쇄적이고 낙후하며, 생기 없는 농촌의 모습을 재현했으며 농민들이 정치, 경제와 사상적으로 받은 억압과 속박을 묘사했다. 동시에 신해혁명이 사회 하층 농민들을 각성시키지 못함으로 하여 필연적으로 실패하게 된다는 것을 썼다.

농가 출신인 마오쩌둥도 줄곧 "농민을 교육하는 것은 아주 중요한 문제이다"라고 말해 왔다. 그가 초기 혁명 활동을 할 때의 중요한 착안점이 바로 농촌과 농민이었다. 그가 농촌으로부터 도시를 포위하는 혁명의 길을 개척한 것도 농촌사회와 농민의 처지에 대한 깊이 있는 조사 연구에 힘입은 것이다. 마오쩌둥과 노신의 이러한 공통점은 우연한 것이 아니다. 그들이 자각적으로 중국의 실제에 따라, 중국 문제의 난점에 대해 사고한 필연적인 결과인 것이다. 물론 두 사람을 비교해 보면 마오쩌둥이 농민의 긍정적인 일면을 발굴해 내는 것을 더 중시했다. 그는 1939년 주양(周扬)에게 보내는 편지에서 "내가 당신에게 이야기한 것처럼, 노신은 농민의 어두운 일면과 봉건주의의 일면을 나타내는 데에 중시를 돌렸지만, 그들의 용감한 투쟁, 지주에 대한 반항 즉 민주주의의 일면에 대해서는 경시했습니다. 이는 그가 농민 투쟁에 대해 경험해 보지 못했기 때문입니다"라고 했다. 확실히 노신이 묘사한 아Q(啊Q), 윤토(闰土)는 농민운동을 직접 영도했던 마오쩌둥이 「호남 농민운동

고찰보고(湖南农民运动考察报告)」에서 묘사한 농민과는 비교가 되지 않는다. 1944년 저명한 기자 조초구(赵超构)는 연안을 방문한 후 쓴 「처음 마오쩌둥을 만나다(初见毛泽东)」라는 글에서 "마오쩌둥은 농민 사회의 낡은 습관을 존중하는 기초 위에서 공산당의 이론과 정책을 파종했다"고 썼다. 이러한 견해는 매우 적중한 것이다.

  넷째, 정신적 개성에서 공감했다.

  1937년 마오쩌둥은 「노신을 논함」에서 '노신 정신'의 세 가지 특징을 지적해 냈다. 즉 정치적 원견, 투쟁 정신, 희생정신이다. 구체적인 논술에서는 노신이 일관적으로 흔들림 없이 봉건세력, 제국주의와 끝까지 투쟁한 것, 강철과도 같은 필봉으로 그가 증오하는 것들을 비판한 것, 오직 하나의 분투 목표를 향해 용감히 투쟁하고, 절대 투항하거나 타협하지 않은 것을 부각했다. 1940년에 쓴 「신민주주의론(新民主主义论)」에서는 "노신은 매우 완강한 사람이다. 그는 비굴하게 빌붙지 않는다. 이는 식민지·반식민지 인민의 가장 소중한 성격이다", "노신은 적을 향해 돌진해 나가는 가장 정확하고, 용감하며, 견결하고, 충실하며, 열정적인, 전례 없는 민족영웅이다"라고 했다. 이러한 내용들을 종합해 보면 노신이 투쟁을 두려워하지 않고, 영원히 변절하지 않는다고 말한 것을 알 수 있다.

  마오쩌둥이 개괄해 낸 노신의 이러한 정신적 개성은 그가 어려운 혁명투쟁 속에서 줄곧 기대해 오고 제창해 온 보귀한 혁명적 품격인 것이다. 사람들은 마오쩌둥에게서도 이러한 성격을 볼 수 있었다. 예를 들면, 귀신을 두려워하지 않고, 부정·불의에 굴복하지 않으며, 역경 속에서 좌절할수록 더 분발하는 것, 입장이 분명하고, 독립적으로 사고하며, 대담하게 의심하는 등의 성격은 노신과 매우 비슷했다. 이 때문에 마오쩌둥은 노신이 주장한 "물에 빠진 개는 더 때려야 한다(打落水狗)"는 관점을 매우 좋게 보았으며 "가짜로 자비심을 베푸는 척하는 위선자의 색채가 전혀 없다"고 했다. 또한 노신의 "매서운 눈초리로 뭇 사람들의 질타에 맞서고, 아이들을 위해서는 기꺼이 고개 숙인 소가 되리라(橫眉冷对千夫指, 俯首甘为孺子牛)"는 시구는 "우리의 좌우명이 되어야 한다"고 말했다. 그는 또 노신이 "나의 '원수'들에게는 '미워하겠으면 미워하라, 나는 한 사람도 용서하지 않을 것이다"는 말에 대해 "우리는 노신의 이러한 전투정신과 방법을 따라 배워야 한다"고 말했다.

다섯째, 글을 쓰는 투쟁방법에 대해 공감했다.

마오쩌둥이 투쟁방법에서 노신과의 공감은 노신 잡문을 마음에 들어 한 것과 노신 잡문에 대한 평가에서 나타난다. 노신은 일생동안 17부의 잡문집을 냈는데, 자신의 잡문은 적을 향한 '비수'이고 '투창 (投枪)'이라고 했다. 마오쩌둥은 「노신을 논함」에서 '비수'와 '투창'이 유력한 전투무기가 될 수 있은 것은 노신이 "망원경과 현미경으로 사회를 관찰했기에 멀리 볼 수 있고 분명하게 볼 수 있었던 것"이라고 했다.

마오쩌둥은 노신이 잡문을 쓰는 투쟁방법을 아주 좋게 보았을 뿐만 아니라 제창하기도 했다. 1959년 연말부터 1960년 초 사이에 『정치경제학 교과서』를 읽고 난 후의 담화에서 그는 "노신의 투쟁방법에는 아주 중요한 특징이 있습니다. 바로 자신을 향해 쏜 화살들을 모조리 받아놓고 있다가 기회가 있기만 하면 활을 쏜 사람을 향해 공격하는 것입니다 …… 우리는 노신의 이러한 투쟁정신과 방법을 따라 배워야 합니다"라고 말했다. 이러한 투쟁 방법에 대해 말할 때 그는 노신의 잡문집 제목을 일례로 들었다. "사람들은 노신이 첫째로 시간이 많고, 둘째로도 시간이 많으며, 셋째로 역시 시간이 많다고 합니다. 시간이 많을 뿐만 아니라, 돈도 있다고 합니다. 그래서 노신은 『삼한집(三閑集)』을 냈다는 것입니다. 사람들은 또 그가 남북사투리를 한다고 말합니다. 그래서 『남강북조집(南腔北调集)』을 냈다고 합니다. 사람들은 또 그가 구(旧)사회를 배반하고 무산계급에 투항했다고 합니다. 그래서 『이심집(二心集)』을 냈다고 합니다. 사람들은 또 그의 문장이 신문・잡지에 실릴 때면 항상 조판할 때 화변(프레임)을 친다고 합니다. 그래서 『화변문학(花边文学)』을 냈다고 합니다. 또 누군가가 국민당(国民党)의 압력 하에 『신보(申报)』의 '자유담(自由谈)' 난에서 정치를 담론하지 말고 풍월만 담론할 것을 요구하자 그는 또 『준풍월담(准风月谈)』을 출판했다고 합니다. 또 누군가가 그를 타락한 문인이라고도 욕했습니다. 그러나 노신은 아예 필명을 '수락문(隋洛文)'이라고 고쳤습니다."

노신 잡문의 투쟁방법에서 더 중요한 것은 문제를 분석하고 폐단을 지적하는 것인데, 심각하면서도 전면적이고 호소력이 있고 설득력이 있다. 이에 대해 마오쩌둥은 노신이 변증법을 운용할 줄 알았기 때문이라고 보았다. 1957년 3월의 전국선전공작회의 기간, 마오쩌둥은 회의 참가자들과 노신 잡문의 이 특징에 대해 여러 번 이야기했다. 그는 노신은 공산당원이 아니지만 마르크스주의 세계관을 수립하고 운용했기에 잡문이 "매우 힘 있다"고 말했다. 회의에서 누군가 단편 잡문을 쓰노라면 편파적인 부분을 피하기 어렵다고 말했다. 이에 마오쩌둥은 그 사람의 관점에 동의하지 않았으며 "내가 보기에는 노신의 잡문을 가져다 공부하고 잘 연구해 볼 필요가 있습니다." "노신은 후기의 잡문이 아주 진지하고 힘이 있습니다. 그리고 편파적이지 않습니다. 왜냐하면 이 시기 그는 변증법을 배워냈기 때문입니다"라고 했다. 마오쩌둥은 심지어 노신이 살아 있다면 소설을 써 내지 못할 수도 있지만, 잡문은 계속 쓸 것이라고 생각했다. 심지어 지금의 일부 일들에 대해 그가 "잡문을 써 내면 문제를 해결할 수 있을 것"이라고 생각했다. 1950년대 후기 마오쩌둥은 퇴직 후에 『인민일보(人民日報)』 기고인이 되겠다고 생각한 적이 있었다. 물론 여기에는 잡문도 포함되어 있다. 사실상 마오쩌둥은 청년시절부터 신문·잡지에 많은 시사 정론을 발표했으며, 그중에는 훌륭한 잡문도 적지 않았는데, 풍격이 노신과 꽤나 비슷했던 것이다.

『이십사사(二十四史)』: 다 읽고 나니 머리 위에 눈이 날리네

『이십사사』는 마오쩌둥이 일생동안 읽은 책이며, 또한 그가 읽은 책 중에서 가장 신중하게 읽은 책이기도 하다.

신중국 건국 이전에는 마오쩌둥이 『이십사사』를 간직하고 있었다는 기록이 없다. 그가 읽은 것은 대부분 『이십사사)』의 어느 한 장(章)에 관한 책이었다. 1952년 그는 건륭(乾隆) 무영전(武英殿) 판본의 선장본 『이십사사』를 얻은 후부터 계획적으로 읽기 시작했다. 4,000만 자 가량 되는 이 책은 그가 온전하게 통독한 것이 확실하다. 또한 이 책의 일부는 여러 번 읽기도 했다. 역사서 독서에 편리를 조성하기 위해 그는 또 『이십사사』의 정리와 『자치통감』의 구두점 달기, 『중국역사지도집(中国历史地图集)』의 편집 제작을 성사시켰다.

마오쩌둥은 일생동안 줄곧 역사서를 읽는 것을 즐겨왔다. 그가 1964년에 쓴 「하신랑·역사서를 읽다(贺新郎·读史)」 중의 시구로 묘사한다면, "한 편을 다 읽으니 머리 위에 눈이 날리네"라고 할 수 있다.

역사가로서의 독서 심경

마오쩌둥이 역사서를 읽는 방법은 아주 영리했다. 그는 늘 책 속의 사람과 일에 관련하여 기타 책들을 보충해 읽었다. 예를 든다면, 1964년 12월 29일 그는 전가영(田家英)에게 보내는 편지에서 "최근에 '오대사(五代史)' 중 후당(后唐) 장종전(庄宗传)의 삼추강(三垂冈) 전역에 대해 읽으면서, 젊은 시절 역사를 읊은 시를 읽었던 것이 생각났습니다. 그런데 어느 조대의 사람이 쓴 것인지 생각나지 않습니다. 한번 찾아봐 주십시오!"라고 했다. 그는 기억에 따라 '삼추강(三垂冈)'이라는 시를 써 보냈는데, 찾아 본 결과 청대 시인 엄수성(严遂成)의 작품이었다.

마오쩌둥이 『이십사사』를 읽었다는 것은 사실 광의적인 설법이다. 『이십사사』와 함께 『자치통감(资治通鉴)』, 『속자치통감(续资治通鉴)』, 『강감역지록(纲鉴易知录)』등과 송(宋), 요(辽), 금(金), 원(元) 등 조대의 기사본말(纪事本末) 등 역사서를 읽었다. 이러한 책들 중에서 어느 책을 먼저 보고 어느 책은 후에 보는가에 대해서는 일정한 방식이 있었다. 이는 그가 1962년에 읽은 몇몇 역사서의 순서로부터 알아볼 수 있다. 이해 9월 20일 그는 『송사(宋史)』를 읽겠다고 했다. 이에 사무 요원들은 『송사』와 『송사기사본말(宋史纪事本末)』을 가져다주었다. 11월 23일 그는 또 기타 각 조대의 기사본말(纪事本末)을 달라고 했다. 11월 24일에는 『속통감기사본말(续通鉴纪事本末)』을 달라고 했다. 이로부터 이 시기 그가 『송사(宋史)』를 읽고 연구했음을 알 수 있다. 『원사(元史)』을 읽을 때에는 『원사』를 읽고 나서 『통감기사본말(通鉴纪事本末)』을 읽고 그 다음 『속통감기사본말(续通鉴纪事本末)』을 읽겠다고 분명하게 했다. 마오쩌둥은

『이십사사』를 읽는 것과 '통감(通鉴)', '본말(本末)'을 읽는 것은 일체화된 것으로, 상호 보충하는 효과를 거둘 수 있다고 보았다.

『이십사사』 중 마오쩌둥이 많이 읽은 것은 『사기(史记)』, 『전한서(前汉书)』, 『후한서』, 『삼국지』, 『진서(晋书)』, 『남사』, 『구당서』, 『신당서』, 『명사』 등이다. 그중 또 어떤 것은 여러 번 읽었다. 『구당서』, 『신당서』는 처음부터 끝까지 평어를 달고, 구두점을 찍었다. 또 일부 인물전기는 적어도 다섯 번 이상은 읽었다.

1959년 5월 28일 마오쩌둥은 임극(林克)에게 『후한서』를 주며 역사를 연구해 보라고 했다. 마오쩌둥은 이 책의 '당고전(党锢传)', '동탁전(董卓传)' 및 『삼국지』 중의 '조조전(曹操传)', '곽가전(郭嘉传)', '순유전(荀攸传)', 정욱전(程昱传)', '가후전(贾诩传)', '유엽전(刘晔传)', '하후연전(夏侯渊传)', '전주전(田畴传)' 등을 읽으라고 추천했다. 마오쩌둥은 또 임극에게 서한(西汉)의 고조, 문제, 경제, 무제, 소제 시대는 재미가 있으나 동한(东汉)은 시작과 끝이 모두 재미없다. 다만 광무제 시기 이야기는 읽을 만하다고 말했다.

1964년 5월 12일 마오쩌둥은 제남에서 국가계획위원회 영도소조의 회보를 들을 때, "지금 책 읽는 데에 빠졌습니다. 『남사』, 『북사』를 읽고 있는 중입니다. 『구당서』는 『신당서』보다 좋습니다. 『남사』, 『북사』는 또 『구당서』보다 좋습니다. 『명사』는 읽을수록 화가 납니다"고 말했다.

1965년 3월 4일, 마오쩌둥은 『후한서』 겉표지에 "진의 동지에게 보내 읽게 하시오"라고 서면 지시를 달아놓았다. 또한 겉쪽에 구체적으로 '진식전(陈寔传)', '황경전(黄琼传)', '이고전(李固传)'을 읽으라고 써놓았으며, "유(소기), 주(은래), 등(샤오핑), 팽(진)에게 보내 읽게 하시오"라고 써놓았다. 1975년 마오쩌둥은 병마에 시달렸지만 여전히 『이십사사』를 읽었다. 그중 『진서(晋书)』의 여덟 책(册)의 겉표지에 떨리는 필적으로 각각 '1975.8', '1975.8 재차 읽음', '1975.9

421

재차 읽음' 등의 글자를 써 놓았다.

『이십사사』 중의 각 조대 역사는 1000여 년 동안 점차 책으로 이루어진 것으로, 격식은 대체로 비슷하지만 사관들의 편찬 배경과 개성 소양, 식견, 필법이 서로 다르다. 마오쩌둥은 『이십사사』를 읽을 때, 원작을 읽었을 뿐만 아니라, 저자의 필법과 주가(注家)의 주석의 장단점에 대해 평론하는 습관이 있었다.

두 가지 예로 마오쩌둥의 역사가와도 같은 독서 취미와 견해를 알아볼 수 있다.

『후한서』에 대한 마오쩌둥의 평가는 "괜찮게 썼다. 많은 장(篇章)이 『전한서(前汉书)』보다 낫다", "이현(李贤)이 훌륭하다. 유반(刘攽)이 훌륭하다. 이현(李贤)이 안사고(颜师古)보다 훨씬 더 훌륭한 것은 의심할 바 없다"고 했다. 여기에서 세 사람을 말했는데, 당(唐)대의 이현(李贤)은 『후한서』에 주석을 달았고, 당(唐)대의 안사고(颜师古)는 『전한서(前汉书)』(즉 『한서(汉书)』)에 주석을 달았다. 송(宋)대의 유반(刘攽)은 한(汉)대 역사를 연구한 대가이다. 마오쩌둥이 이 두 부의 『한서』를 읽을 때, 후세 사람들의 주석을 아주 중시했음을 알 수 있다. 마오쩌둥은 안사고(颜师古)의 『전한서』 주석에 대해 평가가 그다지 높지 않았다. 마오쩌둥은 "안사고는 주석을 달 때 어느 한 글자나 한 구절에 대해 이미 말했는데도 다음 장에 가서 또 중복하기를 좋아합니다. 심지어 아주 여러 번씩 중복할 때도 있습니다"고 말한 적이 있다. 마오쩌둥이 이현(李贤)의 주석이 좋다고 한 것은, 이현이 『후한서』에 주석을 달 때 대량의 사료를 수집하여 원작의 부족함을 보충하였기 때문이다. 유반(刘攽)은 사마광(司马光)을 협조하여 『자치통감』을 편찬했는데, 전문적으로 한사(汉史) 부분을 책임졌으며 『후한서』에 평어를 달아, 『후한서』에 부록으로

덧붙였다. 마오쩌동은『후한서』를 읽을 때 유반의 평어에 주의를 돌린 것이 분명하며, 심지어 『자치통감』 중의 한사와 같이 읽었을 수도 있다. 그리하여 비교 중 유반이 편찬한 한사가 전인보다 낫다고 본 것일 수 있다.

『삼국지』에 관하여 마오쩌동은 배송지(裴松之)의 주석을 많이 칭찬했다. 어느 한 평어에서 마오쩌동은 "배송지가 삼국에 주석을 단 것은 아주 좋은 점이 있다. 이현(李賢)과 비슷하게 대량의 사료를 수집하였는데 독자들이 보기 좋아한다. 이현(李賢)보다도 '청출어람'이라 할 수 있다. 그렇지 아니한가? 후세 사람이 앞 사람을 추월한 것이다. 장태염(章太炎)은 삼국을 읽으려면 배송지의 주석을 읽어야 한다고 했는데, 과연 영웅호걸의 식견이 탁월한 것이 아닌가?"고 했다. 확실히 서진(西晉)의 진수(陳壽)가『삼국지』를 쓴 이후로 끊임없이 새로운 사료가 발견되었다. 남조(南朝) 송(宋)대의 배송지가 이 새로운 사료들을 수집하여『삼국지』에 주석을 달았다. 이 주석의 문자수는 원문과 거의 비슷한데, 위진(魏晉) 사람들의 저작을 인용한 것이 200여 가지나 된다.

마오쩌동이『이십사사』를 읽고, 평어를 달고, 평론하고, 운용한 것에 대해 기록하였거나 묘사한 책은 이미 적지 않게 출판되었다. 마오쩌동이『이십사사』를 읽고 평어를 달고, 구두점을 찍은 기록은 중앙문헌연구실에서 편집 출판한 『마오쩌동이 문학·역사 고서를 읽고 쓴 평어집(毛澤東读文史古籍批语集)』과 중앙보존서류관에서 정리 출판한『마오쩌동이 평어를 달고 구두점을 찍은 이십사사(毛澤東评点二十四史)』등이 있다. 총체적으로 마오쩌동이『이십사사』를 읽고, 평어를 달고, 평론하고, 운용할 때 보여준 것은 일반 사학가의 모습이 아니라 혁명가, 정치가와 이론가의 입장이었다.

계급 역사관의 단서

역사유물주의 계급 역사관은 마오쩌둥이 중국 역사의 발전 단서를 이해하는 열쇠이다. 마오쩌둥이 다른 세 시기의 중국 역사에 대한 전체적인 논평으로부터 그의 이 일관적인 입장을 알 수 있다.

1926년 5월부터 9월 사이에 마오쩌둥은 광주(广州)에서 제6기 농민운동 강습소를 운영했으며 학생들에게 '중국 농민문제' 등 교과 과정에 대해 강의했다. 그중 학생들이 보존해 온 강의 필기에서 마오쩌둥이 중국 각 조대의 흥망성쇠에 대해 어떻게 분석했는가를 알 수 있다.

진나라 말기, 진승(陈胜), 오광(吴广)은 그 억압에 견딜 수 없어 봉기를 일으켰다. 그들은 순수하게 농민의 이익을 대표하는 사람들이다. 이와 동시에 한고조(汉高祖)와 항우(项羽) 등도 군사를 일으켜 진시황을 토벌하였다. 결과는 한고조(汉高祖)가 승리하고 항우(项羽)가 실패했다. 한고조(汉高祖)가 지주계급이기는 하지만, 그가 승리할 수 있었던 원인은, 진나라에 처음 들어갔을 때 관중(关中)의 백성들과 약법삼장(约法三章)을 했기에 사람들의 신임을 받았으며 이로 인해 진나라 사람들의 호감을 샀기 때문이다. 항우(项羽)는 관내에 들어간 후 거칠기 그지없어 사람들의 신임을 얻지 못했다. 게다가 함양(咸阳)에 들어가자 곧바로 진나라의 옛 궁전을 불태워 버렸으므로 지주계급의 신임을 얻지 못했다. 이것이 항우(项羽)가 실패한 주요 원인이다. 균전제(均田制)는 왕망(王莽) 시기에 제창한 것으로, 왕망이 농민문제를 중시했음을 알 수 있다. 왜냐하면 농민문제에서 가장 중요한 것은 토지문제밖에 없기 때문이다. 이 때문에 왕망(王莽)은 밭부터 통제하였던 것이다. 지주계급은 왕망(王莽)의 정책이 여러 가지로 자신에게 불리하자 자기 계급의 이익을 대표하는 사람을 찾아 대체하려 했다. 바로 이때에 유수(劉秀)가 들고 일어났던 것이다. 그는 사람들이 한나라시기를 그리워하는 마음을 이용하였다. 왕망은 농민의 이익을 대표하였으므로 지주계급의 옹호를 받지 못했고, 유수(劉秀)는 지주계급의 이익을 대표하여 최후의 승리를 거두게 되었다. 당(唐)대 말기, 황소(黃巢)가 봉기를 일으켜 대적할 자가 없었다. 하지만 지주계급의 이익을 대표하지 않았으므로, 그들은 황소(黃巢) 봉기를 두고 강도들이 온갖 나쁜 일을 다 한다고 선전하였다. 이리하여 황소봉기도 실패했다.

마오쩌둥의 이러한 인식은 후기처럼 분명하고 심각하지 못하고, 서술에 있어서도 논리적으로 명확하지는 못하지만, 이것은 필경 그가 직접 계급 분석방법으로 중국 각 조대의 흥망성쇠를 평론한 실례이다. 혹은 초기 그의 계급적 역사관에 대한 서술이라도 할 수도 있다. 당시 그의 주요한 생각은, 중국 봉건사회 정치는 근본적으로 지주계급의 정치이며, 각 조대 황권의 교체는 모두 '농민 이익을 대표'하는 세력과 '지주의 이익을 대표하는 세력이 투쟁한 결과라고 보았다. 또한 실패자는 항상 농민 이익을 대표한 세력이었으며, 성공자는 지주의 이익을 대표한 세력이었다. 혹은 농민의 이익을 대표하여 군사를 일으켰으나 후에 지주의 이익을 대표하게 변한 세력이다. 대혁명 시기, 마오쩌둥이 역사 단서들을 이렇게 연계시킨 것은 그가 당시 농민운동에 종사하는 현실적 필요와도 관련이 있다.

1939년 12월, 마오쩌둥은 「중국혁명과 중국공산당」이라는 글에서 상술한 역사관에 대해 더 명확하게 논술했으며, 단서가 분명하고 이론적으로도 깊이가 있었다.

지주계급이 농민에 대한 참혹한 경제적 착취와 정치적 억압은 농민들이 여러 번이나 봉기를 일으켜 지주계급의 통치에 반항하게 했다. 매번의 비교적 큰 규모의 농민봉기와 농민전쟁의 결과는 모두 당시의 봉건통치를 타격했으며, 이로 인해 사회 생산력의 발전을 얼마간 촉진되었다. 다만 당시에는 새로운 생산력과 생산관계가 없었다. 새로운 계급 역량이 없었으며 선진적인 정당이 없었다. 그리하여 당시의 농민혁명은 항상 실패하게 되었으며, 혁명 과정과 혁명 후 지주와 귀족에게 이용당하여 정권 교체의 도구로 되었다. 이 때문에 매번의 대규모 농민 혁명투쟁이 그친 후 사회는 얼마간 진보를 가져왔지만, 봉건적인 경제관계와 봉건적인 정치제도는 기본상 여전히 계속되었던 것이다.

대혁명 시기의 마오쩌둥의 논술이 많게는 선전, 선동가의 신분으로 자신의 역사관을 보여준 것이라면, 위의 이 논술은 주로 이론가의 신분으로 자신의 역사관을 설명한 것으로, 상당히 규범화된 마르크스주의 개념을 이용했다고 할 수 있다. 「중국혁명과 중국공산당」 은 「신민주주의론」 과 거의 동시에 쓴 것으로, 마오쩌둥이 당시 중국역사의 변천법칙에 대한 논술과 이론적으로 중국 신민주주의 혁명 실천에 대해 사고한 것이 상호 연관되고 상호 보충되는 것임을 설명해준다.

만년에 와서는 계급 사관에 입각하여 『이십사사』 을 읽고, 논한 것이 점점 더 명백해졌다. 『이십사사』 에서 무릇 '적(賊)', '비(匪)', '도(盜)', '구(寇)'로 묘사한 농민봉기 및 그 영도자에 대해서 마오쩌둥은 모두 매우 높은 역사적 지위를 부여했다. 마오쩌둥은 진승(陈胜), 오광(吴广), 장각(张角), 장로(张鲁), 왕선지(王仙芝), 황소(黄巢), 이자성(李自成) 등의 전기를 자주 읽었을 뿐만 아니라, 아주 자세히 읽었다. 『구당서·황소전(旧唐书·黄巢传)』을 읽을 때에는 황소의 행군 노선도를 그리기까지 했다. 1964년 마오쩌둥은 「하신랑·역사를 읽다」를 써서 시로써 역사를 논했다. 여기에서 그는 계급 역사관으로 『이십사사』를 읽은 감상을 한 줄에 꿰듯이 아주 명확 정연하게 제시했다.

　　원시인과 공수로 작별하고, 돌을 갈아 도구로 삼는 석기시대 인류의 아동시기에 진입했지. 화로 속 불길이 넘실대는 청동시대는 수천의 춘하추동을 거쳐 왔지. 인생은 웃을 일도 적어, 전장에서 만나면 서로 만월처럼 활을 당겼지. 어디에나 피가 흘렀지, 들판에 피가 흘렀지.
　　역사서를 다 읽고 나니 머리가 희었는데도 기억에 남는 건 얼룩덜룩한 몇 줄의 낡은 흔적뿐. 삼황오제의 성스러움이 얼마나 많은 과객을 속였던가. 이른바 영웅인물들이 진정으로 풍류스러운 것이냐? 도척과 장교는 후세에 이름을 남겼고, 진왕은 황월을 휘두르며 봉기를 일으켰지. 노래가 끝나지 않았는데, 날이 밝는구나.

『이십사사』의 내용은 '몇 줄의 낡은 흔적'이라고 한 마디로 개괄했다. '삼황오제'가 '과객을 속였다'로 개괄한 것이다. 계급 역사관에 대한 내용도 '서로 만월처럼 활을 당겼지'로 개괄했다. 중국 역사상의 풍류 인물도 필경은 도척, 장교, 진승, 오광과 같은 하층 인물들의 반란으로부터 말해야 한다고 했다.

국가와 민족의 입장

마오쩌둥은 『이십사사』를 읽을 때 항상 농후한 감정을 가지고 중화민족의 역사명운과 국가의 통일에 대해 주목했으며, 중국 역사상 물질문명과 정신문명의 창조와 발전에 주목했다.

중화민족은 수천 년의 발전과정에서 끊임없이 통일과 분열투쟁을 겪어왔지만 총체적으로는 통일을 향하는 경향이 있었다. 이에 대해 마오쩌동은 전체적인 평가를 한 적이 있다. 1975년 5월 30일 그는 노획(芦荻)에게 『진서(晋书)』,『남사』,『북사』 중의 일부 인물 전기를 읽어줄 것을 부탁했다. 그리고 나서 "우리나라는 세계 각국 중 통일역사가 가장 긴 대국입니다. 중간에 몇 번의 분열을 거쳤지만 그 기간이 항상 짧았습니다. 이는 여러 민족 인민들이 단결을 사랑하고 통일을 수호하며 분열을 반대함을 설명합니다. 분열은 민심을 얻지 못했습니다.『남사』와 『북사』의 작자인 이연수(李延寿)는 통일 경향의 사람입니다. 그의 아버지도 역사를 연구하는 사람이었는데, 역시 이러한 관점을 가지고 있었습니다. 이들 부자의 관점은 이연수(李延寿)가 쓴 「서전(序传)」에 아주 분명하게 나타납니다"고 평가했다.

마오쩌동은 국가의 통일에 대해 아주 분명한 입장을 보여주었을 뿐만 아니라, 역사상 나타난 일부 분열 국면에 대해서도 중화민족의 심각한 통일을 추진했다는 변증법적인 시각으로 분석해야 한다고 제기했다. 한(汉)대 말 이후 수백 년 동안 지속된 동란과 분열에 대해 사학가들은 각자 다른 평가를 했다. 마오쩌동의 관점도 아주 독특한 점이 있다. 1975년 6월 18일 그는 노획에게 위진남북조의 역사에 대해 구체적으로 이야기했는데, 이때 국가와 민족의 입장에서 역사서를 읽은 느낌을 잘 드러냈다.

한무제(汉武) 이후 한대에는 대군사가, 대정치가, 대사상가가 몇이나 있었습니까? 동한 말년에 유가 독존의 국면이 타파되면서 건안, 삼국에 얼마나 많은 군사가, 정치가들이 나타났습니까! 한대 말 대분열이 시작되었고, 황건(黃巾)봉기가 한대의 봉건통치를 괴멸시켰고 후에 삼국이 이루어졌습니다. 하지만 역시 통일 발전의 추세였습니다. 삼국의 몇몇 정치가, 군사가들은 모두 통일에 공헌이 있습니다. 그중에 조조(曹操)의 공헌이 가장 큽니다. 사마(司馬)씨도 한시기 통일을 완성했었습니다. 이건 주로 조조시기에 기초를 닦아놓은 것입니다. 제갈량(諸葛亮)은 민족관계를 잘 처리했습니다. 그의 민족정책은 비교적 좋아서 소수민족의 옹호를 받았습니다. 이것이 제갈량의 고명한 점입니다. 위진남북조 시기 남방의 광대한 옥토가 전면적으로 개발되었고, 생산기술도 보편적으로 높아졌습니다. 이것은 경제적인 발전입니다. 많은 소수민족이 중원의 통치자가 된 후, 여전히 전란이 빈번하고 남북이 대치하였습니다. 이는 좋지 않지만, 민족이 융합하고 대가정이 새로운 조합에서 안정되기 시작했으며 문화도 교류되고 풍부해졌습니다. 사안(謝安)은 용병술이 뛰어났는데 지혜롭고도 침착하게 비수전(淝水之战)에서 큰 전공을 세웠습니다. 그리고 환온(桓温)을 견제하여 또 큰 공을 세웠습니다. 이 두 가지 큰 공으로 통일을 수호하는데 공헌하였습니다. 환온은 분열을 하려는 야심가로서 황제가 되려 했습니다. 한무제(汉武帝)가 백가를 배척하고 유가만 떠받든 결과 한대에는 경직된 경학밖에 없어 사상계가 침체 상태에 빠졌습니다. 위진남북조 시대는 사상의 해방시대입니다.

이 논술에는 역사에 대한 서술도 있고 평론도 있는데 안목이 매우 독특하다는 것을 엿볼 수 있을 것이다.

이처럼 국가와 민족의 입장에 기인하였기에 마오쩌둥은 역사적으로 줄곧 악명이 자자한 상주왕(商纣王), 진시황(秦始皇), 조조(曹操) 세 사람을 위해 '번안(翻案)'하기도 했다.

상주왕에 대해 마오쩌둥은 여러 번이나 담론한 적이 있다. "그는 아주 재간이 있습니다. 문무에 모두 뛰어난 사람이었습니다. 그는 동남지역을 잘 경영하여 동이(东夷)와 중원의 통일을 튼튼히 다졌습니다. 역사적으로 공로가 있는 사람입니다"라고 했다.

진시황에 대해서는 1958년 11월 정주(郑州)에서 개최한 중앙공작회의 기간에 여러 번 이야기했다. "진시황은 중국을 통일한 첫 사람으로, 또 원래 각국의 도량형을 통일하고, 수레의 궤도를 통일했으며, 문자를 통일하고 분봉제를 군현제로 고쳤습니다. 이러한 일들은 중화민족의 흥성과 관련된 대사인데 좋은 일이 아니라고 할 수 있습니까? 진시황은 또 섬서(陕西) 관중(关中)에 아주 유명한 정국거(郑国渠)를 건설했습니다. 이 정국거는 300여 리에 달해 4만여 경(顷)에 달하는 농전을 관개할 수 있었습니다. 이는 직접적으로 생산에 유익하고 인민에게 유익한 일입니다. 이로부터 진나라가 부강해진 것입니다. 그러니 이것도 좋은 일이 아니라고 할 수 있겠습니까?"

진시황이 가장 많이 비난받은 것은 두 가지가 있다. 하나는 분서갱유 (焚书坑儒)이고 다른 하나는 전제 독재이다. 이 두 가지에 대해 마오쩌둥은 "당연히 나쁜 일이다"라고 보았다. 하지만 분석해 볼 것을 주장했다. 마오쩌둥은 "진시황은 분서갱유를 함으로써 백가쟁명의 생동적인 국면을 소멸시켰습니다. 하지만 모든 책을 다 태워버리고 모든 유생들을 다 매장해버린 것이 아닙니다. 그가 태워버린 것은 "옛일을 인용하여 현재의 일을 비난한" 책들입니다. 또한 매장한 것은 맹자 일파의 유생들입니다. 진시황은 독재적인 일면이 있습니다. 또한 고도로 집중

통일하여 영도한 일면도 있습니다. 이 양자는 상호 구별되면서도 연계됩니다. 고도의 집중 통일은 통일된 중국에서 성공을 거둘 수 있는 긍정적인 요소입니다. 진시황은 전반적인 상황을 정확히 보고 각 방면의 역량을 주요 공격목표로 집중시킬 줄 알았습니다. 뭇사람들의 의견을 물리치는 매우 큰 결심과 기백이 있었으며 군심을 동요시키는 말을 듣지 않았습니다'라고 말했다.

　조조에 관해 마오쩌둥이 번안을 주장한 것은 그가 할거 국면의 난세에 북방을 통일하고 나쁜 폐단을 개혁하여 생산을 발전시킨 공로를 높이 봤기 때문이다. 서진(西晉)의 진수(陈寿)는 『삼국지』에서 조조를 찬양했고, 명(明)대 나관중(罗贯中)은 『삼국연의』에서 조조를 폄하했다. 이에 대해 마오쩌둥은 여러 번 분석해 보았다. 1958년 11월 20일 무한에서 도로가(陶鲁笳) 등과 담론할 때 "『삼국지』는 조조를 역사상의 올바른 인물로 서술했습니다. 뿐만 아니라 조조를 천하가 크게 어지러워졌을 때 나타난 '비상한 사람', '세인을 능가하는 인재'라고 했습니다. 그러나 『삼국연의』는 조조를 간신으로 묘사했습니다. 지금 우리는 조조를 위해 번안해야 합니다. 조조는 북방을 통일하고 위(魏)나라를 건립했으며, 토호를 억누르고 둔전(屯田)제를 실행했습니다. 또한 수리건설을 하고 생산을 발전시켜 커다란 파괴를 당한 사회가 안정되고 발전하게 했습니다. 공로가 있는 사람입니다'라고 했다. 그럼 조조의 '억울한 누명'은 어떻게 조성된 것인가? 마오쩌둥은 봉건적인 정통 관념에서 기인한 것이라고 봤다. 그는 1959년 2월 임극(林克)과 "『삼국연의』를 쓴 작자 나관중은 사마광(司马光)의 전통을 이어받은 것이 아니라 주희(朱熹)의 전통을 이어받았습니다. 남송(南宋)시기는 이민족이 우환이었습니다. 그리하여 주희(朱熹)는 촉(蜀)나라를 정통으로 본 것입니다. 명조(明)에는 북부 민족이 툭하면 변란을 일으켰습니다. 그리하여 나관중도 촉(蜀)나라를 정통으로 본 것입니다'라고 말했다.

비판분석 방법

이른바 비판분석이란, 책에서 쓴 것을 그대로 믿는 것이 아니라, 스스로 분석하고 판단하는 것을 가리킨다. 이러한 독서 입장에서 마오쩌둥은 『이십사사』에서 쓴 내용 중, 총체적으로 두 가지 측면에 대해 매우 큰 불만을 가졌다.

첫 번째 불만은 『이십사사』의 내용이 역사의 본래 모습을 뒤바꿔 놓았다 는 점이다. 즉 역사를 왕후장상의 역사로만 쓰고, 진정한 역사를 창조한 인민대중은 상응하는 지위를 잃어버렸다는 점이다. 1975년 마오쩌둥은 노획(芦荻)과 이야기할 때, "『이십사사』는 인민대중의 생산, 생활 정경에 대해서는 한 글자도 쓰지 않았습니다. 혹은 쓰기는 썼어도 모호하게 간단한 언급만 했습니다. 목적은 어떻게 통치를 강화하겠는가에 대해 쓰기 위한 것이었습니다. 또 왜곡해 쓴 것도 있는데, 역사에 부합되지 않습니다"라고 했다. 마오쩌둥은 연안시기 '전도된 역사'를 '다시 뒤바꾸자', 인민대중이 역사의 중심 위치를 차지하도록 하자고 했다. 여기에서 말한 것이 바로 『이십사사』와 같은 왕후장상의 역사 문화관과 역사 서술 이념을 말한다.

두 번째 불만은, 왕후장상에 대해 쓰더라도 『이십사사』의 많은 기술이 믿음직하지 못하다는 점이다. 1975년 마오쩌둥은 노획(芦荻)과 이야기할 때 이에 대해 적지 않은 예를 들었다.

『이십사사』에는 길조나 미신에 대한 문자가 적지 않은데, 각 조대의 모두 있습니다. 『사기·고조본기(史记·高祖本纪)』와 『한서·고제기(汉书·高帝纪)』에는 모두 유방(刘邦)이 백사(白蛇)를 벤 이야기를 썼습니다. 그리고 또 유방이 몸을 숨긴 곳에는 운무가 감돌았다고 했는데 모두 사람을 속이는 허튼소리입니다. 모든 역사서는 다 봉건 새 왕조의 대신이 명을 받고 편찬한 것이므로, 현존 왕조 통치자의 명예롭지 못한 일은 자연히 쓸 수 없는 것이고, 또한 감히 쓰지도 못하는 것이었습니다. 예를 들면, 송태조(宋太祖) 조광윤(赵匡胤)은 원래 후주(后周)의 신하였는데, 명령을 받고 북정하다가 진교역(陈桥驿)에 이르렀을 때 병변을 발동하여 정권을 탈취했습니다. 『구오대사(旧五代史)』는 그가 황제로 된 것은 장병들이 "갑옷을 입히고 칼을 들게 한 것"이며 "협박으로 남행하게 한 결과"라고 했으며 이 정변을 "그 수를 알고 인심에 순응한 정의로운 행위"라고 해석했습니다. 동시에 봉건사회에는 "존귀한 자의 잘못은 감춘다(为尊者讳)"는 윤리도덕 기준이 있습니다. 황제 혹은 부친의 악행은 은폐하고 기록하지 않는 것입니다. 혹은 책임을 신하나 기타 사람에게 밀어버리는 것입니다. 예를 들면, 송고종(宋高宗)과 진회(秦桧)가 화평을 주장하고 투항을 하였습니다. 사실상 여기에서 주요 책임은 진회(秦桧)에게 있는 것이 아닙니다. 결정적인 역할은 막후의 송고종(宋高宗) 조구(赵构)가 한 것입니다. 이는 『송사·간신전(宋史·奸臣传)』의 '진회전(秦桧传)'에서 얼마간 볼 수 있습니다."

마오쩌둥은 이러한 '불만'이 있다고 해서 『이십사사』를 읽는 걸 반대하지는 않았다. 숙독하고 정독해야 할 뿐만 아니라, 분석하고 비판해야만 전도된 역사적 사실과 허위적인 기술을 지적해 낼 수 있다고 보았다. 1966년 8월 28일 마오쩌둥은 당시의 『인민일보』 책임자를 접견하는 자리에서 홍위병들이 가택을 수색하는 과정에서 고서들을 몽땅 불태워버렸다는 이야기를 할 때 "우리 집에도 왕후장상의 책인 『이십사사』가 한 부 있습니다. 『이십사사』를 읽지 않고 왕후장상이 나쁘다는 것을 어떻게 알 수 있습니까?"라고 말했다. 1975년 노획(芦荻)과 이야기할 때에도 "만약 대부분이 가짜라고 하여 읽지 않는다고 하면 그것은 형이상학입니다. (역사서를) 읽지 않고서 어떻게 역사를 이해하겠습니까? 이와 반대로 모든 것이 진실이라고 생각하고, 책 속의 말이면 모두 이미 실증된 것이라고 믿는 것도 역사유심론입니다"라고 분명히 말했다.

옛것을 오늘의 현실에 맞게 받아들이다

『이십사사』는 중화민족과 중국사회의 발전과정을 체현하였고, 중국 역사의 변천 법칙을 내포하고 있으며, 정치, 군사, 경제, 문화 등 여러 면의 풍부한 지식과 경험, 지혜를 내포하고 있다. 마오쩌둥은 직업적인 역사가가 아니다. 그가 역사서를 읽는 것은 개인적인 취미 외에도 주로 옛일을 거울로 삼고, 역사 속에서 경험 교훈을 섭취하기 위한 것이었다. 이는 그의 장점이기도 했다. 그는 늘 역사 속에서 영감을 얻어, 현실 필요에 맞는 대책을 찾아냈다. 또한 옛 사람들의 실패에서 교훈을 얻어 현실에서 전철을 밟지 않도록 했다. 마오쩌둥이 역사 인물과 역사 사건에 대한 평가는 '그 사실을 알아야(知其然)' 뿐만 아니라, '그 이유도 알아야(知其所以然)' 득실을 알고, 사리를 밝힐 수 있으며, 역사법칙을 파악할 수 있다고 보았다. 마오쩌둥은 또 『이십사사』 중 재미있다고 여겨지는 인물 전기를 기타 중앙 지도자들에게 보내 읽게 하는 걸 좋아했는데, 이는 우선 함께 즐기기 위한 것이었으며, 다음으로는 다 같이 역사적 사실을 거울로 삼아 서로 격려하기 위한 것이었으며, 옛것을 오늘의 현실에 맞게 받아들이기 위한 것이었다.

마오쩌둥이 역사와 현실을 연계시켜, 옛것을 오늘의 현실에 맞게 받아들인 것은 분명하게 나타난 것만 네 개 측면으로 개괄해 낼 수 있다.

1) 중국 고대 경제 사회 발전 경험에 대해 관심을 가졌다. 일례로 마오쩌둥은 『사기(史記)』를 읽으면서 소하(蕭何)가 '경삼여일(耕三余一)' 정책을 실시했다는 것을 보고 "그 시대에는 가능할 수도 있었다. 땅이 많고 인구가 적은데다 토지가 비옥했기 때문이다. 현재 우리는 동북의 일부 지역에서 2, 3년 경작하면 1년 양식이 남을 수 있다. 하지만 전국적으로 '경삼여일(耕三余一)'을 실행한다는 건 매우 어렵다. 이 문제는 연구해 볼 가치가 있다'고 생각했다. 마오쩌둥은 또 『한서(汉书)』에서 한무제(汉武帝)가 분하(汾河)에서 누선(楼船)을 타고 문희(闻喜) 일대까지 갔다는 글을 보고 감개무량해 했다. "당시에는 분하의 물이 아주 많았다는 것을 말합니다. 그런데 지금 분하는 물이 아주 적습니다. 우리는 진(晋)나라 지역의 백성들에게 미안합니다'라고 말했다. 이 때문에 마오쩌둥은 "황하의 물을 분하에 끌어들이는 계획"을 찬성했다.

2) 역대의 전국(战局), 전략, 전역을 연구하는 자료로 삼았다. 마오쩌둥은 역사서에 기록된 적은 병력으로 많은 병력을 이긴 전례, 약한 군사력으로 강한 군사력을 이긴 전례에 대해 특히 관심을 가졌으며, 평어와 평론을 가장 많이 달았다. 예를 들면, 『사기(史记)』에 기록된 초한(楚汉) 성고지전(成皋之战), 『후한서』에 기록된 유수(刘秀)가 지휘한 곤양지전(昆阳之战), 『삼국지』에서 기록된 원소(袁绍)와 조조(曹操)의 관도지전(官渡之战), 조조(曹操)와 손권(孙权)의 적벽지전(赤壁之战), 오(吴)나라와 촉(蜀)나라의 이릉지전(彝陵之战), 『진서(晋书)』에 기록된 사안(谢安), 사현(谢玄) 등이 지휘한 비수지전(淝水之战)을 들 수 있다. 이런 대전은 양측의

435

강약이 서로 다른 상황에서 일반적으로 약자가 먼저 한걸음 물러섰다가 나중에 손을 써서 승리를 취한 것이다. 마오쩌둥은 이러한 전쟁사를 읽고 나서 평어를 많이 달았을 뿐만 아니라, 저작과 담화에서 경상적으로 인용했다. 왜냐하면 중국공산당도 중국혁명전쟁에서 장기적으로 약세에 처해 있었으므로 이러한 역사적 경험이 특별히 유용했던 것이다. 마오쩌둥은 전문적인 병법서를 많이 읽지 못했다. 그의 군사 지식과 전략, 전술은 실천에서 온 것도 있지만 많이는 역사서에서 온 것이기도 하다.

3) 난세에 대한 서술과 인재들이 대량 배출된 시기에 대한 내용을 읽기 좋아했다. 마오쩌둥은 일찍이『윤리학원리(倫理学原理)』를 읽을 때 평어에서 역사서를 읽음에 있어서의 이러한 취미에 대해 드러낸 적이 있다. "나는 역사서를 읽을 때 전국시기 유방과 항우의 전쟁, 한무제와 흉노의 전쟁, 그리고 삼국시기 갖가지 일들이 일어나고 인재들이 대량 배출된 시기의 이야기를 읽기 좋아했다"고 썼다. 연안시기, 국민정부 군사위원회 군령부에서 연안에 파견한 연락참모 서복관(徐复观)이 마오쩌둥에게 "역사서는 어떻게 읽어야 하는가?"하고 물었을 때 그는 "흥망 변혁 시기의 역사에 대해 특별히 중시해야 합니다. 이러한 시기에 문제점을 쉽게 볼 수 있습니다. 태평시대에는 오히려 보기 어렵습니다"라고 말했다. 신중국 건국 이후, 그가『사기(史记)』,『삼국지』,『남사』, 신구『당서(唐书)』,『오대사(五代史)』에 평어를 많이 단 것도 이러한 원인에서였다. 일례로 그가『구오대사(旧五代史)』26권의 '당서·무황본기(唐书·武皇本纪)'를 읽을 때, 주전충(朱全忠)이 진양성(晋阳城)을 포위했을 때 이극용(李克用)이 어찌했는가 하는 부분을 읽으면서, "사타(沙陀, 소수민족 부족, 당조의 진왕 이극용을 가리킨다)의 가장 위급한 시각 역시 수세로부터 공세로 변화하는 시기이기도 하다. 세상사는 대부분 이러하니 살피지

않으면 안 된다"고 평어를 썼다. 난세일수록 '사태가 많이 변화'하지만, 항상 따를 수 있는 경험이 있으며, 난세일수록 '인재가 많이 나타난다'고 하는데, 역시 시대가 영웅을 만든다는 법칙을 설명하는 것이다. 마오쩌둥이 이러한 유형의 역사서를 읽기 좋아한 것은 그가 역사 발전과정에서 난세를 다스리는 법칙에 대해 종합하는 것을 중시했으며, 인재 양성과 단련의 법칙을 중시했음을 말해준다. 1969년 어느 여름날 밤 마오쩌둥은 무한(武汉)에서 『남사·진경지전(南史·陈庆之传)』을 읽으면서 "이 전기를 재차 읽으니 그 이야기에 마음이 쏠린다"고 평어를 달았다. 이는 바로 마오쩌둥이 역사서를 읽는 이러한 심경과 취미를 보여준 것이다.

4) 옛 사람들이 누적한 사상방법과 일하는 방법을 섭취하였다. 이러한 측면의 내용은 옛것을 오늘의 현실에 맞게 받아들이는데 가장 편리하였고 또한 아주 구체적이기도 했다. 일례로, 『사기·진섭세가(史记·陈涉世家)』를 읽을 때 마오쩌둥은 진승(陈胜)이 봉기를 일으킨 후, 아주 빠른 시간 내에 실패한 원인은 옛 친구를 배반하고 소인배를 등용하였기 때문이라고 보았다. 『한서·원제기(汉书·元帝纪)』를 읽을 때에는 한원제(汉元帝)가 유학으로 나라를 다스렸으므로 "나라를 쇠락하게 만든 군주"라고 했다. 『후한서·진식전(后汉书·陈寔传)』을 읽고 나서는 진식(陈寔)이 도둑에게 새 사람이 되라고 격려한 것은 "사람은 일정한 조건 하에서 변화될 수 있다"는 걸 설명한다고 했다. 『삼국지·원소전(三国志·袁绍传)』을 읽고 나서는 원소(袁绍)가 모략은 잘 하지만 결단성이 없었다고 결론을 내렸다. 『북사·왕건전(北史·王建传)』을 읽고 나서는 왕건(王建)은 어리석은 사람으로, "정치를 모른다"고 평어를 달았다. 『구당서·고조본기(旧唐书·高祖本纪)』를 읽고 나서는 이연(李渊)은 "일이 생기면 결단을 내리지 못한다"고 했다. 『구당서·이백약전(旧唐书·李百药传)』의

이세민(李世民)에 관한 내용을 읽고 나서는 "이세민(李世民)이 일하는 방법은 네 가지가 있다"고 평어를 달았다. 『신당서·요숭전(新唐书·姚崇传)』에서 요숭(姚崇)과 송경(宋璟) 두 이름난 재상의 '치국지책'에 대해 쓴 부분에 "두 사람은 목표는 같지만 방법은 조금 달랐다"고 평어를 달았다. 특히 언급해야 할 것은 마오쩌둥이 『남사·위예전(南史·韦睿传)』을 읽고 나서 평어와 주석을 24곳에나 달았다는 점이다. 그는 위예가 전쟁을 함에 있어서 "수비를 잘한다", "장수가 앞장선다", "수만밖에 안 되는 병력으로 백만의 적군과 대치하는 걸 보면 유수(刘秀), 주유(周瑜)와 같은 기풍이 있다"고 칭찬했다. 마오쩌둥은 위예의 군사 재능을 찬양한 것 외에도 또 그가 "재물을 탐내지 않는다", 공로를 탐내지 않고, 일에 부딪치면 책임질 수 있으며, 단결하며 "친히 조사 연구"를 잘하는 "부지런하고 겸손한 군자"이다, 그러므로 "어진 사람은 반드시 용기가 있다고 하는 것이다"라고 썼다. 결론은 "우리 당 간부들은 위예의 기풍을 따라 배워야 한다"는 것이었다.

마오쩌둥은 자신이 왜 『이십사사』를 읽기 좋아하는가, 역사서를 읽음으로써 무엇을 얻는가에 대해 다섯 마디로 개괄했다. 첫 마디는, 1920년 12월 채화삼(蔡和森) 등에게 보낸 편지에서 "역사서를 읽는 것은 지혜로운 일입니다"고 한 것이다. 두 번째는, 1958년 1월 최고 국무회의에서 "역사서를 읽는 사람은 반드시 수구적이라 할 수 없습니다"라고 한 것이다. 세 번째는 1961년 6월 중앙공작회의에서 "오직 역사를 말해야만 사람을 설득할 수 있습니다"고 한 것이다. 네 번째는 1964년 1월 외국 손님을 회견할 때 "마르크스주의자들은 역사 공부를 잘 합니다"라고 말한 것이다. 다섯 번째는 1964년 7월 역시 외국 손님을 회견할 때 "역사서를 보면 미래를 볼 수 있습니다"라고 말한 것이다.

이 다섯 마디는 마오쩌둥이 역사서를 읽는 이념을 보여준 것이며, 또한 그가 일생동안 역사서를 읽은 실정을 보여주는 것이기도 하다. 역사서를 너무 많이 읽고, 전통에 지나치게 익숙함으로 하여 마오쩌동은 일부 부정적인 영향을 받기도 했다. 이에 대해서는 인정해야 하며 회피할 필요도 없다. 하지만 위의 이 다섯 마디로 마오쩌동과 『이십사사』의 관계를 밝히는 것은 총체적으로 실제와 부합되는 일이다.

맺는 말

중외의 정치가들 중 마오쩌둥처럼 일생동안 험악한 여정을 걸어오면서도 책 속에서 노닌 사람은 많지 않다. 더구나 독서를 즐기고, 또 독서를 통해 얻은 바가 많으며, 그 얻은 바를 이용할 줄 알 뿐만 아니라, 이용할수록 요령이 생긴 사람도 매우 드물다.

그는 제한된 생애에서 아직 파악하지 못한 지식공간을 포용하고 포괄하려고 했다. 일반 독자에게 있어서 독서란 흥미에 불과할 것이다. 혹은 추구하는 목표에 도달하는 과정일 수도 있다. 학자에게 있어서 독서는 직업적 습관일 수도 있다. 마오쩌둥에게 있어서 독서는 정신적인 존재와 사상적인 승화를 가져오는 필요한 방식이기도 했으며, 생활 속의 일상이었고, 역사적 책임이었다. 마오쩌둥에게 있어서 독서 중 고금중외의 사람, 일, 도리와 '대화하고 교류'하는 것은 아주 즐거운 체험이며, 지식을 탐구하려는 의욕에 대한 심리적 기대를 실현하고, 심미적 만족을 얻는 과정이었다. 그런 후에 물고기가 물을 만나 듯 배운 것을 활용하였던 것이다.

마오쩌둥의 독서 역사는 그의 정신적인 성장 역사, 인식의 발전 역사, 사상 승화의 역사, 지식 습득의 즐거움과 감정을 나타내 온 역사이기도 하다. 그의 독서와 실천은 서로를 지켜주고 검증해주고, 지지해주었다. 이 때문에 그의 독서 역사는 또 독서 생활과 인생 실천을 연결한 역사이기도 하며, 주관 세계와 객관 세계의 상호 작용 역사이기도 하다.

여러 다른 시기, 배경, 임무, 처지에 따라 해결해야 할 문제가 다르고, 관심을 두어야 하는 중점이 다르며, 흥미와 정신상태가 다름으로 인해 마오쩌둥이 중점적으로 독서한 내용도 다를 수 있다. 하지만 그의 독서 역사는 규칙이 없는 것이 아니다. 총체적으로 보면, 그의 독서는 신앙을 수립하고, 정확한 인식을 탐구하여 실천을 촉진하고, 감정을 표현하기 위한 것이었다. 이 몇 가지 차원에서 마오쩌둥의 독서 역사를 정리해 보면, 그가 왜 독서했고, 시기에 따라 중점을 둔 책은 어떤 책이었으며, 이 책들을 어떻게 읽었는가, 또한 그 책 속의 지식을 어떻게 운용했는가를 알 수 있으며, 나아가 그의 사상 탐색과 심리 활동을 알 수 있으며, 그가 일부 정책을 결정한 원인과 결과를 알 수 있다.

이는 작자가 이 책을 쓰게 된 기본적인 발상이다. 이러한 발상이 완전히 실현되었다고는 할 수 없을 지도 모른다. 독자들의 비평과 건의를 고대해 마지않는 이유이다.

진진

2013년 9월